JN192910

新典社研究叢書303

中近世中院家における百人一首注釈の研究

酒井茂幸 著

新典社刊行

はじめに

中世後期から近世にかけての二条派・堂上派では、『百人一首』はどのように受容され、注釈が施されていたのであろうか。中世の二条派歌学を集大成し、近世に架け渡したとされる細川幽斎のいわゆる『幽斎抄』、並びに宗祇から中院通村までの諸注の集成の感がある、後水尾院『百人一首御抄』の二種の注釈書の全文が翻刻され（荒木尚編『百人一首注釈書叢刊第三巻　百人一首注・百人一首（幽斎抄）』〈和泉書院、一九九一〉、田中隆裕・島津忠夫編『百人一首注釈書叢刊第六巻　後水尾天皇百人一首抄』〈和泉書院、一九九四〉）、かなり見通しが効くようになった。だが、いまだ未紹介・未翻刻の堂上派の注釈は多い。近年の、近世の堂上歌壇や歌人、歌学の研究の目覚ましい進展に鑑みれば、その一環として、『百人一首』注釈も考究の俎上に載せるべきであると考える。本書はこうした問題意識から、中院通勝・通村・通茂の三代の注釈書五種について、「考証篇」において注釈史上での位置や意義を明らかにした上で、「本文篇」において現段階で最も信頼し得る伝本を底本として翻刻した。

「中院」の称は、村上源氏の祖師房の曽孫雅定が洛中の六条室町中院町に住んで中院右大臣と称したことに始まる。中院家は雅定の曽孫・久我通親五男の通方を祖とする。その子通成は内大臣となり、以後内大臣を極官とする大臣家の地位にあった。

中院家が源氏と和歌の家となるのは、中院通勝（弘治二年〈一五五六〉―慶長一五〈一六一〇〉）が『源氏物語』注釈書『山下水』の著者である伯父三条西実枝に師事し、晩年の慶長三年に『岷江入楚』を著したことに始まる。そもそも、通勝は、天正八年（一五八〇）に正親町天皇から勅勘を蒙り、丹後宮津へ出奔する。以後勅免の慶長四年に至る一九年の間細川家に身を寄せ、幽斎から歌学や古典学を学び、多くの古典を書写する（井上宗雄「也足軒・中院通勝の生涯」〈『国語国文』四四八号、一九七二・一二〉、日下幸男『中院通勝の研究　年譜稿篇・歌集歌論篇』〈勉誠出版、二〇一三〉参照）。本書で翻刻したI国立国会図書館蔵『百人一首抄』（以下「国会本『百人一首抄』」と略称）も、この間に通勝が書写した本である。

通勝の書写奥書によると、通勝は二〇年前の天正四年に九条稙通と共に師の三光院（三条西実枝）の講釈に陪席し、聞書にまとめておいた。稙通はこの聞書の進上を後に通勝に求め、自らの聞書と校合し、これに「祇抄」を書き加えて本注釈とした。通勝はそれを借りて但阿に書写させたということである。文禄五年（一五九六、一〇月二七日に慶長と改元）閏七月一五日から二一日にかけ、通勝は『百人一首』古注釈を四種次々と書写した。すなわち、日本女子大学文学部日本文学科蔵の二種の『百人一首抄』、京都大学附属図書館中院文庫蔵『小倉抄』、そして当該の国会本『百人一首抄』である。これらはいずれも「也／足」という共通の朱印が押されており、筆蹟からも中院通勝による自筆の写本とされている。また、慶長元年一二月晦日に成立した、前述の『幽斎抄』と呼称される細川幽斎の『百人一首』注釈の生成に重要な役割を果した。

通勝男通村（天正一六年〈一五八八〉―承応二年〈一六五三〉）は歌人として後水尾院歌壇において三条西実条・烏丸光広と共に活躍し、両人の没後は指導者として活躍した人物である（鈴木健一『近世堂上歌壇の研究』〈汲古書院、一九九六〉、高梨素子『後水尾院初期歌壇の歌人の研究』〈おうふう、二〇一〇〉）。父通勝の薫陶を受けた『源氏物語』研究に関しては、日下幸男「後水尾院歌壇の源語注釈」（実践女子大学文芸資料研究所編『源氏物語古注釈の世界　写本から版本へ』〈汲古書院、一九九四〉）に詳しく（なお宮川葉子『源氏物語の文化史的研究』〈風間書房、一九九七〉も参照）、ここでは禁裏及びその周辺における事蹟に限り略述すると、『中院通村日記』に拠れば、元和元年（一六一五）七月中和門院御所で『源氏物語』

を講釈し、同月から八月には二条城で徳川家康に講釈している。以後元和二年四月から五月まで、元和七年二月から四月には後水尾天皇に『源氏物語』を講釈している。寛永三年（一六二六）一二月にも後水尾天皇に源語講釈を行っている。また、『お湯殿の上の日記』に拠ると、寛永二年二月から三月まで『伊勢物語』を後水尾天皇に講釈したことが知られ、同年末の天皇の古今伝受に向け指導した。

こうした古典学・歌学の講釈の延長に、慶安二年（一六四九）三月一八日から五月二四日まで七回行われた、通村の後光明天皇への禁中の『百人一首』の講釈が存する。Ⅱ京都大学附属図書館中院文庫蔵『百人一首抄（通村抄）』（以下『通村抄』と略称）は、その折の通村の講義ノートの控えである。清書本は後水尾院に進上され、『百人一首御抄』では「後十鈔云」として引用されている。本注釈書では、『宗祇抄』・『幽斎抄』及び三条西公条の説とされる京都大学附属図書館中院文庫蔵『百人一首聞書』などが参看されており、諸注集成の様相を呈している。

寛文元年（一六六一）五月六日から二五日までの六日間、近衛今出川第において後水尾院の『百人一首』の講釈が催行された。『百人一首御抄』が院の手元の抄出ノートであり、陽明文庫蔵本を底本として前掲『後水尾天皇百人一首抄』に翻刻されている。一方、講筵に陪席した聴講者の聞書が存する。宮内庁書陵部蔵『百人一首聞書』（F四―四六）は智忠親王筆の草案であり、近衛基凞『百人一首聞書』は陽明文庫に所蔵されている。飛鳥井雅章『百人一首講釈聞書』は宮内庁書陵部蔵鷹司本に見える（鷹―三九〇）他伝本が多い。道晃『百人一首注』は宮内庁書陵部に自筆の稿本が所蔵され（五〇一―四一一）、霊元天皇が転写した宸筆本も宮内庁書陵部に所蔵されている（特―七二）。中院通茂・飛鳥井雅直・日野弘資・烏丸資慶・雅喬王の五名による口述筆記の聞書が『百人一首聞書』であり、国立歴史民俗博物館蔵高松宮旧蔵本を底本に前掲『後水尾天皇百人一首抄』に翻刻がある。この聞書の成立事情については、京都大学附属図書館中院文庫蔵通茂自筆本の書写奥書に以下のように見えるとされる（前掲『後水尾天皇百人一首抄』

解題に所引)。

此一冊往年後水尾院御講談聞書也、飛鳥井羽林雅直朝臣相談不違彼御詞、御講之後日野亜相弘資卿、烏丸亜相資慶、白川三品雅喬等参会、両人聞書校合、漏脱之処彼三卿書加之、遂吟味令清書之終其功、其事達仙洞叡聞、頻依仰下当春進之、以宸筆被遂書写被返下、今見之如候御講之席、末代之奇何物如之乎、雖非可触他人眼之物、不可出閫外矣

元禄十二八月上浣　　特進(花押)

これに拠ると、中院通茂と飛鳥井雅直の聞書を校合し、漏脱の箇所は日野弘資・烏丸資慶・白川雅喬の三公卿が書き加え清書したという。「仙洞」とは霊元院のことで、通茂から借り受け書写した本が、高松宮旧蔵本である。なお、京都大学附属図書館中院文庫には、通茂自筆の『百人一首御抄』も所蔵されており、通茂は寛文元年の後水尾院講釈の抄出ノートと聞書との双方を書写し所蔵していたのである。

中院通茂(寛永八年〈一六三一〉—宝永七年〈一七一〇〉)は、『中院通茂日記』に拠ると、寛文一一年四月から延宝三年(一六七五)に至るまで『源氏物語』の書写校合を精力的に行っており、それに立脚し、延宝三年一〇月から禁裏において後水尾院の御前で源語講釈を催行している。紅葉賀の巻から始まり桐壺の文字読を行っている。そして、その途上延宝四年八月に実枝の『山下水』を書写校合した。

寛文四年に通茂は後西院・日野弘資とともに後水尾院から古今伝受を受け、声点注記を付した『古今集聞書』や『古今伝受日記』などを残す(海野圭介「後水尾院の古今伝授—寛文四年の伝授を中心に—」〈『講座平安文学論究　一五』〈風

間書房、二〇〇二）等一連の業績、坂本清恵「中院通茂の声点注記について」（『国語国文』一九九五・二）参照）。

また、『院中番衆所日記』の記事により知られる通り、元禄一五年（一九八二）一一月に霊元院の命で『未来記』の仙洞講釈を行う。国立歴史民俗博物館蔵高松宮旧蔵『未来気雨中吟聞書』と京都大学附属図書館中院文庫蔵『未来記雨中吟聞書草』は、この通茂の講釈の予行演習を兼ねた手控えとされる（後者は、井原英恵・大山和哉・熊谷和美・小林雄一・山田咲生子・中村健史「中院通茂『未来記雨中吟聞書』翻刻（一）～（四）」（『京都大学国文学論叢』第二一号～第二四号、二〇〇九・四～二〇一〇・九）に翻刻される）。なお、中院文庫には門弟の松井幸隆が下読みをした時の覚えも『未来記雨中吟聞書草』として所蔵されている。

通茂は生涯三種の『百人一首』注釈を残したが、嚆矢は、Ⅲ京都大学附属図書館中院文庫蔵『百人一首私抄』である。書写奥書に元禄一〇年（一六九七）に『百人一首』講談を懇望され、本注釈書を抄出したとあるが、この事蹟は『中院通茂日記』に見える。

通茂は続いて元禄一三年に『百人一首御抄』と『通村抄』とを合わせて抄出した。Ⅳ京都大学附属図書館中院文庫蔵『百人一首抄』である。この『百人一首抄』には、後水尾院の講釈に陪席した通茂ならではの院の口述が反映されている上、『百人一首御抄』と『通村抄』には見えない独自の私見も含まれている。

通茂の元禄一〇年の『百人一首』講釈は、Ⅴ京都大学文学研究科図書館蔵『百人一首伊範抄』という大部で詳細な聞書を成立させた。書中には元禄一〇年の講釈の聞書であることは明言されていないが、本奥書の、本資料の成立のもととなった聞書を記した三名が、『中院通茂日記』に見える講釈に陪席していた公家衆と一致することから、本注釈成立の源流は元禄一〇年の講釈にあると考える。『百人一首伊範抄』には、宗祇や幽斎の説を再検討し、批判している箇所が存する。また、後水尾院の説に大きく影響を受けている。国会本『百人一首抄』に還元し得ない通勝の説も含まれている。本資料は室町末期から江戸初期に禁裏・公家に蓄積されていた説を書き留めた注釈書として意義を見出せよう。

寛文元年五月の後水尾院の『百人一首』講釈は、江戸時代前期の宮中にとどまらず、近世堂上派の『百人一首』研究の到達点を示すと考えられる。一方、この講釈において参照され、また成立以後影響を受けた注釈が中近世の中院家三代の歌人の著作に存在したのであり、その実態実相を明らかにすることを本書は目指した。また、後水尾院は宗祇の注釈を無批判に祖述しているが、中院家においては一貫して各人の視点から再検討や非難が提起されている。宗祇の権威は揺らいでいたのであり、この点にも留意されたい。

中世近世の天皇家・公家における古典学の研究では、『古今和歌集』・『百人一首』・『詠歌之大概』・『未来記雨中吟』・『源氏物語』・『伊勢物語』とトータルな視点からその実態を究明する必要があり、相互作用にも留意すべきであり、本書はその一階梯に過ぎず、大方のご批正を仰ぎたい。

目 次

本文篇

考証篇

I　国立国会図書館蔵『百人一首抄』

一　はじめに

文禄五年（一五九六、一〇月二七日に慶長と改元）閏七月一五日から二二日にかけ、中院通勝は『百人一首』古注釈を四種次々と書写した。すなわち、日本女子大学文学部日本文学科蔵の二種の『百人一首抄』（以下便宜上「A抄」・「B抄」と略称）、京都大学附属図書館中院文庫蔵『小倉抄』、そして国立国会図書館蔵『百人一首抄』（以下「国会本『百人一首抄』」と略称）である。これらはいずれも「也／足」という共通の朱印が押されており、筆蹟からも中院通勝による自筆の写本とされている。また、慶長元年一二月晦日に成立した、『幽斎抄』と呼称される細川幽斎の『百人一首』注釈に重要な役割を果したとされ、研究が積み重ねられてきた[1]。なお、近時、A抄とB抄及び『小倉抄』が、『小倉抄』の奥書、「此間此百首ノ抄三部書写了、本伯卿所持也」の解読から、通勝の別腹の兄、雅英所持本を親本とすることが明らかにされている[2]。

本章では、国会本『百人一首抄』について先学が指摘している書誌や諸本、歌本文などの基礎的事項の確認を行った上で、『幽斎抄』の生成にいかなる役割を果たしているかを論じ、後水尾院に至る近世堂上派における本書の受容の様相を考究する。

二　書誌・諸本及び歌本文

国会本『百人一首抄』の書誌については、尾上夏子[3]・高木浩明[4]により報告されているが、再調査の上以下に改めて掲げる。

函架番号・八三二―一二七。縦二六・四糎×横二〇・四糎。袋綴一冊。後補の茶色の表紙左肩に外題・書き題簽「百人一首抄」。原題簽と思われる朱色の書き題簽「百人一首抄」が前遊紙に貼付けられている。内題「百人一首」。墨付六一丁。遊紙前後一丁。和歌一首一行書。一字下げで注釈、さらに「祇注」「私」注を二字下げで記す。印記「常真居士寄贈」「无礙菴」（今泉雄作）「帝国／図書／館蔵」。書写奥書は以下のとおり。

此抄者廿ヶ年前三光院講尺九条故禅閤御発起号東光院之時予同陪之、愍記之故禅閤予聞書頻可進上之由被召之、愚蒙之所記雖有其恥、難背貴命之間進之、然而御聞書并予愚記等被引合、同宗祇抄云々、則申請彼御本、命但阿而書写了、未遂糺正之間、僻字・落字・謬説等難信用之、尤深可禁外見也

文禄第五丙申壬七廿二記之　也足叟（花押）四十一オ（（也足）朱丸印）

六一丁目には『幽斎抄』巻末付載の「父子或三代入作者事」と「百人一首作者部類」が書写され、その末に朱筆で「文録五壬七廿二勘之了　也足子（（也足）黒丸印）」とある。

奥書によると、通勝は二〇年前の天正四年（一五七六）九条稙通と共に師の三光院（三条西実枝）の講釈に陪席し、聞書にまとめておいた。稙通はこの聞書の進上を後に通勝に求め、自らの聞書と校合し、これに「祇抄」を書き加えて本注釈とした。通勝はそれを借りて但阿に書写させたということである。

本資料は、宮内庁書陵部に二本の転写本が所蔵され（〈五〇一―四〇七〉〈五〇一―四八七〉、いずれも御所本）、陽明文庫にも収蔵されることが知られている。(5)

次に歌本文の異同について述べる。尾上夏子が指摘するとおり、(6)以下の三首の歌本文が他の古注釈と異なっている。

14　みちのくの忍ふもちすり誰ゆへに乱れんと《そめにし》思我ならなくに
50　君かためおしかりさりし命さへなかくもかなとおもひぬる哉
55　滝の音《糸イ》はたえて久しくなりぬれと名こそ流れて猶きこえけれ

14番歌は注に「伊勢物語を用替たる也、本ハ乱そめにし也」とある。『宗祇抄』に、

古今にはみたれんとおもふとあり、伊勢物かたりにはそめにしとあり

とあり、異同が問題とされている。同じく三条西公条の説の聞書である京都大学附属図書館中院文庫蔵『百人一首聞書』(7)〔以下『公条聞書』と略称〕には、

　いせ物かたりにはみたれそめにしといへる也

とあり、「みたれ」に続けて「んと思ふ」と書き、その上から「そめにし」と墨書している。三条西家の注釈において本文にゆれがあったことが知られる。

50番歌も注で「ける哉といへハ跡の事になる、ぬる《つる同》哉といへハ前の事になる也」とある。後に『幽斎抄』(8)において、

　此哉をはかへるかなといふ也、又ぬる哉つる哉と云は過去の心あり、ける哉は当意のこゝろあり

と異同が問題とされている。

55番歌はイ本校合の本文をミセケチにより採用したものである。同様な校合は『幽斎抄』及び後水尾院の『百人一首御抄』にも見られる。また、『公条聞書』の頭注の実枝説において「拾遺ニハ滝の糸ハアリ」と言及がある。

国会本『百人一首抄』は『宗祇抄』に対し時に否定的な扱いをしており、本資料の特性にもなっている。次節ではこの点について述べる。

三　『宗祇抄』の受容の様相

国会本『百人一首抄』の冒頭の天智天皇歌の注釈に、既に論及がある記事であるが(9)、次のようにある。

一《後撰秋中》秋の田のかりほの庵のとまをあらみ我衣手ハ露にぬれつゝ

祇注ハ常縁に相伝、一返の時に申聞たる分を注たるを、其儘祇の注也、祇わろきにあらす、か様の所あるに依て、【唐高宗責高麗時也】東ハ断絶云云、祇の注旨ハ天智天皇王道御述懐の趣也、非説也、既異国へ渡御合力、築紫まて行幸にて、異国まて聖法のましませハ、日本ハ不及申事なれハ、王道のおとろへたるとハ非説云云、斉明崩御国母の諒闇とハ、天智天皇よりはしまる也、倚廬にましますも

ここから分かる第一は、宗祇の注の誤りは東常縁の相伝の仕方に起因するとしていることである。三条西家において宗祇の注釈が批判的に扱われていたことは先学が指摘するところである。(10) 実際『公条聞書』頭注には、

三亜実枝説、惣而東常縁ハ表ノ説ヲ先読テ聞セテ、執心ノアル者ニ本説ヲ読テ聞セタルト也、此刈萱ノ説ハ表の説を宗祇聞タル時ノ注ナルヘシ云云

と東常縁への講説のあり方に関し疑問視する発言が記されている。他にも、国会本『百人一首抄』における東常縁を批判し宗祇を擁護する発言は、19番歌に、

祇説もよろしき也、古今集ハ五返見之也、而祇ハ只二返也、最初の分にて、祇の百人一首を注する故ニ、違あり、世にあふ坂の哥も相違せり、祇の非越度、東常縁ハ意地悪きニ依て子孫断絶云云

と見える。「古今集ハ五返見之也、而祇ハ只二返也」とある件りは、序において、

一宗祇注ハ古今集ハ五ヶ度見ルに、只一返の上にて注侍れハ、粗相違の事あり、是祇公非越度云云

と既に述べられており、繰り返されている。

さらに、従来指摘がないが、44番歌の注において、現代の研究でも定家の解釈とされる[11]「逢不会《（逢）》恋」と宗祇が解釈していることについて、

祇注ハ古今伝相残以前なれは也

とある。常縁が「不逢恋」に解したことを示唆する。この言説は『幽斎抄』に継承され、

東常縁云一旦の事に心得るは無曲也

と関連する記載が見出される。

冒頭の天智天皇歌の注釈から分かる第二は、宗祇の注釈を真っ向から否定していることである。100番歌の注でも「秋の田のかりほの御哥を、世のをとろへたりと注したるは非説也」と繰り返している。宗祇が王道述懐、王道が衰えたことを詠んだとすることを「非説」とする。こうした天智天皇歌のマイナス・イメージの批判は、夙に赤瀬信吾によって論じられており、[12]既に『公条聞書』に見える。

此秋の田のかりほの御歌を、刈萱関の事又王道すたれたる事を思召てなと〻云説在之、一向其儀にては無レ之、其にては不レ落着也、惣別此御歌は帝の御うたには不二似合やうに聞えたる也、此御門は孝道ヲ被レ極たる天皇にて御座ある也、以二孝〻の道一天下を被レ政タル御門也、たゝ諒闇の事也、斉明《サイメイ》天皇御代より諒闇といふ事始る也、諒闇《モタシリヤウ》亮《マコトニクラシ》同事也、莫〻ト〆居タル事也、倚呂《イリヨ》トいふも其心也、此心は親に離ての事也

諒闇を詠んだとする説は、『幽斎抄』に継承されるが、既に公条から説かれていたのである。

天智天皇歌から分かる以上の二点を踏まえ、以下国会本『百人一首抄』における『宗祇抄』の受容の様相を見ていくこととする。

他に宗祇の説を否定しているのは、尾上夏子が指摘するとおり(13)、次の36番歌と66番歌の二箇所である。

卅六夏の夜ハまたよひなからあけぬるを雲のいつこに月やとるらん

祇は入たる月にみたる也、これハさにあらし、いらさる月也、月の空をわたらむ程もなきにと云たる可然也、既にことは書に暁かたにとあれハ、短夜の体也

【私顕注密勘此哥の注不審】顕注密勘云、またよひハ又宵なから也、いまたの儀ニあらす、是ハたゝ夏の夜の取あへす明ぬる事をよくよめる也、心ハまたよひそと思へは、明ぬる程に月ハいまた中空にもあらんとミれは、月も入ぬれはかくよミなせる、雲のいつくにとハ、必雲に用ハなけれと、詞のえんにいへるによりて、哥のさまめてたきにや

『宗祇抄』及び国会本『百人一首抄』所引の宗祇注が、「月ハいまた中空にもあらんとミれは、月も入ぬれはかくよミなせる」とすることへの批判であり、まだ山に入っていない月であると主張している。

六十六　金雑上　もろともにあハれとおもへ山桜花より外にしる人もなし

白河院御子、三井寺平等院又云小一条院御孫不審可尋、花も我にみえたり、我モ深山なれハ、もろともに哀と思へと也、祇注ハ順逆の大峰の事とあり、わろし

祇　大峰に行者の入事、順逆の峰とて、春入を順の峰と云、秋入をは逆の峰といへり、当時ハ秋のミ入侍にや、是ハ順の峰の時なるへし、思かけぬ桜と侍ハ、卯月ハかりの事とみゆ、歌の心に、花より外にしる人もなしといへる、心に花をも、又我よりほかに知人もなしと云心こもる也、さるによりて、五文字にもろともにあハれと思へといへる也

『宗祇抄』及び国会本『百人一首抄』所引の宗祇注が大峰山に修行者が入る時、「順逆の峰」というとしているが、これを退けているのである。

さらに、従来指摘がないが、6番歌に宗祇の説に触れるところがある。

新古今冬　六かさゝきのわたせる橋にをく霜の白きをミれハ夜そ深にける

鵲ハ淮《エ》南子にての事也、此景の事ハ久方のなとゝ云ことく也、家持か暗夜に起出て、月もなく何もなき所に

吟出たる事也、霜の深を見にて、只霜満天と云事也、祇ハ深夜に起て、此哥を思ハゝ感情かきりあるへからすといへる一義斗也、当時切紙あり、当時切帋ありと云也、不知事也（中略）

鵲の橋の事、七夕にいつる儀にハ、相違せるにや、か様の事ハきかねは、事外に大事にきけは、あまりにやすく心得により、人の信もあさくなれる事也、されハあらは也、此哥の心ハ、冬ふかく成て、月もなく雲晴たる夜ニ霜ハ天に満てさへニ、さえにさえたる深夜なとに起出て、此歌を思ハゝ、感情ハかきり有へからすとそ

宗祇の見解の「此哥を思ハゝ、感情ハかきりあるへからす」を一義的であるとしている。同様に47番歌の注にも宗祇の説の批判がある。

四十七　拾秋　八重葎しけれる宿のさひしきに人こそみえね秋ハきにけり

荒タル宿ニ秋来ト云題にてよめる、融公玉楼金殿もあれたる宿となると也、今日といふも、昔になれハ、能思へしと云云、歌の心ハ、八重葎の閉て、人跡もなき所ならハ、秋もきたるましきにと也、爰を三重にみる哥也、八重葎の閉はてたるに、人影のみえたりとも、さひしかるへきに、人かけハみえす、人のかけのみえぬさへあるにいはんや、秋か来ると如此云にみるへし、祇公ハ八重葎しけれる宿に人ハこねとも、秋ハきたると只一重にみたる也、無其曲と也、とふ人なき宿なれと、といふ同意になる也

祇此事書にて心ハくもりなく聞え侍れと、いにしへ此おとゝのさかへし時、世人のあふきし事なと、夢のやうにて昔わすれぬ、秋のミくる心を思ふしるへにて、秋の来たる心を哀とうちことハりたるさまたく

ひなくや、よく〳〵河原院の昔彼おとゝのさかへなとを思ひつゝけて、此哥をハみ侍へき也、貫之か、

　とふ人もなき宿なれとくる春ハ八重葎にもさハらさりけり

と云哥にかハる事侍らす、昔ハかやうにもよみ侍にや、今ハ等類にて侍るへし

「歌の心ハ」以下に示される「秋もきたるましきに」というやや屈曲した解釈を宗祇が取っていないことを述べている。なお、この箇所は、後述するとおり『幽斎抄』に「三光院御説」とあるところであり、実枝の説による解釈の修正である。

なお、国会本『百人一首』に「祇」として引かれる宗祇の注は、A抄ではなく明応二年本である。5番歌を例に本文の対照を以下に示す。[14]

◆国会本『百人一首抄』

祇此哥奥山にといへる所尤以肝心也、秋ふかく成行てハ、は山なとハあらはになる比、み山の陰をたのみて、鹿ハある物也、俊恵哥に、

　龍田山梢まハらになるまゝにふかくも鹿のそよくなる哉

といへるにて、心得へし、さて心ハいかにも秋ふかくなりはてゝ、深山の紅葉の散しけるをふミ分て、鹿の打はへて鳴比の秋いたりて、かなしき也、此秋ハ世間の秋也、声を聞人にかきるへからす、されハ余情かきりなきにや侍らん、此哥いつれの先達の儀か侍けん、月ヤあらぬ程の哥にこそといはれけるとそ

◇A抄

此歌ハ奥山ニトイヘル五文字肝心也、秋深ク成行テ、端山《(麓ハヤマ日本紀)》ナトノ紅葉、散過テ、アラワニナル比ハ、深山ノ陰ヲタノミテ、鹿ハ籠ル物也、サテ歌ノ心ハ、イカニモ秋深ク成ハテヽ、深山ノ紅葉サヘ散敷ルヲフミ分テ、鹿ノ物カナシク打鳴比ノ秋ハ、殊更ニ悲シキ由也、何事モ者之究リ行ヲ歎ク義也、此秋ハ世上ノ秋也、声聞人ニ不可限、誠余情無限、哀フカキ歌ナルヘシ、此歌ハイツレノ先達ノ義ニカ侍りケン、月やあらぬの歌ト同し位ナルヨシイハレケルト外ソ申伝ヘ侍シ、俊恵法し歌ニ立田山梢まはらに成まゝにふかくも鹿のそよくなる哉と、イヘルニテ心得ヘキ者也

◇文明十年本

此哥おく山にといへる所尤以肝心也、秋ふかくなり行てハ、山なとハあらはなる此、深山の陰を憑て、しかハあ る物也、俊恵哥に龍田山木すゑまハらになるまゝにふかくも鹿のそよくなる哉といへるにて心得へし、さて心ハいかにも秋ふかくなりはてゝ、深山の紅葉のちりしけるをふみ分て、しかのうちわひなくころの秋いたりてかなしき心也、此秋ハ世間の秋也、声を聞人ニかきるへからす、されハ余情かきりなきにや侍らん、此哥いつれの先達の祇にか侍けん、月ヤあらぬほとの哥にこそといはれけるとそ

国会本『百人一首抄』には、同じく三条西実枝の講釈を聞書した『幽斎抄』との関連が当然想定される。次節ではこの点について述べてみたい。

四　『幽斎抄』への影響

本節ではまず、国会本『百人一首抄』と『幽斎抄』との対応を掲げる。

2◆国会本『百人一首抄』
あまのかく山ハ、天照大神あまの岩戸に引籠り給時に、天児屋根命の宣によりて、又二度此界を照し給也
◇『幽斎抄』
天香久山は天照太神あまの磐戸に引こもり給し時に、天児屋根命を始として、八百万神たち神楽なとして、此山の榊をきりてさゝれし事あり、其後磐戸を開て、二度此界を照し給也
7◆国会本『百人一首抄』
天照大神岩戸へ入給し時、春日大明神の宣に依て、日月をはみるとの事也
◇『幽斎抄』
天照大太天岩戸へ引こもり給し時、春日大明神の太祝にて、二たひあらはれたる日月そと云心を三笠の山に出し月かもといへり
10◆国会本『百人一首抄』
秘蔵宝鑰云
凡夫作テ二種種ノ葉ヲ一感ス二種種果ヲ一、身相万種《マン》ニシテ而生ス、故ニ名ク二異生ト一愚痴無智均彼ノ羝羊之劣弱ナルニ故、以テ喩フレ之ニ、夫レ生ハ非ス二吾カ好ムニ一死ハ亦人悪《ニクム》ナリ、然トモ猶ヲ生レ之キ生レ之キ輪ニ転シ二六趣ニ一死ニ去リ死ニ去テ沈淪ス、三途生メルレ我ヲ父母不ラ二知生ノ之由来ヲ一、受ルレ生ヲ我カ身亦不二悟死之取去ヲ一、顧レハ二過去ヲ一冥冥トス、不レ見其ノ首ヲ臨メハ二未来ニ一漠漠トシテ不二尋其尾《ヲハ》リヲ一、三展戴ニ頂ニ暗キコト同二狗眼ニ一、五嶽載《ノスレ》トモレ是ヲ迷ヘルコト似タリ二羊ノ目ニ一、営営《エイ》トシテ一日夕ニ一繋《ツナカ》レ二衣食《イシ》ノ之獄ニ一趍《ハシリ》二遂テ遠近ニ一墜ツ二名利之坑アナニ一

◇『幽斎抄』

秘蔵宝鑰云凡夫《ボンプ》作《ナシテ》種々業《シユシユノコウヲ》感《カンス》二種々果《ノヲ》一、身相万種而生《シンソウマンシユニシテシヤウス》、故名《ニナツク》異生《イシヤウト》、愚痴無智《グチムチ》均《ヒトシ》二彼羝羊之劣弱《カノテイヨウノレツジヤク》ナルニ一、故《ニ》以《テ》喩《タトフ》レ之《コレニ》、夫生《ソレシヨウハ》非《アラス》二吾好《ワカコノ》ムトコロニ一、死亦人悪《シハマタニクム》トコロナリ、然《シカレ》トモ猶生之輪《ナヲムマレユイテリン》二転六趣死去死去《テンシロクシユニシニサリシニ》沈《サツテチン》二淪《リンス》三途《ツニ》一、生《ムメル》レ我《ワレヲ》父母不《ス》レ知《シラ》二生之由来《シヨウノユライヲ》一受《ウクル》レ生我身亦不《シヤウヲワガミモマタズ》レ悟《サトラ》二死之取《シノトコロヲ》レ去《サル》、顧《カヘリミ》二レハ過去冥々《クワコヲミヤウミヤウ》トシテ、不《ズ》レ見《ミ》二其首《ソノハジメヲ》一臨《ノゾメ》二バ未来《ミライ》一ニ漠漠《バクバク》トシテ不《ズ》レ尋《タヅネ》二其尾《ソノヲハリヲ》、三振戴《サンシンイタヽ》レケトモ頂《イタヽキニクラキコトヲナシク》暗同《》二狗眼《クガンニ》一、五嶽載《ゴガウノスレ》レトモ足迷《アシヲマヨ》ヘルコト似《ニタリ》二羊目《ヤウモクニ》一、営々《エイエイ》トシテ日夕《ジツセキ》一ニ、繫《ツナカ》レ二衣食之獄《イシノゴウニ》一趨《ワシリ》二遂遠近《ヲフテヲンコンニ》一墜《ヲツ》二名利之杭《ミヤウリノアナニ》一

17◆国会本『百人一首抄』

業平の哥大略心あまりて詞たらぬを、これハ心詞かけたる所のなきゆへに、此哥を入らるゝ也、これを以て此百首の趣をも見侍へきとそ

寛平の宮滝御幸に、在原友于哥に

　時雨にハ立田の河もそみにけりからくれなゐに木のはくゝれは

業平哥ハ紅葉を水くゝると也、其心別歟、今案業平哥紅葉のちりつミたるを、紅の水になして、立田河を紅の水のくゝる事ハ、昔もきかすと也、此友于哥ハ時雨に立田川を染させつれハ、からくれなゐに木葉をなして、河をくゝらせたれは、只同事にて侍歟、舅か哥かすめよむ歟、ちかき哥をかすめよむ事、此比の遺恨云々

◇『幽斎抄』

業平の哥は多分情あまりて詞たらぬを、是は心詞かけたる所なけれは大切也とあり、されは定家卿此山庄の色紙に入られ、詠哥大概の秀哥の内にも入られたるなるへし、是にて百人一首・詠哥大概の趣を知へし、此哥伊勢物語には昔男みこたちせうえうし給所にまうてゝ、龍田川のほとりにてよめるとあり、作物語なれはなるへし

　神代には有もやしけん桜花けふのかさしにさせるためしは
　　立田姫手そめの露の紅に神代もきかぬ嶺のいろかな
寛平の宮滝御幸に、在原友于哥に、
　時雨には立田の川もそみにけりから紅に木のはくゝれは
業平哥は紅葉の散つみたるを、紅の水になして、立田川を紅の水のくゝる事は、昔もきかすと也、此友于哥は時雨に立田川を染させつれは、から紅に木葉をなして、河をくゝらせたり、只同事也、おちの哥をかすめよむ歟、如何比の遺恨云〻

21◆国会本『百人一首抄』
つる哉にて。日《月》をへたる心みえたり、六条修理大夫顕季・顕輔・顕昭也、俊成卿ハ顕季《輔》之門弟也、然而哥の体をみて、金吾基俊に帰す、基俊ハ貫之より伝之也
◇『幽斎抄』
つる哉といふに月日をへたる心みえたり、六条家トハ修理大夫顕季卿その子左京大夫顕輔卿其子清輔・顕昭なと也、俊成卿は顕輔卿猶子門弟名をも顕広といへり、後に哥体を見て金吾基俊の門弟になり二条家をたつ、基俊は貫之よりの伝受の故あり

28◆国会本『百人一首抄』
山里ハ冬その字、其次にハ、山里ハの字に心を可付也
◇『幽斎抄』
さて冬そのそ文字、次に山里はのはの文字に心を付へしと三光御説也

37
◆国会本『百人一首抄』
つらぬきとめぬ玉とハ、玉ハ糸にてつなく事あり、それをみたしたるよといへる也、惣の哥の心、秋の野の所せきまて、せきみちたる朝の露のおもしろきに、俄なる風のあら〳〵と吹たるに、をもき《ル》ハかりなる木草の露はら〳〵とちりミたれたる
◇『幽斎抄』
つらぬきとめぬとは、玉をは糸にてつらぬく物なれは、それをぬきみたしたるかといへる心也、惣の心は、秋の野の所せきまて、をきみちたる露の面白に、俄なる風のあら〳〵と吹たるに、をもるはかりなる草木の露はら〳〵とちり乱たる体をかくいへり

41
◆国会本『百人一首抄』
きとしたる哥は此哥也、但少つまりたるに依て也、前の哥ハ気色を見て人のいふ也、此哥ハ昨日けふ思よりたるにと也、そめしかとハ、哉にてもなし、此か文字ハ案してと云心也、物をと云をにかへる也」
◇『幽斎抄』
三光院御説此哥はきとしたる所はあれとも、少つまりたる所あり、兼盛哥猶まさりたる歟云〻、前の哥は気色を見て人のいふ也、此哥は昨日けふ思ひよりたるにはや名にたつと也、そめしか《清》とは、哉にてはなし、あつたしか也、有たりしか也、そめし物をと云義也

44
◆国会本『百人一首抄』
逢不会恋の心にてよめる也、心を尽し来ての事也、世間に逢と云事もなく〳〵ハ、中〳〵よかるへき也、逢といふ事いやにてハなきに、絶事あれハと也、是ハ逢て後へたゝるに、かゝる思もあり、恨もあると也、中〳〵と云所肝

心なり、祇注ハ古今伝相残以前なれは也
◇『幽斎抄』
是は逢不会恋の心にてよめり、心を尽し来ての事也、世間に逢と云事もなくは、中〳〵よかるへきと也、逢事のいやなるにてはなし、中絶する事のあれは、思ひもそひ恨も出来ると也、中〳〵と云処肝心也、東常縁云一旦の事に心得るは無曲也

47◆国会本『百人一首抄』
歌の心ハ、八重葎の閉て、人跡もなき所ならハ、秋もきたるましきにと也、爰を三重にみる哥也、八重葎の閉はてたるに、人影のみえたりとも、さひしかるへきに、人かけハみえす、人のかけのみえぬさへあるにいはんや、秋か来ると如此云にみるへし、祇公ハ八重葎しけれる宿に人ハこねとも、秋ハきたると只一重にみたる也、無其曲と也
◇『幽斎抄』
三光院御説哥の心、八重葎のとちて、人跡もなき所ならは、秋も来るましき事とそ也、此上を三重にみる哥也、八重むくらのとちたる宿は、人影のみえたりともさひしかるへきに、人かけはみえすして、結句物わひしき秋さへ来れるよと三重にみるへしと也、八重葎の茂れる宿に人はこねとも、秋は来れると只一重にみたるは、其曲有ましき也

48◆国会本『百人一首抄』
波ハはたらきたくてハ動ぬを、風に動て来て我とくたくることとく、我ゆへ物を思ふて思をとけぬと也
◇『幽斎抄』

三光院御説波は我と動く物にてはなし、風に動来て我とくたくる也、仍風をいたみといへり、我ゆへ物を思ひて
しかもおもひをとけぬよし也

51◆国会本『百人一首抄』

えやハと切て、えもいひかたきと也、面にいへハ、秀句になる也、只自然になるやうに哥をハよめと也、いた
つらに心一にてはてんとハと也、余情を入よと也

◇『幽斎抄』

三光院御説えやはと切て、えもいひかたきと也、おもてにいへは、秀句になる也、只自然になるやうに哥をは
よめと也、いたつらに心ひとつにてはてんとはと、余情をくはへよと也

59◆国会本『百人一首抄』

菅家

君かすむ宿の梢を行〱もかくるゝまてになりにける《かへりみしはや》かな

此哥にてよめる、かくるゝまて肝要也

◇『幽斎抄』

三光院御説に

君《菅家》かすむ宿の梢をゆく〱もかくるゝまてにかへりみしはや

此哥にかたふくまてにといへる其心同し云〻、此義尤面白し

63◆国会本『百人一首抄』

後拾遺集に

あふ坂ハあつま《ち》とこそハ思しに心つくしの関にそ有ける

榊葉のゆふしてかけてそのかミにをしかへしてもにたる比かな

今ハたゝと此三首入たり、露顕なれハ思絶なんと云事を、人つてならて申度と也

◇『幽斎抄』

後拾遺に、

相坂はあつまちとこそ思ひしに心つくしのせきにそ有ける

榊葉のゆふしてかけしそのかみにをしかへしてもにたる比哉

右の哥と三首入たり

65◆国会本『百人一首抄』

恨侘の所専《詮》也、神さへかやうにしほりはてゝあり、又名まてくちなん事ハと也

◇『幽斎抄』

三光院御説云わひと云五文字詮也、袖さへかやうにしほりはてゝあるに、剰名まて恋にくたさん事よといへる也

76◆国会本『百人一首』

古文真宝云秋水共長天一色王勃

雲ゐにまかふに相当の語也

◇『幽斎抄』

又古文真宝勝王閣賦秋水共二長天一一色ともあり、雲ゐにまかふ所相似たり

83◆国会本『百人一首抄』

千載集撰られける時に、入たく思給へとも、道こそなけれとある所に、俗難とありて、いと用捨ありしときこしめして、別勅にて入たり、名誉也

◇『幽斎抄』

惣別千載集えらはれける時に、入たく思ひ給ひしかとも、道こそなけれとある所に、俗難とありてはと、斟酌有しを、別勅にて入たり、名誉也

87◆国会本『百人一首抄』

祇注にハ槙の葉の村雨の面白かりしに、又露置わたしてたくひなきを、また其興もはてぬに、霧の立のほりて、色〻の心ハさも侍らす、深山の秋の夕の心にて、此哥をハみ侍へきとそ、其こゝろハ槙は深山に有物也、秋の夕に村雨打そゝきて、きら〳〵として彼の葉しめりたる折しも、霧の立のほるさまを能〻思へし、誠におもしろくも又哀もふかゝるへきにや、筆舌に尽かたきとそと書也

◇『幽斎抄』

此哥を或人槙の葉にふれる村雨の面白かりしに、又露をきわたしてたくひなきを、又其興もはてぬに、霧の立のほりて、色〳〵の風情を尽したるそといへる也、当流の心はさも侍らす、深山の秋の夕のさまして、此哥をは見侍へしとそ、只見様の体也、かゝる哥は心にふかくそめてけにさるへき事そと心をつけてみ侍へしとそ、槙は深山にある物也、秋の夕に村雨うちそゝきて、きら〳〵と槙の葉のしめりたる折しも、霧の立のほるさまを能〻思へし、誠におもしろくもあはれもふかゝるへきにや、筆舌につくしかたくこそ

いずれも字句の上では完全に一致せず、直接の書承は経ていないものと思われる。「三光院御説」と引用されてい

るのは、天正四年に行われた実枝の講釈が、慶長元年にも繰り返されたことを示す。

実枝説の聞書としては、『公条聞書』の頭注・付箋が挙げられる。両者の対応は比較的少なく、以下の五箇所（内一箇所は公条説を伝える注釈本文）を指摘し得るに留まる。

31◆国会本『百人一首抄』

逍遙院此心にて、

おきいつる袖にたまらぬ雪ならは在明の月とみてや過まし

◇『公条聞書』頭注

尭空夜雪ト云にて　おき出る袖にたまらぬ雪ナラば有明の月とみてや過まし

38◆国会本『百人一首抄』

定家卿、

身をすてゝ人の命を惜ともありしちかひのおほえやハせん

此哥にて前の哥の注になる也

◇『公条聞書』付箋

定家卿忘恋にて　身を捨て人の命をおしむとも有しつかひをおほえやはせん　身をすてゝは身をはおもはすにあふ詞也、人の命をおしむともは、此詞はかへりて人の命のおしきノ心也、前の歌下句にあふ詞也

39◆国会本『百人一首抄』

定家卿此哥を取て、

なをさりの小野の浅茅にをく露も末《草》葉にあまる秋夕《（ママ）》くれ

◇『公条聞書』本文

定家卿此歌を取て　猶さりの小野の浅茅にをく露も草葉にあまる秋の夕暮

87◆国会本『百人一首抄』

〔前掲省略〕

◇『公条聞書』付箋

此歌或人槙ノ葉ニふる村雨ノ面白かりしニ、又露ノ置わたしてたくひなきを、又其興もはてぬに霧の立のほりて、色〱の風情をつくしたるさまそといへり、当流ノ心ハ雨に露はなき物也

90◆国会本『百人一首抄』

新古 松かねを〻しまか磯のさ夜枕いたくなぬれそあまの袖かハ 式子内親王

同 秋の夜の月を《や》くしまの天の原あけかたちかき沖の釣舟 家隆卿

をしまハ奥羽松嶋郡也、作例右両首也

◇『公条聞書』頭注

雄島、奥州宮城郡ニある名所也、式子内親王ノ歌ニ　松かねを小島か磯ノさ夜枕いたくなぬれそ蜑ノ袖かは
三、是は勿論清テ読也、家隆ノ哥ニ　秋ノ夜ノ月を〻しまの蜑の原明カタ近キ沖ノ釣舟

参考歌の引用が『公条聞書』から国会本『百人一首抄』に踏まえられている。

国会本『百人一首抄』の通勝の注釈は子の通村、曽孫の通茂に一部継承されている。また、後水尾院が『百人一首

御抄』において本資料を「両聞鈔」として引用している。[15]抄出ノートである『百人一首御抄』のみならず、講筵に陪席した廷臣五人がまとめた『百人一首聞書』にも、例えば39番歌の「なをさりのをの〻――ソト露ハ」の「ソト露ハ」の傍注に「私此義、両聞鈔ノ義也」とあるように反映されている。

以上、国会本『百人一首抄』は実枝説の聞書である『幽斎抄』に多大な影響を与えているが、字句の上では完全に一致せず、直接の書承は経ていないものと思われる。『公条聞書』から知られる実枝説は比較的反映されていない。そして、本注釈書の説は、子の通村と曽孫の通茂に一部継承されている他、後水尾院の『百人一首御抄』と『百人一首聞書』にも引用されているのである。

五　おわりに

三条西家において批判的に扱われていた宗祇の説は、通勝によってより鮮明に再考されるに至ったのである。そして、国会本『百人一首抄』は『幽斎抄』に多大な影響を与えた。また、子の通村と孫の通茂に一部継承されている他、後水尾院の『百人一首』と『百人一首聞書』にも引用されている。本資料は、中世の三条西家の説を近世堂上派に受け継いだ架け橋の役割を果したと言えよう。

注

（1）長谷川幸子「日本女子大学蔵『百人一首抄』について」（『国文目白』第二三号、一九八三・三）、荒木尚「永青文庫本『百人一首注』の成立」（『香椎潟』第三八号、一九九三・三）、吉海直人編『百人一首注釈書叢刊第一巻　百人一首注釈書目略解題』（和泉書院、一九九九）、吉海直人「幽斎自筆『百人一首注』について」（『いずみ通信』№二八、二〇〇一・五）、林田陽子「『百人一首幽斎抄』以前」（『国語と国文学』第八七巻第一〇号、二〇一〇・一〇）、鈴木元「百人一首『幽斎抄』編纂前後―三条西家和歌註釈の行方―」（森正人・鈴木元編『細川幽斎―戦塵の中の学芸』〈笠間書院、二〇一〇〉、高木浩明「『百人一首抄』（幽斎抄）成立前後―中院通勝の果たした役割―」（『中世文学』第五八号、二〇一三・六）など。
（2）前掲注（1）高木論文。
（3）尾上夏子「百人一首古注釈書について―三條西実枝『百人一首抄』を中心に―」（『語文』第九九号、一九九七・一二）。
（4）前掲注（1）高木論文。
（5）田中宗作『百人一首古注釈の研究』（桜楓社、一九六六）、井上宗雄「也足軒・中院通勝の生涯」（『国語国文』第四〇巻第一二号、一九七一・一二）、井上宗雄「九条稙通の生涯」（野村精一編『源氏物語古注集成第六巻　孟津抄下巻』〈桜楓社、一九八四〉）。
（6）前掲注（3）尾上論文。
（7）赤瀬知子「京都大学中院文庫本百人一首聞書」（有吉保・位藤邦生・長谷完治・赤瀬知子編『百人一首注釈書叢刊第二巻　百人一首頼常聞書・百人一首経厚抄・百人一首聞書（天理本・京大本）』〈和泉書院、一九九五〉）の翻刻に拠った。
（8）荒木尚「彰考館蔵百人一首（幽斎抄）」（荒木尚編『百人一首注釈書叢刊第三巻　百人一首注・百人一首（幽斎抄）』〈和泉書院、一九九一〉）に拠った。
（9）赤瀬信吾「宗祇が都に帰る時―宗祇『百人一首抄』とその周辺―」（『説林』第二九号、一九八一・二）、前掲注（1）鈴木論文。
（10）前掲注（5）田中著書、前掲注（1）鈴木論文。有吉保『百人一首全訳注』（講談社学術文庫、一九八三）、島津忠夫『新版百人一首』（角川ソフィア文庫、一九九九）、吉海直人『百人一首の新研究　定家の再解釈論』（和泉書院、二〇〇一）などに依れば定家も同様に解釈していたとされる。
（12）前掲注（9）赤瀬論文。
（13）前掲注（3）尾上論文。
（14）A抄の引用は麻原美子・白石美鈴「翻刻日本女子大学文学部日本文学科蔵『百人一首抄』」（『日本女子大学紀要　文学

部』第四六号、一九九七・三）に拠り一部表記を改めた。文明十年本の引用は、澤山修『百人一首古注釈の研究―「文明十年本」・「応永抄」本文と研究』（雁回書房、二〇〇二）を参照した。なお、明応二年本には異同がある。吉田幸一編『影印本　百人一首抄〈宗祇抄〉』（笠間書院、一九六九）参照。

（15）　島津忠夫・田中隆裕編『百人一首注釈書叢刊第六巻　後水尾天皇百人一首抄』（和泉書院、一九九四）に拠った。

Ⅱ　京都大学附属図書館中院文庫蔵『百人一首抄（通村抄）』

一　はじめに

中院通村は慶安二年（一六四九）に後光明天皇の御前で『百人一首』を講釈した。この折の内容を示す、通村の『百人一首』注釈として、従来、田中宗作・柳瀬万里・日下幸男・田島智子により、後水尾院の『百人一首御抄』の「後十抄に云」（「後十」は通村の院号「後十輪院」の略）に引用されていることが指摘され、検討が重ねられてきた。[1]ところが、大谷俊太により講釈者通村の講義ノート（大谷は「覚書」と称する）が京都大学附属図書館中院文庫に、聴聞者の近衛尚嗣の聞書が陽明文庫に所蔵されていることが明らかにされた。[2]後者の尚嗣の聞書（以下『尚嗣聞書』と略称）については大谷による影印・翻刻を伴った詳細な考察がある。よって本書では、前者の京都大学附属図書館中院文庫蔵『百人一首抄（通村抄）』（以下『通村抄』と略称）について、本考証篇において書誌や先行注の受容、注釈史的意義などについて考究した上で、本文篇に全文を翻刻する。

二　通村の『百人一首』講釈と後水尾院

慶安二年三月から五月にかけ、通村が禁中において『百人一首』の講釈を行った事蹟は、夙に大谷俊太により聴聞者の一人近衛尚嗣の日記『尚嗣公記』別記により確認されている。宮内庁書陵部蔵本に拠り以下に掲げる。

(三月)十八日丁丑、自今日前内府通村公於禁裏被講百人一首今日十首蟬丸哥マデ也、本院(後水尾院)御幸、入道殿(近衛信尋)御聴聞、下官(近衛尚嗣)令聴聞了、於小御所被講也

(四月)九日戊戌、天晴、今日先日之次百人一首御講尺、十五首三条右大臣哥マデ也、於小御所被講也

十四日癸卯、天雨降、百人一首御講尺、十五首平兼盛哥マデ也、於小御所被講也

(五月)四日壬戌、天晴、百人一首御講尺十五首公任歌マデ也、於小御所被講也

十六日甲戌、天晴、今日百人一首御講尺十五首也、良暹法師哥マデ也、清涼殿被講也

廿日戊寅、天晴、暫時夕立、今日百人一首御講尺十五首也俊恵法師哥マデ也、於清涼殿被講也

廿四日壬午、天晴、今日百人一首御講尺満座、珍重之至也、於清涼殿被講之也

通村の講釈は三月一八日に開始され、七回目の五月二四日に満座・終了した。場所は最初四回は小御所で、後の三回は清涼殿においてであった。この通村の講釈については、管見によると『禁中番衆所日記』にも次のように見える。

十八日、晴、於小御所中院前右府被講百人一首

九日、晴、於小御所中院前内府被講百人一首、本院御幸、左府御参
十四日、陰、自巳刻雨降、有御拝、於小御所中院前内府被講百人一首、本院御幸、殿下、左府御参

講釈に参集したのは、後水尾院・近衛信尋・尚嗣に加え後光明天皇が挙げられる。これ以外に聴聞者がいたのかは不明である。だが、小槻忠利の日記『忠利宿祢記』には、

十九日、晴、昨日は於禁中百人一首講尺、中院前内大臣有
九日、暁雨少下、晴、二条殿へ参、正親町相公江参対面語、今日於禁中中院前内大臣百人一首講尺有之由也

とある。伝聞で禁中講釈を耳にしているに留まり、天皇家・近衛家のみが参加した内々の講釈であったと思われる。

この折の通村の講義ノートが、本章で考察・翻刻した『通村抄』であるが、本書については日下幸男の紹介にかかる(3)、京都大学総合博物館蔵中院家文書中の、通村の孫中院通茂筆「和歌覚書」に以下のような記載がある。

百人一首ハ後光明院之時読申候、覚書仕其本焼残候、後水尾院御抄出来之時進上候て、此分ハ御抄ニ被載候、百人一首・詠哥大概も私宅にてハ幽斎抄ニテ読申候、詠哥大概幽斎抄も焼残候

Ⅰ後光明天皇の折に講じた「覚書」した本は、火災（万治四年禁裏火災の仙洞類焼か）(4)でも焼け残り、Ⅱ「後水尾院御抄」が出来上がった時に院に進上し、Ⅲその部分は同御抄に収載され、かつⅣ通村は『百人一首』・『詠歌大概』は

私宅においては「幽斎抄」で講じていた、というのである。後水尾院の『百人一首御抄』には「後十抄」として通村の説が引かれていることは前述したとおりで、先学にも指摘があるが、通村の「覚書」が後水尾院に進上されたとする件りは注意される。現存の『通村抄』にはこれとは別にかつては進上本ともいうべき伝本が存在したのであり、『通村抄』の前半に多くの本文の省略があることは、秦上本を写した手控えであったことを窺わせる。(5)そして、通村は私宅において「幽斎抄」により『百人一首』を講じていたとするのは、『通村抄』における『幽斎抄』の縦横な引用との関連を指摘し得ると共に、通村が先行注の中でも『幽斎抄』を重視していたことが分かる発言である。

次節では、『通村抄』の書誌を掲げ、注釈本文の概要について述べたい。

三　書誌と本文

書誌は以下のとおりである。

函架番号・中院／Ⅵ／一四五。縦一五・二糎×横八・〇糎。折本二冊。香色無地の表紙。二冊目に白銀笹葉・湧雲の文様が見え、一冊目は摩滅か。外題・内題なし。墨付第一冊六七丁、第二冊六八丁。本文料紙は楮紙。「京都帝国大学図書」の方形朱陽印記と楕円形の黒の受入印。本文別筆で「百人一首抄」と墨書した楮紙の袋に収納される。奥書に「慶安第二　抄之於／御前講之」とある。この奥書の存在により本注釈書が慶安二年の後光明天皇の御前での講釈に関わることが判明する。

後水尾院の『百人一首御抄』に引かれる『通村抄』は、先行注に見えない固有な注釈の箇所であり、先行研究では通村の注釈の独自性が強調されてきたきらいがある。だが、全体像を見わたすと、夙に大谷俊太が巻頭の天智天皇歌において明らかにしたとおり、『宗祇抄』・『幽斎抄』及び三条西公条の説の聞書とされる京都大学附属図書館中院文庫蔵『百人一首聞書』〔以下『公条聞書』と略称〕などが参看されており、諸注集成の様相を呈している。

まず、『通村抄』には『宗祇抄』が「祇注」「祇」とした上で引かれているのが目立つ。さらに、こうした出典明示のないまま引用される箇所が散見される（1・3・9・24・43・45・46・50・51・53・55・57・61・70・75）。

次に『幽斎抄』の引用がある。通村が見ていた本は、現存の彰考館蔵本が最も近いと思われる[6]。「抄」と示して引用されるが、その断わりなく引かれている箇所も多くある（1・2・4・6・8・9・10・12・15・24・30・38・39・42・44・48・49・53・58・60・64・67・79）。『幽斎抄』が『公条聞書』の公条説を取り込んでいることは先学に指摘があり[7]、両者が一致する場合は、86番歌に「抄又抄大略同之」とあるような処理が成されている。

また、『通村抄』では、「或抄」「或」「抄」として『公条聞書』が引かれ、そして、「或抄三」「或三」「三」とした上で『公条聞書』の頭注や付箋の実枝説が引かれている。『宗祇抄』・『幽斎抄』同様に特に断わりなく引用されている箇所も部分引用も含めればかなりある（1・33・38・39・42・44・48・54・56・57・58・59・62・64・78・90）。『公条聞書』には、京都大学附属図書館中院文庫蔵本と京都大学大学院文学研究科図書館蔵本の二本が存するが、校異を辿っていくと、『通村抄』が依拠したのは前者と思われる。例えば、82番歌の頭注に、

消ヤスキ命サヘかゝるニ、さてモ涙ハモロキ物哉ト也

が附属図書館蔵本では頭注の冒頭に書かれ、引込線で末尾に移動させており、文学研究科図書館蔵本では末尾にあるが、『通村抄』の引用では冒頭にある。同じく82番歌の、

わか身より外の物なる涙かハ心をしらハなとこほるらん　　逍遙院

が文学研究科図書館蔵本では59番歌の注釈部分にあるが、『通村抄』では82番歌の位置にある。なお、従来指摘がないが、『百人一首御抄』で「或抄」として引かれているのは『公条聞書』である。中世の公条の説が、『幽斎抄』を経てなお近世堂上派の『百人一首』研究に影響を与え続けたことは注目される。

以上、本節では『通村抄』が先行の古注釈の引用を基盤として成立していることを述べてきたが、そのこと自体は『通村抄』注釈の独自な側面を否定するものではない。次節では実枝・幽斎から後水尾院に至る、『百人一首』注釈史における『通村抄』の意義を考えてみたい。

四　意義

『通村抄』には「箋云」として注釈が施される箇所があるが、『百人一首御抄』には通村独自の注としてそのまま引かれている。ただ、これは三条西実枝の説のようである。

まず、6番歌について「箋云」より前を含め掲出し検討してみたい。

6《新古今》かさゝきのわたせるはしにをく霜のしろきをミれハ夜そ深にける

七夕ニ烏鵲《准南子》橋ヲナストニ云事アリ、其橋ニハ非ス、是ハ只空ノ事也、祇云橋《月落鳥鳴》ノ事同上、かやうノ事ハキカネハ事ノ外大事ニキケハ、余ニ安ク心得ルニヨリ、人ノ信モ浅クナレル事也、サレハ書アラハサス、

箋曰八雲御抄ニかさゝきのわたせる橋ハ、只雲のかけはし也、誠ニアルニ非ストニ云ヘリ、此歌ヲ心得サル人、種ゝノ

説ヲカマヘ出ス、甚不可然歟

釈名ニ霜露ハ陰陽之気、■（勝）陰気勝則凝ヲ為霜ト云ヘリ、サレバニヤ陰気《インキ》追テ暁ニ到ラザレハ、霜ハヲカヌ物也

『通村抄』が否定している、「鵲の橋」を七夕に渡す物であるという説は、『公条聞書』に見える。

七夕にいへるは又各別の事也。准南子ニ烏鵲為レル橋ト云事は、是は七月七日鵲と云鳥ノ来て、為レリ橋て織女を渡スト云事なり、此歌の鵲ノ橋と云は、冬深ク成テ月もなく一天ノ雲晴たる夜霜は、天に満ヽと〆暁ノ寒タル夜の事也、夜嵐ノ吹尽してならては霜は置ぬ者也、月落チ烏啼テ霜満レツ天ニの心也、橋に置霜といはん為也、只空を鵲と云なり。霜置タル空の雲ノ梯也（以下略）

前半で七夕に鵲が来て橋と成って織女を渡するとする一方で、鵲を空、雲の梯とする『通村抄』に繋がる説も提示している。そして、本注釈書頭注に、

三亜説、八雲ニモ鵲の雲ノ梯トよめり

と、『通村抄』の「箋云」と照応する記事が見出され、これが実枝の説であったことが分かる。『通村抄』には『宗祇抄』への言及もあるので、『宗祇抄』の該当箇所を掲げてみる。[8]

此鵲の橋の事、七夕にいへる義にハ相違せるにや、かやうのことハきかねハ事のほか大事にきけハ、あまりにやすく心得るにより、人の信もあさくなれる事也、されハかきあらハし侍らす

公条が鵲の橋を七夕のこととしたのに対し、『通村抄』は『宗祇抄』に戻り批判しているのである。

次に、7番歌の「箋云」を含む注釈を見てみたい。

祇云ふりさけミれハトハ、フリアフギテ見ル義也、但当流ニハ提テナト云如ク手裏ニ入テト心得ル也、祇云ふりあふく義ハ勿論ナレ共、此心ハもろこし人ノ名残ヲ惜ム比、月明ニ青天クモリナキニ、吾朝ノ三笠ヲナカメツヽケタル心、よろつヲ手裏ニ入タル様ナレハ、カク云ヘリ、クレ〳〵此哥ハ、もろこし人ノ名残、天原吾国ノ三ヲ思入テ見ルヘシ、長高ク余情限リナシト也

箋云師云コヽヲ唐朝ト云共、是コソ吾朝ノ三笠ノ山ノ月ヨト云也、ふりさけハ提也、我物ニシテ見ル義也、万ニ振放トカケリ、放ハホシイマヽト読字也、我物ニシタル義一決セリ、ふりあふくノ義ハ、他流ノ説也、貫之土佐ノ日記ニあを海原ふりさけミれハ云々、万三、長哥、するかなるふしのたかねを天原振放《フリサケ》ミれハわたる日の影もかくろひ――云々、赤人長哥

『宗祇抄』では「ふりさけみれは」を「振り仰ぐ」意とするが、「箋云」以下では「他流の説」とこれを退けている。『宗祇抄』の本文は以下のとおりである。

ふりさけみれハとハ、ふりあふきみる義也、但当流にハ、提てと云様に心得る也、ふり仰く義ハ勿論也、されとも此心ハもろこし人の名残をおしむころ、月ハ明にすみわたりて、天つ空くもりなきころ、我朝の三笠をなかめつゝける心、よろつを手裏に入たる様なれハかくいへり、くれ〳〵此哥はもろこし人の名残をももとより、天のハらをも我国の事をもよく思入て、見侍るへき事とそ、長高く余情かきりなし

『通村抄』が忠実に引用していることが分かる。また、『公条聞書』には、

歌ノ心はふりさけみれはとは振放ヲツ取て、提タルやうノ心也

とあり、『通村抄』の「箋云」以下と通底する記載が見出される。
なお、近衛尚嗣が筆記した、『尚嗣聞書』では、

天の原――
詞書ノ内、メイジウ夜（ヨル）になりてトヨメリ、ふりさけハふりあをひてみる心也、当流ハ提ノ心也、わか物になしてみる心也、くれ〳〵名残ヲ惜テ我朝ノ三笠山の月よとの頃也

とある。「箋云」以下の注釈が反映されていない。
最後に、26番歌の「祇云」と「箋云」とある注釈をみておく。

26＼小倉山ミねの紅葉ゝ心あらはいま一たひのみゆきまたなん
＼拾遺
＼祇云是ハ亭子院大井河ニ御幸アリテ、行幸もありぬへき所也ト仰セ給ニ、事ノよし奏せんト申テ、此哥ヲ読メリ、心ハ行幸ノ事ヲ申サンハ、其恐レアレト、紅葉ニおほせ云ヘル事尤珍重ニヤ、歌ノ様凡俗ヲ離レテいかめしくキコユ云々
＼箋云此百人一首ハ小倉山庄ノ色紙ナルニ、此哥自然ニ定家卿ノ本意ヲノヘタルナルヘシ、此歌撰入《ヲ》ラル、事、哥からハ勿論ナレ共、我身数ナラハ、みゆきモ待見ルヘキ物ヲト、山モ同シ小倉、紅葉も同シ紅葉ナレハ、下ノ心ハさなから貞信公ニ通シケルトソをしハかられ侍る

「箋云」以下は『百人一首』の異称「小倉山荘色紙和歌」の根幹に関わる注であるが、『公条聞書』には一致する記載が見出されない。ところが、後水尾院の講釈を廷臣が聞書した、国立歴史民俗博物館蔵高松宮旧蔵『百人一首聞書』に以下のようにある。(9)

さて、三光院義、此百人一首は、小倉の山庄の色紙の歌しや、此をくら山のみねの紅葉々の歌は、自然に定家本意をのへたやうなことてあらふず、それによりて此歌を別してゐらひ入た物であらふず、歌からの殊勝な事は勿論なれとも、下心かあらふず、定家、我見数ならは、みゆきをもまたふする物をとの下心也、山もおなし山、紅葉もおなし紅葉しやほとに、我身数ならは行幸をも待つけうする物をと、下心さなから貞信公に通しさう也

院がどこから三光院実枝の注釈であることを知り得たのかは明らかではないが、「箋云」以下が実枝の説であることが判明する。

このように、『通村抄』は『公条聞書』の説を独自の観点から再検討すると共に、中世末期に三条西家に蓄積されていた家説を禁中にもたらし、さらには後水尾院に継承した意義を有するのである。

五 おわりに

『通村抄』は『宗祇抄』・『公条聞書』・『幽斎抄』等の先行の古注釈の引用を基盤としていた。一方で、『宗祇抄』の説を独自の観点から再検討すると共に、中世末期に三条西家に蓄積されていた家説を禁中にもたらし、さらには後水尾院に継承した意義を有するのである。

注

（1） 田中宗作『百人一首古注釈の研究』（桜楓社、一九六六）、柳瀬万里「中院通村の百人一首注釈」（『城南国文』第三号、一九八二・一二）、日下幸男「中院通村の古典注釈」（『みをつくし』創刊号、一九八三・一）、田島智子「カリフォルニア大学バークレー校所蔵『後十抄』」（『詞林』第七号、一九九〇・四）。

（2） 大谷俊太「中院通村講・近衛尚嗣記『百人一首講尺聞書』考説（上）（下）」（『叙説』第二六号、第二七号、一九九八・一二、一九九九・一二）。以下大谷の見解の引用はこの論文による。なお、吉海直人編『百人一首注釈書叢刊第一巻 百人一首注釈書目略解題』（和泉書院、一九九九）にも論及がある。大谷には「中院通村講・近衛信尋記『百人一首聞書』について」（『奈良女子大学文学部研究年報』第四四号、二〇〇〇・一二）もある。

（3） 前掲注（1）日下論文。

（4）万治四年の禁裏火災では後水尾院仙洞御所も類焼し、多くの古今伝受資料を失っていることが、陽明文庫蔵・近衛基熙『伝授日記』により知られる。新井栄蔵「影印陽明文庫蔵近衛基熙『伝授日記』」（『叙説』第九号、一九八四・一〇）に影印が供されている。また、田島公「近世禁裏文庫の変遷と蔵書目録―東山御文庫本の史料学的・目録学的研究のために―」（田島公編『禁裏・公家文庫研究』第一輯、思文閣出版・二〇〇三）参照。

（5）吉海直人は「本書は後の後水尾院抄に引用された『後十鈔』の原本（通村自筆之講釈覚書）と考えられる」とする（前掲注（2）吉海編著）が、首肯し難い。

（6）荒木尚「彰考館蔵百人一首（幽斎抄）」（荒木尚編『百人一首注釈書叢刊第三巻　百人一首注・百人一首（幽斎抄）』（和泉書院、一九九一））に解題と翻刻が備わる。

（7）赤瀬知子「京都大学中院文庫本百人一首聞書」有吉保・位藤邦生・長谷完治・赤瀬知子編『百人一首注釈書叢刊第二巻　百人一首頼常聞書・百人一首経厚抄・百人一首聞書（天理本・京大本）』（和泉書院、一九九五）。なお、本注釈書の引用は同翻刻に拠る。

（8）宮内庁書陵部蔵『百人一首』（文明十年本）に拠った。澤山修『百人一首古注釈研究―「文明十年本」・「応永抄」本文と研究』（雁回書房、二〇〇二）を参照した。

（9）島津忠夫・田中隆裕編『百人一首注釈書叢刊第六巻　後水尾天皇百人一首抄』（和泉書院、一九九四）の翻刻に拠る。一部表記を改めた。

Ⅲ　東京都立中央図書館加賀文庫蔵『百人一首講釈実陰公聞書』

一　はじめに

中院通茂は、本書で後述するとおり元禄一〇年（一六九七）に『百人一首』講釈を行い三種の注釈が成立した。一方、それに一五年遡る天和二年（一六八二）にも講釈を行っており、既に鈴木健一により指摘がある[1]東京都立中央図書館加賀文庫蔵『百人一首講釈実陰公聞書』（以下『実陰聞書』と略称）によって具体的内容が確認できる（なおこの年の『中院通茂日記』は伝存しない）。本注釈書を今回仔細に検討したところ、中院通村や後水尾院の講筵の口述や口伝を伝える他、宗祇・細川幽斎の注を踏まえつつも、元禄一〇年の講釈に先行して天和二年の時点で独自な注釈を施していることか明らかになった。よって17番歌までの零本ながら本書において全文翻刻することにした。本考証篇では書誌を掲げた上で先行注の影響や受容態度などの基礎的事項を考察する。

二　書誌

まず、本注釈書については鈴木健一により以下のように論及がある。

△十月二日、中院亭において中院通茂が『百人一首』を講釈する。
東京都立中央図書館加賀文庫蔵本は、外題「百人一首講釈実陰公聞書　完」、内題「天和二年十月二日／中院亜相百人一首講尺」。出席者は、清水谷実業・庭田重条・竹内惟庸・下冷泉為経・中院通躬・野宮定基・久世通夏・武者小路実陰ら。中央本には、室陰自筆本を転写した由を記す明治三十二年可汲奥書がある。

若干付言すると、一〇月二日の講釈は10番歌までで、七日に二度目の講釈が行われている。本注釈書は前述のとおり17番歌までの零本であり、実際はこれ以降の講釈が行われたが単に書写されなかったのか、講釈自体が中絶したのか明らかではない。完本出現が望まれる。

次に書誌を掲げる。

函架番号・加賀文庫／七〇七五。縦二四・一糎×横一六・六糎。袋綴一冊本。水浅葱色無地の表紙左肩に外題（題簽）「百人一首講釈実陰公聞書　完」。扉題「百人一首講釈／実陰公聞書」、内題「天和二年十月二日／中院亜相百人一首講尺」。墨付二四丁、遊紙なし。本文料紙は楮紙。明治三二年写。書写奥書は以下のとおり。

右原書ハ中村氏所蔵にて、実陰公自筆杉原横詠草反古の裏に書かれたる都合七枚あり、古雅にしていと珍ら敷も

のなり

明治三十二年二月一日　　可汲写

行頭欄外に朱書で「詠草の端に天和二三二一日園亭会詠草之草とあり」、「天和二年より明治三十二年まで弐百十八年」とある。これらによると本注釈書の親本は歌会の詠草の草案反古の裏に書かれていたのであり、講釈全体の一部分である可能性がある。

次節では先行の注釈の影響や受容の様相について述べる。

三　先行注の影響と受容

『実陰聞書』の一番歌の注釈は、京都大学附属図書館中院文庫蔵『百人一首抄（通村抄）』（本書本文篇Ⅱに翻刻、以下『通村抄』と略称）の祖述・要約である。実際に本文を対照させてみよう。

◆『実陰聞書』

宗祇カルカヤノ関ノ説此面也、称名院之説諒闇ノ時ノ説アリ、サテ此御製此百首の巻頭ニヲカルヽコトハ、聖道明王ノ徳ヲホムル義也、かりほの庵一説刈穂の庵、一説仮庵のいほなり、刈穂の時もかりをとよむへき也、但猶かり庵のいほよろしかるへしと也、民の春ハタカヘシ、夏ハクサキリ、秋ハカリ、冬ハヲサメ、年中粒々ノ辛苦勝テカソフヘラヌ民ノ上ヲ思召ヤラルヽハ、民ノ袖よりも猶御袖のぬるゝよし也

◇『通村抄』

惣テ東常縁ハ表ノ説ヲ先読テ聞セテ、執心ノアル者ニハ、本説《後ニ》ヲ読テキカセタルト也、宗祇注ニ刈萱関ノ事ヲ云ハ、表ノ説ヲ聞タル時ノ注ナルヘシト云々

刈萱開事——　日本紀ニ筑紫ニ防ヲ置トアリ、此事ヲ云

　是ハ新羅ト戦アル故也

称名右—説天皇母后斉明崩シテ諒闇—ノ御製也云々、尤有其理乎

かりほの庵一説、刈穂ノ庵一説、仮菴ノいほ刈穂ノ時モ、」をト——、5ウ但猶かりいほノ庵宜カルヘキニヤ、重詞也

黄門《定家卿》ノ意此御製ヲ巻頭ニ入ラル丶故ハ、政道明王ノ徳ヲ褒《ホムル》義也、凡天下ノ民ハ国家ノ本也、仍テ百姓ノ字ヲ御宝ト訓ス、春耕夏耘秋刈冬蔵ム、年中粒々ノ辛苦不可勝斗、此苦労ハ上一人ノ苦也、万民ノ歓ハ上一人ノ楽也、王者ノ道民ト倶ニ楽ミ、民ト共《共》ニ苦ム、サレハ疎屋ノ風モ防得ス、露モタマラヌ民ノ袖ヨリモ、万民ヲ思召御袖ハ猶ヌレマサルトノ義也、此叡心ノ故ニ、此御代天下治リ、高麗ノ軍ヲモタスケ給ヘリ

通茂が天和二年に『百人一首』を講釈するにあたり基底としたのは『通村抄』であったことが窺知される。なお、この『通村抄』の箇所は、後水尾院の寛文元年の講釈の講義ノートである『百人一首御抄』(2)に「後十抄云」とした上で引かれている。

また、『実陰聞書』は、『通村抄』同様宗祇や幽斎の説を後水尾院の『百人一首御抄』のように順序立てて引くのではなく縦横に引用している感がある。『百人一首宗祇抄』はまず「宗祇注」として二箇所（4番歌・7番歌）に引かれている。その他出典を断らず引用している箇所があるが、7番歌の以下のような事例は注意される。

ふりさけハ振仰《アフク》といふ義あり、当流にハ提《ト》いふ字ナリ、提といふハ、我物にして手ノウチニ入テミル心也、今少提之字にも不審のこるヤウ也、サキホトノ長哥にもふりさけあり、ミ合テ合点スヘキ也

前半は次の『百人一首宗祇抄』に拠ったものである。[3]

ふりさけみれはとはふりあふのきて見る儀也、但当流には提てといふやうに心得也

だが、『実陰聞書』は前掲後半でこの語釈に不審が残るようであるとのコメントを付している。また、その中間に「提といふハ、我物にして手ノウチニ入テミル心也」とあるのは、京都大学文学研究科図書館蔵『百人一首伊範抄』(本書本文篇Ⅵに翻刻)に、

手の内に入たる様に覚ゆれハ、是こそ我朝の三笠《の》山に出し月なれと、ほしいまゝに我物にしてミる心也

とあり、元禄一〇年の講釈へと連なるものである。

なお、4番歌に「〜ト抄にある也」、5番歌に「抄にも〜」とある「抄」とは『幽斎抄』[4]のことである。後者ではこの引用に続き、

コヘキクノキクト云事カ、世間の様ニハキコヘス、又もしキクト云字ニツケテ面白事カアルカ不知也、声キク時

ソノソの字ト秋ハのはの字トニテ、かなしさか深切ニキコユル也

と疑義を呈し独自の見解を打ち出している。

そして、後水尾院の説が出典を明示した上で二箇所に引かれる。以下に掲げる。

1後水尾院仰云これやこのとは今一比するものなくてはならぬ也、さるにより面カラ会者定離の心なり、関《クワン》ヲとをると云事ハ禅家に沙汰有事也、ソレハコ、ニハカナハスト仰也ト云々

2みたれんと思は、みたれそめにしにまさりたりと後水尾院なとも仰ありしなり

後水尾院の説は前掲の『百人一首御抄』と講釈聞書『百人一首聞書』によって知られる。2は『百人一首聞書』に、

　みたれんと思といふより乱そめにしはましたるやうなことであるらふ

と対応する本文が存する。だが、1は両者いずれとも照応せず、補完して復元し得る程度である。書承を経ておらず院の口述を書き留めたものと思われる。関係すると記載を次に掲げる。

◇『百人一首御抄』

コレヤ此会者定離ノ躰哉ト云心ナラテハ、是ヤ此ノ初句聞ヱカタキ様ナル歟。如何。（中略）善家ニ関ヲトヲル

ト云事アり、其心ハ爰ニハ難叶歟、如何

◇『百人一首聞書』

何そま一つ物に比する物かなくてはいはれぬ五文字しや

また、一箇所であるが通村の説が出典を明示した上で引かれるところがある。

玉造の小町ト此小町と差別しれす、近代此ゑはやる也、前内府《通村》なとは此ゑノ上ニ哥カヽサル也

『通村抄』には見出せない発言で、通村に日頃身近に接していて見聞した事柄であると思われる。

最後に、2番歌の注の末尾を見ておきたい。

万葉ニハ衣サラセリ・衣ホシタリ両点也、常のてふと云ハ、といふと云心ナリ、此てふハタヽ心モナキてふ也、定家卿此ヲトリテ、サマ〳〵ニヨマレシ也
・花さかり霞の衣ほころひて峯しろたへのあまのかく山
・大井河かはらぬゐせきをのれさへ夏きにけりと衣ほすなり
・白妙の衣ほすてふ夏のきてかきねもたはにさける卯花
義理にをきては衣サラセリガマシナ様ニキコユル也、此ニハナニトソ工夫ノアルヘキ処也、此ハ日比合点ノユカサル事ニヲモヒシ也

『万葉集』に両訓があることや定家の影響歌の指摘は『通村抄』に由来するが、「義理にをきては〜」以下の「衣さらせり」の本文の方が良いというのは『実陰聞書』独自の説述である。中院家の古典学の深化としても注目される。以上、『実陰聞書』に見える通茂の注釈は、宗祇・幽斎・通村・後水尾院の説に立脚しながらも、注釈史上独自な注意すべき内容を含んでいた。

四　おわりに

通茂は元禄一〇年を一五年遡る天和二年の講釈の時点で既に宗祇や幽斎の注を研究しており、通村や後水尾院の説の影響も受けていた。一方で注釈史上独自な注意すべき見解も打ち出されていた。零本であるのは惜しまれるが、本注釈書の説述を本書収録の以後の通茂の注釈とさらに対照・精査することにより、通茂の注釈の形成過程が明らかになることが期される。

注

（1）　鈴木健一『近世堂上歌壇の研究』（汲古書院、一九九六）。

（2）『百人一首御抄』及び『百人一首聞書』の引用は、島津忠夫・田中隆裕編『百人一首注釈書叢刊第六巻　後水尾天皇百人一首抄』（和泉書院、一九九四）の翻刻に拠る。一部表記を改めた。

（3）　宮内庁書陵部蔵『百人一首』（文明十年本）に拠った。澤山修『百人一首古注釈研究―「文明十年本」・「応永抄」本文と研究』（雁回書房、二〇〇二）を参照した。

（4）　複数存在する幽斎の注でも荒木尚「彰考館蔵百人一首（幽斎抄）」（荒木尚編『百人一首注釈書叢刊第三巻　百人一首注・

百人一首（幽斎抄）』〈和泉書院、一九九一〉）に解題と翻刻が備わる彰考館蔵本に本文が近い。

Ⅳ　京都大学附属図書館中院文庫蔵『百人一首私抄』

一　はじめに

中院通茂は生涯三種の『百人一首』注釈を残したが、本章で翻刻したⅢ京都大学附属図書館蔵『百人一首私抄』[1]はその嚆矢と成るものである。全体に後水尾院の『百人一首御抄』の要約の感が強いが、後水尾院の講釈に陪席した五人によりまとめられた『百人一首聞書』に拠っているところもある。そして、書名が示すとおり、「私」として通茂自身の独自の見解が述べられている箇所があり、本書で翻刻したⅥ京都大学文学研究科図書館蔵『百人一首伊範抄』へと繋がる萌芽を示している。

本考証篇では、書誌と通茂の講釈の事蹟について述べ、後水尾院の説の引用について確認した上で、本注釈書の特色について論じてみたい。

二　書誌と通茂の講釈の記録

本資料の書誌は以下の通り。

函架番号・中院／Ⅵ／一四二。縦一五・六糎×一六・九糎。袋綴一冊。三つ目綴花浅葱色無地の表紙左肩に外題・直書「百人一首私抄」。内題「小倉山庄色紙和歌」。元禄一〇年写。墨付五三丁まで本文が書かれ二丁分空白、五六丁に後掲の書写奥書、以下一七丁の空白の後、末尾から上下反転して「伝心抄　不審」と内題がある本文が書写されている（本書ではこの箇所の翻刻は割愛）。本文料紙は楮紙。「京都帝国大学図書」の方形朱陽刻印記と楕円形の黒の受入印。書写奥書に次のようにある。

元禄第十大簇之始有講談懇望之仁而雖企此抄出、咳喘之疾病無其隙之故執筆之中絶及度〻、而今得季春立夏之暖沽洗下澣竹筭生之候、終以遂其功、定而僻説謬字可為繁多歟、吟味再三之後令清書、納箱底可伝後葉者也

亜槐散木源（花押）六十七歳

ここには元禄一〇年に『百人一首』講談を懇望され、本注釈を抄出することを企てた。咳喘のため執筆が中絶することもあったが、三月下旬に書写の功を終えたとある。元禄一〇年の『百人一首』注釈の抄出及び講釈の事蹟は『中院通茂日記』に見える。以下に掲げる。

（閏二月）十日辛酉晴陰、自暮雨下、今日百人一首抄出二首書之

（三月）廿九日己酉（中略）百人一首抄出昨日終書功、今日書奥書少〳〵再見了
（四月）四日癸巳晴、転法輪羽林入来、和哥随身所存述了、夕飯後風早羽林・野々宮・久世・両羽林吉益彦太郎・其家来、
　百人一首講談
　此事去春田村右京大夫・松平若狭守所〔等〕望吉益百人一首講談由雖所望も、可處之様申聞、吉益彦太郎も可為本望之也、両人被申を仍講之、其次風早等〔密々〕所様也、十首講之
廿一日庚午、雨降、辰刻講百人一首義孝以下廿五首、野宮・風早・久世等羽林吉益彦太郎・雲泉等也
（六月）五日癸巳晴（中略）野宮・久世来、〔明日〕百人一首講談〔可〕之由也、仍下見了
六日甲寅晴、辰終刻野宮・風早・久世等羽林吉益彦太郎・其家来、講百人一首法性寺入道哥至終、今日終其功了

　これによると閏二月一〇日から『百人一首』注釈を抄出し三月二八日に終え二九日に奥書を記し再見した。これは三月下旬に書写を終えたとする書写奥書の記載と一致する。それをもとに四月四日に野宮定基・久世通清らの公家衆の発起により『百人一首』講釈が始まり、六月六日に終えた。

『百人一首私抄』は先行注釈書として後水尾院の説の影響を大きく受けている。次節ではこの点について述べる。

三　後水尾院説の引用

　まず、『百人一首私抄』がいかにして後水尾院の『百人一首御抄』(2)を要約しているかを43番歌を例に示したい。『百人一首私抄』の本文は次の通りである。

43 拾十二 逢みての後の心にくらふれハ
　題しらす、哥の心ハ人にいまた逢みぬさきにハ、只いかにしてか一度の契りと思ふ心のひとつの思ひにて過つるを、逢みてのちハ、猶その人を哀と思ふ心のまさるもの也、逢みていよく恋しさのまさる程に、むかし一すちニ一度の逢事もかなと思ひしハ、物ヲ思にてもなかりしと也、惣別世間ノ事得一思十得百思千、次第くニ望ある物也、一行ノ書をかはしそめてより、漸〻ニ思ひの限なくなるをかくいへり
　拾 あひみてもありにし物をいつのまにならひて人の恋しかるらん無作者
　我恋ハ猶あひみてもなくさますいやまさりなる心ちのみして

『百人一首御抄』には以下のようにある。

43逢みての後の心にくらふれはむかしは物もおもはさりけり
祇注云、人ニ未タ逢ミヌ程ハ、只イカニシテカ、一度ノ契モト、思心ヒトツノミニテ過ヌルヲ、逢ミテ後ハ、猶其人ヲアハレト思フ心モマサリ、又ハ、世ノ人目ヲモイカヽナト思ヒ、又ハ、其人ノ心ヲモイカヽ、思ラン、ウツロヒヤセン、兎ヤアラン角ヤアラント思心ソヘハ、昔一スチニアハレ一度逢モミハヤナト思ヒシハ、頼ナラヌ事ニ成ヌル心ヲ、カヤウニ読ル也、此歌ハ、ヤスキ様ニ聞エ侍レトモ、其心クラウシテ心フカキ歌也、カヤウノ歌ヲ、心ヲモ付ス見侍ランハ、本意ナキコトニコソ侍ラメ
玄鈔云、心ハ、逢テ後ニ切ナル心也、人生知字憂思之始東坡、此心也、人ハ物ノ心ヲシラヌカ能也、物ヲ知テハ無尽期也、是ハ、逢ミテカラ猶恋シサノマサル程ニ、昔一度ト思ヒシハ、思ヒノ内ニテモナカリシト也、

又ハ、忍フト云コトノ加ル程ニ、アハサリシサキハ物ヲ思フニテモナカリシト也、又、思ヒノキサシテハ形ヲモミハヤト思フ、面影ヲミテハ詞ヲ通セント思、詞ヲ通シテハ一夜ノ契ヲモト思、一夜契テハ我物ニ領セント思、逢初テハ人目・名ヲツヽム、皆是思ヒ也、我胸中ヲ顕シテミセン為ニ、恋ノ歌ヲハ多ク入ル物也、歌ノ本意ハ恋也、胸中ノ芥《アクタ》ヲ取出サン為也、世間モ如此也、世俗ニ欲ニハ頂ナキト云心也

後十鈔云只一度ノ逢事モカナト、昔一筋ニ思ヒシハ、物ヲ思フニモナカリシト也、惣別、世間ノ事、得レハ一ヲ思レヒ十ヲ、得レ百ヲ思レ千、次第〳〵ニ望アル物也、　アヒミテモ有ニシ物ヲイツノ間ニナラヒテ人ノ恋シカルラン無作者　我恋ハ猶逢ミテモナクサマスイヤマサリナル心地ノミシテ同　相並テ入歌トモ也

『百人一首御抄』が引く宗祇の説の「昔一スヂニアハレ一度逢モミハヤナト思ヒシハ、頼ナラヌ事ニ成ヌル心ヲ、カヤウニ読ル也」の件りの後半を幽斎の説の「是ハ逢ミテカラ猶恋シサノマサル程ニ、昔一度ト思ヒシハ、思ヒノ内ニモナカリシト也」で繋ぎ言葉を補い、その後通村の説を引いている。

次に、『百人一首私抄』が、後水尾院の講釈に陪席した五人の聞書をまとめた『百人一首聞書』に拠っていることを12番歌を例に示す。

12 古雑上 天津かせ雲のかよひち

古今詞書五節の舞姫をみてよめる云〻

心ハ唯今の舞姫を、むかしの天女にしてよみたる哥也、この舞の名残をおしみて、天女の立帰るへき雲のかよひちを■■《（とめ）》吹とちてとゝめよといへり

五節の事ハ公事根源抄、抑五節のおこりハ昔天武天皇吉野宮にまし〱て、野を引給ひし時、まへの嶺より
天女あめくたりて、天の羽衣の袖を五度翻して、
をとめともをとめさひすもから玉を袂にまきてをとめさひすも
といひけるとにや、しかるを天平十五年五月にまさしく内裏にて五節の舞ハありけるとそ
年中行事ニ十一月廿日五節舞姫まいる、四人の内一両人まいりの儀式あり、そのほかハうち〱まいる、み
な参とゝのほりて、帳台に出御あり、殿上人ともしそくにさふらふ、主上御なをし・御指貫にて御沓をめさ
る、帳台御所の程観毎あり、早於賓多ゝ良なとうたふ云ゝ
或抄此五節文徳天皇斉衡三年の五節をみてよみたる云ゝ遍昭出家以後六七年云ゝ、私此義如何、五節人ノ外見物不審、且出家人不可見
之、況遍昭事　此哥為俗之時之哥歟
遍昭事種ゝ抄物等ニ見タリ、天津風ノツハヤスメ字也
なまみもなき哥ハ、遍昭哥ニハこれら斗といひつたへたり

『百人一首聞書』の本文は以下のとおりである。

古今詞書に、五節の舞姫をみてよめる、とあり、たゝ今の舞姫をむかしの天女にしてよみたる歌しや、この舞姫
の名残をゝしむて、天女か立帰らふする雲のかよひちを、吹とちてとゝめよと云た歌しや
さて、此五節は文徳天皇斉衡三年の五節をみてようた歌しや——
此事重而窺之、被書付賜之、仍注之

> 或抄に文徳の御宇斉衡三年五月五日舞姫は藤原朝行か姫、藤原の遠経か姫等也とあり、遍昭出家以後六七年め也
> 公事根源抄、抑此《此処歟》五節のおこりは、昔天武天皇吉野宮にまし〱て、野を引給し時、前の嶺より天女あまくたりて、天の羽衣の袖を五度翻して、おとめ共をとめさひすもから玉を袂にまきてをとめさひすも　と云けるとかや、しかるを天平十五年五月にまさしく内裏にて五節の舞はありけるとそ
> 年中行事、十一月丑日五節の舞姫まいる、四人の内一両人まいりの儀式あり、其外はうち〱まいる、みな参り、とくのほりて、帳台に出御あり、殿上人ともしそくにさふらふ、主上御なをし・御指貫にて御沓をめさる、帳台御所《前歟》のほと観舞あり、ひんさゝ《た歟》らなとうたふ、（一行分空白）五節にはひんたゝらなと云うたひ物をうたふと也
> 五せちの濫觴の事は、いつれの抄にもあり、別而玄旨抄にくはしうみえた

「心ハ～」以下の歌意の把握、『公事根源』と『年中行事』の引用が一致する。これらは『百人一首御抄』に見えない記載である。また、「或抄」の引用は『百人一首聞書』では省略されている。

通茂は『百人一首私抄』において後水尾院の『百人一首御抄』のみならず、『百人一首聞書』から知られる院の口述をも踏まえていた。次節では、『百人一首御抄』・『百人一首聞書』に見えない先行注の引用について検討する。

四　独自の先行注の引用

まず、京都大学附属図書館中院文庫蔵『百人一首聞書』（以下『公条聞書』と略称(3)）に見える実枝説で『百人一首御抄』に引かれていない引用が存する。99番歌について、

三此御代両六原アリテ、関東ヨリ天下ヲ斗フヲ御無念ニ思召テ、公家一通ノ世ニセント思召テ、御謀叛申サレシモ不成シテ被流玉ヒシ事也、人モヲシトハ現在也、又ナキ人を思召出ス御心もあるへし、人も恨ントハ、世中ノ人度〻ニテ世モ治リ何キヲヨミ玉ヒシニヤ

とある。これは、『公条聞書』の実枝説である頭注に、

三人もおしの御歌殊勝御製也、後鳥羽院は安徳天皇不慮ニ西海にてはて給テ後、後白川院より御位をヲ譲り給し也、当御流後鳥羽院之御筋也、両六原有テ、関東ヨリ天下を計フヲ御無念ニ思召テ、公家一通ノ世ニせんト思召テ、御謀叛ナサレシモ、不レ成〆被レ流給し事也、人もおしトハ現在也、又なき人を思召出ス御心もあるへし、人も恨シ世は、世中ノ人取〻ニテ、世モヲサマリかたきを読給しにや、天子タル御身にては、世を我身ノ上に思召事ナレハ、その心をふかく読給へる事也

と記されるところの引用である。

次に『百人一首兼載抄』[4]を踏まえたと思われる箇所がある。序に、

兼載抄先其身ノ哥道ニ成タルヲ本トシ、徳ある哥邪説ノ顕ハレサル所ヲ肝要トセリ

とある。『百人一首兼載抄』には、

其身の心歌道に能成たる人の行跡《ギヤウセキ》をあらはし、又徳ある人のを詮《セン》と被入

と見える。同じく9番歌に、

兼抄哥ニ一句哥・二句哥ト云コトアリ、是ハ三句ノ哥也、ウツリニケリナニテ末ハソヘタル哥也

とある、これは『百人一首兼載抄』が、

又歌に一句の歌・二句の歌と云事あり、是等は二句の歌也、花の色は移《ウツ》りにけりなといひ出して、是より末はみな初の注《チウ》を述《ノベ》たるやうの儀也

とするのに由来しよう。

また、『百人一首御抄』において「両聞」と称される中院通勝『百人一首抄』（本書Ⅰに国立国会図書館蔵本を底本として翻刻。以下「国会本『百人一首抄』」と略称）は、『百人一首御抄』の引用を踏襲するところもあるが、独自に引かれることもある。例えば、2番歌に、

大井河かはらぬゐせきをのれさへ夏きにけりと衣ほすなり　定家卿

両聞■（東）東也聞山ハ雲カカヽリテ白クミユルカ、川ハカワラヌヰセキノ白キハ、衣ヲカヘヌルカトイヘリ

とある。定家歌の引用と語釈は、国会本『百人一首抄』には、

　　　　　　　　　　定家卿

　大井川かハら《ら》ぬゐせきをのれさへ夏きにけりと衣ほす也

山ハ雲かかゝりてしろくみゆるか、河ハかはらぬゐせきのしろきハ、衣をかへぬかといへり

と見える。『百人一首御抄』には長く国会本『百人一首抄』が引かれているが、この箇所の引用はない。同じく『百人一首私抄』に、9番歌に前掲の『百人一首兼載抄』の引用に続き、

此《両聞》哥《東也》ニ文字四アリ、少モ耳ニ立サルハ上手ノ所為也云々

とある。これは、国会本『百人一首抄』には、

此哥に文字四あり、雖然ちとも耳に不障也、上手の所為を思へしと云々

と見え、『百人一首御抄』には引かれていない。

『百人一首私抄』には『公条聞書』・『百人一首兼載抄』・国会本『百人一首抄』が独自に引かれていた。次節では、「私」として通茂が私見を述べた箇所について考察する。

五　「私」に導かれる注釈

まず、『百人一首私注』で「私」とされる見解が後の京都大学文学研究科図書館蔵『百人一首伊範抄』に継承されている事例（59・80・96）を掲げる。

◆『百人一首私抄』

私人の来らさりし事をハいひ出すして、我いたつらに待ふかしたる後悔をのへたる心おもしろし

◇『百人一首伊範抄』

一首の表に主人の来らさるをハ云出すして、我徒に待明したる後悔を云述たり、

◆『百人一首私抄』

私なかゝらん抄義人の契りの行末の事ニいへり、さもあるへし、但我命の事ともいふへき歟、猶可吟味　なかゝらん心とつゝきたれハ、行末の事にや

◇『百人一首伊範抄』

抄に右之通りニなかゝらん心を《も》知らすと云るを、人の心にしてみたる也、さも有へけれとも、又我命の事にも聞ゆる也、我行末の永く契りを頼むへき命ともしらす今朝を限りの様に思へ乱るゝ共聞ゆる也

◆『百人一首私抄』

私此注面白様なれとも、公経公ハ時に当りて、公家・武家の外戚にて随分人の尊敬ありし人なれは、賞翫なしなといふへくもあらさる歟、たゝ。嵐の雪と花の程なく降につけて、我身の旧行事を歎く心はかりあるへき歟、猶其上の余意にさしも感にハ、人の賞翫せし花も、やかて嵐の雪とふりはてゝ、見所もなく成たる事よと我身のうつるもかくそと本心《観したる》あるへき歟

◇『百人一首伊範抄』

此注面白様なれ共、公経公ハ公家武家の外戚にて、崇敬有し人成レハ、賞翫なしと云へからす、只花の程なく嵐の雪とふり行我身を歎く成へし、穴勝述懐ならすも、只老に至る迚《様をも》降り行物ハ我也と遊したるへし

とりわけ80番歌に関しては「なかからん」の主語を自分の命のこととするところが通説には無い新見であるが、その端緒は既に『百人一首私抄』に表われていたことが分かる。また、90番歌に述懐性を読み取らないという解釈も『百人一首私抄』の段階のものであった。

『百人一首私抄』の「私」に導かれる通茂のコメントは、引用した先行注に対する私見が多い。例えば、19番歌に、

家集ニハフシコトニトアリ、私フシコト難心得、家集古本書損アマタアリ、此等モ若書損タルヘキ歟

との注がある。「家集ニハフシコトニトアリ」とする異文への言及は、『百人一首聞書』に、

家集には三の句、みしかきあしのふしことにとあり

とあることに依る。この異文を通茂は、理解しがたく家集古本は書き損じが多くあり、これも書き損なったものではないかとしている。

次に、21番歌はいわゆる月頃説と一夜説で古来解釈が分れているが、(5)『百人一首私抄』は以下のように定家の月頃説を強く支持している。

私定家。《今コント云シ人ヲ月比待程ニ、秋モクレ月サヘ有明ニナリヌルトヨミ侍ケンコヨヒ斗ハ心シナラスヤ》コヨヒハカリハ心ツクシナラスヤトイヘル面白シ、ソレニツキテ初秋時分ヨリトイヘルハ又アマリナルヘキ歟、只イツヨリトモナク見タル■■(可然)、其味アルヘキ歟

定家が、今行こうと言った人を月頃待つ内に、秋も暮れ月も有明に成ってしまったと詠んだのは、物思いの至極ではないかといったのを、面白いとする。「ソレニツキテ初秋時分ヨリトイヘルハ又アマリナルヘキ歟」とあるのは、『幽斎抄』が「初秋ノ時分ヨリハヤ秋モクレ、月モ有明ニ成タル也トミタリ」(『百人一首私抄』引用の本文に拠る)としたことへの批判である。これは、『百人一首伊範抄』に「此初秋の比よりとみるは、余り遠過たる也」と踏襲されている。

また、30番歌について、『百人一首私抄』は、

杉原宗伊ハ有明ニ帰トハ、人ニしられましきとの心と云ル也、逍説ハ明ヌニ帰心ノ苦ハ外人ハしらて逢タル深夜ノ別と大方ニ思ハント也

とあり、『公条聞書』の本文[6]を要約して掲げる。その上で通茂は、

　　私宗伊説直ナル歟、逍ノ義ニテハ、イヒテト云字不十分歟

と実隆説を退け、杉原宗伊の説に賛意を示している。

そして、33番歌の「しつ心なく」は落花を眺める人に「しつ心」が無いと説く古注釈が存するが[7]、『百人一首私抄』は『幽斎抄』を引き、まず、

　　しつ心なくハ勿論しつかなる心なき也、此詞花の心か人の心かと人の尋しに、い《為世卿》つれにても然へしと答られし也、
　　されとも花の心とみるかまされると也

とし、二条為世の説を紹介する。その上で行間に、

　　私人とも花ともかたつけすしてみるハ意味ある歟

と書き入れ、人とも花とも両様に解し得るとしている。

以上、『百人一首私抄』の「私」に導かれる見解は、『百人一首聞書』に立脚する一方、中世の古注釈の要約・引用

に対して成されていた。また、後の『百人一首伊範抄』における詳細な注釈の萌芽を『百人一首私抄』に見出すことも可能である。

六　おわりに

『百人一首私抄』は、後水尾院の『百人一首御抄』を要約した箇所が多いが、講釈聞書である『百人一首聞書』に拠っているところもある。一方、『公条聞書』・『百人一首兼載抄』・国会本『百人一首抄』が独自に引かれていた。そして、書名が示すとおり、「私」として通茂自身の独自の見解が述べられている箇所があり、「私」に導かれるコメントは、『百人一首聞書』に立脚する一方、中世の古注釈の引用に対して成されていた。本資料は、後の『百人一首伊範抄』へと繋がる萌芽を示しているのである。

注

（1）吉海直人編『百人一首注釈書叢刊第一巻　百人一首注釈書書目略解題』（和泉書院、一九九九）。
（2）『百人一首御抄』及び『百人一首聞書』の引用は、島津忠夫・田中隆裕編『百人一首注釈書叢刊第六巻　後水尾天皇百人一首抄』（和泉書院、一九九四）に拠った。
（3）赤瀬知子「京都大学中院本百人一首聞書」（有吉保・位藤邦生・長谷完治・赤瀬知子編『百人一首注釈書叢巻第二巻　百人一首頼常聞書・百人一首経厚抄・百人一首聞書（天理本・京大本）』（和泉書院、一九九五））の翻刻に拠る。
（4）吉海直人「『百人一首兼載抄』の翻刻と解題」（『同志社女子大学日本語日本文学』第一二号、二〇〇〇・一〇）の翻刻に拠る。
（5）石田吉貞『百人一首評解』（有精堂出版、一九五六）、菊地仁「百人一首に採られた古今集歌」（『國學院大学大学院文学研究科論集』第四号、一九七〇・三)、有吉保『百人一首全訳注』(講談社学術文庫、一九八三)、島津忠夫『新版百人一首』(角川ソフィア文庫、一九九九)、吉海直人『百人一首の新研究　定家の再解釈論』(和泉書院、二〇〇一)、井上宗雄『百人一首　王朝和歌から中世和歌へ』(笠間書院、二〇〇四)など参照。

(6) 付箋に「此心杉原宗伊か説あはで帰るは無念ナル事なれば、ふかき夜の別にしなして置て、真木のとの明ぬにかへるとは人にしられまじきとの心にみる也、如何、逍遥院説は夜ノ更ルとまで居て剰へ戸の明ぬにかへる心はいか斗思ひのくるししき心を人はしらで遇て、ふかき夜の別とこそ人はいはめと歎く心也、尤面白」とある。

(7) 市立米沢図書館蔵『米沢本百人一首抄』等。前掲注(5)有吉著書参照。

Ⅴ　京都大学附属図書館中院文庫蔵『百人一首抄』

一　はじめに

本書で翻刻した京都大学附属図書館中院文庫蔵『百人一首抄』は、書写奥書にあるとおり、元禄一三年（一七〇〇）に中院通茂が後水尾院の『百人一首御抄』と中院通村の京都大学附属図書館中院文庫蔵『百人一首抄（通村抄）』（本書本文篇Ⅱに翻刻、以下『通村抄』と略称）とを抄出した書である。(1)『百人一首御抄』と『通村抄』の祖述が殆どであるが、後水尾院の『百人一首聞書』により知られる後水尾院の講釈が反映されている他、若干の通茂独自の見解も見られる。本考証篇では、書誌を掲げた上で本資料の内容について述べ、『百人一首』注釈史上への位置付けを試みたい。

二　書誌

まず書誌を掲げる。

函架番号・中院／Ⅵ／一四三。縦二〇・一糎×横一二・七糎。綴葉装一冊。花浅葱色無地の表紙（Ⅲ『百人一首私

抄』と同材質）左肩に外題・直書「百人一首抄」、内題「小倉山庄色紙和歌」。元禄一三年写。墨付九四丁。遊紙前後一丁。一括り二二丁、二括り二六丁、三括り二六丁、四括り二五丁、五括り一九丁。本文料紙は楮紙。「京都帝国大学図書」の方形朱陽印記と楕円形の黒の受入印。書写奥書に以下の通りある。

此抄先年以後水尾院御抄・後十輪院殿御抄等所抄出也、其後此事忘却、又更令抄出於一本小本、其義大概可相同歟、暇日考両抄加吟味可令清書者也

元禄第十三季春下浣特進水（花押）

次節では本注釈書の具体的内容について検討する。

三　注釈内容

本資料は殆どの注釈が『百人一首御抄』と『通村抄』に拠っており、本文中に「祇抄」「祇」や「玄抄」等と有るのは『百人一首御抄』と『通村抄』の祖述である。『通村抄』の祖述が目立ち、その傾向は63番歌以降に顕著である。一方、『百人一首聞書』(2)によって分かる後水尾院の口述に拠ったと思われる箇所が散見される。まずこの点を確認する。

序の本文は『百人一首御抄』よりも『百人一首聞書』に近い。以下に掲げる。

◆『百人一首抄』

此百首ハ京極黄門定家卿小倉山庄の障子の色紙形《カタ》只色紙ノ事也の哥也、それを世に百人一首と号する也　色帋形《ガタ》ギヤウトモ云
正治二年也百首山家五首第一ノ哥に、
露霜の小倉の山に家ゐしてほさても袖のくちぬへき哉　続古 雑中
此山庄の事也、正治二年定家卿卅九才也、此山庄をかまへられたる事、壮年の時よりかまへられたりとみえたり
山家松　風雅中
小倉山《しのはれん》物ともなしに小倉山軒はの松そなれて久しき
これ又山庄ノ事也

◇『百人一首聞書』寛文元五六
此百首の歌は、定家小倉の山庄の色紙形にかいてをした歌じや
正治の百首の山家の五首の第一の歌に、
露霜のをくらの山に家ゐしてほさても袖のくちぬへき哉
これか此山庄の事じや、此歌は続古今に入た、正治百首は正治二年の事、其時定家は卅九才じや、さうあれば、此山庄をかまへたが定家わかい時からの事とみえた、八十までのよはひであったほとに四十年あまりの事じや、
拾遺愚草四季百首の山家に、
をくら山松にかくるゝ草の庵の夕暮いそく夏そすゝしき　これも此山庄の事さうな、風雅集に入た山家松で、
しのはれん物ともなしにをくら山軒はの松そなれて久しき　これはやなを以て此山庄の事さうな

『百人一首抄』は『百人一首聞書』の本文を手際良く要約していることが分かる。

そして、「法皇仰」とある次の箇所は、『百人一首聞書』により知られる後水尾院の口述に拠っている。

10◆『百人一首抄』

法皇仰これや此ト云ハ、今一ッ物ニ比スル物ナクテハ、言レサル五文字也、行モ帰モ別分ルヽサマ、これや此会者定離・三界流転のさまにかはらぬ事よと云心ナルヘシ、それを相坂関に引うつしておちつく五文字といへる歟

◇『百人一首聞書』

これや此といふ五文字は、何そま一つ物に比する物かなくてはいはれぬ五文字しや、行もかへるもわかれわかるゝさまは、これや此会者定離・三界流転のさまにかはらぬ事でこそあれと云心さう也、さうある所をあふさかの関に引うつしておちつく五文字じや

14◆『百人一首抄』

法皇仰みたれんと思よりも、そめにしハ勝たるやうなる歟

◇『百人一首聞書』

みたれんと思といふより、乱そめにしはましたるやうな事でこそあるらふ

他に出典を明示せず後水尾院の口述を踏まえたところがある。

8◆『百人一首抄』

玄旨抄王舎《此三句詞ヨハキ歟》城の事をいへり、是も面白也

◇『百人一首聞書』

玄旨抄に王舎城の事をひけり、是もおもしろさうな事しや

10◆『百人一首抄』

又一説あるやう《ニ》三光院申されたると也

◇『百人一首聞書』

三光院は今一説あるやうに申たれとも、其説はきこえなんた

30◆『百人一首抄』

此哥ハ忠岑一世の間の秀逸也

◇『百人一首聞書』

此歌は忠岑か一世の間の秀逸しや

64◆『百人一首抄』

師説といへる《ハ》生死輪廻の心なるへし

◇『百人一首聞書』

猶師説をうくへしと云は、生死輪廻の心がこもつたじや

いずれも、抄出ノートである『百人一首御抄』には見えない説述である。

また、「私」とした上で引用の注釈を発展させて私見を述べたところがある。

35私三句あるしの心をうたかひかへしたる也、かくさたかにやとりハあるとかめたる心ハしらす、花ハむかしの香に匂ふと也、花ハむかしの香に〻ほへハ、人の心もかはらし、我もかはらぬ心をのつからみえ侍者乎
36私明ぬるをとよひのまに明たる夜にして、さてよひのまに明たる夜なれは、月ハ山のはに入へき様なし、雲のいつこに月やとるらんとしたへる也
80私三句我上ノ事ニハ非サル歟、我命のなか《も人心に》〻らん心も思みたる〻にてもあるへき歟
90私松島やをしまか磯にあさりせし海士の袖こそかくハぬれしか
　これよりいへる歟

この内80 90は京都大学附属図書館中院文庫蔵『百人一首私抄』〔本書本文篇Ⅳに翻刻〕、京都大学文学研究科図書館蔵『百人一首伊範抄』〔本書本文篇Ⅵに翻刻〕に見える解釈である。

これ以外にも「私」と断らず独自の見解を述べた箇所がある。注意される一例のみを掲げる。

33しつ心なくとハ、しつかなる心もなき也、此心ヲ花の心歟、人の心かと云不審アリ、両説共ニ用也

「しつ心なく」を人の心とするのは、中世の注釈で上條彰次氏蔵『色紙和歌』「一説落花を見る人の心のしつかならさるといふ儀もあり」と紹介され、市立米沢図書館蔵『米沢本百人一首抄』にも「しつ心なきは花か人かと云所好によるへし」と両論併記される。(3)

四　おわりに

以上、『百人一首抄』には、後水尾院の講釈に陪席した通茂ならではの院の口述が反映されている上、『百人一首御抄』と『通村抄』に還元し得ない独自の私見も含まれているのである。

注

（1）本資料については、早くに和田英松『皇室御撰之研究』（明治書院、一九三三）に、後水尾院の『百人一首御抄』との関連から「元禄十三年中院通茂の著せる百人一首抄にも、「此抄先年以後水尾院御抄、十輪院殿御抄等、所抄出也」と記せり」と論及がある。また、吉海直人編『百人一首注釈書叢刊第一巻　百人一首注釈書書目略解題』（和泉書院、一九九九）にも掲出されている。

（2）島津忠夫・田中隆裕編『百人一首注釈書叢刊第六巻　後水尾天皇百人一首抄』（和泉書院、一九九四）の国立歴史民俗博物館蔵高松宮旧蔵本の翻刻に拠る。

（3）有吉保『百人一首全訳注』（講談社学術文庫、一九八三）に指摘に拠る。

Ⅵ　京都大学文学研究科図書館蔵『百人一首伊範抄』

一　はじめに

本書で翻刻した京都大学文学研究科図書館蔵『百人一首伊範抄』は、中院通茂の講釈を野宮定基・久世通清及び雲泉の三人が聞書により校合し、通茂の添削を経た書である。早くに福井久蔵『大日本歌書綜覧　中巻』（白帝社、一九六六）に掲載され、吉海直人編著百人一首古注釈叢刊第一巻『百人一首注釈書目略解題』（和泉書院、一九九九）にも解説が収載されている。

本資料が清書されたのは、本奥書によると元禄一四年であり、奥書に見える講釈とは元禄一〇年四月から六月にかけ行われた通茂の講釈（本書考証篇Ⅳ京都大学附属図書館中院文庫蔵『百人一首私抄』参照）の聞書であることは、書中には明言されていない。だが、本奥書の、本資料の成立のもととなった聞書を記した三名が、『中院通茂日記』に見える講釈に陪席していた公家衆と一致することから、本注釈成立の源流は元禄一〇年の講釈にあると考える。

本資料は、『百人一首私抄』に比して先行注を批判的に取り扱ったところが見出される上、独自の見解が多く存する。また後水尾院の解釈が引かれ、後水尾院の『百人一首御抄』及び『百人一首聞書』等の禁裏講釈の享受資料としても注意される。

本考証篇では、書誌等の基礎的事項を確認した上で、『宗祇抄』・『幽斎抄』等の先行注釈の引用態度を考察し、近世堂上派の『百人一首』注釈としての特性を論じてみたい。

二　書誌

書誌は以下のとおりである。

函架番号・国文学／Ｅｔ／五。縦一七・五糎×一三・四糎。袋綴二冊本。錆浅葱色無地の表紙左肩に第一冊題簽「二条家□□伝［　］百人一首伊□□（範抄）／中院通茂［　］」、第二冊題簽「二条家□□伝［　］百人一首伊範□／中院通茂公［　］書」。第一冊墨付一四七丁、第二冊一五三丁。いずれも遊紙なし。本文料紙は楮紙。文化一〇年（一八一三）写。奥書に次のとおりある。

此壱冊は中院前亜相通茂公御講談之聞書也、野宮定基朝臣・久世通清朝臣予・三品之以聞書校合之本亜相公御添削有之、猶処〻の不審奉窺以青墨書加、尤秘説一子相伝之外努〻不可有他見者也

維時元禄十四年巳二月中旬清書畢

　藻蟲菴雲泉判

右全部宇多良月伝受講談之節聞書読合等無相違者也

（二行分空白）

右者以神弁伝受死後外渡有間敷者也
文化十年六月廿日

これに拠ると、野宮定基・久世通清・雲泉の聞書を校合した本を通茂が添削し、さらにところどころの不審を通茂に伺い墨で書き加えた。この段階の本は通清のものであったが、さらに元禄一四年二月中旬に清書したのは雲泉であったようである。その散佚を防ぐため、文化一〇年六月二〇日に転写されたのが本資料である。

三　『宗祇抄』と『幽斎抄』の参看態度

『百人一首伊範抄』には、宗祇の説が「宗祇注に」等として頻繁に引かれるが、時として批判的に再検討を行っている。そもそも、序で通茂は、

扨此百首は前にも講する如く、二条家の骨肉なれハ、伝受の家の口伝にして、講読する事抔はなかりしに、東下野守常縁始て宗祇に読てきかせられける其時、宗祇法師古今伝受以前なれハ、先裏の説斗を講せられし也、依之宗祇の抄には異説多き也

と述べている。東常縁が初めて宗祇に『百人一首』を講じた時に宗祇が古今伝受以前だったので、裏の説だけを講釈したため異説が多いとする。こうした宗祇説の理解は、例えば、冒頭の天智天皇歌について、

然るを往来の人に名のらせ通す事ハ、王道もおとろへする忍《てはや》に成たると御述懐被成事、時過たる田家を守る民の袂の如くに、天子の御衣の袖もぬるゝと云心にて我衣手は露にぬれつゝと被遊となん《たるなり》、是にて宗祇の抄の述懐の御哥なりと云処聞ゆる也

此通りは先一通りの表の説也、東左近大夫常縁宗祇法師に始に先表の説斗を読て、聞せられし也、後《扱》に其執心の深きを見て、又裏の説を読てきかされし也、昔ハ道を重んするか故に、さしもの宗祇にさへ常縁表と裏との両説を、両度に読て聞されし也、是深き《く》道を存し思ふか故也、依之細川幽斎抔も被申たる如く、宗祇の注ハ常縁より一通りの始《の》相伝の時の聞書の通りを抄に被致たる故、殊の外事少《な》しにて大あらめ成物なり

此御製ハ《の》裏の説の奥成と云ハ、天子諒闇の時の御哥也、此諒闇と云ハ国女《母》の諒闇也、国女《母》の諒闇と云ハ《事》、以前には日本ニなかりし也、是《この》天智天皇の国母斉明天皇より始りたる也、斉明天皇ハ女帝なれ共、重祚被成て、両度迄帝位ニつき給へし故也

とあることと通底する。常縁は宗祇に最初表の説だけを聞かせて、後に執心の深さを見て裏の説も読んで聞かせたが、宗祇の注は一通りの相伝の時の聞書の通りに、注釈したとする。当該歌は、王道述懐・衰微を詠んだとされるのが、三条西公条の注説の聞書である、京都大学附属図書館中院文庫蔵『百人一首聞書』(1)以降斉明天皇の諒闇の時の歌であると転換して説かれる(2)のであるが、そのことに説き及んでいない宗祇注を非難したものである。なお、「細川幽斎抄も被申たる如く…」とあるのは、『幽斎抄』(3)に、

祇注は常縁に相伝一返の時に、その聞書をそのまゝ注したると也

とあるのを指す。

宗祇の説を真っ向から否定しているところもある。例えば、5番歌について、

　扨宗祇の注に、秋深く成行てハ、端山なとハあらわ成比、深山の陰を頼ミて、鹿ハ有物也とあり此説誤り也、先紅葉は奥山より早く染る故、散るも早し、端山ハ遅く染る故、散《チル》も遅し、又庭抔ニ有ハ、端山よりも猶後ニ色付、散こと《なとも》もする也、花ハ又紅葉に替りて、端山程段〻早く先て、深山程遅《ヲソ》く咲散もの也

とある。端山が早く落葉して地面が露わに成るのではなく、遅く紅葉に染まることを詠んだ歌であるとする。また、93番歌に、

　扨なきさこくも有、沖こく船も有、出る船も帰《あり》るも有と祇注ニ有レ共、あまたの舟とハ聞へさる也

と見える。宗祇が渚漕ぐ舟も有り、沖漕ぐ舟も有り出る舟も帰る舟もあるとするのを、そのようにたくさんの舟があるとは解し得ないとする。

また、『百人一首伊範抄』には、宗祇の説を『幽斎抄』や『後陽成院御抄』に拠りつつ批判した箇所がある。まず次に掲げる6番歌の注釈は、『幽斎抄』の出典を明示していないものの、『幽斎抄』に基づきつつ宗祇の説を否定した事例である。

宗祇の注に深《冬》成て月もなく、雲も晴たる夜、霜は天にミちて更ニ冴たる深夜抔に起出て、此哥を思ハヽ、感情限は有へからすと有、釈名に霜露は陰陽の気勝テ則凝テ為レル霜ト有《と》、さ《ぁ》れハ一夜の内にも明方陰気せまる故殊ニ寒し、依之暁に至らされハ、霜は置ぬものなり、鵲の渡せる橋に置霜と云るハ、夜も明方ニ成て一天に霜の満てたるをさして云り、霜の天にミちたるとて、眼前に降たる霜にあらす、月はなけれ共、晴たる夜の寒天白く冴て、さなから霜の一天に満たるとミゆる様に《成躰を》、鵲の渡せる霜と云り

宗祇の説の、霜が眼前に満ちているという解釈を否定し、霜が天に満ちている様に見えることと解釈する。『幽斎抄』には、

霜の天に満たるとて、眼前にふりたる霜にはあらす、晴夜の寒天さなから霜の満たるも見ゆるやうなる躰也、此義御説也、祇注に冬ふかく月もなく雲も晴たる夜霜は天にみちて、さえ〱たる深夜なとにおき出て此哥を思はゝ、感情かきり有へからすとあり、又鵲の橋の事きかねは、事外大事にてきけは、又あまりにたやすきやうなるにより、人の信もあさき事に成侍間、かきあらはし侍らすとあり、宗祇なとまてはかやうにかきて、秘説にせしを、末代の人は心あさきにや申あらはし侍る也

と見える。『百人一首伊範抄』の5番歌の解釈が『幽斎抄』の「御説（三光院説）」に拠っていることが分かる。次の27番歌の事例ではっきりと『幽斎抄』の説を打ち出し、検討した上で宗祇の説を批判している。

哥の心ハ宗祇の注に逢不逢恋の心ニミへたり、又細川幽斎の詞《セツ》には、逢不逢恋、亦不逢恋の両儀ニ見へたり、逢不逢恋の心ニミれハ、いにしへ相見し人の今ハ絶はてゝ覚へぬ斗成を、思へやますも、恋侘る我心《を》せめていつミしそ、見もせぬ人を恋ると読る哥也、又不逢恋の心にミれハ、一向に噂に已《のミ》聞て、逢見し事もなき人を年月をへて、恋侘るまゝに我心にて思へ返して見れハ、いつ逢ミし習ひにて、かくハこふる事ニてハ、逢ミし事もなけれハ、かく迄恋るハ我なからあや敷と思ふ迄の心余りて聞ゆる也、此両説の内尤不逢恋の説よき也

宗祇の注が逢不逢恋の歌意としているのに対し、不逢恋の歌であるとする。『幽斎抄』の本文を確認すると、

　哥の心は逢不会恋と又未逢恋との両義也

とある。不逢恋の説への傾斜は、北村季吟『百人一首拾穂抄』以下近世地下の注釈に見出されるところである。(4)
また、以下の65番歌のように『後陽成天皇百人一首抄』(5)を参照しつつ宗祇の説を再吟味し、これを非難しているところもある。

　宗祇の注に、恋に朽なん名こそをしけれとハ、諸共ニ相思ふ恋路ならハ、名にたゝんもせめて成へきを、頼ミ難き人抔をはかなく契り初て、浮名の朽なん事を思ふ余りに、ほさぬ袖たに有物をと読り、袖は朽安き物成に、それさへ有をと云る・両説有、（哀れ深きハ△にやとなり、ほさぬ袖たにと云・△たに有ものをとハ朽安き袖口）ほさぬ袖△口さへ末朽すして有物を、名の朽なん事よと云る一説也、亦ハ袖ハ朽安

き物成レハ、尤成か名の朽なん事よと云也、世間に悪敷名の立を、名を流しなをくたす《な》と云たくひ也、三光院御説にうらみ侘と云る五文字詮也、袖さへケ様しほり果ぬるに、あまつさへ名迄くたさん事よと云る哀ふかしと有、後陽成院御説に宗祇注の相思わぬと云事ハ、哥の面には見へす、され共うらミ侘と云にて聞ゆる也ト有、扨惣注を合せて考るに、互に相思ふ中ならハ、世上に名の立んも是悲《（ママ）》なき事なれ共、つれなき人を恨ミわひて、絶す落る涙にほす隙もなき袖の朽るハ、尤朽るはつなれ共、それさへあるにかひなき恋故、名をくたして悪名を取らん事ハおしき事也と読り、名こそおしけれと云るニ付て、相思ふ中の恋路にて、名にたゝんハ、是非なき事共思ふへきに、つれなき人を恨ミ侘る中成レハ、かひなき名をくたさん事は、おしきと云る心迄余りて聞ゆる也、又袖は朽安き物成レハ、朽るは尤也、名をくたさん事ハおしきと自然に聞ゆる様成か秀哥の妙成処也

『後陽成天皇百人一首抄』は宗祇がお互いに思わない仲であるとするのは歌の表面に見えないとする。『後陽成天皇百人一首抄』には、

相思はぬといふことは、歌のおもてにはみえねとも、恨みわふといふにて聞えたる也、三光院も此五文字詮也といひしと也

とある。通茂はこれを諸注を勘案して検討した上で、相手が薄情な仲であるとの解釈に至っている。

さて、『百人一首伊範抄』は、『幽斎抄』の解釈に対して疑問を呈しているところがある。例えば、古来「長月の」の解釈をめぐって月来説と一夜説の解釈の差異[6]がある次の21番歌の例がある。

幽斎抄に今こんと云し人を頼めハ《て》月日を送り行ニ、いつしか初秋の時分より秋も有明の月に成たる也、八九月の長き夜をこよひやく〵と待明かす程に、つれなき有明の月さへ待出たるよと有、此の初秋の比よりとミるは、余り遠過たる也、何しのころよりともさゝす、月の比待と云る、定家卿の説の通り面白き也

『幽斎抄』の本文を確認すると、

有明の月をまち出つる哉と云を、顕昭は一夜の事といへり、定家卿の心は各別也、月のいく夜をかさねしと初秋の時分よりはや秋もくれ、月も有明に成たると也、他流当流のかはりめ也、祇注有明の月を待出る心一夜の義にあらす、たのめて月日を送りゆくに、秋さへ長月の空に成ゆくさまをよく思入てあちはふへき哥也、余情至極したる哥とそ云々

とある。この初秋の頃から相手を待っていたとする解釈を否定している。

そして、次の80番歌の注も幽斎の解釈に修正を求めている。

幽斎抄に契り置人の心末遠く契らさらんもしらす、夢斗成逢事故に、思ひ乱るゝ心をはかなやと思ひ侘たる心也と有、なかゝらんハ人ノ心ヲさしていへ、乱れてハ我心を云也、長からん人の行末をもしらす、我は思へ乱れて物思ふと也、なかゝらんハ黒髪の縁ハ自然也、たゝ行末の事を云る也、抄に右の通りニなかゝらん心を《も》知らすと

云るを、人の心にしてミたる也、さも有へかれとも、又我命の事にも聞ゆる也、我行末の長く契りを頼むへき命共しらす、今朝を限りの様に思へ乱るゝ共聞ゆる也、女の哥にして殊に哀深く、詞のくさりたくひなし

確かに『幽斎抄』には、

心ハ契りをく人の心末とをくかはらさらん心もしらす、夢はかりなる逢こと故に思ひみたるゝ心を、はかなやと思ひわたる心也、なかゝらんは人の心をさして云、乱てはか心也、女の哥にて猶あはれふかゝるへし、又詞のくさりたくひなき物なるへし

と見える。「なかゝらん」の主体を相手のこととしている『幽斎抄』に対して、自分の命とも考えられるとしている。『幽斎抄』の解釈であることを明示していないが、以下の96番歌のようにこれを否定している事例もある。

宗祇注に心は散はてたる花の雪ハ徒なる物也、人の如何にとミし花なれと、はや時過て雪と也、果てハ哀む人もなく成レるをミ給へて、我身もたのミ有つる御世成レ共、ふりぬれハ」かひなき事を、庭上の花の雪を置て、ふり行物ハ我身也と《けり》読給へる也、《尤》感心深キ哥とそ、又の義に此心は花の盛ハ賞翫する物也、我は左様にもなくて、ふり行たるわか身也と云心也、此注面白様なれ共、公経公ハ公家氏家の外戚にて、崇敬有し人成レハ、賞翫なと云へからす、只花の程なく嵐の雪とふり行我身を歎く成へし

宗祇の注の引用に続いて説かれる「又の義」以下が『幽斎抄』に見える解釈である。『幽斎抄』に、

　又の義只此心は花の盛をは賞翫する物也、我はさやうにもなくてふり行たる我身也と云心也、如此見れは、雪ならてと云詞よくたつ也

とある。この解釈を通茂は面白い様であるが、公経は公家氏家の外戚で崇敬があった人なので、賞翫することはないとする。

さて、『百人一首伊範抄』は中院通勝や後水尾院の講釈に影響を受けており、講釈聞書と記載が照応する箇所がある。また中院通茂自身の見解が書き留められている。次節ではこれら二点について見てみたい。

四　後水尾院の講釈の影響と中院通茂の発言

まず、８番歌に以下のように後水尾院の説が引かれている。

　宗祇注に王舎城事有り、後水尾院も王舎城の古事尤成事也《由》由、此哥の下心ハ我庵は王舎城観心の意也

『百人一首聞書』(7)には、

　玄旨抄に、王舎城の事をひけり、是もおもしろそうな事しや、抄を勘へられるはしるゝ也

とある。

次の77番歌の事例も後水尾院の説の引用である。

後水尾院御説ニ此哥の心は人にさまたけられてたるを読ると聞ゆる也、詞にせかるゝと云詞ハ、人にさまたけられて別るゝ共、終に末ハあわんの心也、例の序哥也

前掲『百人一首聞書』には対応する説述が見られない。ただ、人に妨げられた歌とする解釈は、冷泉家流の注釈の面影を残すとされる、天理大学附属天理図書館蔵竹柏園旧蔵『百人一首聞書』[8]に、

哥同、序の哥也、岩にせかれてわかるゝ水は末にひとつになることく、たとへ今かた〳〵にわかるゝとも末に逢んと也、又せかるゝは人にさまたけらるゝ共

と見える。中世以来唱えられていた説であることが分かる。

そして、後水尾院の説の引用の前に中院通勝の説が引かれるケースがある。まず9番歌の事例を掲げる。

家隆卿の哥に、

なかめつゝ思ふもさひしひさかたの月の都のあけかたのそら

此詠つゝの哥は軽く聞ゆるなり、又西行の哥に
　なかむとて花にもいたくなれぬれハ散わかれこそ悲しかりけれ
此なかむとては重きよし、中院也足軒素然通勝卿仰られしなり、然共なかめせしまにの詠ハ、なかむとてと云るよりハ、《猶》人か《さ》さおもきよし後水《尾》院仰られし、同し詞にても一首の仕立ニて軽重意味の浅深ハ有事也、能〻味わへ見へし《すしては》

前掲『百人一首聞書』に照応する記載が見られる。

なかめつゝ思ふもさひし久かたの、此なかめはかろく、なかむとて花にもいたくなりぬれはは、おもきなかめのよし、也足軒申されしよし仰也、なかむとてのなかめよりも、これはまだおもくきこゆるよし仰也

そして、次の33番歌の注のように、中院家の説が後水尾院に継承されている事例がある。

此哥は上に疑の字なく、下に散らんとはねたる也、惣而の哥ハ上ニ、やとかいつとかなにとかたれとか抔疑フ字なくてハ、はねられぬ物也、依之此哥も上の句・下の句間に何とてと云詞を入て見れハ、たやすく聞ゆると古人の伝也、久堅の光り長閑き春の日にと云、《何とてしつ頃なく花のちるらんと見えたり》然し此説は古伝にて中院家ニ而ハ用さる也、後水尾院の御発明に、此久堅の歌抔のてにをわゝ、詞の拍子ニ而はねたる也、其拍子と云は、三の句の春の日にと云にの字強きによりて、下の《に》てやすからかにはねたる物也、此伝を用て尤秘説とす、能ゝ此御習を工風《(ママ)》せすしては、不叶事にて、おろそ

かニてハ中〳〵うち付難き《不叶》難き事也

前掲『百人一首聞書』には以下のようにある。

さて、此下句と上句との間に、何としてといふ詞を入てみれは、心よくはねらるゝ、おさへ字かないによつて、何とてと云詞を入てみるかならひしやとある、されとも何ほとも此やうな歌は有ものしや、春の日にといふ、にの字かつよくて、あれでをさへてはねた物じや

上句と下句の間に「何として」という言葉を挿入するとよく聞えるとしているが、これは中院家では用いられなかった説である。[9] ただ、その上で三句「春の日に」の「に」が強く下句に連接しているというところが一致する。以上の二箇所からは、三条西実枝説の中院通勝の聞書である、国立国会図書館蔵『百人一首抄』〔本書本文篇Ⅰに翻刻。以下「国会本『百人一首抄』」と略称〕に記されていない通勝の口伝が後水尾院に伝わり、それを通茂が書き留めたというルートが想定できる。

一方、後水尾院の講釈に国会本『百人一首抄』が踏まえられ、それが『百人一首伊範抄』では「中院家の説」とされている箇所がある。次に掲げる30番歌の注は、古来一首の解釈をめぐって「逢別恋」か「不逢帰恋」か対立がある。[10]

此哥題に他流・当流の差別有、他流には逢別恋とみたり、当流は不逢帰恋にてミたり、扶桑瑶林集ニとて、嵯峨天皇以来の哥を集て、百帖斗有物也、其書の内にも不逢帰恋とあり、然し中院家の説には、逢無実恋の心也、顕

注密勘ニ云此哥の心尤是は女の本より帰るに、我はあけぬとて出るに、有明の月は明るもしらす、つれなくミへし也

国会本『百人一首抄』には、

顕注密勘云

是ハ女のもとよりかへるに、我ハ明ぬとていつるに、在明の月ハめくるもしらす、つれなくみえし也

とあり、後水尾院の『百人一首御抄』にも「両聞云」として引かれている。この箇所は『百人一首聞書』には、

さて、題は逢無《アフテナイ》レ実恋《ジッコイ》しや。これも他流・当流の差別がある、顕昭か心は女にあふてかへるきぬ〳〵の暁より、有明といふ物がつれないい物になつたとみたる也、定家はさそあるらんといふた、さそあるらんといふたは、あざけつて同心せぬ心しや、二条家の心は逢無実恋しや、私瑤葉林集といふ物には未逢帰恋の題とあり

とある。中院家が「逢無実恋」の題とするところのは二条家に反するが、後水尾院に継承されているのである。

さて、中院通茂自身の説が存する。以下の32番歌の注釈に、

扨此流もあへぬと云詞、幽斎・宗祇・三光院等の抄の説にて、尤後人の見定にて、作者の本意にてはあるましき

と先師中院通茂公の御説なり、流れあ《も》へぬと云は、風の強く吹と《て》、ふき止メたる紅葉成へし

とある。当該歌の「流れもあへぬ」の解釈に関しては『百人一首聞書』に、

さて、あへぬと云詞は色〳〵の心かあると云て、玄旨抄にいくつも歌をあけてあるが、大かたそのやうな事さうにもあり、又吟味もあらふか、先あへぬは敢《アヘテノ》字の心しや、あへてせすじや、不敢はうけがはずしや、敢はうけかはすしや、敢はうけかふともよむ、それて字書でもあへてせすとも、うけこ《(ママ)》はすともよむ、心は同し事しや

と見える。こうした先行注の蓄積の上に立った通茂の見解として注意される。

また、69番歌では『毎月抄』の「秀逸」の説述をやや長く引用した上で、

中院通茂公曰
秀逸の読様・秀逸の躰をよくかゝれたり、秀逸と云ハ別《もの》に躰か有也、沈吟の事究り案情すミ渡りたる中より出たるにてなけれハ、秀逸とハいわさる也

と述べている。

以上、『百人一首伊範抄』は、『百人一首聞書』により知られる後水尾院の口述に大きく影響を受けた書であることが判明した。また国会本『百人一首抄』には見えない中院家の説も見え、通勝の見解が現在知り得ない広がりを有していたことを窺い得る。

五　おわりに

『百人一首伊範抄』には、宗祇や幽斎の説を再検討し、批判している箇所が存した。また、後水尾院の説に大きく影響を受けていた。国会本『百人一首抄』に還元し得ない通勝の説も含まれていた。本資料は室町末期から江戸初期に宮中と公家に蓄積されていた説を書き留めた注釈書として意義を見出せよう。

注

（1）赤瀬知子「京都大学中院本百人一首聞書」（有吉保・位藤邦生・長谷完治・赤瀬知子編『百人一首注釈書叢刊第二巻　百人一首頼常聞書・百人一首経厚抄・百人一首聞書（天理本・京大本）』〈和泉書院、一九九五〉）の翻刻に拠る。
（2）赤瀬信吾「宗祇が都に帰る時―宗祇『百人一首抄』とその周辺―」（『説林』第二九号、一九八一・二）。
（3）荒木尚「彰考館蔵百人一首（幽斎抄）」（荒木尚編『百人一首注釈書叢刊第三巻　百人一首注・百人一首（幽斎抄）』〈和泉書院、一九九一〉）の翻刻に拠る。
（4）有吉保『百人一首全訳注』（講談社学術文庫、一九八三）、吉海直人『百人一首の新研究　定家の再解釈論』（和泉書院、二〇〇一）など参照。
（5）『列聖全集　御撰集　第三巻』（列聖全集編纂会、一九一六）の翻刻に拠る。
（6）石田吉貞『百人一首評解』（有精堂、一九五六）、菊地仁「百人一首に採られた古今集歌」（『國學院大学大学院文学研究科論集』第四号、一九七〇・三）、前掲注（4）有吉著書、島津忠夫『新版百人一首』（角川ソフィア文庫、一九九九）、前掲注（4）吉海著書、井上宗雄『百人一首　王朝和歌から中世和歌へ』（笠間書院、二〇〇四）など参照。
（7）『百人一首御抄』及び『百人一首聞書』の引用は、島津忠夫・田中隆裕編『百人一首注釈書叢刊第六巻　後水尾天皇百人一首抄』（和泉書院、一九九四）の翻刻に拠った。

（8）長谷完治「天理図書館蔵竹柏園旧蔵永禄七年写本百人一首聞書」前掲注（1）有吉保ほか編著の翻刻に拠る。

（9）現代にいたっても解釈の差異が存し、例えば鈴木日出男『百人一首』（ちくま文庫、一九九〇）は「どうして、などの疑問詞を補って解す必要もない」としており、中院家の解釈と同様である。

（10）前掲注（6）石田著書、前掲注（6）菊地論文、注（4）有吉著書、注（6）島津著書、菊地仁「百人一首古注の系統化私案（上）」（『伝承文学研究』第三〇号、一九八四・八）、松村雄二『セミナー〔原典を読む〕6　百人一首　定家とカルタの文学史』（平凡社、一九九五）、注（6）井上著書など参照。

本文篇

凡　例

漢字・仮名の別、仮名遣・清濁・傍書・双行割注・小字等は原文のままとしたが、通読の便を図るため以下のような処置を施している。

1　旧字・異体字はおおむね常用漢字に改めた。
2　最小限の読点・中黒を付した。
3　原文の誤写のため意味が通じない箇所には、右傍に（ママ）とした。また、不自然な空白には（アキママ）と記した。その他私注は全て（　）で表記した。
4　半丁の改丁を」で表し丁数と表・裏を行間に「1オ」「1ウ」の如く略掲した。
5　『百人一首』の歌の頭に通し番号を付した。ただし、I国立国会図書館蔵『百人一首抄』は底本に歌番号が記載されているためこの限りではない。
6　和歌の引用は原則として二字下げとした。
7　合点は「＼」の表記で統一した。
8　頭注は【　】でくくりポイントを下げて示した。
9　墨滅は■で表示し、消された文字が判読できる場合には右側に（　）で記した。ミセケチはなるべく原態通りに示した。
10　虫損等で判読できない箇所は、文字数が判明する場合は□で、不明な場合は［　］で表記した。
11　三行にわたる割注は、〈／／〉のように示した。

I　国立国会図書館蔵『百人一首抄』

百人一首抄（外題・題簽）

百人一首

此百首は京極黄門小倉山庄障子の色紙哥也、それを世に百人一首と号する也、是を択をかるゝ事ハ、新古今集被撰の時、定家卿ハ父の喪に籠居たり、然に定家卿の心にかなハす、其謂哥道ハいにしへより世を治、民を導引教戒の端たり、しかれは実を根本にして、花を枝葉にすへきなるを、此集ハひとへに花を本として、実を忘たるにより、本意とおほさぬなるへし、されハ黄門の心、あらはれかたき事を口惜思ふ給故に、古今百人の哥を撰て、山庄にかきをかるゝ者也、此抄の本意ハ実を宗として、花をすこし兼たる也、其後後堀川院御時、勅を請給はりて、新勅撰集を被撰の心ハ、新古今を可押ために力を入て也、少〻の事にハをしかへされしとての」1オ心ハ、此百人一首にて可見とて、被書たり、唐の朝にも此心あり、歌の骨髄ハ此百人一首也、余情無比なり、新勅撰集と此百首と同しかるへし、十分の内実ハ六七分、花ハ三四分たるへきにや、古今集ハ花実相対の集也とそ、後撰は実過分すとかや、拾遺ハ花実相兼よしを師説也、能〻其一集〻根元を見て、時代の風をさとるへき事とそ、彼新古今集をハ隠岐国にをきて、上皇被改直給し事ハ、御心にも御後悔の事侍なるへし、されハ黄門の心ハ明なる者也

抑此百首の人数の内、世にいかめしく思ものそかれ、又させる作者ともみえぬも入侍り、不審の事にや、但定家卿の心、世人の思にかハるなるへし、又古今の哥よみ数を不知侍れは、世に聞えたるもるへき」1ウもるへき事

疑なし、それハ世の人の心にゆつりて、閣れ侍ハ、しゐておとすにハあらさるへし、さて世に其とも思ハぬを入らるゝハ、其人の名誉あらハるゝ間、尤心ありかたき心とそ申へからん、此百首黄門在世にハ、人あまねくしらさりけり、それハ世の人恨を思はるゝか故也、主の心に随分と思哥ならぬも、入へけれハ、存命の間ハ人のみぬ所に押給て、密らるゝ也、小倉山庄ニ、

　しのはれん物ともなしにをくら山軒はそ松に馴て久しき

為家卿代に人あまねく知事にハなれりとそ、当時も彼色紙の内、少ゝ世に残りて侍る、此哥ハ家に口伝する事にて、談義にする事ハ侍らさりけれと、大かたの義はかりハ、よむになれり、しゐてハ伝受有へき事也、此内或ハ歌のめてたき、或ハ徳ある人の哥を後入也、此百首ハ二条家の骨肉也、以此哥俊成卿・定家卿の心をも」2オ
さくり知へき事とそ師説侍し

一中院山庄ハ為家卿、号中院大納言

一後鳥羽院御後悔にて被削直、其以前の新古今ハ哥数多キ也

一宗祇注ハ古今集ハ五ヶ度見ルに、只一返の上にて注侍れハ、粗相違の事あり、是祇公非越度云云

　題しらす　　卅九 。天智天皇

舒明天皇第一御子、御諱葛城、御母皇極斉明天皇、御在位十年、大化壬戌同十年十二月三日崩五十八号近江帝、大津宮ニ皇居、又号葛城天皇、又号田原天皇

天命開別《アメミコトヒラケノ》天皇是也

後撰秋中
一秋の田のかりほの庵のとまをあらみ我衣手ハ露にぬれつゝ

祇注ハ常縁に相伝、一返の時に申聞たる分を注たるを、其儘祇の注也、祇わろきにあらす、か様の所あるに依

て、」2ウ【唐高宗責高麗時也】東ハ断絶云云、祇の注旨ハ天智天皇王道御述懐の趣也、非説也、既異国へ渡御合力、築紫まて行幸にて、異国まて聖法のましませハ、日本ハ不及申事なれハ、王道のおとろへたるとハ非説云云、斉明崩御国母の諒闇とハ、天智天皇よりはしまる也、倚廬にまします也、伏苫苣月枕塊とす也、秋の田のかりほハかりいほ也、とまに伏塊に枕すとかさね詞也、かりそめの庵也、とまとても風をふせき、露をもらさゝるにてハなしと也、つゝと置は、我胸中の余思かこもる程にと也、つゝハ乍也、昔の事をひとへにみたるハわろし、秋の田と倚廬に付ての事也、政徳を外国まて及程ニ、御座あるか御心の御辛苦は無極、あの田を植つ苅つ粒〻の辛労を可思となり、年中【隠居シテ物ヲクイナトスル体也】の事を思へと也、素湌戸録の儀也、百姓の事を思召やる御辛労を、我衣手と也、面ハ哀傷、下ハ政徳也、此哥ハ上」3オ代の風也、上古ハ心たに思入れハ、詞は巨細ニなきおほかるへし、能〻余情を思へき事也云云

四十一　◦持統天皇草壁皇子母

題しらす

天智天皇第二御子《女》、女帝御兎野、第四十一代、御母越智娘大臣石川丸女、太上天皇号始、皇居大和国藤原宮、御在位十年、大宝二年壬寅十二月十日甲丑崩五十八、又云万葉ニハ高天原広野娘天皇高天原大和国也

万一二春過て夏きにけらし白妙の衣ほすてふあまの香久山

此哥ハ見たていかにもなき也、新古今ハ嫌事なれとも、部立は可然云云、伊勢物語に露とこたへてと云ニ付て、哀傷部に入たり、此哥更衣とよく見て、入たるよと部立よきと云事云云、山のさたかにみゆるハ、四月の天なれは、うるハしく、此色のみゆるハ、衣をかへたるとの事也、あまのかく山ハ、天照大神あまの岩戸に引籠り給時に、」3ウ天児屋根命の宣によりて、又二度此界を照し給也、此山ハ榊なとの茂りて深山なれハ、手さくりに榊を剪て、燎を焼て、弓六張を立て、八百万神達の御遊之事也、天香久山と云ハ、天より香の通する霊地也、

榊のある所也、榊うたふなとあるハ、此所也、天の香来《コ》と也、天香久山可然、天香来《ク》は濁、天香久ハ清也、春過て夏きにけらしハ勿論の事なれとも、春と云物いつくの山も朧ことしてありしに、四月になりて、和し清しと云て、一天のうる〳〵と慥ニみゆる、爰をあそはしたる哥也、霞の衣をぬきすてゝ、夏のきたるよとの事、春過て夏といふ所、専か立たるへし云云、衣ハしろき物なれは、如此となり

定家卿

大井川かハ《ら》らぬ井せきをのれさへ夏きにけりと衣ほす也」(4オ)

山ハ雲かゝりてしろくみゆるか、河ハかはらぬ井せきのしろきハ、衣をかへぬかといへり

此哥は井せきにかゝる波を衣といへり、是等にて可得其意也、又城南院ノ説、白妙の衣ほすと云事ハ、かく山の麓に手の神と申神おハします、其神布をかく山にほすに、かなふへき恋にハ、此布白妙に見え、叶ましき時ハ、白妙にみえさる也、それを取て、かくいふなるへし

雖異説為覚悟書加之

題しらす　。柿本人麿

第五代孝昭第一御子
天足彦国押人命之後也　敏達天皇御世家門依有柿樹為柿本臣　又敦光卿人丸賛云、大夫姓柿本名人丸、蓋上世之歌人也、任《任》持統文武之聖朝、遇新田高市之皇子矣、又詞林。葉《采》云、」(4ウ)風土記云、天武三年八月人丸任石見守、同九月三日任左京大夫正四位上行、次年三月九日任正三位兼播磨守矣

拾遺三
あし曳の山鳥の尾のしたり尾の長〳〵し夜をひとりかもねん

祇曰
此哥ハことなる儀なとハ更になし、たゝ足引のと打出たるより、山鳥の尾のしたりおのと云て、なか〳〵し夜

をといへるさま、いか程もかきりなき夜の長さ也、詞のつゝき妙にて、風情尤長高し、かゝる哥をは眼に付て数反吟して其味を心みるへし、無上至極の哥にや侍らん、人丸の歌ハ心を本としたるとそ、詞の景気をのつから備れり、天然の哥仙の徳也、古今の間に独歩すといへる、此ことはりにや

。山辺赤人

卅五　聖武御宇神亀之比人

新古冬　四　たこの浦にうちいてゝミれハ白妙の富士のたかねに雪ハふりつゝ」5オ

万葉第三

山部宿祢赤人望不尽山歌一首并短歌

天地之《アメツチノ》　分時従《ワカレシトキユ》　神左備手《カミサビテ》　高貴寸《タカクカシコキ》　駿河有《スルガナル》　布士能高嶺乎《フシノタカネヲ》　天原振放見者《アマノハラフリサケミレハ》　度日之《ワタルヒノ》　陰毛隠比《カゲモカクロヒ》　照月《テルツキ》乃《ノ》　光毛不見《ヒカリモミヘス》　白雲母《シラクモモ》　伊去波伐加利《イユキハバカリ》　時自久曽《トキシクソ》　雪者落家留《ユキハフリケル》　語告言継将往《カタリツギイヒツキユカン》　不尽能高嶺者《フシノタカネハ》

反哥

田子の浦にうちいてゝみれハ白妙《ましろなる》（万）のふしのたかねに雪ハふりつゝ

これ《ヲ》直して白妙と也、此哥ハ理のなき哥也、長哥か面白歌也、天地の中に何か面白物あるそ、みぬ人にかたらんと也、此哥に心ハなき也、千里鶯啼緑映紅、此詩の心と同しき也、詩哥共に心は通者也、うち出てみれはと云所にて、無限風景を思へと也

祇　私　此哥ハ田子の浦のたくひなきを、立出てミれハ、眺望か」5ウきりなくして、心詞も不及に、富士のねの雪をみたる心を、思入て吟味すへし、海辺の面白ことをも、高ねの雪のたへなるをも、詞にいたす事なくて、其さまハかかりをいひのへたる事、尤奇異なるにこそ、赤人の哥をは古今にもあやしくたへなりといへり、き妙の心也、

猶此雪ハふりつゝと云るに余情かきりなし、当意即妙の理りを思へし

。猿丸大夫厩戸皇子山背大兄王 弓削王猿丸大夫 ト号

古今集　是貞のみこの家の哥合の哥

秋下
五おく山に紅葉ふみわけなくしかのこゑ聞時そ秋ハかなしき

紅葉。端《ハ》山よりして、奥山ハ後にする也、花も都よりさきて、後に深山にさく也、奥山に鹿かなくハかなしきに、紅葉かちるに随て奥へ入程に、鹿か次第〳〵にふかく入と也、声きく時その字に心を付よと也、宗長発句、

をそ紅葉外山ハ雪の下葉かな

能仕たると云々、沈」6オ 思したると也

祇此哥奥山にといへる所尤以肝心也、秋ふかく成行てハ、は山なとハあらはになる比、み山の陰をたのみて、鹿ハある物也、俊恵哥に、

龍田山梢まハらになるまゝにふかくも鹿のそよくなる哉

といへるにて、心得へし、さて心ハいかにも秋ふかくなりはてゝ、深山の紅葉の散しけるをふミ分て、鹿の打はへて鳴比の秋いたりて、かなしき也、此秋ハ世間の秋也、声を聞人にかきるへからす、されハ余情かきりなきにや侍らん、此哥いつれの先達の儀にか侍けん、月やあらぬ程の哥にこそといはれけるとそ

題しらす　。中納言家持

大納言従二位大伴宿祢旅人男

新古今冬
六かさゝきのわたせる橋にをく霜の白きをミれハ夜そ深にける」6ウ

鵲ハ淮《エ》南子にての事也、此景の事ハ久方のなとゝ云ことく也、家持か暗夜に起出て、月もなく何もなき所に吟

出たる事也、霜の深を見にて、只霜満天と云事也、祇ハ深夜に起て、此哥を思ハゝ感情かきりあるへからすといへる一義斗也、当時切紙あり、当時切帋ありと云也、不知事也
古文真宝云、暁落テ西山ニ縦又横月明星稀ニシテ烏鵲南ニ【曹操字孟徳是為魏武帝】飛フ此非ニ曹孟徳之詩一乎
天河ハ暁は南北ニなる也、風景を思へと也
【淮南子ノ景ヲ想像テ也】鵲の橋の事、七夕にいつる儀にハ、相違せるにや、か様の事ハきかねは、事外に大事にきけは、あまりにやすく心得により、人の信もあさくなれる事也、されハあらは也、此哥の心ハ、冬ふかく成て、月もなく雲晴たる夜ニ霜ハ天に満てさへニ、さえにさえたる深夜なとに起出て、此歌を思ハゝ、感情ハかきり有へから」7オすとそ

◦安倍仲麿

【自元正霊亀二年至出嵯峨十四年百九年也、仲丸無帰朝コト可分別歟、軽大臣於唐飲之、不言之薬身ニ作彩昼頭戴灯台燃火、則各灯台鬼其子弼宰相往支那尋之詩アリ】中務大輔正五位上船守子、元正天皇霊亀二年八月廿三日為学生渡唐朝、賜姓、朝臣氏嵯峨天皇御宇左大弁宰相藤常継ヲ重テ、唐朝へ被遣于時帰朝ス、又無帰朝ト云儀アリ、又安倍朝衡子云々、不審或抄云安倍仲丸遣唐使ニ立シハ桓武天皇御時也、唐玄宗皇帝時代也云々、此儀尤不審云々、江談第三安倍仲麿読歌事、霊亀二年為遣唐使件仲麿渡唐之後、不帰朝、於漢家楼上餓死、吉備大臣之後渡唐之時、見鬼形与吉備大臣言談相教、唐土事件仲丸不帰朝人也、読哥雖不可有禁忌尚不快歟如何師清手返也　件歌ハ仲丸読歌ト覚候、遣唐ニヤマカリタリシ唐ニテ読歟、如何々事ニマカ」7ウリタリシソ可有禁忌之事歟

永久四年三月或人問師遠
もろこしにて月をみてよみける

古羇旅
七あまの原ふりさけみれハかすかなる三笠の山にいてし月かも

此哥ハ昔なかまろをもろこしにものならハしにつかハしたりけるに、あまたのとしをへて、えかへりまうてこさりけるを、このくにより又つかひまかりいたりけるにたくひてまうてきなんとて出たりけるに、めいしうといふ所のうミへにて、かの国の人むまのはなむけしける、よるになりて月のいとおもしろくさしいてけるをミて、よめりとなんかたりつたふる

仲麿久在唐して帰朝の時、唐人共餞別の詩を作時の事也、仲丸ハ熒惑《ケイコク》星の来生元正天皇の御末也、利根人にて唐人か帰朝せん事を惜て、赦さんと」8オ したる也、されとも奇瑞ありて帰朝也、ふりさけみれハとハ、仲丸ハ天文道を極たる人也、されハ天地を手裏に入て見たる月也、天性ハ知と也、唐人のみる心に引替て、天照大神岩戸へ入給し時、春日大明神の宣に依て、日月をはみるとの事也、振下みるにあらす、又異説振仰これ又ふりあふくのく心云云、非説也、只提《フリサケ也》天性を掌に持て提て見ルとの心也

古今羇旅部に入也

題しらす　。喜撰法師

＼山城国乙訓郡人也、作髄脳《和歌式》是也、＼又基泉　或撰僖　＼又鴨長明無名抄云、御室戸の奥ニ廿余町はかり山中へ入て宇治山の喜撰カ住ケル跡也、家ハなけれと、石塔なとさたかにあり、これを尋て見へし」8ウ

古
八我いほハ都のたつミしかそすむ世をうち山と人ハいふなり

喜撰ハ宇治の住人、先祖基〻なとゝ色〻にいへとも誤也、前ハ基泉と書也、和歌式を書より喜ニ改ル也、古今雑下ニ入哥也、末の集に二三首入云云、太不可然、既ニ古今序によめる哥おほくきこえねは、とあり、古今序、秋の月をみるに、暁の雲にあへるかことし、とあり、これハ必宵に明なる月ハ、暁ハ雲のかゝる者也、暁の月

に雲かなくてハと也、暁の月にかゝる雲をそしる心にハみるへからす、人ハいふ也とハ、都の巽ハ宇治也、しかそ住とハ、人ハうきといへとも、我ハ【春日山都のたつミしかそ思ふ北の藤なミ春にあへとは】然も住得たると也、後京極殿の、北の藤波春にあへとハ、あそハしたるハ、右を本歌にして、喜撰か哥の句法にて詠給也、古今序に、はしめおハりたしかならすとあり、喜撰か哥の体一体」9オ

祇此哥ハ大方明也、世をうち山といへとも、我ハ住得たるやうの心也、古今にハ、はしめおハりたしかならすといへる、世をうち山と人ハいへ共、とあるへき哥を人ハ云なりといへる所をさして書也、秋の月をみるに、暁の雲にあへるか如しと書る事、師説を可受、たしかならすとハいへり、此雲かゝりたるさま、猶かすかにおもしろき所也、是にて此哥の心を思へし

題しらす　　。小野小町

九花の色はうつりにけりないたつらに我身世にふるなかめせしまに

出羽国郡司常《当》澄女

古今に第一の哥也云云、春を待ハ何事なれは、花をミんとの心也、秋冬より待に、何事にてもあれ、隙か入てことしハくれたる程に、必来年ハミんと思へハ、又小町ハ官女なれハ、花の比隙の入に、花の時風雨しけく、風魔」9ウ両難とありて、小町ハみぬ也、隙をは花ハまたぬまにちりたる也、花のためなかめくらしたき物をと也、自面は如此也、なかめと云心を、連哥には雨にすれとも、あなかちに不定也、於此哥は雨をもたせいてはと也、小町心少年の昔ハ、昨けふと思たれハ、春よ秋よとうつりたるハ、いつの間に老たりとの事也、此哥に文字四あり、雖然ちとも耳に不障也、上手の所為を思へしと云云

。蟬丸

会坂蟬丸是也、佐国目録ニ蟬丸ハ仙人云云、鴨長明無名抄云、相坂の関の明神と申ハ、昔ノ蟬丸也、彼わら屋の跡をうしなハすして、そこに神と成て住給なるへし、今も打すくるたよりにみれハ、昔深草の御門の御使にて和琴習に、良岑・宗貞少将とてかよハれける、昔の事まて面影みわ《にう》かひて、いミ」10オしくこそ侍れ、或抄云、或人ハ申ハ古物ニ会坂ノ翁とかけり、俗也云云、或抄云、佐国目録蟬丸ハ仙人也、博雅依不随身琵琶只以譜請帰云云、又問件曲近代有之也《哉》、被答云慥不覚、但于歳ト云にや云云、又琵琶引ト云事僻事也、和琴を引とそ云伝たる、然ハ俊頼か琴も僻説歟、又流泉啄木曲世ニ伝れる曲也、如何或童或法師云云、禿丁ナレハ両代無相違歟

後撰集雑一

相坂の関に庵室をつくりて、すミ侍けるに、行かふ人をミて

十　これや此行もかへるもわかれてハ知もしらぬもあふ坂のせき

仁明之時の道心者也、延喜皇子と云事無之事也云云、五濁にそまひて、不叶ならひを、蟬丸ハ見濁を放タル人也、盲目と云ハ見濁を放れたるを云也、後撰にてわかれつゝとあり、道哥第一也、三界六道輪」10ウ廻ハ如此と也、何カ我何カ人誰カ親ク誰ヲ疎カナルなとゝて、行さきもなく不知事也

秘蔵宝鑰云

凡夫作テ二種種ノ業一ヲ感ス二種種果一ヲ、身相万《マン》種ニシテ而生ス、故ニ名ク二異生一ト愚痴無智均彼ノ羝羊之劣弱ナルニ故、以テ喩フレ之ニ、夫レ生ハ非ス二吾カ好ムニ一死ハ亦人悪《ニクム》ナリ、然トモ猶ヲ生レ之キ生レ之キ輪二転シ六趣ニ一死ニ去リ死ニ去テ沈淪ス、三途生メルレ我ヲ父母不知ラ二生ノ之由来一ヲ、受ルレ生ヲ我カ身亦不悟二死之取去一ヲ、顧レハ二過去一冥冥トス、不レ見其ノ首ヲ臨メハ二未来ニ一漠漠トシテ不尋二其尾《ヲハ》リヲ、三展戴頂ニ暗キコト同二狗眼ニ一、五嶽載ノスレトモレ是ヲ迷ヘルコト似タリ二羊ノ目ニ一、営営《エイ》トシテ一日夕ニ一、繋《ツナカ》レ二衣食《イシ》ノ之獄ニ一趍《ハシリ》二遂テ遠近《ヲンコン》ニ一墜ツ二名利之坑アナニ一

これや此と置五字妙也、此哥の詞書に、相坂の関に庵室を作て、住侍けるに、行かふ人を見て、とあり、これや此とハ逢坂の関におち付の五文字也、面ハ旅宿の往来」11オ のさまの義明也、下の心ハ会者定離の心也、往も還もは流転の心也、秘蔵宝鑰云

四生ノ盲者ハ不レ識レ盲ナルコトヲ、生シ生シ生シ生シテ暗ラク二生ノ始一死死死死終冥クラン二死ノ終一と也、開ハ関をまぬかるゝ儀也、万法一如に帰することハりとそ、延喜御事といへる事、太不可然、古今集に此人の哥入レリ、是にてさとるへし、盲目といへるハ放見濁義也

。参議篁

参議正四位下岑守一男、仁明天皇御宇承和五年配流、唐使為別使座《坐》事云云、左大弁従三位仁寿二年正月卒

古今集羇旅　おきのくにゝなかされける時に、ふねにのりていてたつとて、京なる人のもとにつかハしける

十一わたの原やそ嶋かけてこき出ぬと人にハつけよあまの釣舟」11ウ

篁の事ハ載続日本紀、敏達天皇六世孫也、参議忠岑子道風叔、依承和五年依勅大唐へ被渡ニ本船にあらす、次船にハ無念に思て、順風に事よせて前へ行也、然は一行船をいたさすして、依有訴詔被召返之処。不渡唐、然風故之由申、重テ可は風故之由事、被走之由勅之処、称病ト私曲を相構とて、死一等を可被下を、流罪になす也、其後被召返、無位の人にて黄袍を着してありきし人也、隠岐国へ海上又してハ、嶋かありくと也、人間の外まて行を、故郷へ告たけれとも、親昵に通達すれは、与同罪なれは無音也、人にハ告よとハ、釣舟にいひかけたる也

。僧正遍昭

桓武第十二御子大納言良峯安世八男

嘉祥三年三月廿一日仁明天皇崩四十一御葬之日、切髻入火中則出家法眼権僧正散位僧綱初例、天台顕」12オ 密碩才

号僧正、又花山僧正俗名良峯、宗貞蔵人頭五上左近少将　寛平■(十)二年入滅正十九七十六但八十賀アリ不審
十二あま津風雲のかよひち吹とちよ乙めのすかたしハしとゝめむ
輦車封戸を被下八(七)十賀定家卿哥あり、俊成九十賀の時、花山のあとを尋てとあり、此哥を五節の舞姫を見てよめる、あまつ風雲のかよひち吹とちよとハ、昔清見原天皇時の事にして、如此天人ハ天上へ帰へき程に、風吹閉よと也、しハしとある所奇特なり、遍昭の哥ハ、是等秀逸也云云、天津の川ハ助字也、滝津なとの義也、定家卿建仁之哥に、
天津かせしはしとゝめよ(吹とちよ)花とみえ雪とちりかふ雲のかよひ路
奇特云云
祇五節の事ハ、彼袖ふる山の事より出くれは、只今の舞姫をあま乙女によミなせり、心詞たくひなき物也、遍昭の哥にハ、か様のなるハまれなるにこそ、」12ウ
仍定家卿の心に叶へりとて、必此舞姫に心をかくるにハ侍らし、只舞の事をほめてかくよめる也
。陽成院
清和第一御子、御母皇太后宮藤原高子二条后、第五十七代御諱貞明、御在位八年、八十一歳崩、市云河海抄云、
陽成院を二条院と号云云、脱屣之後御此院
十三つくはねの嶺よりおつるみなの川恋そつもりて渕と成ぬる
【みなの川常陸名所也】筑波山ハ昔は深山也、近代あさくなる也、社頭あり、女山《メ》・男山《ヲ》あり、みなの川ハ麓也、
伊弉諾・伊弉(冊)尊此山に住給、此哥ハ河の源の浅水なれと、連ゝ積は深なる如く、恋ハ歎かつもりに依て深くなる者也、祇ハ尚書云、隠ヨリ明ナルハナク、微ヨリ明ナルハナシ、天子の心ハ、小善モ天下ノ喜ニ成、小悪モ天下

ノ大事ニ成といふ也」13オ
祇心ハはつかに思初し事の、ふかき思ひになるを、水の幽なるか、つもりて渕となるにたとへていへるなり、惣而ハ序哥也、歌の心ハこれまて也、さて君の御哥にて面白故侍也、天子の御心にハ、すこしの事も思召事に、善ハ天下の徳と成、悪ハ天下の愁となる也、大方の人も此心を思へきにや

後撰恋三つり殿のみこにつかハしける

。河原左大臣

源融嵯峨天皇第十六御子、仁明弟、母正四下大原全子、男女五十人ニ姓ヲ賜一人也

十四みちのくの忍ふもちすり誰ゆへに乱れ《そめにし》んと思我ならなくに

伊勢物語にて聞ゆ、誰ゆへにみたるゝとおもハるゝそと心をさして也、伊勢物語を用替たる也、本ハ乱そめにし也」13ウ
祇上の二句ハみたるゝの序也、惣の心ハ誰ゆへにミたれそめし君ゆへにこそといへる心也

。光孝天皇

光孝天皇仁明第三御子、御母贈皇太后宮藤原沢子、贈大臣総継女、五十八代御在位三年、御諱時康号仁明天皇、又号小松天皇、五十七崩

十五古上君かため春の野にいてゝわかなつむ我衣手に雪ハふりつゝ

いまた親王にての御哥也、古今の詞かきに、仁和のみかとみこにおハしましける時に、人にわかな給ける御うたとあり、歌に有心体・無心体あり、是ハ有心体の御哥也、業平の哥ハ、其心あまりて、其詞たらすといふにてハなし、貴人たる人の野に出て、若菜を摘て、万人臣下に給ハ、深切の事也、況乎余寒甚に、其雪を打払て

摘給ハ、真実の王道也、雪」14オ中に野遊にてましまさす、臣下を御憐愍所忝儀也、此御心の末にて、五十余歳にて不慮に即位あり、野遊にハ松を引、若なを採事也、深雪に若なを摘給ハ、心をみせられたる儀也

祇是ハ有心体の哥也、有心体とハ勝るを云也、詞のたらぬと云歌にハかハるへし、能〻分別すへし、心ハ、雪ハくるしミのかたへ取也、君を思心さし、偏にくるしかるへき事を、たへしのくよし也、此哥の事からをよく思へし

題しらす　　。中納言行平

阿保親王男、平城皇子、奈良天皇孫娶　桓武天皇女伊登内親王、正三位民部卿按察使仁和三年致仕

十六立別いなはの山の峯におふる松としきかハ今かへりこん

これハ縁過たる哥也、いなはの山美濃にも因幡にも」14ウあり、須磨に謫ク所へ趣たる時にてハなし、都をはなるゝ砌の哥也、我を待人ハなきか、若もまつ人あらハ、かへらんと也、あるましきに治定する也

祇此歌を俊成卿、あまりにくさ(た)り過て、よろしからさるを、今帰こんといひなしたる所幽玄也とそ、心ハ明か也、猶待人たにあらハ、やかて帰りこんと云心也、待人もあらしと思ふ心をいへるよし也

。在原業平朝臣

阿保親王第五男、母桓武天皇女伊登内親王、蔵人頭左近中将従四位下

十七ちハやふる神代もきかす立田川からくれなゐに水くゝるとハ

二条の后東宮のミやす所と申ける時に、御屏風にたつた川にもみちなかれたるかたかけりけるを題にてよめる、

神通自在の神代にも、唐紅に水のくゝるとハ」15オきかぬと也、哥にてきこゆ

心ハ秋のくれ又神無月なと、龍田河のなかれもなきまてちりしきりたる木の葉に、水ハたゝ紅をくゝりたる

やうなる興を、神代にもかゝる事ハきかすと云へり、業平の哥大略心あまりて詞たらぬを、これハ心詞かけたる所のなきゆへに、此哥を入らるゝ也、これを以て此百首の趣をも見侍へきとそ

寛平の宮滝御幸に、在原友于哥に

　時雨にハ立田の河もそみにけりからくれなゐに木のはくゝれは

業平哥ハ紅葉を水くゝると也、其心別歟、今案業平哥紅葉のちりつミたるを、紅の水になして、立田河を紅の水のくゝる事ハ、昔もきかすと也、此友于哥ハ時雨に立田川を染させつれハ、からくれなゐ」15ウ に木葉をなして、河をくゝらせたれは、只同事にて侍歟、舅か哥をかすめよむ歟、ちかき哥をかすめよむ事、此比の遺恨云〻

　　。藤原敏行朝臣

式家 陸奥按察使冨士丸男、母正四位下刑部卿名虎女、能書云云、蔵人頭左近中将従四位上左近兵衛督、薜生而書一切経也

古恋三 十八すみの江の岸による波よるさへや夢のかよひち人めよくらん

寛平御時后宮哥合の哥なり、恋の哥にハ一段なり、南海ゆう〳〵とあるに、岸の高に浪のうちたらハ、夢もさめむに、住吉の岸ハさもなきに、夢のかよひちにさへ人目を除と也、名誉の哥也、時〻に心の驚故也

祇 上の二句ハ序也、よるさへやといはんため也、心ハうつゝの事にそ、忍ふる中ハ人目をよくるさはりのかなしミ」16オ もあれは、夢にハやすくあはんと思へハ、夢の中にも人目をよくるやうの事みゆれハ、かくよめる也、うるハしき哥とそ

　　。伊勢

＼七条后女房　伊勢守藤原継蔭女仍号伊勢

寛平間為更衣　題しらす

十九 新古恋一 難波かたみしかき蘆の節のまもあハて此世を過してよとや

此哥ハ深切の哥也、今まて思積たるをかそへあけたる也、村をぬきたる哥也、てよとやとにて、元来の久しきを知也、難波かたみしかきあしハ節の間也、当意の今の心也、てよとやハ、前より始末也、思の不叶蘆也、祇説もよろしき也、古今集ハ五返見之也、而祇ハ只二返也、最初の分にて、祇の百人一首を注する故ニ、違あり、世にあふ坂の哥も相違せり、祇の非越度、東常縁ハ意地」16ウ 悪きニ依て子孫断絶云云

祇 此難波かたとハ、大概にいひ出たる五文字也、五文字ニ君臣ノ五文字あり、是ハ君の姿也、ひしといひつめて、詮となるもあり、能〻可分別、歌の心ハ思ひそめしより此かた、人にも縁をもとめ、詞をもつくし、心をもくたき、或ハたのめてすくし、或ハ又かけもはなれすして、年月をかさねぬれハ、さてもいかゝせんなとゝ思あまりたる上に、うちなけきていひたる哥也、みしかき蘆の節の間とハ、聊ハかりもと云心也、大底にかやうの哥をは見侍らすとそ

。元良親王

＼陽成院第一御子、御母主殿頭遠長女、＼天慶六年薨、後撰集恋一こといてきて後に、京極の御息所につかハしける」17オ

＼此哥拾遺集にハ題しらす

廿 わひぬれは今はたおなし難波なる身をつくしてもあハんとそ思ふ

【時平公褒子女】宇多御門御時京極の御息所へ密通也、忍ひてかよひける、顕て後又つかハしたる哥也、わひぬ

れハと置事、たゝハ不置也、よろつの思のつもりて、やるかたもなきを云也、侘ぬれはつねハゆかしき七夕も、うらやまれぬる物にそ有ける、一年に一度の下心なれハ、ゆかしきと也、此はたハ将なり、まさにあハんとほつす也、かへり点によむを、今人ハ爰に心を不入也、又と云心もあり、これハ将《マサ》ニ也
祇よろつの思のつもりて、やるかたもなきを云也、されハ今ハ又あはれ共《スイ》ニたちにし名ハ、同し名にこそあれ、身を尽しても猶あハんとそ思ふとハいへり、身をつくしても猶あハんとそ思ふとはいへり、身をつくしハ難波の縁也、此哥ハ幽玄体の哥とそ、哥ハ」17ウ たゝ心ハゆふに及はす、打なかめてよきあしきをしらるへきさまを、能吟味すへき事にこそ

。素性法師

左近中将良岑宗貞　遍昭子　寛平御時任律師、清和殿上人云々、左近将監玄利　題しらす

古恋四 廿一 今こんといひしはかりになか月のあり明の月を待いてつる哉

顕証《昭》と定家卿と、心各別也、顕証か心にハ一夜の中とみたる也、定家卿の心にハ顕証《昭》ハ哥を浅く見る也、年を経、月を経て、終に皆空頼になると也、か様に心に入ぬにと也、つる哉にて。日《月》をへたる心みえたり、六条修理大夫顕季・顕輔・顕証也、俊成卿ハ顕季《輔》之門弟也、然而哥の体をみて、金吾基俊に帰す、基俊ハ貫之より伝之也

有明の月を待いつる心、一夜の儀にあらす、たのめて月々を送行に、時しも長月の空に成行心を能」18オ 思入て、可吟味歌也

。文屋康秀

先祖不詳或中納言朝康子云々

＼縫殿助、後ニ参河掾　号文琳

是貞のみこの家の哥合のうた

廿二吹からに秋の草木のしほるれはむへ山かせを嵐といふらん

【正治仙洞十人哥合山嵐秋ノ題ニ出タリ】吹からにとハ、其当意秋風ハふけは、草木の色ハあらぬ物になる也、むへ山風と云事ハなし、むへと切て、山風とよむへし、山内ハ風かあらひ物と云義也、嵐を山かせとくたきて云説ハわろき也、後京極殿の御会に、羇中嵐と云題を、秋と摂政殿ハ御意得あれ共、惣次か雑によミたる程に、恥をかゝせしとて、雑にあそハしたり、貫之か秋となをして、秋となをして秋とすへきといはんとて、直たり、仍貫之《康秀》家集に」18ウ野への草木とあり

祇此哥ハ古今にも、詞たくミなるたくひにいへり、心ハ明也、山風を嵐と云に付て、文字の義を云ハ、当流ニ不用、只山の嵐ハあらき物なれは、あらしといふといへり

。大江千里

参議音人五男　　内蔵少允従五位下

これさたのみこの家の哥合によめる

古秋上
廿三月みれは千ゝに物こそかなしけれ我身ひとつの秋にハあらねと

月ハ陰性の気に依て、陽に対すれは、いき〳〵とある物也、さる程に月に対すれは、心かしほるゝ也、月ハ四季にある物なれとも、月をみる毎に愁の生するハ、秋は敵気とて《コロス、心也》、心を傷しむるは殊秋也

大底四時心惣苦　就中腸断是秋天

月は陰の気にて、月をミれは哀を催を、一身の様に」19オ思へハ、其身〳〵各ゝの思といふ義也、物思としつゝ月

をみる也、能思へハ、一天下に月をみぬ里もなき物をと也、定家卿《長明》我身ひとつの峯の松風、此心なり

。菅家

参議刑部卿是善卿三男　後贈太政大臣　母大伴氏女　承和十二年乙丑誕生　延喜三二廿五薨

朱雀院ならにおハしましたりける時に、手向にてよミける

廿四このたひハぬさも取あへす手向山紅葉の錦神のまに〱

いかやうの幣帛を可奉をと也、是ハ宇多御門五十九代ならへ御幸の御供にてよミ給へり、此たひ旅の字と云儀あり、其心もたかふへからすといへとも、度の字よく侍へきとそ、ぬさも取あへすと云に、御幸のさハかしき心こもれり、されハ山の紅葉を其まゝ神にまかせて」19ウ手向る心也、君につかふる道より、私をかへりミぬ心也、たゝしき心なと、これにて思へし、手向山ハ南都にあり、又逢坂をもいへるなるへし

女につかハしける　。三条右大臣

定方　高藤公三男　天徳四　五四薨

廿五 後撰恋二 名にしおはゝあふ坂山のさねかつら人にしられでくるよしもかな

なにとて名にしおハゝと云ハ、さねかつらの事にてハなし、逢といふとさねとを取合たる也、茂ミよりかつらのいつるハ、不知やうにあらハと也、人にしられい《清》てと云説不用之、さねハ小寝也

祇 名にしおハ丶とハ、逢坂とさねかつらとかけたる詞也、此歌ハ詞つよくして、さらになまみなく侍て、一体の哥とみゆ、新勅撰なとに此風体の哥おほく入侍る、能〻工夫をめくらすへし」20オ

。貞信公忠平

照宣公　基経四男　号小一条殿、又号五条殿太政大臣贈正一位

拾
廿六をくら山峯の紅葉は心あらハいま一たひのみゆきまた南

祇亭子院大井河に御幸ありて、行幸もありぬへき所なり、とおほせ給に、事のよしそうせませんとてこの哥をよめり

大和物語亭子のみかとの御ともに、おほきおとゝ大井川につかうまつり給へるに、もみちをくら山に色〳〵のいとおもしろかりけるを、かきりなくめてたまひて、行幸もあらんに、いとけうある所になんありける、かならす奏してせさせ奉らむなと申給て、つゐにをくら山峯の紅葉は心あらはとなんありける、かくてかへり給て、そうし給けれは、いとけうありける事なりとてなん大井の行幸と云事、はしめ給ひける、」20ウ

【小一条九重ノ非一条、別ニ在之云こ】拾遺集にハ小一条と入也、詞書に亭子院の小倉山にて、これハ行幸もあるへきと被仰たる御一言にて、則貞信公紅葉にいひかけられたる也

題しらす　　　。中納言兼輔

従四位上右近中将利基六男内舎人良門母伴氏右衛門督、従三位堤中納言、承平三年薨五十七

。良門―利基―兼輔
　　└高藤　勧修寺　但別流

新古恋一
廿七みかのはらわきてなかるゝいつミ川いつみきとてか恋しかるらん

古哥なれ共、新古に入也、逢不会恋・未逢恋の心也、思の喩也、わくといはむとて、泉川を云也、いつみきと」21オてハ、いつミて恋しきそと也、泉河のたえぬやうにと也、其水ハ泉川也、思の尽ぬと也、挑川五音相通也

私称名院云みかまの原也、昔カマヲ埋しに、其かま河水に《か》流入て、かまより涌て出るより云也、いつミ川ハ挑也云云

私わきてなかるゝハ泉の縁字也、泉川ハいつミきといはんため也、是も序哥也、心ハふかくミしやうの人の、今ハ絶はてゝおほえぬハかりなるを、猶思ひやます恋侘也と我心をいへる也、年月を経て猶思ひわひてうちかへし、いつあひミしならひにて、かく恋わふるそと、我心にいへるにや、何も哥さまたくひなかるへし

冬の哥とてよめる光孝天皇御孫也 左京大夫教正息。源宗于朝臣左京大夫正四位下

廿八 古冬 山里ハ冬そさひしさまさりける人めも草もかれぬと思へは

年中にさひしさハ、いつそなれは秋也、敵気なれハ也、秋をさひしきと思ひたれは、冬ハましたる也、鹿もなか」21ウす、草もかれぬれは、何につきて人もとハんと也、やすく〳〵として心ふかき哥也、山里ハ冬その字、其次にハ、山里ハの字に心を可付也

祇此哥ハ先秋のさひしさをもちてよめる也、されと秋のくれなとハ、なを草葉の色にも、たまさかの人めも侍るを、冬になりてハ、木葉もおち、草もかれ行比いとゝ人めもたへたるさまを思へしとそ、又云春秋ともにさひしき心をよくおもひつゝけて、此哥を。侍《み》るへきとそ

。凡河内躬恒

甲斐権少目　延喜七年正月十三日　伊丹波権大目

御厨子所預　後任淡路掾

廿九 心あてにおらハやおらんはつ霜のをきまとハせるしら菊の花

これハ菊、これハ霜とみさためんとするに、おらハおりも」22オせん、と也霜にみさためぬ心也

祇おらはやおらんハ重詞也、いつれもあらまし事也、惣の心ハ、白菊の面白さかりなるハ、たくひなふおほゆるに、初霜のいたうふりたる朝なとうちなかむれは、一しほあハれと思よし也、霜をも菊をも、ならへてあ

ひしたる哥なるへし

。壬生忠岑

＼右兵衛府生木工允忠衛子　＼右衛門府生御厨所定外膳部摂津大目　＼泉大将定国随身也

卅在明のつれなくみえし別より暁はかりうき物ハなし

顕注密勘云

是ハ女のもとよりかへるに、我ハ明ぬとていつるに、在明の月ハあくるもしらす、つれなくみえし也、其時より暁ハうくおほゆとよめり、只女に別れしより、暁ハうき心なり」22ウ つれなくみえし此心にこそハ侍らめ、此詞のつゝきハ、心詞をよひ《は》す、えんにおたしくもよミて侍るかな、是ほとの哥一首よミ出たらん、此世の思出に侍へし

祇此哥ハあハすしてかへる心をよめる也、有明ハ久しく残る物なれは、つれなくといひ侍れと、此つれなくミゆるは人の事也、心ハ人の許に行て、終夜心をつくして、いかてかあらんと思ふに、人ハつれなくてはてぬれは、いかゝハせんと立別るゝ比、有明の月あはれもふかきをなかめつゝかへるさま也、たとひ逢夜のかへるさなりとも、かゝる空ハかなしかるへきに、結句あハてわかるゝを思ひわひて、今夜の暁ハかり世にうき事ハあらしとおもふよし也、古今集にハいつれの哥かすくれたると後鳥羽院、定家卿・家隆に尋給けるに、いつれも此哥を申されけるとそいひ伝侍也」23オ

。坂上是則

＼田村将軍末葉云々　＼大内記従五下加賀介、御書所預望城父也

やまとにまかれりける時に、雪のふりかゝるをミてよめる

古冬
卅一朝ほらけあり明の月とみるまてによしのゝ里にふれる白雪

これハ里と云所肝心也、これも薄雪也、在明の月と山にてハみられましき也、地に影の残る、きらりとみゆる也、帚木巻に、月はあり明にて、光おさまれる物から《かけさやかにみえて》。中〳〵おかしき《明ほの也》。といふ所也、朝起てみる時、雪とみゆる也、朝ほらけをみるへしと云々、逍遙院此心にて、

おきいつる袖にたまらぬ雪ならは在明の月とみてや過まし

祇 此哥ハやまとにくたりし時よめる眺望と見侍へき也、彼里の眺望とみるへき也、里にふれる白雪とハ、うす雪に侍し、有明の月をいへるに、能叶へり、心をつけてみるへき也」23ウ

志賀の山こえにてよめる　◦春道列樹

＼従五位下雅楽頭新名宿祢一男文章生

正六位上壱岐守　出雲守イ

古秋下
卅二山河に風のかけたるしからミハなかれもあへぬ紅葉なりけり

万葉にハ山。河と切てよむ、こゝにてハ山河とつゝけてよむへし、風の懸たるしからミハ、籠に石を入て、水を防也、木の葉のしからミハ風のする也、水かはやくなかれんに、其上にかさなるハかせのわさなり、家隆卿

山河にかせのかけたるしからミの色にいてゝもぬるゝ袖（は）かな

恋の哥には能かなへり、家隆ハ俊成卿門弟なれとも、真実の事をは不伝也、俊成卿・定家卿・為家卿三代の心に不相叶云々

年ふれハ我くろかミもしら川のしろいといふハめつらしからぬ也

風のかけたるハ神妙也、哥に文あり、一段也云々」24オ

祇此哥ハ志賀の山こえにてよめる哥也、心ハ山河なとに、落葉のひまもなくふり乱て、水の行衛もみえぬはかりなるを興して、風のかけたるしからミそと先いひなして、さて下句にてかくミゆるしからミハ、なかれもあへぬ紅葉なりけり、とことハれる也と云ハ、さらに隙なくおつる木葉をいへる、惣の心ハ、たゝ山と河の眺望なるへし、かせのかけたるしからミハ誠はしめていひ出たる妙所也

梅の花のちるをよめる　◦紀友則

紀有明息　紀納言末云云　大内記

卅三 古春下 久かたのひかりのとけき春の日にしつ心なく花《の》ちるらん

しつ心に二義あり、花にある歟人にある歟、人にある歟と両義也、風のさそふとも余寒甚しくもなくて、春の日のゆう〳〵とのこるなるに、何事に花ハいそ」24ウきてちるそと也、此しつ心を、人にみても花にミても、花にみる時ハ、何事にしつ心もなくいそかハしくハちるそと也、さて又人にみる時ハ、ゆう〳〵とある時分に人の心まて花かしつ心なくちる程に、いそかハしきと也、此両儀いつれにてもおもしろし、此哥ハきれ字なきと心敬説と云也、やの心不審、心敬ハ不可書之云云

祇心ハ大方風のさそふ花也とも、いたふちらむハ、花のうらミも有ぬへきを、まして春の日のゆう〳〵とてらして、久方の空も霞わたり、鳥のこゑ木草の色も長閑なる比、ちるを恨て、しつ心なく花のちるらんとハいへり、此哥よく〳〵工夫すへきとそ師説侍し

◦藤原興風

治部兼曽祢道成男、参議浜成孫

下総権守、京家麿より四代目也」25オ

古雑上
卅四誰をかも知人にせんたかさこの松も昔の友ならなくに
人この上にある事也、年かさなるに随て、年寄ハ次第したひに疎遠になる也、我程なる比の人ハ古人になる、当世の人ハ友ニならぬ也、誰をかな友にせんと思程に、尾上の松をと思へハ非生也
たかさこの松も昔に成にけり《ぬへし》今行末ハ秋の夜の月　寂蓮　後京極摂政殿
【大臣武内宿祢辞世頌云、法蔵此丘我身是也、弥勒如来豈異人乎、自景行至仁徳歴六帝子孫紀氏、行年三百七十、或不知死所云云】安養都卒胸中差別、弥陀弥勒一心異名、常生人天受勝妙楽
祇心ハわれ年老て後、いにしへよりさまく〵になれこし人も、あるハ此世となからへたるもあり、或ハ先立てとまらぬ色く〵に成て、たゝひとり朋友の心しるもなき時、高砂の松はいにしへより年たかき物なれハと思へは、此松も昔の友ならねハ、打なけきて、誰をも知人にせんといふ也、下の心ハ世の末のおとろへたる」25ウを歎てよめり、ありとある人ハみな、当時のいまめかしきにのミ心をとむるおりふしなれハ也

。紀貫之

＼紀文幹子　童名内教坊阿古久曽　玄番頭従五上木工権頭
卅五人ハいさ心もしらす故郷ハ花そむかしの香ににほひける
古今に■(前)詞かきにみえたり、毎年はつせにまうつることにやとりける宿をさしをきて、別の坊にやとりけれハ、本坊よりかくさたかにやとりハある物かとある返しによめり、花ハちともかハらぬ人の心はいかゝとあるしの心おほつかなしと也、かくさたかになんとハ、久しくをとつれねハ、たしかにあらぬやとりもそ有らんとうたかひていへる也、哥の心ハ明也、貫之の歌にハ、余情尤おほきなる哥也、此古郷ハたゝやとりつけたる所をよめる也

。清原深養父」26オ

＼豊前守房則男　筑前介海雄孫無出所

＼散位従五位下　＼内近允蔵人所雑色

月おもしろかりける夜、あかつきかたによめる

卅六夏の夜ハまたよひなからあけぬるを雲のいつこに月やとるらん

祇は入たる月にみたる也、これハさにあらし、いらさる月也、月の空をわたらむ程もなきにと云たる可然也、既にことは書に暁かたにとあれハ、短夜の体也

【私顕注密勘此哥の注不審】顕注密勘云、またよひハ又宵なから也、いまたの儀ニあらす、是ハたゝ夏の夜の取あへす明ぬる事をよくよめる也、心ハまたよひそと思へは、明ぬる程に月ハいまた中空にもあらんとミれは、月も入ぬれはかくよミなせる、雲のいつくにとハ、必雲に用ハなけれと、詞のえんにいへるによりて、哥のさまめてたきにや

延喜御時哥めしけれハ　。文屋朝康」26ウ

＼先祖不詳　延喜二年　任大舎人允

後撰秋中

卅七しら露に風の吹しく秋のゝハつらぬきとめぬ玉そちりける

景気の哥也、露ハもろき物なるに、風かちとも葉すゑにのこらぬと也

風の吹しくハしきりの儀也、あらき風をいふ也、つらぬきとめぬ玉とハ、玉ハ糸にてつなく事あり、それをみたしたるよといへる也、惣の哥の心、秋の野の所せきまて、せきみちたる朝の露のおもしろきに、俄なる風のあら〳〵と吹たるに、をもき《ル》ハかりなる木草の露はら〳〵とちりミたれたる、当意をかくよめり、よく

景気を含てみ侍へき也

題しらす　　　。右近

＼交野右近少将季綱（ママ）女

拾恋四 卅八 わすらるゝ身をはおもハすちかひてし人の命のおしくもある哉」27オ

大和物語おなし女、おとこのわすれしとよろつのことをかけてちかひけれは《と》、わすれにけるのち、いひやりける。返し《忘らるゝ身をハ思ハす――》ハえかきすと云云

自面まて也、撰言をあやまりて違也、我を忘れたるハ第二なり、神慮に違たらハ、余りあるまい程にと也、定家卿、

身をすてゝ人の命を惜ともありしちかひのおほえやハせん

此哥にて前の哥の注になる也、ありしちかひと上を越てよめる

祇 人の忘行を恨すして、なを其人を思ふ心、尤あハれにや侍らん、取要書之

人につかハしける　。参議等

＼中納言従三位源希《マレ或コヒネカフ》一男　美濃権守正四位下左中弁、＼勘解由　＼天暦五三十薨七十二

後撰恋一 卅九 浅茅生のをのゝしのはらしのふれとあまりてなとか人の恋しき」27ウ

序哥忍れと人の恋しきハ、其心にあまるなり、あさちふ《ふ》浅茅生《フ》とよむ也、於爰はち。ふ也、定家卿此哥を取て、

なをさりの小野の浅茅にをく露も末《草》葉にあまる秋夕（ママ）くれ

そと露ハをけとも、浅茅か深ゆへ也、恋雑の哥を取心是也、忍恋ハこれにて、あさちの哥まて聞かたりあらはれたる心ハ、能聞えたり云云、惣してハ、あさちふ《ウ》とよむ也云云

祇忍れとあまりてといへる心、尤切なる恋の儀也、か様にやす〱と聞たる哥を、よく思入事尤玄人たるへし、

あまりてなとかに、心をよく付へし

◦平兼盛

〵兵部大輔篤行三男　〵前駿河守従五位上

〵光孝天皇御末云ゝ曽孫　〵天暦御時哥合、〵赤染衛門父也

四十 拾遺恋 しのふれと色に出にけりわか恋ハ物や思ふと人のとふまて」28オ

物思ふと人の不審のたつる道理也、守心如城郭とて、気色ハ常の様にハなきと、人のみるほとならハ、心の油断か出きて、早人の物を思とみる程に成たるかと也

祇人の問までにも成けるよと、うちなけきたる心、哀ふかきにや

天暦の御時の哥合　◦壬生忠見本名忠実

〵右衛門府生忠岑男　〵天徳二年任摂津大目

四十一 拾恋一 恋すてふわか名ハまたき立にけり人しれすこそ思ひそめしか

平兼盛と番の哥也、依人之気此哥を褒す也、詠哥一体に前の哥を入てほめたり、兼盛か哥に付也、きとしたる哥は此哥也、但少つまりたるに依て也、前の哥ハ気色を見て人のいふ也、此哥ハ昨日けふ思よりたるにと也、そめしかとハ、哉にてもなし、此か文字ハ案してと云心也、物をと云をにかへる也」28ウ

祇この哥両首ハ、哥合つかひなり、おくハすこしまさりけるとそ、誠詞つかひ無比類にや、~~心かゝり侍ける女に人にかゝりて~~ 心かゝり侍ける女に人にかゝりて

◦清原元輔

深養父孫　春光一男　春　母筑前守高向利生女

肥後守従五位上

後撰恋四
四十二契りきなかたミに袖をしほりつゝ末の松山波こさしとハ

末松山ハ奥州也、遠よりハ松の上を波かこすやうにみゆるか、さもなきかことく隔りて、ありとも別義あらしと思へハ、はや人の心かハる也、これハあたなる有也、畢竟ハ人の心の替をはかこたぬ也、あたな心にて我契たるを思也

祇心ハさてもかくあたにかハる物を、互に袖をしほりて、波こさしとちきりけるよなと、すこしはちしむる」29オやうにいへる也、かたミに袖をしほり、たかひの心也、かハるをは中〳〵うらミすして、契しを歎心也

題しらす　　。権中納言敦忠

贈太政大臣時平三男、母筑前守在原棟梁女

貞信公甥也　叔父国経実子也　中納言従二位号本院中納言　又号枇杷中納言　天慶六三七薨卅八

拾恋二
四十三逢みての後の心にくらふれハむかしハ物もおもハさりけり

人生知ハレ字ヲ憂歓之始メ　坡

此心にてよめる也、人ハ物をしらぬかよき也、物をしりてハ無尽期也、逢ミてからハと也

人にいまたあひミぬ程ハ、たゝいかにしてか一度の契もと思心ひとつの思ひにて過ぬるを、あひみて後ハ、猶其人を哀と思ふ心もまさり、又ハ世の人めをもいかゝなと思ひ、又ハ其人の心もいかゝおもふらん、うつろひ」29ウやせんとやあらんと思ふ心そへハ、昔へすちにあハれいかになとおもひしハ、数ならぬ事をかくある也、かやうの哥を、あまりにやすくみ侍らんハ、ほひなき事にこそ侍らめ

天暦御時哥合に　　　　　　　。中納言朝忠《アサ》
三条右大臣定方二男　母中納言山蔭女
右衛門督従三位　号土御門中納言　又号橋中納言

四十四 あふ事のたえてしなくハ中〳〵に人をも身をもうらミさらまし

逢不会恋の心にてよめる也、心を尽し来ての事也、世間に逢と云事もなくハ、中〳〵よかるへき也、逢といふ事いやにてハなきに、絶事あれハと也、是ハ逢て後へたゝるに、かゝる思もあり、恨もあると也、中〳〵と云所肝心也、祇注ハ古今伝相残以前なれは也

祇 是も只にありのまゝ何となくいへハ、あちはいさらに」30オ なかるへし、此心ハ人を思ひそめて、あハれいかになと思へとも、人ハつれなくして、年月を過るに、からうしてたまさかにあへる人の又と絶はてゝ、いとゝやらんかたなき思ひのあまりに、うち返し絶てし人なくハ、中〳〵にといへる也、故人の哥をあまりにみるハ口惜侍也、又やうそあらんとくせ〳〵しく、よろつの事をとりそへいへるハ、殊うたて侍る也、くれ〳〵数寄を先として、さるへき人にとひ尋侍ぬへき物にこそ

。謙徳公

四十五 拾恋五 あハれともいふへき人ハおもほえて身のいたつらに成ぬへきかな
伊尹　九条右大臣師輔一男　母武蔵守従五位上経邦女
号一条　天禄三十一一薨卅九

ことは書にみえたり、一向御かよひもなき程に成たる時の御哥也、哀ともいふへき人にハ思ハれぬ程に、世間の他人」30ウ は思ましきと也、能〻可心得也

祇此いふへき人ハおもほえてとハ、公界の他人の事也、かくいへるハ、哀と思へき君ハ忘はてぬれと、其外にさやうにあらんと思侘て、かくいへる也、よく〳〵吟味すへしとそ、我あひてをはおもほへてといひかたかるへし

。曽祢好忠

俗伝丹波掾、仍号曽丹、但任日不見、寛和之比人也

新古恋一
四十六ゆらのとを渡る船人かちをたえ行ゑもしらぬ恋の道かな

由良の渡大事渡也、此渡ハ船かちにて可渡を、カチヲ忘たり、やすき渡なりともなれ共、大事の渡を渡に、かちにても不渡やうに思ふ人の所へハいかゝよりつかんと也

祇心ハおほ海を渡る船に、かちのなからむハ、たよりもうし」31オ なふへき事也、その舟のことく、我恋路のたのむたよりなく、うかひて行衛なき心也、ゆらのとをなと打いてゝいふより、たけ・事からいかめしき哥也

河原院にてあれたる宿に秋来といふ心を人〻よミ侍けるに

。恵慶法師

播磨国講師　寛和之比人也　有家集

拾秋
四十七八重葎しけれる宿のさひしきに人こそみえね秋ハきにけり

荒タル宿ニ秋来ト云題にてよめる、融公玉楼金殿もあれたる宿となると也、今日といふも、昔になれハ、能思へしと云云、歌の心ハ、八重葎の閉て、人跡もなき所ならハ、秋もきたるましきにと也、爰を三重にみる哥也、八重葎の閉はてたるに、人影のみえたりとも、さひしかるへきに、人かけハみえす、人のかけのみえぬさへあるにいはんや、秋か来ると如此云にみるへし、祇公ハ」31ウ 八重葎しけれる宿に人ハこねとも、秋ハきたると只一重

にみたる也、無其曲と也、とふ人なき宿なれと、といふ同意になる也
祇此事書にて心ハくもりなく聞え侍れと、いにしへ此おとゝのさかへし時、世人のあふきし事なと、夢のやう
にて昔わすれぬ、秋のミくる心を思ふしるへにて、秋の来たる心を哀とうちことハりたるさまたくひなくや、
よく〳〵河原院の昔彼おとゝのさかへなとを思ひつゝけて、此哥をハみ侍へき也、貫之か、
　とふ人もなき宿なれとくる春ハ八重葎にもさハらさりけり
と云哥にかハる事侍らす、昔ハかやうにもよみ侍にや、今ハ等類にて侍るへし、貫之か歌よりハ猶その心あ
ハれふかゝるへし
冷泉院春宮と申ける時、百首哥奉りけるによめる」32オ
。源重之
サネ清和御後 具平親王孫　参議兼忠三男従五下兼信子
兼忠子とあれとも、兼行《信》子と系図に侍り
詞花恋上 四十八 風をいたミ岩うつ波のをのれのミくたけて物をおもふ比かな
波ハはたらきたくてハ動ぬを、風に動て来て我とくたくることとく、我ゆへ物を思ふて思をとけぬと也
祇心ハうこかぬ巌を人の心によそへて、くたけやすへき波を我身になすらへていへる也、序哥にハ侍れと、こ
れハ心ことに侍にや、尤面白こそ
題しらす　。大中臣能宣朝臣
祭主神祇大副輔親子《父》　正四位下頼基男
詞恋上 四十九 みかきもり衛士のたく火のよるハもえひるハきえつゝ物をこそ思へ

我思ひの人目をよくるゆへ、ひるハ火の消やうなれとも、夜ハ又もゆると也、みかきもりハ左右衛なり、其下の衛士也」32ウ

祇これも序哥也、昼ハきえとハ、思ひをやますましたるさま也、胸にみちたる思のせんかたなきを、さらハもゆるにもまかせすして、人めをつゝみ思ひけちたる心、猶くるしさまさるへくや、夜といひ昼といひ、思ひのくるしきさまをよく思ひ入て、み侍るへき事にこそ

女のもとよりかへりて、つかハしける

。藤原義孝

一条摂政謙徳公三男　母代明親王女 醍醐第三皇子恵子女王

右近少将従五位上　配流土佐国康平三八六也

後拾恋二
五十 君かためおしからさりし命さへなかくもかなとおもひぬる哉

後朝の哥也、人の心あやにくなる物也、逢ての朝ハ、又命ハおしきと也、上一人の外に君とハ不詠也、返答ニハよむ也、ける哉といへハ跡の事になる、ぬる哉《つる同》といへハ前の事になる也

祇心ハ明にハ侍れ共、思ひける哉と云詞尤見所也、人を」33オ思心の切なるさま也、我心の引返し、かくも侍ることよといへる所を、能見侍へきことにこそ

女にはしめてつかハしける　。藤原実方朝臣

侍従定時男　陸奥守　正四位下

五十一 かくとたにえやハいふきのさしも草さしもしらしなもゆる思ひを

序哥也、伊吹山のさしも草、此山によミならハせり、伊吹山ハ近江・美濃・越前三《二》ケ国の境也、えやハと切て、

えもいひかたきと也、面にいへハ、秀句になる也、只自然になるやうに哥をハよめと也、いたつらに心一にてはてんとハと也、余情を入よと也【シメチカハラ、三界六道、サシモクサ、一切衆生】

祇さしも草ハ、此山によミならはせり、もゆる思ひたとへいへる事也、かくとたにえやハいふきのとハ、胸にあまる思ひをハえいひやらねハ、さしも人ハいかてしらむと、我思ひの切なる事の、やるかたなきをいひのふる也、」33ウ　えやハいふき、えもいひかたきなり

私或説云此いふきハ下国《野》国也、さしも草差藁《サシモクサ》と書、蓬の一名也、下句さしもとハ、さも也、燃思ひとハ六帖哥に、

あちきなやいふきの山のさしも草をの《か》。思ひに身をこかしつゝ

此下句の心にてよめるなり、此六帖のさしま《も》草、亦させも草何も五音通して云同草也、袖中抄に詳也

女のもとより雪ふり侍ける日、つとめてかへりてつかハしける

。藤原道信朝臣

師輔公九男　法住寺大臣恒徳公四男　母謙徳公女

為光公　左近中将従四位下

五十二明ぬれはくるゝ物とハしりなから猶うらめしきあさほらけかな

後朝の哥也　つとめてとハ朝の事也

かへるさの道やハかはるかハらねと心に《とくる》まよふけさのあハ雪」34オ

又此暮をまたしあけぬれは、くるゝとハ知たれ共と也

祇明ぬれハくるゝ物とハ、後の夕へをも憑へきことには侍す、只今の別の切なるおもひに、明ぬれはくるゝこ

とはりを忘したる心、尤面白くや

入道摂政太政大臣兼家《法興院》まかりたりけるに、門をゝそくあけら《け》れハ、立わつらひぬといひ入て侍けれハ、よミていたしける

。右近大将道綱母

陸奥守藤原倫寧女

摂政太政大臣兼家室　長能妹本朝美人三人之第一也

拾恋四
五十三歎きつゝ独ぬる夜のあくるまハ如何に久しき物とかハしる

五文字奇特也と也、門をあくるまをさへ待かね給歟、独ぬるをはおほししらぬやと也

祇此詞書に明也、五文字の歎つゝといへる甚深なる詞也、よく〳〵かやうの所をみ侍へき也、其上此哥ハ」34ウ当座の頓作にかゝる哥出来たる事、天然の作者の機ハあらハれいつるにや

中関白道隆かよひそめ侍ける比

。儀同三司母

従二位高階成忠女　後拾遺高内侍

伊周《チカ》儀同三司中関白又二条　道隆男

。兼家 摂関 法興院
　├道隆 摂内大臣 ─伊周
　├道兼 関右大臣
　├道綱 東宮伝
　└道長。 摂太政 御堂殿

新古恋三
五十四忘れしの行末まてハかたけれハけふをかきりの命ともかな

事書にきこえたり、哥に無異儀、今日の中に命かたえたらハ、人のはてをハみましにと也

祇此哥も心ハ明也、猶人のことは憑かたけれは、一夜を思いてにしてきえもうせんといへる心、尤切なるさま也、能ゝ詞つかひをみ侍へし、くれ〳〵やさしき哥の風体也

大覚寺に人〻あまたまかりたりけるに、ふるき滝をよミ侍ける

。大納言公任」35オ

五十五 拾雑上 滝の音《糸イ》ハたえて久しくなりぬれと名こそ流て猶きこえけれ

廉義公 三条関白太政大臣頼忠一男　母代明親王

【六十四円融御宇公任卿母代明廉義公女、三政関白太政頼忠一男、小野宮太政大臣実頼孫、九十後宇多院徳治二七廿六御出家四十一、元亨四六廿五崩於大覚五十八】

小野宮太政大臣実頼孫　号四条大納言正二位

滝殿ハ大覚寺也、前ハ大学寺にて、学文をする所也、古所にて見事にありしを、荒廃したれ共滝ハ残也、嘉名をたしむとの心をよめる也

此滝殿さしもいかめしくつくりをきし跡の、ふりはてたるを思入てよめる哥也、下句名こそなかれて猶聞えけれといへる内に、人ハたゝ名のとまる道を思へきの心も侍にや、おもてハいかにもさら〱といひくたして、心に観心侍る所を能〻吟味すへし

こゝちれいならす侍ける比、人のもとにつかハしける

。和泉式部

上東門院女房越前守正四位下大江雅致《ムネ》女」35ウ

母越中守保衡女、昌子内親王乳母、和泉守道貞妻、仍有此名

私云此作ハ伝雖有異説、拾遺集に雅致女式部とあり、小野宮斎敏彦也

五十六 後拾恋三 あらさらんこの世の外のおもひ出に今一たひのあふ事もかな

為《違》例の時可本復否の時哥也、来生ハ不入事也、此世にて今一度逢たきと也

祇 詞書に心ちれいならす侍ける比、人につかハしけるとあり、命をもともにと思ふ人をゝきて、我身先立なは°《と》みたり、心ちあらんその思の切なる心を、思ひやりてミ侍るへき也、尤さもあるへき心にや、あハれふかき哥也、一二句ことにたくひなくこそ

「はやくよりわらハともたちゐに侍ける人の、年比へたて行あひたるを、ほのかにて(十)七月のころ、月にきほひてかへり侍けれは　°紫式部」36オ

「越前の守為時女　「鷹司女房　「母常陸介為信女

源氏物語のうち、紫上のことをよくかきたるゆへに、号紫式部云〻、前ハ藤式部也

五十七 めくりあひてみしやそれともわかぬまに雲かくれにし夜ハの月かな

源氏にて雲隠に自哥を――

わらハ友たちか来て、やかて帰る時よめる也、やう〳〵と逢たるに、半天にて月の雲にかくれたることくと也、ことはかきにみえたり

祇 わか友たちを、月によそへていへる也、心ハことは書ニ明なり

只詞つかひ凡慮の及所にあらす、みえたる月にきほふハ、あらそふ心也

「たのみたる男の、おほつかなくなといひたりけるによめる

°大弐三位

「後冷泉院御乳母　「山城守正五下宣孝女、「母紫式部、「太宰大弐成平妻、「仍号大弐三位」36ウ

五十八 後撰恋 ありま山ゐなの篠ハらかせふけはいてそよ人をわすれやハする

心ハすてたる男の、御うとく〳〵しきよと、いひけれハ也、松風は甚物也、さゝハさのミふかひて、不断吹物也、いてそよと云ハ、さやうにと発言の序也、人丸のしなかとりゐな野をゆけはありま山の哥にて《哥にて》よめり、本哥をふまへてみるへし

祇同序哥なれと、上の心も其哥の用にたつも侍也、是ハたゝそよといはん為ハかりの序也、古哥には大略如此、昔の哥のたけ有てきこゆるハ序哥也、故に其さかひに入すしてハ、かやうの心弁かたき事なるへし、いてとハ我かおこしてつかふ詞也、いて人ハことのミそよき、いて我を人なとかめそなと、よミならハせり、いてそよ人をわすれやハするとハ、かれ〳〵になる男のかへりて、おほつかなきなといへるを恨て、我心をのへいたせる也と、かくいへるうちに、人を」37オハ忘るゝ物にやと、身にあたりていへる心也

＼中関白少将に侍りける時、はらからなる人に、物いひわたり侍りけり、たのめてまうてこさりけるつとめて、女にかハりてよめる　。赤染衛門《アカソメヱモン》或ハアカソメノエモン

＼前大隅守赤染時用(衛門)女　＼実は平兼盛女也

＼依右衛門志尉等号赤染衛門、＼母鷹司女房上東門院倫子ニ祗候

五十九やすらハてねなまし物をさ夜更てかたふくまての《に》月をミし哉

菅家

君かすむ宿の梢を行〳〵もかくるゝまてになりにけるかな《かへりみしはや》

此哥にてよめる、かくるゝまて肝要也

祇右哥ハ我いもうとに、ある人のかよひけるか、たのめてこさりれる時、いもうとにかはりてよめる也、やすらハてとハ、やかてもねすして、もしや今朝やすらひたるを云也、惣の心ハあた人を待、ふけてさりともと

思ふに、月さへかたふきたらんをミんさま、けにいとゝ」37ウ思ひふかゝるへし

和泉式部保昌にくして、丹後国に侍比、都に哥合のありけるに、小式部内侍哥よミけるを、中納言定頼房のかたにまうてきて、哥ハいかゝせさせ給ふ、丹後へハ人つかハしけんや、使ハまうてこすや、心もとなくおほすらん、なとたはふれて言けるを、引とゝめてよミける

。小式部内侍

陸奥守橘道貞女　母和泉式部　上東門院女房

六十 おほえ山いく野の道のとをけれハまたふミもみす天の橋立

これハ小式部か哥のよきハ、母の和泉式部によませて、我哥にするといふ事の侍けるを、口惜おもひける比、定頼のかくいへる時よめる哥也、此哥をよますハ、兼ての疑にされはこそともいハるへきを、かくよめるによつて、人の疑をはらし、我名誉としたり、ありかたき事に」38オや、たとひ又当座によめるとも、なをさり事ハかひなかるへきを、既ニ名哥なれは、尤其徳たくひなくこそ侍るめれ、大江山・いく野、みな橋たてへの道すからの名所也、またふミもみすとハ、行てもみぬ義也、すこし文の心もあり、事書の便と云事によれり、祇注同前

私和泉式部橘道貞にすてられて、保昌と丹後ニ住也、ありま山ゐなのさゝ原、やすらハて、此哥と三首ハ、頓作の哥也、此あミやう奇特也

一条院御時、ならの八重桜を人の奉りて侍けるを、そのおり御前に侍けれは、その花を給ひて、哥よめとおほせらけれはよめる

。伊勢大輔

＼祭主輔親女　＼上東門院女房

六十一〔詞花春〕いにしへの奈良の都の八重桜けふ九重ににほひぬるかな」38ウ

即席によめる、正暦に都をうつされて、連〻にして十三年に造畢なり、遷都あらハ、桜をもうつされんとおほしめしつるに、今日如此なれハ、花の本望と也、心ハ故郷の桜の又都の春にもあひかたきか、今日君の御覧して、二度時にあへる心たくひなき心也、しかも八重桜と置て、けふ九重といへる当座の事、わさに神変の粉骨也、かやうの事ハ、天性の道にたつさハらんともからハ、これを思へくや

＼大納言行成物語なとし侍けるに、内の御物いミにこもれはとて、いそきかへりて、つとめて鳥の声にもよほされて、といひおこせて侍けれは、夜ふかゝりける鳥の声は、函谷の関の事にや、といひつかハしたりけるを、立かへりこれハあふ坂の関に侍り、とあれはよみ侍ける　。清少納言」39オ

＼清原元輔女　＼一条院皇后宮女房

六十二夜をこめて鳥のそら音ハ《か》るとも世にあふ坂の関ハゆるさし

孟嘗君ハ長者なれは、秦始皇の留置て、種〻の重宝を所望ありしに、狐白裘を始皇の蔵ニあるを、馮暄《フセン》と云、忍の上手にぬすませて奉る、又夜あけにして出るに、函谷関にて鶏のまねをする者に、鳥啼声をせさりけれハ、方〻の鶏悉啼けるに、関守か戸を明たる程、孟嘗君か通ける也、世にあふ坂とあるを祇注無之如何、よによいと云詞も祇注也、伊勢物語注愚見抄に、あるとてよによいといふ説ありと云云、あやまり也、関ハたはかるとも、我はたはかられしと也

祇逢坂の関ハゆるさしとハ、あふ事をゆるさしと也、惣の哥ハ明也こそ、函谷関と相坂とを、やすらかに」39ウ一首によミ出せる事、是又上手のしわさ也、人の哥をみるに、我心に一道おもしろきと思を、心にしめて、其

外にハ心をやらぬゆへに、古人の哥のいかめしきをも、かたハらになる物也、されハ我いひ出る事も、道ひろからす侍にや、其体〳〵に心をめくらして、道のたゝすまゐを思へき事とに、なを世にあふ坂のよによいと云ハ詞字也、古哥に此事おほし

伊勢の斎宮わたりよりのほりて侍ける人に、忍ひてかよひける事を、おほやけにきこしめして、まもりめなとつけさせ給ひて、忍ひにもかよハす成侍にけれはよミ侍ける

。左京大夫道雅

帥内大臣　伊周公息　母大納言重光女」40オ

後拾恋三
六十三 今ハたゝ思ひたえなんとハかりを人つてならていふよしもかな

後拾遺集に

あふ坂ハあつまと《ち》こそハ思しに心つくしの関にそ有ける

榊葉のゆふしてかけてそのかミにをしかへしてもにたる比かな

今ハたゝと此三首入たり、露顕なれハ思絶なんと云事を、人つてならて申度と也

祇 此哥ハ伊勢斎宮わたりよりのほりて侍ける人に、忍ひていひよりける事を、おほやけきこしめして、まもりめをつけゝれハ、忍にもかよハす成にけれは、よミける

祇 哥の心ハ、明に侍れと、猶此事かきにて、一入あハれふかく侍にや

宇治にまかりて侍ける時よめる

。権中納言定頼

公任卿子　母四品治《昭》平親王女」40ウ

六十四朝ほらけうちの河霧たえ〳〵にあらハれわたるせゝのあしろ木

【網代ノ事近江田上川ニテモレタル氷魚ヲ、宇治ノ網代ニテ取ト云云】

ものゝふの八十氏河のあしろ木にいさよふ波の行衛しらすも　人丸

河霧ハうきつしつミつして、ひまミゆるにと也、是ハ朝霧といふにてきくへし

祇人丸の武士の八十氏河の哥をとりてよめるとそ、心ハ宇治ハ山ふかきわたりにて、河上の霧も晴かたき所也、朝ほらけのおもしろき折しも、なかめやりたきさま、ほのか〳〵とあらハれ又ハかくれつしてあるハなく、なきハあらハれたる心、眼前の眺望たるにや、なを此哥師説を可受也、面ハ網代の興なるへし、

永承四年内裏歌合に

。相模

父不詳、入道一品宮女房　相模守大江公資妻」41オ

故号相模本名乙侍従

六十五うらミ侘ほさぬ袖たに有物を恋にくちなん名こそおしけれ

恨侘の所専《詮》也、袖さへかやうにしほりはてゝあり、又名までくちなん事ハと也、此五文字ハ如何ともせぬ時ハする也、ほさぬ袖なる程に朽なんと也

祇恋にくちなん名こそおしけれとハ、もろともに思ふ程の恋ちならハ、名にたゝむもせめてなるへきを、たのミかたき人なとをは、はかなふ契そめて、うき名のくちん事を思ふあまりに、ほさぬ袖たにある物をよめり、あハれ《袖ハ》朽やすき物なるに、それさへあるをといへる、あハれふかきにや

私一首のうちにたとへと取てよめる也

＼大峰にて思ひかけすさくらの花さきたるをみてよめる　。大僧正行尊」41ウ
六十六 金雑上 もろともにあハれとおもへ山桜花より外にしる人もなし
＼白河院御子、＼三井寺平等院＼又云小一条院御孫不審可尋、花も我にみえたり、我も深山なれハ、もろともに哀と思へと也、祇注ハ順逆の大峰の事とあり、わろし
祇大峰に行者の入事、順逆の峰とて、春入を順の峰と云、秋入をは逆の峰といへり、当時ハ秋のミ入侍にや、是ハ順の峰の時なるへし、思かけぬ桜と侍ハ、卯月ハかりの事とみゆ、歌の心に、花より外にしる人もなしといへる、心に花をも、又我よりほかに知人もなしと云心こもる也、さるによりて、五文字にもろともにあハれと思へといへる也、此行尊ハ白川院御子、円満院の門跡也、やんことなき人の身をやつして、此峰に入ておこなひ給ひし折しも、かゝる桜を見給ける時のさまをよく思入て」42オ み侍へし、惣して歌ハ時のさま所のやう人の程にて、其心ふかうなる事也、よく／＼思慮すへき事とそ
＼二月ハかり月あかき夜、二条院にて人ゝあまたゐあかして物かたりなとし侍けるに、内侍周防よりふして、枕かなと忍やうにいふをきゝて、大納言忠家これを枕にとて、かゐなをミすの下よりさし入て侍けれハ、よミ侍ける　。周防内侍
＼周防守継仲女　＼後イ＼冷泉院女房
葛《カト》原親王八世孫、棟伊（仲）女イ継仲女云ゝ
六十七 千載上 春の夜の夢ハかりなる手枕にかひなくたゝん名こそおしけれ
当意即妙哥也、小式部またふミもみす、伊勢大輔けふ九重にゝほふなと頓作の奇特也
返し　忠家

契りありて春の夜ふかき手枕をいかゝかひなき夢になすへき」42ウ

祇かひなくハかひなを立入侍也、おもてハかひなの心有へからす、哥の心ハ明也、いかにもゆうにやさしき姿也、此哥をかくとりあへぬ折ふし、かゝる哥の出来する事有かたく也、道綱母のいかに久しきといひ、小式部かまたふミもみす、伊勢大輔けふ九重、此内侍かひなくたゝんといへる、みな時にのそミて詠作也、女の身にしてかやうに侍こそ、ありかたく侍けれ、かひなに立入てみれハ、あさましく侍也

六十七　。三条院

＼れいならすおハして、位なとさらんとおほしめしける比、月のめくりけるを御覧して

＼冷泉院第二御子　＼母贈皇后宮藤原超子

御在位五年　御諱居貞《イヤ》寛仁元五九崩四十二

六十八心にもあらて浮世になからへは恋しかるへき夜半の月かな」43オ

哥の心ハ明也、此御門ハ冷泉院第二の御子也、御位もわつかに五ヶ年にて、行末とをくもとおほしめすへきを、おりゐさせ給ハんの御心、誠に御名残おしく覚しめすへき事也、よく此ことハりを思ひて、み侍へき事也とぞ、月ハいつくも侍れと、雲ゐの月ことに侍へきにこそ、鳶か御国をおほひたる也、御位をすへらるへきに、御命もあらは、又雲上の月を御覧あるへしと也

＼永承四年内裏歌合によめる

。能因法師

＼橘元愷《ヤス》《チカ》子　＼諸兄公子孫　＼俗名長門守永愷号古曽部入道

後拾秋上
六十九嵐吹ミむろの山の紅葉はたつ田の川のにしきなりけり

みむろの山の嵐ハ吹ても〱あかぬ也、龍田の川ににしきをしく程にと也
祇此哥ハかくれたる所なし、只時節の景気と所のさま」43ウを思合てみ侍へき也、是ハ誠に上古の正風体なるへし、
か様の哥をは、末代の人やすく思へし、只其まゝなる所、真実の道と心得へきとそ

。良選《暹》法師

＼父不詳祇園別当　＼童名母白菊実方朝臣家童女云々

七十さひしさに宿を立いてゝなかむれハいつくもおなし秋の夕暮

影と身と也、悪《ニクンテ》レ影ヲ急ニ如走　天台尺
影カうるさゝに走れは、身に付事也、此哥宿かさひしさに出たれは、いつくも一天の秋也、心地カ不治故也、
能可思惟也
祇心かくれたる所なし、猶いつくも同心あるへし、我宿のたへかたきまてさひしき時、思侘て、いつくにもゆかはやと立出て打なかむれは、又我心の外の事ハ侍らし、我からのさひしさにこそとね打案したる」44オ心也、いつくに行とても、さこそ侍らめと云心こもるなるへし、かやうの事ハ、かくハいはすして、心にさやうに思てミれハ、猶感ふかき也、是余情なれは也、定家の哥に、

秋よたゝなかめすてゝも出なましこの里のミの夕とおもハゝ

と侍るハたゝ此哥をとれり、心も同也、猶哥ハ感ふかゝるへき《ニ》こそ

＼師賢朝臣の摂津の山里にまかりて、人ゝ哥よミけるに、田家の秋風といへることをよめる

。大納言経信宇多天皇第七皇子

＼中納言道方男　＼母源国盛女　＼敦実親王彦也

七十一夕されハ門田の稲葉音信てあしのまろやに秋かせそ吹

夕されに二あり、田家の秋風あしハかりにて結たるを云也、祇ハ風か吹と思へハ、程もなくあしの丸屋へくると也、ゆふされハといふ所に、人の音信かと思へ共、時分か夕暮なれハ、人にてハあるましきと也、是を用る也云云」44ウ

祇此哥ハ田家秋風をよめる也、あしの丸屋ハ蘆はかりにて作れるを云、たゝいやしき家さま也、其門田なとの稲葉に、夕暮の秋風のそよ〱と音信と聞もあへす、やかて葦の丸屋に吹たるさま也、是ハ如此書付侍も中〱なれと、あしの丸屋か田をもるいほりのやうに申人もあれハ、書をける也、此夕暮ハと云五もしによくわたる、其心を《お》もしろく侍也、か様の所をよく味へき事也

。祐子内親王家ノ紀《キ》伊

源頼国女　或散位平経方女

後冷泉院御時高倉一宮此御事也

七十二をとに聞たかしの浜のあた波ハかけしや袖のぬれもこそすれ

堀河院御時艶書合につかうまつる

。中納言俊忠」45オ

人しれぬ思あり、そのうら風に波のよる〱《こそ》いはまほしけれ、此哥の返し也、祐子内親王　後朱雀院皇女俊忠と相手也、金葉より続拾遺まて七代つゝきて入也、たかしの浜とをとにきゝし好色人なれは、申合てハと也

祇此心たとへハ、あたなりといたう聞えたる人にハ、契をかけし、さらハ必物思ひもありなんと也、かゝるあ

た人に契をかけハ、かならす物思となるへきと云事を、袖のぬれもこそすれといへる也、心詞かきりなくいへる哥也、よハき所ハ侍らす、女の哥にハ又心おもしろくそ侍也

＼内おほいまうちきミの家にて、人〻さけらたうへて、哥よミ侍けるに、遙ニ望ニ山桜一といふ心をよめる

◦権中納言匡房」45ウ

＼散位従四位下成衡男　＼母橘孝親女　匡衡彦

七十三（後拾春）たかさこの尾上の桜さきにけりと山の霞たゝすもあらなん

正風体哥也、ちといろゑをよミたる也、能因かたつた河の正風体也、これも同前なるか、ちといろゑたる也、高砂をいひ出したるハ、平生さへ高山なるに、花かさきて、さたかにミゆる程に、霞ハたゝすもあれと也心ハ明也、只詞つかひさハやかに、たけありて、しかも正風の姿とみゆる、尤可仰さまにそ侍へからん

＼権中納言俊忠家に恋の十首の哥よミ侍ける時、祈レトモ不逢恋といへる心をよめる

◦源俊頼朝臣

＼経信男母貞高女　＼従四上前木工頭

七十四（千恋二）うかりける人をはつせの山おろしよはけしかれとハいのらぬ物を

【臨済菱花対レシ像ニ《サウ》虚谷律声魏文帝ノ鏡ヲ菱花ト名ク凡鏡ノ異名也、言ハ鏡ノ無心ニシテ学者ノ遊宣ニ応シテ答話ヲスルヲ云、又ハ谷ノ響ニ応スルス如クワツラヒモナク酉《卯》対スルナリ、取要書之釈ト禅話トノ心凡同也】観音の理正を程こたつるハ、必有へきと也、釈云」46オ 向谷閉声対鏡如見後、此文ハはけしかれとハといふ所に引なり

（祇）此ハ祈不逢恋といへる題也、心ハ題にあらハ也、よく〱味へしとそ、初瀬に恋を祈事ハ、住吉物語ニみえたり、はつせハ山中にて、風はけしき所也、惣の心ハうかりける人をはけしかれとハいのらぬをと云心也、

初瀬の山おろしハ、はけしき枕詞也、祈とも〳〵人の心ハはけしけれハ、只ハけしかれと祈たるやうといへり、定家卿の近代の秀哥に、此哥を心ふかく、詞心にまかせてまねふとも、つゝけかたくおもふましきすかた也といへり

僧都光覚維摩会の講師の請を申けるを、たひ〳〵もれにけれハ、法性寺入道前太政大臣にうらミ申けるを、しめちか原と侍けれとも、又そのとしも」46ウもれにけれは、よミてつかハしける

。藤原基俊

七十五ちきりをきしさせもか露を命にて哀ことしの秋もいぬめり

【基俊日本和哥之祖也】大宮右大臣俊家男　母為弘女　御堂関白彦也

維摩会講師の長者、宣を最初より被申を不被成也、被金札法性寺殿へ申されけれハ、たゝたのめと御返答ありけれは、観音の御哥を本にしてよめる、さしも草・させも草両様也、今年の秋もたのミたれは、くれたるよと也

祇只たのめといひし心をとりて、契をきしさせもか露を命にてといへる也、下句ハ又ことしももれぬる心也、哥のさまさらに露はかりもなまみなくして、詞毎に金石のことくなる風骨也、此作者の本意姿とや申へからん、かく云いてゝ、しかも又哀ふかき哥也」47オ

新院位におハしましゝ時、海上遠望といふことをよませ給けるによめる

。法性寺入道関白太政大臣

忠通公知足院入道忠実一男、母左大臣顕房女　法名円観

七十六わたの原こき出て見れは久かたの雲ゐにまかふおきつしら波

古文真宝云秋水共長天一色王勃
雲ゐにまかふに相当の語也
祇心ハ明也、大かた此題にてハ、なかめやりたるやうにみなよめるを、是ハ船にてよめる事猶おかしくや、哥
さまハたけありて、余情おほふみえ侍つる也
七十五代
。崇徳院
題しらす
詞華和歌集にハ新院御製とあり
鳥羽院第一御子、母待賢門院璋子大納言藤原公実女」47ウ
御諱顕仁、御在位十八年、号小六条院、又号。讃岐院
保元〻年七月廿三日配讃岐国、長寛二年八月廿六日崩四十八
七十七
せをはやミ岩にせかるゝ滝川のわれても末にあハんとそ思
伊勢物語に、
あひミてハ心ひとつを河嶋の水のなかれてたえしとそ思
これを二に分て、一にハはやき水ハ自由ならぬ也、伊勢物語に嫌心あり、今こゝには、わかるとも末にあハん
と也、逢みてハ心ひとつをて切也、別に逢也、爰こそわかるゝとも、末にてあはひてハと也
祇心ハ岩にせかるゝ河ハ、われぬともかならす末に逢物也、我中ハさらにたのむかたなき物を、わりなふも末
にあハんと思ふハ、はかなき事とそうち歎よしの一義也、われてとハ、わりなふといへる心也、伊勢物語に
もあり、わかるゝとわりなきとをかねたる詞也」48オ
関路千鳥といへる事を

。源兼昌　敦見《実》親王子
＼宇多源氏左大臣雅信公五代孫、右少将師良《不審》朝臣歟
＼美濃介俊輔朝臣二男　＼金葉以下作者
七十八《金冬》あハち嶋かよふ千鳥のなくこゑにいく夜ねさめぬ須磨の関守
千鳥を聞て、いねらぬに付て、関守を思やりたる也
祇心ハすまの浦に旅ねをして、さひしさの哀もたへかたき心より、関守の夜な〳〵のうちもねぬを、あハれミの心也、尤殊勝の哥にや、此兼昌ハ堀川院の彼《後の》百首の作者也、されとも此百首に入へき人とハはかりかたき事にや、黄門の心をよくあふくへき物也、彼嶋より千鳥の打侘て通来共、折からたへかたき心よりよミ出せる心也
＼崇徳院に百首歌奉りけるに」48ウ
。左京大夫顕輔
＼修理大夫顕季卿三男　顕証《昭》父也
七十九《新古秋上》秋風にたなひく雲の絶間よりもれ出る月の影のさやけさ
月といふ物ハ、日本晴のたるよきにと也
古文前集云、月浮雲在浅処明秋ハ雲中浮タツ者也
大日経云、如秋八月霧微細清浄光
雲かありて、清浄の光はいつると也
祇心ハ明也、但此さやけさといへるハ、晴天の月さやかなるといふにハ、おなし事なから、すこし心あり、あ

らたにさやかなるにや、しかもおもしろき哥也、いかにもけたかき哥とそ

〽百首哥たてまつりける時、恋のこゝろをよめる

。待賢門院堀河

〽神祇伯顕仲女　〽具平親王子孫也」49オ

〽待賢門院〽崇徳院国母、〽白河院御猶子公実卿女、〽堀河兄弟姉妹七人撰集に入也、有房ハ哥を能覚たり、円座を渡す、人のいひかけゝる殿上人円座請取とて、源中将有房これハ堀河の烈の撰集ニ入ける事の次の物語也

八十 千恋三 なかゝらん心もしらすくろかミのみたれて今朝ハ物をこそ思へ

後朝哥也、面影を忘れぬにと也、長短にハ可不可心得、末のとけんともしらすと也

なかゝらん心もしらすとハ、人の末とをくかハらさらん心もしらす、ゆめハかりなるあふ事ゆへ、思みたるゝ心をいかなるやと、思侘ぬる心也、女の哥にてなをあハれふかく侍へし、詞のくさりたくひなくや

〽暁聞郭公といへる心をよミ侍ける

。後徳大寺左大臣

〽実定公〽右大臣公能男　〽母中納言俊忠女、〽四代相国」49ウ 作者たり、貧報たりしを、〽平相国清盛引立テ富貴なり、然ハ哥ハさかりたる也

此心ハ琵琶引唯見江心《ソコニ》秋月ノ白キヲ参覚ニ用之

八十一 郭公なきつるかたをなかむれハたゝ有明の月そ残れる

心ハ琵琶引《明也一声》唯鳴て、いつちとも行衛なき空をうちなかめゐたるに、有明の月ほそう残り、哀なるさま面影身にしむやうにて侍る、待〳〵つる時鳥の一声なきて、夢とも思わかす、委細にハいはて、しかも心つくしたる所

かきりなし、をろかなる心に思に、時鳥の哥には、これにまさる侍らし候かし

題しらす　。道因法師

清澄男　藤原敦輔孫　俗名敦頼

八十二思わひさても命ハある物をうきにたへぬハ涙なりけり

思佗とハ極〳〵ての時の心也、命ハつゝくまいと思へは」50オなからふるに、涙を忍はんハ、やすからんと也

祇とにかくに人をいひ佗て、かひなき身の程なとを、つく〳〵と思佗ゐて、さても命はある物をと云心也、あさくハ此五もしをみ侍へからす、下句ハ前をよくいひおほせぬれハ、ことはり早くかなへる也

私思佗とハさりともと思人ハつれなくなりはてゝ、きハまり行思の心也、かゝる思にハ、命も消うせぬへきを、さても猶〻命ハある物を、憂事に堪忍せぬハ、只涙なりけりと心をことハりて、打なけく心也、一首の内に、たとへを取てよめる哥也

述懐百首哥よミ侍ける時、鹿の哥とてよめる

。皇太后宮大夫俊成

権中納言俊忠男、母伊予守藤原敦家女

或云顕隆卿女云云、本名顕広安元二九廿八依病出家」50ウ

法名釈阿六十三　元久元十一卅薨九十一

八十三千雑中世中よ道こそなけれ思入山のおくにも鹿そなくなる

千載集撰られける時に、入たく思給へとも、道こそなけれとある所に、俗難とありて、いと用捨ありしときこしめして、別勅にて入たり、名誉也、心ハ世中かうき程に、山に入らんとおもへハ、きけは鹿かなくよと也

祇 色こに世の憂を思取て、今ハと思山の奥に、鹿の物かなしけに打鳴を聞て、山の奥にも世のうき事ハ有けりと思侘て、世の中よのかれ行へき道こそなけれと打歎く心也、又世間よさても道はなき世哉、思入山のおくにも憂事ハ有けりと思心也、世に道あらハ、かゝらんやハと思侘ぬるなりとそ、思入ハ山に入ても、又心にまつ思入たるにても侍へし

題しらす　　。藤原清輔朝臣」51オ

顕輔男　顕証（ママ）法師兄也

八十四 なからへは又此比やしのはれんうしとみし世そ今ハ恋しき

此哥ハありめのまゝにある也、世ハもとしのひなる物と也、かやうにありのまゝに下手かしてハ、無下の事にてあらんと也、建保五年〔建仁〕之比の哥のことくにてハ、又わろし、正味ハ恋・雑・旅・述懐　哀傷也

祇 心ハあまりにさる事にて、筆にあらはすに及ハす、行末をたのむ人たゝ此ことハりを心底ニ可用事師委也

私 世間の人頼ましき行末を頼物也、此哥を可観物にこそ、人のため教戒のためよりなるへし、哥にハことハりをつめすして、心にもたせていへる常の事也、か様にして、又ことハりをせめて面白も一体の事なるへし

恋の哥とてよめる　　。俊恵法師」51ウ

俊頼子

八十五 千恋二 夜もすから物思ふ比ハ明やらぬ閨のひまさへつれなかりけり

千載より七代の集に入也、此哥の物思比に目をつけよと也

祇 心ハ明也、猶ねやの隙さへつれなかりけりといへる誠心、めつらしく思ひの切なる所もみえ侍にや

私 恨ましき物を其面影にする事、恋の道のならひ也、よく〳〵ねやのひまさへと打歎たる所を思へきなりとそ

月前恋といへる心をよめる

。西行法師

散位康清子　俗名則清　千載ニハ円位法師トアリ

八十六なけゝとて月やハ物をおもハするかこちかほなるわか涙哉

月の方よりなけゝと云ハ、人にいふまい、我心からと也」52オ

対月明無。思往事君損。顔色君減。年

心ハもとより西行風骨なれハ、別に侍へからす、月前恋によめる、まことに題にあたる所肝要にや侍らん、少平懐の体也、これ西行の風体尤上手のいたす所也

五十首哥奉し時　。寂連法師

阿闍梨俊海子　俗名定長　俊成卿甥則為子

八十七むら雨の露もまたひぬ槙のはに霧たちのほる秋の夕暮

祇注にハ槙の葉の村雨の面白かりしに、又露置わたしてたくひなきを、また其興もはてぬに、霧の立のほりて、色ゝの心ハさも侍らす、深山の秋の夕の心にて、此哥をハみ侍へきとそ、其こゝろハ槙は深山に有物也、秋の夕に村雨打そゝきて、きら〳〵として彼の葉しめりたる折しも、霧の立のほるさまを能ゝ思へし、誠におもしろくも又哀もふかゝるへきにや、筆舌に尽かたきとそ」52ウと書也、雖然雨に露ハなき物也、霧ハ雨のはれん心ちか時ハ、空より降也、ふるへきとてハ陰気立上也、はれんとするを、興してよめる也、深山にある物也、深心によめる也、建仁二年七月入滅也、定家卿愁傷明月記云、少輔入道逝去、既為軽服哀慟之、従初少昔相馴、況於和哥之道傍輩誰人争乎、既以奇異逸物也

祇此哥を或人のいへる、村雨の露の面白くをきたるか、其興もまたはてぬに、霧の立のほりて、面白さをそへたるよし申とかや、師説しかハ侍らす、只みるやうの体也、かゝる哥ハたゝ心にふかくそめて、けにさる事そと心をつけてみ侍へき也、深山の秋夕の心にてみるへきよしとそ侍し、誠に槙の葉の露打しきりて、霧立のほるさま深山の心にそ叶へからん

摂政右大臣の時、家の哥合に旅宿にあふ恋といへる」53オ心をよめる

。皇嘉門院別当

別当　具平親王御末孫

皇嘉門院　法性寺殿御女　崇徳院后

八十八難波江のあしのかりねの一夜ゆへみをつくしてや恋わたるへき

所ハ難波の旅宿也、思よらぬに、此所にとまらんもなれハと也、自然に身をつくしかそたちたり

祇蘆のかりねの一夜ゆへといひて、みをつくしてと難波の縁なる物をとり出て、心詞をくきり、猶世中の善悪かりそめ事よりおこる心を思へし

百首哥中に忍恋を

。式子内親王

後白川院第三皇女、高倉院御姉、後鳥羽院伯母

八十九玉の緒よ絶なはたえねなからへハ忍ふることのよハりもそする

玉の緒とハ琴の緒をも念珠の緒をも云也、こゝハ命を」53ウさして也、一段と忍心也、人のおしむへきハ命なれ共、深切にしのはんよりも、命か絶てよりと也

祇忍あまれるおもひをし、返しく〳〵月日をふるに、かくてもなからへハ、かならす忍ふる事もよハりこそせめ
と思侘て、玉緒よ絶なハたえねといへり、よハりもそするといへる、おもしろくや
百首めしける時、恋の哥とてよめる
。殷富門院大輔
菅家是善公末也　高藤公子　如此奥方ニ鉤了如何
殷富門院後白河院皇女
九十みせハやなをしまのあまの袖たにもぬれにそぬれし色ハかハらす
新古松かねをゝしまか磯のさ夜枕いたくなぬれそあまの袖かハ式子内親王
同秋の夜の月を《や》くしまの天の原あけかたちかき沖の釣舟家隆卿
をしまハ奥羽松嶋郡也、作例右両首也」54オ
小嶋のあまの袖ハ、ぬれてよりハかりなるか、我涙の色ハみえんと也、継以血涙色也、余になけは、血かたる
物也、俄皇女英古事
祇心ハ小嶋の海士のあさ衣ハ、ぬれやまぬ物なれは、それをみよともいはまほしけれと、それもぬるゝハかり
にこそあれ、我袖ハ紅涙なれハ、只我袖をみせはやといへり
百首哥たてまつりし時
。後京極殿摂政前太政大臣
良経　後法性寺関白兼実二男　母従三位季行女
九十一きり〳〵すなくや霜夜のさむしろに衣かたしきひとりかもねん

きり〳〵すと云より、ひとりかもねんまて、自然の御作也、蟀ハ七月ハ壁ニ寄、八月ハ閏九月ハ床にある也、あれたにも夜さむなれは、床によるに人ハとをくなるよ、蟋のなかてともにてあらんにと也」54ウ

祇ことハりにをきてハ明也、蛬と云より、独かもねんまて悉金言のミにておほゆる、されハ此五句、いつれの詞も更にたくミにしる事も侍らねと、つゝけさまのめてたきにより、詞字ならぬ蛬、さ莚も妙に聞え侍るにや、彼山鳥の尾のしたりおのといへるを思給けるにや

寄石恋といへる心をよめる

。二条院讃岐

頼政卿女　二条院は白川院御子　宣秋門院大輔

九十二わか袖ハしほひにみえぬおきの石の人こそしらねかハくまもなし

自然磯にあらん石ならハ、みえもせんするに、沖にある程に、人こそしらねといふ事妙なり

祇心ハ人しれぬわか袖の露のま・夢のまも、かはく事なきをよくいひあらはして、塩干にみえぬ沖の石」55オ といへる、尤も其心そこひなき物也、此作者当代の女房の中にハ、定家卿執し思ハれけるとそ

題しらす　。鎌倉右大臣

実朝　征夷大将軍頼朝二男

九十三 新勅羇旅 世中ハつねにもかもななきさこくあまの小舟のつなてかなしも

世中をなにゝたとへん朝ほらけこき行舟の跡のしら波

みちのくハいつくもあれとしほかまの浦こく舟のつなてかなしも

此両首を取合てよめる羇旅の哥也、船中ハ東西南北へ別れて行程に、此景をみて也、船も人も不定也、秘鍵云

三界如客舎の奥意也、往来の船の不定なることく、世間の体也、
祇哥の心ハ、世の中ハ何事もつねなき心を思て、うちなかむるに、あまを舟のおかしくつなて引て行を哀とあかすうちみるに、やかて引過るをミて、只今」55ウ目の前にみゆる物もあとなき事を思て、世中ハつねにもなとよめるにや、まことに常住にあらまほしきことハり也

擣衣の心を　　　　　　。参議雅経

形部卿頼経男

九十四　新古今秋下　みよしのゝ山の秋かせさ夜ふけて故郷さむく衣うつなり

みよしのゝ山の白雪つもるらしふる郷さむくなりまさるなり

此哥にてよめる也、古郷ハ皇居ありしか、故郷になりたるに、次第〳〵に秋か寒くなるにとなり

祇詞つかひたへにして、句〻其感侍にや、か様の哥をいかにも信仰すへきにや侍らん、きり〳〵す鳴や霜夜のなとやうの詞つかひ、はゝかるへきにこそ

題しらす　　　　。前大僧正慈鎮

法性寺入道関白忠通息　母北政所女房加賀従五位上仲光女」56オ

久壽二己亥四十五誕生　第六十二代座主　諱道快

養和元十一六改名慈円廿七歳時也

嘉禄元九廿五入滅七十一嘉禎三三八諡号慈鎮和尚滅後十三年

九十五　千雑中　おほけなくうき世の民におほふかな我たつそまにすミ染の袖

【ヲホケナク天心】四明をうつしたる天台なれハ、一切衆生のため也、それに我すミたるハと也、住の事に心得

てハわろし、自然の理也、秀句をハ宗とせす、しつのをた巻くり返し〳〵との心也、疏句也

祇うき世の民におほふとハ、延喜の聖代の心を思て、一切衆生の上に法衣をおほひ給ふ心なり、おほけなくとハ、下の心也、民と云字を置ハ、延喜の心を取故也、心ハ只衆生の事なるへし、和尚の心十二時中、此外ハあるへからすとそ

＼落花をよみ侍ける」56ウ

。入道前太政大臣

＼西園寺公経実宗。公男　＼嘉禄年中興隆西園寺号閑院梅台＼

九十六花さそふあらしの庭の行ならてふり行物ハ我身なりけり

落花ハかへらぬ物也、又春来れはさく也、人ハかへらぬ也

雪のふるかたをかりて、我身のふるかたニよめる也

祇心ハちりはてたる花の、雪ハいたつらなる物也、時過て人のいかにとミし花なれと、雪となりはてゝハ、あハれむ人もなくなれるを、此雪をきゝていたつらにふり行物ハ、たゝ我身なりとよめるにや、尤肝心する哥とそ

＼建保六年内裏歌合　恋歌

。権中納言定家

＼俊成卿二男、母前若狭守従五下藤親忠女平治元誕生

＼正二位民部卿本名光季又改季光後定家」57オ

＼貞永元十一出家法。名明静　＼仁治二八廿薨

九十七 来ぬ人をまつほの浦の夕なきにやくや藻しほのみもこかれつゝ

まつほヲトヨムヘシ、万葉に夕なきにもしほやきつゝと云まつほの浦の長哥あり、其心なり、波もしつかなる夕なきゆへに、人をまつ也、それをいかになかめんとするそと思から、身もこかれつゝ也、又夕なきちや程に、舟にのりてくるといふ様にみるか尤悪事也、只たとへていへり、此つゝハ思の切なるをいハんため也

祇 こぬ人をまつほの浦とハ、必一日の事にハ侍へからすや侍らん、夕なきとをけるハ、波風もなき夕なきとハ、塩焼煙も立そひ侍を、我思ひのもゆるさまの切なるをよそへいへる也、松帆の浦に塩やく事ハ、万葉長哥にみえ侍り、惣の哥ハこぬ人をまつほの浦の夕なきにといひて、やくやもしほのと云つゝ」57ウけ、身もこかれつゝとをけるさま、凡俗をはなれたる詞つかひ也、黄門の心にわきて此百首にのせらるゝ上ハ、おもひはかる所に侍らん哉、題に眼をつけて、その心をさくりしるへきにそ、なを夕なきにといへる心肝心なるにや

私 或説此浦に藻塩焼と読る事ハ、万葉長哥ニ、朝なきに玉もかりつゝ夕なきに藻塩焼つゝといへるを取り、此哥ハ建保の哥のやうにハかはりて、古体なる哥也とそ、惣の心ハ、こぬ人をといふよりはかなふ心つくしたる様ニみえて、心もあハれに詞つゝき甚妙にして、限なき様にや、或説に夕なきとをけるハ、舟にてハ以外つたなき事なるへき、夕なきハ本哥の詞なる上、思の煙の便哀ふかくや侍らん」58オ

寛《喜》平元年女御入内屏風に　。従二位家隆
前中納言光隆卿男

九十八 新勅夏 風そよくならのを川の夕くれハみそきそ夏のしるしなりける

楢のある所也、名所にもあるへき也、祇ハ名所ととり成たり、只ならの葉をそたてゝみよと也、時分はゆうへ

也、みそきをせすハ、夏とハいふましきと也、奇特の作意也

祇此河に御祓をよめるハ、万葉よりの事なるへし、心ハならのを川をならの葉にとりなして、河辺の夕霧のさらにたゝ秋の心になりはてたる所をいはんとて、御祓そ夏のといへる、誠にいつもある詞をもつて、めつらしくしたてられて、打吟するにも涼しくなる心のし侍にや、此百首にも、新勅」58ウ撰にも入られ侍、心をよハすとも、さるゆへあらんとハ思へし、猶姿詞たくひなくこそ

題しらす　八十二代 。後鳥羽院

高倉院第三御子、御母七条院殖子信隆女

御諱尊成御在位十五年

治承四七十五降誕、建久九正十一譲位十九廿、尊号、承久三七八依天下事、忽出家、法諱良然同十三奉移隠岐嶋、延応元二廿二崩六十卄、五廿九可奉号顕徳院之由宣下、仁治三七八以顕徳院可奉号後鳥羽院之由重被成宣旨

続後撰 九十九 雑下 人もおし人もうらめしあちきなく世を思ふゆへに物おもふ身ハ

誰をにくまるへき事ハなけれとも、天下のためをおほしめすニ依て、是非が出来なれハと也

祇此御製ハ王道をかろしむるよこさまの世に成行事を思召て、御述懐の御哥也、人もおし人もう」59オらめしとハ、世の中の人とり〳〵にて、世もおさまりかたきをよミ給へるにや、又人の上にても、これハよろしと思ふ人の、又あしきを取あハせてあちきなくとよミ給へる也、我世のおさまりかたきハ、君の御物思ひになるへき事にや侍らん

題しらす　八十一代 。順徳院

【成フサ親王シケ将軍尚侍、成《フサ》良親王、続醍醐第四皇子】後鳥羽院第二皇子、御母修明門院、御諱守成《フサ》

＼御在位十一年、＼号佐渡院
＼承久三年七月廿一日配于佐渡院
＼仁治三年九十二崩於佐渡国四十六

百百敷やふるき軒はのしのふにも猶あまりある昔なりけり

百敷や・みよし野やなとのや文ハ、置様ある也、爰ハてにをは也、一天下次第〳〵にをとろへたり、平家御手にあまりたる御両帝の叡慮」59ウ尤也、秋の田のかりほの御哥を、世のをとろへたりと注したるは非説也、一段御政徳ある時也、巻頭にハ全盛を入、巻軸にハ衰廃を載ける事、能可分別とそ

祇百敷やとうち出たる五もしハ、大かたみよし野や・おはつせやなといふにハかはれり、万の心こもれり、心ハ、王道のすたれ行を、歎おほしめす儀なり、末の世になれは、昔を忍ふハならひなるに、王道おとろへてハ一身の御うへのミならす、天下万民のためなれハ、忍ふといふにも、猶あまりある心をのへ給へる也、此御製と巻頭の御歌ハいつれも王道の心をよみ給へるうちにも、上古の風と当世の風とのすかたかハれる也、能思さとるへしとそ侍りし」60オ

此抄者廿ヶ年前三光院講尺九条故禅閤御発機〔起〕号東光院之時予同陪之、愍記之故禅閤予聞書頻可進上之由被召之、愚蒙之所記雖有其恥、難背貴命之間進之、然而御聞書并予愚記等被引合、同宗祇抄云々、則申請彼御本、命但阿而書写了、未遂糺正之間、僻字・落字・謬説等難信用之、尤深可禁外見也

文禄第五丙申壬七廿二記之　也足叟（花押）四十一才（（也足）朱丸印）」60ウ

・天智天皇―持統天皇

・陽成院―元良親王

・後鳥羽院―順徳院

・建徳公―藤原義孝

・法性寺関白―後法性寺関白―後京極摂政
　　　　　　└前大僧正慈円

・三条右大臣―朝忠中納言

・公任大納言―定頼権中納言

・経信大納言―俊頼源―俊恵

・行平中納言
・業平在原

・遍昭宗貞―素性玄利

・顕輔―清輔

・俊成―寂連定長
　　　└定家」61オ

・和泉式部―小式部内侍

・紫式部―大弐三位

大中臣・頼基―能宣―輔親―清少納言（伊勢大輔）

清原・深養父―元輔―清少納言

壬生・忠岑―忠見

文屋・康秀―朝康イ非也云と

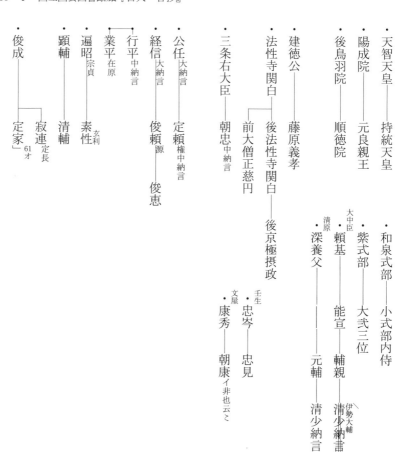

△天子　天智　持統　陽成　光孝　三条　崇徳　後鳥羽　順徳八　△親王　元良　式子内二
△執政　貞信公　謙徳公　法性寺関白　後京極摂政四　△大納言　公任　経信二
△大臣　河原左大臣　三条右大臣　後徳大寺左大臣　鎌倉右大臣　入道前太政大臣公経公五
△中納言　家持　行平　兼輔　敦忠　朝忠　定頼　匡房　定家八
△参議　仲丸　篁　等　雅経四　△非参議　道雅　顕輔　俊成　家隆四
△四位　在原業平　藤敏行　源宗于　大中臣能宣　藤元方　藤為信　源俊頼　藤清輔八
△五位　藤義孝　藤基俊二
△地下　文屋康秀　大江千里　凡河内躬恒　壬生忠岑　坂上是則　春道列樹　紀友則
藤興風　紀貫之　清原深養父　文屋朝康　平兼盛　壬生忠見　清原元輔
曽祢好忠　源重之　源兼昌十七　但此内非地下人者可勘之
△女　右大将道綱母　儀同三司女二
△官女　小野小町　伊勢　右近　和泉式部　紫式部　大弐三位　赤染衛門　小式部内侍
伊勢大甫　清少納言　相模　周防内侍　祐子内親王家紀伊　待賢門院堀川
皇嘉門院別当　殷富門院大甫　二条院讃岐十七
△僧正　遍昭　大行尊　大慈円三
△法師　喜撰　素性　恵慶　能因　良暹　道因　俊恵　西行　寂連九
△此外　柿本人丸　山辺赤人　猿丸大夫　蟬丸五
△神　菅家一
文禄五壬七廿二勘之了　也足子（（也足）黒丸印）」61ウ

Ⅱ　京都大学附属図書館中院文庫蔵『百人一首抄（通村抄）』

百人一首抄

此百首ハ定家卿山庄《小倉》色紙形也、彼山庄ノ事ヲ

山家松　しのはれん物ともなしにをくら山軒はの松そなれて久しき　権大納言家卅首中　山庄ノ躰ヲヨメリ

又正治院百首山家ノ中　露霜のをくらの山に家ゐしてほさても袖のくちぬへき哉　同卿詠也

此百首ノ発起新古今定家卿ノ心ニ不叶事、先花忘実、其趣明月記ニ粗見ヱタリ、此道ハ古ヘヨリ世ヲ治メ、民ヲみちひく教誠ノ端タリ、然ニ新古今ハ偏ニ花ヲ本ニシテ実ヲ忘レタルニ依テ、本意ナラサルヘシ云々」1オ

一新勅撰ハ実ヲ根本トシテ、花ヲ先キトセス、是新古今ノ花ノ過タルヲをすへきノ為ニ、力ヲ入テ実ノ有哥ヲ入ラル云々

古今集ハ花実相対ノ集也　過不及ノ二集ノ中庸——

詠哥大概　風　是ハ秀逸　二家ノ眼也

一作者之事未不可漏脱也、人ゝ《モ》被除之、又其名不審之人モ被入之、此事諸人ノ不審アル事也、但定家卿ノ心世ノ人ノ思フニかはれるなるへし、又古今ノ哥よミ不知数侍れハ、世ニ聞ヱタル人モ可漏事無疑、それハ世ノ人此心に」1ウゆづりてさしをかれたるなるへし、されハしゐておとすにハあらさるへし、さて世に有とも思はぬ人を入らるゝハ、其作者ノ名誉あらハるゝ間、尤私なき仁ノ道ト云ヘシ

一此百首黄門ノ在世ニハ不流布

古人五十人、今人五十人ノ作者ナレハ、漏脱ノ人数ヲ知ラサルヘシ、然レハ彼ヲ捨是ヲ取ル事、世ノ褒貶ヲ遁ルヘキニアラス、彼

秘シ置カ之心尤ノ儀也、さて為家卿ノ時人あまねくしる事ニハなれりトソ」2オ

一此哥ハ家ニ口伝スル事ニテ、談義スル事ナカリシヲ、東野州平常縁初メテ講セリ云と

＼此抄ハ宗祇古今未伝受以前也、仍異説多之、全ハ不可信用、古今――此――口伝有之事也、然共初学ノ人邪―遠テ道ニ背ク間、今本説―然ルヲ子《事ノ》細ヲ不知之人祇《モト》説ヲ――

抄此内或ハ哥ノめてたき、或ハ徳アル人ノ哥ヲ入ラル、又当座ニふとよミたる哥ノ、奇特ナルヲ入られたり、当意即妙ノ哥ハたとひ堪能なりとも、常ニ道ニ心ヲかけぬ人」2ウ 人ハ、読出へきにあらす、此心を感して撰入られたり、此百首ハ一条家ノ骨肉也、是等を以テ俊成定家両卿ノ心をもさぐり知へキ事とそ師説侍りし

（七行分空白）」3オ

（半丁分空白）」3ウ

人宇卅九代第一。天智天皇

＼諱葛城　天開別尊《ヒラカスカケノ》トカ申ス　（命《ミコトマウキ》　ワケノ　イ本）

＼在位十年　近江大津宮　志賀郡

人皇卅五代。舒明天皇

茅淳王

卅九代 天智　御母皇極天皇 斉明天皇同之

＼号近江帝　＼又葛城天皇　＼又田原天皇

大化十年壬戌十二月三日崩五十八才

四十代 天武

四十一代女帝 持統　＼天智第二皇女　＼天武后

四十三代女帝 元正　＼同第四皇女

舒明后後即位　皇極卅六代　斉明女帝卅八代
孝徳卅七代――有間皇子」4オ

推古天皇廾二年誕　孝徳天皇元年乙己大化元　月　日　為太子
二代太子也　孝徳卅七　皇極卅六　斉明卅八
皇極重祚也
辛酉年斉明崩、以未皇太子厚至孝不称即位
六年丁卯三月遷大津宮遷都于近江国、壬戌年天智元年也以来於岡本宮摂政六年、日本紀第廿七云七年春正月丙戌朔戊子皇太子即天皇位
注云或本云六年歳次丁卯三月即位
元年唐人・新羅人伐高麗、ゝゝ乞救国家《ミカト》、夏四月鼠彦於馬■(釈)尾、釈道顕占テ曰北ノ国之人将附南国ニ、蓋高麗破而属日本乎」4ウ
三年二月己卯朔丁亥定二十六階　制衣令記ニ無所見
同年於対馬嶋・壱岐嶋・築紫国等置防与烽《サキトヲ、ミトヲ》
（八行分空白）」5オ

後撰六
1秋の田のかりほのいほのとまをあらミ我衣手ハ露にぬれつゝ
惣テ東常縁ハ表ノ説ヲ先読テ聞セテ、執心ノアル者ニハ、後ニ本説ヲ読テキカセタルト也、宗祇注ニ刈萱関ノ事ヲ云ハ、表ノ説ヲ聞タル時ノ注ナルヘシト云ゝ
刈萱開事――　日本紀ニ筑紫ニ防ヲ置トアリ、此事ヲ云
是ハ新羅ト戦アル故也

〵称名右―説天皇母后斉明崩シテ諒闇―ノ御製也云〻、尤有其理乎

かりほの庵一説、刈穂ノ庵一説、仮菴ノいほ刈穂ノ時モ、」5ウをト――、但猶かりいほノ庵宜カルヘキニヤ、重詞

也

黄門定家卿ノ意此御製ヲ巻頭ニ入ラル丶故ハ、政道明王ノ徳ヲ褒《ホムル》義也、凡天下ノ民ハ国家ノ本也、仍テ百姓ノ字ヲ御宝ト訓ス、春耕夏耘秋刈冬蔵ム、年中粒々ノ辛苦不可勝斗、此苦労ハ上一人ノ苦也、万民ノ歓ハ上一人ノ楽也、王者ノ道民ト倶ニ楽ミ、民ト共共ニ苦ム、サレハ疎屋ノ風モ防得ス、露モタマラヌ民ノ袖ヨリモ、万民ヲ思召御袖ハ猶ヌレマサルトノ義也、此叡心ノ故ニ、此御代天下治リ、高麗ノ軍ヲモタスケ給ヘリ」6オ

蚕婦　昨日到城郭　帰来涙満巾　遍身綺羅元名氏者《モノハ》　不是養蚕人

憫農　鋤禾日当午　汗滴禾下土　誰知盤中飧　粒々皆辛苦　李紳

（一行分空白）

第二 〇持統天皇　〵天智第二皇女、〵諱高天原広野姫尊、〵又兎野、〵又鸕野讃皇女　〵御母越智《ヲツチ》娘大臣蘇我山田石川丸女、〵天武天皇后、〵草壁皇子母

〵都大和国高市郡、〵藤原宮、〵大宝二年十二月十日崩

〵此御時卯杖・踏歌等始也」6ウ

（一行分空白）

2 新古〵万一永 春過て夏きにけらし白妙の衣ほすてふ天香久山

【天香久山太山ニ――霊―也】〵此哥春過て夏きにけらしトいへる、勿論ノ様義〻ニ聞エテ、宜からさるやうニ思ふへき也、次第〳〵ニいひのへタル所面白也、二月既破三月已来杜子―カ句也、光陰ノ事也、是ハ更衣ノ哥也、新古今夏ノ巻

頭ニ入タリ、春着処衣夏来脱衣而如着新衣
衣干ト云本縁事、甘樫明神ト云神――
天照大神天磐戸ニ引コモリ給ヒシ時、天児屋根命ヲ始として、」7オ八百万神たち神楽ナトヲして此山ノ榊ヲきりてさゝれし
事モアリ、神楽ノ起リ此所也、大和国高市郡也
＼又神鏡ヲ奉鋳所歟、仍有神社云々
万葉第一　藤原宮御宇天皇代御製歌
＼春過而夏来良之白妙能衣乾《サラセリ》《ホシタリ》有天之香久山
＼大井河かハらぬゐせきをのれさへ夏きにけりと衣ほす也　定家卿
＼白妙の衣ほすてふ夏のきて垣ねもたはにさける卯花　同卿
(三行分空白)」7ウ

第三
。柿本人麿　＼天智御時人云々　口授

3 永拾＼万＼足引の山鳥のおのしたりおのなかくし夜を独かもねむ
あしひきの山とつゝく常の事也、此哥別ニ義ナシ、【数反吟味シテ■■(不可)不自得者――】あしひきのト云ヨリ、山鳥の尾トいひ、なかくし夜をト云ヘルさま、いか程も限リナク長キ夜ノ躰也、詞ノツゝキたへニシテ、風情尤長高シ、無上至極ノ哥にや侍ラント云々
此哥ニ詞ヲつけて云ヘキ様モナシ、人丸ハ古――独歩スト云ヘリ、此理ニや、＼山鳥ノをろのはつおハ長尾」8オはつはな長おト云事也
花同前也

山鳥ハ夫妻一所ニ不宿、似序哥非序

（二行分空白）

第四◦山辺赤人　聖武御時云〻、一説人丸同時人云〻

山辺赤人ハ垂仁天皇ノ後裔山辺老人カ子ト云〻、山辺ハ氏也、宿祢ハ尸也、赤人ハ人丸ヨリハ少――歟、神亀三年聖武帝

播磨ノ臥南野ニ行―、読ル哥万葉ニアリ

（一行分空白）

4 万三 新古冬 田子の浦にうち出てミれハ白妙のふしのたかねに雪はふりつゝ」8ウ

此哥ハ万葉第三長歌ノ反哥也

山部宿祢赤人望不尽山歌一首　并短歌

天地之　分時従　神左備平　高貴寸　駿河有　布士能高嶺　天原　振放見者　度日之　陰毛隠比　照月乃　光毛

不見　白雲母　伊去《ユ》波伐加利　時自久曽　雪者落家留　語告ギ　言継将往　不尽能高嶺者　反歌

【マ白ヲ白妙ニナシ、降けるヲ降ツヽト改テ新古今ニ入ラル】田児之浦従打出而見者真白衣《マシロニソ》不尽能高嶺尓雪波零家留

此長哥ヲ以テ見レハ、此哥ノ一会其味尤深シ

祇云田子浦ノ無比類ヲ立出テ見レハ、眺望限ナク心詞モ及ハヌニ、」9オ況又冨士ノたかねノ雪ノ躰思入テ吟味スヘシ、此哥ノ妙処ハ、海辺ノ景気たかねノ雪ノ妙ヲ詞ニ出ス事ナクシテ、其理自然ニ備レル尤奇特也、古今序ニモ、赤人ノ歌ヲハ哥ニあやしくたへなりといへり、奇特ノ心也

是ハ陸地ノ眺望也、故ニ打出ト云、若海上ニ浮マハ、山ノ――、陸地ニ於テハ、山――兼タリ、雖他境■■■（不可軽）其風景不可軽、況山ハ――海ハ――、絶景不可述言語

又此哥境地ヲ――其理ニ――、如此一切手ヲ―其類ナキニヤ、桂―妙処イハサル一――ノ中ニ千言万語自了《由》」9ウ
三体詩　江南春　杜牧　千里鶯啼緑映紅　水村山郭酒旗風　南朝四百八十寺　多少楼台烟雨中トニ云ヘルニ其趣相
似歟

（一行分空白）

第五
◦猿丸大夫　古伝云官姓時代等不知之云〻
抄或系図曰用明天皇・聖徳太子・山背大兄王・弓削王号猿丸大夫云〻
祇注云本天武御子弓削道鏡ヲ号云〻　私此説不審也云〻
就弓削思誤歟云〻、下野国薬師寺ノ別当ノ事云、道鏡法師也
鴨長明カ方丈記近江国田上ニ猿丸大夫カ旧跡アリト云〻」10オ

5 永古今おく山に紅葉ふミ分鳴鹿の声きく時そ秋ハかなしき
深山ノ――速《早》ク外山ハ遅シ、外山ノ――深山ハ落―故ニ、漸は山へ―出ル時分――踏分ルト云也、山ニ帰ル鹿ニハ非ス、中秋ノ
時分ト見ヘタリ
是ハ秋ノ感ヲ云ヘリ、世間たが上モ秋ノ悲ヒノ深キ時分ヲ云ハハ、深山ヨリ――鹿―当位ニハ非ス
俊恵法師立田山梢まはらになるまゝにふかくも鹿のそよくなる哉
此哥ハ季秋ノ心歟、秋深クナレハ又―
奥山の千入の紅葉色そこき都の時雨いかゝ染らん　土御門院―」10ウ
猿丸哥古今是貞のみこの哥合云〻、元明比人歟

（一行分空白）

第六 ◦中納言家持　天平元己巳生　大納言従二位旅人又名多比等男姓大伴

【仲哀朝大連大伴健持連、大連之号始於此也、天忍日命之後道臣(アキママ)之七世孫也】

抄 一説天智天皇—大伴皇子—与多賜大伴姓—都堵牟丸—黒主
夜須良丸
予私他氏歟

大連大伴金村連　仁賢ノ朝為大連、武烈・継体・安閑・宣化両朝猶大連、欽明元年九月称老帰住老家　在官四十二年

孝徳 右大臣大紫大伴長徳連　字馬養、或烏養　金村大連臣本之曽孫

文徳五—大宝元也 中納言従三位大伴宿祢安麿　大紫長徳之六男

大宝元三月十九任授従三位、廿一日停中納言、大宝二五十七参議、慶雲二四廿日十七イ中納言、同八月一、」11オ 元正　聖武朝天平二十一大納言、改名淡守、同三正七従二位七月

或廿五一日薨

中納言従四位上大伴宿祢旅人　大納言贈従二位安麿一男

正三 ◦中納言家持　中納言　従三衛門督右—　三木　右大弁　左兵督　中宮大夫

続日本紀延暦元六月戊辰春宮大夫従三位大伴宿祢家持兼陸奥出羽按察使鎮守府将軍、延暦四八癸亥朔庚寅中—
従三—大—家持死、死後廿余日其屍未葬、大伴継人・竹良等殺種継事発覚下獄、案験之事連家持等由是追除
名、其息永主等並家流焉
延暦四八庚寅日薨、廿余日其骸未葬、大伴継人・竹良」11ウ 等射殺中納言従—兼行春宮—陸——鎮守府将軍在陸奥

(一行分空白)

新古今
6かさゝきのわたせるはしにをく霜のしろきをミれハ夜そ深にける

七夕ニ准南子烏鵲橋ヲナスト云事アリ、其橋ニハ非ス、是ハ只空ノ事也、月落烏鳴祇云橋ノ事同上、かやうノ事ハキカネハ事ノ外大事ニキケハ、

余ニ安ク心得ルニヨリ、人ノ信モ浅クナレル事也、サレハ書アラハサス、箋曰八雲御抄ニかさゝきのわたせる橋ハ、只雲のかけはし也、誠ニアルニ非スト云ヘリ、此歌ヲ心得サル人、種〻ノ説ヲカマヘ出ス、甚不可然歟

釈名ニ霜露ハ陰陽之気、■(勝)陰気勝則凝ヲ為霜ト云ヘリ、」12オ サレバニヤ陰気《インキ》追テ暁ニ到ラザレハ、霜ハヲカヌ物也

＼満天ノ霜ニ暁ヲ覚ヘタル心さま、可付眼也、凡歌人ハマモル所此哥ニ有ヘシ、月モナク、何ノアヤメモ分ヌ空ニ起出テ、景気ナキウヘノ景気ヲ吟シ出セル哥人ノ妙処、コヽニアルニヤ、学者能可思知也

＼月落鳥啼霜満天ノ心也

【前ニ可入之歟】＼同又今案

（一行分空白）

＼又泉大将定国ノ随身ニテ忠岑カ夜はにふミわけことさらにこそト有ル、其興アル事也」12ウ

（一行分空白）

第七
◦安倍仲麿　孝元天皇御子太彦ノ命ノ後、倉橋麿左大臣始一名仲麿　一説内麿

＼古伝云船守子、従三位安倍朝衡息云々、又云大納言朝平男云々、両説共ニ無実云々

【私吉備入唐霊亀二従使入唐留学、天平七三月帰朝歟】＼江談第三云仲麿読哥事、霊亀二年為遣唐使件仲麿渡唐之後、不帰朝、於漢家楼上餓死、吉備大臣後渡唐件〔之時〕仲丸、見鬼形与吉備大臣言談、相教唐土事、件仲丸不帰朝人也、読哥雖不可有禁忌、尚不快歟如何　宝亀六十二前右大臣――八十二　宝亀十在唐亡」13オ

＼或記曰仲丸者熒惑星分身也、降和国輔王道、到異国能天文・陰陽、異朝人怖悪之、令禁固而遂殺、仍霊鬼伏人、吉備丸渡唐之時、見異形教授天文・暦術・算計・儒書令来朝云々、仍仲丸孫葉等猶達天文伝其葉云々、

陰陽道ノ中ニモ、安倍氏ハ天文道ヲ本トス、晴明等カ先祖也

私此説又難信歟、＼又於唐朝改姓号朝衡之由説アリ、朝衡ハ仲丸以前之人歟

もろこしにて月をみてよめる」13ウ

古旅＼7天の原ふりさけミれハ春日なる三笠の山に出し月かも

＼左注云このうたハむかし仲丸をもろこしに物ならハしにつかはしたりけるに、あまたの年をへてえかへりまうてこさりけるを、この国より又つかひまかりいたりけるに、たくひてまうてきなむといてたちけるに、めいしうといふ所の海へにて、かの国の人むまのはなむけしけり、よるになりて月のいとおもしろくさし出たりけるをみてよめる、となんかたりつたふる云々

祇云＼ふりさけミれハトハ、フリアフギテ見ル義也、但当流ニハ提テナト云如ク手裏ニ入テト心得ル也、祇云ふりあふく義ハ勿論ナレ共、此心ハもろ」14オこし人ノ名残ヲ惜ム比、月明ニ青天クモリナキニ、吾朝ノ三笠ヲナカメツヽ、ケタル心、よろつヲ手裏ニ入タル様ナレハ、カク云ヘリ、クレ〴〵此哥ハ、もろこし人ノ名残、天原吾国ノ三ヲ思入テ見ルヘシ、長高ク余情限リナシト也

箋云師云コヽヲ唐朝ト云共、是コソ吾朝ノ三笠ノ山ノ月ヨト云也、＼ふりさけハ提也、我物ニシテ見ル義也、万ニ振放トカケリ、放ハホシイマヽト読字也、我物ニシタル義一決セリ、ふりあふくノ義ハ、他流ノ説也、貫之土佐ノ日記ニあを海原ふりさけミれハ云々、万三、長哥、するかなるふしのたかねを天原振放《フリサケ》ミれハ」14ウわたる日の影もかくろひ——云々、赤人長哥

第八
○喜撰法師　＼作和歌式、＼一説基泉同人云々、＼又別人云々、

（一行分空白）

宇治山隠侶、遺跡在御室戸、鴨長明無名抄

一本橘奈良丸子云々、

一本刑部卿名虎朝臣息云々、系図等無所見

古今雑下 題不知 8わかいほハ都のたつミしかそすむ世を宇治山と人ハいふなり

心ハ明也、人ハ世ヲ宇治山ト云ヘ共、我ハシカモ住得テアルソト也、此下句人ハいふ也、吟味深シ、しかそすむトハ」15オ わかこヽニ住得タル心ヲ云ヘリ、迷ヘル輩ハこヽヲうしト云也、誰モ身ヲ治メ、心ヲ安クセハ、人々皆喜撰たるへきニや、

都ノたつミトハ、方角ヲさしていへり

（一行分空白）

後京極―春日山都の南しかそ思ふ北の藤浪春にあへとハ

（一行分空白）

第九 ◦小野小町　三 出羽郡司当澄女　抄 イ常澄

或説出羽郡司小野良実女、仁明之時人、承和之比云々、つれ〳〵草云小野小町か事きハめてさたかならす、をとろへ」15ウ たるさまハ玉造といふ文ニみえたり、此文清行かけりといふ説あれとも、高野大師の御作の目録ニ入り、大師ハ承和の始にかくれ給へり、小町かさかりなる事、其後の事にや、猶おほつかなし云々

（一行分空白）

古 永 9花の色ハうつりにけりないたつらに我身世にふるなかめせしまに

小町古今ニテ第一ノ哥ト也

花ハ毎年サキチレトモ、同シ木ニ咲也、人ハ二度若年ニナラサル也、人ハ時々刻々ニ衰フルモノ也、年々歳々花相同」16オ 歳

ゝ年ゝ人不同、高歌一曲掩明鏡、昨日少年今白頭ナトノ心也、人ハタトヘハ隙行駒ノ歩ミノ如シ、漸ゝニ衰ヘ行物也、なかめせし間ハなかむる也、但為氏卿長雨ヲそへテ、ふかくみよと申されしと也、花時風雨多シノ心也、又此哥に文字四あれとも、耳にたゝす、天然ノ妙処也、宗尊親王御詠ニ、

白雲の跡なき嶺に出にけり月の御舟も風をたよりに

為家卿詞ニ云に文字あまた指合候歟、小町か花の色ハうつりにけりな――是ハ秀逸ニ候へハ何事歟云ゝ」16ウ

或抄

聞古今ノ中小町哥第一ト也、なかめせしまにハ長雨ヲソヘタリ

哥ノ心ハ花ノ時分ハ花ニ身ヲなさんと思ひしニ、世ニ住ならひとやかくやとするうちに、はや花ハちるト也、人間皆如此ト也、面白キ哥也、人間ハ由断《ダン》して、不可住ト云事也、面白クして、然モ眼ノある哥也、花ノ上ヲ云フテ、我身ノ上ヲ云たてたる哥也、小町ハ好色ノ女也、我身ノ世ニふる交ノ隙ナキニ、打返しくするニ、長雨サへふれハ、花ノ色モうつろひ衰《フル》ヲ打歎テ、移リニケリナいたつらニ【祇注】ト云ヘル也、下心ハ花の色トハ小町カ我身ノ衰ヘ行さまヲ」17オ云ヘリ、世ニしたかひ人ニあらそひ、世ヲかこちナトスルニより、物歎カシク打なかめなとして過る間ニ、我身ノ花なりし姿のおとろへ行を思ふ由也、此心ハ小町ニ限ルヘカラサル也、人毎ニ如此也、只身上ヲ忘ルヽ者也、抄ノなかめせし間ハ只ナカムル也

（一行分空白）

会坂《アフサカノ》蟬丸仁明御時人、道心者也、常ニ不剃頭《髪》世人号翁或仙人トモ

第十。蟬丸　又世人盲者ト云誤也、後撰詞書ニ相坂《アウ》の関にて往来の人をみて云ゝ、以之可知也、盲目ト云ヘルハ、見濁《ケンショク》ヲ離ルヽ義也」17ウ

又延喜帝ノ皇子――甚不可然、古今集此人ノ哥

延喜五廿一歳ニテ――

（一行分空白）

10後撰これやこの行もかへるも別て《つゝ後撰》ハしるもしらぬもあふ坂の関

＼後撰十五雑一相坂《詞書》の関に庵室をつくりてすミ侍けるに、行かふ人を見て云々

＼祇云これや此トハ、相坂ニ落つく五文字也、此五文字ニテ逢坂ノ関ヲ治定セリ、表ハ旅客往来ノサマ也、下心ハ会者定離也、行も帰るもハ流転、関ハ関《クワン》ヲ免ルヽ義也、万法一如ニ帰スル理リ也」18オ

（一行分空白）

宝銓四生盲者不識盲、生ゝゝ暗生始、死ゝゝ冥死終トアリ、尤可思事也、何カ我何カ人誰親誰疎ト云如クニ、更ニ親疎ハナキ物ナレハ、此迷ヲ思ヒトクヘキニコソ

（四行分空白）」18ウ

第十一　○参議篁＼三木　右大弁＼　姓小野＼　号野相公

敏達天皇―春日皇子―妹子（小野臣）―毛人（一本　大徳冠中納言毛帰又）―毛野（エス）（正三位中納言）

永見（五位奥介　征夷大将軍）―岑守（刑部卿従四下　参議大弐）―篁（三木左大弁）―保衡（讃岐守）
　　　　　　　　　　　　　　　　　　　　　　　　　　　　　　―好古（参木）
　　　　　　　　　　　　　　　―葛紘（大弐　筑前守）―道風（正四下　内蔵頭　母王氏　能書）

（二行分空白）」19オ

（一行分空白）

11 古旅 わたの原やそ嶋かけて漕出ぬと人にハつけよ海士のつり舟

古今第九羇旅詞書　おきのくにゝなかされける時に、舟にのりていてたつとて、京なる人のもとにつかハしける　小野たかむらの朝臣云〻

わたの原ハ海ヲ云、八十ハ多キ心也、イカ程ノ嶋〱ヲ漕ハナレ〱テ、蒼海渺〻ト行ソト也、只大方ノ逆旅タニアルニ、はるかナル隠岐国也、此遙カナル遠――流人ノ其行所ハ隠岐国トさして――サナカラ千万里ノ吾国ノ」19ウ境――是流人ノ故也、人にハつけよト云ヘル、其心甚深ナルニヤ、行平卿ノわくらハに問人あらハ

(一行分空白)

人にはトハ、アハレト云人ハ、又罪ニアタル物ナレハ、尋ヌル人ハ見マシ《マシ》キヲ《サレハ》、釣舟ナラテハことカヨハス人モナケレハ如此ミカケタル也

(三行分空白)

俊成卿此下句姿詞無比類云〻」20オ

(紙片)「わたの原ハ海ヲ云、八十ハ多キ心也、大方ノ人たに海路ノ旅ニをもむくハ悲しかるへきニ、ましてはるかナル隠岐国へ流人ト成テ、漕はなるゝ心堪カタかるへし《キサマ也》、只今我ニ対スル物ハ釣舟ハかり也、所ハ隠岐国トさして行とも、サナカラ千里――吾国ノ境ヲ漕はなれて、しらぬ世界ノ心スル也、是流人ノ故也、人ニハつけよトハ、たとひあはれト云人有トモ、罪ニアタル物ナレハ、尋ヌル人ハアルマシ、サレハ釣舟ニ云カケタル也、いせ物かたりニ、みるめかる方やいつこそ棹さして我にをしへよ蜑の釣舟」

第十二
°僧正遍昭　俗名良岑・宗貞　号良少将　出家後号花山僧正　又号良僧正

五十代 桓武天皇
　五十一代 平城天皇
　五十二代 嵯峨天皇―五十四代 仁明天皇
　五十三代 淳和天皇
　良岑安世　正三　大納言右大将　冬嗣公国母　延暦廿年賜良岑朝臣姓
　　宗貞　仁明天皇御葬日嘉祥三三廿一出家卅七才　哥人　正四下　頭左中将左中弁　法名遍昭
　　　素性　住良因院仍賜　実国朝臣　俗名玄利
　　　由信　雲林院別当　少僧都
　安世卿八男云〻　法眼権僧正元慶寺座主号視中院僧正　散位僧綱初例　封戸輦車　天台顕密碩才　寛平二正十九入滅七十六才」20ウ

12あまつ風雲のかよひち吹とちよ乙女のすかたしハしとゝ《を》めん　古今雑一

詞書五節のまひゝめみてよめるよしミねのむねさた云〻

師云乙女《ニ》酩酊《ニハ》――舞《ヲ》シ――乙女《ノ》濫觴《ハ》清見原――吉野宮《ニ》マシ〳〵シ時、一夕琴《ヲ》鼓《シ》給ヘハ、アヤシキ雲向《ヒノ》山《ヨリ》来《テ》乙女《ヲ》現《ス》、神女雲《ニ》乗《シテ》、【袖フル山モ―】此曲《ニ》ツキテ舞《テフ》、御門《ノ》御目ハカリ《ニ》見《エ》タリ、袖《ヲ》カヘス事五たひ《ス》、是《ヨリ》五節ノ舞姫《ト》号《ス》云〻、其時御門の御哥

乙女子もをとめさひすもから玉を袂《玉たにぬきてイ本》にまきて乙女さひすも」21オ

此事本朝月令《ト》云物《ニ》見タリ《ト》云〻、【後鳥羽院御時古今序六人作者ヲアケテ云ヘル中ニ、いつれそト御尋之時、定家卿遍昭ヲ取出テ申サル云〻】只今《ノ》舞姫《ヲ》昔ノ神女《ニシテ》よミナセリ、此乙女《ノ》天上《ヘ》カヘルヘキ通路《ヲ》吹とち《テ》留《トヽ》メヨ也

後鳥羽院　建仁三三廿五大内ノ花《ヲ》密〻御覧ノ時

天つ風しはし吹とちよ花とみえ雪とちりまかふ天の通路

光孝天皇御時仁寿院《ニテ》七十賀《ヲ》給《フ》、すへ《テ》名誉多《キ》人也

（四行分空白）」21ウ

第十三
。陽成院　諱貞明　在位八年　清和第一皇子　御母二条后高子

五十四代
。文徳天皇―清和（五十六代）―陽成（五十七代）　天暦三九廿九落飾入道　法諱
　　　　　　　　　　　　　　―元良親王　第一皇子　兵部卿

（一行分空白）

13 後撰
つくはねの嶺よりおつるミなの河恋そつもりて渕となりぬる

後撰十一 恋三 詞書つりとのゝみこにつかはしける、陽成院御製云々

祇云ほのかに思初シ事ノ深キ思ヒニナルヲ、幽カナル水ノ積テ渕トナルニタトヘ云也、惣ハ序歌哥ノ心ハ是マテ也、サテ君ノ御哥ニテ面白キ故アリ、天子ノ御心ニハ少ノ事モ思食事ニ、善ハ天下ノ」22オ徳トナリ、悪ハ天下ノ愁ヘトナル也、大方ノ人モ又此心ハ思フヘキニヤ、師云ソト思ヒソムルト思フ事カ深クナリ来レルト也、源浅キ水ナレ共、ツモ――是万事ニ――一善ヲタクハフレハ、天―悦―、一悪ヲナセハ――、故ニ微フ漸ヲツヽシメト――天子一人ニ――万民――

箋曰筑波根事八雲ニ惣シテ嶺ヲ云一説也、名所ノ部ニハ入ラル、みなの川　八雲名所部ニハ入テ、国名シルサレス

岷江初濫觴　入楚乃無底

（一行分空白）」22ウ

第十四
。河原左大臣　源融　嵯峨第十二　源氏　母正四位下大原全子

五十二代
。嵯峨天皇―仁明天皇（五十四代）
　　　　　―源融　左大臣従一位　於六条河原院摸塩竈浦之人　男女皇子五十人之内也

弘仁三年壬辰生　淳和天皇為子　栖霞観大臣之山庄云々

承和五十廿五正四下加元服　六年正月侍従

貞観十四年八廿五任左大臣私元大納言直任歟五十一才　同十五正七従二位
同十三日兼東宮伝陽成院　同十八十一廿九止伝受禅五十五才
仁和三十一十七従一位即位日　同五年輦車　寛平二奉政事」23オ
【或抄云庭与家ニ心——モ魂トナリシ人也云こ】
寛平同七八廿五薨七十四才　同廿八日贈正一位　号河原左大臣
在官廿四季　公卿労四十二年

（一行分空白）

14古恋四みちのくのしのふもちすりたれゆへにミたれそめにしわれならなくに
祇云上二句ハ乱ルゝノ序哥也、惣ノ心ハ誰ゆへニカ乱レ初メニシ君故ニコソト云ヘル心也、師云奥州ノ忍ふノ郡ノすり也、我思ヒノ乱レタルハ誰故ゾトカコチ懸タリ、古今十四ニハミたれんト云こ、伊勢—そめにし也、同心也、心ヲ用カヘタリ

（一行分空白）」23ウ

第十五
○光孝天皇　諱時康　仁明第三御子　在位三年　号小松帝　母同宗康親王

五十四代仁明天皇——五十五代文徳天皇
　　　　　　├宗康親王　母贈皇太后藤沢子　贈太政大臣総継女
　　　　　　└五十八代光孝天皇

天長七庚戌降誕　承和三正七叙四品、同十二年十二月元服、同十五正月常陸太守、嘉祥三五中務卿、仁寿元十一廿一三品廿二歳、貞観六正十六上野太守、同十二七二品四十一才　同十八十月式部卿、」24オ元慶六正七一品五十四才、同八正月太宰帥、同二月四日受禅五十五才、仁和三八廿六譲位即崩五十八才、九月三日葬に松山陵

（一行分空白）

15 永古＼君かため春の野に出てわかなつむ我衣手に雪ハふりつゝ

詞書ニ仁和のミかとみこにおましくける時、人にわかな給ひける御哥トアリ、若菜給ふトハ賀ヲ——誰共ナシ、人日ニ菜羹ヲ■■服スレハ、其人万病邪気ヲ除クト云、仍七種ノ菜羹ヲ供スル也、賀ノ事ニ聞用タリ」24ウ

源氏物語ニ若菜上下ノ巻モ——

哥ニ有心躰アリ、無心躰——此御製ハ有心——

是ハ臣下ナトニ若菜ヲ給フ時ノ御哥也、春ノ始ナレハ、余寒ノ時分雪ヲ打払ヒく若菜ヲ摘心也、雪ハ艱難ノ方方也、如此辛労有テ、御憐愍ノ義也、下モヲメクマルヽ御心アラハレタリ、是ニ依テ天道ニ叶給ニヤ、五十五ニシテ、俄ニ御位ニツキ給ヘリ、文徳ノみこモ歴こ御座アリシニ、清和ノ御治世ノ後、陽成ノ御末モ継給ハスシテ、文徳ノ御弟ナカラ即位アリテ、今ニ御末不断ハ御徳ノ深キナルヘシ、定家」25オ卿ノ撰花麗ハカリニテハ無本意故ニヤ、如此心ノ有——

第十六
◦中納言行平　＼在源氏　号在納言

◦桓武天皇
- 平城天皇
  - 阿保親王　三品 弾正尹　贈一品
    - 大江音人
    - 在原行平　中 本帥正三民部卿 按察 左兵督　配流　仁和三致仕　母伊登
    - 在原守平　蔵人
    - 在原業平　在五中　母同行平　阿保—五男　蔵人
    - 在原仲平　駿河守
- 伊登内親王（ママ）　行平・業平等母

」25ウ

（一行分空白）

永16 古離別＼立わかれいなはの山の峯に生る松としきかハいまかへりこむ

古今　題不知　幽玄―

稲葉山ハ因州・濃州両国ニアリ、是ハ―国ノ稲葉山也　若有待吾之人者帰来、料知不―――

俊成卿云鏁リ――結句ノ為二句一首ノ

因幡国司ノ事　寛弘二　無姓

因幡堂建立カ行平ハ大納言ニテ橘氏也云々、私不審事

【或説結句カ行平ノ哥ト言ヘリ、是ハ因幡ノ事也、任カ趣ク時京ノ―】

（一行分空白）」26オ

◦中納言行平　母伊登（ママ）内親王　桂内親王是也　可尋之

天長三年親王上表曰、無品高立親王男女先停（カ）在号賜朝臣姓、臣之子息未預改姓、既為昆弟之子也、寧異歯刻之差、

於是詔仲平・行平・業平等賜姓在原朝臣

弘仁九年戊戌生

承和七年正月補蔵人、十二月辞退、八年十一月廿日従五下、十年二月十日侍従

斉衡二年正月七日従四下、同十五日因幡守

貞観六正十六備前権守、三月八日左兵衛督権守如元、十年五月廿六日兼備中守、十二年正十三任参議或本今年十二月、十二日任参議、同

廿六兼左兵督如元、為別当、同十四年八月廿九日遷左衛門督、十月十四日如元為別当、八月廿五日補蔵人頭例」26ウ

同十五十二十八任太宰権帥、叙従三位、止別当・督頭等歟、五十六

元慶三正十一兼備中守、治部卿如元

同六年正月十日十三日任六十五、中納言元参議・治部卿

同九年二月廿日兼按察、卿如元民部卿六十八、仁和三四廿三到仕七十

按察使民部卿寛平五七十九薨七十六、参十三・別四・頭二・中六・前七

（五行分空白）」27オ

第十七
◦業平朝臣　系同見行平以下

◦阿保親王——業平——棟梁　従五上筑前守　左門佐——元方　正五下
　　　頭　蔵人　右中将　馬頭　従四上　美乃権守

元慶四年正月廿八日卒

（一行分空白）

17 ◦千早振神代もきかす龍田川から紅に水くゝるとは　詠古　古今二条の后の春宮す所と申ける時に、御屛風に立田川に紅葉なかれたるかたをかけりけるを題にてよめる

神代ノ昔ハ現神力得飛行自在、千変万化不可勝斗」27ウ

然処今——面ヲ紅——ニ染替テ、水色失其半、是人——ノ風——ニ非ス、神代霊験ヲ記シ置——不伝聞、——

屛風——殊有其感者乎

抄云早年歌ハ必——然ルニ此無闕所百首ノ快心也、可知之云々

建暦二十二月　院廿首　定家卿ミよしのゝ瀧つ河内の春風に神代もきかぬ花そみなきる

或抄三——クヽルトハ紅葉ノ散シキタル下ヲ行水ノ物也、——共不言テイヘル是一躰也、題詠ト云」28オ

後冷泉――をのことも大井川にまかりて　藤資宗朝臣

新古冬 落葉 浮水 霞遠山衣 筏士よまてことゝハむ水上ハいかはかり吹峯《山》の嵐そ

（一行分空白）

新古十三 神代にハありもやしけん桜花今日のかさしにさせ《おれ》るためしハ

寛喜元 女御入― 龍田姫手染の露の紅に神代もきかぬ峯の色哉　定家卿

又寛平の宮瀧御幸に在原友于哥に、

時雨にハ立田ノ川もそミにけり唐紅に木のはくゝれは

只同事也、おぢノ哥ヲかすめよむ也、此道ノ遺恨云々

（一行分空白）」28ウ

第十八 ◦藤原敏行朝臣

贈太政大臣 不比等一男◦武智麻呂（南家祖 正一位左大臣）―巨勢麻呂（式部卿 三木 従三）

真作（三川守従五上）―村田（讃岐守 従五上）―冨士丸（按察 陸奥守 哥人 従四下）―敏行（冨士丸男 母紀名虎女 左中将従四上 右兵督 大内記 能書 蘇生之後書一切経人）―伊衡（三木 正四下 哥人）

（一行分空白）

古恋二 18すミの江のきしによる浪よるさへや夢のかよひち人めよくらん

寛平御時きさいの宮の哥合のうた云々

祇云上句ハ序哥也、よるさへやト云ハンタメ也、心ハうつゝノ事コソ忍ナル中ハ、人目ヨクルサハリノ悲ミモアル、

夢《ニハ》ヤスクモ逢《ント》思ヘハ、」[29オ]夢《ノ》中《ニモ》人目《ヲ》ヨクルやうやう《ノ》事見ユレ《ハ》、カクヨメリ、ウルハシキ哥ト也

住の江《ト》云ヘル甚深ナルニヤ、あら海・あら磯ナトハ浪モ――南海ミテ《ニテ》風波《モ》穏《カニ》――波《モ》サマテ《ノ》サワキ《ニハ》あらぬ物から、人め《ヲ》よく心ノ――中心《ノ》ヲカルヽあまりに思ツヽケテ、サテ《モ》昼《ノ》人目――岸《ニ》ヨル波《ニ》目《モ》――夢路サヘウトケレハ、サテ〱夜《ル》――《ヲ》ヨクル事《ニ》ナレルヨト、我ねられス《シテ》――我トカトモ―テ立帰《リ》岸《ニ》――波《ヲ》カコチタル、はか――ナ《シテ》殊勝――」[29ウ]

第十九
。伊勢　七条后宮女房　大和・伊勢守継蔭女

。日野流右大臣
。内麿――真夏　三木　日野元祖
真夏――浜雄　民部卿　従五下――家宗　三木　左大弁――継蔭　木工頭大和守――伊勢　号―
真夏――関雄　文治部少　号東山進士　古今作者

新古今十一

題不知

19 永 難波かたミしかきあしのふしのまもあハて此世を過してよとや

五文字《ニ》君臣《アリ》、是《ハ》君之躰也、伊《レ》勢《ニ》為《依》幽玄《一》也

謂《ハ》人《ニ》心《ヲ》懸始《シ》日《ヨリ》、有便之人《ニ》便《ヲ》求《メ》、心詞《ヲ》尽《シ》極《メ》」[30オ]月《ヲ》重《テネ》年《ヲ》送《リ》来《テ》、我―《ノ》徒《ニ》――《ヲ》立帰《リ》歎《ク》余《リニ》、

物《ニ》――《ノ》節ホト程《モ》ナキ物《ハ》無《シテ》、ソレ程《ノ》契《モ》ナク《テ》、今―ヲ独臥《ニテ》――

節《ニ》――心――　さして　○シテ反せ歟

恋初中将事不甘心《私》

（五行分空白）」30ウ

第廿 ◦元良親王　第一皇子　天慶二六イ七廿三薨五十四才

◦陽成院——元良親王 三品兵部卿 母主殿頭以遠長女

拾遺恋二 私注不知ノ哥也

宇多帝御時、京極御息所に忍ひてかよひける、あらハれて後文つかハしける　私此詞家集歟

後撰恋五 十三 こといてきて後に、京極時平公女の御息所につかはしける云々

20 永 わひぬれは今ハたおなし難波なる身をつくしてもあハんとそ思

拾遺 師——此五文字深切也、常ニ容易ニハ不可用之

わひぬれハつねハゆゝしき織女にうらやまれぬる物にそ有ける」31オ

此初句一意也、我思ノ極マリテ、如何共セヌ時ノ心ノ中ヲ——也、一タヒ漏脱セシ名ハ、今更改テ不逢トモ、又今逢トテモ同事也、

惣時ハ可惜身ニモ非ス、身ヲ失ナフトモソレニカヘテ又モ逢見ルヘキト也

同 聞名ト難——　身ヲ——スモ難波縁也

今はたハ将ノ字——カヘリタル——也、又ト云ニ用タル哥モ聞　将

祇云ミヲツクシ、難波ニ立ハしめたるト云説アリ、水ノ浅深ヲ——此哥ハ幽玄躰ノ哥トソ」31ウ

（一行分空白）

廿一 ◦素性法師　左少将宗貞子、遍昭是也

系図見僧正遍昭下　左近将監
古伝云俗名僧時、　又云玄利云ゝ

（一行分空白）

古今十四

（一行分空白）

21 詠今こむといひしはかりに長月の月を待出つるかな

他流ノ義長月ノ夜ノ長キ比ノ有明マテ、こぬ人ヲ待ケルト――」32オ

定家卿ハこよひ斗ハ猶心つくしナラスヤト云ヘリ

必ト憑メシ人ノ心モ進マスシテ、春――秋サヘハヤ末ニ成ヌレハ、永キ夜ノ限ナキ比、今夜やく〳〵ト待ふかす間ニ、つれなき

有明ノ月ヲサヘ――までに人ハ影――ヨト歎ノキハマリヲ云也

今こんといはぬ許そ郭公有明の月のむら雲の空　順徳

（四行分空白）」32ウ

廿二

。文屋康秀　字文琳　任参川掾

先祖不見　縫殿助宗于男云ゝ

古伝云　陽成院御時人云ゝ、或中納言朝康子云ゝ

（一行分空白）

古今五

これさたのみこ 仁明御子也 の家のうた合の哥

22吹からに秋の草木のしほるれハむへ山風をあらしといふらん

＼家集ニハ野への草木トアリ、嵐ハ秋カ本也、然レ共猶秋ニ――秋ト改直シテ入タリ、後京極摂政家会ニ羇中嵐ト」33オ云ヲ各雑哥ヲ詠ス、慈鎮・定家卿等雖被批判《両人ハいかゝト尋申たるニ、会衆ニ任せヨト返答云〻》、摂政殿モ衆儀ニ用スト――被詠雑――云〻【むへ山風ヲ異説ニ山風ハ嵐ノ字也云義不用之、毎木之類也】

＼嵐ノ字被　哥ノ用ヒ打替歟

吹くからにハ則ノ心也、むへハ宜諾也、領解《ケニモト》ノ辞也

＼一向ニ枯野ニナレハ、風ノ力無也、秋ハ千草万木ニ当テ、風ノマワキ事ヲおほゆる也

＼あらしハ荒マシキ也

秋ノ風ノ触ル所、其当位ニ色悴《カケ》緑衰之躰也、殺気タル故也、＼秋色賦豊草緑縟而争茂佳木葱籠而可悦」33ウ草払ヒテ之面色変《カハリ》

木遭之而葉脱　同賦○夫秋刑官也、同前○常以粛殺而為心云〻

（二行分空白）

廿三
○大江千里　正五下或従五下　伊予権守　兵部大亟

平城天皇　阿保親王　大江音人　千古

右行平　千里従五下　古一　五二　新古二　新勅一　続古一　玉一

左業平等

（一行分空白）」34オ

古今四　これさたのみこの家の哥合によめる

23月ミれハちゝに物こそかなしけれ我身ひとつの秋にハあらねと

月ハ陰ノ性対之者必生悲

一天下ノ人ノ上ニモ秋ノ――只一身ニ限ルニ似タリ

月モ秋モ公界ノ物也、然共見ル人ノ一身ノ事ノ上ノ秋也

新古秋上
なかむれハ千々に物思ふ月に又我身ひとつの嶺の松風　鴨長明

燕子楼中――秋来只為一人長　大抵四時心―就中――

(二行分空白)」34ウ

廿四
◦菅家　北野天神也　右大臣　正三　右大将
贈太政大臣正一位

◦天徳日命　天照大神第二子　出雲臣　土師連等祖

天穂日命十四孫野見宿祢、垂仁天皇御宇賜土師臣姓、三世孫身臣仁徳天皇御世賜土師連姓、十一世孫古人等天平元六廿五改（私天応也光仁御宇也）

賜菅原姓、

延応元（天暦二歟）（桓武）五月癸卯（朔ノ支干不詳）土師宿祢安人等兄弟男女六人賜姓秋篠、【安人ハ兄、古人ハ弟歟】

勘（阿守）（長官）従四下（遠江介）（侍読）　（冊）（策）従三（侍読）（三木）　（策）（冊）（三木従三）大内記大天文頭

◦宇庭　古人　清公　是善　菅家
本姓土師宿祢　天応元賜　文士大学頭　文　文章博士　長者
菅原姓　侍読　文徳・清和

(一行分空白)」35オ

古今八
朱雀院ならにおハしましたりける時に、たむけ山にてよミける（細字アリ判読不能）

24 古 永 此たひハぬさもとりあへす手向山紅葉の錦神のまにく

此度也、旅ノ字ノ説――手向山南都又逢坂ヲモ云ヘル事アリ

＼聖廟御幸ニ供奉アリテ、私ノ御幣ヲモ捧ケラレタキ義ナレ共、今度――邂逅ノ義ナレハ、綺羅ヲ当シヌル事共也、然レハ大方ノ手―神ノ感―モ有―ハ、幸ニ此山ノ紅葉ノ錦コソ自然ノ幣帛ナレハ――ト也、山ノ名自然相応奇特也、惣別万物世ニ満チ〳〵――まに〳〵ト云ヘル此所也」35ウ

随意ト書之我山――

＼少ことりあへぬト云ニ御幸ノサハカシキ心コモレリ、君ニ仕フル道ニハ私ヲ不顧由也

＼祇役遇風謝湘中春色　熊孺登

＼水生風熟布帆新　只見公程不見春

応被百花遼乱笑　此来天地一閑人

此心モ御使ナレハ不私ノ心也

36オ

（三行分空白）」

廿五　◦三条右大臣　＼定方卿　母宮内大甫弥益女　内大臣高藤公二男

＼勧修寺家祖 ◦良門 内舎人 ＼閑院左大臣冬嗣公六男
- 利基 ＼左中将 ― 兼輔 ＼号堤中納言 ― 惟正 ＼刑大従五下 ― 為時 ＼越前守 正五下 ― 紫式部 ＼源氏物語作者
- 高藤 ＼勧修寺内大臣 ― 定国 泉大将
  - 定方 右大臣左大将 三条右大臣 ― 朝忠 ＼号土御門中納言

＼寛平四三廿一内舎人　＼同九四九任参議 中将守等如元

承平二年八四右大臣従二位兼行左近衛大将藤原定方薨六十（生年貞観十五癸巳）

（一行分空白）」36ウ

25名にしおハゝあふ坂山のさねかつら人にしられてくるよしもかな

後撰十一恋三　女につかはしける云々

祇云名にしおはゝ《トハ》、相坂《ト》さねかつら《トヲ》かけ《タル》詞也、さねかつら《ハ》是《ヲ》引取《ニ》、しけみ《ナトニ》アル物《ナレハ》、いつく《ヨリ》来《ル》トモ見《エヌ》物ナレハ、其ことく思人《ノ》人《ニ》シラレス《シテ》来《ル》由《モ》ガナ《ト》云也

此哥《ハ》詞つよく《シテ》、更《ニ》ナヤミ《ナシ》、一躰《ノ》哥《ト》見《ユ》、新勅撰《ナトニ》此風躰哥多《ク》入、能可廻工夫云々

人にしられて。《ト》清てよむ説一義也、清濁イツレ《ヲモ》用之云々

清《スム》時《ハ》「心安クコイテ《ト》「云義也」37オ

廿六

◦貞信公　忠平

冬嗣――良房――基経
基経の子：時平（本院贈太政大臣）、仲平、兼平（中納言従三　宮内卿）、忠平（貞信公　小一条）――師輔

元慶四庚子誕生七ケ月不満十月云々

寛平七八十一正五下十六、九月十五日聴雑袍昇殿、同八正廿六侍従、昌泰三正廿八任参議、延喜九三十春宮大夫左兵衛督、四月九今日氏長者云々、叙従三位任権中納言、九月廿七兼右近大将春宮大夫如元、同十一年正十三任大納言大将大夫如故、同十九十二賀四十算、延長二正七任右大臣、同八年九廿二天皇譲位五十二」37ウ勅摂行政事、十月十三辞

摂政、同十六重上表第二度、同十九日重上表第三度、承平二二廿九宣旨聴乗牛車出入上東門院、十一月廿六日従一位五十三、同六年八十九任太政大臣五十七、元慶元五廿関白如元并准三后《宮》詔兵杖五十九、同二年二月廿八日勅任官賜爵並准三后以如貞観故事、十一月聴乗輦車又賀六十算、同四年十一月八日詔曰万機巨細百官惣己関白太政大臣、然後奏下一如仁和故事六十三、十月卅日辞摂政、十一月八日停摂政為関白、同七年十月廿四日給度者五十人依救病也六十五天暦三八十四薨七十、正月三日致仕即日勅返表、三月十六日重致仕沈病在小一条亭、八月十六日詔遣大納言清蔭・中納言元方・参議庶明等、贈正一位封信濃国、謚曰貞信公、生年元慶四―庚子、小一条太政大臣」38オ摂政十一年・関白八年

廿六
。貞信公

26小倉山ミねの紅葉ゝ心あらはいま一たひのみゆきまたなん

拾遺

祇云是ハ亭子院大井河ニ御幸アリテ、行幸もありぬへき所也ト仰セ給ニ、事ノよし奏せんト申テ、此哥ヲ読メリ、心ハ行幸ノ事ヲ申サンハ、其恐レアレト、紅葉ニおほせ云ヘル事尤珍重ニヤ、歌ノ様凡俗ヲ離レテいかめしくキコユ云〻

箋云此百人一首ハ小倉山庄ノ色紙ナルニ、此哥自然ニ定家卿ノ本意ヲ」38ウノヘタルナルヘシ、此歌ヲ撰入ラルヽ事、哥からハ勿論ナレ共、我身数ナラハ、みゆきモ待見ルヘキ物ヲト、山モ同シ小倉、紅葉も同シ紅葉ナレハ、下ノ心ハさなから貞信公ニ通シケルトソをしハかられ侍る

（三行分空白）

廿七
。中納言兼輔　左中将利基男　堤中―

系図三条右大臣ノ処ニ見タリ、承平三二十八薨五十七才生年元慶元丁酉

＼中納言従三位兼行右衛門督」39オ

27 新古＼みかの原わきてなかるゝ泉川いつミきとてか恋しかるらん

＼新古恋一　＼題しらす云々

＼祇云わきてなかるゝハ泉ノ縁ノ字也、泉川ハいつ見きト云ンタメ也、是モ序哥也、心ハふるく見し様ノ人ノ今ハ絶ハてゝおほえぬ許ナルヲ、猶思ヒヤマス、恋わヒテ我心ヲセメテ云ヘル也、又一向見タル事モナキ人ヲ、年月ヲ経テ思わヒテ、打返シいつミし習ヒテかく恋わタルソト、我心ニ云義モアリ、甚哥《いつれにても》ノさまたくひナシ、＼私新古恋ノ一ノ哥也、未逢恋ノ心歟

少＼ミかの原ハみかまの原也、昔甑ヲ埋シニ、それニ河水ノ流レ入テ、湧かへるやうニシテ出ルヲ云也、泉川ハ挑川《イトミ》也、昔此処ニテ戦ヲいど」39ウミし事アリ、とトつト五音相通也

（二行分空白）

廿八　◦源宗于朝臣　＼右京大夫　＼正四下

◦光孝天皇—是忠親王（一品式部卿）—正明◦
　　　　　　　　　　　　　　　　　　｜—女　後一
　　　　　　　　　　　　　　　　　　｜—宗于　＼正四下　古六後四　新勅一続古一
　　　　　　　　　　　　　　　　　　　　　｜—南院今君　＼尚侍貴子女房之由見大和物語
　　　　　　　　　　　　　　　　　　　　　｜—閑院大君　続古」40オ

但帝系ニ不見　＼大和 或勘物ニ仁明天皇御子本康親王長子（八条式部卿一品）云々、是又帝系無所見

（一行分空白）

28古＼山里ハ冬そさひしさまさりける人めも草もかれぬと思へハ

詞書冬の哥とてよめる

山里ハ四時さひしき物也、其中ニモ秋ヲ《師云》さひしき物ニ治定シテ、其上ニテ所詮秋ハ物ノ数ニモ非ス、冬ノさひしさコソタク《ハ》ヒナキ《ケレ》ヨト也、其故ハ木《秋ハ》草ノ色モアリ、紅葉ノたよりもアリシヲ、冬ニナリテハ草木のミナラス、人めさへカレ」40ウハテタルハト也

＼或ニさひしさまさりけるといふ所に[redacted]心ヲ付ヘシ、春の事ハいふニ及ハス、秋ハ草木ノ色ニつけテ、人目《折節ノ》モアリ、尾上ノ鹿又ハ虫ノ声ヲ聞テモなくさミ、又ハさひしきニ、冬ハさやうの事モナケレハ、さひしさノ至極也ト云ヘリ、木ノ葉モ落《チ》草も枯ハてたるさま也

（三行分空白）」41オ

廿九　◦凡河内躬恒　＼古伝云甲斐少目＼御厨子所預　＼先祖不見

＼延喜七正十三任丹波権大目　＼後任淡路掾

＼あハちにてあはとハるかにミし月のちかきこよひハ所からかも　任《後》之時哥也

（二行分空白）

古今五しら菊の花をよめる

29詠＼心あてにおらハやおらん初霜のをきまとはせるしらきくの花

第二《ノ》句ハ重詞也、いつれもあらまし事也、おらハ折もこそせめなれとも、いつれを菊そ霜そとみ分ぬ心也、さり」41ウなから花を思ヒしめタル心ヨリ推量セハ、折ハそこなふましき也、＼初霜ナレハ、花とも霜とも色の分ぬ風情、一

入あれニおもヘハ、霜の置まとハせるを、心あてにおらんやおらんト、いヘる也、菊ヲモ霜をも並テ愛したる哥

也、

〔四行分空白〕

。壬生忠岑　右衛門府生　泉大将定国ノ随身

右兵衛府生木工允忠衡

〔一行分空白〕

題しらす

30 有明のつれなくみえし別より暁ハかりうき物ハなし

此哥他流・当流ノ差アリ、顕昭ハ心ハ女ニ逢テ帰ル衣くくノ暁ヨリ、有明ト云物ヵつれなき物ニ成レルトタリ、定家卿さそ有
らんト申サレシハ、同心ノナキ義也、是ハ逢無実恋也、」扶桑葉林集ニ不逢シテ帰恋ノ類ト云く、心ハ逢かたき人ニからう
【有明ノ如くつれなき人ゆヘニ、惣躰ノ暁かうらめしき物ト成レルト也】して逢テ、遂ニ其実ナキニ、限アル夜ナレハ、
立帰ラデハ不叶、サテモ徒ニ心ヲ尽シテ、別ル、事ヲト思フヨリ、暁ガうき物ト成ヌルト也、たとひ枕をならへての衣
く夕ニ、別ルハ悲シカルヘキニ、不逢シテ帰心ノ中ヲ可案也

別より、別から也

つれなくみえしハ人ノ事也

はかりト云ハ量字ト云く、心得にくけれハ、程ト云字ヲモゆるすと云く

〔一行分空白〕

。坂上是則　大内記　従五下　加賀介　御書所預

〇田村丸―広野―当常―好蔭《左馬頭》―是則―望城　後撰々者五人之内

（三行分空白）

31 永 朝ほらけ有明の月とみるまてによしのゝ里にふれるしら雪

古今六　大和国にまかれりける時に、雪のふりけるをみてよめる

朝ほらけハ早旦也、朝朗・朝開・朝旦・朋旦トモ書之

暁　明暮　曙　朝　次第〳〵也　古十三　しのゝめのほから〳〵――朗〳〵ト云也」43ウ

是ハ薄雪ノ色ヲ月ニまかへたる也、山ニアル雪ナラハ、有明の月ニハまかへられぬ也、里ニふる薄雪ニテ、近〳〵ト見サランニハ、まかふヘカラス、浅キ雪ナレハ、草木ノ姿モうつもれすシテ、地ハ白妙ナレハ、月かとミる也、在明の月トミるニよく叶へり、心をつけてミるへき哥也トゾ

続古為家卿　さらてたにそれかとまかふ山のはの有明の月にふれる白雪

逍遙院　おき出て袖にたまらぬ雪ならハ有明の月とみてや過まし

（三行分空白）」44オ

卅二　〇春道列樹　従五位下雅楽頭新名宿祢一男云々

文章博士　正六上　壱岐守　イ出雲守

万ニ山。ヨ川。ト詠ル作例アリ、ソレニハ非サレ共山ト川トシテ二ノ景ヲ号シテ詠也

古今五　しかの山こえにてよめる

32 永 山川に風のかけたるしからみハなかれもあへぬ紅葉なりけり

落葉の隙なく降ミたれテ、流モせき返すハかりなるをしからミといへり、行水ヲセキトムルトミテ、其上ヨリ見タテ

タル也、風ノ吹間ハカリ流レヲ閉《ルト》見ヘタリ、~~能〻ミレハ嵐カ間断モ~~」44ウ さてそれ《ヲ》風ノかけたるしからみ《トハ》いへ
り、此しからみ《ヲ》よく〳〵見《レハ》、嵐《カ》間断《モ》ナク吹カケ〳〵、水ノ行ヘキ隙《モ》ナク吹レキタル――
家隆卿 山川に風のかけたるしからみの色に出てもぬるゝ袖哉 首難也云々

＼あへぬ《ノ》詞 ＼ちはやふる神のいかき――秋にハあへす　古うち也
古元作者 ＼秋風にあへすちりぬるもみちはの行衛さためぬ袖そかなしき
＼不堪
新古 宮内卿 から錦秋のかたミや――　＼ひたつゝきちる様ノ心
続後五 定家卿 秋とたに吹あへぬ

（一行分空白）」45オ

卅三 。紀友則 ＼大内記
一本 屋主忍男武雄心命
~~此今十五代孫~~

。孝元天皇―彦太忍信命―屋主忍雄命《ソシシノオノ》《メツケノ》
武雄心―武内宿祢―木菟宿祢
十三代孫船守
船守―梶長 中納言
梶長―興道 右兵衛
梶長―名虎 改有人
興道―本道 斉衡三蔵人
本道―望行 承和比
本道―有友 ＼宮内権少 改有朋 元慶四卒
有友―友則 ＼大内記 古今
望行―貫之 ＼木工頭 従五上
貫之―時文 内蔵助 能書哥人 後撰之者五人ノ内
貫之―女子 助内侍 古今
名虎―有常
有常―女子 業平室
有常―友則 一本如比
」45ウ

（一行分空白）

古今二
桜の花をちるをよめる　紀友則

33 詠
久堅の光のとけき春の日にしつ心なく花のちるらん

定家卿云久堅ノ光トハ空ノ光同、日トツヽキタル也
しつ心なくトハ、花ノ心歟、人ノ心歟ト云不審アリ、両説共ニ用、心ハ風ノさそふ花ナリ共、ちらハ恨ナルヘキニ、まして春の日ノ優こと空も霞ミわたりて、鳥の声・木草ノ色モ長閑ナル時節ニ、さく花ノいそかしけにちるヲ恨たる心ナルヘシ、能こ観せよと也、此哥はね字なくてはねタリ、上下」46オ 句ノ間ニ、何トテト云詞ヲ入テ、可心得也、如此たくひ多シ、

変約恋　秋の霜かけゝる松も有物を結ふ契の色かハるらん
季札カ剣ノ故事也

（六行分空白）」46ウ

卅四
◦藤原興風

京家
◦麿 ─ 参議　右京大夫　従三　兵部卿　贈太政　正一　依右京大夫号京家
浜成（参木）─ 永谷（従五位下　皇后宮亮）─ 道成（正六上　相模守）─ 興風（正六上　治部丞　哥人）

（三行分空白）

古今
■■■

34 誰をかもしる人にせん高砂の松もむかしの友ならなくに」47オ

心ハ我老年ノ後、いにしへより馴にし旧友モ、半ハ泉ニ帰シ、或ハ参商ト隔タリテ、親ムヘキ朋友ノナキヨリ、アラヌ世界ト思ハル、ニ依テ、アラヌ趣向ヲ思ヒ出セリ、彼高砂松コソ昔見シ世ノまゝナレハ、是コソ友よと思フニ、松モ物いふヘキニアラス、非常《情》ノ事ナレハ、打歎て、誰をかもしる人にせんトイヘリ、此高砂ハ名所ヲ指歟、抄山ノ惣名可然歟

云々

（三行分空白）」47ウ

卌五
◦紀貫之　玄蕃頭　木工権頭　従五上　御書所預　系前ニアリ　或説紀文幹子　童名阿古久曽

（二行分空白）

古今一
はつせにまうつることにやとりける人の家に久しくやとらて、程へて後にいたれりけれハ、かの家のあるし、かくさたかになんやとりハあるといひ出して侍けれハ、そこにたてりける梅の花をおりてよめる

35人ハいさ心もしらす故郷は花そむかしの香にゝほひける」48オ

紀氏家集ニハ昔はつせにトアリ

貫之宿坊ニ中絶、依テ家主かくさたかになんやとりハあるトとかめタル心アリ、貫之久シク音つれサレハ、あるしノ心ハみえぬ物ナレハ、しられぬとも花ハ年ゝ歳ゝ時ヲ忘レス咲物ナレハ、いにしへニカハル事ナシ《モナク》、昔ノ香にゝほひタル由也

年ゝノ宿坊ナレハ、故郷ト云ヘリ

いさハ不知也、イサシラストイフ訓ナレハ、いさト斗《ハカリ》ハ不用之、先達ノ戒也

（二行分空白）」48ウ

卌六
◦清原深養父　豊前守房則男云々　可尋　先祖不見云々

従五下　内匠允　蔵人所雑色　又内蔵記云々

。天武天皇—舎人親王—御原王—小倉王—夏野　左大臣　従二位左大将　双岳大臣
本云敏野
賜清原真人姓

海雄—房則—業恒
深養父

古今三
月のおもしろかりける夜あか月かたによめる」　49オ

36夏の夜ハまたよひなから明ぬるを雲のいつこに月やとるらん

或抄 称義も 是ハ只夏ノ夜ノとりあへす明ぬることをかく読ル也、またよひ間ト思てあれハ、明ぬる程ニ月ハいまた半天ニモあらんとミるニ、月ノ行ゑモ見エねハ、いつくノ雲ニカ影ヲかくしテアルラント云也

抄モ入ヌレハカクヨメル也

書入
またよひなから明ぬるヲト我心ニ治定しタル処カ感情也、サテ雲ノいつこニ月ハヤトルラントト見タテタル也

（二行分空白）」　49ウ

卅七
。文屋朝康　参河掾康秀男云々

先祖不見　延喜比之人云々、

或説延喜二年　任大舎人允云々

（一行分空白）

後撰秋中

（一行分空白）

37永
しら露に風の吹しく秋の野ハつらぬきとめぬ玉そちりける

吹しくハ散也、頻ニ吹あらき風也、眼前ノ景気也、次第〳〵ニ秋風荒く成たる躰也、此風ニ草木ノ露ノ乱レ落る■■■
■■」50オ 当意即妙ノ哥也、其躰《景気》ヲ心ニ含ミテ見ルヘキ也
玉ハ糸ニテツラヌク物ナレハ、彼玉ヲぬき乱シタルカト云ル心也

（二行分空白）

卅八
○右近　右近 少将季縄《綱イ》女云々　必女ハ夫ノ名歟父ノ名ヲ呼物也、法中ニモ親ノ官——

（一行分空白）

拾遺恋四
題しらす　　右近

38忘らるゝ身をハ思ハす誓てし人の命のおしくもあるかな」50ウ

是ハ一命ヲかけテかはらしト契リタルニ、やかて変タル時読ル哥也、神かけて誓ヒタレハ、神ハ正直《ヲ》守リ給ヘシ、サラン《ア》ニハ、人ノ有《命ノ》ましき也ト、我わすらルヽヲハ恨すして、人の命ヲおしむ心、尤あハれふかき哥ナルヘシ、此哥ヲ誠ニ恋ノ哥ノ本意云々、定家卿、

　身《身ヲハ思ハス》を捨て人《下句》の命をおしむとも有しちかひとおほえやハせん
　誓てし命にかへてわするゝハうきわれからに身をや捨らん　中納言

（三行分空白）」51オ

卅九
○参議等

嵯峨天皇——弘——希——等——済

弘　正三　広幡大納言
希　中納言従三　マレヲ　マレ或コヒネカフ
等　正四下　頭　三木　天暦五薨　右大弁　後四
済　正五上　淡路守　ワタス　後二

（一行分空白）

後恋一　人につかはしける

39＼あさちふのをのゝしの原忍ふれとあまりてなとか人の恋しき

序＼哥也、忍ふトいはん為也、なとか詮也、我心ニ忍ふト知タラハ、なと心にあまりてハ恋しきそト、我ト我身ヲとかめタル哥也、篠原ニをく露ハ、何ト思ヒテモ見ユル物ナルニヨリテ云ヘリ、」51ウ 浅茅生ノ小野名所ニ非ス、山城愛宕ニ名所アリ云ゝ

（一行分空白）

四十 ◦平兼盛　従＼五上　駿＼河守

光孝天皇―是忠親王（一＼品民＼部卿）―興雅王（山＼城国＼従五上）―平篤行（兵＼部大＼従四上＼文章博士　筑前守大弐　始賜平姓）―兼盛＼（拾廿一　後拾十七　詞七　続後三　続古五玉二）―赤染衛門

王五　拾一

（一行分空白）」52オ

拾遺恋一

天暦御時哥合　平兼盛

40＼忍ふれと色に出にけりわか恋ハ物やおもふと人のとふまて

天徳哥合のうた也、一段忍恋ノ哥也、未言出恋忍恋ノ最初也、哥ノ心ハ明也、折節ノ花紅葉ヲ贈ル歟、或ハた

よりヲ求テ、口外ニ出サハ、人ノ知ルモ理リナレ共、一行ノ文ヲモ取かハさぬに、人ノ不審スルニつけて、さほとまて思よハれるかと打歎キテいへる、尤あハれふかし、内ニカヘリ見ルニやましき故也、守心如城郭」52ウ

（二行分空白）

四十一
○壬生忠見　本名忠実　忠岑男云々

天徳二年任摂津大目

（一行分空白）

拾遺恋一　御哥巻頭也、忍ふれトノ哥ハ、此次ニ並テ入タリ、仍無詞書

天暦御時哥合　　壬生忠見

41恋すてふ我名ハまたき立にけり人しれすこそ思ひそめしか

同天徳ノ哥合、前哥ノつかひ也、猶上ノ哥ヲ及第トス云々、詞つかひ殊勝云々、思ひそめしか、此か文字不清不濁ニ読テ、」53オ可然哉《カナ》ニテモナシ、別ノか文字也、またきハ早速也、昨日・今日人しれす思ひ初しことノ、ハや名ニたつ事よと也

（三行分空白）

四十二
○清原元輔　肥後守　従五位上　後撰ノゝ者五人之内　深養父孫　泰光（顕忠イ）男云々　母筑前守高向利生女

（一行分空白）

後拾遺　恋四」53ウ

心かはりける女に、人にかハりて　清原元輔

42契きなかたミに袖をしほりつゝ末の松山波こさしとは

此哥ハ古今ニ、君をゝきてあたし心をわかもたハ末の松山波もこえなん　是より出たり、此哥ノ本縁昔人有けるカ、此山ヲ浪ノこえん時、わか契ハかハらんと契りし事あり、其にてよミたり、心ハか様ニあたにかハる心なるヲ、互《タカヒ》ニ袖ヲしほりて、浪こさしト契りけるよと、ちとはぢしむやうニ云ヘル也、今ハ中く心のかハる事ヲハ一向不恨シテ、たゝあたなる人ともしらて契りしを、悔恨《クイウラ》ムル心也」54オ

〽かたミニハ互ニ也、[redacted]泰山ハ知砺黄河如常ト高祖ノ云シ心也、末ノ松・中ノ末・本ノ松トテ三ツ並ヘテ在之云ゝ

（二行分空白）

四十三
∘権中納言敦忠　〽母筑前守在原棟梁女　〽時平公三男　〽実国経卿子云ゝ　〽敦忠卿母始為国経卿妻、後嫁時平公、仍実ハ国経卿子云ゝ

（二行分空白）」54ウ

拾遺恋二　二十二

題しらす　　権中納言敦忠

43〽あひ見ての後の心にくらふれハ昔ハ物も思はさりけり

哥ノ心ハ人ニいまた逢ミぬ先ハ、只いかにしてカ一度ノ契もと、思フ心ひとつノ思ヒニテ過ルヲ、逢みて後ハ猶其人ヲあハれト思フ心ノまさる物也、逢みてカラ猶恋しさノまさる程モ、只一度ノ逢事モカナト、昔一すちニ思ヒシハ、物ヲ思ふニテモなかりシト也、惣別世間ノ事得レハ一ヲ思レ十ヲ得レ百思レフ千ヲ、無尽朝物也、次第くニ望アル物也、如此一行ヲ」55オ

かハし初テヨリ、漸〻ニ思ひノ限無クナルヲカク云ヘリ、
あひミでも有にし物をいつのまにならひて人の恋しかるらん　無作者
我恋ハ猶あひミてもなくさますいやまさりなる心地のみして　同
相並テ入哥共也

（二行分空白）

四十四
。中納言朝忠　三条右大臣定方二男　母中納言山蔭女

高藤
├定国　大納言　従二　号冷泉大将　贈正一位　号泉大将」55ウ
└定方
　├朝忠　五蔵別当　従三　号土御門中納言
　└朝頼　勧修寺家

拾遺恋一十一
天暦御時哥合に　中納言朝忠
44あふ事の絶てしなくハ中〳〵に人をも身をも恨さらまし
逢事の絶てしなくハトハ、願フヘキ事ナラネハ、中〳〵ト云ヘリ、逢事ノアルヨリシテ、ツレナキ人ヲ恨ミ、又我方ヲ悲しムト也、不レシ如逢《不遇》傾城ノ色、東常縁云一旦ノ事ニ」56オ心得ルハ無曲也、世中にたえて桜のなかりせハト同意也、中〳〵ト云事ハ只ハいはぬ也、初五文字ニハ殊一向可斟酌云〻、諸抄一同ニ逢不会恋云〻
（六行分空白）」56ウ

四十五
。謙徳公　伊尹　撰後撰集之時、蔵人少将ニテ和哥所奉行也

貞信公
。忠平―師輔―伊尹―義孝―行成

師輔　九条右丞相
伊尹　頭　摂政　太政　号一条　牛　兵　氏　右大臣左大将　贈正一位　諡日謙徳公
蔵　号武蔵守経邦女　入木一流　天禄三十一一薨卅九才
義孝　左中将　従五下　春宮亮　母三品代明親王女　号後少将
行成　号権大納言　仍祢権跡

拾遺　恋五

物いひ侍ける女の、後につれなく侍て、さらにあハす侍りけれは　一条摂政

45 哀ともいふへき人ハおもほえて身のいたつらに成にける《拾ぬへき哉》かな」57オ

此いふへき人ハおもほへてトハ、公界ノ他人ヲさしテ云へり、我身数ナラネハ、我ヲ思フ人ハなき也、あハれトモ思フヘキハ、其人コソアレト思ヒタレハ、その人さへよく心ノカハリヌレハ、況や其外ノ人ハ誰カさやうニハアランスルソト、身ヲ佗タル心也、能〻吟味すへしとそ

（二行分空白）

新古今恋一

四十六
。曽祢好忠　任丹波掾　号曽丹　寛和比人云〻　先祖不見」57ウ

題しらすノ哥ノ内也

46 由良のとをわたるふな人かちをたえ行ゑもしらぬ恋の道かな

由良渡ハ紀伊国、一段浪ノアラキ渡也、大海ヲ渡ル舟ハ楫カ晦《于》要也、楫ノナカランハたよりヲ失フヘキ事也、大事ノ渡ノ舟ニ楫ノナキ如ク、我恋路ハたのむ方モナク、たゝよひうかひテ、行ゑモナキ心ヲイヘリ、由良のとゝ打出るヨリ、高ク事ガラいかめしき哥也云〻

新古 若済巨川用汝作舟《セン》楫ト書説命殷高宗武丁」58オ

かちをたえゆらの湊による舟のたよりもしらぬおきつしほ風 摂政太政大臣

渡月 ゆらのとの行ゑもしらす漕舟ハ月にやいとゝ楫をたえなん 雅経卿

(一行分空白)

四十七
。恵慶法師　寛和比人　播磨国講師　有家集　先祖不見

(一行分空白)

拾遺　秋部

河原院にてあれたるやとに秋来といふ心を人ゝよみ侍りけるに　恵慶法師」58ウ

47 永 八重葎しけれる宿のさひしきに人こそみえね秋ハきにけり

抄 祇注詞書にて心ハ明に聞ェ侍れと、いにしへ融のおとゝノ栄モ夢ノ様ニテ、昔忘れヌ秋のミ来る心ヲ思つゝけテ、此哥ヲハ見侍へき也、人跡絶ハテヽ、八重葎ノとちタル宿ハさひしカルヘキニ、人影ハ見ヘスシテ、結句わひしキ秋サヘ来レルヨト見ルヘシト云ゝ、人こそノこそニつよくあたりて見ルヘキ也ト云ゝ、【新勅ニ入歟、心少カハレリ、春色ノアマネキ心也】此哥貫之か、とふ人もなきやとなれとくる春ハやへ葎にもさハらさりけり、よりハあハれもふかく面白キト先達モ云ヘリ

(一行分空白)」59オ

四十八
。源重之　兼信男　為参議兼忠子卿　治部卿　三木正四下賜源姓

。清和天皇―貞元親王（四品号閑院）
　├兼忠
　└兼信（従五下　三河守　侍従　賜源姓）―重之（従五下　相模守　左馬助　於奥州死　冷泉院坊之時帯刀）

詞花七恋上

冷泉院春宮と申ける時、百首の歌たてまつりけるによめる　　源重之

48風をいたみ岩うつ浪のをのれのみくたけて物を思比哉」59ウ

人ハつれなくテ、動セヌ巌ノ如クナル心也、我ハ波ノ巌ニあたりテ、くたくる如クナル思ヒト也、根本波モ我ト動ク物ニテハナシ、風ノ吹出テうこく物也、それハ風故也、さて我トクタクル也、仍風ヲいたミト云ヘリ、かく物思ふも我からト云フ心也、

袖ぬるゝ恋路とかつハしりなからおりたつ田子のミつからそうき

大よとの松ハ（ママ）

（三行分空白）」60オ

四十九　。大中臣能宣朝臣　　祭主頼基朝臣男　後撰ゝ者之内

天児屋根命十九代孫

。常盤《磐瞰》大連（始賜中臣連姓本者卜部也　中臣者主神事之宗源也）―可多能祐連公―御食子連公（小徳冠　祭官奏官准三位准大臣　在位十六年　山部哥子連女那尓毛古娘腹）―大織冠。藤氏大祖

国子大連公（祭主大臣小徳冠奏官）─国足─意美麿─清麿─今麿
─常麿─岡良─輔道─頼基─能宣
─輔親（従三位　神祇伯）─輔経─親定
─女子（伊勢大輔　上東門院女房）

」60ウ

長元八年従三位、叙日不見云々、八十二才、同九十一廿正三位八十三、此後不見

詞花七　恋上

題しらす　　大中臣能宣朝臣

49みかきもり衛士のたく火のよるハもえひるハ消つゝ物をこそ思へ

衛士ハ左右衛門ノ下ニアル衛士也、左右衛門ハ外衛の御垣ヲ守ル也、公事等ノ時モ火ヲ焼者也、よるハ火ヲ焼キテ守ル役也、心ハ人目ヲよくル故ニ、ひるハ火ノ消ルヤウナレ共、夜ハ又もゆるト也、」61オ祇注ニ昼消ルトハ、思ヒヲ休シタルさま也、胸ニみちタル思ヒノセン方ナキヲ、もゆるニモマカセス人目ヲつゝみ、思ヒけちタル様ニしたる心、猶くるしさまさるへくや、もえつゝ消つゝ、物ヲ思ふトいはんため也

（五行分空白）」61ウ

五十
。藤原義孝　謙徳公三男　母中務卿代明親王女　系図見注［　］号後少将　右少将　従五下上

（二行分空白）

後拾遺十二　恋二

女の許よりかへりてつかはしける

藤原義孝

50＼君かためおしからさりし命さへなかくもかなとおもひぬるかな

一度の逢事もあらハ、命をもすてんト思ヒシニ、今逢初」62オテ立別レシ名残ノ切ナルマヽニ、其心モいつしか引カヘテ、長久ニシテいく度モ逢タキト思フ心也、尤あハれふかきにや、＼思ひぬる哉思ヒタルト云心也

（六行分空白）」62ウ

儀同三司配流者長徳二年四月廿四日事也、宣命趣罪過三ヶ条奉射法皇 奉呪咀女院 秘行太元法等科云々左衛門権佐元亮【中宮定子一条院皇后敦安親王の第一皇子也】府生茜忠宗等為下向其所中宮御在所所謂二条北宮入自東門経寝殿北就西対日中ノ住所也仰含　勅諭而申依重病忽難赴配所之由差忠宗令申其旨、無許容載車可追下之由重有勅命云ヽ

配流太宰権帥正三位藤原伊周元内大臣　出雲権守従三位隆家元中納言」63オ

伊豆権守高階信順成忠男元右少弁　淡路権守同道順同弟元左兵佐木工権頭

被削殿上簡人ヽ

左近少将源明理　藤原頼親帥舎弟

右近少将藤原周頼帥弟　源方理

勘事

左馬頭藤原相尹　弾正大弼源頼定為平親王男

権帥候中宮之間、不従使催之由元亮。雖再三　奏聞被仰猶慥可追下之由――、隆家同候此宮両人候中宮」63ウ不可出云ヽ、仍下　宣旨擬破夜大殿戸之間、不堪其責隆家所出来也、依称病由令乗網代車遣配所――

於権帥者已逃隠参木幡墓所之由見世継令宮司捜御在所及所ヽ已無其身云ヽ、――此間已経十ケ日、五月四日員外帥出家帰本家左衛門

志為信守護本所之由欲令申事由之間、権帥又乗車、馳向離宮為信着藁沓於清和院辺追留、此間公家差右衛門権佐孝道・左衛門尉季雅・右衛門府生伊道等令馳道師所帰本家、翌日発向配所権帥依出家」64オ被改官符権帥隆家等依病臥赴各配所之由領送使申之、頭弁行成朝臣　勅ヲ奉也、権帥病之時安置播磨国便所、出雲権守隆家安置但馬国便所各領国司取其請文可帰参者

彼奉射花山院之根源者恒徳公、三女ハ伊周公妻室也【私隆家卿室恒徳公ノ女歟、和泉守季定、母恒徳公女云々】而四女ヲ法皇令通給ヲ、伊周四女ハ僻事也、三女ニテコソアルラメトテ、相続隆家卿被示合不安之由爰中納言安事也トテ、人両三人相具シテ法皇自鷹司殿騎馬令伺給ヲ奉射之間、其矢御袖ヨリトヲリニケリ、然而還候了、此事見苦」64ウ事也トテ、有秘蔵無沙汰之処公家聞食天太上天皇ハ無止事也、而此院御心不論御坐之間、如此事出来雖《イヘトモ》然不可黙止、又伊周私修大元法伴法者非公家等不修之法也、又奉呪咀女院云々、依此等事左遷云々

同年十月八日権帥密々京上隠居中宮之由自去夜有其聞云々、仍差右佐孝道被申事由、於中宮之処已被奏、無実之趣孝道朝臣以下使官人等候、彼宮差季雅・為信等遣播磨被実検権帥之」65オ有無又帥上洛告言、既有其人彼宮大進生昌云々、帥先日依出家被改官符而当不剃頭云々　播州使等未帰洛以前権帥候中宮之由已露顕、八旬母氏臣沈病痾懇切期今一度之対面死ヤラヌウヘ、中宮懐妊今月当産之間、密々上洛云々、於今度慥被追遣太宰府云々、

同三四月両人被召返之今上一宮誕生之故云々　二品敦康親王

長保三年閏十二月十六日許本座出仕、公庭被宣下可列内大臣・大納言上之由、寛弘七年正月卅日薨春秋卅七」65ウ

公卿補任伝　于時皇太子伝、四月廿四日坐事左降

長徳二四廿有事左遷太宰権帥進発之間、為遁罪科出家入道云、依病留播磨国、而以十一月日　密々入京、仍差右衛門尉平維時追遣太宰府、同三三廿三給官符召返、十二月入洛、長保三壬十二十六復本位正三位、同五九

廿二従二位、寛弘二三五宣旨云列大臣下大納言上朝参者、十一月十三日宣旨預　朝儀于時大納言権帥、同歟五正月十六准大臣給封戸、同六正七正二位、二月廿日宣旨無召参大内、依呪詛事也、六月十九日宣旨更聴朝参被恩免、同七正廿八己卯薨卅七才、号帥内大臣、又儀同三司」66オ

五十一
○藤原実方朝臣　右大将　正四下　陸奥守　長徳四十一十三　於任国卒

貞信公―師輔
　小一条
　師尹（左大臣大将　従一　号小一条左大臣）―定時（侍従　従五上　哥人　母右大臣定方女　小一条怨霊是也）―実方

後拾遺十一恋

女にはしめてつかはしける　藤原実方朝臣

51かくとたにえやハいふきのさしも草さしもしらしなもゆる思を

伊吹山近江・美濃両国ノ名所也、歌枕名寄ニハ近江国ニ入也、」1オ美濃国ニ不入之、而注云左志母草ヲ詠伊吹山下野国在之、見坤元義云々、然異説両国共載之

続古冬　冬ふかく野ハなりにけりあふみなる伊吹の外山雪ふりにけり《降ぬらし》　好忠

後鳥羽院御時百首　雪をわけおろすいふきの山風に駒うちなつむ関の藤川　秀能

近江国にてハ北郡、美濃国ニテハ不破郡也云々、又さしも草ハ美濃ノ心ニ読リ云々、さしも草ハ此山に読ならハしたる也、

六帖　あちきなやいふきの山のさしも草をのか思ひに身をこかしつゝ

さしも草

（一行分空白）」1ウ

えやハいふきとハ、えもいひかたき也、胸中ニあまる思ヲモ、えいひやらねハ、さしも人ハしらしと我思ひノ切ナル心ノ、やる方なきヲいひのヘタル也

（二行分空白）

此実方行成ト同時殿上人にて、於殿上口論ノ事アリ、此事ニ依テ実方ヲハ哥枕見テ参レトテ、陸奥守ニ成シツカハサレシ也

（二行分空白）」2オ

五十二
。藤原道信朝臣　〻恒徳公　〻母謙徳公女

。師輔〻九条右丞相
　為光〻太政〻従一〻京極祖〻号法性寺太政大臣〻法住寺　又号京極　謚曰恒徳公
　　斉信〻頭〻権大〻正二〻別当
　　道信〻従四上〻左少将

後拾遺十二　恋二

女のもとより雪ふり侍ける日、かへりてつかハしける

帰るさの道やハかはるかハらねととくるにまとふ今朝の淡雪

52〻あけぬれハくるゝ物とハしりなから猶うらめしき朝ほらけかな」2ウ

此哥モ後ノ朝ノ恋ノ心也、第二句ハ後ノ夕ヘヲたのむ中トハよく分別しなから、只今ノ別ノ切ニ悲しキニ、朝ほらけカナクハよからん物ヲト也、あハれふかく面白キ歌ト也

（二行分空白）

五十三
。右近大将道綱母　〻藤原倫寧女　〻本朝美人三人之内也云〻　〻東三条入道摂政兼家室

道隆〻中関白
　伊周〻儀同三司　号帥内大臣　〻母高二位成忠
　道雅〻左京大夫　従三位
道兼〻粟田関白

師輔—兼家—道綱（大納言右大将東宮伝　号伝大納言　母陸奥守倫寧女）
　　　　　—道長（御堂関白）」3オ

°冬嗣—長良（枇杷中納言）—基経（昭宣公）—高経（弁　内蔵頭　蔵　右衛督　哥人　頭　正四下）—惟岳（左馬頭　従五下）—倫寧（左馬助　右兵佐　母山城守恒基王女）—女子（哥人　右大将道綱母　本朝美人三人内也）

拾遺十四　恋四

入道摂政まかりたりけるに、門を遅くあけけれハ、立わつらひぬといひ入て侍けれハ　右大将道綱母」3ウ

53 嘆つゝひとりぬる夜のあくるまハいかに久しき物とかハしる

心ハ詞書ニ明也、初句ノ嘆つゝト云ヘル、深甚ナル詞也、能ゝ可分別事也、門ヲ明る間さへ立わつらひ、待かねたる由うけ給ルニ、わか嘆つゝ独ぬる夜の明ル間ハ、いかに久しキ【円ハ円融・円満、頓ハ頓極・頓足イ速歟、足字可然歟之由云ゝ】物トカ思召スソト也、当座ノ頓即《足歟》ノ作意奇特也、天然ノ作者ノきはアラハルヽ事トソ」4オ

（三行分空白）」

五十四

°儀同三司母　従二位高階成忠女（高二位トモ云也）　中関白室（道隆）　儀同三司伊周公ノ母也　後拾遺ニハ高内侍トアリ

伊周公　系図見右大将道綱母　内大臣正二位　内覧　兵杖　長徳二四廿四有事、左遷太宰府、同三四五帰京、号帥内大臣

（二行分空白）

新古今
中関白《道隆》かよひそめ侍けるころよめる
54忘れしの行末まてハかたけれハけふをかきりの命ともかな
是モ心ハ明也、人の心ノたのミかたき事ハ、あすヲ期セヌ」4ウ【後拾恋二赤染衛門あすならハわすらるゝ身になりぬへしけふをすくさぬ命ともかな】物也、一夜ヲ思出ニシテ、人ノ心ノ変セヌ先ニ消モうせなハヤト云ル心、切ニ哀ナル哥也、猶モ一度ノきハ、、人ノ心モカハラヌ時ニトいへり、能々詞つかひヲミ《見》侍るへシ、くれ〳〵やさしき哥ノ風体也ト先達モ云ヘリ、
為家卿ノ
よしさらハちるまてハミし山桜花のさかりを面かけにして
是ヲトレリ
（三行分空白）」5オ

五十五
。大納言公任　廉義公男　母代明親王第三女　号四条大納言

実頼　左大将式牛賛兵　摂太政従一　諡清慎公　号小野宮
　敦敏　右中将正五下
　　佐理　参議　能書　三跡内号佐跡
　頼忠　関太政従一兵杖　母時平公女　諡廉義公　号三条
　　公任　権大正二別当　母代明親王第三女　才人　和漢朗詠集撰者　北山抄記此卿作歟　能書　私云　一条院御時四納言其一人也
　　　定頼　大右弁　権中納言　能書　母昭平親王妻　撰拾遺抄

拾遺八　雑上　又千載集ニ入
大覚寺にて人ゝあまたまかりたりけるに、ふるき瀧をミて」5ウよミ侍ける
右衛門督公任

55瀧の糸《(ママ)》はたえて久しく成ぬれと名こそなかれて猶きこえけれ

嵯峨《ノ》大覚寺也、此所《ノ》瀧殿さし《モ》いかめしう■■つくれる所ナレ《トモ》、昔《ノ》跡ふりはてゝ物さひし《キ》さま《ヲ》、うちなかめ《テ》思ひ入《テ》よめる哥也、下句《ニ》名こそ流《レテ》猶聞《エ》けれと云《ヘル》うち《ニ》、人《ハ》只名のミとまる道《ヲ》おもふ心もこもれる《ニ》や、オモテ《ハ》いかに《モ》さらく《ト》いひくたし《テ》、心《ニ》観心《ノ》侍《ル》所《ヲ》、能〻吟味スヘシ《トソ》

（一行分空白）」6オ

五十六
○和泉式部　上東門院女房　大江雅致女　母越中守保衡女　此人昌子親王乳母　弁内侍云〻

和泉守橘道貞カ妻トナル、仍号和泉式部云〻

一説
- 小野宮 実頼 ― 廉義公 頼忠 ― 四条大納言 公任
- 実頼 ― 従三 左衛門督 参木 斉敏 ― 大弐正三 高遠 ― 従四下 筑前守 資高 ― 女子 上東門院女房 号和泉式部 母越中守伊衡女
- 斉敏 ― 実資 後小野宮

拾遺第廿巻ニ
性空上人のもとに、よミてつかはしける
雅致女式部（和泉式部也）　越前守　正四下大江雅輔女　致字如何」6ウ

くらきよりくらき道にそ入ぬへきハるかにてらせ山のはの月

以之可為正歟

後拾遺十三恋三
心ち例ならす侍りける比、人の許につかハしける
和泉式部

56あらさらん此夜の外の思いてに今一たひの逢事もかな

限アラン道ニモ、おくれ先たゝしト思ふ人ノアル時ニ、もし我立レなはトミたり心ちノあらんおり、其思ひノ切ナル心ヲ、能思ヒヤリテ見ルヘシ、尤さ有ぬヘキニや、哀ふかき歌トナリ、殊ニ一二句たくひなくこそト云く、初五文字二ノ心アリ、我身」7オ此世ニあらさらんノ心モアリヌ、あるましき事なれ共ノ心モアリ、黄泉ノ道ノ思ヒ出ニシタキト云フ心モ也アリ

（二行分空白）

五十七

◦紫式部　上東門院女房　御堂関白北方　次鷹司殿女房　源氏物語作者

◦冬嗣―良門（正六上　内舎人　改姓）―利基（従四上　左中将贈正一位）―兼輔（中納言従二）―雅正（刑大　従五下）―為時（正四下　蔵　越前守）―女子（母摂津守為信女）
　　　　　└◦高藤

新古今十

はやくよりわらハ友たちに侍ける人の、年此をへて」7ウ行あひたる、ほのかにて七月十日ころ、月にきほ《お》ひて帰りけれは

57めくりあひてミしやそれともわかぬまに雲かくれにし夜はの月哉

心ハ詞書ニ明也、但幼少よりしたしき友ニ行あひて、心シツカニモナク、ヤカテ立帰リシ名残、サナカラ雲間ノ月ノ如ク也ト読メリ、友たちヲ月ニたとへてイヘル詞ツカヒ凡慮ノ及フ所ニアラスト云ヘリ、友たちヲ月ニよそへテ、かやうニ寄合すへきとも、思ハサリツルト也、サリナカラヤカテ立《タチ》カヘレハ、雲かくれにしトヨメル也、月ニき」8オおふハアラソ

ウヤウナル心ナルヘシ、雲かくれの詞、如此ハ不可苦歟、但いさゝか憚ヘキ心アリ、今ハ斟酌アルヘキ事可然ト云ヘリ

（二行分空白）

五十八
。大弐三位　イ後冷泉云々　後一条院御乳母　左衛門佐宣孝母　母紫式部　大弐成章イ平カ妻タリ、仍号二大弐三位一云々

内大臣　三条右大　左大弁　左中将従四下　権中正三　左門佐正五下　賢子
。高藤―定方―朝頼―為輔―宣孝―女子　狭衣作者
祖甘露寺又松崎
」8ウ

後拾遺十二恋二

かれ〳〵なる男の、おほつかなくなといひたるによめる

大弐三位

58 ありま山ゐなのさゝ原風ふけハいてそよ人をわすれやハする

人丸ノ しなかとりゐな野をゆけハ有間山夕霧立ぬ宿ハなくして

此哥ヲ思ヘリ、此さゝ原ノ哥序哥也、おなし序歌ナレ共、上ノ心其哥ノ用ニタツモアリ、此哥ハいてそよト云ハンタメハカリノ序也、是ハ上ノ道具ハカリ用ニ立タル詞也、昔ノ哥ノ長《タケ》有テ聞ユルハ、皆序哥ノ故也、其境ニ入ラスシテハ、か」9オやうノ心わきまへカタキ事トソ、いてそよハいてやト云心也、心をゝこしテ驚カス心也、いてト句ヲ切テ人ト見タルカヨキ也、何カ人ヲ忘ル、事ノアランスルソト云心也、風フケハ篠ハそよく物也、そよ共なる物也、つらき人ヲ恨ルハ、ゐなノ篠原ノ如ク也、風カナクテハ、篠モ音セヌ物也、我恨ハ其方《ソナタ》ニアルト也

古恋一 いて我を人なとかめそ大船のゆたのたゆたに物思ふ比そ

同四
＼いて人ハことのミそよき月草のうつし心ハ色ことにして

（一行分空白）」9ウ

五十九
◦赤染衛門　＼赤染時望《用イ》女云々　＼上東門院女房　＼或鷹司殿―　＼或大隅守赤染時用《イ望》　＼右衛門志尉等ヲ経タリ、其女タルニ依テ赤染衛門ト云々

＼栄花物語作者　大江匡衡妻

一説

光孝天皇―是忠親王―興雅王―平篤行―兼盛―┬赤染衛門
└妹＼中関白密通人、哥ノ詞ニ見タリ

後拾遺十二恋二

中関白少将に侍りける時、はらからなる人《妹也云々》に物いひわたりしけり《るに》、たのめてこさりける《まうて》つとめて、女にかハりて

赤染衛門

59＼やすらハてねなまし物をさ夜更てかたふくまての月をミしかな」10オ

やすらハて《フハ》《トハ》猶豫《豫》《スル》心也、猶豫《ハ》獣也、多疑慮、毎聞人声、輙登木久之、無人然後下、須臾又上、如此非一故、不決曰猶豫【注会小異アリ、字彙ノ注也、又朧西謂犬為猶、人行毎豫在前、待人不至、又来迎候、故謂遅疑為猶豫】ヤカテ《モ》寝ス《シテ》、若ヤ《ト》待ヤスラヒ《テ》、傾《ク》マテ月《ヲ》見《シ》事《ヲ》後悔スル義也、よもく《ト》思《フテ》待程《ニ》、月《ノ》傾《フキ》タル也、傾《フク》マテ月《ヲ》見《シ》所此哥ノ詮也

（一行分空白）

六十
◦小式部内侍　＼上東門院女房　＼和泉陸奥守橘道貞女　＼母和泉式部

○橘諸兄公《左大臣》七世孫―仲遠―道貞《和泉陸奥守》―――小式部内侍《初通堀川右府頼宗公　後通大二条関白教通公》」10ウ

金九雑上
和泉式部保昌にくして丹後国に侍るける比、都に哥合の有けるに、小式部内侍哥よミ侍けるを《にとられてイ》、中納言定頼《卿イ》つほねのかたにまうてきて、哥ハいかゝせさせ給ふ、丹後へ人《ハイ》はつかはしけんや《てイ》つかひ《ハ》また《またイ》まうてこすや、心《いかに》もとなくおほすらんなとたはふれてたちけるを、ひきとゝめてよめる　　小式部内侍

60 大江山いく野の道の遠けれハまたふミもみす天の橋立

此哥ハ小式部カ哥ノよきハ、母ノ和泉式部ニよませテ、わか哥ニスルト云事ノ侍けるヲ、口惜ク思ヒケル比、定頼卿ノかく」11オイヘルニ読ル哥也、中納言モ母ノ哥ヲ小式部カ哥ニスルト云世間ノ事ヲ思ヒテイヘルニヤ、此時此哥ヲよますハ、かねテノ疑ハ晴《ハレ》マシキヲ、此秀哥ヲ読ルニ依テ、世間ノ疑ヲモはらし、わか名誉ヲモしたるハ、有カタキ事ニや、たとひ又当座ニ読リ共、猶さりことハかひナカルヘキニ、既名哥ナレハ、生徳たくひなく侍ル物歟、哥ノ心ハ無別義也、大江山いく野橋立【大江山丹波国、生野同、天橋立丹後】ヘノ道也、またふミもみすハ、文《フミ》ト又行テモ見ヌトニカヽレリ、文モ見ヌハ、定頼卿ノイヘル、使ハまたまうてこすやニよれり、当意即妙ノ哥也、和泉式部」11ウ橘道貞ニ忘られて後、藤原保昌丹後守ニナリテ下向ノ時具シテ下レル也

（三行分空白）

六十一
○伊勢大輔　上東門院中宮ノ時候スト云々　祭主従三位輔親女ナル故ニテ、伊勢大輔ト号云々　系図大中臣能宣下ニ見タリ

詞ニ春
一条院の御時、奈良の八重桜を人のたてまつり侍けるを、お」12オまへに侍りけれハ、その花を給りて哥よめと仰られけれハよめる　　伊勢大輔

61＼いにしへのならの都の八重桜けふ九重ににほひぬるかな

心ハ故郷ノ桜の又都ノ春ニモ逢カタキカ、今日君ノ御覧ジテ、一度時ニアヘル心たくひなき也、しかも八重桜トをきテ、今日九重トイヘル、当座ノことわさニ奇特ノ粉骨也、カヤウノ事ハ、天性ノ達者ト平生ノたしなミトシテいたす所也、道ニたつさハらん輩ハ、是ヲ可思哉云々

或抄聞書、奈良ハ旧跡ニテフリハテタル所ナレトモ、今日ハ」12ウ 奈良《九重ニ歟》へ参リタルニ依テ、桜ノ匂フト也、花ノ上ノミニテモ無シ、人ノうへモ如此ト也

（二行分空白）

六十二
。清少納言　＼定子中関白道隆公女　一条院皇后宮女房　＼清原元輔女　イニ女云々　＼深養父彦云々

＼枕草子カケル人　老ノ後ニハ四国ノ辺《ヘン》ニおちふれてありト云々

（一行分空白）

後拾十六雑二

大納言行成物かたりなとし侍けるに、うちの物いミ《忌》に」13オ こもれハとていそきかへりて、つとめてとりのこゑにもよをされてといひおこせて侍けれハ、よふかゝりける鳥のこゑハ函谷ノ関の事にやといひてつかハしたりけるを、たちかへりこれハあふさかの関に侍とあれは、よミ侍ける　清少納言

62＼夜をこめて鳥のそらねはハかるともよに相坂の関ハゆるさし

＼御物忌ニハ夜更ヌ先ニ参ル物也、夜前ノ残多カリシ事ヲ、云ヒオコセタル也、鳥ノそらね函谷関ノ故事、孟嘗君カ故事也、はかるトハたばかる心也、相坂の関ハゆるさしトハ逢事」13ウ をゆるさしノ義也、惣ノ心ハ明ラカ也、彼孟嘗君夜半至函谷関、

こノ法鶏鳴出客、こニ有善鶏鳴者、鶏ノ鳴まねヲシケレハ、誠ノ庭鳥モ鳴ケリ、仍夜ふかきニ関ヲ明テ通《トヲ》シニテ、是ヲ鳥ノそらねハはかるともト云ヘリ、第二・三句ニテ函谷関ヲ云テ、相坂ノ関トヲヤス〳〵ト一首ニよみ出セル事、上手ノシワサ也、哥ノ心ハよし、其函谷ノ関ヲハ鶏鳴ヲシテたはかりテ通ル共、あふ坂ノ関ヲハゆるすましきト也、よにあふさかノ上にハ、詞ノ字ト云こ

続拾秋上
をのれなけいそく関路のさ夜千鳥とりのそらねも声たてぬまに　定家」14オ

玉春上
あふ坂や《の》鳥の空ねに関の戸もあけぬとみえてすめる月影　為家卿

夜をこめて霞待とる山のはによこ雲しらてあくる空かな　西園寺入道相国

（三行分空白）

六十三
◦左京（ママ）大夫道雅　帥内大臣伊周公男　母大納言重光女
頭　従三位　左京大夫　号荒三位　東イ

◦伊周公――道雅――女子
道雅　天喜二七十出家同廿日薨　六十二　三イ
女子　上西門院　号大和宣旨　後拾作者　左中弁義忠朝臣室」14ウ

後拾十三恋三

伊勢の斎宮わたりよりのほれりて侍ける人に、しのひてかよひけることを、おほやけもきこしめして、まもりめなとつけさせ給て、しのひにもかよはすなりにけれハ、よミ侍ける　左京（ママ）大夫道雅

あふさかハあつまちとこそきゝしかと心つくしの関にそ有ける

榊葉の《や》ゆふしてかけのそ《し》のかミにをしかへしてもにたるころかな

63いまハたゝ思ひたえなんとハかりを人つてならていふよしもかな

心《ハ》明也、おほやけ《ヨリ》まもりめ《ナト》ツキタレ《ハ》、又逢奉《ル》事《ハ》有ヘカラス、人つてならて《ハ》、こと《ヲモ》不可通也、よし〳〵」15オ今《ハ》タヽ思《ヒ》絶ナント云事《ハカリ》ヲタニ人伝ナラ《テ》、申理《リ》度トノ義也、又或説《ニ》三条院皇女前斎宮《ニ》密通露顕して、消息絶《テ》ノ哥《ト》云ヘリ、此義大鏡《ニ》委《シ》

（一行分空白）

六十四
。権中納言定頼　公任卿息　母昭平親王女　正二位

系図公任卿下《ニ》アリ、父《ニ》孝アリシ人也《云〻》

千載《六》冬

宇治にまかりて侍ける時よめる　中納言定頼

64朝ほらけ宇治の川霧たえ〳〵にあらハれわたるせゝの網代木」15ウ

祇注眺望《ノ》哥也、此歌《ハ》人丸ノ哥ニ、武士の八十宇治河の網代木にいさよふ波の行ゑしらすも《ト》云ヘルヲ取テ読《トリ》《ル》哥《ト云〻》、心ハ宇治《ハ》山深《キ》ワタリ《ニテ》、河上ノ霧《モ》晴カタキ所也、朝ほらけ《ノ》オカシキ折シモ、なかめヤリタル《ニ》、ほの〳〵《ト》あらハれ《ッ》、又かくれ《ッ》シテ、有《ル》《ハ》ナクなき《ハ》あらハれタル心、眼前《ノ》眺望也、大方此哥《ハ》生死輪廻ノ心籠レリト云《リ》、猶師説《ヲ》受ヘシ、おもて《ハ》網代ノ興也《ト云〻》、網代《ハ》魚《ヲ》とる物也、近江《ノ》田上川《ニテ》トれ《タル》氷魚《ヲ》、宇治川《ニテ》取《ルト云〻》、先宇治《ト》云所」16オ景気面白《キニ》、網代《ノ》興殊《ニ》一入也、田上川《ヨリモ》宇治《ノ》興《ハ》勝《レ》タル由いへり、たえ〳〵《ト》云此哥ノ眼也、たえん《トシテ》不絶《カ》――也、霧《ノ》変化シタル心也

（二行分空白）

六十五
。相模　先祖不詳　相模守大江公資妻　仍号相模《云〻》　本名乙侍従

「入道一品宮女房　「不知氏神之比見家集

「又不詳―。　「母前能登守慶滋保章女

「公資朝臣為相模守之時為妻、仍号相模　本名乙侍従」16ウ

後拾十四恋四　「後拾遺目録如此

永承六年内裏哥合　　相模

65「怨わひほさぬ袖たにある物を恋にくちなむ名こそおしけれ

抄祇注同之名こそおしけれトハ、諸共ニあひ思フ恋路ナラハ、名ニたゝんモせめてナルヘキヲ、頼ミカタキ人ナトヲ、はかなく契リ初テ、うき名ノ朽ナン事ヲ思フアマリニ、ほさぬ袖たにある物をトヨメリ、袖ハ朽ヤスキ物ナルニ、ソレサヘアルヲトいへる、あハれふかきにや、恨侘トハうらミわひぬる事也

「私袖ハ朽ヤスキ物ナルニ、ソレサヘアルヲト云ヘル、。如何《其心》朽ヤスキ袖」17オサへいまた不《クチ》レ朽《サル》ニ、名ノ朽ナン事ヨト云歟、袖ハ朽ヤスキ物ナレハ、尤ナルガ名サヘ朽ナン事ヨト云心歟、不知也

「三或聞書也涙ニムセヒ袖ノ朽ハツルト云フ事常ノ事也、サレトモソレハ人ノシラヌ事也、名ヲクタスハ、世ノ人ノ知ル事也、ほさぬ袖たにある物を、其上恋《コヒ》ニ朽なん名こそ惜けれト也、

私「後拾遺恋四ニ入恨恋ノ哥歟、袖ハ朽ヤスキ物也、名ハ惣シテくちぬ物也、人シレヌ袖ノ朽ヌヘキ事サヘ悲《カナ》シキニ、其上ニ朽ヌ物ナル名ヲサヘ我ハクタサン事ヨト歎キタル心歟、世間ニ悪声ノアルヲ、名ヲ流ス・名ヲクタスナト云フ也」17ウ

「故前右府実条公にくからぬ人ナラハ、ぬれきぬヲモ着《キル》ヘキニ、我ハつれなき中ナレハ、いたつらニくちんよと分別シタル哥也、私此にくからぬ人ナラハト云ヘル、無分別ノ事也

同前つれなからぬ人ナラハ、名ニカヘテモアハンスルカ、是ハいたつらニ名ノ朽ヌヘキ事ナレハ也、不逢シテ名ノ朽ナン事ヲ、

深クく歎タル也、私此義ハ聞ユルニヤ

（三行分空白）」18オ

六十六　。大僧正行尊　三井寺　円満院祖　天台座主　法務　白川院御猶子　修験名徳之人　長承三勅為衆僧正座　僧徒一座宜歟

。三条院（寛仁元辞東宮）―小一条院―源基平（三木従三　号御子宰相）―行尊（寺　又住平等院　鳥羽護持僧　明行法親王弟子　三条院皇子　敦元親王　住三井寺　出家　法名明衡）

禁秘御抄ニ云鳥羽院御時行尊僧正夙夜祗候、定候御陪膳歟云々

金葉第九　雑上

おほミねにて思ひかけす花のさきたり《さくらのさき―イ　さくらの花の又イ》けるをみてよめる　僧正行尊」18ウ

66 もろともにあハれと思へ山桜花より外にしる人もなし

抄大峯ニ行者ノ入事、順逆アリ、春入ハ順ノ峯朧月ヨリ歟、秋ハ逆ノ峯ト云ヘリ、是ハ順ノ事ノ時ナルヘシ、思ひかけぬ桜ト【思ひかけぬ桜、大峯ニ思かけぬ桜のさきたると云々】侍るハ、卯月ハカリノ事ト見ユ宗祇注ト見タリ、哥の心ハ花より外にしる人もなしトハ、只今我ヲハ花ヨリ外ニしる人モナシト云ヒテ、心ニ又花も我ヨリ外ニしる人あらしト云心こもれる也、されハもろともにあハれト思ヘトハいへる也、此行尊ハ小一条院御孫《マコ》ニテ、ヤンコトナキ身ナカラ、方々修行セシ也、其内ニ大峯ニテノ事也、尺云性好ニ頭陀ヲ十七ニシテ潜出ニ園城ヲ渉跋名山」19オ霊区ヲ云々

三 心ハ太山木ノ名モシラヌ木共ノ中ニ、思かけす桜ヲ見付タル也、余《アマリ》ノ奥山ニハ松・杉ナトモナキ物也ト云ヘリ、定家卿哥、

たのむ哉その名もしらぬミ山木《ちに》しる人えたる松と杉とを　トイヘリ、まして花ハ珍敷覚エテ、都ヘ帰リタル様ニ覚ユル心也、非情ノ草木ナレ共、花モ我ヲ哀ト思ヘト也、大峯ハ世間ヲハナレタル山中也

（二行分空白）」19ウ

六十七　◦周防内侍　後冷泉院女房

◦桓武天皇―葛原親王―高棟（大納言従二）―惟範（中納言従三　左大将）―時望（中納言）―真材（伊世守従四上）
―親信（三木）―重義（従四下　安芸守）―継仲（従四上　周防守）―周防内侍（仲子）
イ葛原親王八世孫棟伊女（仲イ）　又一本宗仲云々

千載雑上十六

二月ハかりに月あかき夜、二条院にて人〳〵あまたゐあかして、物語なとし侍けるに、周防内侍よりふして、枕もかなとしのひやかにいふをきゝて、大納言忠家」20オ これを枕にとて、かひなをみすのしたよりさしいれて侍けれハ、よみ侍ける　周防内侍

67春の夜の夢ハかりなる手枕にかひなくたゝん名こそおしけれ

といひ出して侍けれハ、返しによめる

大納言忠家

契りありて春の夜ふかき手枕をいかゝかひなき夢になすへき

哥ノ心ハ明也、かひなくたゝんヲ、かひなヲたち入てミれハ、哥さまあしく成也、只春のよのミしかき間ノ夢ハカリニ、曲ナキ名ヲなかさんハかひなしト也、又夢ハカリハ夢程」20ウ ナル歟、そとノ間ノ外ナルヘシ、いかにも懇ニやさしき姿也、時ニ臨ンテ当意即妙ノ哥也、惣別哥ヲ読ヘキ人ハ、行住座臥心ニかくへき事也トソ、遍昭僧正ノ嵯峨野にて馬より落テ、われおちにきと人にかたるな、道綱卿母の、いかに久しき、小式部カまたふミもみす、伊勢大輔カ

けふこゝのへにといひ、此哥《内侍カ時》なとよめる有カタキ事トソ

三哥ノ心ハ明也、かひなくたゝん面白也、よき縁語也、大江山・歎つゝなとの哥これら頓作ノ秀逸奇特也、嗜ゆへ

出来スル事也

故前右府春ハことに短夜ナレハ、秋ノ夜ナリ共名ニかへん事ハ如何ト也」21オ

引歌＼秋のよの千よを一夜になすらへて八千よしねハやあく時のあらん

返し＼秋のよの千夜を一夜になせりともことハのこりて鳥や鳴なん

（二行分空白）

六十八
◦三条院　諱居貞《イヤサタ》　＼冷泉第二御子　＼在位五年　＼母贈皇太后遐子　＼東三条入道摂政兼家女　＼天延四正三降誕　＼寛和二七十六東宮十一才今日元服　＼寛弘八六十三即

位卅六才　＼長和五正月廿五譲位四十一才　＼寛仁元四廿九出家四十二才法諱金剛浄　＼同五月九日崩四十二才

六十二代
◦村上天皇
　├ 六十三代 冷泉院
　│　├ 六十五代 花山院」21ウ
　│　└ 六十七代 三条院
　└ 六十四代 円融院
　　　└ 六十六代 一条院

後拾遺十五雑四

れいならすをハしまして、位なとさらむとおほしめしける比《さらむとせさせおはし　イ給ひける比　イよませ給ける》、月のあかゝりけるを御覧して

三条院御製

68心にもあらてうき世になからへハ恋しかるへき夜半の月かな

抄祇注哥の心ハ明也ト云〻、但此一二ノ句猶心を付ヘシ、御違例故ニ御位ヲさらんト思召スニ、若不意ニ御命モなからへ」22オ

サセ給ハヽ、此禁中ノ月いかはかり恋しくも覚しめし出されんトナルへシ、誠ニアハレフカヽルへシ

（二行分空白）

三私略抄之御違例カチナル故ニ、御存命モ有カタク思召也、されとも若不意ニ御存命モ有ナラハ、此雲ゐノ月ハ恋シク思召シ

出サルへキト也

（二行分空白）」22ウ

六十九 ○能因法師　俗名永愷《ナカヤス》　長門守云々　肥前守（備前イ）元愷子（為イ）云々

○左大臣橘諸兄—奈良丸—嶋田丸—常主—安吉雄—良植—純行—忠望—元愷—能因（俗名永愷 号古曽部入道 古曽部ハ摂津国也）

此能因ハ殊ニ道ニ名誉有シ者也、天河苗代水ニ

白河ノ関ノ哥ノ事　長柄ノ橋柱ノ事　其外種々古抄物ニ記シタル事多シ

後拾五 秋下 永承四年内裏哥合によめる

能因法師」23オ

69 嵐ふく三室の山のもみち葉ハ龍田の川の錦なりけり

抄此哥ハかくれタル所ナシ、只時節ノ景気ト所ノさまヲ思ヒ合セテ見侍ルへキ也、ありくト読出ス事、其身ノ粉骨也、是ハ誠ニ上古ノ正風躰成へシ、カヤウノ哥ヲハ末代ノ人ヤスク思フへシ、其マヽナル所真実ノ道ト可心得也、古今ニ人丸哥、立田川紅葉ゝなかる神南備の三室の山に時雨ふるらし、又、神南備の三室の岸やくづるらんたつたの川の水のにこれる拾七　物名　高田利春

（一行分空白）」23ウ

三〻室ノ紅葉ヲ渡《(カ)》〱タルハ、此河ノ錦ヲしかん為ヨト也、いかに云ヒテモ嵐ト云物ナクハ、此川ノ錦ヲ見ル事不可有也、此嵐ハ錦ノタメヨト也、古龍田川紅葉乱レテなかるめりわたらハ錦中や絶ナン、此哥ヲ取テ後柏原院、春ことの花の錦の中たえて紅葉の秋にうつる色哉、面白キ御製也

故前右府　嵐はけしくて、三室ノ紅葉ヲチラスヲ、心ニハおしむ物カラ、立田川ニハ錦ヲサラスヨト云也、三室ノ嵐はけしくて、立田川ノ錦ヲシクト云也云〻」24オ

七十
◦良暹法師　父祖不詳　祇園別当　大原ニモ住云〻　母ハ実方朝臣ノ家女房白菊ト云者也云〻 或童女云々

後拾遺四　秋上

題しらす　　良暹法師

70さひしさに宿を立出てなかむれハいつくもおなし秋の夕くれ

いつくもおなしト云所心ある事也、我宿ノ堪カタキマテサビシキ時、思ヒワヒテ、イツクニモユカハヤト立出テウチナカムレハ、何《イツ》クモ又同シ物也、我心ノ外ノ事ハ、有マシキト也、世上ハ何カヨキ、何カ悪キト云事ハナキモノト也、只一身《心》ノなす事ト見ヘタリ、我心カラノサヒシサト也、」24ウ 詞ニハいはすシテ、心ニ籠《コメ》タル事ト見レハ、猶感深ク余情限リナキ也、

定家卿哥ニ、

秋よたゝなかめすてゝそ出なまし此里のミの夕と思はゝ

此哥ヲとれり、心モ又同シ、本哥ノ心ハ猶感フカヽルヘシ云〻

三〻体詩栄辱昇沈影与身　尤歌心アル名誉ノ哥ト也、荘子ニ梟カ里ニ鳴

（二行分空白）

故前右三界唯一身心外無別法ノ心也、下ノ句ニテ決シタル哥也」25オ

七十一
○大納言経信　中納言源道方弟　母源国盛女　才人・能書・哥仙・作文・郢曲・笛・枇杷・哥人　後拾以下作者　応徳三奏此時経信卿七十二才歟　通俊卿四十才歟　永長二閏正十二於宰府　八十二才

宇多
寛平法皇
　敦実親王　一品式部卿　寛平第九御子或第七　母時平公女
　　雅信　一条左大臣
　　重信　六条左大臣
　　　道方　中納言
　　　　経信　権帥民部卿　正二権大　号桂大納言　篳篥
　　　　　俊頼　従四上右少将　木工頭右京大夫　号大夫公
　　　　　　俊恵　東大　歌林苑執行

金葉三　秋

師賢朝臣の梅津の家に人〻まかりて田家秋風といへる事をよめる　大納言経信

71 夕されハ門田の稲葉音つれてあしのまろやに秋風そふく

抄芦ノ丸屋トハ、さなから芦ハカリニテ造レルヲ云也、其門」25ウ田ノ稲葉ニ夕暮ノ秋風そよ〳〵ト音スルト聞モアヘス、ヤカテ蘆ノ丸屋ニ吹タルさま也、夏ノ中ナトニ吹風ニハ似ズ、芦ノ丸屋ニ風ノ音ノ替ルト也、夕されハ夕暮トいふも同事也、但シ少シ風情ヲもつ心アルニヤ、此五文字五句ニよくわたりタル也、夕されヲ深ク云ハヽ、夕ニアレハト云フ心也、春され・祇注歟冬されナト云ニ同シ、夕されハト云時ハ、必ハト云ヘシ、春されの・夕されのナトヽハいはす云〻、又説ニ去《サル》ハト云義也、然ハ春去《サレ》ハト云ハ、夏ニテ有ヘキ歟、又夕されハ夜分歟ト云説在之、一向此義不用物也云〻」26オ

此哥又ノ説ニハ、そよ〳〵ト稲葉ヲ渡ル秋風ノ、やかて蘆の丸屋ニ吹ト心ウル勿論也、但其マヽあしのまろやに秋風そ吹ト心得たるモ可然にや、稲葉ニ音スル風ノ程モナク、芦ノ丸屋ニ吹ナト云フハ、ヤウカマシキ様也、同祇注也私云慈鎮和尚聖廟法楽ノ百首ニ、夕されの哀をたれかとハさらん柴のあミ戸の庭の松風、トアリ、御自筆ヲ拝見シタル也、然

時ハ夕されのトいはんこと也、但ことニヨリヤウニシタカフヘキ也、何モ不審云々
三丸屋トハ丸キ家ニ非ス、芦ハカリニテ作リタルちいさき」26ウ家也、門田にそよくくト吹クト思フウチニ、はや芦ノ丸屋ニ吹入
タル心也、又師説芦ノそよくくトスルヲ、人ノ音信タルカト思ヘハ、秋風ニテあるよト云心也（稲葉歟）
故前芦ノ丸屋ニ人ノヲトツル丶ト思ヒタレハ、只秋風ノ音ツレハカリニテアリタルト云也

（一行分空白）

七十二
◦祐子内親王家紀伊　散位平経方女云々　母小弁云々　イ源頼国女云々
祐子内親王ハ後朱雀院第三皇女　母中宮嫄子敦康親王女也　紀伊守重経妻タル故ニ紀伊ト号ス、紀伊キトハカリ可読也」27オ

桓武天皇—葛原親王—高棟—惟範—時望—真材—
親信（イ親義）—行義（武蔵守）—範国（伊予守）—経方（従五上）—紀伊（金葉ニハ一宮紀伊）

金葉八恋下
堀川院の御時けしやうふミ合（の歌合）につかうまつれる
中納言俊忠（有磯越中国）
人しれぬ思ひありその浦風に波のよるこそいはまほしけれ
返事
一宮紀伊
72 音にきくたかしの浜のあた浪ハかけしや袖のぬれもこそすれ」27ウ
抄 あた波トハあた人ト云義也、かけしやトハさ様ノ人ニ契かけましきト云也、袖のぬれもこそすれトハ、必物思ヒト成ヘキト云々、あた人ニ契ル事ハ、中くニせましきト云心也、女ノ哥ニハ、一段面白哥ト云ヘリ

三かくれモナキあた人ニハ、何ガ心ノをかれぬ事ノ有ヘキソト也、詮ナキ事ニ袖ヲぬらす事ハ有ましキト也
故前右又男ノ心ハイツレモアタ〳〵シキ物也、殊ニ音ニ聞ェタルアタ人ナレハ、契リハカケマシキト也、高師ノ浜ノあた波ハ、好色ノ方ニミヨト也」28オ

高師浜八雲ニハ摂津通和泉云〻、古今ニ貫之和泉国ニ詠之

（一行分空白）

七十三
。権中納言匡房　大江成衡朝臣男　母橘孝親女　号江帥　江次第ノ作者　江談同之

江相公
。大江音人―千古―維時（中納言　従二）

重光（式大従四上）儒
匡衡（式大正四下）儒
挙周（大学頭正四下）儒
成衡（信乃守従四上）儒
匡房（大蔵卿　正二権中　太宰権帥　和漢才人）儒
女（江侍従　哥人）

」28ウ

後拾遺一　春上

内のおほいまうちきミ【内大臣師道後二条関白又京極】の家にて人〳〵さけ分たう《無イ》へて哥よミ侍けるに、はるかに山桜を望といふ心をよめる

大江匡房朝臣下

73高砂のおのへのさくらさきにけり外山の霞たゝすもあらなむ

此高砂ハ非名所、山ノ惣名也、心ハ明也、正風体ノ哥也、只詞つかひさハやかに長ある哥也、桜咲テ今日ヨリハ霞たゝすもと也

三高砂トハ山ノ惣名也、尾上トハ其上ニアル高キ峯ヲ云、と山ハ端《ハシ》ノ山ヲ云、花ノアタリニハ必霞ノ匂フ物也、花ヲ思ハヽ、霞ノ」29オ

タヽデコソアレト云心也、
＼故前是《コノ》高砂ハ名所也、山ノ惣名ニ云事モアリ
私遠山ヲ云為《ハン》ニ名所ト云歟

（二行分空白）

七十四
○源俊頼朝臣　＼経信卿男　＼母貞高女　土佐守貞亮　＼金葉集撰者　＼木工権頭＼左京大夫＼右少将＼従四上　＼ひち篥

千載十二恋二

権中納言俊忠家に恋十首哥よミ侍ける時、祈トモ不逢恋といへる心をよめる　源俊頼朝臣」29ウ

74 永＼うかりける人をはつせの山おろしよはけしかれとハいのらぬ物を

＼初瀬ニ恋ヲ祈ル事ハ、住吉ノ物語ニ見エタリ、石山ニ祈ル事ハ鬚黒大将也、貴船社或女男に捨られて稲荷へ七日起請シタルニ、瀧の水かへりてすまハいなり山七日のほりししるしと思ハむ、後にかへり逢タルト也、初瀬ハ山中ニテ、嵐はけしき所也、初瀬の山おろしハ、はけしきノ枕詞ニいひタル也、祈レトモ〱人ノ心ハはけしけれハ、只ハケシカレト祈リタル様ナレハ、ソレヲはけしかれとハいのらぬ物ヲト云ヘリ、逢ヘキヤウニトコソ祈ルニ、結句人ノ心ノはけしキト也、」30オ此哥ハ定家卿列シテ褒美セラレタル也、近代心ふかく詞心にまかせて、まねふともいひつゝけかたく、誠に及ふましき姿也云々

＼三人の心のはけしくかけはなれたるを、たとへていはんナラハ、はつせノ山おろしノ様也、祈念シテ成就シタル例モアル故ニ、いのれハ結句人ノ心ハケシクミユルト也

（三行分空白）」30ウ

七十五
○藤原基俊　＼右大臣俊家男　＼母陸奥守源為弘女

【御堂関白二男】

◦頼宗（堀川右大臣　母高明公女）―俊家（正二位　大宮右大臣　母伊周公女）
　俊家―基俊（左衛門佐　従五上　俊成卿和歌師匠二条家和歌之祖也　和漢才人　新和漢朗詠撰者　母下総守高階順業女　保延四―出家法名覚舜）
　俊家―宗通（大納言正二）―成通（侍従大納言　正二　通神之人　蹴鞠龍笛之達者）

◦基俊―光覚（興　権少僧都）―覚遍（興　得業）

千十二　雑上

僧都光覚維摩会の講師の請を申ける時、たひ〳〵もれにけれハ、法性寺入道前太政大臣に恨申けるを、しめちか」31オハらのと侍ける（と侍けれとも又そのイ）又のとしもゝれにけれハ、よミてつかハしける

75契りをきしさせもか露を命にてあハれことしの秋もいぬめり

此哥ノ前ニ堀川院御時――藤原基俊、唐国にしつみし人も我ことく三代まてあはぬ――此前ニ作者アレハ、契りをきしの哥ニハ無作者也

維摩会興福寺ニテ毎年十月十日ヨリ至十六日被行、彼会ノ講師ハ藤氏ノ長者ノ宣也、是ニ依テ、法性寺ノ関白ヘ申サレタルヘシ、此講師ノ事、誰カ番〳〵ト金札ニ書付テ有事トソ、関白氏長者タル人、秋ノ末ツ方（ノ吹挙ニテ）ヨリ誰《タレ》〳〵ト被指事也云々」31ウ

法性寺ノ殿下ノ御返事ニしめちか原のと有しハ、

　彼集　たゝ（猶）たのめしめちか原のさしも草われ世中にあらんかきりは

【標茅《カ》原下野国也】祇云抄猶たのめといへる心をとりて、契りをきしさせもか露を命にてト云ヘリ、下ノ句ハ今年モ

又洩ヌル心ノ愁ヲ云ヘル也

宗祇注可然也、三此基俊ハ和漢ノ才人、本朝和哥ノ祖、新朗詠ノ撰者、公任卿ニモ不劣人也、御堂関白ノ彦、右大臣《大宮ノ》ノ息ナルカ、不運ノ人歟、時ニ不遇昇進セザル人也、堀川院百首述懐哥ニ、唐国にしつミし人も我ことく三代まてあハぬ歎をそせし、此哥モ此させもか露ノ哥ノ前ニ入タリ、顔駟カ故事也」32オ

六条家文書深山ナリト云ヘ共、貫之カ血脈ヲ受テ、俊成・定家・為家ト系図ツヽキタル事也

此時《維摩会》ノ関白法性寺殿下也、基俊我子ヲ思フ心ノヤミニ迷フト也、契りをきしハ、たのめ置し也、しめちか原のト侍ル一言也、十月十日維摩会始マル事ナレハ、九月ニさゝれねハならぬ故かく云也云々、私又十月ニテモ秋もいぬめりトハ、可云事歟

（一行分空白）

七十六 °法性寺入道前関白太政大臣 忠通公 知足院関白《忠実公》一男

御堂関白 道長—宇治関白 頼通 母左大臣雅信女

京極関白 師実 母具平親王女—後二条関白 師通 母右大臣師房女—知足院関白 忠実 母右大臣俊家女 又富家—法名円観 従一位 摂政関白 法性寺入道 忠通 母右大臣顕房女

—又九条殿下 月輪禅定殿下 後法性寺関白 兼実 母家女房—後京極殿摂政 良経 母従三季行女」32ウ

—慈円 謚日慈鎮和尚

詞花十雑下

新院《崇徳》位におはしましゝ時、海上眺望といふことをよませ給けるによめる《ミ侍ける》 関白前太政大臣 此前ニ哥アリ作者在也仍此哥ノ所ニ無也

76わたの原こき出て見れハ久かたの雲井にまかふおきつしら波

抄心ハ明也、是ハ我舟ニ乗テイヘル也、大かた眺望ノ題ハ、常ニなかめやりタルヤウニのミヨムヲ、是ハ舟ニテ読ル心猶ヲカシクヤ、哥さまたけアリテ、余情無限、杜子美カ詩、春水船如レ坐二カ天上一ニ」33オ又古文真宝《閣序勝王》秋水共長天一色トモアリ、雲ゐにまかふ所相似タリ、惣別眺望ナトノ哥ニ、かくれタル所ハ有マシキ也、只風情ヲ思ヘシトソ、此哥船ト云字ナケレトモ、至極舟ノ心あれハ、尤作者ノ手ガラナルヘシ、か様の所ヲよく思フヘシ

三是ハ陸地ノ眺望ニ非ス、舟中ノ眺望也、武蔵野ナトハ海ノヤウナル《如クミユル也》ト云ヘリ、和田原ハ海ヲ云、わたつミハ海神也、原《根源也》トハ野ニ不レ限也、渺《べウ》ヽトシテ広キ心也、久堅只空ノ事也、しなてる・をしてる・しもとゆふかつらき山ト云モ、皆此類枕詞也、」33ウ惣而枕詞ハ子細ノ有モアリ、又久堅ト云テハ、空ニハ成ましき也、漕出テ見れハト云所ニ精ノ入ル也、陸地ヨリコソ空モひとつナレ、漕出テ見ルナラハ、浪モアラント思ヒタレハ、猶ハテノナキト云心也

故前右わカ舟ニ乗ルト人ノ舟ニ乗ト二義也、舟ヲ漕出タレハ、滄海漫ヽトシテ目アテノ山モ不見、イツコ《私已下》ヲホトリトモナク、天トひとつニ見ユルト也

（二行分空白）」34オ

七十七　○崇徳院　七十五代　諱顕仁　七十四　鳥羽第一皇子　御母待賢門院璋子　大納言公実女　白川院御猶子

（三行分空白）

詞花七恋上

題しらす　　新院御製

77瀬をハやミ岩にせかるゝ瀧河のわれても末《するゐにもイ》にあハむとそ思ふ

抄岩にせカルヽ水ハ、われてモ末ニあふ物也、ツラキ人ニ別テ後ハ、逢カタキヲ、わりなくテモ末ニアハント思フハ、はかな

き事」34ウソト打歎《キ》、思《ヒ》カヘシイヘル也、われて《モトハ》わりナキ《ト》別《ト》ヲ兼《タル》詞也、伊勢物語《ニ》二日《ト》いふ夜われてあハんと云《フモ》、わりナキ心也、又金葉《ニ》、三か月のおほろけならぬ恋しさにわれてそ出る雲のうへより、詞書《ニ》内をわりなく出て《ト》アリ、
【祇伊語ヲ引、伊語ノ心ハ始テ也、仍其心ニ見レハ違《云〻》、私祇注心わりナキ心ハカリニ云ヘル歟】又抄是《ハ》いかにも深切《ナル》心也、伊勢——義少違、［　］（三カ月ノ哥ノ心ニ有、伊語ハ始テノ事也）タトヒ別《レ》申《タリトモ》、又あひ《ハ》ん《ト》わりなく思《フ》心《ニ》見《ル》也、岩《ニ》せかれ《テモ》又あハん《ト》也
故前右人《ニ》せかれてありとも、つゐ《ニ》あはん《ト》也、此われて《モ》二《フタツ》《ニ》分《レテモ》アハン《ト》也、金葉《ノ》三か月のわれて《ト云ハ》、わりナクシテモト云也」35オ

七十八
。源兼昌　俊輔二男《云々》　皇后宮小進《大イ》　従五下

。宇多天皇—敦実親王—雅信（一条左大臣）——時中（正二　大納言）（イ仲）—朝任（三木）—師良（三乃守　右少将）—俊輔（イ摂津守　美乃守）（四位）—兼昌

金葉四《冬》
関路千鳥といへることをよめる
源兼昌

78淡路嶋かよふ千鳥の鳴声にいく夜ねさめぬすまの関守

抄心《ハ》すまノ浦に旅ねをして、彼嶋より千鳥のうちわひてかよひくるおりから、所《ハ》すまの浦なれ《ハ》、一入旅ねのかなしさのたへかたき」35ウ心より、関守《ノ》よる〳〵の寝覚め《ヲ》あハれふ心也、源氏物語《ニハ》海人の家たにまれにな

んトかけり、わか一夜ノ旅寝さへあるニ、関守ノ心ハさこそト也、此ぬハをはんぬにてはなし、又不ノぬにてもなし、ねさめぬらんト字ヲそへてみるへしト也、尤哀ふかき哥なるへし、此兼昌堀川院ノ後の百首の作者也、されとも此百首ニ入へキ人トハ、難測事也、黄門ノ心ヲよく仰クへき者也、

又抄是ハすまノ浦――前ニいたくかハらす、仍略也――一入旅ねノ悲しき躰也、只関もりの心ヲ思ヒヤリて、能〻吟味すへき者也、」36オ いつれの哥ヲモ浅〻ト吟してハ、せんモ有へカラスト云〻

押紙千《三歟》鳥ハ水辺ノ物ナカラ、陸《居》ニ有物也、友ニさそはるゝ心ヲヨメリ、関路千鳥ハ旅也、源氏須磨ノ巻ニ、あまの家たにまれになんトアリ、海士ノ家たにあるかなきかノさひしき所ニ、一夜モあかさんハ悲しき事ヨト也、さてそれよりして、関守ヲ思出して、此千鳥ノ鳴声ニ、いく夜か関守ハね覚をして有ラント云へリ

故前源氏物語ニモ、あまのたに《(ママ)》まれにト云へリ、されハかゝる所ニハ、一夜ヲタニ明シカネタル也、此すまノ関守ハ、いく夜も〳〵あかし」36ウ かねんト也、又第四句濁也

（一行分空白）

七十九

◦左京大夫顕輔　顕季卿三男　号六条家　和歌一流

淡海公男 ◦房前（贈太政大臣）―魚名（川辺左大臣）―◦末茂（従五下美作守）―経継（従五上 紀伊守 贈太政大臣）―宗通（道）―真道（少納言備前守 直従五上）―連茂（出羽但馬守 弁 使）―佐忠（因幡摂津守 大弐従四上 勘解長官 蔵）―時朝（正五下 上野守 山城大和守 蔵）

光孝天皇

頼任（丹波美乃守 左中弁 右門佐従四上 蔵 母右兵督 文）―隆経（甲斐摂津 正四下 美乃守 春宮大進 蔵）―顕季（外祖父 正二 蔵 修理大夫 母大舎人頭）

顕季―家経（三木正三 号三条宿所）―家成（別当 中納言 正三 号中御門）―隆季◦四条家流

清輔（三条洞院 宿所中御門等旧住）―季経

忠君女
顕季卿
善勝寺長者第一哥人
閑院贈相国実季為猶子号六条宿所六条烏丸
白川院御乳父保安四八廿四出家六十九才同年九月六日卒

藤親国女
従二親子
善勝寺草創
六条修—

顕輔
重家
経家—家衡
顕家—知家—行家—隆博—隆教
有家—有季
顕昭
保季

37オ

「越後美作近江等守
刑部卿
注判官代内蔵頭
中務権大甫
左京大夫正三
和歌初
学抄
作者

六条 蔵
顕輔
母大弐従散位経平女
号六条
哥道一流祖
善勝長

正四下
太皇太后大進
清輔
従三
母能登守能遠女安元三六十七乙酉正四位下藤原清輔朝臣卒去年七十
顕広王記
砕死云々

太宰大弐
重家
正三 宮内卿 経家—従 正三 家衡 号二条
九条 哥仙第一
正三 左京大夫 顕家—正三 知家—左兵佐 従二侍従 左京大夫 行家—左京大夫 正左二位大蔵卿 隆博—従二 侍従 左中将 隆教
従三 大蔵卿 有家—本仲家 建保三二五出同四四一薨 有季

猶子 哥人
号六条 哥人
顕昭

宮内卿 従三
季経—従三 保季
従五下散位」

新古今四秋上

崇徳院に百首哥たてつりけるに

左京大夫顕輔

79秋風にたなひく雲の絶まよりもれいつる月の影のさやけさ

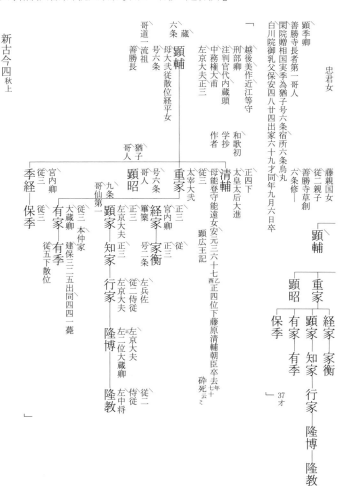

抄心ハ明也、但さやけさト云所、晴天ノ月ノさやかナルヨリハ、少心カハレリ、月も雲間ヨリ出タル、新タナル影コソ一入面白ケレト云心也、能〻吟味有ヘキ者也

〳三さとシテ興アル哥也、此風躰ハ今ハ不読也、是ハ秋風ヲ精ニ入テ見ヘシ、春ハ何トシテモ、空ノ曇ル物也、夏ハ空モ近ク」37ウ 星モ近キヤウニ覚ユル物也、冬ハ時雨ヲ催シ、一向各別ニ空ノ見ユル物也、秋ハ空ノ高キ物也、殺気ニテ雲ノ水尾トテ、浮《ウキ》立テ村〻ト有物也、秋ハ雲ノ晴曇ノカハル物也、中興ノ詩ニ、月在浮雲浅処明トアリ、同シ心也、源氏物語ニ、雲かくれたる月のにはかにさし出《いとけなく》たれハ――トアリ、一天ニ雲ナク晴タル空ヨリモ、雲ノ絶間ニ洩タル月、一段面白ト也、四時ニモ見ヘシ、一夜ノ事ニモ見ルヘシ

故前尋常ノ風ニハアラス、月ノ空ニ心ヲツケヨ、春ハ霞、夏ハ雲たかくアル也、冬ハ時雨、秋ハ空モタカクすみのほりテ、」38オ ミユル時節ナレトモ、又雲カおほふ物也、サレトモめたトおほふ雲ニハ非也

(二行分空白)

八十
。待賢門院堀河　〳神祇伯顕仲女　〳待賢門院女房

〳待賢門院ハ鳥羽院ノ后、崇徳・後白川二代ノ国母、大納言公実卿女白川院ノ御猶子也、又顕仲卿ノ子、男女七人撰集ニ入云〻、源有《仲》房・有房・忠房、此堀河同院安芸以下也、猶可勘之、此内堀河別シテ作者也云〻

〳村上第七　〳二品中務卿
六条宮　。具平親王―師房（〳土御門右大臣）―顕房（〳六条右大臣）―┬雅実（〳久我太政大臣）
　　　　　　　　　　　　　　　　　　　　　　　　　　└顕仲（〳神祇伯従三）―堀河」38ウ
又千種殿　和漢才人　能書　後中書王

千載十三
百首歌たてまつりける時、衣の《(ママ)》こゝろをよめる。前参議教長　左京大夫顕輔　此次哥在之

待賢門院堀河

80なかゝらん心もしらす黒髪のミたれて今朝ハ物をこそ思へ

抄家ノ集ニハ只恋の哥ニトハカリアリ云々

抄詞に抄心ハ契りをく人ノ心ノ末遠クカハラサランヲモシラス、夢ハカリナル逢事故ニ、思ヒミタルヽ心ヲ侘タル也、心抄なかゝらんハ人の心ヲさしテ云、乱てハ我心也、女ノ哥ニテ猶あハれフカヽルヘシ、詞ノツヽキ奇特ナル哥也

三哥ノ心ハ後朝恋ノ心也、黒髪カキヤラレシ面影ヲ、其マヽ」39オ忘レヌ也、長からん黒髪ノ事ニ読ニハアラス、自然ノ縁語也、人ノ心ノ行末とげんモ不知ス、長久ニモ有マシキニ、心ヲ見エツル事ヲ[redacted]（悔シキト也）、只乱ルヽト也、女ノ身ニシテハ、又心アル哥也、可付心トソ

故前契りをく人ノ心ノ末遂《トケ》ンモ不云、はかなき契りト思フニ、只乱ルヽト也

（二行分空白）

八十一

。後徳大寺左大臣　実定公　右大臣公能公男也　母中納言俊忠女」39ウ

仁義公四世
実孝御子
。公実
　三条流　実行。八条相国
　西園寺流　通季　中納言正三
　徳大寺流　実能　徳大寺左大臣
　　公能　大炊御門右大臣
　　　実定　後徳大寺左大臣
　待賢門院　璋子　鳥羽后　崇徳・後白川二代国母

千載三　夏

暁聞郭公といへる心をよミ侍ける

右大臣右のおほいまうちきみ

81郭公鳴つる方をなかむれハたゝ有明の月そ残れる」40オ

抄抄同心ハ暁郭公ノ一声鳴ヲ、ヤレ夢カト思フ程ナルニ、行衛モナキ空ヲ打ナカムレハ、有明ノ月ノほのかニ見ユルサマ、誠ニおも影身ニしむヤウ也、時鳥ノ哥ハ、種〻ニ心ヲ尽シテ、昔ヨリよめるタクヒあまたアレ共、コレハ只巨細ニハ云スシテ、然モ心ヲ尽シタル趣、限リモナキ風情ナリ、郭公ノ哥ノ第一トモ可書歟ト也、杜子美カ詩夢、李白詩ニ落月満屋梁、猶疑見顔色、琵琶引ニモ唯見江心秋月白事ヲ スサマシキ事ヲ

三此比郭公ノナカンくト待タル故、先心カラシテ聞タル也、一声ニ付テ」40ウ おき出テ見レハ、有明ノ月ノミ残ルト也

故前今やくト待ニ、一声鳴ハ夢カウツヽカトタトリタル哥也、月ニ今一声なかせタラハ不可然、月ニユヅリタルカ勝レタル也、栄雅哥私此哥ヲトリテト云ヘリ云誤リ歟、

一声ハ夢にまかへ《きれ》て郭公とをさかる音《をそ》をさたかにそきく

（一行分空白）

八十二
。道因法師　俗名敦頼　敦輔孫　清澄男云〻　未勘

高藤公四世孫 。為輔（権中）—惟孝（駿河守 従五上）—惟憲（正三 太宰大弐 数ケ国吏）—憲房（正四下 丹波尾張 阿波讃岐等守）—敦輔（春宮少進 対馬守 従五下）—清孝（治部丞 少系）—道因（従五上左馬助 右系）

敦頼出—道因系」41オ

千載十三恋三

題しらす　　道因法師

82思ひわひさても命ハある物をうきにたへぬハ涙なりけり

抄此五文字ノ思ひわひトハ、思ヒノ極リ〳〵テ云ヘル也、さり共ト思フ人ハ、ツレナク成ハテヽ、キハマリ行思ひノ心也、カクテハ命モ消ウセヌヘキヲ、サテモ猶命ハ有物ヲ、憂事ニ不堪、忍物ハ涙ナリケリト也、堪《涙ノ》忍セヌトハ思ヘトモ、ソヽロニこほるヽ事也、我心ヲことはりテ、歎タル哥也、此哥ヲ浅クハ見ルヘカラス、恋ニトリテハ折角ノ心ナルヘシ、一首ノ内ニコ《喩フ》トハリ」41ウタル妙也、さてもト云所ヲ心ニカクヘシ　トリタル也

三消ヤスキ命サヘかヽるニ、さてモ涙ハモロキ物哉ト也

思ヒアマリ〳〵テノ五文字也、一首ノ中ニ喩ヲ~~トレリ~~《以テ》読事アリ、此等也、是ハ一段懇切ノ恋ノ哥也、深切ニ忍ノ~~事~~恋也、忍フ事ヲ深ク思ハヽ、涙ハ洩マシキ事ト也、惣別命ト云物ハもろき物也、人ノつらきニ不絶命サヘナルニ、涙ヒトツヽマンハ安キ事ナルニト也

故前　一首ノ内ニ喩ヘヲとレリ　　逍遙院詠

「わか身より外の物なる涙かハ心をしらハなとこほるらん」42オ

八十三
∘皇太后宮大夫俊成　権中納言俊忠男　母伊蘋《与》守敦家《イヘ》女　顕輔《頼正歟》卿為子時、顕広後改俊成　仁安二十二廿四改名五十四　安元二九廿八依病出家法名釈阿六十三　元久元十一卅薨廿九イ

九十一オ　建仁三十二　於和哥所給九十賀　イ為顕頼卿子名字顕広後復本流　私葉室祖顕隆卿男也

道長　御堂関白
　―長家　御堂六男　号御子左　大納言正二　又二条
　　母高明公女
忠家　号小野宮　為大二条関白子　大納言正二　帥号二条
　―俊忠　権中従三
　―俊成　号五条三位　正三皇太后―
　―定家　号京極　民部卿　正二中納言

母長門守源高雅女

母大納言経輔女

母伊予守教家女　撰千載集　但或云権中納言顕隆女　私此説非也

母若狭守親忠女　中務少甫　定長　出家法名寂連　実アサリ醍醐俊海子云々　侍従具定母　集ニハ俊成女トアリ新勅侍従具定母

女　通俱卿室

「○道綱—兼経（正三　三木中将）—敦家（正四下伊与守　左中将）—敦兼（正四下数ヶ国司　刑部卿　母讃岐守顕綱女　典侍従三兼子　堀河院御乳母　保延四三十四出家六十　此説非歟）—季行（伊予因幡備前等守　大弐従三　応保二八二出家　同月廿二薨四十九）—女子（俊成卿母）

兼経—顕綱

但讃岐入道顕綱朝臣説にてつたへたる説とて

伊予三位　堀川院御乳母　亡父之祖母　さくさめのとしノ事也

伊予三位者敦家朝臣、弟顕綱朝臣女也　公卿補任伊予守教家女云々

私顕綱朝臣女為敦家朝臣猶子歟

私顕綱卿女ハ右大臣公能公ノ室并中納言顕長卿室等之母云々」（折紙）

「宗政卿系権僧正道勝此字也

三木左中将宗政室中納言雅教僧正道証等母

顕隆—女子

後為中納言俊忠卿室生右大臣公能室并中納言顕長室等

俊成　母左中将教家女　但或云権中納言顕隆女

此疑非也

」（別紙）

千載十七　雑中

述懐百首哥よミ侍ける時、鹿の哥とてよめる」

皇太后宮大夫俊成

83 世中よ道こそなけれ思ひいる山のおくにも鹿そ鳴なる

抄心ハ色〱二世ノウキ事ヲ思ヒトリテ、今ハト思ヒ入山ノ奥ニ、鹿ノ物悲シケニ打鳴ヲ聞テ、山ノ奥ニモ世ノウキ事ハ有ケリト
思ヒわヒテ、世中ヲのかれ行ヘキ道コソナケレト打歎ノ心也已下略

（一行分空白）

抄述懐ノ心面ニハ不聞、下心ニ含テヨメル妙也、世上ノ憂事ニウン【梟ノ故事可勘記】ジテ、深山ヘ入テ見レハ、又山ノ
奥ニモ、鹿ト云物ノ有、鳴ヲ聞ハ悲シキ也、只ヨシ〱世中ト云物ハ、遁ル道ハナキ物也ト云也、塵中ニ居テモ山ニテモ、只
人ノ心ト也

三俊成ハ皇太后宮大夫ニテハタル人也、定家ハ中納言、孫ノ為家ハ大納言成シ也、二条御子左也、俊成述懐ノ百首、俊
頼運ヲ恥ル百首等アリ、此哥ハ俊成卿自讃ノ哥ニテ、千載集ニ入度思ハレシカ共、世中よ道こそなけれト云所俗難アリ
テハト斟酌アリシヲ、勅定ニ被入タル也、いかならんいはほの中にすまハかは世のうき事のきこえこさらん、此
哥ヲ思フヘシ、巌中ニモ天地ノ外ナラネハ、同シ世中ヲト也、心カラシテ世ヲ捨テ」山ノ奥ヘ入テモ悲シケレハコソ、鹿ノ鳴ラ
メト也、イカニシテモ世ヲ捨ン道ノナキト也

故前古今いかならんいはほの―憂世ヲ遁レンニモ、世ヲ渡ルヘキ様モナキト也、万法一心ノ心アル哥ト也、心ヲ用カヘヨト

也

（四行分空白）

44オ
。藤原清輔朝臣〔顕輔卿男〕〔系図前ニアリ〕〔太皇太后宮前大進正四下〕

新古今十八〔雑下〕
題不知ノ中ノ哥也

清輔朝臣

84 なからへ又此比やしのはれむうしとミし世そ今ハ恋しき

抄、心ハ明也、次第く　昔ヲ忍ツ程ニ、今のうきト思ツ時代ヲモ、又是ヨリ後ニハ、忍ハンスルカトノ心也、万人ノ心ニ観センテ云ヘルソ也、只世中ノ人ハ頼ムマシキ行末ヲ憑ム物也、此哥ハ人ノ教誡ノたよりなるへし、哥ニ理ヲつめすシテ、心ニモタセテ云ヘル常ノ事也、又セメテ面白モ、一躰ノ事ナルヘシ、上句ヲ下句〔44ウ〕ニテ答ヘタル也、いひつめたル哥ナレトモ、余情アル也　抄大略同之

三、誠ニ世上ニ平性コレソト手ニ取ツ程ノ事ハナケレトモ、如何様トモ頼ムマシキ行末ヲ人毎ニタノム物也、身ヲツモリヲシタル也、又下句ヲ以テ証拠ニシタル也、此様ニ打クタキテ、有ノマヽ読一ツノ句法也、恋ノ哥ナトニ多シ、建保年中ノ哥ノヤウニハ、又今ハ読マシキ也、正味ノ哥ハ、恋・哀傷・旅・離別ナトニアル物也、四季トハ又少カハル物也、此清輔宇治にて〔45オ〕河水久澄ト云題にて、皆人こ哥読出シテ、一人ヲソク迷惑セシ、年経たる宇治の橋守ことヽハむ幾世に成ぬ水のみな上」ト云秀哥ヲ読タリ、名誉ノ事也

故前分際く　二度ハ時ヲ得ルル事ヲ憑ム物ナルヵ、是ハ行末マテモ憑ミナキ心ヲヨメリ

（二行分空白）

八十五
。俊恵法師〔経信卿孫〕〔俊頼朝臣子〕〔系図前ニアリ〕

千載十二恋二

恋の哥とてよめる　寂連法師哥此詞書也、寂連哥ノ次ノ哥也

俊恵法師」45ウ

85＼終夜物思ふ比はあけやらぬ閨のひまさへつれなかりけり

抄大略抄ノ義也、＼心ハ物思フ比ノ明カタキさま也、人コソアラメ、閨の隙サヘ明カタクツレナキハ、イカニシタル事ソト也、人ハツレナキ程ニ、待身ニモアラス、サラハ打とけテ寝ラレモセス、仍閨ノヒマモツレナキ也、すまノ巻ニモ、つらからぬ物なくなんト云リ、比ト云字ニテ、幾夜モ〱ト云心カシラレタリ、又さへノ字感アリ、祇注云心ハ明也、閨ノ隙さへつれなかりけりト云ヘル、心詞珍ラシク、思ヒノ切ナル所モ見エ侍ルニや、うらやむましき物ヲ恨ミ、なつかしカルマシキ物ヲ其面影ニスル事、」46オ恋路ノナラヒ《習》也、能〻閨ノ隙サヘト打歎キタル所ヲ思フヘキ也

＼抄同事ナレトモ重テ注也此心ハ只我心カラ物ヲハ思フ物也、閨ノ隙サヘつれなかりけりトイヘル、心詞《詞心》メツラシク、思ヒノ切ナル所モ見エ侍ル也、うらむマシキ物ヲ恨ミ、なつかしカルマシキ物ヲ其面影ニスル事、恋路ノ習ヒ也、源氏物語すまノ巻ニ、つらからぬ——是モ心カラナレハ、人恨ミニテモナキ事也、人よけれハ鳥モよしト云テ、見タウモナキ鳥ナレトモ、よき人ノ家ノ上ニ居レハ、よくミユルト也、所詮只何事モ、我心カラト也、返〱閨ノひまさへト云ヘル詞、奇特神妙ノ詞也云〻」46ウ

＼三終夜ト此ノ字此哥ノ眼也、よもすからハ宵ヨリ暁迄ノ事也、此ハ幾夜モ〱徒ニアカス躰也、人ノ心ノツレナキハ、是非モナキガ、閨ノ隙サヘツレナク明ヌヨト也、さへノ字肝要也、

＼故前終夜ト云フヨリ、ツレナカリケリト云フマテ、一字モアタナラヌ哥也、スマノ巻ニ、つらからぬ物なくなんト云ヘル同シ心也、此ノ字ニ幾夜モ〱ノ心也、さへノ両字ニテ、人ノ。ツレナキ事ヲシレト理ハリタル也

（三行分空白）」47オ

八十六
◦西行法師　俗名義清　藤康清子　母監物源清経女　依道心俄発心出家　所〻経行　法名円位大宝坊　又号西行

魚名公五男 ◦藤成（従四下 伊予守）―豊沢（異本典沢 下野権守少掾𢽼 従四上）―村雄（河内守 下野大掾 従五上）―秀郷（武蔵守従四下 鎮守―）―千常（使 左衛門尉 従五下鎮―将― 或知常ィ智）―文脩（内舎人 鎮―）―文行（左門尉 従五下）左藤 後藤 遠藤 武蔵 等祖

使 公光（従五下 相模守 実父公行 公光カ兄也）―公清（佐藤 使 左門尉）―季清（使 従五下 左門尉）―康清（使 左門尉）―義清（法名円位 改西行 鳥羽院下北面）

秀郷将軍之事不見将軍補任云々

千載十五恋五　　　　　　　　　　円位法師　此哥ノ前ニテ物思へとかゝらぬ人も、此哥アリ仍此所無作者

月前恋といへる心をよめる

86なけゝとて月やハ物を思ハするかこちかほなるわかなミたかな」47ウ

抄又抄大略同之、終夜月ニ向ヒテ打ナカムルニ、物悲シクテ、只月ノ我心ヲイタマシムルヤウナルヲ、思ヒ返シテカクイ《云》ヘリ、少平懐ノ躰也、是西行カ風骨也、更ニツクロフ所モナク、其マヽイフ上手ノしわさ也、白楽天カ贈内詩、莫対月明思往事、損君顔色減君年、月ヲ見テ慰メントスレハ、猶物思ハルヽ也、所詮月ハ我ニ物ヲ思ヘトハ不可思、是モ我心カラ月ヲ見レハ、結句物ノ思ハルヽ《ハ》トハ思ヒ知リタル也

具平親王哥に
よにふれハ物思ふとしもなけれとも月にいく度なかめしつらん

（一行分空白）」48オ

八十七
◦寂蓮法師　俗名定長　中務少甫　俊成卿養子　実俊海男

明月記
建仁二年七月廿日午時許参上、左中弁云少輔入道逝去之者、天王寺院主申内府云ゝ、未聞及歟、聞之即退出、已為軽服身也、浮生無常雖不可驚、今聞之哀慟之思難禁、自幼少之者久相馴、已及数十廻、況於和哥道者傍輩誰人乎、已以奇異之逸物也、今已帰泉、為道可恨於身可悲云ゝ、

又定家卿哥ニ、

玉きハる世のことハりもたとられす思へハつらし住よしの神

新古今五　秋下」48ウ

五十首哥たてまつりし時

寂連法師

87村雨の露もまたひぬ槙の葉に霧たちのほる秋の夕暮

抄此哥或人槙ノ葉ニフル時雨ノ面白カリシニ、又露ノ置渡シテたくひナキヲ、又其興モ不終ニ、霧ノ立ノホリテ、種ゝノ風情ヲ尽シタルさまソト云ヘリ、当流ノ心ハ、雨ニ露ハ無キ物也、皆木ノ滴也、殊槙杉ハしつくノ深キ物也、又露モまたひぬ程ニ、村雨ノソヽカハ露モ有ヘシ、露ヲ読上《ムウ》ハそとソヽキタル村雨成ヘシ、必雨ノ降時ハ、霧ノ立のほる物也、晴ル」49オ時ハ降物也、下ヨリアカルカ陰気、上ヨリオル《下ル》ヽカ陽也、槙ハ一段深キ山ニ有物也、景気面白キ哥也、寂連ハ五臓六府カ（ママ）ハル程案シテコソ秀逸ハ出来レト云ヒシ人也

（二行分空白）

八十八
◦皇嘉門院別当　源俊隆女　別当ハ物ヲ司トル職也

皇嘉門院聖子法性寺関白女　母大納言宗通女　崇徳后　近衛准母

。具平親王―師房―師忠大納言正二―師隆大蔵卿正四下―俊隆正五下太皇太后宮亮―皇嘉門院別当」49ウ

千載十三恋三　　皇嘉門院別当

摂政右大臣の時、家の歌合に旅宿逢恋といへる心をよめる

88難波江のあしのかりねの一よゆへ身をつくしてや恋わたるへき

三所《ハ》津《ノ》国難波渡也、心《ハ》思《ヒモ》カケス草《ノ》枕《ヲ》カハシテ名残《ヲ》思《フ》躰也、日数《ヲ》経《テ》、爰《ニ》トマルヘキニモアラス、又サソヒ行ヘキ《ニモ》アラサレ《ハ》、身《ヲ》ツクシテヤ恋《ヒ》わたるへき《ト》歎《ク》さま也、みをつくし自然《ノ》縁也

抄心《ハ》難波わたり《ノ》旅寝《ハ》、サラテモ哀《アハレ》フカヽルヘキヲ、」50オ思ハス《ノ》契《リニ》名残《ノ》悲《シサ》ヲ思《ヒ》侘《テ》、所《ノ》縁《ニ》芦《ノ》カリねの一夜故《ト》置《テ》、身をつくしてや《ト》イヘルさま、とり〳〵《ニ》思《ヒ》よせ《テ》、優ナルヘシ、只《哥ハ》所ノさま、人《ノ》名残ナト《ヲ》能〻思《ヒ》入《テ》見侍ヘシ、返〻何事モ、仮初《ノ》事ヨリ起《リ》テ、世上《ハ》深《キ》思《ヒト》ナル物也、詮スル所、只一夜故《ニ》身《ヲ》可尽歎《ト》也

(三行分空白)」50ウ

八十九　。式子内親王母従三成子　後白川第三皇女　斎院　准后　出家法名承如法　大炊御門斎院《ト》申　又号萱斎院　嘉応元七廿四戊寅天晴賀茂斎内親王式子廿一退出依御悩　定家卿筆ニアリ非明月記反古歟

新古十一恋一

百首哥の中に忍恋を

式子内親王

89玉の緒よ絶なハたえねなからへハ忍ふる事のよハりもそする

抄哥《ノ》心《ハ》忍ひあまる思《ヒヲ》、をし返シ〳〵月日《ヲ》経《ルニ》、カクテ《モ》ナカラヘ《ハ》、必忍《フル》事ノよはりもそする《モコソセメト》思《ヒ》侘《テ》、

玉ノ緒ヨ絶ナハ絶ねト云ヘリ、堪忍性ノアル時、命モ絶ヨト也、」51オ 其故ハ忍ヒよはりテ、思ヒノアラハレハ、イカナル名ニカもれんナト、深《フカ》ク忍フ心也、猶よはりもそするノ詞、おかしくや侍らん、大方ナラハ、よハりもやせんと読ヘキヲ、もそするト治定シタル所眼ヲ付ヘシ、心ハなからへハ必名ニたゝん事ヲ落着シタル詞ナルヘシ

三玉の緒種ゝアリ、糸《緒》ノ事ニモ用、又琴ノ事ニモ読事アリ、是ハ命也、玉のをハかり《カリ》ト云ハ少《ソト》ノ事也、忍恋ノ題ノ哥也、未言出恋・洩始恋、又逢テ忍事モアリ、（私此義如何スヘテ人ニ不被知、堪忍ノ義本意歟）年月ヲ経テモ忍フ物也、又むかひへ不被知シテ忍フ事モアリ、さま〳〵ナル物也、」51ウ 題ノ表ノ本意ハ逢テカラノ事也、題ノ匂《ニホ》ヒニヨリテ、末ニアルハ逢テ後也、此哥モ（私此義如何）逢テ後ノ忍恋也、心ハ未レ逢先ニハ、一度逢ナラハ其夜ニ命ヲ捨ル共ト思フ物也、又契リ初テ後ニハ、人ノ心かはり《ル》時ハ、有テモかひナキト思カラ、命ヲ捨ントト思フ物也、忍恋ニす《一命ヲ》てんト思フハ、深切ナル心也、人目ヲツヽム事ノ退屈ナレハ、終ニハ人ノ知ラン程ニ、其時ハ《サアランヨリハ》玉のをよ絶ヨト也、命ノナクハ人ノ名モ立マシ、我名モ巧マシキト也

故前命ノ絶ヨト思フハ、人ノツレナキ歟、ツラキ歟、二ツノ物也、此分也

九十 私不逢先ト逢後ツラキトノ二様ナルニ、是ハ忍フニ身ヲ捨ルハ、深切ノ忍フ心ト云歟」52オ

○殷富門院大輔　殷富門院亮子後白川第一皇女　安徳天皇准母

○為輔　権帥　権中
―説孝　左大弁　正四下
―頼明　美乃守　従四下　右大弁
―憲輔　備前守　宮内卿正四下　勧修寺長者
―朝憲　従五下　陸奥守　輔
―行憲　白川院判官代　蔵　本名説輔
―信成　従五下　散位　蔵　本名説輔　抄
―女子　殷富門院播磨
―女子　閑院大甫　道尊僧正母　以仁王子　高倉宮　哥人

（新）■千載十四　恋四

歌合しける時、恋の哥とてよめる　俊恵法師　思かね猶恋ちにそ――

此哥ノ次ニ　殷富門院大輔

90見せハやなをしまのあまの袖たにもぬれにそぬれし色ハかハらす

抄哥ノ心ハ海人ノ袖ハ和布《メ》刈塩クミイツモネ《ヌ》レテアレトモ、色ハカハラ」52ウ ヌカ、我袖ハ紅涙ニ色モ変《カハリ》《ヘンシ》タル程ニ、如此シト人ニ見セタキト也、人トハ我思フ人也、又ぬれにそぬれしトイヘル詞、珍ラシキ物也、ツヨクぬれタルトノ義也、四ノ句ニテ切《キル》哥也、又たにト云詞ニテ、恋ノ哥ニナル事多シ、涙ノ色ノカハル事ハ、舜ノ后娥皇女英ノ班竹ノ故事ヨリ起レリ、又血涙ノ事長恨歌ニモ■■回首血涙相和流トアリ、又大和物語・伊勢物語ニモアリ、祇注云雄嶋ノ海士ノ衣ハぬれ止《ヤマ》ヌ物ナレハ、ソレヲ見ヨト思フ人ニいはましケレトモ、ソレモぬるゝハカリニテコソアレ、我袖ハ紅涙ナレハ、只我涙ノ色ヲ見せハやト云へり、をしまハ〔濁〕奥州松〔宮城歟〕」53オ 嶋郡也、小嶋トハカリ云時ハ、嶋ヲ濁ル、松嶋や小嶋ト二ニわタル時ハ、嶋ヲ二ナカラ清テヨム也、

新古 松かねをゝしまの磯のさよ枕いたくなぬれそ海人の袖かハ　式子内親王

同 秋のよの月やをしまの天原明方ちかきおきの釣舟　家隆卿

抄前ノ義ニ同略説也、三雄嶋奥州宮城郡ニアル名所也、是ハ勿論〔清歟〕—也、家隆卿哥秋のよの月やをしま、是モをしまヲ清也、くらふ山・クラフ山哥ニヨリテ清濁有ヘシ、小嶋ノ海人ノ袖ハぬれやマヌ物ナレハ、ヨキタトヘ也、サレトモ我袖ハ紅ニナルト也、娥皇女英ノ故事竹ヲ染タル事アリ、班竹ノ故事也」53ウ

蒙求 卞和泣玉〔楚人〕韓非子曰楚人和氏得二玉璞楚山中一——、【和氏璧事】抱其璞而哭於楚山之下、三日三夜泣尽而継レニ之ニ以レス血ヲ—

又海士ノ袖ノ浦ゝニ、ぬれぬハ有マシケレトモ、一入世ニゆるしテ、袖ノヌルゝ所ハ雄嶋ノ蜑ヲ云程ニ、吾袖ヲタクフル也、ぬれにそぬれしトハ、ぬるゝカ上ニ猶ヌラシソヘタルト云心也、干《ヒル》間ナキト也、其海士ノ袖ハ色モカハラヌカ、我袖ハ紅ノ

涙ナル故ニ、色ノ替ルト也、此袖ヲ見セタラハ、如何ナルツレナキ人モ、あハれトハ思ハンスル事ト也

（二行分空白）
54オ

九十一
。後京極摂政前太政大臣　良経公
後法性寺入道関白兼実公二男　号月輪殿　母従三位藤季行女

新古今五　秋下

91蛬なくや霜夜のさむしろに衣かたしきひとりかもねむ

百首哥たてまつりし時
　　　　摂政太政大臣

抄心ハ霜夜の狭莚ニ、衣片敷ねん歟ト也、蛬ノ鳴霜夜ノ折カラヲ侘タル也、天然ノ宝玉也、古語ニシテ、然モ新シキ物

也、又毛詩ニ〔十月〕蟋蟀入我床下トアリ、人丸ノ山鳥の尾のしたり尾のト云哥ニ劣ルマシキ也、祇注理ヲきて〔明也、〕
54ウ

只蛬ト云ヨリ独かもねんト云ヘルマテ、悉金玉ノミ也、此五句卅一字ハ、何ノ詞モ珍敷詮ニシタル事モナク、耳馴タル物

ナレトモ、ツヽケヤウノステタキニヨリテ、詞ノ字ナラヌ、蛬狭莚マテ妙ニキコエ侍也、彼人丸ノ足引の山鳥のおノ

哥ヲ取給ヘルニヤト云、

宗長聞書足引の山とりのおノ哥ヲトリ給フ、情以新為せん、詞以旧可用トイフニ能叶ヘル也

三次第ク二夜寒ニ成タル物也、足引の山鳥のおノ哥ニ下ニ含テヨメリ、秋ハ先八月九月正長夜トテ、一入襟切ナル時分ニ、

蛬始ハ野ニ鳴、庭ニ鳴、戸ニ鳴ナトシテ次第ニ狭莚ノ下ニ鳴寄也、
蛬ハニ
55オ

サテ次第ニ霜夜ニ成タル物也、何トシテカ明サンスルソト成、狭莚ニ近ク啼ヨレトモ、人うとくテ、殊更独寝ナレハ、明
蛬ハニ

シ難キ也、夜モ長ク蛬モ鳴故ニ、ネラレヌ物ノアツマリタルト也

故前蛬ト云フヨリ結句迄金玉也、秋ニナリテ、ソゾロ寒キ時分サヘナルニ、蛬ノ床近ク鳴秋ノ末ノ事ヲ思ッヘシ

（四行分空白）」55ウ

九十二
○二条院讃岐　二条院ハ後白川第一宮　従三位源頼政女或二女

○清和天皇―貞純親王―経基王（六孫王）―満仲（多田新発意）―頼光（摂津守）―頼綱（正四上　多田三川守）―仲正（兵庫頭）
仲正―頼政（大内守護　従三昇殿　右京大夫）―仲綱（伊豆守）
頼政―女子（二条院讃岐）
仲正―頼行―女子（宜秋門院丹後）

千載十二　恋二

寄石恋といへる心をよみ侍ける

二条院讃岐

92 我袖はしほひにみえぬおきの石の人こそしらねかハくまもなし」56オ

抄心ハ我袖ノよるひるトナク、かはく時モ知ス、思ヒフカキ我身ノ程ヲ、更ニ思フ人ニシラレヌ事ヲ、塩干ニ見エヌおきの石トたとへ出シタリ、奇妙也、しかも哥のさまつよくシテ、物ニウテヌ所アリ

新古　みるめこそ入ぬる磯の草ならめ袖さへ浪の下にくちぬる

此名哥ヲをきテ、是ヲ入ラレタルハ、能ゝノ事トゾ、此作者ハ当時女房ノ中ニ定家卿執シ給ヘル哥よみ也トイヘリ、又大海ノ底ニ尾閭ト云石アリ、此石天下ノ火ノ海へ流レ入共、カハカス物也、仍大海ハ増減ナシトイヘリ、荘子秋水 尾閭ハ沃焦也」56ウ

抄大概同之、三自然人モ知タラハ、哀レトモ云ヘケレ共、沖ノ石ノ如クナル袖ナレハ、誰アハレトモ不謂ト也

（二行分空白）

九十三
◦鎌倉右大臣　実朝公　右大将頼朝二男　母平時政女二位尼政子

八幡太郎
◦義家―義国―六条判官 為義―昇殿 左馬頭 義朝―住鎌倉 征夷大将軍 大納言右大将従二 頼朝 三男
―頼家 征夷大将軍 左衛門督 母平時政女
―実朝 征夷大将軍 号鎌倉右大臣 母同
」57オ

新勅撰八 羇旅

題しらす　鎌倉右大臣

93世中は常にもかもななきさこく海士の小舟のつなてかなしも

抄　万 世中を何にたとへん朝ほらけこき行舟の跡のしら浪 沙弥満誓

古 みちのくハいつくハあれとしほかまの浦こく舟のつなてかなしも

此両首ニテよめり、心ハ跡ノ白浪ヲ取《トリ》、詞ハ浦こく舟のヲ取《トレ》リ、旅部ニ入、無常ニテハナシ、常ナキヲ観スル時ノ哥ナレハ、無常ニモ入ヘキ歟、常にかもなハ、常ニモかなト也、世中ノ躰ハ、只渚ヲ漕行舟ノ跡ナキ様ニ、世中ノ躰モ常ナキトたとへタリ、」57ウ 又しかモ景気ヲおしむ心アリ、常ナキ世ヲ観シ、打なかむる折節、海士ノ小舟ノ面白ク綱手引行《ユク》ヲ、アカス打見ルニ、ヤカテ引過テ、いつちモ不レ知成行ヲナカメテ、只今目前ニ見ユル物モ、跡ナキ事ヲ思ヒテ、世中ハ常ニモカナトヨメルニヤ、誠ニ常住ニあらまほしき事也、綱手かなしもトハ面白キ心ヲかなしもトイヘリ、愛シタル義也

三二首ノ哥ヲ取例也、宗祇説ニハ世間ノ無常ヲ読ル由イヘリ、是ハ羇旅ノ哥也、海上遠望ヲ云ヘリ、小舟ノヤスラヒモセス、東

西南北ヘ行故、景ヲ見失フ也、残多事ト也、沖ヲ行」58オ舟モアリ、又湊ヲ出ルモアリ、帰ルモアリ、一所ニ不留也、サレハ我身モ羇中ナレハ、一所ニ留ル事モナケレハ、浪ノ上ノ舟ノ往来ノ如クヨト観シタル哥也、サテ世間ヲ常住ニシテ有度ト願フカ、常にもかもな也、三界ハ如客舎、一心ハ是本居ナリト心経ノ秘鍵ニ、弘法大師書給也、無常ノ方ヘ観シタルモ、不レ除《ノカ》事歟

（三行分空白）」58ウ

九十四
◦参議雅経　刑部卿頼経朝臣男　新古今撰者之内

京極摂政 正二 権大
師実―忠教（刑部卿従三）―頼輔（従四下 刑部卿）―頼経
頼経 ┬ 宗長（刑部卿従三 蹴鞠 難波流）
　　 └ 雅経（三木従三 右兵督 歌鞠 飛鳥井流 号二条）

新古今五　秋下
擣衣の心をよみ侍ける　藤原雅経

94みよしのゝ山の秋風さ夜更てふる郷さむく衣うつなり

抄是ハ古今ノ哥ニ、
三芳のゝ山の白雪つもるらし故郷さむくなりまさる也」59オ
ト云哥ヲとれり、心ハくれタル所モ無ク、詞つかひ妙ニシテ、句ごとに其感侍ルニヤ、か様ノ哥ヲいかにも仰キ信スヘキ事トイヘリ、後京極《摂政殿》ノ蛬鳴や霜夜の御哥ノ詞つかひニ同シカルヘキニコソ

（二行分空白）

九十五
◦前大僧正慈円　法性寺関白忠通公男　母家女房加賀従五上仲光女

【建久三十一廿九任権僧正、同日補天台座主四十八才】大僧正　天台座主第六十二代　諱道快　養和元十一六改名慈円　久寿二已亥十五誕生　嘉禄元九廿五入滅七十一才　嘉禎三三八謚号慈鎮滅後十三年　号吉水和尚　系見前」59ウ

千載十七雑中

題不知　　　　法印慈円此集之時卅三才歟

95おほけなくうき世の民におほふかな我たつ杣にすミそめの袖

【拾玉　日吉社法楽百首之内詠也】

抄五文字我身《ヲ》卑下《シテ》云《ヘリ》、身《ニ》不相応様《ノ》心也、哥《ノ》心《ハ》法徳《モ》至ラスシテ、天台座主ナト《ニ》成ナ座主前ノ事也、非也、上一人《ノ》宝祚長久《ヨリ》下万民《ノ》安穏快楽ならん事《ヲ》、二六時中心《ニ》カケ《テ》護持スル《ハ》、身《ニ》応セヌ事《ト》ナルヘシ、さてうき世ノ民におほふ《トハ》、伝教大師《ヨリ》ノ法衣《ヲ》一切衆生《ニ》おほふ《モ》、延喜聖代《ノ》寒夜《ニ》御衣《ヲ》脱給《ヒテ》、民《ヲ》アハレヒ」60オ給ヒシ心《ヲ》思《ヒ》給《フ》ナルヘシ、民《ト》云字《ヲ》をく《ハ》、延喜《ノ》御心《ヲ》とり給故也、心《ハ》只衆生《ノ》事ナルヘシ、我立杣《ハ》比叡山也、彼伝教《ノ》御哥《ヨリ》いひつけタルヘシ

　阿耨多羅三藐三菩薩の仏たちわか立杣に冥加あらせたまへ

墨染ノ袖《ヲ》住《ノ》字の心に、あなかちに見《ルハ》わろし

抄此初《ノ》五文字《ハ》卑下也、天下《ノ》護持也、天下《ノ》人《ニ》法衣《ヲ》おほふへキノ心也、延喜聖代《ノ》寒夜《ニ》御衣《ヲ》脱給《ヒテ》、民《ヲ》あはれひ給《ヒシ》心ヲ思ヒテ、一切衆生《ノ》上《ニ》法衣《ヲ》おほはんスル《ト》也、慈鎮《ハ》□□十二時中此心《ト》也」60ウ

三吾立杣《トハ》天下《ト》イハン為也私座主ナレハ懇天下ヲ祈ラルヘキ也座主前ノ哥也、護持ニテモ同事ナルヘシ、すミそめ《ト》云《ニ》住《ノ》心《ハ》自然也住ノ心自然之も座主ノ時ナルヘキ也、八雲御抄《ニ》秀句《ハ》哥ノ源ナレ共、むね《ト》スル事キタナシト云ヘリ。抄《ノ》御詞也、一天下ノ法衣《ハ》衆生歟衣歟皆衣《ニ》ツヽマントト也

又伝教大師《ノ》阿耨多羅《ノ》哥ノ心《ヲ》以《テ》、一切衆生《ニ》此法衣《ヲ》おほハん《ト》也私如此ニテハナシ可勘也

故前我戒力法徳モテ、護持ノ事ハ、おほけなき也、サレ共夜居ニ候セラレテ、天下泰平・聖朝安全ノ御祈ハ云ニ及ハス、

万民快楽ヲ随分祈ラル〔ト也〕

九十六　。入道前太政大臣　公経公　内大臣実宗男　母入道中納言基宗女

大納言公実子大宮中納言　大納言正二二坊城内大臣　号一条太政大臣

。通季──公通──実宗──公経号西園寺　嘉禄年中建立　西園寺

新勅撰十六雑一

落花を読侍ける　入道前太政大臣

96花さそふ嵐の庭の雪ならてふり行物ハわか身なりけり

抄心ハ、散ハてたる花の雪ハ、イタツラナル物也、はや時過テ人ニいかにト見シ花ナレ、雪ト成はてテハ、あはれふ人モ

ナクナレルヲ見給ヒテ、我身ヲたのミ有ツル御世ナレトモ、ふり」ぬれハカヒナキ事ヲ、庭上ノ花ノ雪ヲきテ、ふり行物ハ

我身なりけりト読給ヘルニヤ、尤肝心深キ哥トソ、又ノ義只此心ハ花ノ盛ヲハ賞翫スル物也、我さ様ニモナクテ、ふり行

タル身也ト云心也、如此見レハ、雪ならてト云詞よくたつ也

抄嵐ノ庭ニ雪ト云心アルヘキ也、花ノ盛ニ賞翫スル物也、我ハ賞翫ハナクテ、只フリ行事ハ落花ト同前ト也、是ニテふり

行物ト云所聞ェタル也、尤肝心深ク面白キ哥也、能ニ工夫スヘキ也云ニ

三花ト云物サテモカヤウノ事モ有物歟ト思ヘハ、嵐ノマ・ニ吹」散シテ、雪ノ如クニナル也、枝ニコソ二度カヘラネ、又

春ニナレハ咲也、人ハ老若ク成事ナシ、羨敷ハ只花ソト云心也、年ニ歳ニ花相似、歳ニ年ニ人不同ノ心也、面白哥也、又

故前花ハ雪トフレ共、又春来ラハ、二度咲ヘシ、我ハ少年ノ昔ノ春ニ二度ナ■■■ト也

〔三行分空白〕

九十七
。権中納言定家　俊成卿男　母若狭守親忠女　美福門院女房伯耆云〻　初嫁藤原為経、生隆信朝臣、後嫁俊成卿生定家卿
正二位民部卿　侍従　本名光季　改季光　又改定家
貞永光《二》十一月十一日四月十五改元天福出家法名明静于時前中納言七十二才　号京極中納言入道
仁治二八廿薨八十才　新古今撰者五人之随一　又撰新勅撰集　記号明月　家集曰拾遺愚草

新勅撰十三恋三
建保六年内裏哥合恋哥　詞書此作者ノ前ニアリ　前内大臣　松嶋やわか身のかたにやくしほの煙の末を問人みかな
前中納言定家

97こぬ人をまつほの浦の夕なきにやくやもしほの身もこかれつゝ」63オ
抄此哥ハ万葉ノ長哥ニ、まつほの浦の朝なきに玉藻かりつゝ夕なきに藻塩焼つゝトアリ、来ぬ人をまつほの浦トハ、必一日ノ事ニハ侍ラサル《サル》ヘシ、夕なきトをけるハ波風モなき夕ナトハ塩焼煙モ立ソヘルヲ、我思ヒノもゆるさまノ切ナルニヨソヘテイヘル也、哥ノ心ハこぬ人ヲまつほの浦の夕なきニトイヒテ、やくやもしほのトツヽケ、身もこかれてトヨソヘタルさま、凡俗ヲハナレタル詞つかひ也、もしほの文字ニそのやうニト云心ニをく所おほし、こゝモその様ニト也、夕なきト云ヘル妙也、煙ノ深キ心ヲトレリ、此哥心有ヘシ、祇注ニ黄門ノ心ニ」63ウいくはくノ哥有ヘキニ、其中ニわきテ此百首ニ載ラルヽ事、思ヒハカルヘキ事ニ侍ラス、しきりニ眼ヲ付テ、其心ヲさくり知ヘキ事トソ、又ツヽトイヘルハ、一日ノ事ニアラス、連〻思ヒノ切ナル事ヲ云也、在口伝
抄此哥詞ニ《ハ歟》詞ヲ可レ付事ニアラサル事也、身ヲ焼ヨリモ悲シキハノ心也、万葉長哥ニモ、藻塩焼つゝト云ヲ、打カヘテやくやもしほト云ヘル也、定家卿ノ哥多キ中ニ、此哥ヲ被載タル上ハ、眼ヲ付テ可見也
三松帆浦淡路也、まつほ穂《ホ》ト可読ト云説アリ、乍去只まつをト読テ」64オヨシ、此哥随分ト思ヘルカ、此百首ノ中ニアリ、此浦《まつほノ》

藻塩焼トヨメル事、万葉ノ長哥ニ、朝なきに玉藻刈つゝ夕なきにもしほやきつゝトいへり、松帆ノ浦待心ヲ含メリ、心ハ待付ル事モナキニ、又こぬ人を待くシ躰也、雨風モアラハ、サハリモ理リナレトモ、夕なきニテいかにも悠く《ユウく》ト
シタルニ、待ツケヌ故、やくやもしほの身もコカルヽト云ヘリ、一説夕なきト云ルハ、舟ニテモク来《ク》ヘキ人ヲ、待心アルト
云ヘリ、以外ノ悪説也、思ヒノ切ナル心ヲ、やくやもしほト云、詩ニモ、我身如焼トイヘリ、つゝト留ル事、心ノ深クこも
る故也」64ウ

九十八
。従二位家隆　前中納言 太宰権帥光隆二男　母太皇太后宮亮実兼女 イ朝臣　系云母信通卿女、私信通女、系二三木公隆室之由有所見、女子一人ノ外不見也

良門孫 利基子 。兼輔 頭 中納言 ― 惟正 従五下 刑部卿 ― 為頼 従四下 太皇太后大亮 哥人 ― 伊祐 従四下 讃岐守 ― 頼茂 従四下 因幡守 ― 清綱 正五下 左門佐 ― 隆時 正四下 因幡守 哥人 ― 清隆 正二 中納言 ― 光隆 正二 中納言 ― 家隆 ― 隆祐

新勅撰三 夏

海辺■■■寛喜元年女御入内屏風に　前関白 吉野川

私
河辺六月祓也　正三位家隆　前関白哥ノ下、夏ノ巻軸哥也」65オ

98風そよくならのを河の夕くれハみそきそ夏のしるしなりける

抄此川ニミそきヲヨメル事、万葉よりの事なるへし

みそきするならの小川の河風に祈りそわたる下に絶しと

心ハならノ小川ヲ楢ノ葉ニ取ナシテ、河辺ノ夕暮ノ納涼ハ、更ニ只秋ノ心ニ成ハテタルさまヲいはんトテ、御祓そ夏のト

イヘル也、風《ノ》ソヨク楢《ナラ》ノ葉《ヲ》秋ソ《ト》思ヘ《ハ》、御祓《ヲ》する《ニテ》夏《ト》知タル也、誠《ニ》いつ《モ》アル詞《ヲ》モチ《テ》、珍《シク》したてられ《テ》、打吟スルニモ、涼シクナル心《ノ》し侍《ル》ニヤ、此百首《ニモ》新勅撰《ニモ》入ラレ侍《リ》、心及ハス共、サル故アラン《トハ》思《フ》ヘシ、猶詞姿タクヒナクコソ」65ウ

抄同前、三体詩、春半如秋心転迷《ト》云タルモ此心也

故前　是《ハ》なら《ノ》木陰ヲ云也、非名所

（二行分空白）

九十九　◦後鳥羽院 諱尊成　高倉第四御子　母七条院植子　贈左大臣信隆女

治承四七　十四《五イ》降誕　寿永二八廿践祚四才　同三七月即位太政官庁

文治五正三元服十一才　建久九四十一譲位十九才　在位十五年　承久三七八於鳥羽殿御出家法諱《ツイ》良然　同十三日奉移隠岐国、[redacted]《延応》元二廿二於隠岐国崩六十才或六十一才歟、同五月廿九可奉号顕徳院之」66オ由　宣下　仁治三七八以顕徳院可奉号後鳥羽院之由重被成　宣旨

（二行分空白）

続後撰十七雑中

題不知　　後鳥羽院

99人もおし人もうらめしあちきなく世を思ふゆへに物おもふ身は

抄此御哥《ハ》王道《ヲ》カロシムルヨコサマノ世《ニ》成行事《ヲ》歎《キ》思食《ス》也、人もおし人もうらめし《トハ》、世中《ノ》人ノ心さまく《ニテ》治《リ》難《キ》ヲ読給《ヘル》ニヤ、又人独《ノ》上ニテモ、是《ハ》よろし《ト》思《フ》人《ノ》悪《シキ》所」66ウ《ノ》アル心也、よき所《ハ》おしく、あしき所《ハ》うらめしき《ヲ》取合テ、あちきなく《トハ》よミ給ヘル也、又帝皇《ノ》御上《ニ》善悪《ノ》差別《ハ》有マシキ事ナレ共、天下ノ為《ヲ》思食

故《ニ》、却《テ》是非ノ出来《ル》ヤ、誠《ニ》世《ノ》治《リ》カタキ《ハ》、君一人《ノ》御物思《ヒ》ナルヘキ事《ニ》ソ侍ラン、御秀哥多《キ》中《ニ》、此御哥《ヲ》入ラレタル事、黄門ノ心侍《ル》ナルヘシ、宗長聞書云天下者非一人ノ天下、天下之天下也《ト》云心《ヲ》思《フ》ヘシ

抄是《ハ》世上《ト》云物、只よこさま《ナル》ヤウ《ニ》ナラ《テハ》、人《ノ》心■ナキ物《ト》也、此心《ハ》人間《カ》先爰《ヲ》能セン《ト》思へ《ハ》、却而惣事アル者也、兎《ニ》」[67オ]角《カク》《ニ》人間《ハ》不思物《ト》也、天下《ノ》為《ヲ》思召《スニ》ヨリ《テ》、御身《ヲ》思召《ト》也、天下者非一人之天下――《ト》云《モ》同心也

三人もおしの御哥、殊勝ノ御製也、後鳥羽院《ハ》安徳天皇不慮《ニ》西海《ニテ》はて給《ヒ》テ、後白川院《ヨリ》御位《ヲ》譲《リ》給《ヒシ》也、当御流後鳥羽院御筋也――

（一行分空白）

三人モ惜《オシ》《トハ》現在也、当《私》時《ノ》人《ノ》心万差《ニシテ》難治義《ヲ》読給《ヘル》歟

三又なき《無》人《ヲ》思召《ス》御心《モ》アルヘシ、上《私》代素朴《ノ》世《ハ》自《ラ》天下《モ》治《ル》也

三人《モ》枯《シ》世《ハ》世中ノ人取ゝ《ニテ》世《モ》治《マリ》かたき《ヲ》歎給ヘルニヤ、」[67ウ]天子《ノ》御身《ニテハ》、世《ヲ》我身《ノ》上《ニ》思召事ナレ《ハ》、其心ヲフカク読給ヘル事也

（七行分空白）」[68オ]

百
。順徳院　諱守成　後鳥□□第二皇子　□脩明門院　贈左大臣範季女

正治二四十五立太子四才皇太弟　承元四十一廿五受禅十四才　承元三四廿譲位　在位十一年　同七月奉移佐渡国　仁治三九十二崩四十六才於佐渡国

続後撰十八雑哥下

題しらす　　権中納言国信

てる月の雲ゐの影ハそれなから
ありし世をのミ恋わたる哉　此哥下

私懐旧御哥也　　　順徳院御製

100〽百敷やふるき軒はのしのふにも猶あまりある昔なりけり

〽百敷や此や《ノ》字、みよし野や・小初瀬や《ト》云《ニハ》カハル也」68ウ

此五文字百官よ《ト》アソハス義《云々》　テニヲハの字也

末ノ世《ニ》ナレ《ハ》、昔《ヲ》忍《フハ》ナラヒ也、彼《古今序ニ》仁流秋津洲之外恵茂筑波山之陰《ト》云如《ク》ナル世《ヲ》忍ハル丶《ハ》、何故《ッ》ナレ《ハ》万

民ヲ思召心也、殊勝《ノ》御製《ト》也

巻頭《ノ》御製王道ノ心ヲ読給へり、又此御製同前也、上古《ノ》風《ト》当世《ノ》風トノ姿カハレル也

（三行分空白）」69オ

慶安第二　　　抄之於

御前講之」69ウ

III　東京都立中央図書館加賀文庫蔵『百人一首講釈実陰公聞書』

百人一首講釈実陰公聞書　完（外題・題簽）
百人一首講釈
実陰公聞書」1オ
（半丁分空白）」1ウ
＼天和二年十月二日
　＼中院亜相百人一首講尺
＼兼依被約秉燭以前参中院亭、聴衆清水谷相公・羽林庭田頭中将・竹田大弼・冷泉少将・中院少将・野宮侍従・久世陸丸・実陰等也各片衣半袴之躰也、此外平俗之人一人有之、暫時而秉燭通茂卿直垂烏帽子被座各列座、予倶硯聞書之本等而在座
＼小倉ノ山庄《ゾウ》色紙ノ和哥　ヨミ出シ如此也
――――――天智天皇」2オ
持統《ドウ》天皇
――――――あまのかぐ山
柿本人丸
――――――先此迄ヨマルヽ也

〽此百首ハ京極黄門定家卿小倉の山庄の色紙形《カタ》の哥ナリ、サテコノ小倉の山庄ハ定家壮年ノ時作リヲカルヽトミヘタリ、定家卿哥ニ

続古今ニ入

露霜のをくらの山に家ゐしてほさても袖の朽ぬへきかな」2ウ

同山家ノ哥ニ

風雅ニ入

しのはれん物とはなしにをくら山のきはの松そなれて久しき

（一行分空白）

此山庄ノ事トミヘタリ、抑此百首ヲ撰をかるゝことハ、新古今の撰せらるゝ哥とも、彼卿の心にかなはす、其趣ハ明月記にもミヘタルト也、サルニヨリテ新勅撰にも力ヲ入テ、実《ミ》ノアル哥トモヲ入ラレタリ、此百首も同し心なるへし、彼卿の本意ヲアラハサンタメニ撰をかるゝ也、此百」3オ首ニ古人五十人近代ノ人五十人ヲ入ラルヽ也、凡此百首之人数の内世にいかめしくおもふものそかれ、又させる作者にてなきも入たるなり、作者の心に随分ト思哥ならぬも入たるあれハ、存命の間ハ密をかれし故、黄門の在世にハ、人あまねくしらさる也、為家卿の世になりて、人あまねくしりたる也、当時も彼色帋の内、少ゝ世にのこりたる有也、此百首ハ家に口伝する事にて、講尺なとする事ハなかりける也、常縁カ宗祇ニ初テヨミテキカセケル也、初ニハ面、後ニハ裏ヲヨミタル也、講尺ナトスルモ大方の趣ハカリヲ先ヨミテ、サテ志アル人ニハ又」3ウ別ニ重テヨミテキカスル事也、宗祇モ初面後裏ヲキヽケル故、宗祇抄ニハ異説トモヲホキ也、其故宗祇抄ハ全クハモチイヌ也

・天智天皇○

皇極・孝徳二代ノ太子也、御孝心ふかくテ六年之間、おかもとの宮にて摂政し給ふ也、七年目ニ即位也、此御代ニ新羅・高麗ヲウツコトアリテ、高麗ヨリカセイヲコヒシコトナトアリタル也、廿六階ヲ定ラレシモ此御代也、水かゝみに此帝御馬ニメシテ林ノ中ニ入タマヒテ、御行方モシラス、只御沓ハカリヲチタリケルヲ、ミサヽキニヲサ」4オメシ也

1秋の田のかりほの庵の――

宗祇カルカヤノ関ノ説此面也、称名院之説諒闇ノ時ノ説アリ、サテ此御製此百首の巻頭ニヲカルヽコトハ、聖道明王ノ徳ヲホムル義也、かりほの庵一説刈穂の庵、一説仮庵のいほなり、刈穂の時もかりをとよむへき也、但猶かり庵のいほよろしかるへしと也、民の春ハタカヘシ、夏ハクサキリ、秋ハカリ、冬ハヲサメ、年中粒々ノ辛苦勝テカソフヘラヌ民ノ上ヲ思召ヤラルヽハ、民ノ袖よりも猶御袖のぬるゝよし也」4ウ

天智天皇舒明天皇ノ王子、諱葛城、在位十年近江国大津宮志賀郡ニ都セラレシ也、仍テ号近江帝又葛城天皇又号田原天王、御年五十八歳ニシテ被崩、アメノミマトヒラキウケノミコトヽ号ス

・持統《ドウ》天皇

天智天皇第二皇女、諱ハタカマノハラヒロノヒメノ天皇又ウノサラ、御母ハ越智《ヲツチ》姫《ヒメ》日本記ニハウチメト点アリ、蘇我山田ノ石川丸ノ女也、大和国高市郡来リ藤原ノ宮都スル也、此御時国栖踏哥なト始也

2春過て夏きにけらし――」5オ

この春過て夏きにけらしといへる勿論の事のやうにて、よろしからぬやうにしらぬ人ハ思ふ也、春過て夏きにけらしと次第〳〵にいひのへタルおもしろき也、杜子美か二月既破三月来トイヘルニ似タリ、霞も立散シ夏来テ、新衣ヲツケタルヤウニ此山の明白ニミユル也、天のかく山サシテ高山ニテハナシ、霊地ナリ、万葉ニハ衣サラセリ・衣ホシ

タリ両点也、常のてふと云ハ、といふと云心ナリ、此てふハタヽ心モナキてふ也、定家卿此ヲトリテ、サマ〳〵ニヨマレシ也

・花さかり霞の衣ほころひて峯」5ウ しろたへのあまのかく山

・大井河かはらぬゐせきをのれさへ夏きにけりと衣ほすなり

・白妙の衣ほすてふ夏のきてかきねもたはにさける卯花

義理にをきては衣サラセリガマシナ様ニキコユル也、此ニハナニトソ工夫ノアルヘキ処也、此ハ日比合点ノユカサルコトニヲモヒシ也

・柿本人丸

天智天皇御時人也、敦光卿人丸讃云」6オ

大夫姓ハ柿本名ハ人丸、蓋上世之哥人也、仕持統・文武之聖朝遇新田《ニイタ》高市《タケチ》之《ノ》皇子云〻

3 あし曳の山とりの尾の――

人丸ノ事ハ相伝有事なれハ、一向不及沙汰也

此哥拾遺・万葉・詠哥大概ニ入也、義理と云テハ別ニなし、たゝいかほともなかきよのかきりなきをいふなり、なか〳〵しよといはん為ニしたり尾といひ、したり尾といはん為ニ山鳥といひ、山鳥といはん為ニあし曳といひたる也、詞のツヾキ妙にして、風情尤長かき也、無上至極之哥也、人丸の哥情を本としたる哥」6ウ にて、景気をのつからそなはれると也、古今の間ニ独歩スト也、此哥なとニ詞ヲツケテ、トカクいふへき様なき也、称名院ノ義ニ山鳥ハ雌雄尾ヲヘタテ、ヌル者也、序哥の様なれとも、底ニハ独りぬるヲ比して云ル也ト云〻、山鳥のおろの初尾モナカキ事也、初尾花ト云モホノナカキ事也、なか〳〵しよを独かもねんと云事斗也、されともおもしろし、後京極殿ノ御哥此奥ニ

アル、衣カタシキ独カモネントイヘルハ、ヲトレル様ニキコユル也、此人丸ノほとツヨクハキコヘヌ也、此ハツヨクシヨツキリトシタル也、後京極殿のハさむしろに衣カタシキ之処ニ独の心ハヤアル」7オ也、此哥ハカロクアツク、サテツヨクシヨキリトシテ何ともいふへき様ナシ

＼此迄にて又更ニ読ル、也

山ノ辺ノ赤人

――――

猿丸大夫

――――

中納言家持」7ウ

――――

安倍仲麿ル

――――

喜撰法師《ホフシ》

――――

小野小町

――――

蟬丸

――――

此迄也

・山辺赤人」8オ

＼聖武御時人云〻、一説人丸同時人也ト古今の序云、又山のへのあか人といふ人有けり、哥にあやしくたえなりけり、人丸ハあか人かかみにたゝむことかたく、あか人は人丸かしもにたゝんことかたくなんありけるとありト云〻、山辺ハウチ赤人ハ宿祢《シユクネ》也、スイシン天王御時　(アキママ)　カ子也

4

＼田子の浦に打出てみれは――――

＼万葉ニハ此前ニ長哥アリ、万葉云

・山ノ部ノ赤人望ンテ二不尽山ノ一歌一首并短哥

・天地之《アメツチノ》　分時従《ワカレシトキニ》　神左備手《カミサヒテ》　高尊《タカクタツトキ》　駿河有《スルカナル》　布士《フジ》」8ウ　能《ノ》　高嶺乎《タカネヲ》　天原《アマノハラ》　振放見者《フリサケミレハ》　度日之《ワタルヒノ》　陰毛《カケモ》　隠比《カクロヒ》　照月乃《テルツキノ》　光毛不見《ヒカリモスミヘ》　白雲母《シラクモモ》　伊去波伐加利《イマキハハカリ》　時自久曽《トキシクソ》　雪者落家留《ユキハフリケル》　語告言継将往《カタリツギイヒツキユカン》　不尽能高嶺者《フジノタカネハ》

・反哥・田児之《タコノ》浦《ウラ》ニ従　打出而見者《ウチイテヽミレハ》　真白衣《マシロニソ》　不尽能高嶺尓《フジノタカネニ》　雪波零家留《ユキハフリケル》

＼長哥ヲミテ、此哥ヲミレハ、一入味カアル也、此哥ましろにそと雪ハふりけるトヲ改テ新古今ニ入タリ、集ニ入時アラタムルハ常ノ事也、末ノ集ニハ多クアラタメテ入タルアルサフ也、此哥ハ田子の浦のたくひなきヲ、立出て」9オ　みれハ、眺望かきりなくして、心詞ニをよはぬふしのたかねの雪をみたる心を思ひ入て、吟味すへしト抄にアル也、此ハはやイヘハ何事モナキ也、此ハ陸地ノ眺望也、故ニ打出てみれハトアリ、海辺ノ面白キ事ヲモ、高根ノ妙なるをも、詞ニハいはさるうちニ、千言万語をのつからこもれり、キレイニシテ、サハヤカ也、あし曳の哥ニモヲトトラヌ様ニキコユルト也、五尺の菖蒲ニ水ヲウチタテルトハ、カ様ナルモノニテアリサフ也

・猿丸大夫」9ウ

＼官姓時代等不知也、聖徳太子之孫弓削王《ユゲノヲホキミ》ノこと也ト云〻、宗祇注ニモ天武の御子弓削道鏡ヲ号すト云〻、此説不

審なると也、又下野国ニ薬師《ヤクシ》ト云処ニナカサル丶ト也、此も道鏡カ事也、弓削《ユゲ》ト云ニツケテアヤマレルトミヱタリ、鴨長明カ方丈記ニ、近江国田上に猿丸大夫か旧跡ありト云々

5＼おく山に紅葉ふみ分――

＼紅葉ハ深山ハ丶ヤク、外山ハヲソキ也、深山落葉スレハ、鹿ハは山へ出也、サテ又は山かたれ(ママ)ハ深山へ入也、サレハ此ハ深山の落葉スル時分ナレハ、中秋ノ時分カ也、抄」10オにも此哥ハ秋の何の時かなしきといへハ、鹿のうちわひてなくときの秋かいたりてかなしきと也、此秋ハ世間の秋なり、こゑきく人にかきるへからすト云々、コヘキクノキクト云事カ、世間の様ニハキコヘス、又もしキクト云字ニツケテ面白事カアルカ不知也、声キク時ソノソの字ト秋ハのはの字トニテ、かなしさか深切ニキコユル也

・中納言家持

＼大納言モロンドノ子也、春宮中宮大夫右大弁太宰少弐なとをへたり、鎮守府将軍陸奥」10ウ出羽按察使等ニ任スル也

6＼かさゝきのは(ママ)たせるはしに――

＼七夕の烏鵲橋の事にてハなし、此かさゝきのはしハたゝ天の事也、霜満天ト詩の心の同し義也、陰気凝而霜となる也、陰気逼而暁ニナラネハ、霜ハヲカヌ也、凡哥人ノ守ル処ハ此哥ニアリ、景気ノナキ時ニムカツテ、景気ヲツケタルカ哥人ノ妙処也、わたせるはしヲヌクト打付テ云ルヲカレソムナキ事也

・安倍仲麿」11オ

＼孝元天皇御子太彦命後也、倉橋丸左大臣始也、一名仲麿一説内麿、古伝云船守子《フナモリノコ》又従三位安倍朝衡《アサヒラ》息云々、又云大納言朝平《アサヒラ》男ト共以無実、公卿補任にも不見、江談云仲丸読レ哥ヲ事霊亀二年為遣唐使件仲丸渡唐之後不帰朝云々○仲丸事色々ニアリ、難信用也、霊鬼ト成ナト丶云事アル也

7＼天の原ふりさけみれは――――

＼古今左注《ヒダリジウニ》此哥ハむかしなかまろをもろこしに物ならはしにつかはしたりけるに、あまたのとし」11ウをへてえかへりまうてさりけるを、この国より又つかひまかりいたりけるに、たくひてまうてきなんとて、出たちけるに、めいしうといふ所の海辺にてかの国の人むまのはなむけしけり、よるになりて月のいとおもしろくさしいてけるをみてよめるとなんかたりつたふるとあり

ふりさけハ振仰《アヲク》といふ義あり、当流にハ提トいふ字ナリ、提といふハ、我物にして手ノウチニ入テミル心也、今少提之字にも不審のこるヤウ也、サキホトノ長哥にもふりさけあり、ミ合テ合点スヘキ也、宗祇」12オ注ニ此心もろこし人の名残をおしむころ、月ハ明白万里の外まてすみわたりくもりなきに、我朝のならの京にて見し月の心にうかひたる端的を、今こゝになかめつゝくれは、手裏ニ入タルヤウなれは、三笠の山に出し月かもといへり、くれ〳〵この哥ハもろこし人の名残をももとより、天原をも我国ノ事ヲモ思ひ入テ見侍るへき事とそ云〻、唐人のみるとは心かはれり、天照大神の岩戸へひきこもり給ひし時、春日大明神の太祝《フトノツト》にて二たひあらはれたる日月そと云心を、三笠の山にいてし」12ウ月かもといへり

・喜撰法師《ホフシ》

＼一本橘奈良《ナラ》丸子《マロカ》云〻、一本刑部卿名虎《ナトラ》朝臣息云〻、共非也、系図等にもナキ也、和哥式ヲ作ル人ト同人カト云〻、一説基泉ト同人也、鴨長明か無名抄ニ云御室戸《ミムロト》の奥に二十余町ハカリ山中へ入テ、宇治山の喜撰カ住ける跡あり、家ハなけれと堂のいしずへなとさたかにあり、これをたつねてみるへし云〻

8＼わか庵は都のたつみ――――」13オ

＼しかそすむハ我こゝに住えたる心をいへる也、たつみは方角ヲサシテいふ也、後京極、

・春日山都の南しかそ思ふ北の藤浪春にあへとは

よをうき山と人ハいへとも、喜撰はしかも住えたるとの義なり、まよへる輩はこゝをうしト云いへとも、たれも見治めこゝろをやすくせは、人こ皆喜撰なるへき也、山トノトノ字モカルシトノ字ハ、スルトニシテ、ツカヒニクシ、此ハウツクシキ也

・小野小町」13ウ

＼或説ニ出羽郡司小野良実女ト也、小野当澄《マサスミ》女ト也、つれ〳〵草云小野小町か事はきハめてさたかならす、おとろへたるさまハ玉造といふ文にみえたり、このふみ清行《キヨユキ》かけりト云説あれとも、高野大師の御作の目録にいれり、太子ハ承和のはしめにかくれ給へり、小町かさかりなる事そのゝちの事にや、猶おほつかなし、玉造の小町ト此小町と差別しれす、近代此ゑはやる也、前内府（通村）なとは此ゑノ上ニ哥カヽサル也

9 ＼花の色ハうつりにけりな――」14オ

＼此哥にハ表裏の説ある也、世にすめハことしけくて、とやかくやうちまきれてすくしたるに、長雨さへふれは、おとろへたる花也、為氏卿なかめを長雨と雨をそへてふかくみよと申されしなりト也、ふるといふから長雨ニミル也、小町我身ノおとろへヲ、花に比して云也、此哥にに文字四ツあれとも、耳にたゝす、上手のしわさ妙処なり、宗尊《ソウソン》親王《シンワウ》三百首に、

しらくもの跡なき峯にいてにけり月のみ舟もかせをたよりに

為家卿の詞書に、にの而あまた指合ト也、小町か花の」14ウ色はうつりにけりな――是ハ秀逸に候へハ、何事かと云〻、宗尊ノハイカフ耳ニタツ也

・蟬丸

＼会坂ノ蟬丸仁明の時の道《ドウ》人也、常ニ不レ剃レ髪ヲ世人翁ト号ス、或ハ仙人とも云り、三光院御説ニ世人盲目ト云ハあやまれり、後撰此哥の詞書に、相坂の関にて往来の人をみてト云ヽ此ヲ以テしるへしト也、又延喜の皇子トいへる甚不可然、古今に此人の哥いれり、延喜帝ハ十三歳にて御即位あり、延喜五年の比は廿二歳にておはします、是にて知ぬへし、」[15オ]此なれハ哥ヨムホトナル御子ハ、いまたあるましき也、鴨長明無名抄に相坂の関の明神と申ハむかしの蟬丸なり、かのわらやの跡をうしなはすして、そこに神となりて住たまふなるへしト云ヽ

10　これやこの行もかへるも――

詞書ニ相坂の関に庵室をつくりてすみ侍るに、行あふ人をみてとあり、宗祇注に此やこのとは相坂の関におちつく五もしなり、面は往来の人の事ヲいひ、下の心は会者定離の心なり、せきとは関《クワン》ヲまぬかるゝよしなり、後水尾院仰云これやこの」[15ウ]とは今一比する物なくてはならぬ也、さるにより面カラ会者定離の心なり、関《クワン》ヲとをると云事ハ禅家に沙汰有事也、ソレハコヽニハカナハスト仰也ト云ヽ、後撰には別つゝとあるなり

(一行分空白)

百人一首講尺　初度聞書

猶少ヽ不審失念等の事アリ、猶後日以次可尋弁也

(二行分空白)」[16オ]

二度

七日　日没程

聴衆庭田頭中将・竹内大弼・山科中将・中院少将・野宮侍従・陸丸・実陰今夕亜相立烏帽子直垂也　清水谷宰相中将依御用赴参上

冷泉少将有所用云々

参議篁

敏達《ビタツ》天皇之皇子春日皇子妹子賜小野姓、篁者其末也、姓ハ小野参議左大弁ナトヲ経タリ、野相公《ヤシヤウコウ》ト号ス、漢才達スル人也、承和五年」16ウ 隠岐国ニ配流、承和ノ比遣唐副使を奉る、篁病ヲ称して進発せさる也、遣唐使大使第一ノ船ニ乗シ、篁カ船ヲ第二ニナスニヨリテ、病ヲ称して進発せす、遂に欝憤ニヨリテ、世遁《道》謡ト云物ヲ作リテ、遣唐使ノ事ヲそしる、其詞ニ忌諱ノ事ヲ犯ス事トモおほし、それを嵯峨天皇御らんシテ、大に怒り給て、此罪にあたる也、承和七年四月に召カヘサレテ、同八年九月十九日本の位になる、十四年正月十二日ニ参議ニ成し也、一説ニハ無レ悪善《ナクハサガヨカラン》トかきたる落書アリケルヲ、篁によませ給けるに、」17オ 篁サガナクハヨカラントヨミケリ、此三字ヨメ、ニクキ事ナルヲ、如此篁ヨミケル、サテハ篁カしたるとて、罪にあたるト也、今一説三光院ノ説アリ、此ハシレサル也

11和田の原八十嶋かけて――

わたの原ハ海の事也、八十ハカスノ多キヲ云也、数の限ヲ云ニハアラス、古今詞書ニおきの国になかされけるときに、ふねにのりて出たつとて、京なる人のもとにつかはしけるとアリ、尤所ハヲキノ国ヲサシテ行ナレトモ、カキリナキ海上ハイツクトモナクシテシラヌ世界ニコキ出タル心ちするなり、大方ノ人タニモ海路の」17ウ 旅ハかなしかるへきに、まして流人ノコトナレハ、シラヌ波路にコキハナルヽ心ハタトヘカタキト也、罪アル人の事ナレハ、タレモタツネカタラフベキ人モナケレハ、あまのつり舟ニイヒカケタル也、人ニハノハノ字キヽニクキヤウナリ、八十嶋かけてと云ヨリ、人ニハトフミハツタル也、俊成卿ハ此下句比類ナシト称せられけるト也

僧正遍昭

桓武天皇ノ御子良岑ノ孫也、安世カ子也、俗名良岑宗貞号花山僧正、素性ハ此遍昭カ子也、頭中将ヲカケテ仁明天皇ニツカフ、崩御之後カシラヲロシテ、後ニ法眼」18オ 法印ナトニナリタリ、元《グワン》□(慶)寺座主祝中院ト号セリ、光孝天皇□

殿ニテ七十ノ賀ヲタマフ、遍昭カコトハ古今ナトニモ彼是多キ事也

12天津風雲のかよひち――

古今に五節のまひ姫をみてよめるトあり、俗名宗貞ヲコヽニハ定家卿の遍昭トのせられたり、舞の名残ヲおもひて、雲のかよひち吹とちよといへる也、しはしといひたるにて、とゞめえぬ心きこえたりトいへり、五節のおこりハ浄《キヨ》御原《ミハラ》の天皇よしのゝ滝の宮ニましく〳〵ける時、むかひの山の嶺に神女の姿」18ウ あらはれて、御ことのしらへにあはせて、かなてけり、御門のみ御らんして、御前にさふらふ人ハしらさる也、其神女袖を翻事五たひにおよふ也、さるによりて、五節とは名つけし也、それより此山を袖ふる山といへる也、其時みかとの御哥

　乙女子もおとめさひすもからたまを袂にまきておとめさひすも

此古事のはしめ也ト云く、後鳥羽院古今序の中六人の作者のうちハ、いつれそと定家卿ニ御たつね有けれハ、僧正遍昭也ト申されけるを、遍昭か哥まこと」19オ すくなしとあるハ、いかゝと仰られける時、それこそ哥にて候へと申されけると也

陽成院

諱ハ貞明《サダアキラ》清和ノ皇子、貞観十年十二月十六日降誕、同十一年二月一日皇太子二歳、同十八年十一月九日受禅《ジユゼン》、元《グワン》慶《ギヤウ》八年二月四日譲位、天暦三年九月廿九日崩八十一歳、此程ノ御畏命ハスクナキ也、大鏡ニ願文ニ釈迦如来一トセノ
兄《コノカミ》トツクル也

13つくはねの嶺よりおつる――

後撰三ニ入、詞書ニつりとのみこにつかはしけると」19ウ あり、つくは山・みなの川共ニ常陸《ヒタチ》ノ名所なり、ほのかに思ひそめし事のつもりて、ふかき思ひとなるをいへる也、つくはねのねの字みねヲ云也、ねノ字ハ皆嶺なるよし八雲ニミへ

タリ、カスカナル思ひのつもり〱てハ、つゐに渕と成けると也、源ハあさき水なれとも、つもりて渕と成也、恋そのその字おもしろき也、常の序哥とはチトチカヒタルヤウ也、つくはねのみなの川もつもりてハ、渕と成といへるに、恋こそつもりて渕と成けると也、その字ヒシトヒキアテヽいへる也、みなの川ハつくはねのより、真砂の下をくヽりて、河ともみへす、一滴つゝなかれて、末ハ」[20オ]河となれり、君の御哥にてハ、ことに心面白シ、一善もつもりてハ、天下の徳と成、一悪も天下の愁と成也、必天下の御上のみにあらす、大方の人も分に随て、此心を思ふへき事也ト也

河原左大臣

源融嵯峨天皇ノ御子源ノ姓ヲタマフ男女皇子五十人之内也、母ハ正四位下大原ノ全子《マタイコ》、六条河原院ニヲキテ塩竈ノ浦ヲ模ス、弘仁三年ニ出生、直任《ジキニン》ノ大臣也、栖霞観トイフ山庄ヲツクル、家庭ニ心ヲトヽメテ、亡魂トナリシ人也」[20ウ]

14みちのくのしのふもちすり

古今題しらすの哥也、上二句ハみたるゝといはんとての序なり、誰ゆへにか我おもひハみたるゝそ、わか心ハきみゆへにこそみたれたれといへる也、誰ゆへそとかこちかけたる也、古今にはみたれんとおもふ我ならなく(ママ)にあり、伊勢物語ニハみたれそめにしとあり、みたれんと思は、みたれそめにしにまさりたりと後水尾院なとも仰ありしなり、ソフモアリサフ也、しのふすりハ奥州信夫ノ郡ニ忍草ヲ紋ニツケタルスリ也、紋ヲみたれすり付たる故ニ、みたるゝといふ也」[21オ]

光孝天皇

仁明第三御子、諱ハ時康《トキヤス》、在位三年小松ノ帝ト号セリ、天長七年ニ降誕常陸大守中務卿上野大守式部卿太宰帥ナトヲ経給ふ也、□五歳にて受禅也

15□みかため春の〻にいて〻――

詞書ニ仁和のみかとみこにおはしましける□（時）に、人にわかなたまひける御哥トアリ、わかな誰ニ給ふともなし、わかなたまふとは賀ヲ給ふ義なり、人日ニ菜羹ヲ服スレハ、其人万病邪気ヲノソクト云ヨリ、七種ノ菜」[21ウ]羹ヲ供する事也、サテ哥ニ有心躰・無心躰トいふ事ある也、此は有心躰也、余寒の時分雪をうちはらひ〱わかなヲつむ心なり、雪ハすへて艱難のかたにとるなり、此ノコトク辛労ありて、人を御憐愍の義なり、か様ノ御心故ニ天道にもかなひたまひて、御位にもつき給ふ也、文徳ノ御□レキ〱アリシニ、清和の御治世もすくなく、陽成院もつきたまはす、文徳の御弟なから即位し給ふ也、定家卿ハ花麗なるはかりハ本意ナシとて、かくのことく心ある哥を取出て入給へる也、新勅撰なとの心もおなしかるへし、此御製ニヲキテハ、」[22オ]とかく申へき様もなき也、躰スコヤカニアツキ御製也

中納言行平

在原行平也、平城天皇ノ御子阿保親王ノ子也、母ハ伊豆《イトウ》内親王也、民部卿左衛門督ヲヘタリ、業平ナトノ兄弟也

16□ちわかれいなはの山の――

古今ニ入、題しらすノ哥也、いなはの山因幡・美濃両国ニアリ、顕昭ハ因幡の国也トイヘリ、又宗祇ノ説ニ濃州稲葉山也、其故ハ因葉の国司ノ事別人也ト云〻、[因幡ノ国司ニ任スルハ、大納言行平也、此中」[22ウ]納言別人也ト云〻]、幽玄躰ノ哥也、此モ序哥ノ様也、立別れいなはとうけて、今たちわかれたりとも、待人たにあらハ、又もたちかへりこんと也、といふハ、畢竟待人もあるましきと云落着也、俊成卿の四の句まてあまりくさりすきたるを、結句にていひなかしたる尤めてたきといはれたり、惣別あまりに詞のつゝきかさりすきたるはあしかるへしと也、縁の詞なともあまりにおほきハ、嫌といへる也、あまりくさりツヽケスキタルハ、ヨハキ也、此モ結句にてシヤツキリト成也、ツヽキタルハ、ウツクシクハキコユレトヨハキ也、句ノキレタルハ、ツヨクハアレド」[23オ]ブツキレニ成也、ソノブツキ

レナルニ、又ヨキガアル也、ソノ様ニ成テハ、ミ分ルコトカタキ也

　　　　　　　在原業平朝臣

行平卿ノ弟也、母ハ行平ニヲナジ、蔵人頭右中将右馬頭美濃権守ナトヲヘラレタル也、此子カ□□、ソノ子カ元方也

17ちはやふる神代も――――

詞書ニ二条の后の春宮のみやす所と申ける時に、屏風ニ立田川ニもみちなかれたるかたをかけりけるを題にてよめるとあり、神代ニハ様くの霊験」23ウともをしるしをきし中にも、如此の境界ハいまたきかすとよめる也、屏風の哥にてハ、ことに感情アリ、水くゝるハ紅葉の散しきたる下を、水ノ行也、定家卿モ此哥ヲシタハレタルカ此ヲ本哥にて、

　みよしのゝ滝つ河内（ママ）

（五行分空白）」24オ

右原書ハ中村氏所蔵にて、実陰公自筆杉原横詠草反古の裏に書かれたる都合七枚あり、古雅にしていと珍ら敷ものなり

　明治三十二年二月一日　　　　　可汲写

【詠草の端に天和二三二日園亭会詠草之草とあり】

【天和二年より明治三十二年まて弐百十八年】

Ⅳ　京都大学附属図書館中院文庫蔵『百人一首私抄』

百人一首私抄（外題・直書）

小倉山庄色紙和歌

右ノ百首ハ京極黄門小倉山庄色紙和哥也、ソレヲ世ニ百人一首ト号スル也、撰置ルヽ事ハ新古今集定家卿心ニ不叶、其故ハ哥道ハ古ヨリ、事ヲ脩メ。人ヲ導キ《家ヲト、ノヘ》、世ヲ治ムル教戒タリ、然レハ実ヲ根本ニシテ、花ヲ枝葉ニスヘキ事ナルヲ、此集ハ偏ニ花ヲ本トシタレハ、本意トヲホサヌナルヘシ、《其故ハ此集撰者》黄門ノ心アラハレカタキ事ヲ口惜ク思ヒ、此百首《古今百人》ノ哥ヲ撰テ我山庄ニ書ヲカルヽ者也、其後後堀川院御時勅ヲ奉テ、新勅撰ヲ撰セラル、彼集ノ心此百首ト相同シカルヘシ、実ヲ根本トシテ、所ミニ《コヽニハ工夫可有之所也》花ヲ色エタルナルヘシ〈愚意此百首ハ定家卿骨髄タルヘキ也、然レハ骨ヲ本トシタル／哥也、其中ニ自然ト花ヲ《実》兼タル哥アリ、然レトモコヽニトレル所ハ、ソノ花ヲ以テ／入タルニハアラス、ソノ実ヲトリテ入タルナルヘキ歟、詠哥大概ハ躰ヲ立タル／集ナレハ、花実ヲ兼テ撰セラレタルナルヘシ、〉

私新勅撰撰レシ時、梅ノ哥クスミ過タレハ、花ヤカナル哥入タラハヨカルヘシ、壬生二品哥ニ有ヘシトテ、彼集見給」1オ

幾里の月の光も匂ふらん梅さく山の峯の春かせ《曰哥多入タレトモ、取用ル所ハカワルヘキ歟》

此哥を見出テ、サレハコソトテ入られたると也、此心《心》ヲ以テ可案也

古今集ハ花実相対ノ集ナリトソ、後撰ハ実過分ストカヤ、拾遺ハ又花実相兼タル由也、師説申サレ《也》、能ミ其一集ミノ建立ヲ見テ、時代ノ風ヲサトルヘキコト也

新古今者撰者五人ノ上、後鳥羽上皇定られし也、それ故定家の心あらはれかたき也
　就此義奏覧之時ハ、定家卿喪中ノ由抄共ニアリ、是ハ僻説ハ新古今奏覧ハ、元久元年二月廿六日也、定家卿母ハ
　建久四年逝去、俊成卿ハ元久元年十一月卅日薨九十一才也、父母ノ喪共以不当撰集之時節
此哥ハ家ニ口伝スルコトニテ《二条家骨肉ナレハ、以此哥俊成・定家ノ心ヲモサクリ知ヘキコト也》、談義スルコトハナカリシヲ、東野州平常縁初テ講セリ、此抄ハ宗祇古今未伝受以前也、
仍異説多之、伝受ノ時百人一首ノ口伝アル事也、《ニテ古今伝受之内侍ルコト也、其レ故先異説ヲ講シタル也》然共初学ノ人邪路ニ趣ケハ、還テ悪キ故、今ハ本説ヲ講《大かたに》スル也
此百首黄門ノ在世ニハ、《世間ニ》不流布、其故ハ古人五《ワツカニ》十人近代之人五十人ノ作者ナレハ、漏脱ノ人数ヲシラス、然レハ彼ヲ
捨此ヲ取コト、世ノ褒貶遁ヘキニアラス、《又其人ノ秀哥と思哥を不入して、さてもなしと思哥ノ入タルモ有へシ、上才》被秘置之心尤也、為家卿ノ代ニ成テ、遍ク知コトニハ」1ウ ナレル也、当時モ
彼色紙少〻世ニ残リテ賞翫スル也
此山庄ノコトヲ、定家卿度〻被詠し也

権大納言家卅首
山家松　忍はれん物ともなしに小倉山軒はの松そなれて久しき

正治院百首
山家　露霜のをくらの山に家居してほさても袖のくちぬへき哉

四季題百首
山家夏　小倉山松にかくるゝ草の庵夕くれいそく夏そすゝしき

　正治二年　于時定家卿卅九才也

新千
住そめし跡なかりせハ小倉山いつくに老の身をかくさまし　為家

玉
小倉山松をむかしの友とみていくとせ老の身をかくすらん　同

続後拾
小倉山かけの庵ハむすへともせく谷水のすまれやハする　同

　相続して為家も住給へる歟

或抄詠哥大概ハ風躰ヲ詮ニ載ラレタル也、此山庄ノ色紙ハ秀逸斗ヲ撰テノセラレタル也、二条家ノ眼目也

兼載抄先其身ノ哥道ニ成タルヲ本トシ、徳ある哥邪説ノ顕ハレサル所ヲ肝要トセリ」2オ

（七行分空白）

天智。。天皇　諱葛城　在位十年　近江国大津宮志賀郡／号近江帝、又葛城天皇　又号田原天皇

人皇卅五代 舒明天皇 ― 卅九代 天智天皇 ― 四十一代 持統天皇　御母斉明崩天下諒闇
　　　　　　　　　　　　　　　　　　　　― 四十二代 元明天皇　天命開別皇《アメミコトヒラキワケノミコト》ト申ス
　　　　　　　　　 ― 四十代 天武天皇
茅渟王 ― 卅六 卅八／斉明 皇極天皇　舒明后後即位／卅六代皇極　卅八代重祚斉明
　　　 ― 卅七代 孝徳天皇　有間皇子

旧院御抄万葉第一天智天皇、御諱中大兄《ナカヲホエ》異説

水鏡云十年十二月三日御門御馬にたてまつりて、山林へおハして、林の中に入てうせ給ぬ、いつくおハしますといふ事をしらす、たゝ御沓のおちたりしを陵にハこめたてまつりしなり

後十抄　推古天皇廿二年誕　孝徳天皇元年大化元乙巳月日為太子、皇極・斉明二代之間太子也

辛酉年斉明崩以来、皇太子厚至孝、不称即位

六年丁卯三月遷大津宮遷都于近江国、壬戌年以来於岡本宮摂政六年　日本紀廿七云七年正月丙戌朔戊子皇太子即天皇位　此御代置二十六階　始用漏刻

1 秋後秋の田の万永かりほの庵の

　題しらす　よみ人しらす

祇注云カリホノ庵トハ、一説ハ苅穂ノ庵、一説ハカリ庵ノ庵也、苅穂ノ時モカリヲト読ヘシトソ、但猶カリ庵宜

カルヘキニヤ、古ノ哥ハ」2オ同事ヲ重テ読事常ノ義也、サテ哥ノ心ハ秋ノ田ノ庵ノ時過テ、秋モ末ニ成行苫ナトモ朽ハテヽ露フセクコトモナキマヽニ、露ノタフ〳〵ト置余タル如ク、我御袖ノヌルヽ由也、是ハ王道御述懐ノ御哥也、此君ハ九州筑前国木丸殿ニオハシマス時、世ヲ恐給テ苅萱ノ関ヲ立テ、往来ノ人ヲ名乗セテ通シ給事アリ、天子ノ御身ニテ御用心ノ事有ハ、王道モハヤ時過ニヤト思召御心也、時過タルカリホノ庵ノ露ニテ覚悟（マヽ）ヘキトソ、猶可尋、此哥ハ上代ノ風也、上古ハ心タニ能思入レハ、詞ハ巨細ニナキ哥多カルヘシ、能ゝ余情ヲ思ヘキ事トソ

詞ハ末世程巨細ニナル也、ソレ故哥ニ厚ミスクナク、味スクナキ也、余情ナキ也

玄鈔祇注猶可尋ト云事ハ、■《此》帝ハ事外労ヲ御沙汰有シ性也、其故ニ民ノ上ヲ一段ツヨク思召、カナシミタル也、時過タル借盧マテ田《ヲ》守リ、民ノ心ヲ尽スヲ御覧シテ、不便ノ態哉ト御袖ニ涙ヲカケラレタルヲ、我衣手ハ露ニヌレツヽト被遊タル也、天子ノ御哥ニテ尤感深キ也、秋田刈借ホヲツクリ、我オレハ衣手サムシ、露置ニケリ、カリホハカリナル庵也、借《万葉》庵トカケリ、御説ニハ天智天皇九州ニ御座有シ事、日本紀其外皇代記等ニミエス、不審、此御製ノ奥義ハ諒闇ノ御哥也、天子ハ諒闇ノ時、御悲ニツキテカリ庵ヲ作リ、カタハイニシテ板敷ヲサケ、蘆簾ヲカケ苫ニ臥壊ヲ枕ニシ、以日易月ト云テ、十二日倚廬ニ御座也、十二ケ月御座有ヘキコトナレトモ、十二日ニツヽメ給、ソレヲ以日易月ト云也、」3オ如此シテ秋ノ田ノ庵ノ如ク悲アルニヨリ、田家ヲ覚召ヤリテ読給ヘル御製也、孝行ノ道ヲ上下万民本トスル故ニ、此御哥ヲ此巻頭ニ置レシト也、国母ノ諒闇ト云コトハ斉明天皇ヨリ始リタル也、此所ヲハ宗祇秘シテ云残タル歟、猶可尋トアル間、奥義ハ残シタル所ミエタリ、東常縁先表説ヲヨミキカセテ、執心アル者ニ本説ヲ又読テキカセタルト也

国母諒闇事　斉明天皇ハ帝位ヲフミ給ヘハ、常ノ国母ニ准スヘカラス、諒闇タルコト勿論也

後十此御製巻頭ニ入ラルヽ故ハ、《天智天皇ハ御恵フカキ天子也》政道明王ノ徳ヲ褒ル義也、凡天下ノ民ハ国家ノ本也、仍百姓ノ字ヲミタカラト訓ス、

春耕、夏耘、秋刈、冬蔵ム、年中粒〻ノ辛苦不可勝斗、此苦労ハ上一人ノ苦也、万民ノ歓ハ上一人ノ楽也、王者ノ道民ト共ニ楽ミ、苦民《（ママ）》ト共ニ苦ム、サレハ疎屋ノ風モ防エス、露モタマラヌ民ノ袖ヨリモ、思召ヤラル丶。袖《御衣の御》ハ、猶ヌレマサルトノ義也、此叡心故ニ、天下治リ高麗ノ軍ヲモ助玉ヘリ

　蚕婦　　　　　　無名氏

昨日到城郭　帰来涙満巾　遍身綺羅者　不是養蚕人

　憫農　　　　　　李紳

鋤禾日当午　汗滴禾下土　誰知盤中飧　粒〻皆辛苦

後水尾院被勘云

朝くらや木の丸とのに我をれハなのりをしつゝ行ハたかこそ

天智天皇御製也、朝倉宮ハ天智天皇ノ行宮、築紫ニアル由奥義抄・八雲御抄等ニノセラレ侍レト、慥ナル所見ヲ見侍ラス、コ丶ニ日本紀ヲ勘侍ルニ、斉明天皇御時、百済ヨリ高麗ヲセメシ時、高麗スクヒノ軍ヲ我国ニ求メ侍シカハ、天皇ツクシヘ趣玉ハントテ、伊予国ニ幸シテ、熟田津ノ石湯ノ行宮ニ留リ給ヘリ、其」3ウ時天智天皇ハイマタ太子ニテ供奉シ給ヘリ、其年朝倉ノ橘ノヒロ庭ノ宮ニウツリ玉ヒテ、朝倉ノ社ノ木ヲ切ハラヒテ、此宮ヲ作玉シカハ、朝倉ノ神怒ヲナセリトナン、斉明天皇ハ終ニ朝倉宮ニテ崩玉ヘリ、朝倉社ハ延喜式神名帳ニハ土左国土左郡トアリ、風土記ニモ土佐国朝倉郷ニ朝倉社アリトミユ、四国ナレハ伊予国ヨリ土佐国ヘウツリマシ〳〵ケルニヤ、朝倉ノ木丸殿ハ土左国ニ侍ヲ、古来誤テツクシニ有ト云リ、木丸殿ハ丸木ノ黒木ニテ作ル名也、天智天皇イマタ東宮ト申侍時、朝倉ノ行宮ニ止給ヘル時、此宮ヘマイル百ノ司、各謁シテ罷出侍コトヲ、ナノリヲシツ丶行ハタカコソト詠シ給ヘル也、刈萱関ノ旧跡モ土左国ニアリ、鵜来巣《ウグルスノ》弾正ト云者居住シテヨリ以来鵜来巣山ト云云〻

持統天皇　天智天皇第二皇女　諱高天原広野姫《タカマノヒロノヒメノ》尊　又兎野《ウノ》／少名鸕野讃良《ウノサラ》　御母越智娘《ヲチメ》《イラツメ》　大臣蘇我山田石川丸女

天武天皇后　都大和国高市郡藤原宮　大宝二年十二月十日崩

天皇十年位ヲサリテ太上天皇ト申侍キ　太上天皇号始

此御代　卯杖　踏歌　荷前　等始

題知らす

新
2春過て夏きにけらし　私第四句万葉ニハ衣ホシタリ・サラセリト点ス、テフハ《ト》／改テ入、新古テフハ心ノナキ字也、常ニハト云ト心ニツカフ也

此哥ハ更衣哥也、心ハ春ノ中ハ霞ノ衣ニ天香久山ノ掩レタルカ、春過霞散シ、夏来テ山ノ明白ニミユルヲ、白妙ノ衣ニミタテラレタ《ミシ》ル《テ》、白妙ノ衣ホスト云リ、（春ハ霞衣ヲ着シタルカ、夏来脱衣したる所、衣ヲ着したることくナレハ、衣ホストイヘリ、）ホスハ衣ノ縁也、霞ニ掩レタル山ノ、其衣ヲ脱捨タルヤウナルヲイヘリ

此哥新古今夏部巻頭ニ入タリ、更衣ト云所ヲ能ミタテヽ入タリ、」4オ

伊勢物語ニ露トコタヘテ消ナマシ物ヲト云哥ヲ、哀傷部ニ入ラレタリ、何も能〻立テ入タルトイヘリ、部立可然集ト云フコトハ、如此事ナルヘシ云〻

次第〻ニ云ノヘタル所、古躰ト云ナカラ面白シ、
春過て夏きにけらしと云所ニ、杜子美十五、二月已破レテ三月来ル、漸ク老タリ遙カレ春ニ能幾回《イクタヒソ》ト云。ヲ引、能相応セリ

大井河かはらぬゐせきをのれさへ夏きにけりと衣ほすなり　定家卿

両闘 ■（東）東也闘山ハ雲カヽリテ白クミユルカ、川ハカワラヌ井セキノ白キハ、衣ヲカヘヌルカトイヘリ
白妙の衣ほすてふ夏のきてかきねもたはにさける卯花　同

新勅　万
冬過て春ハ《ミ》きにけらし朝日さすかすかの山に霞たな引　よみ人しらす
所義衣ヲ干ト云ハアノ山ノ事ヨト云タテタル景《ケイ》也、ケラシニヨリ心叶ヘリ
用　天香久山ハ高山ニアラス、霊地也

柿本人麿　天智ノ御時人云々　姓柿本戸朝臣也
両聞云天《アメ》足彦国押人《タラシヒコクニヲシヒト》（孝照第一御子）命之後也、敏達天皇御世家門依有柿樹為柿本臣《ヲン》　又敦光卿人丸賛云大夫姓柿本名人丸、蓋上
世之歌人也、仕持統・文武之聖朝遇新田高市之皇子矣
任石見・播磨等守　任左京大夫　叙正三位

題しらす

3 あし曳の山鳥のおの　拾 永 万

祇注云此哥ハ殊なる義ナトハ更ニナシ、只足引ノト打出タルヨリ、山鳥の尾ノシタリ尾ノト云テ、長〻シ夜ヲト
云ルサマ、何程モ限ナキ夜ノ長サ也、聞手ヲツクレハ、第二等ニヲツル也、数反吟シテ自得スヘシ詞ノツヽキ妙ニシテ、風情尤長高シ、カヽル哥ヲハ眼ヲ付テ、数反吟シテ其
味ヲ試侍ヘシ、無上至極ノ哥ニヤ、人丸ノ哥ハ心ヲ本トシタル歌ニテ、景気自ラ侍ルコト、天」4ウ然ノ哥仙ノ徳也、古今
間ニ独歩スト云ル此理ニヤ云々已上
比此鳥ハ夜ハ尾ヲヘタテヽ、夫婦ヌル物ナレハ、序哥ノヤウナレト、心ハ彼鳥ニ比シタル心ヲ云リ　猶此哥ニハ工
夫吟味アルヘキ也
私華鳴や霜夜・桜咲遠山鳥なと吟しくらへて、ソノ善悪ヲ工夫シ味知ヘキ事也
独ヌル山鳥ノ尾ノシタリ尾ノ霜置マヨフ床ノ月カケ

山辺赤人　用　垂仁之後胤ト云説アリ

古今序云又山のへの赤人といふ人ありけり、哥にあやしくたへなりけり、人丸ハ赤人かかみにたゝむことかたく、
赤人ハ人丸かしもにたゝむことかたくなむありけるトアリ、哥仙ノ程思へし
後十抄　山辺赤人ハ垂仁天皇ノ後裔、山辺老人《オキナ》の子云々、山辺ハ氏、宿祢ハ尸也、赤人ハ人丸ヨリハ少後世ノ人歟、

神亀三年秋聖武天皇播磨ノ印南野ニ行幸ノ時、供奉シテ読ル哥万葉ニアリ

題しらす

4 新冬 万三 田子のうらにうち出てみれは

山辺赤人望不尽山歌一首并短哥

天地之　分時従　神左備手　高尊駿河有　布士能高嶺乎　天原　振放見者　度日之　陰毛隠比　照月乃　光母不見白雲母　伊去波伐加利　時自久曽　雪者落家留　語告」5オ 言継往　不尽高嶺者

反哥

田児之浦従打出而見者真白衣不尽能高嶺尓雪波零家留

マシロニソフシノ高根ニ雪ハ降ケルヲ、白妙ノフシノタカネニ雪ハ降ツヽト改テ新古今ニ入ラレタリ、此長哥ヲ以ミレハ、此哥其味尤深シ、是ハ陸地ノ眺望也、陸地ニオキテ山海ノ景ヲ兼タリ、雖他境其風景不可軽、況山ハ冨士、海ハ田子浦絶景不可述言語、此哥境地斗ヲ云立テ、其理ニ不亘、如此手ヲ付サル所、其タクヒナキニヤ、佳作妙所イハサル一黙ノ中ニ千言万語ヲノツカラコモレリ

三躰詩江南春　千里鶯鳴緑映紅、水村山郭酒旗風、南朝四百八十寺　多少楼台煙雨中ト云ル其趣相似歟

両聞 顕也打出テミレハト云所ニテ無限風景ヲ思ヘト也　うち出ての打ノ而心ナクシテ少味アリ、白妙ノフレ是ハ錯綜ノ句法歟、フシタカネニ白妙ノ雪ハフリツヽノ心タルヘキ歟

五 猿丸大夫

玄抄古伝云官姓時代等不知之云々、或系図曰、

用明天皇―聖徳太子―山背大兄王―弓削王号猿丸大夫云々

祇注云本天武天皇弓削道鏡ヲ号ス云々、私云此説不審、聖徳太子ノ御孫弓削王猿丸大夫ト号シタルヲ、道鏡法師ト云ル歟、弓削ト云ニ付テ、思アヤマルナルヘシ、又下野国薬師寺ト云」5ウ所ニ流サルト云々、是モ道鏡カ事也以上玄抄、鴨長明記近江国田上ニ猿丸大夫カ旧跡アリト云々

5（古永）おく山に紅葉ふみ分〈抄声キク人ニ限ヘカラス、世間ノ秋比時節悲トアリ、私聞／ト云字奥山ト云世間ノ秋とハキヽカタシ、但声聞時人ノ堪カタ／キ心ニ思ツヽケテミレハ、此時節世間ノ秋モサヘナヘテカナシキヲ思ヤリタルトイヘル歟、定家卿、／秋ヨタヽナカメステヽモ出ナマシ此里ノミノタト思ヘハ、トイヘルヤウニ、此奥山ノタヘカタキヨリ／世間ノ秋ヲ思ツヽケテミレハ此時節ハ世間トモ悲シキ時ソト云心ニヤ、此義ハ秋ハノハ文字／ヲツヨク見タル也〉

玄鈔此哥ハ奥山ニト云ル五文字肝心也、古抄ニハ端山ノ紅葉ハ散テ、奥山ノ木葉散時分、其陰ヲ鹿ノ憑ミテ鳴ト云也、是ハ誤也、紅葉ハ奥山ヨリ散テ、端山ハ遅キ物也、又庭ナトニアルハ、山ヨリモ猶後ニ色付散ナトスル物也、花ハ又紅葉ニカハリテ、端山ヨリ咲テ、次第ニ山深ク咲侍也、此哥ハ秋ノイツレノ時カ悲しきそといへハ、鹿ノ打侘テ鳴時々、秋カ悲シキト云義也、時ハ中秋（私季秋）ノ時分（始ナルヘキ歟）トミエタリ、是ハ秋ノ感ヲイヘリ　俊恵法師

立田山梢まはらになるまゝにふかくもしかのそよくなるかな

此哥ハ一向季秋の心歟　闌（祇）此哥（何レノ先達カ）月やあらぬ程ノ哥といへり

此哥古今是貞（光孝ノ御子）のみこの哥合云々、（時代相違歟）元明ノ比ノ人歟云々

おく山の千入の紅葉色そこき都の時雨いかにそむらん　土御門院　用曰イカニ染テ都ノ紅葉ハ色ウスキト也

私コレハ奥山ハ千入ニ染タルガ、都ハ今イカ程ソメタルラントイヘル歟

中納言家持　伴大伴連遠祖　天ノ忍日ノ命　旧事記三

大連大伴金村連　仁賢朝為大連　武烈・継躰・安閑・宣化両朝猶大連

欽明元年九月称老帰住老家　在官四十年
右大臣大紫大《タイシ》伴長徳《ナカトコ》連字馬養或鳥養金村臣大連之曽孫」6オ
中納言従三位大伴宿祢安麿大正和銅七五四薨　大紫長徳之六男
中納言正三位大伴宿祢旅人《タビト》《モロンド》大従二天平三七一薨　大納言贈従三位安麿一男
家持　安麿孫　旅人子　従三位　右衛門督　三木　右大将／春宮中宮等大夫　右大弁　太宰大弐等ヲ経タリ
続日本紀延暦元六月春宮大夫、従三位大伴宿祢家持兼陸奥・出羽按察使鎮守府将軍、延暦四八癸亥朔庚寅死

題しらす

6 鵲《新冬》のわたせるハしにをく霜の　。霜伊ノ天ニ満タルトテ、眼前ニ降タル霜ニハアラス、晴／夜ノ寒天白ク浅テサナカラ霜ノ満タルトミユルヤウナル躰也、／此哥御説也

鵲のはしハ七夕ニ淮南子烏鵲成橋ト云事アリ、其橋ニハ非ス、是ハ只空ノ事也、月落烏鳴霜満天ノ心也、八雲御抄ニカサヽキノワタセル橋ハ、只雲ノカケハシ也、誠ニアルニアラスト云リ、此歌ヲ心得サル人、種〻ノ説ヲカマヘ出ス、甚不可然歟、釈名ニ霜露ハ陰陽之気、陰気勝則凝為霜ト云リ、サレハニヤ陰気迫テ暁ニ到ラサレハ、霜ハオカヌ物也、満天ノ霜ニ暁ヲ覚ヘタル心サマ可付眼也、。凡哥人ハマモル所、此哥ニ有ヘシ、月モナク、何ノアヤメモ分ヌ暁ノ空ニ起出テ、景気ナキウヘノ景気ヲ吟シ出セル、哥人ノ妙所コヽニアルニヤ、学者能可思知也、祇注冬フカク月モナク、雲晴《モ》タル夜、霜ハ天ニ／ミチテサエ〳〵タル深夜ナトニオキ出テ、此哥ヲ思ハヽ、感情限アルヘカラス云〻

大和物語　又泉大将左時平のおほいとのへまうて給へりけり、外にて酒なとまいり」6ウ てゐいて、夜いたうふけて、ゆくりもなくものし給へり、おとゝおとろきていつくにものし給へるたよりにかあらん、なときこえ給て、みかうしあけさハくに、壬生忠岑御ともにあり、御階のもとに松ともしなから、ひさまつきて御せうそこ申

かさゝきのわたせるハしの霜のうへをよはにふみ分ことさらにこそ
となむの給と申、あるしのおとゝあはれにおかしくおほして、その夜おほみきまいりあそひ給て、大将も物かつき、忠岑も禄給ひなとしけり云〻　其興ある事也、忠《用》岑哥モ霜ノコトマデ也
建保哥合　家隆卿　冬山霜
かさゝきのわたすやいつこ夕霜の雲ゐもしろきみねのかけハし
安倍仲丸　古伝中務少甫　正五上船守子　従三位安倍朝衡息云〻　又大納言朝平男云〻　両説共無実
倉橋丸　仲丸　内麿　同人ト云説アリ、何モ不慥
江談抄《匡房ノ物語ヲ後人記シタル也》第三云仲丸読哥事、霊亀二年為遣唐使件仲丸渡唐之後不帰朝、於漢家楼上餓死、吉備大臣後渡唐之時、見鬼形与吉備大臣言談、相教唐土事、件仲丸不帰朝人也、読哥雖不可有禁忌尚不快如何
又或記云仲丸者熒惑星分身也、降和国輔王道、到」7オ異国能ニ天文・陰陽ニ異朝人怖畏之、令禁固而遂殺、仍為霊鬼伏《フクス歟》レ人ヲ吉備丸渡唐之時、見異形教授天文・暦術等、計儒書令来朝云〻、仍仲丸孫葉猶達天文伝其葉（ママ）云〻、陰陽道ノ中ニモ安倍氏ハ、天文道ヲ本トス、晴明カ先祖也
仲丸事雖有説ゝ不慥、或帰朝或不帰朝、或帰朝於海中為海賊被殺云〻
或抄ニ云宰相安倍仲丸光仁天皇ノ御時、為文字唐土ヘツカハサル、彼国ニ三年居テ、学問シケル時、左大弁経継《常》又遣唐使ニテ越タリケルニ、彼使トツレテ帰朝セントテ、明州ノ海ヘニ行ケルニ、唐人名残ヲ惜テ、送ニ来ル時ヨメルト也、此帰朝ノ時ハ桓武天皇御宇也云〻
此説古今左注ト相応、先ハ古今の左注を本として、帰朝と心得事也
フリサケミレハ此ハノ字心ノ残タル字歟、万里ノ外マテサワリナキヲ明月ナレハ、我朝《故郷》奈良ノ都モ心ニウカヒ眼／前ニミル心

チスル所、此ハノ字ニアリ、サルニヨリテ三笠山ニ出シ月カモトハイヘルニヤ、ミレハヲ大ヨリニミ／テハ、カモト所ヘ落ツ
キカタキ

7 あ《古旅》まの原ふりさけみれはかすかなる

祇注詞書もろこしにて月をみてよめり

古今左注に、此うたハむかし仲丸をもろこしに物ならハしにつかはしたりけるに、あまたのとしをへてえかへり」7ウまうてこさりけるを、この国より又つかひまかりいたりけるに、たくひてまうてきなむとて、出たちけるに、めいしうといふ所の海へにて、かの国の人むまのはなむけしけり、よるになりて、月のいとおもしろくさし出け《たり》り（ママ）をみてよめるとなんかたりつたふる

祇注哥の心ハもろこし人の名残をおしむ比、月ハ明らかに万里の外まてすみわたりて、くもりなきに《比》、我朝のならの京にてみし月の、心にうかひたる端的を、今こゝになかめつゝくれは、手裏ニ入たるやうなれは、みかさの山に出し月かもといへり、後十こゝを唐朝といへとも、是こそ吾朝の三笠の山の月よと云也

~~ふりさけみれハ提也なれとも、こゝをは提の字にみる也、我物ニシテ見ル義也、手裏に入てみる心也~~

くれ〳〵此哥ハもろこし人の名残をももとより、天原をも我国の事をも、思入て見侍へき事とそ、たけたかく余情我なしと云々已上

ふりさけみれハは、ふりあふきみる心ハ勿論なれとも、当流にハ提ト云字にみる也、手裏ニ入てみる心也、我物にして、こゝを唐朝といふとも《へ》、これこそ我朝の三笠山の月にてこそあれと云心也、振放ト万葉ニ書、放ホシイマヽ也、我物にしてみる義也、兼載抄貫之土左日記ニ青海原ふりさけみれはとかけり、高山ならねと海にもいへり、降放《サケ》也

闌タケタカク余情限ナシ

喜撰法師

橘奈良丸子云々、一本刑部卿名虎息云々、共以非也、系」[8オ]図等慥無所見、和哥式カキタルハ基泉也、此人同人ト云々、

又別人云々

長明無名抄御室戸ノ奥ニ廿余町ハカリ山中へ入テ、宇治山ノ喜撰カ住ケル跡アリ、家ハナケレト、石塔《ズヘナト》ナトサタカニ有、是を尋テミルヘシ云々

題しらす

8 古雑下 我庵ハ都のたつみしかそすむ

祇注云此哥ハ喜撰法師世をのかれて、宇治山ノ奥ニ入、身ヲ治メ心ヲ安シテヨメル哥也、シカソ住トハ、我コヽニ住得タル心ヲ云リ、迷ヘル輩ハコヽヲウシト云也、誰モ身ヲ治メ心ヲ安クセハ、人々皆喜撰タルヘキニヤ、落着ノ心ハ世ヲウキ山ト人ハイヘトモ、喜撰ハ住得タルトノ義也、都ノ巽トハ、方角ヲ指テ云リ、古今序ニモ始終タシカナラスト云ルハ、世ヲ宇治山ト人ハイヘトモト云ヘキヲ、人ハ云也ト云所ヲサシテ云リ、又秋ノ月ヲミルニ、暁ノ雲ニアヘルカ如シトカケルコトハ、終夜晴タル月ノ俄ニ雲ノカヽリタルヲ、始終タシカナラストハ云リ、シカモ雲ノカヽリタルサマ、幽ニシテ面白所アリ、是キニテ此哥ヲ思ヘシ已上、又王舎城ノ事ヲヒケリ、これも面白由後水尾院仰也、古今ニヨメル哥オホクキコエネハト云リ、然ルニ玉葉ニ為兼卿喜撰哥ヲ入タリ、闌詞幽ハ幽玄ノコトナルヘシ」[8ウ]

木間ヨリミユルハ谷ノ蛍カモイサリニアマノ海へ行カモ

又樹下集、

ケカレナンタフサニフレシ極楽ノ西ノ風フケ秋ノ初花

此等アリトテモ、多クキコエネハト云ル処無相違云〻
用又説都ノ内ナラハウカランガ、是ハ京師ノ塵ヲ出テ、住エタルヲ世ノ人ハウキ山ト云ト也
人ハ云也ノミナヲシカソスム云所モカスカナルニヤ

小野小町

出羽郡司小野当澄女三光説祇抄 或常澄トアル本モアル也 或説小野良実女、仁明之時承和之比ノ人也
ツレ〳〵草云小野小町カ事ハ極テサタカナラス、衰ヘタルサマハ玉造ト云文ニミエタリ、此文清行カケリト云説アレトモ、高野大師御作ノ目録ニイレリ、大師ハ承和ノ始カレ《ク》レ給ヘリ、小町カサカリナルコト、其後ノ事ニヤ、猶オホツカナシ云〻

題しらす

9 古雑下 永 花の色ハうつりにけりな

哥ノ心ハ花ノ時分ニハ、花ニ身ヲナサント思ヒシニ、世ニ住ナラヒトヤカクヤトスルウチニ、長雨サヘフリ出テ、花ノ色モウツロヒ ハヤ花ハチルト也、衰ルヲ打歎テイヘリ ミヌ花ナレハ、ウツリニケリナト察シテ云也、人間皆如此也、裏説ハ身《我》ノ衰モ、我トハシラヌ物也、花ノ哀ヲ見テ、我身モカクコソ衰タルラント ト思ヤル義也、。ナカメハ只ナカムル也、面白哥ニシテ、シカモ眼ノアル哥也 但為氏卿ナカメヲ長雨ト雨ヲソヘテ、深クミヨトヤサレシト也、花時風雨多ノ心也」9オ
〵後水尾院仰ナカメセシマニハ、只ナカムル義也ト抄共ニアレトモ、只打ナカムル心ハカリヨリハ、重キナカメニテ、トヤカクヤトナカメセシマニト云ヤウニ聞ユル歟

詠つゝ思ふもさひし久かたの月の都の明かたのそら　此なかめハかろし
なかむとて花にもいたく馴ぬれハちる別こそかなしかりけれ　此ハをもきよし也、足軒申されし云〻、此なか

めハなかむとてよりもをもきよし　仰也

兼抄哥ニ一句哥・二句哥ト云コトアリ、是ハ三句ノ哥也、ウツリニケリナニテ末ハソヘタル哥也、両聞東也此哥ニ文字四アリ、少モ耳ニ立サルハ上手ノ所為也云々

白雲の跡なき峯に出にけり月の御舟も風をたよりに　為家卿にノ字あまた指含候歟、小町カ花ノ色是ハ秀逸ニ／候所、何事歟云々

十

蟬丸　会坂蟬丸　仁明御時ノ人　道人也

常不剃髪、世人号翁或仙人トモ云、三光院説世人盲者ト云誤也、後撰詞書ニ相坂ニテ行カフ人ヲミテ云々、又延喜皇子ト云ルモ、甚不可然、古今集此人ノ哥入リ、延喜五年帝廿一歳ニテオハシマスニテ知ヘシ

長明無名抄相坂関明神ト申ハ、昔ノ蟬丸也、カノワラヤノ跡ヲ失ハスシテ、ソコニ神ト成テ住《スミ》給フナルヘシ、今モ打過ル便ニミレハ、昔深草ノミカトノ御使ニテ、和琴ナラヒニ良岑宗貞ノ良少将トテカヨハレケル、昔ノコトマテ面影ニウカヒテ、イミシクコソ侍レ云々、或童或法師云々、禿丁ナレハ両義無相違歟

詞書逢坂の関に庵室を作りてすみ侍けるに、行かふるをみて

10 撰雑一 これや此行もかへるも」9ウ

哥ノ心ハ行人あれハ、かへる者もあり、かへれハ行あふ者ハわかれ、わかるれハあひ知人あれハしらぬ人もありて、旅客の往来のさま悉皆会者定離三界流転のありさまかなといふ心也、これや此トハ相坂関ニヲチツク五文字也云々 これや此と云五文字ハ、今一物に比する事なくてハいひかたき五文字也、行もかへるもわかれ、わかるゝありさまハ、これやこの会者定離のことハりそといへる心を、相坂の関にひきうつ《ツ》して、五文字ニおちつく也、別てハと云を下へつゝけてみるへし逢テワカル、ト云ハ順也、別テハ逢坂トイヘルハ、別レテハ逢、逢テハ別ルヽ心残リテ面白歟

十一 参議篁　姓小野　参議左大弁　号野相公

敏達天皇—春日皇子—妹子—毛人《ケヒト》—毛野（中納言 エヒス エス後十）—永見（征夷大将軍）—岑守（三木大二）—篁（—保衡・好古）・葛紘・道風

此篁ハ破軍星化身云々　官文章生　弾正少忠　大内記　蔵人　式部丞　太宰少弐　東宮学士　弾正少弼　美作介
等ヲ経タリ

配流之事
承和元年遣唐副使ヲ承テ、唐使四船次第ニ海ニ泛シニ、篁称病不能進発、急《ニワカニ》称病不遂国命之間、依レ律法降死一等、
被処遠流隠岐国配流セラル、此オコリハ一合船・二合船ノ争ニ依テ也
又一ニハ無悪善ト書タル落書ヲサカナクハヨカラント読タルヲ、篁カ」10オ シワサナラントテ罪ニ所セラレタルト云リ、
三光院ハ今一説アルヤウニ申サレタリト云々
子ノ字十二ヨミタルコトナト種々ノ義抄ニアリ

11 和田の原八十嶋かけて（古）
ワタノ原ハ海ヲ云、八十ハ多キ心也、（八十ノチマタ・八十の舟ツ・八十氏人ナト云ニ）大方ノ人タニ、海路ノ旅ハ趣クハ悲シカルヘキニ、遙ナル隠岐国ヘ流人ト
成テ。（シラヌ波ちに）漕離ル心堪カタキサマ也、所ハ隠岐国トサシテ行トモ、サナカラ吾国ヲ境ヲ漕離テ。（多クノ嶋ヲ漕ハナレヌキヲ過テユクハ）シラヌ世界千里万里ノ
（外ニ行）。心チスル也、是流人ノ故也、人ニハツケヨトハ。（我思ノ切ナルホトヲ知人ニモ伝ヘマホシケレトモ）縦使アハレト思人アリトモ、罪ニアタル者ナレハ、尋ヌル人ハア
ルマシ、サレハ（唯今我ニ対タル）釣舟ニ云カケタル也、（心ナキ釣舟に人ニハつけよといへる心感深）俊成卿此下句無比類といへり
篁事ハ載続日本紀

詞書、おきの国になかされける時に、舟にのりて出たつとて、京なる人のもとにつかハしける
わたの原八十嶋かけてこき出ぬと〻いへる斗にて、流人の悲の言外ニあらハれたり
僧正遍昭　俗名良岑宗貞　号良少将／出家後号花山僧正　又号良僧正」10ウ

桓武天皇─平城天皇
　├嵯峨天皇─仁明天皇
　├淳和天皇
　└良岑安世（正三 大納言右大将 延暦廿年賜良岑朝臣姓）─宗貞（法名遍昭）─素性

承和十一年正月補蔵人廿九才、十三年正十三左近少将、嘉祥二正補蔵人頭 嘉祥三正廿一帝崩丙午出家為僧、先皇寵臣也、先皇崩後哀慕無已、自帰仏理以求報恩、時人愍、元慶三任権僧正、元和（仁）元十二十八於仁寿殿賜七十賀、寛平二年正十九卒七十六才
古 深草のみかとの御時に、蔵人頭にてよるひるなれつかうまつりけるを、諒闇になりにけれハ、さらに世にもましらすして、ひえの山にのほりて、かしらおろしてけり、その又のとし、みな人御ふくぬきて、あるハかうふり給はりなとよろこひけるをき〻て
みな人ハ花の衣になりぬ也苔のたもとよかはきたにせよ
12 古雑上 天津かせ雲のかよひち
古今詞書五節の舞姫をみてよめる云〻
心ハ唯今の舞姫を、むかしの天女にしてよみたる哥也、この」11オ 舞の名残をおしみて、天女か立帰るへき雲のかよ

ひちを■■《（とめ）》吹とちてとゝめよといへり
五節の事ハ公事根源抄、抑五節のおこりハ昔天武天皇吉野宮にまし〱て、野を引給ひし時、まへの嶺より天女
あまくたりて、天の羽衣の袖を五度飜して
をとめともをとめさひすもから玉を袂にまきてをとめさひすも
といひけるとにや、しかるを天平十五年五月にまさしく内裏にて五節の舞ハありけるとそ
年中行事ニ十一月廿日五節舞姫まいる、四人の内一両人まいりの儀式あり、そのほかハうち〱まいる、みな参
とゝのほりて、帳台に出御あり、殿上人ともしそくにさふらふ、主上御なをし・御指貫にて御沓をめさる、帳台
御所の程観舞あり、早於賓多〻良なとうたふ云〻
或抄此五節文徳天皇斉衡三年の五節をみてよみたる遍昭出家以後六七年人云〻云〻、私此義如何、五節彼人ノ外見物不審、且出家人不可見之、
況遍昭事　此哥為俗之時之哥歟
遍昭事種〻抄物等ニ見タリ、天津風ノツハヤスメ字也
なまみもなき哥ハ、遍昭哥ニハこれら斗といひつたへたり　姿ト云字心ヲ付可味」11ウ
陽成院　諱貞明　在位八年　清和第一皇子／御母二条后高子
文徳天皇―清和天皇―陽成院天暦三九廿九落飾―元良親王
貞観十十二十六降誕、同十一二一皇太子二才、同十八十一九受禅九才、元慶六正二元服十五才、同八二四譲位十七才、
天暦三九廿九崩八十一才此日落飾　又八十二才ト云説アリ
大鏡ニ、世をたもたせ給事八年、位をりさせ給て、二条院にそおハしましける、さて六十六年なれハ、八十一に
てかくれさせ給、御法事の願文尺迦如来の一年のこのかみとハつくられたるなり、智恵ふかく思ひよりけんほと、

いとけうあれと、仏の御としよりハ御としたかしといふ心の後世のせめとなんなれるとこそ、人の夢にハみえけれ云々、如此アレハ八十一ト云説慥歟

言ニ其尊儀一娑婆世界十善之主計レハ其宝算尺迦如来一年之兄後江相公朝綱

13つくはねの嶺よりおつる

後撰恋三詞書つりとのゝみこにつかハしける云々、釣殿のみこハ綏子《スイ》（歟）内親王也、光孝天皇第二皇女也、陽成院ト従《イトコ》父弟也、哥ノ心ハたゝかりソメニ思ソメタル事ノ、（郷）■漸くなかくなるハ、つくはねの峯よりおつる雫の、つもりて淵と成ニたとへられたる也、愛執」12オの道如此、それのみにもあらす、万事ニわたりて如此也、此御製天子ノ御哥ニテ面白 一善をたくハふれハ天下の悦となり、一悪をなせハ天下ノ愁となる事也、此故ニ未然ヲツヽシムコト也、此天子一人ニモ限ラス、万民ニワタルコト也

私＼善不積不足以成名悪、不積不足以滅身、小人以小善為无益而弗為也、以小悪為无傷而弗去也、故悪積不可掩罪大而不可解

むかしハ物もおもはさりけりもこのやうなる心也

みなの川、此川ノ末ハ桜川ヘ落ト云リ、筑波根ヨリハ真砂ノ下ヲクヽリテ川トモミエス、一滴ツヽ流テ末ハ川トナレリ

筑波根事八雲御抄ニ惣シテ嶺ヲ云一説也、注也 名所ノ部ニハ入ラル、ミナノ川八雲名所部ニ入テ、国ノ名シルサレス　私名寄ニハ入常陸国

河原左大臣　源融　嵯峨第十二（弐）源氏／母正四位下大原全子　嵯峨源氏ハ多ハ二文字ニ訓スル字ヲ／一字名ニワク也

嵯峨天皇┬仁明天皇
　　　　└融 左大臣 従一位　於六条河原院模塩竈浦之人

弘仁三《十三》壬辰生、淳和天皇為子栖霞観大臣之山庄云々、貞観十四八廿五左大臣元大納言直任歟五十一才 同十五正七従二位、
同十三日東宮傅陽成院、同十八十一廿九止傅受禅、仁和三十一十七従一位、同五年輦車、寛平七八廿五薨七十四才
或抄庭与家ニ心ヲトヽメテ亡魂トナリシ人也」12ウ

14みちのくのしのふもちすり
古今　題しらす、上二句ハみたるゝといはん為の序哥也、惣ノ心ハ誰故ニカ乱ソメシ我心ヲ君故ニコソミタレタレ
トカコチタル心也
陸奥ノ忍もちすりトハ、奥州信夫郡ニ忍草ヲ紋ニスリ付タルスリ也、紋ヲ乱スリ付タル故ニ乱ルヽト云也
此哥古今ニハ乱レントトアリテ、伊勢物語ニハ乱ソメニシ也、根本融哥イツレソ難知也、古今ニ入時改タル歟、
又伊勢物語ニ用ル時改タル歟、又此百首ソメニシトカキタル心又難斗、但ソメニシハ勝歟之由先々有沙汰

十五
光孝天皇　諱時康　在位三年／号小松帝　母同宗康親王

仁明天皇─┬文徳天皇
　　　　　├宗康親王　母贈皇太后藤澤子、贈太政大臣総継女
　　　　　└光孝天皇

天長七庚戌降誕、承和三正七四品、同十二正元服十六才、同十五正常常陸太守、嘉祥三中務卿、仁寿元三品、貞
観六上野太守、同十二《二七》。二品四十一、同十八式部卿、元慶六一品五十八《三》才、同八太宰帥、同二月四日受禅五十五才、仁
和三八廿六譲位。《即》崩五十八才、九月三日葬小松山陵

15君《永》かため春の野に出て」13オ
此御哥ハ有心躰ノ御哥也、有心躰トハ心ノ残ルヲ云リ、業平ノ心余リテ詞タラスト云哥ニハカハルヘシ　有心躰心ノ

残ト云義可有子細歟、私有心ハ実ニツキタル哥歟

古今詞書仁和のみかとみこにおましく〵ける時に、人にわかな給ける御哥、仁和光孝也、若菜ヲ給トハ賀ヲ給也、賜。賀《此》ノ人誰トモナシ、人日ニ服菜羹其人除万病邪気ト云、仍七種ノ菜羹ヲ供スル也、若菜ヲタテマツルコト、寛平・延喜ノ比よりウルハシキ公事ノヤウニハナリタルト也、君トハ臣下《ソノ人》ヲ指テノ給也、臣下《ソノ人》ヲ大切ニ思召御詞也、春ノ長閑ナル折節ニモアラス、余寒ノ時分雪ヲ打ハラヒ、若菜ヲツム心也、雪ハ艱難ノ方ニトル也、《夏冬たれかかくれさるへき、と云も夏冬ヲ艱難ニトリテイヘリ》雪ヲ陵御辛苦有テ、人ヲ御憐愍アル由也、《如此下ヲメクマル丶、》。此御心天意ニ叶ハレテ、《五十五ニシテ俄ニ》御位ニモ着玉ヘリ、《文徳ノみこも――在奥》。定家卿ハカリソメニモ花麗《此義如何》ハカリニテハ无、本意トテ如此心ノアル哥ヲ取出テ入玉ヘリ

古事談云陽成院御邪気大事御座之時、。依不御坐儲。君昭宣公親王達ノ許ヘ行廻ツヽ、見事躰給ニ、他之親王達ハサハキアヒテ、或装束シ或円座トリテ奔走シ、アハレタリケルニ、小松帝御許ニマイラセ給タリケレハ、ヤフレタルミスノ内ニ、縁破タル畳ニ御座シテ、本鳥二俣ニ取テ無傾動御座シケレハ、此親王コソ帝位ニハ即給ハメトテ、御輿ヲ寄タリケレハ、風輦ニコソノラメトテ、葱花ニハ不棄給サリケリ、依此事陣定之時、融左大臣有帝位之志云、被尋近〻皇胤者融等モ侍ハ云〻、昭宣公云雖皇胤給姓人《只》ニテ被仕ヌル人即位之例如何云〻、融巻舌止云〻

皇胤清和皇子七人、陽成皇子四人《仁和未生》、光孝御兄弟六人、文徳皇子一人」[13ウ]

　右皇胤仁和末生甍、猶可考之

此帝ノ御末子今御相続也

文徳ノみこも歴〻御座アリシニ、陽成御末も継給はす、文徳の御弟なから即位ありて、今ニ御末不断ハ御徳ノ深キナルヘシ、定家卿か様の心ある哥を撰入られたる也

中納言行平　在原氏／号在納言

桓武天皇―平城天皇―阿保親王（三品弾正尹）
桓武天皇―伊豆内親王

阿保親王―大江音人
阿保親王―在原行平（中納言　権帥正三　左兵衛督　按察　仁和三年致仕　母伊豆内親王）
阿保親王―在原守平（蔵人）
阿保親王―在原業平（在五中将　母同行平　五男）
阿保親王―在原仲平（蔵人）

弘仁九誕生、承和七補蔵人、斉衡二因幡守、貞観六左兵衛督　十二参議、十四左衛門督、元慶六中納言六十五、
仁和三致仕七十、寛平五薨七十六

16 立（永）わかれいなはの山の　或抄都ニ待としきかは、早く帰らんとの心也
古今題しらす、祇注彼卿因幡守ナリシカ、任ハテ、都へ上ルトテ、思人ニ読テ遣スト云リ、又誰ニテモアレ、国ノ人ニツカハストモ云リ、任国ノコトハ一任四ヶ年也、哥ノ心ハ待人タニアラハ、ヤカテ帰コント也、カク云ハ待人モアラント云心也、此哥ハ俊成《ニヤトシツケテカクイヘリ》卿アマリクサリ過タルニ、第五句今カヘリコント云捨タル、尤メテタキトノ玉へリ云〻」（14オ）惣別アマリニ詞ツヽキ縁オホククサリ過タルハ、悪カルヘキトソ、此稲葉山、美濃・因幡両国ニアリ、然共祇注行平ハ因幡ノ国司ニ非ノ由アリ、公卿補任斉衡二年十十五因幡守云〻

在原業平朝臣　号在五中将
阿保親王―業平―棟梁―元方
（後陽成御抄）天長二誕生、左近将監、蔵人、右馬頭、右少将、左中将、蔵人頭等経タリ、元慶四五廿八卒去
17 千（古永）早振神代もきかす

祇注古今詞書ニ二条ノ后ノ春宮ノ宮すん所と申ける時に、御屛風に立田河ニ紅葉なかれたるかたをかけりけるを題にてよめるトアリ、哥ノ心ハ龍田川の流モミエヌマテ散敷タル木葉ニ、水ハタヽ紅ヲクヽル様ナル興ヲ、神代ニ小モカヽル事ハキカスト云リ、神代ノ昔ハ現神力飛行自在千変万化ノ事アレトモ、如此ノ興ハ未聞ト也、業平ノ哥ハ大略情アマリテ詞不足ヲ、是ハ心詞カケタル所ナシ、故ニ此百首ニ入、詠哥大概ニモ入タルナルヘシ

此哥紅葉ト不言シテ、唐紅ニ水クヽルト云リ、是ヲ題詠ト云也

イカタシヨマテコトヽハン水上イカハカリ吹山ノアラシソ　落葉浮水

此哥古今ト伊勢物語ト詞カハレリ、家集ニハ詞書無也」14ウ

物語ハ作物語ノ故歟云〻

建暦二十二院廿首　定家卿

みよしの〻滝津河内の春かせに神代もきかぬ花そみなきる

神代にハありもやしけん桜花今日のかさしにおれるためしハ

立田姫手染の糸の紅に神代もきかぬみねの色かな

河月似氷　後京極

是も又神代ハしらす立田川月の氷に水くヽるなり　家集ニハシラストアリ

藤原敏行朝臣　母紀名虎女　左中将　従四下　右兵衛督　大内記

左大臣 式部卿 武智丸―式部卿 三木 巨勢麿―三川守 真作―讃岐守 村田―按察陸奥守 哥人従四下 冨士丸―能書 蘇生之後書一切経人 敏行―三木 正四下 哥人 伊衡

18 古恋二 住の江のきしによる波

古今詞書　寛平御時きさいの宮の哥合のうた

祇注上二句ハ序哥也、ヨルサヘヤトイハントテ、岸ニヨル波ト云、岸ニトイハントテ、住ノエト云リ、心ハウツヽニコソ忍フル中ハ人目ヲモヨキ、逢カタカラメ、夢ニハヤスクアハント思ヘハ、夢ノ中ニモ人目ヲヨクル様ニミユレハ、打歎テ如此ヨメリ、麗キ哥ト云リ

〈闇荒海・荒磯ナトノ波ノアラキ所コソ夢モ見サラメ、住吉ハ南海ニテ浪ノ穏ナル所ニテ、サマテノサワキ／ニハアラヌ物カラ、人目ヲヨクル心ノ中カラ心ヲカル、アマリニ思ツヽケテ、昼ノ人目コソアレ、夜サヘ／目モアハテ夢ノカヨヒチサヘ〉

玄抄是ハ南海也、殊ニ住江岸ハアラキ浪モヨセヌ所ナルニ、ソレサヘシカモ夢通路ヨクルヤウナルハト云リ、此義ハ夢モミヌト云ニハ」15オ〈ウトケルハ、サテ〳〵ヨルサヘ人メヲヨクルコトノ／ナレルヨト、我寝ラレスシテ夢ノウトキヲ、我咎ト／モ思ハテ、岸ニヨル波ニカコチタル心殊勝ナル哥也〉可然、人メヨクラント云ニハ不相当歟

兼抄サヘノ字カヲ入テ見ルヘシ

伊勢　七条后女房　大和・伊勢等守継蔭女　東也抄寛平之間為更衣云々

内大臣 内麿―日野家元祖 真夏（三木）―民部卿 浜雄―三木左大臣 家宗―本頭 継蔭―伊勢
　　　　　　　　　└関雄　号東山進士

帝王系図　私字子《フシ》歟、仮名ノ／付損シ也歟

父為伊勢守之時、依所生号伊勢云々　七条后女房為寛平御息所生皇女《子歟》トアリ、家集ニハ男宮トアル也、〈孚子《ホツシ》《バイ》内親王、桂宮 孛星《バイセイ》ノ／孛ノ字ヲ／書誤タルカ〉

家集これかれとかくいへと、きかて宮つかへをのみしける程に、時のみかとめしつかひ給けり、よくそまめやかなりけると思ふ男宮むまれ給ぬ、おやなともいみしうよろこひけり、つかふ《う》まつる宮す所も后に為給ぬ、宮をか

つらといふ所にをきたてまつりて、みつからハきさいの宮にさふらふ、雨のふる日うちなかめて、おもひやりたるを宮御覧して仰らる

月のうちのかつらの人を思ふとや雨に涙のそひてふるらん

御返し久かたの中におひたる里なれは光をのみそたのむへらなる

中略うみたてまつりしみこハ五といひし年ぅせ給にけれハ、かなしいとしとハよのつねなり

19 新十一 永 難波かたみしかきあしの

祇新古十一題しらす、祇注云此難波潟トハ、大様ニ云出シ」15ウ タル五文字也、五文字ニ君臣ノ五文字アリ、是ハ君ノ姿也、ヒシト云ツメテ詮トナルモアリ、能々分別スヘキコトトソ、哥ノ心ハ思ヒソメシヨリ已来、詞ヲツクシ、心ヲクタキ、年月ヲカサネ来テ、思ノイタツラナルコトヲ打歎クアマリニ云出セル哥也、物ニタトヘヲトルニ、蘆ノフシホト短キ物ハナシ、ソノ短キ蘆ノ節ノマ程ノ契ヲト願シニ、ソレモ不叶程ニ、恨ハテタル也、過してよとやと云ハ、フシノマ程モアハテ、終ニ過セトノソナタノ心中カト恨タル哥也、東也てよとやニテ元来ノ久シキヲ知也

家集ニハフシコトニトアリ、私フシコト難心得、家集古本書損アマタアリ、此等モ若書損タルヘキ歟

廿 元良親王

陽成院第一皇子、母主殿頭遠長女　三品　兵部卿　天慶六七廿三薨五十四才

20 永 侘ぬれハ今はたおなし

後撰恋五詞書、事いてきてのちに京極の御息所につかハしけるとあり、拾遺恋二ニモ入、題しらすとあり、家集ニハ宇多御門御時、京極御息所に忍ひてかよひける、あらはれて後、文つかはしけるとあり

京極御息所ハ時平公女褒子也」16オ

事いてきてハロ舌災也、出来したる也
此五文字深切也、容易ニハ難用詞也、思ノ極ッテ如何トモ詮方ナキ事ヲ云也《時ノ心中ヲ》、侘ヌレハト云也、今ハたおなしと
ハ、一度漏脱シタル名ハ、今更改メテ不逢トモ、又逢トテモ同事也、然時ハ可惜身ニモ非ス、身ヲ失ナフトモ、ソ
レニカヘテ、又モ逢ミルヘキト也、今ハたおなし名と難波に名をわたせたり、身をつくしても身をつくし難波の
縁也、澪漂(ママ)ハ海ノ深浅ヲ知ヘキ為ニ、木ヲ立テヲク。ヲ《木》イヘリ、八雲御抄ニシラツクシモ身ヲツクシト同物也云々、
大概ハ江ニアレトモ、又河にも有ト清輔抄ニアリ、
今ハたハ将ノ字也、又ト云ニ用タル哥モ多也（将ニレ進スントト云心也）
此哥ハ幽玄躰哥也、心ハ云ニ及ハス、打詠ナトシテヨシアシキシラルヽサマヲ能吟味スヘシ、詠吟ノ上ニ善悪ワカ
レヤスキ物也
ワヒヌレハ常ハユヽシキ織女モウラヤマレヌル物ニソ有ケル　五文字／此心ニ同シ
素性法師　良岑宗貞遍昭子也、俗名玄利《ハルトシ》／或抄仕明清和御時殿上人云々、寛平御時任律師云々、不審
大和物語　俗にいますかりける時の子ともありけり、太郎左近将監にて殿上して間あり、法師の子ハ法師になる」16ウ
そよきとて、これも法師になしてけり
延喜六年二月廿六日御記云延喜御記　於襲芳舎令書御屏風、又同九年十月二日御記云、於御前書御屏風、左近中将
定方給酒献哥、即給禄赤絹御衣御馬等也

21 永 古十四 今こむといひしはかりに
題しらす

此哥ハ他流・当流有差別、顕昭ナトハ有明月ヲ待出ツル哉ト云ヲ、一夜ノコトニ見タリ、定家卿ハコヨヒハカリハ猶心ツクシナラスヤトノ玉ヘリ
玄抄初秋ノ時分ヨリハヤ秋モクレ、（今コント云シ人を用比待程ニ秋も――タノメテ月日ヲ送行ニ、イツレカ秋モ）月モ有明ニ成タル也トミタリ、八月・九月ノ長夜ヲコヨヒヤ〳〵ト待フカスホトニ、ツレナキ有明ノ月ヲサヘ待出タルヨト歎ノ極リヲ云
私定家。（今コント云シ人ヲ月比待程ニ、秋モクレ月サヘ有明ニナリヌトヨミ侍ケンコヨヒ斗ハ心ツクシナラスヤ）コヨヒハカリハ心ツクシナラスヤトイヘル面白シ、ソレニツキテ初秋時分ヨリトイヘルハ又余リナルヘキ歟、只イツヨリトモナク見タル■■(可然)、其味アルヘキ歟
今コントイハヌハカリソ郭公有明ノ月ノ村雲（雨）ノソラ　順徳院
（両聞）東也抄ツル哉ニテ月日をヘタル心見タリ　17オ
文屋康秀　先祖不慥　字文琳」
（一説）天武天皇―長親王―栗栖王―智奴王（天平勝宝四八廿三改王為文屋真人改知努為浄三）―大原王（三緒朝臣）
　―綿麿（右大将従三中納言　大同四正改三緒姓賜三山朝臣六月改三山賜文屋真人）
　―秋津（三木正四下　配流於田舎死去）
康秀此末流歟

22（永）吹（古）からに秋の草木の
古今秋下巻頭ニ入、詞書云是貞のみこの家の哥合のうた、吹カラニトハ吹《フケ》ハ則ノ心也、（兼載抄吹マヽニ也云〻、私気味相違ノコトアリ）秋ノ草木ノシホルレハヽ、一向ニ枯野ニナレハ、風ノ力ハナキ物也、秋ハ千草万木ニ当リテ、風ノ力ツヨクキコユル者也、サテ嵐ト云訓ハアラマシキ也、秋ノ風ノ触ル所其当意ニ色ノ悴《カケ》緑哀ルハ殺気タル故也、ソレヲムヘ山風ヲアラシト云ラント云リ、ムヘハ

応諾也、了解納得シタル心也、ケニモト云心也、むへと句ヲ切テ、山風ヲトみるへし
山カフリニ風ト書テ、嵐ノ字ト云説アリ、当流不用之
康秀家集ニハ野ヘノ草木トアリ、古今ニ入時秋ノ草木ト直シテ入タリ、私ノヘト云ヨリ秋ト云ハ勝タルヤウ也、秋トイヘハ
天下ノ秋也
康秀ハ古今序ニ詞タクミナル由アリ
昔ハ嵐秋ニ用タリ、後京極摂政家会羇中嵐ト云題ヲ各雑哥ヲ詠ス、慈鎮・定家両人ハイカヽト尋申サレタルニ、」17ウ摂
政会衆ニ任セヨト返答アリテ被詠雑云々
秋声賦、豊草ノ緑縟トシテ而争レ茂ンコトヲ《モキコトヲ》、佳木ノ葱籠トシテ而可レモ其悦シム、草払《ハラハレテ》之而色変リ木遭レテ之葉脱《オツ》トアル、此哥ノ
躰ニ似タリ
正治仙洞十人哥合　山嵐　秋ノ題ニ出タリ
伊嵐山風ノ名也、禁中ナトニハヨムヘカラス、野風ナトニモヨメトモ、山ヨリ吹心也、寂連カ住吉浦ノ松ニ嵐ヲヨメルヲハ俊成難之、
むへ山風ヲ本ニヒケリ、俄ニ謂アリ、賀茂社ノ哥海ニアラシノ西吹トイヘル海嵐ノ例也、八雲
大江千里　伊予権守　正五下　内蔵少允
平城天皇―阿保親王┬大江音人┬千古
　　　　　　　　　└在原行平└千里　音人五男
23 月みれは千ゝに物こそ
古今四これさたのみこの家のうた合によめる
日ハ陽ノ気ニテ、向ニ心ノ和スル物也、月ハ陰ノ気ナル故ニ、打ナカムルニモ心モスミ、哀モスヽム者也、殊秋ハ殺気ナレサレハ千

ハ、一入愁を生する也
丶ニ物コソ悲ケレトハ云リ、千丶ハ且千ト書リ、文選カタチヨミニシヤセントチ丶ハカリトヨメリ、数限リナキ心也、下句ハ秋ハ天下万人ノ愁ナレハ、我身一人ノヤウニハ思マシキコトナルニ、一身ノヤウニ覚ユル《エテ》トカナシキトナリ〈ワサトシタルニハアラネト、上ニ千丶ト云テ、我身一トイヘル自然ニシテ面白シ、アラネト丶云ニ一身ノヤウナルト云心アル也〉

燕子楼中霜月夜、秋来為一人長ト云ルモ此心也、此哥ヲ取テ、」18オ
詠レハチ丶ニ思《物》フ月ニ又我身ヒトツノ峯の松カセ　鴨長明
千丶ニカナシキ月サヘナルニ、松風ヲ聞ソヘタル也、月ハ一天下ノ月ニ、松風ハ我独ト詠シタル也

菅家《カンケ》　北野天神也　右大臣　正三位右大将／贈太政大臣　正一位

天穂日命　天穂日命　十四世孫　野見宿祢賜土師姓　十一世孫古人等賜菅原姓
宇庭《ウキニハ》—古人《フルヒト》（用フルンド）—清公（従三 三木）—是善（三木従三）—菅家

聖廟ノ実名ハ秘訣也
承和十二乙丑誕生　延喜三二廿五薨
古今ニハ菅原候　続後菅贈太政大臣　続古ヨリ北の丶御うたとなんなと神と同やうに入タリ

24このたひハぬさもとりあへす
古今第九詞書ニ、朱雀院ならへおはしましける時に手向山にてよみける、此朱雀院ト云ハ宇多天皇御事也、（朱雀院・冷泉院ハ）此たひのタヒト云字（ハ脱屣ノ後ノ後院ノ名也）旅字ト云義アリ、其心雖不可違猶度ノ字可然ト也、ヌサモ取アヘスト云ハ、供奉ノ折節ナレハ、私ヲカヘリミヌ義ニテ、神ニ幣帛ヲモ捧ラレヌト也、サレトモ山ノ紅葉ノ餝ヲ其マ丶儘手向ルト也、手向山ニ充満シ

タル紅葉ナレトモ、献スル人ナケレハ、神ハ受給ハヌ物ナレハ如此也、マニ〳〵ハ随意トカケリ、神ノ心ニ任スル義也、神《ノ》マヽニ也」18ウ

山ノ名自然ニ相応奇特也

祇《ツヽシンテ》レ役遇レ風謝《ース》ニ湘中ノ春色一ヲ　熊孺登

水生《ナマシク》熒シテ布《フ》帆新ナリ　只見ニ公程一不レ見レ春　水生水面モヨキシホ也

応レ被ニ百花ノ遼乱タルニ笑一ル　此来天地ノ一閑人

或抄
幣帛ト書テ手向トヨム也

廿五
三条右大臣　定方公／母宮内大輔弥益女／承平二八四右大臣従二兼左大将藤／定方薨年六十

良門―利基（左中将）―兼輔（堤中納言）―惟正（刑部大従五下）―為時（越前守正五下）―紫式部
良門―高藤（勧修寺内大臣）―定国（泉大将）
高藤―定方―（三男）朝忠（土御門中納言）

貞観十五生
寛平四内舎人同九三木中将守如元

25名にしおハヽあふ坂の山さねかつら人ニしられて

後撰恋三詞書女のもとにつかハしける

名ニシヲハヽ会坂トサネ葛トヲカケタル詞也、~~私サネ《サネハ小寝也》カツラトカケ／タル奇妙~~、サネカツラハ是ヲ引トルニ、シケミナトニ有物ナレハ、イツクヨリクルトモ見エヌ也、~~序哥此義ニ心／アルマシキ歟、只／クルト云心斗ナルヘキ歟~~、其如ク我思人モ世ニ知レスシテ、クル由モカナト云ル也、更ニ《詞ツヨク》ナマミナク。テ、一躰ノ哥ト云リ、新勅撰ナトニ此風躰多入タリ、能〻工夫スヘシ」19オ

第四句テ文字清濁両用也、清時ハ人ニ知れて心やすくるよしもかなと也、或抄テ文字清濁両用也、清テ読ハニ
クキ也、濁テコソ面白ケレト也

貞信公　忠平　拾遺ニハ小一条太政大臣

冬嗣（閑院左大臣）――良房（忠仁公）――基経（昭宣公）――時平（本院贈太政大臣）
　　　　　　　　　　　　　　　　　　　　　　　　――仲平（枇杷左大臣）
　　　　　　　　　　　　　　　　　　　　　　　　――兼平（中納言）
　　　　　　　　　　　　　　　　　　　　　　　　――忠平（小一条　貞信公　准三后　摂政関白　摂政十一年関白八年）――師輔（九条右丞相）

元慶四誕生七ケ月不満十月、天暦三八十四日薨七十

26をくら山みねの紅葉ゝ

拾遺詞書云亭子院大井河に御幸ありて、行幸もありぬへき所なれとおほせ給に、ことのよし奏せんとて《申て》、此哥を
よめり云々

哥ノ心ハ御幸ハ既ニアリトテ、モノ事ニ散スシテ、行幸ヲモ待ツケヨト紅葉ニ対シテ云リ

大和物語云亭子のみかとの御ともに、おほきおとゝ大井河につかうまつり給へるに、紅葉小倉山に色〳〵いとお
もしろかりけるをかきりなくめて給ひて、行幸もあらんに」19ウ いと興ある所になんありける、かならす奏してせさ
せたてまつらんなと申給てつゐに。
をくら山みねの紅葉ゝ心あらハ今一たひの《となんあり》ける、かくてかへり給てそうし給けれは、いと興ありける事なりとて
なむ、大井の行幸といふ事はしめ給ける

祇注以下有也 此百人一首ハ小倉山庄ノ色紙ナルニ、此哥自然ニ定家卿本意ヲノヘタルヤウ也、山モ同シ小倉、紅葉モ同紅葉ナレハ、我身数ナラハ、ミユキモ待ヘキ物ヲト思フ心アルヘシ、下ノ心ハサナカラ貞信公ニ通シケルトソヲシハカラレ侍ル

中納言兼輔　左中将利基男　号堤中納言

承平三二十八薨五十七才　生年元慶元

27 新古 みかの原わきてなかるゝ

新古今恋二ニ入、題しらすトアリ、哥ノ心ハ逢不会恋ト又未逢恋トノ両義也、祇注わきてなかるゝハ泉ノ縁也、泉川ハイツミキトイハン為也、是も序哥也、心ハフルク見シ様ノ人ノ命ハ絶ハテ、覚エヌ斗ナルヲ、猶思ヤマス恋侘テ、我心ヲセメテ云ル也、」20オ 又一向ニ逢ミルコトモナキ人ヲ、年月ヘテ思ヒ侘、打返シイツ逢ミシ習ニテカク恋ルソト、我心ニ云義トモ云リ、新古恋二ニ入、不逢恋可然歟 何レニテモ哥ノサマ類ナカルヘシ、後陽成 旧院御抄新古今ニハ初恋ノ部ニ入也、私 聞恋ノ心也 不逢恋ニシテ入タルナルヘシ、泉川ハ挑川也、柞杜ノ下也 ミカノ原ハミカマノ原也、昔カナヘヲ埋テ、ソレニ河水ノ流レ入テ、湧カヘルヤウニシテ出ルヲ云トイヘリ、日本紀五崇神天皇十年挿《ハサンテ》レ河ヲ屯《イハミテ》之各相挑《イトム》焉、故時ノ人改テ号テ其河ヲ曰ニ挑河《イトミカハ》ト今謂ニ泉河ト訛《アヤマチ》也云々

源宗于朝臣　光孝天皇御孫　是忠親王男云々／哥仙伝 一説仁明天皇御孫　本康親王長男云々

但帝王系図無所見

官位右京大夫　正四下　天慶二卒

28 山里は冬そさひしさ

古今詞書　冬哥とてよめる　玄抄三光院 山里ハノ文字ニ当リテミヨト也、又そノ字心ヲ付ヨト也、又マサリケルト云ニテ、秋ノサヒシキ事ヲ治定シタル也 山里ハ四時トモニサヒシキ物也、其中ニモ別シテ秋ハサヒシキ也、サテソノ秋ヨリ

モ又冬ノサヒシサハタクヒナシト也、秋ハ草木ノ色ニツケ、鹿声・虫《ノ》音ニツケテモ慰ミ、紅葉ナトノ便ニハ適サカニ人目ヲミルコトモアリシカ、冬ニナリテハ草木ノミナラス、人メサヘカレハテタレハ也、ヤス〳〵トシテ心フカキ哥也　おもへハ」20ウ

凡河内躬恒《ヲツチカウチ家隆説云〻》《ヲホシカツチノミツネ定家説云〻》　甲斐少目　御厨子所預　丹波権大目　後任淡路掾
祇注行氏孫湛《ヨシ》利子云〻　又甲斐小目良尚子云〻　後十抄先祖不見

あはちにてあハとはるかにみし月のちきりこよひハ所からかも

淡路掾任之後ノ哥歟

29心あてにおらハやおらん

古今詞書　しらきくの花をよめる、心あてハをしあて也、おらハやおらんハおらハおりこそハせめ也、あらましこと也、白菊のイマタ移ハヌ程、露ノ降《フカリ》ソメタル朝打ナカムレハ、《イツレヲ》花トモ霜トモ見ワカヌ風情、一入面白ヲミテ、霜ノ置マトハストモ、心アテニ折ハ折ヘキト云ル也、実ニ折ニハアラス、アラマシコト也、《初霜ナレハ》花トモ霜トモ分別セ所一入面白シ、菊ヲモ霜ヲモ共愛シテヨタ《ミ》ル哥也　ヲキマトハセル花ヲトリマカヘヨト同シ色ニ霜ノヲキマトハシタル

卅。壬生忠岑　右衛門府生　木工允忠衡子　泉大将定国随身也
右衛門府生　御厨子所定外膳部　摂津大目

30あり明のつれなくみえし」21オ

「有明の——

顕　これハ女のもとよりかへるに、我ハ明ぬとて出るに、有明の月ハあくるもしらす、つれなくてみえし也、其時よ

り暁ハうくおほゆとよめり、たゝ女にわかれしより暁ハうき心也
つれなくみえし此心にこそ侍らめ、此詞のつゝきハおよはす、えんにおかしくよみて侍かな、これ程の哥一よみいてたらんハ、此世の思ひ出に侍へし」（紙片）
古今十三題しらす、名誉ナル哥也、忠岑一世ノ間ノ秀逸トイヘリ此哥ノ心他流・当流差アリ、顕注密勘是ハ女ノモトヨリ帰ルニ、我ハ明ヌトテ出ルニ、在明ノ月ハアクルモシラス、ツレナク見エシ也、其時ヨリ暁ハウク覚ユルトヨメリ、只女ニ別シヨリ暁ハウクオホユルトヨメリ、密勘ツレナクミエシハ、此心ニコソ侍ラメ、此詞ノツヽキハヲヨハスエント《ニ》オカシクヨミテ侍哉、コレ程ノ哥ヒトツヨミ出タランハ、此世ノ思出ニ侍ヘシ、或抄定家卿ハ顕昭説其義アシキト云リ、又云此心ニコソ侍ラメトハ。《嘲ケリ》同心ナキ義也云々
私云此心ニコソ侍ラメト云ル嘲リイヘルトモ聞カタキ歟、但ツレナクミエシハ此心ニコソトアリ、一首ノ心ハ顕注ノ義不同心歟素性今こんとの哥ノ所ニモコヨヒハカリハ心ツクシナラスヤナト不叶、所存義ヲハ改ラレタレハ、心ヲヽカルヘキコトニアラサル歟
〈六百番暁恋判云有明ノツレナクミエシ別よりとイヘル哥ハ、人ノツレナカリシヨリ暁斗うき物ハなし／といへる也〉
他流ニハ逢別恋ニ見タリ、当流ニハ逢無実恋ニミル也、扶桑瑶林集ト云テ一《百》帖アル物也、嵯峨天皇以来ノ哥ヲ集タル物也、当代ニミエヌ物也、ソレニハ不逢帰恋トアリ、定家卿ノ心ニハ不逢帰恋也、有明ハ久シク残ル物ナレハ、ツレナクトハ云侍レトモ、此ツレナクハ人ノ事也、心ハ逢カタキ人ノ許ヘ行テ、終夜心ヲツクシ、イカテアハント思フニ、人ハツレナク夜ハ限アレハ、イカヽセント立別ルヽ比、有明ノ月モ《モ》ツレナク残サヘ、ツラキソラヲ打ナカメツヽ帰ソラヨリ、《ナヘテノ》暁カウキ物トナリタルト也、タトヒ逢夜ノカヘルサナリトモ、カヽル空ハ悲シカルヘキニ、マシテアハテ帰心ヲ思侘テ、此暁ハカリ世ニウキコトハアラシト思ソメシナリ、古今ニモ恋三ニ入テ、前後哥不逢恋也、暁ハカリハ暁程ト心得ルハワロシ、量ノ字ノ心也、只暁ト云心也、心得ニクケ《レ》ハ、程ト云字ヲモユルス也」21ウ

後鳥羽院御時俊成・定家・家隆ニ古今集第一ノ哥ハイツレソト御尋有ケルニ、両卿ハ此哥ヲ書テ進上セラル、俊成卿ハ此哥ニ結フ手ノシツクニ濁ルト云哥ヲ書加テ進上云〻、従門帰恋　為家　深キ夜の別といひし槙の戸の明ぬにかへる身とハしられし　杉原宗伊ハ有明ニ帰トハ、人ニしられましきとの心と云ル也、逍説ハ明ヌニ帰心の苦ハ外人ハしらて逢タル深夜ノ別と大方ニ思ハント也、私宗伊説直ナル歟、逍ノ義ニテハ、イヒテト云字不十分歟

坂上是則　大内記　従五下　加賀介　御書所預

田村丸―当野《広広》―○《当常》―好蔭―是則―望城　後撰之者五人之内

大和国にまかれりける時に、雪のふりけるをみてよめる

31 古 朝ほらけ有明の月とみるまてに

朝ほらけハ夜の明行時分曙也、朝旦・朝朗・朝開・明旦イツレヲモアサホラケトヨム也、夜ノ次第ハ先暁・明闇《アケクレ》・曙・朝如此次第〱也、しのゝめのほから〱と明行ハをのか衣〱なるそかなしき　ほから〱とハ朗〻ト書也、里といへる此哥の肝要也、有明ノ月ハ空ニハなくなりて、爰ニハ影のある間、近々と里にてみて如此よむ也、さて有明の月とみえて、芳野の里にふれる白雪とよめり、うすく降たる故に、野山の草木の姿もかはらぬを、月かとみる也、有明の月といへる《マテトイヘル可味》能叶ヘリ、心を付みるへき哥也、源氏帚木巻月ハ有明にて光おさまれる物から、影さやかにみえて、中〱おもしろき曙也トいへり　此曙《朝朗》常ノ曙ト云ヨリハ早朝歟、夜ノ少シラミ然ナルヘキ歟、シノヽメト云時分ナルヘキ歟」22オ

春道列樹　従五位下雅楽頭新名《ニキナ》宿祢男

文章博士　正六上　壱岐守　出雲守

32 古 山川に風のかけたるしからみハ

詞書しかの山こえにてよめると有、心ハ落葉の隙なく降乱れて、流もせきかへすハかりなるを興して、風のかけたるしからみハと先云なかして、〈後十といへり、行水ヲセキト／ムルトミテ、其上ヨリミタテタル也、風ノ吹間ハカリ流ヲ閉ルトミ《ヤウナルヲ》ヘタリ、サテソレヲ風ノカケタル／しからみとハい《ミタテ》タル也〉下句にてかくみゆるしからみハ流もあへぬ紅葉也けりとことハりたる也、なかれもあへぬとハ、風の吹かけ〳〵して更に隙もなく落葉ル木葉をいへり、誠ニ間なく落て、水の上にも絶間なくハ、流ルヽともみえ侍ましき也、此哥ハ自問自答ノ哥といへり

千早振神のいかきにはふくすも秋にハあへすうつろひにけり　是ハ不堪心也

秋風にあへすちりぬる紅葉ゝの行末さためぬ我そかなしき　同心也

から錦秋のかたみやたつた山ちりあへぬ枝にあらし吹也　是ハひたつゝきにちる心也

秋とたに吹あへぬ風も色かはる生田の森の露のした草　是ハ秋とたに吹定《流モアヘヌ》めぬヤウの心也、アヘヌ少ツヽノ違あり

といへとも、畢竟心ハ同事也

紀友則

孝元天皇─彦太忍信命《フトヲシマコト》─屋主忍男武雄心命《ヤヌシヲシヲタケオコヽロノ》─武内宿祢─木免宿祢《ツク》─真鳥宿祢《マトリ》（十三世孫船守）─茲寐臣《シヒノ》─久比臣─真咋臣《マクヒ》─小足臣─塩手臣─大口臣─大人《イカメウト》─園人─諸人─麿─猿取─船守《フナモリ》─梶長《カヂナガ》（中納言）─興道《オキミチ》（右兵衛督）─本道（蔵人　斉衡三）─望行（古今作者　哥人）─貫之（木工頭従五上　内蔵助能書）─時文（哥人後撰之者）─輔時

22ウ

名虎 改有人
　有常 哥人
　　女子 業平朝臣妻 哥人
　　女子
　　友則 一本如此
　女子 惟喬母

有友 宮内権少 哥人古今作者
　友則 大内記哥人 古今作者
　　清正《キヨタヽ》
　　房則
女子 古今作者 助内侍

33 古
久かたの光のとけき春の日に

詞書さくらのちるをよめる云々、定家説に久かたの光とは、空ノ光なるへし、日とつゝきたる也、云々 さて哥の心ハ風のさそふ花なりとも、ちらハ恨なるへきに、まして春の日の優ゝと空もかすみわたりて、鳥の声・木草の色し長閑なる時節に、さく花のいそかハしけにちるを恨みたる心なるへし、（ハ何としたる事そと花にうらみたる也）能ゝ観せよと也、此哥はね字なくてはねたり、上下句の間に何とてと云詞を入て可心《みるか》得也、それかならひ也云々、後水尾院仰されともか様のはね何程も有事也、（拍子ニテハネタルナルヘシ、春ノ日ニト云ニ文字ニテハネタル也）。春の日にといふに文字かつよくて、それによりはねたる也」23オ

違約恋　　頓阿

秋の霜かけゝる松もある物をむすふ契りの色かはるらん

　季札か剱の事也、私これもある物をとおさへたる也

玉

花　　法皇御製

なへて世の春の心ハのとかにてうつろひやすく花のちるらん

懐旧　　尊円

おもひ出のあるとハなしにかくはかり過にし方の恋しかるらん

しつ心なくハ勿論しつかなる心なき也、此詞花の心か人の心かと人の尋しに、〔為世卿〕いつれにても然へしと答られし也、されとも花の心とみるかまされると也、〈私人とも花ともかたつけすしてみるハ意味ある歟〉惣して古今哥にハおほく表裏の説あり、此哥ものとかなるにちるへき道理ハなけれとも、時節到来すれハ、何とのとかにても、要害をしてもちる物そと也、万の事如此といふ心をみる《しめしたる》事也

藤原興風

京家祖 麿（三木右京大夫 従三兵部卿 贈太政大臣 正一）―浜成（三木 作和哥式）―永谷（従五下 皇后宮亮）―道成（正六上 相模守）―興風（正六上治部丞 哥人）

34古 たれをかもしる人にせん

題しらすの哥也、哥の心ハ我老年の後いにしへより馴にし旧友も、半ハ泉ニ帰し、或ハ参商と隔たりて、したしむへき朋友のなきより、〔アラヌ世界ノヤウニ思ハルヽニヨリ〕あらぬ趣向を思ひえて、彼高砂の松こそ昔みし世のまゝなれは、是こそ友よと思へハ、松も物いふ友にてもなく、非情の物なれは、たれをかも知人にせんとうちなけきていへり」23ウ

さてこれも下心ハ。〔年ノカサナルニ随テ、次第〳〵ニ疎遠ニナル也、我齢程ノ人ハ古人ニナリ〕当代の人ハいまめしき事にのみ心をそめて、〔下ノ心ニ及はさる歟〕真実の友とハなりかたき所を心にもちて、高砂の松を友ならんと思へは、これも真実の友ならねハ、誰をかも知人にせんとうちなけきたる也

高砂の松ハ名所の播磨高砂也、哥によりて名所ならて、只山の事をいひたる哥もある也

卅五 紀貫之　玄蕃頭　木工権頭　従五上　御書所預　系図友則所ニアリ／或説紀文幹子　童名阿古久曽《ソ》　延長八正十一土佐守　天慶九卒／長明無明（ママ）抄貫之カ住処ハ、万里〔不審〕小路ヨリハ北、富小路ヨリハ東角也云々

古今 はつせにまうつることに、やとりける人の家に久しくやとらて、程へてのちにやとれりけれは、かの家のあるし、

かくさたかになんやとりハある、といひ出して侍けれハ、そこにたてりける桜花をおりてよめる

35 人ハいさ心もしらす

家集にハ昔はつせにまうつとて、やとれりし人の家に久しくいたらて、まかりたりしかハ、かくさたかになんやとりハある、いひ出したりけれは、こゝにある桜花をおりてやるとて、とあり

貫《紙》之か中絶して来りたるを、あるしうらみて如此やとりハかはらぬといへり、はの字につよくあたる心あり、それをさしかへして、さやうにハあるへきにもなきを、かくいへるハ、そなたの心こそおほつかなけれと思ふ心を、人ハいさ心もしらすといへるにや、くれ〳〵久しく音信せされは、あるしの心をいかゝとうたかひなから、花ハ昔の香に匂ひたるよし也、貫之哥ノ中にも余情限なき者也、此故郷ハ《ト云》やとり付たる処をさして云也、」24オ

いさハ不知也、いさしらすと云訓《クン》なれは、いさと斗ハ不用之由先達の戒也

紀長谷雄《ハセオ》ハ初瀬観音の利生を蒙し子細あるにより、初瀬観音を信したり、貫之千幹か子と云説なれは、長谷雄彦なれは、貫之も初瀬ニ度〻参詣したるなるへし

此心アルシノ詞ト同シ心也

清原深養父《フカヤフ》　先祖不見云〻　一説房則男云〻／従五下　内匠允　蔵人所雑色　内蔵頭　肥後守

天武天皇—舎人親王—御原王—小倉王—夏野（左大臣従二位左大将本云敏野賜清原／真人姓　双岡大臣）

海雄—房則—業恒

房則—深養父—春光（泰イ）—元輔—致信

元輔—或秀（哥人　山）

月のおもしろかりける夜、あか月かたによめる

「女子 哥人号清少納言局 定子皇后女房 摂津守棟世妻

36 古夏
夏のよはまたよひなから明ぬるを　マタ宵ナカラ明ヌルヲト決定シタル面白

心ハ只夏の夜のとりあへす明ぬることをかくよめり、またよひのまと思ひてあれハ、明ぬる程に、月ハいまた半天にもあらんとみるに、月の行末もみえねハ、いつくの雲にか影のかくしてあるらんと云也、たゝさへみしかよなるを、月にむかひてハ、いよ〳〵みしかくおほゆへし、それをまたよひなから明ぬるを、と我心に治定したる所か感情也、さて雲のいつこに月ハやとるらんと、みたてたる也」24ウ

文屋朝康　参河掾康秀男　延喜比之人／或説延喜二年任大舎人允云〻

延喜御時うためしけれは、貫之哥二首ソノ次也

37 後撰 永
しら露に風の吹しく秋の野ハ　吹シクシクノ字付心ミルヘシ、野ナラテハ吹シク／トハイヒカタシ

風の吹敷とハ頻にふく義也、あらき風といへり、つらぬきとめぬ玉とハ、玉をハ糸にてつなく物なれは、其玉をぬきみたしたるといへる心也、かくいへるうちに、おもしろき露の景気を、風か吹こほしたる程に、おしむ心ある也《へき》、惣の心ハ秋のゝの所せきまて置満たる朝の露の面白きに、俄なる風のあら〳〵と吹たるに、おもる草木の露のはら〳〵と散みたれたる躰をかくいへり、能〻其景気を心にふくみてみるへき哥也

伊
武智麿―巨勢麿《コセ》《コセイ》―真作《マタナリ》《マタレ》―三成《タヽヒテ》《或ツナ》―岳雄―千乗《チシケ》―季縄《タヽ》

右近　右近少将藤原季縄女《ヽナワ》　女ハ必夫ノ名歟父名ヲ呼事也、其故或官名■(夫)領等／ノ名ヲ称スル也、法中又父ノ官ヲ称スルコト也

大和物語ニ季縄のむすめ右近故、きさいの宮にさふらひける中略、おなし女おとこのわすれしとよろつのことをかけてちかひけれと、わすれにけるのちにいひやりける

忘らるゝ身をはおもはす――かへしはえきかす云〻

題しらす

38拾恋四
忘らるゝ身をはおもはすちかひてし

是ハ。千、ノ社ニ命をかけて、かはらしと契りたるに、やかて変したる時」25オ よめる哥也、神かけてちかひたれは、神ハ正直を守給へし、さあらんにハ人の命の有ましきと、我わすらるゝをハうらみすして、人の命をおしむ心、尤あはれふかき哥なるへし、此哥そ誠ニ恋の哥ノ本意トイヘリ。、定家卿　此哥ニテ猶面白トソ身をすてゝ人の命をおしむともありしちかひをおほえやハせん

忘らるゝの一重うヘヲイヘリ、忘ルヽホトノ人ナラハ、誓をも覚えもましきと也

誓てし命にかへてわするゝハうき我からに身をやすつらん中納言

参議等　美乃権守　左中弁　三木　天暦五三十薨七十二才　用一字名乗ハ大略二字仮名ニヨム也

嵯峨天皇――弘《ヒロム》正三 広幡中納言――希《マレヲ》中納言従三 マレ或ハコヒネカフ――等《ヒトシ》――済《ワタス》従五上淡路守

人につかはしける

39後恋一
浅ちふのをのゝしの原しのふれと

序哥也、上句ハしのふといはんため也、なとかといへる詮也、我心にしのふと知たらハ、など心にあまりてハ恋しきそと、我と我身をとかめたる哥也

篠原にをく露ハ　定家卿此哥をとりて、

なをさりのをのゝ浅ちにをく露も草葉にあまる秋の夕くれ

浅茅生小野ハ非名所　名所ハ山城国愛宕郡ニアリ

四十
平兼盛　従五上　駿河守

光孝天皇—基忠親王（一品式部卿）—興雅《ヲキマサ》王（山城守従五上）—篤行（従四上大弐　筑前守　兵部大甫　文章博士　始給平姓）—兼盛（正暦元十二月卒）—赤染衛門

40 拾恋一
忍ふれと色に出にけり」25ウ

天暦御時哥合天徳哥合哥也、一段と忍恋ノ哥也、未言出恋也、忍恋ノ最初也、哥ノ心ハ折節の花紅葉を贈る歟、或ハ便を求て、口外ニ出さは、人の知も理りなれとも、一行の文をもとりかはさぬに、人の不審するにつけて、さほとまて思よはれるかとうちなけきていへる、尤あはれふかし、内ニかへりみるにやましき故也、色ニ出ニケリ面白

壬生忠見　本名忠実　有所思改見字　忠岑男

天暦二任摂津大目

天暦御時哥合　此哥恋巻頭也、忍ふれとの哥ハ此次ニ並入テ無詞書

41 拾恋一
恋すてふ我名ハまたき　そめしか。三右朶ニゴルモ不苦云々

天徳哥合前ノ哥のつかひ也、後十猶上の哥ヲ及第トス云々、玄抄三光院説此哥ハきとしたる所ハあれとも、少つまりたる所あり、兼盛哥猶マサリタリト云々

祇注此哥マサリタリト云説モアリ、詠哥一躰ニハ初ノ勝と也

詞つかひ殊勝云々、思ひそめしか此か文字不清不濁によみて可然也、此か文字哉にてもなし、別のか文字也、思初シモノヲト也。またきは早速也、昨日今日人しれす思ひそめしことの、はや名にたつ事よと也

清原元輔　深養父孫　泰光《顕忠イ》男　後撰〻者五人之内　肥後守　従五上

後拾　恋四

心かはりける女に、人にかはりて

42契りきなかたみに袖をしほりつゝ」26オ

古 君をゝきてあたし心を我もたは末の松山波もこえなん　是より出たり、此哥ノ本縁ハ昔人ありけるか、此山を波のこえん時、我契ハかはらんと契りし事あり、悉皆それにてよめり、心ハか様にあたにかはる心なるを、互に袖をしほりて、浪こさしと契りける事にてありしよと、ちとはちしむるやうにいへる也、今ハ中〳〵心のかはる事をハ一向うらみすして、たゝあたなる人ともしらて契りしことを後悔する心也、かたみハ互ニ也、契りきな文字有力

顕昭云能因か哥枕ニハ、本ノ松・中ノ松・末の松とて三重ニアリト申、されはにや山とハいはて、末の松とよめる事も侍り云〻、此義定家卿も同心とみえたり

権中納言敦忠　母筑前守在原棟梁女

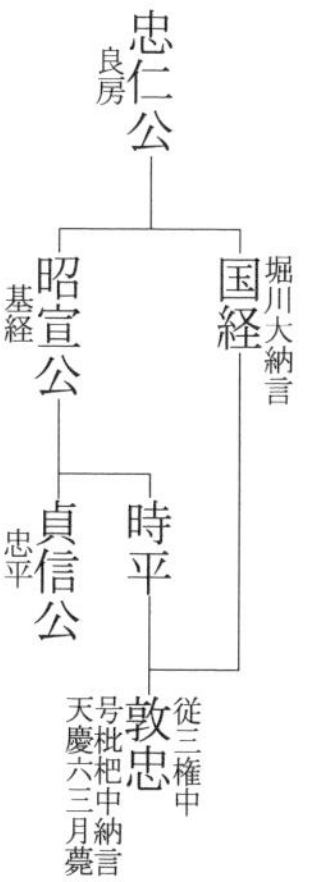

時平公三男実国経卿子云〻
敦忠母始為国経卿妻後嫁
時平公仍実国経卿子云〻

43 拾十二 逢みての後の心にくらふれハ

題しらす、哥の心ハ人にいまた逢みぬさきにハ、只いかにしてか一度の契りと思ふ心ゆひとつの思ひにて過つるを、逢みてのちハ、猶その人を哀と思ふ心のまさるもの也、逢みていよ〳〵恋しさのまさる程に、むかし一すち二一度の逢事もかなと思ひしハ、物ヲ思にてもなかりしと也、惣別世間ノ」26ウ事得一思十得百思千、次第〳〵ニ望ある物也、一行ノ事をかはしそめてより、漸〻ニ思ひの限なくなるをかくいへり

拾　あひみてもありにし物をいつのまにならひて人の恋しかるらん　無作者

我恋ハ猶あひみてもなくさますいやまさりなる心ちのみして

　相並て入哥也

中納言朝忠　定方二男　母中納言山蔭女／従三位　中納言　右衛門督　五位蔵人　別当　号土御門中納言

高藤
- 定国　泉大将
- 定方　三条右大臣
  - 朝忠
  - 朝頼　勧修寺家祖

44　拾恋一　逢事の絶てしなくハ中〳〵に

天暦御時哥合に云〻、逢事の絶てしなくハとハ、願へき事ならぬハ中〳〵といへり〈中〳〵ハ反テ／ト云心也〉逢事のあるよりして、つれなき人をうらみ、又我身をかなしむと也、ほとに逢事《といふ》のなくハ、うらみハあらしと也、東常縁云一旦の事ニ心得ルハ無曲也、世中にたえて桜のなかりせハと同意也、中〳〵と云事ハ大方にてハいはぬ詞也、初五文字ニハ殊斟酌するコト也、祇注此哥もありのまゝにみてハ、味更になし、此心ハ人を思初て、あハれいかにと思へとも、人ハつれなくして、年月を過るに、からうしてたまさかにあへる人の、又とたえハてゝ、いひやらん方なき思のあまりに打」27オかへし絶てしなくハ中〳〵にといへる也、古人の哥をあまりにやすくみるハ、

口惜く侍る也、又様そあらんとくせ〳〵しく万の事をとりそへいへるハ、殊にうたて侍る也、くれ〳〵数奇をさきとして、さるへき人にとひたつぬへきにこそ云〻

諸抄一同逢不会恋云〻

四十五
謙徳公　伊尹　摂政太政大臣　右大臣　贈正一位　一条摂政／牛車　兵仗　天禄三十一薨卅九才

忠平（貞信公）―師輔（九条右丞相）―伊平―┬挙賢（正五下　左少将　天延二九十六卒廿二）
　　　　　　　　　　　　　　　　　　　└義孝（右中将　従五下春宮亮　後少将　天延二九十六卒廿一）―行成（能書三跡之内号権跡　権大納言タル故也　一条院四納言之内也　号世尊寺）

45 拾恋五
あはれともいふへき人ハおもほへで

物いひ侍ける女の、後につれなく侍て、さらにあはす侍りければ

我思ひに死たらハ、肝要あはれと思《自然公界ノ人ハ哀ともいふへきが》へき人ハ、その人にこそあれと思ひしに、その人さへかく心のかはりたれ《て》ハ、さもおほえされは、詮なき命のいたつらに成ぬへき事よと、我身を歎たる心也《て人をうらみたる心也》、おもほへでハ人ハさもおもほえすしてといふ心也、いふへき人ハのハ文字につよくあたりてみるへし　身ノイタツラニイタツラニ死ヌルト也

曽祢好忠　任丹波掾　号曽丹《寛》　寛和比人　先祖不見

題しらす

46 新恋一
ゆらのとをわたる舟人かちをたえ

由良渡ハ紀伊国、一段浪のあらき渡也、大海を渡る舟ハ楫か肝要也、楫のなからんハ、」27ウ便を失ふへき事也、大事の渡の舟に、楫のなきことく、我恋ちハたのむ方もなく、たゝよひうかひて、行ゑもなき心をいへり、ゆらのとゝ打出るより長高く、事からいかめしき哥也云〻、ゆらのとゝいふよりたけたかく、優なる哥也云〻

若済巨川用汝作《セシ》舟楫　書説命　殷高宗伝説ヲ玉ヘルコト也
新古　かちをたえゆらの湊による舟のたよりもしらぬおきつしほかせ　摂政太政大臣
渡月　ゆらのとの行ゑもしらすこく舟ハ月にやいとゝかちをたえなん　雅経
恵慶《キヤウ／ケイ》法師　先祖不見　寛和比人云々　師説エキヤウホウシ　三条西エケイホウシ云々／播磨国講師　家集アリ

47　拾秋　永
八重むくらしけれるやとのさひしきに
詞書河原院にてあれたるやとに秋来といふ心を人〳〵よみ侍けるに
詞書にて心ハきこえ侍れと、いにしへ融のおとゝのさかへも、一場の春夢となりて、昔忘れぬ秋のみ来る心を、思ひつゝけて、此哥をは見侍るへき也、人跡絶ハてゝ八重葎のとちたる宿ハさひしかるへきに、人影ハみえすして、結句わひしき秋さへ来れるよとみるへし云々、人こそのこそにつよくあたりてみるへき也、貫之か、とふ人もなきやとなれとくる春ハやへむくらにもさハらさりけり　これよりも、八重葎ノ哥ハ猶あはれふかく面白きと先達もいへり、
これハ春色のあまねき心也、少心かはれりと也
深草や竹のは山の夕霧に人こそみえねうつらなく也　家隆卿
此心也
源重之　左馬助　相模守　従五下／冷泉院坊之帯刀
清和天皇―貞元親王（四品　号閑院）―兼忠（三木　正四下）―重之（三木兼忠為子　長保二於奥州卒）
　　　　　　　　　　　　　　　　　―兼信（三川守従五下侍従　賜源姓）
」28オ

48
風をいたみ岩うつ浪のをのれのみ

祇注云心ハ動なき巌をは人の心によそへ、くたけやすき波を我身になすらへていへる也、序哥にてハ侍れとも、是ハ心こまやかに侍にや、尤面白とそ

詞書冷泉院春宮と申ける時、百首の歌たてまつりけるよめる

我心中ハ静なれとも、《もと無為なりしとも》あらぬ心のつきそめて、物を思ふハ風の吹出て、波の動かことく也、仍風をいたみといへり、我と物を思そめて、我から心をくたくをなけく心也、人ハ岩のことくつれなきに、我のみくたけて無詮物を思よし也

袖ぬるゝ恋ちとかつハしりなからおりたつ田子のみつからそうき

大よとの松ハつらくもあらなくにうらみてのみもかへる波哉

大中臣能宣朝臣　後撰ゝ者之内　讃岐権掾　正四下／正暦三八九卒　七十才

天児屋根命十九代孫
常磐大連《トキハノオホムラシ》──始賜中臣連　本名卜部　可多能祐連《カタノサヘノムラシ》公

御食子連公──大織冠　藤氏祖

国子《クニコ》大連公　祭主大臣　小徳官──国定──意美麿──清麿──今麿──常麿

岡良──輔道──頼基　祭主──能宣　祭主──輔親　祭主従三　神祇伯──親定

女子　伊勢大輔　上東門院女房

49 詞 恋上 みかきもり衛士のたく火の

題しらす」28ウ

衛士ハ左右衛門ノ下ニある衛士也、左右衛門ハ外衛の御垣を守る也、仍よるハ火を焼て守る役人也、今も公事等ノ時火を焼也、心ハ人目をよくる故、ひるハ消るやうなれとも、よるハ又もゆる《と》也

祇注昼消るとハ思ひを休したるさま也〈私消したるにはあるましき也／消かへる心なるへき也〉胸にみちたる思ひのせん方なきを、もゆるにもまかせす、人めをつゝみ思ひけちたる様ニしたる心、猶くるしさまさるへくや、もえつゝきえつゝ物を思ふといはんため也

五十
藤原義孝　謙徳公三男　母中務卿代明親王女　両聞云恵子女王　従五上右少将／系図見謙徳ノ下　号後少将　行成卿父也

天延二九十六卒　廿一才　私兄弟同日卒去、仍号前少将後少将云々

50 後撰恋二
君かためおしからさりし命さへ　おもひける（後十／ぬる　御抄）かな

詞書女のもとよりかへりてつかはしける

心ハ一度の逢事もあらハ、命をもすてんとかねて思ひしに、今逢そめて立別れし名残の切なるまゝに、其心をもいつしか引かへて、長久にして幾度も逢みまほしく思ふ心也、尤あはれふかきにや

玄鈔此哉をハかへる哉と云也、又ぬる哉・つる哉と云ハ、過去の心あり、ける哉ハ当意の心ある也　後十　おもひぬる哉、思たる哉と云心也

伊抄用　おもひける哉といひつめたるおもしろし

藤原実方朝臣　右中将　正四下　陸奥守／長徳四　十一十三　於任国卒

貞信公―師尹《モロマサ》小一条左大臣―定時 侍従従五下哥人―実方 母左大臣雅信公女　」29オ

51 後撰恋一
かくとたにえやハいふきのさしも草

女にはしめてつかはしける

伊吹山ハ近江・美濃両国名所也、哥枕名寄ニハ近江国ニ入也

注云左志母草ヲ詠伊吹山ハ下野国在之、見坤元義云〻、近江国ニテハ北郡、美濃国ニテハ不破郡云〻、さしも草ハもゆる物なれは、もゆる思にたとへいへる也、えやハいふきとハえもいひかたきとの義也、胸中にあまる思をもえいひやらぬハ、さしも人ハしらしと我思の切なる心の、やるかたなきをいひのへたる哥也

さしも草ハさせもといふも同し草也、蓬にあらすと云説あれとも、蓬ニ用る歟、モクサハモユル物ナレハ、思ひにたとへたる也

三光院説えやハと切て、えもいひかたきと也、面にていへハ秀句になる也、只自然ニなるやうに哥をハよめと也

続古　冬ふかく野ハ成にけりあふみなる伊吹の外山雪ふりぬらし好忠

後鳥羽院御時百首　雪をわけおろす伊吹の山風に駒うちなつむ関の藤河秀能

六帖　あちきなやいふきの山のさしも草をのか思ひに身をこかしつゝ

　此下句の心にてよめる也云〻

東斎随筆大納言行成いまた殿上人にておハしける時、実方中将いかなるいきとをりにかありけん、殿上に参りあひていふ事もなくて、行成ノ冠を打落して小庭ニなけすてけり、行成さハかすして、主殿司をめして其冠を取あけさせて着して、何程の」29ウ過怠によりて是程の乱罰にあつかるにや、其故を承らんと云けれは、実方一言ゆ《を》のへすして立にけり、折しも主上小蔀より御覧して、実方ハ鳴呼の者也とて、中将を召て、哥枕みてまいれとて陸奥守になして、なかしつかはされけれは、つゐにかしこにてうせにけり、実方蔵人頭にならすしてやみけるを恨て、其執心雀となりて、殿上の小台盤にゐて、つ《小台盤を》ゝきけるとなん申侍たりとあり云〻

藤原道信《ノフ》《サネ》両義朝臣　左中将　従四上　正暦五卒　廿三才／母謙徳公女

師輔（九条右丞相）―為光（法性寺太政大臣　従一　恒徳公　京極）―道信

52 後拾 恋二
明ぬれハくるゝものとハしりなから

女のもとより雪ふり侍ける日、かへりてつかはしける

かへるさの道やハかはるかはらねととくるにまとふけさの淡雪

明ぬれハくるゝものとハ

心ハ明ぬれハくるゝ物とハとは、後の夕を又たのむ中とはよく分別しなから、只今の別の切なるまゝに、明れハくるゝ理をも忘たる心、尤あはれふかく面白し、世間皆如此也、当座をかなしふならひ也

右近大将道綱母　東三条入道摂政室／本朝美人三人之内也」30オ

師輔（九条右丞相）―兼家（法興院大入道　東三条入道）
- 道隆（中関白）―伊周（儀同三司　帥内大臣　母高内侍）―道雅（左京大夫　従三位）
- 道兼（粟田）
- 道綱（傅大納言　右大将　東宮傅　母倫寧女）
- 道長（御堂）

冬嗣（閑院左大臣）―長良（枇杷中納言）
- 基経（昭宣公　為叔父忠仁公子）
- 高経（内蔵頭左中将　右兵衛督正四下　哥人）―惟岳（従五下左馬頭）―倫寧（右兵衛佐　左馬助　哥人）―女子（道綱母）

此人美人なれとも、幸なかりしを、石山の観音に祈誓して幸を引れたると也

53 拾十四 なけきつゝひとりぬるよの明るまを《ハ》

入道摂政まかりたりけるに、門をそくあけゝれハ、立わつらひぬといひ入て侍けれはよみていたしける、とあり

心ハ詞書に明也、初句の歎つゝといへる甚深《おもしろし》なる詞也、能〻可分別也、門を明るまさへ立わつらひ待かねたるよしうけ給るに、我歎つゝ独ぬるよの明るまハ、いかに久しき物とか思召そと也、当座の頓是の作意奇特也、天然の作者ノきはあらはるゝ事也云〻

かハしる　かはしるしられましきかこよひわつらひ勝にて、思はるゝといへる心歟」30ウ

儀同三司母　従二位高階《高二位》成忠女也　中関白室　伊周公母／従権高内侍トアリ

峯緒―茂範―師尚（四位備前守　実業平男　母斎宮）―良臣（四位　宮内卿）―成忠（儒従二位正暦二九十改真人　為朝臣正暦三十十一出家号　二位新発）―女子（貴子　高内侍）

大鏡道隆下　御前の作文にハ文たてまつられしハとよ、少〻のおのこにハまさりてこそきこえ侍しか云〻

同 此人典侍を下されしになされさりし也、其後天子御心をかけられしに難面てハてしと也

伊周公　儀同三司ハ三公ニ准スル義也、此人初例也、准大臣也

従一位唐名ヲ儀同三司ト云ハ各別ノコト也

内大臣　正二位　内覧　兵仗

長徳二四廿四有事左遷太宰府　同三四五帰京　号帥内大臣
罪之事　奉射法皇《以隆家》　奉呪詛女院　被行大元法事

54 新 わすれしの行末まてハかたけれは

中関白かよひそめける《侍》ころよめるとあり、心ハ明也、人の心のたのみかたき事ハ、明日を期せぬ物也、されは一夜を思出にして、人の心の変せさるさきに、消もなくやといへる心、切に哀なる哥也、よく〱詞つかひをみるへし、くれ〱やさしき哥の風躰《情》也と也

後拾 よしさらハちるまてハみし山さくら花のさかりを面影にして為家」31オ
あすならハわすらるゝ身に成ぬへしけふをすくさぬ命ともかな赤染

カタケレハ大切也

大納言公任　号四条大納言　才人　和漢朗詠・拾遺抄撰者　北山抄　一条院四納言之一人也／母代明親王第三女

- 実頼（清慎公 小野宮）
  - 敦敏（右中将正五下）
    - 佐理（三木 三跡之内 佐跡）
  - 頼忠（廉義公関 三条）
    - 公任（権大正二別当）
      - 定頼（権中右大弁正二 能書 母昭平親王女）

55 拾又千 十六 千音 滝の糸ハたえて久しく成ぬれと

公任ハ行成と同時の能書にて、しかも行成ニハ不及、故にさして《能書の》名誉なし、子息定頼ハ父卿に不及り、しかとも行成より後に《なる故》て能書也

詞書大覚寺に人〱あまたまかりたりけるに、ふるき滝をみてよみ侍ける　右衛門督公任

これハ嵯峨の大覚寺也、大沢の池にふるき滝の跡あり、昔ハ滝殿ありし也、大覚寺ももとハ大学寺とて、学問せし所也、後ニ覚の字ニ改らるゝと云ゝ、此所の滝殿さしもいかめしうつくれる所なれとも、昔の跡ふりはてゝ、物さひしく《き》さまをうちなかめても、思ひ入てよめる哥也、下句に名こそなかれて猶きこえけれといへるうちに、人ハ只名のみとまる道を思心もこもれるにや、表ハいかにもさら〱と云くたして、心に観心の侍る」31ウ所を能ゝ吟味すへしと也

大覚寺の滝殿をみてよみ侍ける　赤染衛門

後拾十八
あせにける今たにかゝり滝つせのはやくそ人ハみるへかりける

西行集大覚寺の滝殿の石閑院にうつされて跡なく成ぬるときゝてみにまかりて、赤染衛門か今たにかゝりとよみけん折思出られて

今たにもかゝりといひし滝つせのその折まてハむかしなりけん

五十六
和泉式部　上東門院女房　大江雅致女　母越中守保衡女／此人昌子内親王乳母弁内侍云ゝ

和泉守橘道貞か妻となる　仍号和泉式部

小野宮 実頼─┬─頼忠──公任
　　　　　　└─斉敏《タヽ》（三木 従三 右衛門督）─┬─高遠（正三 大弐）──資高（従四下 筑前守）──女子（泉式部）
　　　　　　　　　　　　　　　　　　　　　　　　└─実資（小野宮右大臣）

右説雖有之拾遺集第廿云

性空上人のもとによみてつかハしける

雅致女式部　越前守　正四下大江雅輔女／致字如何

くらきよりくらき道にそ入ぬへきはるかにてらせ山のはの月

後陽成院御抄大江雅致大江之系図ニ不見也、旁資高女可謂正説也、又一説権中納言懐平女トモ、越前守純道《正イ》女トモ云、皆非也」32オ

56あらさらん此世の外の思ひ出《デ》に　イテト云ハアシキ

後拾

詞書心ち例ならす侍りける比、人のもとにつかハしける

心ハ命をもともなと思ふ人を置て、我さきたちなハとみたり心ちのあらん時、その思の切なる心をよく思ひやりてみるへし、尤さありぬへきにや、哀ふかき哥と也、殊一二句たくひなくこそ云〻、初五文字二ノ心あり、我身此世にあらさらんの心もあり、又あるましき事なれとも、の心もあり、黄泉の道の思出にしたきと云心也

私あるましき事なれとも、と云心なれは、あらさらん事なからと云心也、あらさらん此世とつゝきてハ、さはきこえかたくや

紫式部　上東門院女房　或鷹司殿女房（御堂関白北方）／源氏物語作者

冬嗣—良門（正六上 内舎人）—利基（右中将従四上）—兼輔（中納言従二位）—惟正（刑大 夕丶 従五下）—為時（蔵 弁 正五下 越前守）—女子（母摂津守為信女）

良門—高藤

始ハ藤式部ト云シヲ改紫式部　此義説〻アリ

57めくりあひてみしやそれともわかぬまに

新

詞書はやくよりわらハ友たちに侍ける人の、年比をへて行あひたる、ほのかにて七月《フ》十日ころ月にきおひてかへりけれは

心ハ詞書にて明也、但幼少よりしたしき友ニ行あひて、心しつかにもなく、」32ウ やかて立帰りし名残、さなから雲まの月のことく也とよめり、友たちを月にたとへいへる詞つかひ、凡慮の及へき所にあらすといへり、友たちを月によそへて、か様ニ参会すへきとも思はさりつると也、去なからやかて立かへれは、雲かくれにしとよめる也、月にきほふハあらそふやうなる心也、雲かくれの詞如此ハ不可苦歟、但いさゝか憚へき心あり、今ハ斟酌あるへき事可然といへり　私此哥ノヨキト云所ミエカタシ、然共アラサラン／有間山等吟シクラヘテサノミヲトルケチメナシ

大弐三位　後一条院《イ後冷泉》御乳母　大弐成平《章》妻仍号大弐三位　後十 章不審／母紫式部

高藤《内大臣》―定方《三条右大臣》―朝頼《左大弁左少将 従四上》―為輔《権中 正三 号甘露寺 又松崎》―宣孝《右衛門佐 正五下》―女子《賢子 大弐三位 狭衣作者》

58 有間山いなのさゝ原　後拾十二

詞書 かれ〳〵なる男のおほつかなくなといひたるによめる

哥ハ序哥也、同序哥なれとも、上の心其哥の用に立もあり、是ハソ《イテ》ヨトいはん為はかりの序也、昔の哥のたけありてきこゆるハ、序哥の故也、其境にいたらすしてハ、かやうの心わきまへかたき事なるへし、さて此哥の心、いてとハ我心を起してつかふ詞也

いて人ハことのみそよき月草のうつし心ハ色ことにして

いて我を人なとかめそ大船のゆたのたゆたに物思ふ比そなと

いてと句を切て、人とみたるかよき也、いてそよ人を忘やハするとハ、かれ〳〵なる男の却而おほつかなきなといへるをうらみて、我心をのへ出せる也、かくいへるうちに、人をハ忘るゝ物にやと、男にあたりていへる也、

有間山・猪」33オ 名野ハ摂津国の名所也

赤染衛門《アカソメノエモン染》《アカソメエモン》　上東門院女房　或鷹司殿女房云々／或大隅守赤染時望《明イ》女　大江匡衡妻　栄花物語作者

一説
光孝天皇―是忠親王―興雅王―平篤行―兼盛―┬赤染衛門
　　　　　　　　　　　　　　　　　　　　└妹中関白密通人

59 後拾十二
やすらハてねなまし物をさ夜更てかたふくまての《にイ》

詞書中関白少将に侍りける時、はらから《妹也》なる人ゝ物いひわたり侍けるに、たのめてまうてこさりけるつとめて女にかはりて《よめる》云々

やすらは《ふ》てとハ猶豫《ませる》する心也、やかてもねすして、よも〱とねやすらひて、月のかたふくまてなかめし事を、後悔する義也、かたふくまてみし所此哥の詮也

私人の来らさりし事をハいひ出すして、我いたつらに待ふかしたる後悔をのへたる心おもしろし

小式部内侍　上東門院女房／母和泉式部　初通堀川右大臣頼宗公、後通大二条関白教通公

左大臣橘諸兄公―奈良丸―畠《嶋》田丸―長谷雄―海雄―茂枝┐
┌──────────────────────────┘
佐臣―仲遠―道貞《和泉陸奥守》―小式部内侍

60 金九雑上
大江山いく野の道のとをけれはまだ

和泉式部保昌にくして丹後国に侍ける比、都に哥合のあり」33ウけるに、小式部内侍哥よみ侍けるを《にとられてイ》、中納言定頼つほねのかたにまうてきて、哥ハいかゝさせ給ふ、丹後へハ人つかハし《てイ》けんや、使ハまたまうてこすや、いかに心もとなくおほすらんなとたはふれてたちけるを、ひきとゝめてよめる云々、これハ小式部か哥のよきハ、母の和

泉式部によませて、我哥にすると云事の侍けるを、口惜く思ける比、定頼卿のかくいへる時よめる哥也、定頼卿も母の哥を小式部の哥にすると云世間の事を思ひて、いへるにや、此時此哥をよますハ、かねての疑も晴《ハレ》ましき事を、此秀哥を読るによりて、世間の疑も《を》はらし、我名誉をもしたるハ、有かたき事にや、たとひ又当座によみたれとも、なをさり事ハかひなかるへきに、既名哥なれは、尤其徳たくひなく侍り、心ハ無別義歟、大江山・生野ハ橋立へノ道也、またふみもみすハ、文と又行てもみぬとニかゝれり、文もみぬハ定頼卿のいへる、使ハまたまうてこすやといふにつきていへり、当意即妙の哥也、和泉式部橘道貞に忘られて後、藤原保昌丹後守になりて下向の時、具して下れる也

或抄阿仏尼曰是程の哥をは誰も可読事なれとも、人の果報又折節によみ合ニより来れるか幸と申されたると也

私此義有所存」34オ

伊勢《イセ》大輔《ダユウ》　上東門院中宮之時候云〻、／祭主輔親女ナル故号伊勢大輔

系図能宣ノ下ニ見タリ

61
六十一
詞一
いにしへのならの都の八重桜

詞書一条院の御時ならの八重桜を人のたてまつり侍けるを、おまへに侍けれは、その花を給はりて、哥よめと仰られけれハよめる云〻、心ハ故郷の桜の又都の春にも逢かたきか、今日君の御覧して二度時にあへる心《の》たくひなき也《を思り》、しかも八重桜とをきて、今日九重といへる、当座のことわさに、奇特の粉骨也、かやうの事ハ天性の達者と、平生のたしなみとの致所也、道にたつさハらん人ハ、是を可思哉云〻

或抄奈良ハ旧跡にて、ふりはてたる所なれとも、今日ハ九重に参りたるニ依て桜の匂フト也、花の上のみにてもなし、人のうへも如此と也

清少納言　一条院皇后宮定子中関白道隆公女女房／元輔女　深養父彦　摂津守藤棟世妻

枕草子作者　老後ニハ四国ノ辺ニテおちふれてあり云々

62夜《後十六》をこめて鳥のそらねハはかるとも

大納言行成物かたりなとし侍けるに、うちの御物忌にこもれる《ハ》とて、いそきかへりて、つとめて鳥の声にもよほされて、といひけれは、夜ふかかりける《ん》鳥のこゑハ函谷の関の事にやといひつかはしたりけるを、たちかへり」34ウ

これはあふさかの関に侍とあれはよみ《といへりけれハ、つかはしける》侍ける云々

御物忌にハ夜更ぬさきに参る事也、鳥のそらねハ函谷関孟嘗君か故事也、はかるハたばかる心也、相坂の関ハゆるさしハ、逢事をハゆるさしの心也、惣の心ハ明也、彼孟嘗君夜半至函谷関開法鶏鳴出客、々有善鶏鳴者而鶏尽鳴遂発伝出、鶏の鳴まねをしけれは、誠の鶏も鳴けり、仍夜ふかきニ関を明てとをしたる也、是を鳥のそらねハはかるともといへり、第二三句にて函谷関を云て、結句に逢坂関を云へり、一首ニ両所をやすくくとよみ出せる事、上手のしわさ也、哥の心ハよし、其函谷関をハたはかりてとをるとも、我あふ坂の関をハゆるすましきと也、よにあふ坂のよにハ詞ノ字也、伊勢物語ニよにあふことかたきと云る類也

拾六
しら玉の秋の木葉にやとれるとみゆるハ露のはかるなりけり　用被引之

をのれなけいそく関ちのさよちとり鳥のそらねもこゑたてぬまに　定家

あふ坂やとりのそらねに関の戸も開けぬとみえてすめる月かけ　為家

夜をこめて霞まちとる山のはによこ雲しらてあくるそらかな　西園寺入道相国

右京大夫道雅　帥内大臣伊周公男　母大納言重光女

右京大夫　従三位　号荒三位《アラザン》　天喜二七十出家　同廿日薨六十二《三イ》

後拾 十三
伊勢の斎宮わたりよりのほりて侍ける人にしのひてかよひけることを、おほやけもきこしめしてまもりめなとつけさせ給て、しのひにもかよはすなりにけれハよみ侍ける

あふさかハあつまちとこそき〻しかと心つくしの関にそありける

榊はのゆふしてかけしそのかみにをしかへしてもにたるころかな

今ハた〻――」35オ

63今ハた〻おもひたえなんとはかりを

心ハ明也、猶事書にて一入哀深ニヤ、おほやけよりまもりめなとつきたれは、又逢奉ることのあるましけれは、よし今ハた〻思絶なんとはかりの一言をたに、人伝ならて申ことハりたきとの義也、又或説ニ三条院皇女前斎宮ニ密通露顕して、消息絶ての哥といへり、此義大鏡に委し

権中納言定頼　公任卿男　母昭平親王女　正二位／系図公任下　父ニ孝アリシ人也云〻

書殿舎額　長久五六九依病入道五十才　同六正十九入滅五十一才

宇治にまかりて侍ける時よめる

64千
朝ほらけ宇治の河霧たえ〴〵に

祇注眺望哥也、此哥ハ人丸ノ哥ニ、武士の八十氏河の網代木にいさよふ波の行ゑしらすも　と云るをとりて読る哥とそ、心ハ宇治ハ山深きわたりにて、河上の霧も晴かたき所也、朝ほらけのおかしき折しもなかめやりたるに、ほの〴〵とあらハれつ又かくれつして、有ハなくなきハあらはれたる心、眼前の眺望也、大方此哥ハ生死輪廻の心こもれり、といへり、猶師説を受へし、おもてハ網代の興也云〻

私あらハれわたるハ、朝ほらけの霧の日の出るにしたかひて、晴行心なるへき歟、その中にもみえつかくれつ

する事ハあるへき也

網代ハ魚ヲとる物也、近江の田上川にてもれたる氷魚を、宇治川にてとると云々、先宇治ト云所景気面白きニ、網代ノ興殊ニ一入也、田上川よりも宇治の興ハまさりたるよしいへり、たえ〳〵ト云此哥ノ眼也、絶んとして」35ウ 絶さるかたえ〳〵也、霧の変化の躰也

65 後拾 恨わひほさぬ袖たに

相模　先祖不詳　不知氏神之由見家集　相模守大江公資女《妻》仍号相模／入道一品宮女房　本名乙《ヲト》侍従　一説母能登守慶滋保胤女

詞書永承六年内裏哥合、祇抄名こそおしけれとハ、もろともに相思ふ恋ちならハ、名にたゝんもせめてなるへきを、たのみかたき人を《に》はかなく契りそめて、うき名のくちなん事を思あまりに、ほさぬ袖たにある物をとハよめり、袖ハくちやすき物なるに《か》それさへあるをといへる、あはれふかきにや、

用ある物をとハ
くちやすき袖さへいまたくちすしてあるに、名のくちん事よと云歟、又袖ハ朽やすきなるか《レハ》、尤なるか、名さへ朽なん事よと云心歟、不知也　私後義ハほさぬ袖とハ／くちたる袖を云歟

世間ニ悪声ノアルヲ、名ヲ流ス・名をくたすなと云也

後陽御抄
相思はぬと云コトハ、哥ノ面にみえされとも、恨わひと云にてきこゆる也

六十六
大僧正行尊　三井寺円満院祖　天台座主　法務　昔ハ三井寺ヨリモ山座主ニナルニヤ

三条院─小一条院─源基平（三木 従三 号御子宰相）──行尊（鳥羽・白川護持僧 牛車）

禁秘御抄云鳥羽院御時、行尊僧正夙夜祗侯、定侯御陪膳歟云々、白川院御嫡子云々　修験名徳之人云々

後十抄長承三勅《為》衆僧上座 僧徒一座宣歟、　明行法親王 三条院御子 敦元親王 弟子也」36オ

66 金九雑上
もろともにあはれとおもへ山さくら

詞書大峯にて思ひかけす桜の咲たりけるをみてよめる云々、大峯ニ行者ノ入事順逆あり、春入ヲハ順ノ峯ト云如何臘月ヨリ入歟、秋入ヲハ逆ノ峯と云へリ、是ハ順の峯の時なるへし、思かけぬ桜とハ卯月はかりの事とみゆ、哥の心ハ花より外に知人もなしと去《ハ》て、只今我ハ花より外に知人もなしといひて、心に又花も我より外に知人あらしと云心こもれるアリ歟也、されハもろともにあはれとおもへとハいへる也

此行尊ハ小一条院御孫にて、やむことなき身なから、方〻修行せし人也、釈書性好ニ頭陀一十七ニシテ潜出園城渉跋名山霊区

三心ハ太山木ノ名モ不知木共ノ中ニ、思かけぬ桜を見付たる也、余リノ奥山ニハ松杉なともなき物也といへり、定家卿、たのむかなその名もしらぬみ山ちに知人えたる松と杉とを　といへり、まして花ハ珍敷覚えて、都へ帰りたる様ニ覚ゆる心歟

周防内侍　後冷泉院女房

桓武天皇―両聞 葛《カト》原親王―高棟大納言従二―惟範左大将 中納言従三―時望中納言―真材伊豆守従四上

三木 親信―重義従四下安芸守―継仲従四上周防守―周防内侍 イ葛原親王八世孫棟仲伊女　又一本宗仲

又説　時望―珍材―惟仲―周防内侍

67
千十六
春の夜の夢ハかりなる手枕に」36ウ

二月はかりに月あかき夜、二条院にて人〱物かたりなとし侍けるに、周防内侍よりふして枕もかなといふ《しのひやかに》をきゝて、大納言忠家これをまくらにとて、かひなをみすの下よりさし入て侍りけれはよみけるとあり

春のよの夢はかり
　といひ出して侍けれはかへしによめる
　　　　　　　　　　　大納言忠家
契りありて春のよふかき手枕をいかゝかひなき夢になすへき
哥ノ心ハ明也、かひなくたゝむを、かひなをたち入てみれは、哥さまあしく成也、只春のよのみしかき間の夢はかりに、曲なき名をなかさんハかひなしと也、又夢はかりハ夢程のなる歟そとの間ノ義なるへし、いかにも懇ニやさしき姿也、時ニ臨みて当意即妙の哥也、惣別哥を読へき人ハ行住坐臥心にかくへき事也とそ、遍昭僧正ノ嵯峨野にて馬よりおちて、われおちにきと人にかたるな、道綱卿母のいかに久しき、小式部かまたふみもみす、伊勢大輔かけふこゝのへにといひ、此内侍か此哥なとよめる有かたき事とそ

三条院　諱居貞《イヤサダ》《ヘウヤ》　冷泉第二皇子　在位五年／母贈皇太后超子　東三条摂政兼家女
天延四正三降誕　寛和二七十六東宮今日元服十一才　寛弘八六十三即位卅六才／長和五正廿五譲位四十一才　寛仁元四廿九出家　同五月九日崩四十二才」37オ

村上天皇──冷泉院──花山院
　　　　　　　　　└三条院
　　　　└円融院──一条院

後十　私於禁中講談之時如此也、譲位ノコト被憚之故也
れ後拾いならすをはしましける比て位なとさらんと覚しめしける比　此詞被抜歟、月のあかゝりけるを御覧して

三条院御製

心にもあらてうき夜になからへハ恋しかるへきよはの月かな

御違例かちなる故に、御存命も有かたく思召也、されとも若不意ニ御存命も有ならハ、此月ハ恋しく思召し出さるへきと也

大鏡上云院にならせ給て、御目を御覧せさりしこそいといみしかりしか、こと人の見奉るにハ、いさゝかかはらせ給ふ事おハしまさゝりけれは、そらことのやうにそおハしましける中略、いかなるおりにか時〻ハ御覧する時もありけり、御簾のあみをのみゆるなと仰られて、一品の宮《陽明門院》のゝほらせ給けるに、弁のめのとの御ともにさふらふか、さしくしを左にさゝれたりけれは、あゆよなとくしハあしくさしたるそとこそ仰られけれ略、桓筭供奉の御物けにあらハれて申けるハ、御くひにのりゐて左右の羽をうちおほひ申たるに、打翼きうこかすおりに、少御覧する也とこそいひ侍けれ

68 後拾 心にもあらてうき世に

詞書ニ例ならすおハしまして、位さらんとせさせおはしましける比、月のあかゝりけるを御覧して云〻、此哥ノ心ハ明也、御位も終ニ五」37ウケ年にて行末とをくもと覚召つきを。、おもゐさせ給ハんの御心、誠御余波おしく思食へきにこそ、其心をよく思入て、此哥をハ見侍へしとそ

御違例故に御位をさらんと覚召に《御心誠御なこりおしく思食へき也》、もし不意ニ御命もなからへさせ給ハヽ、此禁中の月いかはかり恋しく覚召出されんとなるへし

能因法師　俗名永愷《ヤス》　長門守云〻　肥後守元《イ為》愷子／号古曽部入道　古曽部ハ摂津国也

右大臣橘諸兄─奈良丸─嶋田丸─常主─安吉雄」

良禎──純行──忠望──元愷──能因

此能因ハ殊ニ道ニ名誉有し者也、天河苗代水　白川関等哥ノ事　古抄物ニ種〻の事執したる也、長《柄》橋《板》の事可考之

69 後拾秋下 あらし吹三室の山の紅葉ゝハ

永承四年内裏哥合によめるとあり、此哥ハかくれたる所なし、只時節の景気と所のさまを思合て見侍へき也、あり〱とよみ出す事、其身の粉骨也、是ハ誠ニ上古の正風の躰也、かやうの哥をハ末代の人やすく思へし、只そのまゝなる所、真実の道と心得へきとそ侍し

玄抄末代の人正風とはかり心得て、なをさりに眼を付ハ、余ニやすく力なかるへしと也、此哥内裏哥合ニ如此出来事折にあへる秀逸なるへし、殊更作者の手から也、嵐の吹みたす紅葉ゝハ立田川にやかてさらす錦／そといふ心也、抄義アレ共、手ヲツケテハ哥ヲトル也」38オ

毎月抄常ニ秀逸躰と心得侍ハ、無文なる哥のさハ〱とよみて、心をくれたけあるをのみ申ならひ侍る、それハ不覚の事ニ候、かゝらん哥を秀逸と可申ハ、哥ことにもよみぬへくそ侍、沈吟事極リ、案情すみわたれる中より、今とかくもてあつかふ風情にハなくて、俄に側よりやす〱とよみ出したる中に、いかにも秀逸ハ侍へし、その哥ハ先心ふかく、巧ニ詞の外まて余れるやうにて、姿けたかく詞なへてつゝけかたきか、しかもやすらかにきこゆる様にて遠白くかすかなる意趣たちそひて、面かけたゝならすけしきはみて、さなから心も詞もそゝろかぬ哥にて侍り

良暹法師　父祖不詳　祇園別当　大原ニモ住／母ハ実方朝臣家女房、白菊ト云シ者也云〻

題しらす

70 後撰四
さひしさにやと立出てなかむれは

いつくもおなしと云所心あるへし、我宿の堪かたきまてさひしき時、思侘て、いつくにも行はやと立出てうちなかむれは、いつくも又同物也、それ我心からの夕ヘニコソト也、すへて世上ハ何かよき何かあしきといふ事ハなきと也、只一心のなす事なれは、我心からのさひしさそと也、かやうの心を詞ニハいはすして、心にこめたるか猶感ふかく、余情のかきりなき物也、定家卿、

秋よたゝなかめすてゝも出なまし此里のみの夕とおもはゝ　此哥をとれり、心も又おなし、本哥の心ハ猶感ふかゝるへし

三体詩、栄辱昇沈影与身　三界唯一心外無別法なと引り、皆心からの事をいへり

七十一
大納言経信《ツネノブ》　母源国盛女　才人　能書　哥仙　作文　郢曲　笛　比巴／永長二壬正十二於宰府薨八十二才

寛平法皇
├ 敦実親王（一品 式部卿）
│　├ 重信（六条左大臣）―通方（中納言）―経信（権帥 民部卿 正二 権大 号桂大納言）―俊頼（従四上 右中将 木工頭 左京大夫 篳篥）―俊恵（大史公 東大 歌林苑執行）
│　└ 雅信

」38ウ

71 金三
夕されハ門田のいなは音つれて

師賢朝臣の梅津の家に人〻まかりて、田家秋風といへる事をよめるとあり、芦の丸やとハさなから芦斗にてつくれるを云也、其門田の稲葉に夕くれの秋風そよ〳〵と音するときゝもあへす、やかて蘆の丸や吹たるさま也、夏の中なとに吹風にも似す、芦の丸やに風の替《みか》ると也、夕されハ夕くれと同事也、但少〳〵風情をもつ心あるにや、此五文字五句によくわたりたる也、夕されを深クいはゝ、夕ニあれはと云心也、春され・冬されなと云もおなし、

夕されと云時ハ必ハと云へシ云々

又ノ説ニハそよ〳〵と稲葉をわたる秋風の、やかて蘆の丸やに吹と心うちハ勿論也、但そのまゝあしのまろやに秋風そ吹と心得たるも可然にや、稲葉に音する風の程もなく、蘆の丸やに吹なと云ハ、やうかましき様也、慈鎮和尚聖廟法楽百首ニ、夕されの哀をたれかとはさらん柴のあみとの庭の松風　自筆ヲ拝見したると也、然時ハ夕されのともいはんかと也、但ことによりやうにしたかふへき也云々

祐子内親王家紀伊《ケノキ》《キイ朶》《ケ用キ》　散位平経方女　母小弁云々／イ源頼国女

紀伊守重経妻タル故ニ紀伊ト号ス、紀伊キト斗ヨム也

祐子内親王ハ後朱雀院第三皇女

桓武天皇—葛原親王—高棟—惟範—時望—真材

親信—行義（武蔵守／イ親義）—範国（伊予守）—経方（従五上）—紀伊（金葉ニハ一宮紀伊）

39オ

武智麿（大系　後陽御抄）—巨勢麿（三木）—黒丸（従四下　周防　因幡守）—春継（従五上　常陸介　中務大甫）—良尚（従四上　右兵衛督左衛門督）—菅根（哥人才人　三木従四上）

元方（正三　民部卿　大納言）—懐忠（中納言）—今尹（正五下　越中守）—女子（祐子内親王女房　哥人後拾遺作者）

平経方女　平氏之系図不見　作者部類　顕昭色葉経方女云々

72
音にきくたかしの浜のあた波ハ　金

詞書　堀川院の御時けしやう《艶書》ふみ合につかうまつれる

中納言俊忠

人しれぬ思ひありその浜風に波のよるこそいはまほしけれ

一宮紀伊

音にきくたかしの

あた波とハあた人と云義也、男の心ハ何れもあた〳〵しき物也、殊に音に聞えたるあた人なれは、契りハかけましきと也、袖のぬれもこそすれとハ、必物思ひとなるへきと也、あた人に契ることは、中〳〵せましきと云心也、聊もよはき所なく、女の哥にハ心一段面白き哥ともいへり

有磯ハ越中国　高師浜摂津国通和泉云々

権中納言匡房《マサフサ》《キヤウバウ》　母橘孝親女　正二　大蔵卿　太宰権帥　和漢才人／儒　号江帥《ガウソツ》　江次第作者　江談記同之

大江音人――千古――維時（中納言　従二）
――重光（式部大甫　従四上）儒――匡衡（式部大輔　従二）儒――挙周《タカチカ》（大学頭　正四下）儒――成衡《シケ》（信乃守　従四上）儒――匡房
　　└女子（江侍従　哥人）

」39ウ

73 高砂の尾上の桜咲にけり（後拾）

詞書内のおほいまうちきみの家にて、人〳〵さけ（イ無）らたうへて哥よみ侍けるに、遠望山桜といふ心をよめる

此高砂ハ非名所、山ノ惣名也、尾上トハ高キ峯ヲ云、外山ハ端山也、心ハ明也、正風躰ノ哥也、只詞つかひさハやかに長ある哥也、桜咲て今日よりハ霞も立そと云也、但能因か嵐吹三室の秋よりハ少色えたる所あり、内ノおほ

いまうちきみハ、後二条《又京極》関白師通也
源俊頼朝臣　経信男　母貞高女《土佐守貞亮》　撰金葉集／木工頭　左京大夫　右少将　従四上

74 千十二
うかりける人をはつせの山おろしよ

詞書権中納言俊忠家に恋十首哥よみ侍ける時、祈《トモ》不逢恋といへる心をよめる、初瀬ニ恋を祈ることハ、住吉物語ニ見タリ、石山ニ祈事ハ鬚黒大将也、貴布祢社或■(男)女の男に捨られて、稲荷へ七日祈請したるに、滝の水かへりてすまはいなり山七日のなりしるしと思ハん　後にかへり逢たると也、初瀬ハ山中にて嵐はけしき所也、初瀬の山おろしとハはけしけしきの枕詞ニ云たる也、祈れとも〱人の心ハはけしけれは、只はけしかれと祈りたる様なれは、それをハけしかれとハ祈らぬ物をといへり、逢へきやうにとこそいのるに、結句人の心のはけしきと也
此哥ハ定家卿別シテ褒美せられたる哥なり、近代秀哥心ふかく詞心にまかせてまなふとも、いひつゝけかたく、誠に及ましき姿也云〻」40オ

藤原基俊　母下総守高階順業女《イ陸奥守源為弘女》　従五上　左衛門佐　保延四―　出家覚舜／俊成卿和歌師匠二条家祖也　和漢秀才　新撰朗詠

作者撰者

頼宗（御堂関白三男　堀川右大臣　母高明公女）―俊家（正二　大宮右大臣　母伊周公女）―基俊―光覚（興　権少僧都）―覚遍（興　得業）
俊家―宗通（大納言　正二）―成通（侍従大納言　正二　通神之人　蹴鞠龍笛之達者）

75 千十六雑上
契りをきしさせもか露を命にて

詞書僧都光覚維摩会の講師の請を申ける時、度〻もれにけれは、法性寺入道太政大臣にうらみ申けるを、しめちか原のと侍ける《と侍けれとも》、又の《又その》としももれにけれは、よみてつかはしける

維摩会ハ興福寺にて毎年十月十日ヨリ至十六日被行《行》也、彼会ノ講師ハ藤氏長者ノ宣也、是ニ依テ此時ノ関白法性寺太政大臣へ申されたるなるへし、此講師ノ事ハ誰か番〻ト金札ニ書付て有事也、関白氏長者たる人ノ吹挙にて、秋ノ末つかた誰〻と被指事也云〻、

法性寺殿下御返事、しめちか原のとありしハ

新古猶
たゝたのめしめちか原のさしも草我世中にあらんかきりハ　といふ心なれは、猶たのめといへる心をとりて、契りをきしさせもか露を命にてといへり、契をきしハたのめ置し也、しめちか原のありし一言也、させも草ハさしも草両義也、しめちか原ハ下野国也、下句ハ今年も又洩ぬる心の愁をいへる也、維摩会ハ十月十日始まる事なれは、九月にさゝれねハならぬ故かく云也云〻、私又《後十》十月にても、秋もいぬめりとハ可云事歟

基俊ハ和漢才人、本朝和哥ノ祖、新撰朗詠撰者、公任卿ニモ不劣人也、御堂関白ノ彦大宮右大臣息なるか不運ノ人歟、時に不逢シテ、昇進せさる人也」40ウ

堀川院百首述懐哥

から国にしつみし人も我ことく三代まてあはぬなけきをやせし

此哥も此させか（マヽ）露の哥ノ前ニ入タリ、顔駟か故事也

六条家文書深山也といへとも、貫之か血脈を受て、俊成・定家・為家と系図つゝきたる事也《にて》、今に断絶せさる也

七十六
法性寺入道前関白太政大臣　忠通公　法名円観　摂政関白従一位／母右大臣顕―公女

御堂関白 道長―宇治関白 頼通 母左大臣雅信女―京極関白 師実 母具平親王女―後二条関白 師通 母右大臣師―女―知足院又富家 忠実 母右大臣俊家女―忠通―又九条月輪後法性寺 兼実 母家女房―後京極 良経 母従三季行女
　　　　　　　　　　　　　　　　　　　　　　　　　　　　　　　　　　　　　　―慈円
慈円

76 詞十
わたの原漕出てみれは久かたの

新院《崇徳》位におはしまし〻時、海ノ上ノ遠望といふことをよませ給けるによめる《み侍ける》、心ハ明也、是ハ我舟ニ乗ていへる也、大かた眺望の題ハ、常ニなかめやりたるやうにのみよむを、是ハ舟にてよめる心猶おかしくや、哥さまたけありて、余情無限、杜子美か詩、春水ノ船ハ如レ坐ニスルカ天上一、又古文真宝勝王閣序秋水共長天一色ともあり、雲ゐにまかふ所相似たり、陸地よりこそ空もひとつなれ、漕出てみるならハ、限もあらんかと思たれハ、猶はてのなきと云心也、惣別眺望なとの哥ニかくれたる所ハ有ましき也、只風情を思ふへしとそ、此哥船と云字なけれとも、至極舟のあれハ、尤作者の手からなるへし、か様の所をよく〳〵思ふへし
わたの原ハ海也、惣別原と云ハ、渺《ベウ》ことして広キヲ云、武蔵野原と云も広キ」41オを云、野・海にも不限也、久かたハ空の事也、空の枕詞也、惣而枕詞ハ子細のあるもあり、又無もある也、又久かたと斗云てハ、空にハ成ましき也

崇徳院　諱顕仁　鳥羽第一皇子／御母　待賢門院璋子大納言公実女白河院御猶子

鳥羽院―第一 崇徳院 在位十八年
　　　―第四宮 後白川院 在位三年
　　　―第六宮 近衛院 母同上 在位十四年 母美福門院 贈左大臣長実女

元永二廿五廿八降誕、同六月十九親王、保安四正二太子、廿八日受禅、二月十九即位五才、大治四正朔元服十一、永治元十一七譲位廿八、保元〻七廿三配流讃岐国、去十二日於仁和寺出家、長寛二八廿六崩四十六才

77 詞七
瀬をはやみ岩にせかる〻

題しらす、新院御製、号小六条院又■《(崇)》■讃岐院
岩にせかるゝ水ハわれても末にあふ物也、つらき人に別て後ハ、逢かたきを、わりなくても末にあはんと思ふハ、はかなき事そと打歎き思かへしいへる也、いかにも深切なる心也、われてもとハわりなくてと別とを兼たる詞也、伊勢物語ニ二日といふよわれてあはんといふも、わりなき《き》心也、又金葉に、三日月のおほろけならぬ恋しさにわれてそ出る雲の上より
詞書内をわりなく出てとあり、これもわりなき心也

源兼昌　俊輔二男　皇后宮小進《大イ》　従五下

宇多天皇―敦実親王―雅信（一条左大臣）―時中（正二大納言）―朝任（三木）―師良（右少将三乃守）―俊輔（イ摂津守 美乃守 四位）―兼昌」41ウ

78 淡路島かよふ千鳥の（金四）
関路千鳥といへることをよめる、（金詞書）心ハすまの浦に旅ねをして、彼嶋より千鳥のうちわひてかよひくるおりから、所ハすまの浦なれハ、一入旅ねのかなしさのたへかたき心より、関守のよる〳〵のね覚をあはれふ心也、尤哀深き哥也、源氏物語に海人の家たにまれになんとかけり、あまの家さへあるかなきかのさひしき所に《ナレハ》、一夜をあかす我《一よの》旅ねさへあるに、いく夜もゝきゝあかして、ね覚する関守の心ハさこそと也、ねさめぬのぬハ畢にてもなし、又不ノぬにてもなし、ねさめぬらんとらんの字をそへてみるへしと也
此兼昌ハ堀川院ノ後百首ノ作者也、されとも此百首ニ入へき人とハ難測事也、黄門の心をよく仰〳〵へき者也、此四句濁也

右京大夫顕輔　号六条家　和歌一流　詞花集撰者／正三刑部卿　中務権大甫

房前―魚名（川辺左大臣　ウヲナ）―末茂（従五下美作守）―総継（従五上　贈太政光孝外祖）―直道（少納言従五上）―連茂（弁）―佐忠（従四上大弐）―時明（正五下）

頼任（従四上右中弁）―隆経（正四下）―顕季（正二位修理大夫）
- 家保（三木　四条祖）
- 顕輔
  - 清輔（正四下）
  - 重家（太宰大弐　号六条）
    - 経家（正三）
    - 顕家（正三）―知家（正三）―行家（従二右京大）―隆博（正三）
    - 有家（従三大蔵）―有季（従五下）
  - 顕昭（法橋）
  - 季経（従三宮内卿）―保季（従三　イ重家男）

」42オ

79 秋風にたなひく雲のたえまより（新古四）

崇徳院に百首哥たてまつりけるに、《抄》心ハ明也、但さやけさといふ所、晴天の月のさやかなるよりハ、少心かはれり、月も雲間より出たるハ、《又》あらたにさやかにして、一入面白くみゆる心ある《侍》也、いかにもけたかき哥とそ、春の空ハ霞にくもる物也、夏ハ空もちかく、星もちかき様ニ覚ゆる物也、冬ハ一向各別に空のみゆる物也、秋ハ空ノたかき物也《すみのほりてみゆる時節なれとも》、雲の晴くもりかはる物也、一天に雲なく晴たるよりも、雲のたえまにもれたる月ハ、一段面白物也、三光院此風躰ハ今ハ不読と也、風体のあしきにハあるへからす

待賢門院堀河

具平親王（後中書王　和漢才人　能書）―師（土御門右大臣）―顕（六条左大臣）
- 雅（久我太政大臣）
- 顕仲（神祇伯　従三）―堀河

顕仲卿子男女七人、入撰集、源仲房　有房　忠房　堀河／同院安芸以下也、猶可考之

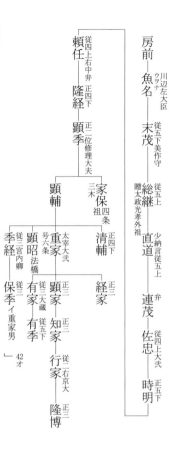

待賢門院　大納言公実卿女　鳥羽后　崇徳・後白川二代国母

80〔千十三〕なかゝらん心もしらすくろかみの

百首哥たてまつりける時、恋の哥の心をよめる、心ハ後朝恋也、契りをく人の心の末とをくかはらさらんをもしらす、夢斗なる逢コト故ニ」42ウ思みたるゝ心をわひたる心也、なかゝからんハ人の心をさして云、みたれてハ我心也、女の哥にてことに哀ふかき《し》、又詞のくさりたくひなし、なかゝらんハ黒髪の縁ハ自然也、只行末の事を云也

私なかゝらん抄義人の契りの行末の事ニいへり、さもあるへし、但我命の事ともいふへき歟、猶可吟味　なかゝらん心とつゝきたれハ、行末の事にや

八十一

後徳大寺左大臣　母中納言俊忠女

公実（仁義公四世　大納言　正三　実季卿子）
　├ 実行（三条）　八条相国
　├ 通季（西園寺）　中納言正三
　├ 実能（徳大寺左大臣）─ 公能（大炊御門右大臣）─ 実定（後徳大寺左大臣）
　└ 待賢門院（璋子）　鳥羽后　崇徳・後白川国母

徳大寺ノ家ニ哥ノ間ト云所アリ、／西行ニ対面ノ間也云々

或抄臣下《後字》ヲハ後《ノチ》ト云、天子ヲハ後《ゴ》ト云、サレトモ此人ト後京極摂政両人ヲハ後《ゴ》ト云ツケタル也

建久二六廾出家、同十二月六薨五十二才　此記槐林ト云　私庭槐トモ云歟

81〔千二〕郭公鳴つるかたをなかむれは

詞書暁聞郭公といへる心をよみ侍ける　右大臣云々

祇注心ハ待〱つる郭公の一声鳴て、夢とも思わきまへさる程なるに、行末なきそらをしたひてうちなかむれハ、

有明の月のみほのかに残りて、郭公ハ跡もなきさま、面影身にしむやうなるにや、杜」43オ子美夢李白詩　落月満屋梁　猶疑照顔色　朋友を夢にみてなこりをおしみて月をみたる也

道因法師　俗名敦頼　敦輔孫　清澄男云々（未勘）

為輔（権中 高藤公四世）―惟孝（駿河守 従五上）―惟憲（正三 太宰大弐）―敦輔（憲房 正四下 従五下 対馬守）―清孝（治部少丞）―道因（従五上 左馬助 俗名 敦頼）

82　思ひわひさても命ハある物を（千十三）

題しらす、此五文字ノ思ひわひとハ、思の極りくていへる詞也、さりともと思ふ人ハつれなく成ハてゝ、きはまり行思ひの心也、かゝる思ニハ命も消ぬへきを、さても猶命ハある物を、うき事に堪忍せさる物ハ涙也けりと、我心をことハりて歎たる哥也、此哥を浅くハみるへからす、恋にとりてハ折角の心なるへし、一首の内に喩をとりたる妙也、さてもと云所ヲ心にかくへし、消やすき命さへかゝるに、さても涙ハもろき物哉と也　さてもハさうありても也

皇太后宮大夫俊成　母伊予守敦家女／号五条三位正三　撰千載集

顕輔卿（イ頼正歟）為子時顕広後改俊成（仁和二十二廿四 改名五十四）　安元二九廿八依病出家（六十三才）法名釈阿、元久元十一廿九薨（九十一才）去年於（建仁三十二）和哥所賜九十賀」43ウ

道長（御堂）―長家（号御子左又二条 大納言 正二）―忠家（号小野二条 大納言 正二）―俊忠（号二条 権中 従三）―俊成（正三）―定家（正二 民部卿中納言号京極 母若狭守親忠女）

道綱―兼経（正三　三木中将）―敦家（正四下　左中将）―敦兼（正四下　刑部卿　母讃岐守顕綱女　典侍従三兼子　堀川院御乳母）
　　　　　　　　　　　　　　　　　顕綱
敦兼―季行（大弐従三）
　　　女子（俊成卿母）
季行―定長（中務少　法名寂連　実俊海子）
　　　女子（具定母　通具室）

83　千十七　世中よ道こそなけれ

述懐百首哥よみ侍ける時、鹿の哥とてよめる、心ハ色〻ニ世のうき事を思ひとりて、今ハと思入山の奥にも鹿の物かなしけに鳴《打》を聞て、山の奥にも世の憂事ハ有けりと思ひわひて、世中よのかれ行へき道こそなけれとうちなけく心也、又思入ニ二ノ義アリ、世ハかなしき物と思入と又身ハはかなき物と思入と也、述懐の心表にハきこえす、下ニ含てよめる也、世上の憂事にうんじて、深山へ入てみれは、又山の奥ニも鹿と云物有て、鳴をきけはかなしき也、只世中といふ物ハ遁るゝ道ハなき物なると也、塵中に居ても山にても只人ハ心ソト也

俊成卿ハ祖父忠家ハ大納言、《父》俊忠ハ中納言にて、其身ハ正三位皇太后宮大夫にてはてたる也、さるにより述懐百首アリ、俊頼も運を恥る百首ありも（マヽ）也、此哥ハ自讃哥にて千載集《ノ》ニ入度思給けれとも、道こそなけれとある所俗難ヲ斟酌有しを、勅定にて被入たる也、千載集始ハ十一首入て奏覧ありしを、哥数少しとて更に二」（44オ）三十首加へき也、後白川院ノ院宣故又廿五首加て卅六首入し也

私世中よ道こそなけれと云テ遁ヘキ道トハキコエス、然共思入山ノ奥ト云ニテ、ソノ心キコエル也、此哥ニ道こそト云タルトキ、他ノ哥ニテハサハキコエサルコト也、カヤウノコトヨクく心ヲ付ヘシ

新十八　藤原清輔朝臣　顕輔卿男　系図前ニアリ／太皇太后宮前大進　正四下

題しらすの

84　新古十八　なからへハ又この比やしのはれむ

題しらすの内也、心ハ明也、次第〳〵に昔をハ忍ふ物《事》なる程に、今うしとうんしはてたる時節をも、又是より後ニハ思はんするかとの心也、万人ノ心に観せん哥と也、只世中ノ人ハ平生これそと手に取程の事ハなけれとも、如何様と人毎に行末をたのむ物也、此哥ハ人の教誡のたよりとなる哥也、惣而哥ハ理をいひつめすして、心にもたせていへる、常の事也、又此やうに打くたき、理をせめて面白も一躰の事也、上句ヲ下句ニテ答たる也、いひつめたる哥なれとも、余情ある也

建保年中ノ哥ノヤウニハ又今ハ読ましき也、正味の哥ハ恋・哀傷・旅・離別・述懐なとにある物也、四季とハ少かはる物也

此清輔宇治にて河水久澄といふ題にて、人〳〵よみしに、一人遅て迷惑をして、

としへたるうちの橋守ことゝハんいく世になりぬ水の水上　ト云秀哥をよみて《タリ》、名誉ノ事也

俊恵法師　経信孫　俊頼朝臣子　系図前ニアリ」44ウ

85　千十二　夜もすから物思ふ比ハ明やらぬ

詞書恋哥とてよめる、心ハ物思ふ比の夜の明かたきさま也、人こそあらめ、閨の隙さへ明かたくつれなきハ、いかにしたる事そと也、人ハつれなき程に我身にもあらす、さらハ打とけてねられもせされは、閨のひまもつれなき也、須磨の巻にもつらからぬ物なくなんといへり、比と云字にも幾夜も《二夜ヲ重タル心アリ》〳〵ト云心かしられたり《徒にあかす躰也》、又さへの字感あり、私さへの字にて人のつれなき心みえたり、祇注云閨の隙さへつれなかりけりといへる心詞めつらしく、思ひの切なる所もみえ侍るにや、うらむましき物をうらみ、なつかしかるましき物を其面影にする事、恋ちの習也、能〻ねやの隙さへと打歎たる所を思ふへき也、所詮只何事も我心からと也、よもすからハ宵より暁までの事也

八十六
西行法師　俗名則清《ノリ》〈イ憲《ノリ》―／イ義《ノリ》―〉母監物源清経女／依道心俄発心出家、所〻経行　法名円位大宝坊又西行

藤成（魚名公五男　従四下　伊勢守）―豊沢（下野守　従四上）―村雄（河内守　下野大掾　従五上）―秀郷（武蔵守　従四下　鎮守―）―千常（左衛門尉　使従五下　鎮―将―　或智常）―文脩（内舎人　鎮―）―文行（左門尉　従五下　左藤・後藤・近藤・武蔵等祖）―

公光（従五上　相模守）―公清（左藤　使左門尉）―季清（使左門尉　従五下）―康清（使左門尉）―義清（鳥羽院北面）

秀郷将軍事／不見将軍家補任

86
千十五
なけゝとて月やハ物を思はする

詞書月前恋といへる心をよめる、祇注云月ニ向て打なか」45オむるに物かなしくて、只月の我心をいたましむやうなるを、思ひかへしてかくいへり、すこし平懐ノ躰也、是西行か風骨也、更につくろふ所なきハ《と》上手ノしわさ也、白楽天か贈内詩、莫対月明思往事、損君顔色減君年月をみて慰んとすれは、猶物思はるゝ也

寂連法師　中務少甫

俊成
俊海　―定長　寂連　実ハ俊海子俊成卿為子云〻

明月記
建仁二年七月廿日午時許参上、左中弁云少輔入道逝去了者、天王寺院主申内府云〻、未聞及歟、聞之即退出已為軽服身也、浮生無常雖不可驚、今聞之哀慟之思難禁、自幼少之昔久相馴已及数十廻、況於和哥道者傍輩誰人乎、已以奇異之逸物也、今已帰泉為道可恨於身可悲云〻　又定家卿哥に、

玉きはる世のことハりもたとられす思へハつらし住よしの神

此五文字命ノ時ハ玉《タマ》ギワル　ホタ《メ》ルトキハタマキハル

87
新五
村雨の露もまたひぬ真木の葉に

五十首哥たてまつりし時云〻、此哥或人槙の葉に降村雨の面白かりしに、又露の置わたしてたくひなきを、又其興も不終に、霧のたちのほりて種〻の風情を尽したるさまそといへり、当流の心ハ雨にハ惣して露ハなき物也、雨後の露と云ハ皆木の滴也、槙杉ハ雫《殊》のふかき物也、さて雨降時ハ霧ノ立昇物也、」45ウ 晴る時ハ降物也、下よりあかるハ陰也、上ヨリ下ルハ陽也、槙ハ一段深キ山ニ有物也、此哥ハ景気面白哥也、見様ノ躰也といへり、或人云山中ノ急雨唯如此由有雑談し也

寂蓮云五臓六府（ママ）カハル程案せすしてハ、秀逸ハ不可出来といへり

言塵抄ニ寂蓮哥ハ多分、はてにいかにせんと置てよみけるにや《云コトヲ残してよめる哥多し》

あれ行ハ虫のねまてハしのひしを鶉なく也庭の篠原　いかにせん

さひしさハその色としもなかりけり槙たつ山の秋の夕くれ　いかにせん

思ひたつ鳥ハふるすもたのむらんなれぬる花の跡の夕くれ　いかにせん

皇嘉門院別当　別当ハ物ヲ司トル職也

皇嘉門院聖子法性寺関白女、母大納言宗通女　崇徳・近衛准母

具―親王―師房―師忠（大納言 正二）―師隆（大蔵卿 正四下）―俊隆（太皇太后宮亮 正五下）―皇嘉門院別当

88 千十三
難波江のあしのかりねの一夜ゆへ

摂政右大臣の時《に侍ける》、家の歌合に旅宿逢恋といへる心をよめる、心ハ難波わたりの旅寝ハさらてもあはれふかゝるへきを、思はすの契りに名残のかなしさを思ひわひて、所の縁に芦のかりねの一夜ゆへと置て、身をつくしてやといへるさま、とり〲に思よせて優なるへし、身をつくしてハ自然の縁也、只所のさま・人の名残なとを能〻思入てみるへし、返〲何事も仮初の事より起りて、世上ハ深キ思となる物也、詮する所」46オ 只一夜ゆへに身を可尽

かと也

式子内親王　後白川第三皇女　斎院准后　大炊御門斎院ト申ス、又萱斎院ト云／母従三位成子大納言季成女

後白河院（鳥羽第四皇子　母待賢門院　在位三年）
├ 二条院（第一宮　在位七年　母左大臣経宗女）
├ 高倉院（第三　在位十二年　母建春門院）
│├ 安徳院（第一宮　在位三年　母清盛公女）
│└ 後鳥羽院（第四　在位十五年　母贈左大臣信隆女　承久奉遷隠岐国）
│　├ 土御門院（第一宮　在位十二年　母内大臣通―公女　承久奉移土佐国）
│　└ 順徳院（第二宮　在位十一年　母贈左大臣範季女）
├ 殷富門院亮子（第一皇女　母従三位成子）
└ 式子内親王（母同上第三皇女）

89　新十一
玉の緒よ絶なハたえねなからへハ

詞百首哥の中に忍恋を云〻、心ハ忍ひあまる心を、をし返し〳〵月日を経るに、かくてもなからへハ、必しのふる事のよはりもせめと思わひて、玉のをよ絶なハたえねといへり、堪忍性のある時《うちに》、命も絶よと也、もし忍よはりて思ひのあらはれは、いかなる名にかもれんなとゝふかく忍ふ心也、猶よはりもそするの詞、おかしくや侍らん、なからへは必名にたゝん事を、落着したる詞なるへし、又未逢さきにハ、一度逢ならハ、其夜に命をすつるともと思ふ物也、又契りそめて後、人の心のかはる時ハ、ありてもかひなきと思から、命をすてんと思也、忍恋に一命をすてんと思ふハ、深切なる心也、人目をつゝむ事、もし退屈もしたらハ、終ニハ人の知らん程ニ、」46ウ さあらんよりハ、玉のをよ絶なハたえよといへり、深切なる義也

玉のを種〻あり、琴の緒をも云、念珠をも云也、これハ命ヲ云也

殷富門院大輔

高藤公四世孫 為輔 権中権帥 ― 説孝 左大弁中納言 正四下 ― 頼明 左大弁 従四下 ― 憲輔 三木 正四下 ― 朝憲 イ輔 陸奥守従五上 ― 行憲 蔵 白川院判官代 ― 信成 蔵 散位従五下 ┬ 殷富門院安芸
　　└ 殷富門院大輔

或説菅丞相八世孫菅原在良女云と

90 千十四 みせはやなをじまのあまの 或清朶

歌合しける時、恋の哥とてもよめる、哥ノ心ハ海女の袖ハ和布刈塩汲いつもぬれやまぬ物なれとも、色ハかはらぬか、我袖ハ紅涙に色も変したる程ニ、此袖を人ニみせたきと也、（此袖をみせたらハいかなるつれなき人も哀と思はんほとに）人とハ我思ふ人也、ぬれにそぬれしといへる詞、珍敷詞也、ぬるゝかうへに猶ぬらしそへたる心也、つよくぬれたる義也、四句にて切哥也、海人の袖浦こにぬれぬハ有ましけれとも、雄嶋を出したるハ、私松島やをしまの磯にあさりせしあまの袖こそかくハぬれしか　此哥より出たる歟、又たにと云詞にて、恋の哥ニなる哥おほし、血涙ノコトハ舜二妃ヨリ起リ、長恨哥ニモ回首血涙相和流と云、卞和泣玉韓非子曰楚人和氏得玉璞楚山中――抱其璞而哭於楚山之下三日三夜泣尽而継之以血又大和物語・伊勢物語ニモ見タリ、又雄嶋ハ松嶋郡也、小嶋ト斗云時ハ」47オ 嶋字濁也、松嶋や小嶋ト二ニわたる時《ニナカラ》ハ清也、秋のよの月やをしまと惜心ある時ハ清也、くらふ山・くらふ山哥によりて清濁見る也

九十一 後京極摂政前太政大臣　良経公　後法性寺関白兼実公二男／母従三位藤季行女

91 新五 蛬なくや霜夜のさむしろに

百首哥たてまつりし時、心ハ霜夜の狭莚に衣片敷ねんかと也、蛬のなく霜夜の折からを侘たる也、天然の宝玉也、五句悉古語にして、然も新敷物也、人丸の山鳥のおの哥にいたく劣ましきと也、祇注に理にをきてハ明也、只蛬と云より独かもねんといへるまて悉金玉のみ也、此五句卅一字ハ何の詞も珍敷詮としたる事もなく、耳なれたる物なれとも、つゝけやうのめてたきによりて、詞の字ならぬ蛬狭莚まて妙にきこえ侍也、彼人丸の足引の山鳥のおの哥をとり給へるにや云〻、宗長聞書情以新為先詞以旧可用といふに能叶へる也

秋ハ先八月九月正長夜とて、一人襟切《モノヲモヒノ》なる時分ニ蛩も始ハ野に鳴、庭ニ鳴、戸ニ鳴なとして。次第《十月蟋蟀入我床下》ニ狭莚の下に鳴寄也、秋ニ成テそゝろ寒き時分さへ物かなしき《く》、ね覚かちなるに、蛬の近《床》く鳴秋の末の霜夜ニ成たる霜夜をの独ね、何としてか明さんするそと也

二条院讃岐　従三位頼政女／二条院ハ後白川第一宮」47ウ

清和天皇—貞純親王—経基王《六孫王》

■■■満仲（多田新発）—頼光（摂津守　正四上）—頼綱（多田三川守）—仲正（兵庫頭）

仲正—頼政（従三　昇殿　右京大夫　大内守護）—仲綱（伊豆守）

頼政—二条院讃岐

仲正—頼行—宣秋門院丹後

92我袖ハしほひにみえぬ沖の石の　千十二

寄石恋といへる心をよみ侍ける、心ハ我袖のよるひるとなくかはく時もなき知す、思ひふかき我身の程を、更に思ふ人にしられぬ事を、沖の石とたとへたる也、自然人も知たらハ、哀とも思へ（ママ）けれ共、沖の石のことくなる袖なれハ、誰あはれとも不謂也、塩干にみえぬ沖の石と能たとへ出したり《る》奇妙也《にして》、しかも哥のさまつよく物にうて

ぬ所あり
　みるめこそ入ぬる磯の草ならめ袖さへ波のしたにくちぬる
此名哥をゝきて、是を入られたるハ、能ゝの事とそ、此作者ハ当時ノ女房の中ニ定家卿執し給へる哥よみ也といへり
荘子秋水篇天下ノ之水莫大ニナルハ於海一ヨリ、万川帰レ之不レトモ知何時カ止《ヤムト云コトヲ》一而不レ盈タ尾閭洩レ之云ゝ、注東海洩水処一名沃焦、一石員四万里海水注ケハ之無レ不レ燋《カハカ》云ゝ」48オ
鎌倉右大臣　右大将頼朝二男　母平時政女二位局政子／実朝

義家（八幡太郎）─義国─為義（六条判官）─義朝（昇殿 左馬頭）─頼朝（征夷大─ 大納言右大将従二）─┬頼家（征夷大 左衛門督 母時政女）
└実朝（征夷大─ 号鎌倉右大臣）

93 世中《勅八旅》ハつねにもがもななきさこく
　題しらす
万 世中を何にたとへん朝ほらけこき行舟の跡のしら波　満誓
古 みちのくハいつくハあれと塩かまの浦こく舟のつなてかなしも
此両首にてよめり、心ハ跡の白浪をとり、詞ハ浦こく舟をとれり、旅ノ部ニ入て無常にてハなし、常なきを観する時の哥なれは、無常にも入へき歟、常にもかもなハ常にもかなト也、世中ノ躰ハ只渚ヲ漕行舟の跡なき様なるとたとへたる也、その中に景気をおしむ心あり、常なき世を観し、打なかむる折節、海士の小舟の綱手引行を打みるに、やかて引過て、いつちとも不知成行をなかめて、只今目前にみる物も、跡なき事を思ひて、世中ハ常にもかなとよめるにや、誠ニ常住にあらまほしき事也、綱手かなしもとハ、面白心をかなしもといへり、愛したる義也《トアリ》

一説宗祇説ニハ世間の無常をよめる由いへり、是ハ羇旅哥也、海上眺望をいへり、小舟のやすらひもせす、東西南北へ行故景を見失也、残多事と也、沖を行舟もあり、又湊を出るもあり、帰るもあり、一所に不留也、されは我身も羇中なれは、一所ニ留る事もなけれは、」48ウ 波上舟の往来のことくよと観したる哥也、さて世間を常住にして有度と願か、常にもかもな也、三界如客舎、一心是本居ナリト心経の秘鍵ニ弘法大師書給也、無常の方へ観したるも不除《ノカ》事也

私渚こくとあれハ、沖行湊を出帰もありと、《云ヤウニ》舟あまたと不《ノ舟ハ》聞ヱ歟、かなしもハ面白心とあり、これハ悲しき心なるへき歟、常ならぬコトを悲む心にて、其中ニ景気を惜心ありて、それ故愛心あるへき歟

参議雅経　新古今撰者之内

師実（京極摂政）―忠教（権大　正二）―頼輔（刑部卿　従三）―頼経（刑部卿　従四下）―宗長（刑部卿　従三　蹴鞠　難波流）
　　　　　　　　　　　　　　　　　　　　　　　　　　　　　　　　　　　　└雅経（三木　従三　左兵衛督　号二条　歌鞠　飛鳥井流）

94 みよしの《新五》ゝ山の秋かせさ夜更て

擣衣の心を

《祇注古今哥ニ》三芳野の山の白雪つもるらしふる郷さむく成まさる也ト云哥をとれり、心ハかくれたる所もなく、詞つかひ妙にして、句ゝに其感侍るにや、か様の哥をいかにも仰き、信すへき事といへり、後京極殿ノ蕐なくや霜夜の詞つかひニ、おなしかるへきにこそ

故郷とハ皇居《吉野ハ》なりし故也、芳野ハ深山なれは、次第〳〵秋寒して、山下風も一入身にしみ、爰にもかしこにも俄に衣を擣■■《きけは■■》■■也、秋風の更行音もいよ〳〵身にしみて覚ゆるよし也」49オ

前大僧正慈円　法性寺関白忠通公男／母家女房加賀従五上仲光女
大僧正　天台座主　諱道快　養和元十一六改名慈円　嘉禄元九廿五入滅七十一才　嘉禎三三八謚号慈鎮滅後十三年　吉水和
尚　系図見前

題しらす

95 千十七 おほけなくうき世の民におほふかな

おほけなくハ身ニ不相応様の心也、法徳も至らすして、。上一人の宝祚《護持として夜居ニ候し》長久より下万民ノ安穏快楽を二六時中護持する事ハ、身に応せぬ事と卑下していへり、抄ニうき世の民におほふとハ、伝教大師よりの法衣を一切衆生におほふも、延喜聖代ノ寒夜ニ御衣を脱給ひて、民を憐給ひし心を思給なるへし、民と云字をゝくハ延喜御心をとり給故也、我立杣ハ叡山也、彼伝教大師御哥ヨリいひつけたるへし、

阿耨多羅三藐三菩提の仏たちわかたつ杣にすみそめ《冥加あらせ給へ》の袖

墨染の袖を住の字の心にあなかちにみるハわろし、自然也、八雲御抄ニ秀句ハ哥の源、これを詮とする事なれとも、あまりにくさりつゝけよめハ、一定にくひけかそふ也、。《或ものか哥に》おしからぬみ山おろしのさ莚にいくよ《何と命を》ひとりねとよみたりける、此文字くさり返ゝおかしく、さまあしくこそ侍れ、是程こそなけれとも、かやうの事少ゝみえ侍る、その中にもよくつゝけたるハよく侍れと、それを詮にてみくるしきもおほく侍にや云ゝ、　私伝教大師よりの法衣と云事ハ、我立杣に墨染の袖といふにあるへき也」49ウ

抄天台座主に成てとあり　千載集文治三年撰也、于時卅三才法印也、建久三十一廿九任権僧正、同日補天台座主卅八才

九十六 入道前太政大臣　公経公　内大臣実宗男、母入道中納言基宗女

96 花さそふあらしの庭の雪ならて　勅十六

公実卿子大宮大納言 通季――公通 正二大納言――実宗 坊城内大臣――公経 号一条太政大臣 号西園寺 嘉禄年中建立西園寺

落花をよみ侍ける、祇抄心ハ散はてたる花の雪ハいたつらなる物也、はや時過て人のいかにとみし花なれと、はや時過て雪と成はてゝハ、あはれふ人もなくなれるをみ給ひて、我身もたのみ有つる御世なれとも、ふりぬれハかひなき事を、庭上の花の雪をゝきて、ふり行物ハ我身成けりとよみ給へるにや、尤肝心深き哥とそ又義只此此心ハ花の盛を賞翫する物也、我ハさやうにもなくて、ふり行夕たる我身也と云心也、如此みれは、雪ならてト云詞よく立つ也云々

私此注面白様なれとも、公経公ハ時に当りて、公家・武家の外威にて随分人の尊敬ありし人なれは、賞翫なしなといふへくもあらさる歟、たゝ。嵐の雪と花の程なく降につけて、我身の旧行事を歎く心はかりなるへき歟、猶其上の余意にさしも盛」50オにハ、人の賞翫せし花も、やかて嵐の雪とふりはてゝ、見所もなく成たる事よと我身のうつるもかくそと本心《観したる》あるへき歟

権中納言定家　俊成卿男　母若狭守親忠女　美福門院女房伯耆云々／初嫁藤原為経生隆信朝臣、後嫁俊成卿生定家卿
侍従十三才十五才　少将廿七才　中将四十才羽林廿三才　従三四十九才　三木五十二才　権中七七十才
正二位民部卿　侍従　本名光季　改季光　又改定家
貞永二十一十一四十五改元天福出家法名明静于時前中納言七十二才　仁治二八廿薨八十才
号京極中納言入道　新古今撰者五人之随一、又撰新勅撰集　記号明月記　家集曰拾遺愚草

97 こぬ人をまつほ《ヲトヨム》の浦の夕なきに　勅十三

建保六年内裏哥合恋哥　前内大臣　松嶋や我身のうらにやくしほの煙のするゑをとふ人もかな　此次ニ入て詞書無

之、家集ニハ建保四年閏六月内裏哥合云云

此哥ハ万葉六ノ長哥ニ松帆浦淡路島　松帆乃浦尓　朝名芸尓　玉藻刈管　暮菜木二　藻塩焼乍　海未通女　有跡者雖聞　見尓将去《ユカン》トアリ、来ぬ人を松ほの浦とハ、不来人を待し躰也、必一日の事にハ侍らさるへし、夕なきとをけるハ、波風なき夕なとハ、塩焼煙も立そへるを、我思ひのもゆるさまの切なるによそへていへる也、哥ハこぬ人をまつほのうらの夕なきにといひて、やくやもしほのとつゝけ、身もこかれつゝとよそへたるさま、凡俗を離たる詞つかひ也、万葉長哥ニ藻塩焼つゝと云を打かへて、やくやもしほといへり、もしほのゝ文字そのやうニと云心ニをく、所多シ」50ウこゝもそのことくニと云心也、夕なきといへる煙の深き心をとれり、祇注黄門の心にいくはくの哥有へきに、其中ニ此百首ニ載らるゝ事、思ひはかるへき事に侍らす、頻ニ眼を付て其心をさくり知へき事とそ、又ツゝといへるハ一日ノコトニアラス、連ゝ思ノ切なる事を云也

従二位家隆　母皇太后宮亮実兼朝臣女

兼輔（良門孫堤中納言）―惟正（刑部卿従五下）―為頼（従四下 太皇太后宮亮 哥人）―伊祐（従四下 讃岐守）―頼成（従四下 同播磨守）―清綱（利基男 正五下 左衛門佐）―隆時（正四下因幡守 哥人）―清隆（正二中納言）―光隆（正二中納言）―家隆―隆祐（侍従）

宮内卿　従二位　上総介　俊成卿第一門弟云云　寂蓮法師聟云云

号壬生二位　本名雅隆　家集曰玉吟

98 風そよくならの小川の夕くれハ　勅夏

詞書寛喜元年女御入内屛風にとアリ、夏軸ノ哥也、此川ニ御祓をよめる事　万葉　みそきするならの小川の河風に

祈そわたるしたにたえしと
祇抄心ハならの小川を楢の葉にとりなして、河辺ノ夕暮ノ納涼ハ更に只秋の心に成ハてたるさまをいはんとて、御祓そ夏のといへる也、風のそよく」51オ楢の葉を秋久と思へハ、御祓をするにて夏と知たる也、誠にいつもある詞をもちて、珍しくしたてられたる《て》、打吟するにも涼しくなる心のし侍るにや、此百首にも新勅撰にも入られ侍り、心及はすとも、さる故あらんとハ思ふへし、猶詞姿たくひなくこそ云く、三体詩　春半如秋心転迷ト云たるも此心也

後鳥羽院　諱尊成　高倉第四皇子／母七条院殖子　贈左大臣信隆女
治承四七十《五イ》四降誕　寿永二八廿践祚四才　同三七月即位　文治五正三元服十一才　建久九正十一譲位十九才在位十五年　承久三七八於鳥羽殿御出家法諱良然　同十三日奉移隠岐国　延応元二廿二崩六十才　同五月廿九可奉号顕徳院之由　宣下　仁治三七九以顕徳院可奉号後鳥羽院之由重被成　宣旨

99　続後十七雑中人もおし人もうらめしあちきなく

題不知、抄此御哥ハ王道を軽しむる横さまの世に成行事を覚し[redacted]《めす》也、人もおし人もうらめしとハ、世中の人心さまくにて治り難きを《覚し歎めすやうにもなきを》よませ給へるにや、又人独のうへにても、こゝハよろしと思人の、又悪しき事ある心にてあるへし、よき所ハおしく、あしき所ハうらめしきを取合て、あちきなくとハよみ給へる也、玄帝王の」51ウ御上に善悪の差別ハ有ましき事なれとも、天下の為を思食故に、却而是非の出来る也、祇誠ニ世の治りかたきハ、君一人の御物思なるへき事にそ侍らん、御秀哥多中に、此御哥ヲ入られたる事、黄門の心侍るなるへし、又人もおしと小なき人を思出御心もあるへし
私抄ノ義あちきなくを上へ付てみたる歟、此御句ハあちきなく世を思ふとのつゝきなるへき歟、あちきなくハ無為也せんかたなき心、無詮心にてもあるへき歟、世のため思召るゝ故、物を被覚召御身そとある心歟、打吟するに

哀ふかく面白して感ある御製也

三此御代両六原アリテ、関東ヨリ天下ヲ率フヲ御無念ニ思召テ、公家一通ノ世ニセント思召テ、御謀叛申サレシモ不成シテ被流玉ヒシ事也、人モオシトハ現在也、又ナキ人を思召出ス御心もあるへし、人も恨シトハ、世中ノ人度〻ニテ世モ治リ難キヲヨミ玉ヒシニヤ

順徳院　諱守成《ナリ》　後鳥羽第二皇子／母■(脩)脩明門院　贈左大臣範季女
正治(二)四十五立太子四才　承元四十一廿五受禅十四才　承久三四廿譲位在位十一年　同七月奉移佐渡国　仁治三九十二崩四十六才於佐渡国

題しらす　(私)懐旧御哥也

100　続後十八　百敷やふるき軒はのしのふにも

祇注云百敷やト打出たる五文字ハ、大方三吉野や・小初瀬やなと云にハかはれり、よろつの心こもれる也、心ハ王道のすたれ行事を歎思召義也、末の世になれは、昔を忍ふハ習なるに、(レトモ)王道衰てハ一身の御上ならす、天下万民の為なれは、忍と云に猶余りある心を述給へる也云〻、此百敷やノや文字万の心こもれりとあり、尤普通の百敷やといへるとハちかふへし、王道の衰行所の御述懐也、」52オ それにつきて上古からの事を覚しめしつゝけて、さま〲に思召してのうへの百敷やなる程に、うかとしたる也、文字ニハあらす、仁流秋津洲之外、恵茂筑波山之陰といへる、世のことくに治られたく(き)御心中なれとも、世の衰なれは、御心のまゝならぬ程に、ふるき軒はの忍ふにも猶あまりある昔成けりと、末世にいにしへを思ふハ常の事なれとも、つねの忍ふといふにも過たるといへる事を、猶あまりあるむかし成けりと被遊たる也(遊されし也)

巻頭御製王道の心をよませ給へり、又此御製同前也、上古ノ風ト当世の風と其姿かはれる也、また巻頭にハ(王道)全盛

の御製ヲ入、巻軸ニハ衰廃ヲ載らるゝ事能可分別云々

此百首作者古新世ノ次第ニ入たり、上古・中古・新古其風躰心ヲ付みるへき事、肝要なるへき也」52ウ

〔三葉分空白〕」55ウ

元禄第十大簇之始有講談懇望之仁而雖企此抄出、咳喘之疾病無其隙之故執筆之中絶及度ゝ、而今得季春立夏之暖沽洗下澣竹笋生之候、終以遂其功、定而僻説謬字可為繁多歟、吟味再三之後令清書、納箱底可伝後葉者也

亜槐散木源（花押）六十七歳」56オ

V　京都大学附属図書館中院文庫蔵『百人一首抄』

百人一首抄（外題・直書）

小倉山庄色紙和歌

此百首ハ京極黄門定家卿小倉山庄の障子の色紙形《カタ》《只色紙ノ事也》の哥也、それを世に百人一首と号する也　色帋形《ガタ》《ギヤウトモ云》

正治《二年也》百首山家五首第一ノ哥に、

露霜《続古雑中》の小倉の山に家ゐしてほさても袖のくちぬへき哉

此山庄の事也、正治二年定家卿卅九才也、《此》山庄をかまへられたる事、壮年の時よりかまへられたりとみえたり

山家松

小倉山《しのはれん》物《風雑中》ともなしに小倉山軒はの松そなれて久しき」1オ

これ又山庄ノ事也

此百首撰置れし発起ハ、新古今集の躰花やか過て、定家の心に不叶、哥道ハ実を根本にせすして不叶事なるに、新古今花《ハ》を先にして、実を忘れ。《これハ》定家の本意をあらはさむために、此百首を山庄撰て山庄に書をかれたる也、新勅撰も其趣にて、新古今をおすへき為に、力を入て実のある哥を。《多撰》入られたり

古今以下撰集花実の躰玄旨抄等にくハし」1ウ

此百首人数古人五十人・近代人五十人也、其中不入して不可叶人に漏脱せるもあり、《又》さして入へくもみえさる哥人の入たるもあり、何とそ定家卿所存あるへき事也

古今の作者不知数事なれハ、可入作者不入事多かるへし、漏たる作者ハ遺恨に思へき事なる程に、定家《黄門》在世にハ秘在して不流布、為家卿の世に人あまねく知事になれりと也、当時も彼」2オ 色紙の内少ゝ世に残りて所ゝニアリ

此百首ハ家に口伝する事にて、講談なとする事ハなかりし也、しかるを東野州常縁はしめて宗祇によみてきかせたるより、其後講談する事になりたる也、常縁も始ハ表の説をよみて、志もある者には、重而正説をよみきかせたる也、宗祇によみてきかせたる時も、古今伝受以前の事なるにより、異説交れり、それにより宗祇注も全くハ用ゐさる事也、初学の人ハ異説によりて、邪路に趣きたがる(ママ)故に、」2ウ 却而道にそむくといひて、近代ハ本説を直によむ事也

(七行分空白)」3オ

天智天皇　舒明天皇第一皇子　御母皇極天皇／天命開別天皇《アメミコトヒラキワケノスメラミコト》　諱葛城《カヅラキ》　又中大兄《ナカオホエ》

都近江国志賀郡大津宮　号近江帝　又葛城天皇　又田原《タワラ》天皇

皇極天皇　孝徳天皇　二代之間為太子

辛酉年斉明崩、以来皇太子厚至孝不称即位、六年丁卯三月遷大津宮　壬戌以来於岡本宮摂政六年

日本紀第廿七云七年春正月戊子皇太子即天」3ウ 皇位

元年唐人・新羅人伐高麗ゝゝ乞救国家《ミカト》、夏四月鼠彦於馬尾、釈道顕占曰北国之人将附南国、蓋高麗破而属日本乎

三年二月己卯朔丁亥定二十六階

八年四月辛卯置漏剋《トキノキサミ》於新台《ウテナニ》始打候時動鐘鼓始テ用レ漏剋ヲ、此漏剋ハ者天皇為皇太子時ニ始親所製《ツクレル》造云ゝ

在位十年　十二月三日崩御年五十八才

水鏡十年十二月三日御門御馬にたてまつりて、山科へおハして林の中に入てうせ給ぬ、〈いつくにおハすと云旨をしらす、只御沓のおちた／りしを、御さきにはこめたてまつりし也、／此事日本紀無所見〉」4オ

1 秋の田のかりほの庵のとまをあらミ　後 万 詠哥

宗祇注ニハ刈萱関ノ事ヲ云ハ、表ノ説ヲ聞タル時ノ注ナルヘシ、。刈萱関ノコトハ梁塵愚抄ニ載ラル（不用之）
称名院右府説天皇母后斉明天皇崩シテ諒闇ノ時ノ御製云〻、尤有其理乎、平民ノ者モ倚廬とて父母ノ喪ノ時ツヽシミ居ル所也、天子諒闇ノ時、御かなしひにつきて、仮庵ヲ作リ、カタハイニシテ板敷をさけ、蘆の簾を掛、苫に臥塊（ママ）ヲ枕ニスト云也、以日易月ト云テ、十二日倚廬ニ御座也、十二ヶ月御座あるへき事なれとも、十二日ニつゝめ給也、如此」4ウして、秋の田の庵のことくやつれ給事、悲もあるにより、田家を覚召やりて、読給へる御製也、孝行の道を上下万民本トスル故ニ、此御哥を定家卿此巻頭にをかれしと也
かりほの庵一説刈穂ノ庵、一説仮庵ノいほ、刈穂ノ時モかりをとよむへし、但猶かりいほの庵宜かるへきにや、重詞也
黄門意此御製ヲ巻頭ニ入らるゝ故ハ、政道明王ノ徳ヲ褒ル義也、凡天下ノ民ハ国家ノ本也、仍テ百姓ノ字ヲ御《ミ》タカラト訓ス、春耕・夏耘・秋刈・冬蔵ム、年中粒〻ノ辛苦不可勝計、此苦身ハ上一人ノ苦也、万民ノ歓ハテ上一人ノ楽也、」5オ王者ノ道民ト倶ニ楽ミ、民とともに苦ム、されは疎屋ノ風モ防得ス、露もたまらぬ民の袖よりも、万民を思召やらるゝ御《ミ》袖《御衣の》ハ、猶ぬれまさるとの義也、此叡心ノ故ニ、此御代ハ天下モ治リ、高麗の軍ヲモ助給ヘリ

蚕婦　　無名氏
昨日到城郭　帰来涙満巾　遍身綺羅者　不是養蚕人

憫農　　李紳

鋤イテ禾ヲ日当レル午ニ　汗ハ滴ル禾下ノ土　誰知ル盤中ノ飡《ザン》　粒々皆辛苦セシコトヲ
民のかまとは民間ノ豊穣ヲ為　此御哥ハ民間をいたまるゝ心なるへき歟」5ウ

持統天皇 °°用ニコル °°朶スム　高天原広野《タカマノハラヒロノ》姫《ヒメノ》天皇／少名《ワカキトキノ》《ミナハ》鸕野讃良《ウノサラ》《ノ、サラ、》皇女　大臣蘇我山田石川丸母
天智天皇第二皇女　御母越智娘《ヲチメ》《ヲツチヒメ》日本紀 幽斎抄　天武天皇后　草壁皇子母
都大和国高市郡藤原宮　大宝二年十二月十日崩
此御時　卯杖三年　踏歌六年等始
此哥

2春過て夏きにけらし 新永
此哥春過て夏きにけらしといへる勿論の義に聞えて、宜からさるやうに思ふへき也、次第〳〵にいひのへたる所面白也」6オ
杜子美　二月既破三月来卜作レリ、光陰ヲ驚ク心也
此哥新古今夏ノ巻頭ニ入テ、更衣ノ哥トミタテヽ入タリ、奇特ナルみたてといへり
春ハ着霞衣夏来脱衣而如着新衣
天香久山ハ高山ニハアラス、霊地也
万葉ニハ衣さらせり《ほしたり》と両点也
〵花さかり霞の衣ほころひて嶺白妙の天のかく山 定家
〵大井河かはらぬゐせきをのれさへ夏きにけりと衣ほす也 同

＼白妙の衣ほすてふ夏のきてかきねもたはにさける卯花同」6ウ

柿本人麿　天智天皇御時人云々

敦光　人丸画讃并序大夫姓柿本名人麿、蓋上世之哥人也、仕持統・文武之聖朝遇新田高市之御子云々

此作者之事者相伝有之事也、任石見権守、叙正三位

3 拾遺恋三 永 万 あし曳の山鳥のお の

足曳の山とつゝく常の事也、此哥別ニ義ナシ、抄あし引のと云より、山鳥の尾のといひ、なかく＼しよをといへる

さま、いか程も限なくなかき夜の躰也、詞のつゝき妙にして、風情尤長高し、無上至極の哥にや侍らん云々

人丸哥ハ心を本として、景気をのつから備ルヤウ也、天然の哥仙の徳也

此哥ニ詞をつけていふへき様もなし、。独歩古今之間」7オといへる此ことはりにや

称名院義、此鳥ハ雌雄尾をへたてゝぬる物なれハ、序哥のやうなれとも、心ハ彼鳥に比したりと也

山鳥のをろのはつお、なかき尾也、長尾と書り、はつお花長お花ト云心也

さむしろに衣かたしき　蛬鳴や霜よのさ莚に衣かたしき独かもねん後京極／結句可吟合人丸各別歟

山辺赤人　聖武之比《御時人》云々　一説人丸同時人云々

山辺赤人ハ垂仁天皇ノ後裔山辺老人子《ヲキナ》云々、山辺ハ氏宿祢戸也、赤人ハ人丸ヨリハ少後世ノ人歟、神亀五《三》年聖武

帝播磨下南野ニ行幸之時読ル哥万葉ニアリ

古今序ニ又山のへの赤人といふ人ありけり、哥にあやしく」7ウたへなりけり、人丸ハあか人か上にたゝむことかた

く、赤人ハ人丸かしもにたゝむことかたくなんありける

4 新古 万 田子のうらにうち出てミれは

山辺宿祢赤人望不尽山歌一首并短哥

天地之　分時従　神左備手　高貴寸　駿河有　布士能高嶺乎　天原振放見者　度日之　陰毛隠比　照月乃　光毛
不見　白雲母　伊去波伐加利　時自久曽　雪者落家留　語告　言継将レ往　不尽能高嶺者　反哥

田児之浦従打出而見者真白衣不尽能高嶺尓雪波零家留

此長哥を以テミレハ、此哥の味尤深シ

此ましろを白妙になし、雪ハふりけるを降つゝと改て新古今ニ入」8オられたり、集ニ入時ハ、古哥ヲ少ツヽ改て入ル
コト常ノ事也

祇注
此哥ハ田児浦のたくひなきを立出てミれは、眺望限なく、心詞も及はぬに、冨士の高根の雪をみたる心を、思ひ
入て吟味すへし

此哥ノ妙処ハ、海辺ノ景気、高根ノ雪ノ妙ヲ詞に出す事なくて、其理自然ニ備レル尤奇特也、古今序にも赤人ノ
哥ヲハ哥にあやしくたへなりといへり

此ハ陸地ノ眺望也、故ニ打出ト云、此哥境地ハカリヲ云タテヽ、其理ニ不亘、如此一切手ヲ付サル所、其類ナキニ
ヤ、佳作ノ妙処イハサル一黙ノ中ニ、千言万語自ラコモルコト也」8ウ

猿丸大夫　官姓時代等不知之

抄
或系図曰用明天皇　聖徳太子　山背大兄王《ヤマシのオホエノ》　弓削王号猿丸大夫
祇注云本天武御子、弓削道鏡ヲ号云々、此説不審也云々、然弓削思誤歟云々、下野国薬師寺ノ別当ノ事モ道鏡法師也、
鴨長明カ方丈記、田上《近江国》ニ猿丸大夫カ旧跡アリト云々

5 古永
おく山に紅葉ふミ分

深山の紅葉ハ早ク、外山ハ。遅シ、〔紅葉ハ〕外山ノ紅葉スル比、深山ハ落葉スル故ニ、漸端山ヘ鹿ノ出時分ヲ、奥山ニ紅葉踏分ルト云也、山ニ帰ル鹿ニハ非ス、中秋ノ時分トミヘタリ、」9オ哥の心ハ秋のうち何の時か悲しき《感ふかき》時分そといへは、世間たかうへも秋の悲ひノ深キ時分をいはゝ、深山より紅葉を踏分鳴時分の秋か、いかにもかなしきと也

＼龍田山梢まハらになるまゝにふかくも鹿のそよくなる哉　俊恵

これハ一向季秋ノ心歟、秋深クナレハ又深山へ帰ル也

こゑきく　聞人ノ秋歟　人そ秋ハニノテニヲハニ悲ノ詞ノカツヨキ事各別歟

中納言家持　大納言従二位旅人《タヒト》《モロント》男

右大臣大柴大伴宿祢長徳《ナカトコ》曽孫―大連金村連―安麿大納言―旅人《タビト》《モロンド》《タヒヒト》又多比等
└家持

従三位　中納言　春宮中宮大夫　右大弁　太宰大弐なと経タリ、又兼陸奥・出羽按察使鎮守府将軍

」9ウ

6新古かさゝきのわたせる橋に

准南子七夕ニ烏鵲成橋と云事アリ、其橋ニハ非ス

箋曰八雲御鈔ニかさゝきのわたせる橋ハ只雲のかけ橋也、誠ニあるに非スト云ヘリ、此歌ヲ心得サル人、種〻ノ説ヲカマへ出ス、甚不可然歟、唐書鳷鵲橋内裏橋歟」10オ

釈名ニ霜露陰陽之気、陰気勝則凝為霜、サレハニヤ陰気迫テ、暁ニ別ラサレハ、霜ハヲカヌ物也

心ハ月落鳥啼霜満天ノ心也、満天ノ霜ニ暁ヲ覚ヘタル心サマ可付眼也、凡歌人ハマモル所、此哥ニ有ヘシ、月モナク何

ノアヤメモ分ヌ空ニ起出テ、景気ナキ上ノ景気ヲ吟シ出セル、哥人ノ妙処コヽニアルニヤ、学者能可思知之

泉大将定国ノ随身ニテ忠岑

かさゝきのわたせる橋の霜の上をよはにふみ分ことさらにこそ

トイヘル其興アル事也」10ウ

安倍仲丸　孝元天皇御子大彦命ノ後／倉橋麿内麿同人歟一名仲丸

古伝云船守子　従三位安倍朝衡息云々、又云大納言朝平男公卿補任不見云々、両説共ニ無実

江談抄仲麿読哥事、霊亀二年為遣唐使件仲丸渡唐、々後不帰朝――

此義雖有説々不是信用

或抄御抄ノ中云宰相安倍仲丸光仁天皇ノ御時為ニ文字ノ唐」11オ土ヘ遣サル、彼国ニ三年居テ学問シケル時、左大弁経継常イ又遣唐使ニテ越タリケルニ、彼使ニツレテ帰朝セントテ、メイシウノ海ヘニ行ケルニ、唐人名残ヲ惜テ送ニ来ル時、ヨメル哥也、此帰朝ノ時ハ桓武御宇也々々、此説古今左注と相応歟

もろこしにて月をみてよめる

7 古 天の原ふりさけみれは

左注云このうたハむかし仲丸をもろこしに物ならハしにつかハしたりけるに、あまたの年をへてえかへりまうてこさりけるを、この国より又つかひまかりいたりけるに、たくひてまうてきなむと出たちけるに、めいしうといふ所の海へにてかの国の」11ウ人むまの花むけしけり、よるになりて月のいとおもしろくさし出たりけるをみてよめるとなんかたりつたふる云々

祇注にこの心はもろこし人の名残をおしむ比、月ハ明らかに万里の外まてすミわたりてくもりなきに、我朝のな

らの京にてみし月の、心にうかひたる端的を、今こゝになかめつゝくれは、手裏に入たるやうなれは、三笠の山に出し月かもといへり、くれ〳〵此哥ハ、もろこし人の名残をも、もとより天原をも我国の事をも、思入てみるへき事とそ

ふりさけハふりあふきみる心ハ勿論なれとも、当流提ノ字ニみる也、我物にしてみる也、振放　振離」12オ

一説唐人のみるとハ心かはれり、天照大神天の岩戸へ引こもり給ひし時、春日大明神の太祝にて、二度あらはれたる日月そと云心を、三笠の山に出し月かもといへり、されはふりさけハ提の字の心也、手裏ニ入提ノ注、結句かもノ字ニテ見ニクキ歟、又唐人ノ名残ヲ思／心哥ノ上ニ不見歟、我朝ヲシタフノ心斗ノヤウナル歟

貫之土佐日記あをうなハらふりさけみれは云々

万三長哥するかなるふしのたかねを天原振放ミれはわたる日の影もかくろひ—

喜撰法師　所作和歌式—基泉同人云々　又別人云々／一本橘奈良丸子云々　一本刑部卿名虎朝臣息云々、共以非也、系図等無所見」12ウ

鴨長明無明(ママ)抄御室戸の奥ニ廿余町はかり山中へ入て、宇治山の喜撰か住ける跡あり、家ハなけれと、たうの石すへなとさたかにあり、これをたつねてみるへし云々

8 古今 我庵ハ都のたつミ

心ハ明也、人〻世を宇治山といへ共、我ハ然も住得テアルソト也、此下句人ハいふ也、吟味深シ、しかそすむとハ、我住得タル心ヲイヘリ、迷ヘル人ハこゝヲうしと云也、誰も身を治心ヲ安クセハ、人〻皆喜撰たるへき也、都のたつミとは方角ヲさしていへり

＼春日山都の南しかそ思ふ北の藤なミ春にあへとは　後京極

此三句詞ヨハキ歟
玄旨抄王舎城の事をいへり、是も面白也

小野小町　出羽郡司小野当隆女 三光院　或説小野良実女／又常澄女云々　仁明時人」13オ

つれ〳〵草云、小野小町か事ハきはめてさたかならす、おとろへたるさまは、玉造といふ文にみえたり、このふミ清行かけりと云説あれとも、高野太子の御作の目録にいれり、大師ハ承和のはしめにかくれ給へり、小町かさかりなる事、其後の事にや、猶おほつかなし

9 古永 花の色ハうつりにけりな

小町古今にて第一の哥也、此哥ニハ表裏の説あり、表ハ花の咲たらハ、花に身をなさむと思ひしに、世にすむならひ事しけくして、とやかくやとうちまきれて過したるに、長雨さへふれは、花の色ハうつりにけりな《ろひ衰フルヲ》と打歎たる也、ミぬ花なれハ、ゝうつりにけりなと云フル也、下裏ノ心ハ小町か我身の衰行さまを云り、世にしたかひ人にあらそひ、世をかこちなと物なけかしく、打なかめなとして」13ウ 過る間に、我身の花なりし姿も、おとろへ行を思ふ由也、＼此心ハ小町ニ限ルヘカラス、人毎ニ如此也、只身上を我とハおほえす忘らるゝ者也、なかめせし間ハたゝなかむる也、為氏卿ハなかめに雨をそへてふかくみよと也

しら雲の跡なき峯に出にけり月の御舟も風をたよりて　宗尊親王　為家卿に文字多之由被難之

蟬丸　会坂ノ――仁明之御時人也、道心者也、常不剃髪、世人号翁或仙人トモ云　三光院説世人盲者ト云ハ誤也、

　後撰詞書相坂の関にてゆきゝの人をみて云々　以之可知之

　又延喜皇子ト云ル甚不可然、古今集此人哥入、延喜五年帝廿一才ニテオハシマス也

長明無名抄相坂の関の明神と申ハ、昔の蟬丸也、かのわらやの跡をうしなはすして、そこに神となりて住給ふなるへし

10 後 これやこの行もかへるも」14オ

後撰十五雑一相坂の関に庵室をつくりて、すミ侍けるに、行かふ人をみて云ゝ
祇云これや此トハ相坂ニ落つく五文字也、此五文字ニテ相坂ノ関ヲ治定せり、表ハ旅客往来ノサマ也、下ノ心ハ会者定離の心也、行もかへるもハ流転、関ハ関ヲ免ル、義也、万法一如ニ帰スル理リ也、法皇仰これや此ト云ハ、今一ッ物ニ比スル物ナクテハ、言レサル五文字也、行モ帰モ別分ル、サマ、これや此会者定離・三界流転のさまにかはらぬ事よと云心ナルへシ、それを相坂関に引うつしておちつく五文字といへる歟、表カラ会者定離ノ心ナクテハ聞エカタキ様也、関ヲ免ル、ト云事禅家ニ関ヲトヲルト云フ事アリ、其心ハ爰ニハ難叶云ゝ」14ウ

参議篁　姓小野　三木　左大弁　号野相公

敏達天皇—春日皇子—妹子（小野臣）—毛人（大徳冠中納言）—毛野（正三位中納言）（エヒス）—永見（陸奥介従五下征夷大将軍）

—岑守（刑部卿従三三木大弐）—篁—保衡（讃岐守）
　　　　　　　　　　　　　　　—好古（三木）
　　　　　　　　　　—葛絃—道風

此篁漢才ニ達シタル人也
承和元年正月廿九日遣唐副使ヲ奉ル、さて唐使の四船次第ニ海ニ泛シに、篁病ニ依テ進発する事不叶、十二月ニ勅シテ曰ク、篁内ゝ綸旨ヲ含テ外境ニ使ス、然トモ急ニ病ト称シテ国命ヲ遂さる間、律ノ法ニ依テ死一等ヲ降シテ、遠流ニ処セラルヘシトテ、隠岐国ニ配流セラレシ也、此発ハ第一・第二ノ舶ノ争ヒ也、大使上奏して、改て第二ノ舶を」15オ第一ニナシテ、大使是ニ乗す、第一ノ舶ヲ第二ニナシテ、副仕篁乗へきニテ有シヲ、怨テ病ト称シテ止ル、遂ニ幽憤ヲ懐テ、西道《サイド》謡ト云物ヲ作リテ、遣唐ノ役ヲソシル、其詞多ハ忌諱ヲ犯ス、嵯峨上皇叡覧シ給テ、大ニ怒給ひて此

罪ニアタル
承和五十二五配流隠岐国　七年四月召還　六月入京　八年閏九十九日復本位　十四年正十二　任三木　四月廿三日兼
弾正大弼　仁寿二年十二十九従三位　同廿二卒　五十一歳
又流罪ノ事三ヶ条ノ異アリ、一ニハ無悪善ト書タル落書ヲ、サカナクハヨカラント読タルヲ、さてハ篁カシワサ
トテ罪ニ処セラル、云々、又一説あるやう三光院申されたると也」15ウ
用曰嵯峨天皇マテハ、直ニ世務ニ聞召タルヲ、離宮ノコトニヲコタリ給ニヨリ、公卿僉議シテ職事ヲ以テ奏聞セシ
也、職事モ此御時ヨリ始ル也、離宮ヲソシル也

11 古今旅
和田の原八十嶋かけて
おきのくにゝなかされける時に、舟にのりて出たつとて、京なる人のもとにつかはしける
わたの原ハ海ヲ云、八十ハ多キ心也、大方ノ人たに海路の旅ニ趣クハ、かなしかるへきに、ましてはるかなる隠岐国へ流人となりて、漕はなるゝ心堪かたきさま也、所ハ隠岐国とさして行事なれとも、サナカラ千里万里ノ吾国ノ境ヲ漕はなれて、しらぬ世界の心する也、是流人ノ故也、人にはつけよとハ、たとひあはれと云人あれとも、罪ニ当者ナレハ、尋ヌル人ハ有マシキ也、サレハ釣舟~~ト云カケタル也、~~（ナラテハ言カハス人モナケレハ）如此云カケタル也、」16オ 俊成卿此下句無比類と云々

僧正遍昭　俗名宗貞（良峯）　号花山僧正又号良僧正　寛平二正十九滅七十六才

桓武天皇
├平城天皇
├嵯峨天皇─仁明天皇
├淳和天皇
└良岑安世（正三　大納言右大将　延暦廿賜姓）─宗貞（法名遍昭）
　　├素性（住良因院仍賜良国朝臣　俗名玄利）
　　└由信（雲林院別当）

嘉祥三三廿一四仁明天皇御葬日出家卌七オ　頭左中将　左中弁　法眼　権僧正　元慶《グワンキヤウ》寺座主　号視中院僧正　封戸　輦車　天台顕密碩学

出家ノコトハ古今詞書ニ見タリ、名誉多人也」16ウ

光孝天皇御時於仁寿殿七十賀ヲ給ヘリ

12古
あまつかせ

詞書五節の舞ひめをみてよめる、よしミねのむねさた云々、

心ハ此舞の名残をおしみて、天女か立帰ランスル雲のかよひちを、吹とちてとゝめよと云り、しハしと云ルニテ、とゝめえぬ心聞ヱタリ、

五節濫觴ハ昔浄見原《天武》天皇の、よしのゝたきの宮にまし〳〵ける時、日のくれかたに琴を弾して、御心をすまさせ給けるに、むかひの山の嶺よりあやしき雲立のほりけるを御覧しけれは、その雲の中に神女の姿あらはれて、御ことのしらへにあはせてかなてけるを、御門ハ見給ひしかとも、御前にさふらふ人ハつゐにしらさりけり、其神女袖を翻す事」17オ五度に及ひけり、これによりて、五節とは名つけ侍る也、それより此山を袖ふる山と云、其時御門の御哥、

乙女子もをとめさひすもから玉を袂にまきて乙女さひすも

これら事の始也、これをうつして五節とて舞姫を見給也

五節ノ事日本紀ニハ無所見、本朝月令ニ在之云々

後鳥羽院御時古今序六人作者ヲあけていへる中ニ、いつれそと御尋之時、定家卿遍昭ヲ取出テ被申云々、遍昭ハ誠すくなしとあり、如何と仰られしを、定家卿それを哥《か》也と申されしと也

陽成院　諱貞明　在位八年　清和第一皇子　御母二条后
文徳天皇―清和―陽成《天暦三　落飾》―元良親王」17ウ
貞観十十二十六降誕、十一年二一皇太子二才、十八年十一九受禅五才、元慶六正二元服十五才、八年二四譲位十七才、
天暦三九廿九崩八十一才　御抄八十二才云々
大鏡御法事の願文ニハ尺迦如来の一年の兄とハつくられたる也、智恵ふかく思よりけん程、いと興あれと仏の御としよりハたかしと云心の後世のせめとなんなれるとこそ人の夢にはみえたれ　可為八十一歟

13 後撰恋三 つくはねの峯よりおつる
つりとの《綏子内親王光孝皇女》ゝみこにつかはしける　筑波山。常陸《ミなの川》の名所也
哥の心ハほのかに思そめし事の■(浅)深き思ひになるを、幽なる〈みなの川／常ハすな川にて水なき川也、雨なとふり雪なと解ル時ハ、ヲヒタヽシキ渕トナル川云々〉水の積りて渕となるにたとへていへる也、此川の末ハ桜川へおつるといへり、惣て序哥也
そと思そむると思ふ事、ふかくなり来れると也、源浅き水」18オなれとも、つもりてた渕と成也、是万年ニ渡ル事也《天子ノ御哥ニ》
《テ面白シ》。一善を貯れハ天下の悦となり、一悪をなせハ天下の愁となる事也、故微漸ヲ敬メト云コト、尤なる教訓也、天子一人ニかきらす、万民ニ亘ル義也
筑波根事八雲ニ惣シテ嶺ヲ云一説也

河原左大臣　源融　母正四下大原全子《マツタイ》　嵯峨第十二源氏男女皇子五十人／之由也
弘仁三年壬辰生、貞観十四八廿五任左大臣元大納言、仁和三十一十七従一位、寛平七八廿五薨七十四、栖霞観大臣之山庄云々　庭ト家トニ心ヲトヽメテ、亡魂トナリシ人也

14古みちのくのしのふもちすり」18ウ

祇云上二句ハ乱ル丶ノ序也、惣ノ心ハ誰故にか乱レそめにし、君ゆへにこそと云ヘル心也、しのふもちすりハ、奥州しのふの郡ニ、忍草ヲ紋ニスリ付たるスリ也、紋を乱摺付タル故ニ、みたるゝと云り、我思のみたれたるハ誰故ソトカコチ懸タル也、古今ニハ乱レント思云〻、伊勢物語乱そめにし也、法皇仰みたれんと思よりも、そめにしハ勝たるやうなる歟云〻

光孝天皇　号小松帝　諱時康《トキヤス》　仁■《明》第三皇子　母贈皇太后沢子《贈太政大臣総継女》／在位三年

天長七庚戌降誕　承和三正七四品七才　同十二十二月元服　同十五正常陸太守　嘉祥三五中務卿　仁寿元十一廿一三品廿二才　貞観六正十六上野太守　同十二三七二品四十一才　同。《十》八十月式部卿　元慶六正七一品五十四才　同八正太宰帥　同二《月》四日受禅五十五才」19オ　仁和三八廿六譲位即崩五十八才　九月三日葬小松山稜

15古永君かため春のゝに出て

詞書仁和のみかとみこにおましくける時、人にわかな給ひける御哥

若菜給ふとハ賀を給ふ也、此賀誰ともなし、人口に菜羹を服スレハ、其人万病邪気を除ト云〻、仍七種ノ菜羹ヲ供スル也

哥ニ有心躰アリ、無心躰アリ、此御製ハ有心躰御哥也

此ハ臣下なとに若菜を給ふ時の御哥也、春の始ナレハ、余寒の時分雪をうちはひく若菜をつむ心也、雪ハ艱難の方にとる也、如此辛労ありて御憐愍の義也、下をめくまるゝ御心あらハれたり、是ニ依テ天道ニ叶給にや、五十五にして俄ニ位ニつき給へリ、文徳のみこも歴〻御座アリシニ、清和ノ御治世の後陽成継給御末もありなから、継給はすして、文徳の御弟なから即位ありて、今ニ此末不断絶事ハ、御徳フカキ故なるへし」19ウ

定家卿ノ撰花麗はかりハ無本意にや、如此の心ノ有哥ヲ入給へリ

中納言行平　在原氏　号在納言　中納言　権帥　仁和三四十三致仕、寛平五薨七十六才／母伊豆内親王

桓武天皇─平城天皇─阿保親王─大江音人
　　　　　　　　　　　　　　─在原行平　民部卿　左兵衛督
　　　　　　　　　　　　　　─在原守平
　　　　　　　　　　　　　　─在原業平　在五中将　母同行平
　　　　　　　　　　　　　　─在原仲平
　　　　─伊豆内親王

16 古永
立わかれいなはの山の

古今　題しらす　幽玄躰の哥也、稲葉山ハ因幡・美濃両国ニアリ、用美濃国云々、但行平任因幡守人也、顕昭因幡国之由記之、定家又同心云々」20オ

哥の心ハ待人たにあらハ、やかて帰り来らんと也、畢竟ハ我を待人ハ有ましきと云落着也

俊成卿此哥ハ四句まてあまりにくさり過てよろしからさるを、結句にて今かへりこむといひなかしたる所めてたきと也、惣別くさり詞のつゝきくさり過たるハあしき也、縁の詞も多《あまり》ハ嫌事也

宗祇説因幡国司ハ別人也云々、斉衡二年正月十五日任因幡守

在原業平朝臣　蔵人　蔵人頭　右中将　馬頭　従四上美乃権守

業平─棟梁─元方

17 古永
千早振神代もきかす

二条春宮の宮す所と申ける時に、御屏風に立田河に紅葉なかれ」20ウ たるかたをかけりけるを題にてよめる〈伊語み

こたちのせうようし給ふ所に／まうてゝ、たつた川のほとりにてよめるトアリ、〉神代の昔ハ神変色〳〵の事あれとも、立田河ノ面ヲ紅の波に染替て、水色失其半事、此人間風流ニアラス、神代霊験を記置たる中にも、伝きかさる境界也ト也、紅葉と不言シテ、其義分明也、屛風の哥にて殊有感者乎

業平ハ心あまりて詞たらすといへるを、此哥ハ闕たる所なき也、されハ此山庄の色紙ニ入られ、詠哥大概にも入られたるなるへし

建暦二十二月　院廿首
みよしのゝ滝つ河内の春風に神代もきかぬ花そみなきる　定家

三光院くゝるトハ、紅葉の散しきたる下ヲ行水の躰也

神代にハありもやしけん桜花今日のかさしにおれるためしハ

寛喜元女御入内屛風
たつた姫手そめの糸（露）の紅に神代もきかぬ峯の色かな　定家」21オ

藤原敏行朝臣　従四上左中将　大内記　右兵衛督　能書　死去之後蘇生書一切経之人也／母刑部卿紀名虎女

式家　武智麿《ブチ》《タケチ》（式部卿左大弁　不比等一男）―巨勢麿《コセ》《ホセ》―真作《マタナリ》《マタヽ》（従五上三川守）―村田（従五上讃岐守）―冨士丸（従四下按察使）―敏行―伊衡（哥人）

18 古 住の江のきしによる波

寛平御時きさいの宮の哥合のうた

祇注云上二句ハ序哥也、よるさへやといはん為にきしによる波といへり、心ハうつゝの事こそ忍フル中ハ、人めをよくるさハりのかなしミもあれ、夢ニハやすくもあはんと思へハ、夢中にも人目をよくるやうなれハかくよめり

又云住ノ江ト云ル甚深ナルニヤ、荒海・荒磯なとは波も不閑、住江ハ南海にて風波もをたやかに岸により、波もさまてのさハき」21ウにハあらぬ物から、人めをよく心の中より心をかるゝあまりに思つゝけて、さても昼の人目ハ是非もなし、よるハめもあはて夢ちさへうとけれは、さて〳〵よるさへ人めをよくる事になりたるよと、我ねられすして、夢さへうときを立帰り岸による波にかこちたる心殊勝なる哥と也

伊勢　七条后女房

内麿―真夏（日野祖 三木）―浜雄（民部卿従五下）―家宗（三木 左中弁）―継蔭（ツキカゲ 杢頭 大和守 伊せ守）―伊勢（伊勢守ノ子仍号）
　　　　　　　└関雄

寛平皇女ヲ生スト系図ニハアリ、家集ニハ男宮むまれ給ぬとあり」22オ

19 新古 永
難波かたミしかき蘆の

題しらす、五文字ニ君臣アリ、是ハ君之躰也、五文字ニ力ノ有ハ臣ノ躰也、心ハ人に心をかけそめてよりこのかた、便を求め人に詞をつくし、月をかさね年を送り来りて、我思の徒になる事を歎くあまりに、ミしかき蘆のふしのまほともあはて過せとの事かと恨はてたる心也、。ふし（ミしかき蘆の）のまハいさゝかはかりもと云心也、過してよとやハ過してよとの事か、過せとの心中かと也

元良親王　陽成第一皇子　三品兵部卿　元慶六（二）七（イ）廿三薨五十四才／母主殿頭遠長女

20 後拾 永
わひぬれハ今ハたおなし」22ウ

後
ことといてきて後に、京極の御息所（時平公女 褒子）につかはしける、拾遺ニハ題不知とあり、家集ニハ宇多御門御時、京極御息所に忍ひてかよひける、あらはれてのち文つかはしける

此五文字深切也、常ニ容易ニハ難用五文字也、思極ていふ五文字也

＼わひぬれハつねハゆゝしき織女もうらやまれぬる物にそ有ける

一度漏脱せし名ハ、今更改て不逢とも、又今逢とても同し事也、然時ハ身を失なふとも、それにかへて又も逢みるへきと也、おなし名と難波に名をもたせたる也、身をつくしも難波の縁也、今ハたハ将ノ字也、又ト云ニ用タル哥も多し、此哥も又歟」23オ

澪標ハ棹ヲ立テ海の浅深をしる物也

此哥幽玄躰ノ哥也

素性法師　左大将良岑宗貞《遍昭》子也、俗名玄利

延喜六年二月廿六日御記云、於襲芳舎令書御屏風能書歟、又同九年十月二日御記云、於御前書御屏風、左近中将《定方》。給酒献哥、即給禄赤絹御衣御馬等也

21 古永 今こむといひしはかりに

此哥ハ他流・当流ノ義ニ差別アリ、顕昭なとハ長月の夜のなかき時の有明までに、こぬ人を待たるとみたり、定家」23ウハこよひはかりハ猶心つくしならすや云々

心ハ必とたのめし人の心もつれなくて、秋さへはや末に成ぬれハ、なかきよの限なき比、こよひや〳〵と待ふかす間ニ、つれなき有明の月をさへ待出るに、さても人ハ影たにみえぬ事よと、歎のきはまりを云也

＼今こむといはぬはかりそ郭公有明の月の村雨の空順徳院

文屋康秀　字文琳　任参川掾　先祖不見　縫殿助宗于男云々

古伝云陽成院御時人云々　或中納言朝康子云々

22古永吹からに秋の草木の」24オ

これさたのみこの家の哥合の哥

家集ニハ野への草木トアリ、嵐ハ秋か本也、然レ共猶秋ニ治定《タシカニ》ト思テ、改メテ古今ニ入タリ、後京極摂政家会羇中嵐ト云題各雑哥ニ詠ス、慈鎮・定家ハいかゝと尋申たるに、会衆ニ任セヨト返答アリテ、摂政も被詠雑了

吹からに吹ハ則の心也、むへハ宜哉也、領解《けにもと》ノ辞也

一向に枯野になれは、風の力ハなき物也、秋ハ千草万木に当テ、風の重き事をおほゆる也、あらしハ荒ましき也

秋声賦　豊草緑縟而争レ茂《モフコトヲ》、佳木葱籠而可悦、草」24ウ払之而色変《カ》リ、木遭之葉脱、又夫秋刑官也。又常以粛殺而

為心云々

やハ秋の風のふかく所其当位色かしけ、みとり衰躰也、されハけにもことはり山風をあらしといふハと云リ

大江千里　伊与権守　正五下　内蔵少允

大江音人――千古（江家祖也）――維時（従四上式部権大輔）――重光――匡衡

大江音人――千里

23古永月ミれは千ゝに物こそ

日ハ陽ノ気なれは、むかふに心の和する物也、月ハ陰の気なる故に、打なかむるに心もすミ、哀れもすゝミ、かなしひ」25オ生する物也、されは千ゝに物こそ悲けれといへり、千ゝとは数限もなき事也、且《サセントチヽハカリ也》千文選下句ハ秋ハ天下ノ秋ナレハ、人〳〵同事なるへきを、我身一身のやうに覚てかなしき心をいはんとて、我身ひとつの秋にハあらねとゝいへり

古今詞書これさたのみこの哥合の哥によめるとあり

燕子楼中霜月夜、秋来只為一人長

なかむれハ千ゝに物思ふ月に又我身一の峯の松風長明

大かたハ月をもめてしこれそ此つもれハ人の老となる物

菅家　北野天神也　右大臣　正三位右大将　贈太政大臣　正一位

天穂日命《アメノホヒノミコ》天照太神第二子十四世孫　野見宿祢賜土師《ハジ》。臣《ヲン》姓　三世孫身臣《ミヲン》」25ウ

賜土師連姓十一世孫　古人等改賜菅原姓

ノキ敷私
宇庭《ウキニハ》——古人従五上 侍読——清公従三三木 侍読——是善三木従三 文徳清和侍読——菅家

古今ノ時ハ菅原朝臣今ハ菅家トヨム、続後撰ナトニハ従菅原右大臣 権贈太政大臣菅贈太政大臣ト書也

続古今ニハ神祇部ニ入テ、北野の御哥となむ書也

24古永
此度ハぬさもとりあへす

朱雀院寛平也ならにおハしましたりける時に、たむけ山にてよミける

此たひハ此度也、旅ノ字ノ説アリ、其心不可違といへとも、猶度ノ字用也、手向山南都又相坂ヲモイヘル事アリ

此御幸ハ延喜或抄四九年月十日云〻、聖廟御幸ニ供奉アリテ、私ノ」26オ幣帛ヲモ捧ラレタキ義ナレトモ卜《モ》、供奉ノ節ナレハ、

私ヲ不顧シテ不被捧也、幸此山の紅葉の錦こそ、自然ノ幣帛ナレハ、手ムクルト也、手向山山名自然相応したる

奇特也

惣別万物世ニみちくたれとも、献する人なけれは、神ハ変給ハヌ物ナレハ如此也、とりあへすハ御幸のさハか

しき心あり、

まにくハ随意とかけり、神ノ心にまかする義也、神のまゝと云ヘル也

祇役遇風謝湘中春色　熊孺登カ詩　玄旨抄ニ引リ

心よく叶ヘリ

三条右大臣　定方公　寛平九四九三木中将守等如元、承平二八四左大臣従二位兼／行左近大将藤原定方薨年六十／延喜十七十二十六天皇

於中殿賀定方卿四十算

高藤─定国　泉大将」26ウ
　　├定方─朝忠
　　└胤子醍醐国母─朝頼　勧修寺甘露寺等祖

25名にしおハゝあふ坂山の

後撰恋三女につかはしける

名にしおハゝあふ坂トさねつからトヲかけたる詞也、サネハ寝心ニトレリ、さねかつらハ是を引とるにしけミなとにある物ナレハ、いつくより来ルともなく《みえぬ》物也、其ことく思人の人にしられすして、来ルよしもかなと云心也人にしられてテ文字清説一義也、スム時ハ心安く来レノ心也、此哥ハ詞つよくして、更になまミなし、一躰ノ哥とみゆ、新勅撰なとに此風躰哥多入レリト也」27オ

貞信公　忠平　拾ニハ小一条太政大臣

冬嗣─良房─基経─時平
　　　　　　　├仲平
　　　　　　　├忠平─師輔─実頼
　　　　　　　│　　　　　├師輔
　　　　　　　│　　　　　└師尹
　　　　　　　└兼平

元慶四庚申《子》誕生七ケ月不満十月云々、天暦三八十四薨、同十八詔遣大納言、清蔭中納言元方参議・庶明等贈正一位

封信濃国、諡曰貞信公

用云太政大臣当官ニテ薨スレハ諡号有、前官ニテ薨スレハ諡号無也、諡号無也、諡号ハ仁義公以後無也

26拾
小倉山みねの紅葉ゝ

拾遺詞書に亭子院大井河に御幸ありて、行幸もありぬへき所なりとおほせ給にことのよし奏せんと申て此哥をよめり

大和物語云亭子のみかとの御ともに、おほきおとゝ大井河につかうまつり給」27ウへるに、紅葉小倉山に色〳〵いとおもしろかりけるをかきりなくめて給て、行幸もあらんにいと興ある所になん有ける、かならす奏してせさせたちまつらんなと申給て、つゐに

をくら山みねの紅葉ゝ心あらハ今一たひのみゆき《となんありける、かくてかへり給て》またなん

奏し給けれは、いと興ありけることなりとてなん大井の行幸といふ事ハしめ給ひける云々

御幸・行幸ともにみゆきと云也、哥の心ハ御幸ハ既ありたる事なれハ、とてもの事にちらすして、行幸をも待つけよと紅葉に対していへり、さて三光院箋ニ此百首小倉山庄色紙なれは、此哥ハ自然定家本意をのへられたるやうなる事歟云々、此歌撰入事、哥からハ勿論なれとも、我身数ならハみゆきをも待みるへき物をとの心もある」28オへき歟、山モ同シ小倉、紅葉も同シ紅葉なれは、下ノ心ハさなから貞信公に返シケルトソをしはかられ侍る

中納言兼輔　中納従三　右衛門督　承平三二十八薨五十七／堤中納言

良門─利基─兼輔─雅正《タヽ》─為時─紫式部
　└高藤

27新 みかの原わきてなかるゝ

題しらす、祇云わきてなかるゝハ泉ノ縁也、泉川ハいつミきといはんため也、是も序哥也、心ハふるくみしやうの人ノ今ハ絶はてゝおほえぬはかりなるを猶思やます、恋わひて我心をせめていへる也、」28ウ 又一向見たる事もなき人を、年月ヲ経テ思わひて打かへしいつミし習にて、かく恋わたるそと我心に云義もあり、いつれにても哥のさまたくひなし、相府新古恋一ノ哥也、未逢恋の心歟

みかの原ハみかまの原也、昔瓶ヲ埋シニ、それに河水の流入て、湧かへるやうニシテ出ルヲ云也、泉川ハ挑川也、昔。此崇神記処にて戦をいとミし事あり、と《ト》つ《ト》五音相通也

源宗于朝臣　右京大夫　正四下

光孝天皇─是忠親王─宗于─閑院大君　続古今作者

系図不見

仁明天皇─本康親王─宗于　是又系図無所見」29オ

28 山里ハ冬そさひしさ

冬の哥とてよめる、山里ハ四時ともにさひしき中にも、秋ハことにさひしき也、しかるに秋ハ事の数にもあらす、冬そ《の》さひしさハまさりて、たくひもなき也、草木のかるゝのミならす、人めまてかれはつると也

山里ハノハノ字、冬そそノ字、付心てみるへしと也

凡河内躬恒　先祖不慥、古伝云甲斐少目御厨子所預

延喜七正十三任丹後権大目、後任淡路掾　あはちにてあはとハるかに／ミし月のちかきこよひハ／所からかも

29古永 心あてにおらはやおらん

しらきくの花をよめる、第二句重詞也、いつれもおらまし也、」29ウ おらハ折もこそせめなれとも、いつれを菊とも霜とも見分ぬ心也、さりなから花を思しめたる心より推量せハ、折ハそこなふましき也、初霜なれは花とも霜とも色のわかぬ風情一入あはれに思也、霜のをきまとはせるを、心あてにおらはやおらんとはいへる也、菊をも霜をも並て愛したる也

壬生忠岑　左衛門府生、右兵衛府生木工允忠衡子

30 古十二 永 有明のつれなくみえし

此哥他流・当流差別アリ、顕昭か心ハ女に逢テ帰ル衣〳〵の暁より、有明ト云物かつれなき物に成レルトみたり、定家卿さそあるらんと申されしハ、同心なき義也、是ハ逢無実恋」30オ 也、扶桑葉林集ニハ不逢帰恋也、此哥古今恋三前後不逢恋の哥也、逢別恋の哥、此間ニ入へきやうなし、哥の心ハ逢かたき人にあひて《からうして》、つゐに其実なきに、限ある夜なれは、立かへらてハ不叶、さても徒に心をつくして別ル、事よと思ふより、有明もつらく《れなくみゆる》思え《から》たる也、暁かうき物と成たると也、たとひ枕をならへての衣〳〵たにあるへきに、不逢してかへる心の中可思也、有明のつれなくハ、有明のことくつれなき人ゆへ、惣躰の暁かうらめしき物と成たると也

有明のつれなくハ、出ることのつれなきと、明て残るつれなきと両説也、」30ウ 別よりハ別から也、はかりハ量字云〻、心得にくけれハ、程と云字をもゆるす云〻

此哥ハ忠岑一世の間の秀逸也、定家卿これほとの哥を一首よみて、此世の思出にせはやといはれしほとの哥也

坂上是則　大内記　従五下　加賀介　御書所預

田村丸《大納言》—広野—当常—好蔭《カケ》—是則—望城後撰之者

31 古 永 朝ほらけ有明の月と

やまとの国にまかれりける時に雪のふりけるをみてよめる、」31オ 朝ほらけハ早旦也夜の明行時分也、朝朗・朝開・朝旦・明旦トモ書也、暁・明暮・曙・朝次第〳〵也

哥ハ薄雪ノ色ヲ月にまかへたる也、山の雪なら《にて》ハ、有明の月ニハまかへられぬ也、里ニふる薄雪にて近ことみさらんとハまかふへからす、浅き雪なれハ草木の姿もうつもれすして、地ハ白妙なれは月かとみる也、在明の月とみるによく叶へり、心をつけてみるへき哥也とあり

続古〵さらてたにそれかとまかふ山のはの有明の月にふれる白雪　為家卿

逍遙院〵おき出て袖にたまらぬ雪ならハ有明の月とみてや過まし」31ウ

春道列樹　従五下雅楽頭新名《ニイナ》宿祢一男

文章博士　正六位上壱岐守・出雲守

32 古永 山川に風のかけたる

しかの山越にてよめるとあり、落葉の隙なくふりミたれて、流もせきかへすはかりなるを、しからミといへり、行水をせきとむるとみて、其上よりみたてたる也、それを風のかけたるしからみとハいへり、此嵐の間断もなく吹かけ〳〵するをいへり、

〵山川に風のかけたるしからミの色に出てもぬるゝ袖かな　家隆

是ハ本哥を取過たると云り

あへぬの詞いろ〳〵ありとて」32オ

〵千早振神のいかきにはふくすも秋にハあへすうつろひにけり

〵秋かせにあへす散ぬる紅葉ゝの行末さためぬ我そかなしき

これハ不堪の心なり

＼から錦秋のかたミやたつた河散あへぬ枝にあらし吹也

ひたつゝきちる様の心也

＼秋とたに吹あへぬ風に色かはる生田の杜の露の下草

これハ吹さためぬ也

＼おゝかくれとも心ハおなし心也

紀友則　大内記

孝元天皇―彦太忍信命《ヒコフトヲシマコトノ》―屋主忍雄命《ヤソヲシ／ヤヌシヲシ》―武雄心命《タケヲミノ》―武内宿祢

木菟宿祢―十三代孫―船守《フナモリ》―楫長《カチナカ》―中納言左兵衛督 興道―蔵人 本道―望行―貫之―能書哥人 後撰〻者 時文

楫長―名虎―有常―友則 一本如此

望行―＼有藤―友則

貫之―女子 助内侍

└32ウ

33古永 久かたの光のとけき

さくらの花のちるをよめる

定家卿説に、久かたの光とハ空の光とおなし、久方の日とつゝきたる也、哥の心ハ風さそふ花なれとも、散ハ恨なるへきに、まして春の日の優ゝとそらもかすミわたりて、鳥の声・木草の色までも長閑なる時節に、咲花のいそかはしけにちるを恨たる心なるへし

○下ノ心ハ時節到来スレハ散物ニテ有ソト、をしへてよめる也

しつ心なくとハ、しつかなる心もなき也、此心ヲ花の心歟、人」33オの心かと云不審アリ、両説共ニ用也
此哥はね字なくてはねたる也、上下句の間に何とてト云詞を入て可心得也云々、されとも春の日にと云に、文字つよくま《てそ》れにてをさへたれハ、はねらるゝ也、此類多シ

変約恋　　頓阿
＼秋の霜かゝける松もある物を結ふ契りの色かはるらん

玉　花　　法皇御製
＼なへてよの春の心ハのとけきにうつろひやすく花のちるらん

藤原興風

京家 麿（三木作和哥式　右《左》京大夫　不比等四男）―浜成（三木）―永谷（従五下　皇后宮亮）―道成（相模掾　正六上）―興風（正六上治部丞）」33ウ

或説　浜成孫通成子云々

34古 たれをかもしる人にせん

題しらすの哥也、心ハ我老年ノ後いにしへより馴にし旧友も、半ハ泉ニ帰シ、或ハ参商とへたたりて、親しむ朋友のなきより、あらぬ世のやうに思ハるゝに依て、あらぬ趣向を思ひ出せり、彼高砂の松こそむかしみし世のまゝなれハ、是こそ友よと思ふに、松も物いひかはすへきならね《にあらす》ハ、非常《情》の物なれは、うち歎きて誰をかも知人にせんといへり、此高砂ハ名所ヲ指歟、」34オ抄山の惣名なるへしとあり
＼高砂の松も昔になりぬへし猶行末ハ秋のよの月　寂蓮

紀貫之　或説紀文幹子云々　童名阿古久曽《ソ》／玄蕃頭　木工権頭　従五上　御書所預

35古永 人ハいさ心もしらす

詞書はつせにまうつることにやとりける人の家に、久しくやとらて、程へてのちにいたれりけれは、かの家のあるしかくさたかになんやとりハあるといひ出して侍けれは、そこにたてりける梅の花をおりてよめるとあり

貫之宿坊に中絶ニ依て、家主かくさたかにやとりハある」34ウととかめたる心あり、されハ久しく音つれさりつれハ、あるしの心ハいさしらす、花ハとしころにかはらすにほふと也、〈私三句／あるしの心をうたかひかへしたる也、かくさたかにやとりハあるととかめたる心ハしらす、花ハむかしの／香に匂ふと也、／花ハむかしの香にゝほへハ、人の心もかはらし、我も／かはぬ心をおのつからみえ侍者乎〉

年この宿坊なれは、故郷といへり

いさハ不知也、イサシラスト云訓ナレハ、いさと斗ハ不用也、先達ノ戒也

祇注貫之哥ニハ余情尤多哥と也

清原深養父　従五下　内匠允　蔵人所雑色

天武天皇―舎人親王―御原王―小倉王―夏野（賜清原真人姓　左大臣）―海雄―房則
―深養父―春光―元輔―女子（清少納言）」35オ

36古　夏のよはまたよひなから

月のおもしろかりける夜、暁かたによめる

是ハ只夏の夜のとりあへす明ぬる。《こと》をかくよめる也

またよひと思てあれハ、明ぬる程に月ハまた半天にもあらんとみるに、月の行ゑもみえねハ、いつくの雲にか影をかくしてあるらんと云也、またよひなから明ぬるをと、我心に治定したる処感情あり、さて雲のいつこに月ハ

やとるらんとみたてたる也、私明ぬるをよひのまに明たる夜にして、さてよひのまに明たる夜なれは、月ハ山のはに入へき様なし、雲のいつこに月やとるらんとしたへる也

文屋朝康　康秀男　任大舎人允　延喜比人也

37 後 永 しら露に風の吹しく」35ウ

当意の風ノ吹たる景気也、吹しくハ頻に吹風也、此風に草木の露の乱おつる当意即妙の哥也、玉ハ糸にてつなく物なれハ、其玉をぬきみたしたるやう也といへり

右近　右近少将季縄《タヽ》《ナワ》女　御抄系図不見之由在也　［墨滅］

或説 伊抄 武智麿―巨勢麿―真作―三成《タヽナリ》―岳雄―千葉《シケ》―季縄

38 拾 大和物語 わすらるゝ身をハ思はす

題しらす、これハ一命をかけてかはらしと契りたるに、やかて変たる時よめる哥也、神かけてちかひたれは、神ハ正直を守給へし、さあらんには、人の命のあるましきをおしむ也、我わすらるゝをハうらみすして、人の」36オ命ヲおしむ心、尤あはれふかき哥なるへし、恋の哥の本意といへり

定家卿忘恋　＼身を捨て人の命をおしむともありし誓をおほえやハせん

＼ちかひてし命にかへて忘るゝハうき我からに身をや捨らん　中納言典侍

参議等

嵯峨天皇―弘《ヒロム》 広幡大納言―希《マレ》《マレラ》―等《ヒトシ》―済《ワタス》　用一字名ハ大略三字仮名也

美濃守　左中弁 大　天暦五三十薨七十二才

39 後 浅ちふのをのゝしの原

人につかはしける　序哥也、忍ふといはん為也、なとか云詞」36ウ 詮也、我心に忍ふと知たらハ、なと心にあまりて
ハ恋しきそと、我と我身をとかめたる哥也、浅ちふのをの、名所に非ス、山城国愛宕ニ名所アリ云ゝ

平兼盛　従五上駿河守

光孝天皇―是忠親王（一品式部卿）―興雅王（山城守従五上）―平篤行（従四上 文章博士 大弐 始賜平姓）―兼盛―赤染衛門

40 拾 恋一 忍ふれと色に出にけり
天暦御時哥合、一段と忍恋の哥也、未言出恋忍恋ノ最初也、哥の心ハ明也、折節の花紅葉を贈ル歟、或ハ便を求
て口外に出さハ、人の知も理リナリ、一行の事をも取かはさぬ《す》に、人の不審する、随分我ハ忍ふとおもひしを、」37オ
人の不審するにや《につ》けて、さほとまて思よはれるかとうちなけきていへる、尤あはれふかし、守心如城墎云ゝ

壬生忠見　本名忠実《ミ》　忠岑男云ゝ　任摂津大目

41 拾 恋すてふ我名ハまたき　思そめしか。杂《用》清也、濁も不苦
詞同前、恋一巻頭也、しのふれと此次ニ入、天徳哥合前ノ哥ノつかひ也
心ハ前の哥とおなし、またきハ早速也、昨日・今日人しれす思ひそめし事の、はや名にたつ事よと也
祇注ニハおくハ少まさりけるとそ、まことに詞つかひも」37ウ 此類にや、詠哥一躰ニハ前の哥をほめたり、三光院ハ此
哥ハきとしたる所あれとも、すこしつまりたる所あるか、兼盛か哥猶まさりたる歟云ゝ
思そめしか此か文字不清不濁よめと也、哉にてハなし、思そめし物をと云心也

清原元輔　深養父孫　春光子　肥後守　従五上　永祚二卒八十三才

42 後拾 永 契りきなかたミに袖を
心かはりて侍ける女に、人にかはりてよめる

此哥ハ古今ニ、＼君をゝきてあたし心を我もたハ末の松山波もこえなん」38オ
是より出たり、此哥ノ本縁、昔の人此山を浪のこえん時、わか契ハかはらんと契りし事あり、それにてよミたり、心ハか様ニあたにかはる心なるを、互に袖をしほりて、浪こさしとは契りけるよと、少恥しむるやうにいへる也、中〱心のかはる事をは一向恨すして、あたなる人ともしらて契りしを後悔する心也
末松山ハ奥州の名所也、末松・中松・本松とて三ッ並ひて在之と也

権中納言敦忠　母筑前守在原棟梁女　本院中納言又号枇杷中納言

長良国経　実国経卿子云々　敦忠卿母始為国経
良房（忠仁）—基経（昭宣公）—時平—敦忠　妻、後嫁時平公、仍実国経卿子云々」38ウ

長良—国経
良房—基経—時平—敦忠

43拾
あひみての後の心に

題しらす、哥の心ハ人にいまた逢ミぬさきハ、只いかにしてか一度ノ契りと、思ふ心ひとつの思にて過るを、逢みて後ハ猶その人を哀と思心のまさる物也、逢みてから猶恋しさのまさる程ニ、只一度の逢事もかなと、昔一すちに思ひしハ、物を思ふにてもなかりかしと也、惣別世間の事得レ一見十得百思千、次第〱ニ望ある物也、如此一度逢そめてより、漸こニ思の限なくなるをかくいへり

拾＼あひみてもありにし物をいつのまにならひて人の恋しかるらん　よミ人しらす

＼我恋ハ猶あひみてもなくさますいやまさりなる心ちのこして　同

已上相並テ入哥也」39オ

中納言朝忠　三条右大臣二男　大系図ニハ定国ノ子云々、／土御門中納言ト号

44拾 あふことの絶てしなくハ

天暦御時哥合にとアリ、是ハ逢事の絶てしなくハと、願ふへき事ならねハ、中〳〵といへり、逢事のあるよりして、つれなき人をうらミ、我身をかなしむ也、東常縁一旦ノ事ニ心得ルハ無曲云々

＼世中にたえて桜のなかりせハと同心也

中〳〵と云事ハ、只ハいはぬ也、殊五文字ニハ一向可斟酌云々　諸抄一同逢不合恋云々

祇注古人の哥をあまりにやすくみるハくちおしく侍る也、みやうあらんとくせ〳〵しく万の事を／とりそへいへるハ、殊うたて侍也、くれ〳〵数奇を先として、さるへき人に問たつぬへきにこそ」39ウ

謙徳公　伊尹／一条摂政　撰後撰之時蔵人少将ニテ和哥所奉行也

忠平―師輔―伊尹《コレマサ》（摂政太政大臣　天禄三十一薨卅九）―義孝（春宮亮　左中将　従五下　号後少将）―行成

45拾 あはれともいふへき人ハ

物いひ侍ける女の、後につれなく侍てさらにあはす侍りけれは、此いふへき人ハおもほへてハ、公界の他人をさして〈いへり、我あハてをハいふにたらさるへし、哀と思へき君ハ忘ハてぬれハ、其外の／世の人にたれかさやうにあらんと思わひて、かくいへる也〉我身数ならねハ、我を思ふ人はなき也、あはれとも思へきハ其人こそあれと、思ひたれは、その人さへかく心のかはりぬれハ、況や其外の人ハ、誰かさやうにハあらんするそと、身をわひたる心也、

よく〳〵吟味すへし」40オ

曽祢好忠　先祖不見、任丹波掾仍号曽丹《サウタン》、玄抄　私ソタン歟／寛和比人

46新古ゆらのとをわたる舟人

題しらす、由良渡紀伊国也、一段波あらき渡也

大海を渡ル舟ハ、楫カ肝要也、楫のなからんハたよりを失ふへき事也、大事ノ渡の舟にかちのなき如く、我恋ちハたのむかたもなく、たゝよひうかひて行ゑもなき心をいへり、ゆらのとゝうち出より。長高く、事からいかめしき哥也云〻

君済巨川用汝作舟楫

新 かちをたえゆらの湊にこく舟のたよりもしらぬおきつ塩風」40ウ　後京極

続後拾 ゆらのとをよわたる月にさそはれて行ゑもしらす出る舟人　雅経

恵慶法師　寛和比人　先祖不詳／播磨国講師

47拾永八重むくらしけれるやとの

河原院にてあれたるやとに秋来といふ心を人〻よみ侍りけるに

祇注詞書にて心ハ明にきこえ侍れと、いにしへ融公のさかえも、夢の様にて、昔忘れぬ秋のミ来る心を思つゝけて、此哥をはみ侍へき也、人跡たえはてゝ八重葎のとちたる宿ハ、さひしかるへきニ、人影は」41オみえすして、結句わひしき秋さへ来れるよとみるへし云〻、人こそノこそにつよくあたりてみるへき也云〻

三光説葎宿ハ人影みえたりとも、さひしかるへきに、人影ハみえすして、結句わひしき秋さへ来れるよと、三重にみるへき也云〻、人ハこねとも秋ハ来と一重にみたるハ、曲あるましき也云〻、此義猶可有吟味

貫之

＼とふ人もなきやとなれとくる春ハ八重葎にもさハらさりける
心少かはれり、春色のあまねき心也

源重之　為三木兼忠子　従五下、相模守、左馬助、於奥州死、／冷泉院坊之時帯刀長」41ウ

清和天皇―貞元親王―兼忠（治部卿　三木　正四位下　賜源姓）
　　　　　　　　　└兼信（従五下三川守　侍従）―重之

48詞 風をいたみ岩うつ浪の
冷泉院春宮と申ける時、百首の哥たてまつりけるによめる、祇注心ハ動なき巌をハ人の心によそへ、くたけやすき波ヲ我身になすらへていへる也、序哥にてハ侍れとも、心こまやかに侍にや云々、如此物思ふも我からと云心也、
＼袖ぬるゝ恋ちとかつハ知なからおりたつ田子のみつからそうき
此たくひにや」42オ

大中臣能宣朝臣　祭主　頼基男／従四上　神祇大副

常盤大連公《ノキミ》（始賜中臣連　天児屋根尊十九代孫）―清麿（五世孫　左大臣）―今麿―常麿―国良―
輔道―頼基（祭主）―能宣―輔親（祭主）―輔経
　　　　　　　　　　　　　　　　　　└伊勢大輔

49詞 みかきもり衛士のたく火の
＼おほち父むまこ輔親三代までにいたゝ（ママ）まつるすへらおほん神輔親

題しらす、御かき守ハ内裏の御垣を守る者也、衛士ハ左右衛門ノ下ニある衛士也、建春・宣秋左兵衛・／宣陽門右兵衛・陰明門左右衛門ハ外衛の御垣ヲ守ル也、衛士ハ公事等の時火を焼者也、よるハ火を焼テ守ル役也、心ハ人目をよくる故に、ひるハ火の消ルやうなれとも、夜ハまたもゆる也、ひるハ消ル」42ウと云ハ胸にみちたる思のせんかたなきを、もゆるにもまかせす、人目をつゝミ、思ひけちたる様ニしたる心、猶くるしさまさるへくや、もえつゝきえつゝ物思ふよし也

私ひるハ思ひきゆる心ともみるへき歟

藤原義孝　謙徳公三男　母中務卿代明親王女　号後少将　天延二九十六卒廿一才／右少将従五上　行成卿父也

大鏡中代明親王の御女のはらに、前少将挙賢・後少将義孝とて、花をおり給し君たちの、殿うせ給て三年ハかりありて、天延二年甲戌の年疱瘡《モカサ》おこりたるにわつらひ給て、前少将ハ朝にうせ、後の少将ハ夕にかくれ給ひにしそかし、一日かうちに二人の子をうしなひ給はりし母北方の御心ちいかなりけん、いとこそかなしくうけ給りしか、かの後少将ハよしたかとそきこえし、御形いとめてたくおハし、年ころきはめたる道心者にそおはしける、御」43オ病おもくなるまゝに、いくへくもおほえ給はさりれけは、母上に申給ひけるやう、をのれ死侍ぬとも、とかく例のやうにせさせ給ふな、しハし法花経誦し奉らんのほい侍れハ、かならすかへりまうてくへしとの給て、方便品をよミたてまつり給てそうせ給ける、その遺言を母北方忘給ふへきにあらねとも、物もおほえておハしけれは、思ふに人のしたてまつりけるにや、枕かへし何やと例のやうなるありさまともにしてけれハ、かへり給ハす成にけり、後に母北方の御夢に見え給つる　しかはかり契りし物をわたり川かへるほとにはわするへしやハとそよみ給ける、いかにくやしくおほしてんな、さて後程へて賀縁阿闍梨と申僧の夢に、此君達二人なからおはしけるか、兄前少将ハいたく物思たるさまにて、此後少将ハいと心ちよけ。《なるさま》にておはしけれは、阿闍梨君こそ心ちよけにてハおはすれ、母上ハ君をこそ兄君よりハいミしうこひきこえて侍るめれときこえけれハ、いとあたはぬさまのけ

しきにて、」43ウ しくれとハ蓬の花そちりまかふ何故郷にたもとぬるらん　なとうちよミ給て、また法華経誦し給ける、さて後に小野宮の実資のおとゝの御夢に、おもしろき花の陰におはしけるを、うつゝにもかたらひ給し御中にて、いかてかくてハ、いつくにかとめつらしかり申給けれは、その御いらへに、昔契蓬萊宮裏月、今遊極楽界中風とその給ひけるハ、極楽に生へるにそあめる

元亨尺書此所見高遠大納言大弐之夢之由載之、下句界中花云々

齋《タヽ》敏——高遠
　　　└実資

50 後拾 君かためおしからさりし

女のもとよりかへりてつかはしける後朝の哥也、一度の逢事もあらハ、命をも捨んと思ひしに、今逢そめて立別し」44オ 名残の切なるまゝに、其心も引かへて、いつしか長久にしていく《又》度も逢たきと思ふ心也、尤あはれふかきにや

玄鈔此哉をハかへる哉といふ也、又ぬる哉・つる哉といふハ過去の心あり、ける哉ハ当意の心あり

＼あふまての命もかなと思ひしハくやしかりける我心かな　西行

道心ふかく早世したる人也、世をミしかく思ふ人《ひとりたる》の哥にて了承面白歟

藤原実方朝臣　右中将正四下

貞信公——師尹（小一条左大臣）——定時（侍従　従五下　母三条右大臣）——実方（陸奥守　長徳四十一十三於任国卒　母左大臣雅信公女）

51 後拾 恋一 かくとたにえやハいふきの

女にはしめてつかはしける　後十 伊吹山近江・美濃両国ノ名」44ウ 所也、哥枕名寄ニハ近江国ニ入之、美濃国ニ不入之、注云左志母草ヲ詠、伊吹山ハ下野国在之、見坤元義云々　就異説両国共詠之

続古 冬ふかく野ハなりにけり近江なる伊吹のと山雪降ぬらし 好忠
後鳥羽院百首 雪をわけおろす伊吹の山風に駒うちなつむ関の藤河 秀能

近江国にてハ小郡、美濃国ニテハ不破郡也云〻、又さしも草ハ美濃の心ニ読り云〻、さしも草ハ此山に読ならハしたる也

かくとたにえやハいふきとは、えもいひかたき也、胸中にあまる思をもえいひやらねハ、さしも人ハしらしと我思ひの切」[45オ]なる心のやるかたなきをいひのへたる心也、さしもハさうともしらし也

東斎随筆 鳥獣部 大納言
此実方・行成同時《イマタ》殿上人にてありしか。《オハシケル時実方中将イカナルイキトヲリニカアリケン》於殿上口論の事アリて、行成の冠を笏にて打落されしを、さらぬ躰にて冠を主殿司をめして取あけさせて着て、袖をつきあはせ意をもそこなハして、いか是ハいかなる故に乱罰にあつかるにやと申されけれは、実方いらへんかたなくてしらけてたゝれけり、主上此事を小蔀よりひそかに御覧して、実方ハをこの物なりとて、実方をは哥枕みてまいれとて陸奥守になしてつかはされて、つゐに召かへさ」[45ウ]れすして、国にてうせにし人也

東斎随筆鳥獣部ノ第二ニ、大納言行成卿イマタ殿上人ニテヲハシケル時、実方中将イカナル憤ニカ有ケン、殿上に参相テ、云コトナクテ、行成ノ冠ヲ打落シテ、小庭ニ投捨テケリ、行成サハカスシテ、主殿司を召テ其冠ヲ取アケサセテ、着シテ、何程ノ過怠ニヨリテ是程ノ乱罰ニアツカルニヤ、其故ヲ承ハラント云ケレハ、実方一言ヲノヘスシテ立ニケリ、折シモ主上小蔀ヨリ御覧シテ、実方ハ嗚呼ノ者也トテ、中将ヲ召テ、哥枕見テマイレトテ、陸奥守ニナシテ流シツカハサレケレハ、終ニカシコニテ失ニケリ、実方蔵人頭ニナラスシテヤミケルヲ恨テ、其執心雀トナリテ、殿上」[46オ]ノ小台盤ニ居テ、小台盤ヲツヽキケルトナン申伝タリ云〻、此事本処ヲ不知

藤原道信朝臣　恒徳公男　母謙徳公女　左中将従四上／正暦五卒廿三才

師輔―為光（師輔九男恒徳公　法性寺太政大臣住　又号京極）―斉信
　　　　　　　　　　　　　　　　　　　　　　　　　　　―道信《ノフ》（サネ）　両義旧院抄

後拾　恋二

女のもとより雪ふり侍ける日、かへりてつかはしける

＼かへるさの道やハかはるかはらねととくるにまとふ今朝の淡雪

52＼明ぬれハくるゝ物とは知なから猶うらめしき朝ほらけ哉

此哥も後朝恋の心也、第一二句ハ後ノ夕をたのむ」46ウ中とはよく分別しなから、只今の別の切に悲しきまゝに、明ぬれハくるゝことハりも忘たる心、あはれふかく、面白趣向にや、世間の習皆かくのことし、当座をかなしふならひ也〈あくれハくれ、くるれハ明、逢てハ別、別ては逢ことハりハ眼前に知なから、此朝ほらけの名残《当座の》たへかたく／＼うらめしき也〉

右近大将道綱母　兼家公室　本朝三人ノ美人　藤原倫寧女

師輔―兼家（東三条入道　法興院）
　├道隆（中関白）―伊周（儀同三司　帥内大臣）―道雅（左京大夫　従三）
　├道兼（粟田）
　├道綱（大納言　左大将）
　└道長（御堂）

冬嗣―長良（枇杷中納言）
　├基経（昭宣公）
　└高経（弁内蔵頭　蔵頭正四下）―惟岳（大学頭）―倫寧（左馬助　左兵佐）―女子（道綱母）

53拾なけきつゝ独ぬるよの」47オ

入道摂政まかりたりけるに、門をそくあけゝれハ、立わつらひぬといひ入て侍けれは

心ハ詞書ニ明也、五文字の歎つゝとイヘル甚深なる詞也、能ゝ可分別事也、門をあくるまさへ立わつらひ、待かねたる由うけ給ルニ、わかなけきつゝ独ぬるよの明ル間ハ、いかはかり久しき物とか思召ソト也、当座ノ頓足ノ作意奇特也、天然ノ作者ノきは顕はるゝ事とそ

円ハ円融・円満　頓　頓狂・頓足

儀同三司母　従二位高階成忠女号高二位　中関白道隆室　儀同三司伊周《コレチカ》公母／高内侍従権

大鏡まことしき文者にて、御前の作文にハ文たてまつられしハとよ、少ゝのおのこにハまさりてこそきこえ侍しか云ゝ」47ウ

54 新古 忘れしの行末まてハ

中関白かよひそめ侍けるころよめる、是も心ハ明也、人の心のたのミかたき事ハ、あすをも期せぬ物也、一夜を思出にして、人の心の変せぬさきに消もうせなはやと云ル心、切ニ哀なる哥也、猶も一夜のきハヽ、人の心もかはらぬ時にといへり、能ゝ詞つかひを見侍へし、くれ〱やさしき哥の風躰也と先達もいへり

赤染衛門

後拾 あすならハわすらるゝ身に成ぬへしけふをすくさぬ命ともかな

大納言公任　廉義公頼忠男　母代明親王大三女／号四条大納言　才人　和漢朗詠撰者　撰拾遺抄　北山抄作者　能書　一条院御時四納言其一人也」48オ

小野宮 実頼 清慎公 ― 左中将 敦敏 ― 三木マサ 佐理
実頼 ― 三条 頼忠 廉義公 母時平女 ― 公任 ― 右大弁 権中 能書 定頼 母昭平親王女

。

55 拾千 千 滝の糸ハ絶て久しく

大覚寺に人〻あまたまかりたりけるに、ふるき滝をみてよみ侍ける　右衛門督公任

嵯峨の大覚寺也、此所ノ滝殿さしもいかめしうつくれる所なれとも、昔の跡ふりはてゝ物さひしきさまをうちなかめて、思ひ入てよめる哥也、下句に名こそなかれて猶聞えけれといへるうちに、人ハ只名のみとまる道を思ふ心もこも」48ウれるにや

八雲御抄云公任卿ハ寛和の比より天下無双の哥人とて、既に二百余歳をへたり、在世のときハいふにをよはす、経信・俊頼以下ちかくも俊成か存生まてハ、そらの月日のことくあふく、然を近ころより公任むけなりといふ事いてきて、浅く思へる輩少〻あり、これこの三十よ年の事也、さほとの物をはすこし心にあはすとも、さてこそあるへきに、一向にすつる以外の事也云〻

井蛙云時代不同の哥合に公任卿不入、秀逸三首なき故と云〻、長徳・寛和の比よりそらの月日をあふくことくにこそ侍けるに、さすか御哥合にかゝる程の哥三首もなとかなからん、後代の不審也」49オ

嵯峨の大覚寺也、大沢の池に。。ふるき滝の跡あり
大覚寺もともとは大学寺とて学問せし所也、後に覚の字に改らるゝと云〻

源氏松風つくらせ給御堂ハ、大覚寺の南にあたりて、滝殿の心はへなとをとらすおもしろき寺也栖霞寺ニ比ス云〻

後撰大覚寺の滝殿をみてよミ侍ける　赤染衛門

＼あせにける今たにかゝり滝つせのはやくそ人ハみるへかりける

大覚寺の滝殿の石とも閑院にうつされて跡もなく成たりしときゝてみにまかりけるに、赤染衛門か今たにもかゝりとよミけんおもひ出られて、あはれにおほしけれは

＼今たにもかゝりといひし滝つせのそのおりまてハむかしなりけん」49ウ

（六行分空白）

和泉式部　上東門院女房　大江雅致《ムネ》女／母越中守保衡女　此人昌子内親王乳母弁内侍云〻

和泉守橘道貞の妻トナル、仍号和泉式部

実頼┬頼忠―公任
　　└斉敏―高遠―資高―女子　上東門院女房　伊本 実越前守大江雅致女云〻　号和泉式部　母越前守保衡女

〵性空上人のもとによミてつかはしける」50オ

くらきよりくらき道にそ入ぬへき遥にてらせ山のはの月

雅致女式部　越前守正四位下大江雅輔女　致字如何

以之可為正歟

56 後拾
あらさらむ此世の外のおもいでに《出ハアシ、朶》

心ち例ならす侍ける比、人のもとにつかはしける、限あらん道にも、をくれ先たゝしと思ふ人のある時、もし我さき立なはとみたり、心ちのあらんおり、其思ひの切なる心をよく思ひやりてみるへし、尤さあるへきにや、哀ふかき哥と也、殊一二句たくひなくこそ云〻、初五文字二ノ心アリ、我身此世にあらさらんの心もあり、又あるましき事なれとも、の」50ウ心もあり、黄泉の道の思出にしたきと云心也

紫式部　系図兼輔ノ下ニ見／上東門院女房　或鷹司殿《御堂関白北方》女房

源氏物語作者　紫ノ名之事見源氏物語抄

57 新古
めくりあひてみしやそれとも

わらハより友たちに侍ける人の、としころへてあひたるかほのかにて、七月十日の比月にきほひてかへりけれは、

心ハ詞書ニ明也、幼少よりしたしかりし友に思ひかけすめくりあひて、心しつかにもなく、やかて立かへりし名残、さなから雲まの月のことく也ト云り、待えたる月の俄にくもりたるかことく也、詞の月にきほひてハあらそふ也、先をあらそふ」51オ心也、仍物ひとつにてハいひにくし、雲かくれハ此哥にてハ別義なけれとも、古来哀傷の事ニ用来れり、猶斟酌あるに可然歟

大弐三位　後一条院御乳母　賢子　大弐成章妻仍号大弐三位／母紫式部　狭衣作者

定方（右大臣）――朝頼《アサヨリ》（左大弁 左少将）――為輔（権中納言）――宣孝（正四下左衛門佐）――女子

58 有間山いなのさゝ原（後拾）

かれ〳〵なる男のおほつかなくなといひたるによめる

「これハ序哥也、おなし序哥にも上にいへる事の用にたつもあり、此哥ハいてそよといはんためのはかりの序」51ウ也、古哥ハ大略かくのことし、昔の哥のたけありてきこゆるハ序哥の故也、其境に（ママ）

祇注哥ハ序哥也、同序哥なれとも、上の心其哥の用ニ立も侍ル也、是ハ只そよといはん為はかりの序也、古哥ハ大略如此、昔ノ哥ノ長ありて聞ゆるハ、序哥の故也、其境にいらすしては、かやうの心弁へかたき事なるへし、さて此哥の心いてとは我心を起してつかふ詞也

＼いて人ハことのミそよき月草のうつし心は色ことにして

＼いて我ハ人なとかめそ大舟のゆたのたゆたに物思ふころは

なとよミならハせり、此いてそよ人を忘れやハするとは、かれ〳〵なる男の却而おほつかなきなといへるをうらミて、」52オ我心をのへ出せる也、かくいへるうちに、人をは忘るゝ物にやと男にあたりていへる心也《あり》

有間山・猪名野　共摂津国ノ名所也

赤染衛門《アカソメエモム用》《アカソメ》　赤染時望女〔用イ〕云々　上東門院女房　或鷹司殿女房　栄花物語作者／用曰大江匡衡妻也、赤染時望ト云可然也
一説平兼盛女云々、妹中関白密通人哥ノ詞ニミエタリ

59後拾やすらはてねなまし物をさ夜更にかたふくまでの〔にイ　御抄両用・玄旨抄ニ用御抄〕月を見しかな

中関白少将に侍りける時、はらから〔妹也〕なる人に物いひわたり侍けるに、たのめてまうてこさりけるつとめて女にかはりて」52ウ

やすらふとハ猶豫スル心也、猶豫ハ獣也、〔字彙〕・多疑慮、毎聞人声、輙登木久之、無人逑後下、須臾又上、如此非一、故不決曰猶豫

字彙又隴西謂犬為猶、人行毎豫在前、待人不至、又来迎候、故謂遅疑為猶豫

やかてもねすして、もしやと待やすらひて、かたふくまて月をミし事を後悔する義也、よく〳〵〔も〕と思ひて待程に、月のかたふきたる也、かたふくまて月をミし所此哥ノ詮也

小式部内侍　上東門院女房　和泉陸奥守橘道貞女／母和泉式部

橘諸兄公七世孫――仲遠――道貞――小式部内侍〔初通堀川右府頼宗公　後通大二条関白教通公〕」53オ

60金大江山いくの〻道の遠ければまだふみもみず天の橋立

和泉式部保昌にくして丹後国に侍ける比、都に哥合の有けるに、小式部内侍哥よみにとられて侍けるを、中納言定頼卿つほねのかたにまうてきて、哥ハいか〻せさせ給ふ、丹後へ〔ハ〕人つかはしてけんや、使また〔ハイ〕まうてこすや、いかに心もとなくおほすらんなとたはふれてたちけるを、ひきと〻めてよめる、〔抄〕此哥ハ小式部か哥のよきは、母ノ和泉式部ニよませて、我哥ニするといふ事ノ侍けるを、口おしく思ひける比、定頼卿のかくいへるによめる哥

也、中納言も母の哥を、小式部か哥ニすると」53ウ云世間の事を思ひていへるにや、此時此哥をよますハ、かねての疑ハ晴ましきを、此秀哥ヲよめるによりて、世間のうたかひをもはらし、我名誉をもしたるハ、有かたき事にや、たとひ又当座によめるとも、猶さりことハかひなかるへきに、既名哥なれは、其徳たくひなく侍者乎云々、哥の心ハ無別義、大江山・生野丹波国橋立丹後への道也、また文もみすハ、文ト又行てもみぬとにかゝれり、文もミぬハ、定頼卿ノいへる使ひまたまうてこすやと云によれり、当意即妙の哥也、和泉式部橘道貞にわすられて後、藤原保昌丹後守になりて」54オ下向之時、具して下れる也

続世継四　白河のわたりこはたの僧正静円二条殿の御子に、小式部内侍の腹なり、あはつのゝくろのすゝきつのくめハと云哥作者也

伊勢大輔《ダユウ》　上東門院中宮ノ時候ス／祭主輔親女　仍号伊勢大輔　系図能宣ノ下ニ見

61詞 いにしへのならの都の

一条院の御時ならの八重桜を《人のたてまつり侍けるを》。そのおり御前に侍りけれは、その花を給ひて哥よめと仰ことありけれはよめる、心ハ故郷の桜の、又都の春にも逢かたきか、今日」54ウ君の御覧して、二度時にあへる心たくひなき也、しかも八重桜とをきて、今日九重にといへる、当座のことわさに奇特の粉骨也、か様の事ハ天性の達者と、平生のたしなミとのいたす所也、道にたつさハらん輩ハ是ヲ可思云々

清少納言　一条院皇后宮定子中関白道隆女女房　清原元輔女

枕草子書ル人　老後ニハ四国辺ニおちふれてありト云々

後拾 大納言行成物かたりなとし侍けるに、内の御物いみにこもれハとて、いそきかへりてつとめて鳥のこゑにもよほされて」55オといひをこせて侍けれは、よふかゝりける鳥のこゑハ函谷関の事にやといひにつかはしたりけるを、た

ちかへりこれはあふさかの関に侍とあれハ、よミ侍ける
清少納言

62 後拾 夜をこめて鳥のそらねハ

御物忌ニハ夜更ぬさきに参ル物也、夜前の残おほかりし事をいひをこせたる也、鳥のそらね函谷関の故事也、はかるハたはかる心也、相坂の関ハゆるさしとハ、逢事をゆるさしの義也、彼孟嘗君列伝第十五云、
史記
孟嘗君至レ関、こ法ノ鶏鳴而出レス客、孟嘗君恐ニル追テ至ンコトヲ一、客」55ウ居ニ下坐《コスルモノ》一ニ有三能ク為スモノ二鶏鳴一ヲ、而雞（ママ）尽鳴ク遂発レ伝出ツ、こルコト如食頃《ハカリニシテ》秦追果シテ至ル、鶏のまねをしけれは、誠の庭鳥も鳴けり、仍よふかきに関を明て通しけり、是を鳥のそらねハはかるともといへり、第二・三句にて函谷関ヲ云テ。相坂《函谷ト》の関トヲやすくと一首によミ出せる事、上手のしわさ也、哥の心ハよし、函谷関をは鶏鳴をしてたはかりとをるとも、我逢坂《を》ハゆるすましきと也、よにあふ坂のよにハ、詞ノ字ト云こ

＼をのれなけいそく関路のさよ千鳥鳥のそらねのこゑたてぬまに
定家

＼続拾 あふ坂や《の》鳥のそらねの関の戸も明ぬとみえてすめる月影」56オ
為家

よに世にても有へし

祇注凡そ人の哥をみるに、我心に一道面白と思ふを心にしめて、其外にハ心をやらぬゆへに、古人の哥のいかめしきをもかたはらになす物也、されは我いひ出ることも、道ひろからす侍るにや、其躰くに心をめくらして、道のたゝすまひを思ふへき事とそうけ給し

左京大夫道雅　伊周公男　母大納言源重光女　従三　号荒三位／蔵人頭　左京大夫　天喜二七十出家　同廿日薨六十二三イ

63後拾恋三
今ハたゝ思ひたえなむ

伊勢の斎宮わたりよりまかりのほりて侍ける人に、忍ひ」[56ウ]てかよひけることを、大やけにもきこしめして、まもりめなとつけさせ給て、忍ひにもかよはすなりにけれは、よミ侍ける

左京大夫道雅

＼あふさかハ東路とこそきゝしかと心つくしの関にそ有ける
＼榊葉のゆふしてかけしそのかミにをしかへしてもにたるころかな
＼今ハたゝ思ひたえなん

右の哥と三首入たり、心ハ明也、おほやけよりまもりめなとつきたれハ、又逢たてまつる事ハ有へからす、人つてならてハ、事をも不可通也、よしく今ハたゝ思ひ絶なんとはかりをたに、人伝ならて申ことハりたきとの義也

大鏡上三条院の御時、斎宮にてくたらせ給しを、のほらせ」[57オ]給て荒《あら》三位道雅の君に名たゝせ給にけれは、三条院も御なやミのおり、いとあさましき事におほしなけきて、尼にならせ給てうせ給にき

裏書斎宮当《タウ》子事ハ寛弘九年十二月為斎宮年十一、六歟長和五年八月七日出家退出、同六年四月左中将道雅密訴之、其後為尼治安三年薨年廿七二歟

権中納言定頼　公任卿息　母昭平親王女　正二位／父に孝ありし人也云と

64千
朝ほらけ宇治の河霧

宇治にまかりて侍ける時よめる

祇注眺望の哥也、此哥ハ人丸ノ哥ニ、武士の八十宇治川の網代木にいさよふ波の行ゑしらすもトいへるをとりて読」57ウる哥也とそ、心ハ宇治ハ山深きわたりにて、河上の霧も晴かたき所也、朝ほらけのおかしき折しも、なかめやりたるに、ほの〳〵とあらはれつゝ、又かくれつして、有ハなくなきハあらハれたる心眼前眺望たるにや、大方此哥ハ生死輪廻の心籠れりト云り、猶師説を受へし、表ハ網代の興なるへし

師説といへる《ハ》生死輪廻の心なるへし

網代ハ魚をとる物也、近江の田上川にてもれたる氷魚を、宇治川ニて取云々、先宇治ト云所。面白《景気》ニ、網代の興殊一入也、田上川よりも宇治の興ハ勝レタル由いへり、たえ〳〵ト云、此哥の眼也、たえんとして不絶かたえ〳〵也、霧の変化したる」58オ心也

相模　先祖不詳　母前能登守慶滋保章女　相模守大江公資妻仍号相模／本名乙侍従　入一品宮女房

永承六年内裏哥合

65 後拾 うらミわひほさぬ袖たに

恋ノ四ニ入テ恨恋哥也、恨わひほさぬ袖さへいまた朽さるに、名の朽なん事よと也、又袖ハ朽やすき物也、名ハ惣シテくちぬ物也、人しれぬ袖のくちぬへき事さへかなしきに、其上にくちぬ物なる名をさへ我ハくたさん事よと歎きたる心歟、世間に悪声のあるを名をなかす、又名をくたすなと云るその心也」58ウ

大僧正行尊　三井寺円満院祖　天台座主　法務　昔ハ三井寺ヨリモ座主ニナリシ也、／一座ノ宣ト云コトハ、関白ノ外ニハナキヲ、行尊ニハ出家ニテノ一座ノ宣アリシ也、事外修行ニ苦／身シタル人也、笙ノ岩屋ナトニモコモラレシ也

三条院─小一条院（寛仁元辞東宮）─源基平（三木従三　号御子宰相）─行尊（白川院御猶子　修験名徳人　又住平等院）

禁秘抄云鳥羽院御時行尊僧正夙夜祗候、定侯御陪膳歟云〻

八雲行尊僧正時につけたる金玉ハあれとも、うちはへこの道をむねとすることなし云〻

大峯にておもひかけす桜の花の咲たりけるをみてよめる

66金　もろともにあはれとおもへ

大峯ニ行者ノ入事順逆あり、春入ハ順ノ岑朧月ヨリ入歟、秋ハ逆ノ峯ト云リ、是ハ順ノ時なるへし、思ひかけぬ桜」59オと侍るハ、卯月はかりの事とみゆ宗祇注云〻、大峯に思かけぬ桜歟

大峯ハ世間をはなれたる山中也、太山木の名もしらぬ木とものの中に、思かけす桜をミつけたる也、余《アマリ》の奥山には松杉なともなき物也といへり、定家哥、

〵たのむ哉そのなもしらぬミ山路にしる人えたる松と杉とを

といへり、まして花なとハ珍敷覚えて、都へかへりたる様ニ覚ゆる心也、非情の草木なれとも、花も我を哀と思へ、我も花より外にしる人もなしと也、されはもろともにといへる也

此行尊ハ小一条院御孫にて、やむことなき身なから、方〻」59ウ修行せし人也

尺書性好頭陀十七潜出園城渉跋名山霊区云〻

周防内侍　後冷泉院女房

桓武天皇―葛原《カツラワラ》親王―高棟（〵本〵大納言）―惟範（〵中納言〵左大将）―時望（〵中納言）―真我（〵伊せ守〵従四上）―親信（〵三木）―重義（〵安芸守〵従四下）―継《コレ》仲（〵従四上〵周防守）―周防内侍仲子 仲イ

イ葛原親王八世孫棟伴女　又一本宗仲

二月はかりに月あかき夜、二条院にて人〳〵あまたゐあかして物語なとし侍けるに、周防内侍よりふして枕もかなとしのひやうにいふをきゝて、大納言忠家俊成祖父これを枕にとてかひなをみすのしたよりさしいれて侍けれはよミ」60オ
侍ける

周防内侍

67千春の夜の夢はかりなる
といひ出して侍けれは、返しによめる

大納言忠家

＼契りありて春のよふかき手枕をいかゝかひなき夢になすへき

哥の心ハ明也、かひなくたゝむを、かひなをたち入てミれは、哥さまあしく成也、只春の夜のミしかき間の夢はかりに、曲なき名をなかさんハかひなしと也、又夢はかりハ夢程なる歟、そとの間の義也、いかにも褻にやさしき姿也、時ニ臨て当意即妙の哥也、惣別哥をよむへき人ハ、」60ウ行住坐臥心にかくへき事也とそ、遍昭僧正嵯峨野にて馬よりおちて、＼我おちにきと人にかたるな、道綱卿母の＼いかに久しき、小式部か＼またふみもみす、伊勢大輔か＼今日九重にといひ、此内侍か＼此哥なとよめる有かたき事とそ
阿仏房安嘉門院四条為相卿母のかける物に、作者の時にあたりて、名哥ハたゝ其人の果報ニ入、惣而即席の名誉ハ天性堪能の上にても、道に心をかくる所よはくてハ、なりかたかるへし

三条院　諱居貞《イヤサタ》　在位五年／母贈皇太后超子　東三条院入道摂政兼家女」61オ
＼天延四正三降誕　＼寛和二七十六東宮今日元服十一才、＼寛弘八六十三即位卅六才　＼長和五正廿五譲位四十一才、＼寛仁元四十九出家法諱金剛浄、同五月九日崩四十二才

村上天皇六十二
　├冷泉院六十三
　│　├花山院六十五
　│　└三条院六十七
　└円融院六十四―一条院六十六

68後拾 心にもあらてうき世に

れいならすおはしまして、位なとさらんとおほしめしける比、月のあかゝりけるを御覧して、とあり、心ハ明也、但一二句猶心を付へし、御違例故に御位をさらんと」61ウ覚しめすに、若不意に御命もなからへさせ給ハヽ、此雲ゐの月ハ恋しく思召し出さるへきと也、御位も僅五ヶ年也、行末とをくもと思召へきを、御違例にておもゐ給ハんの御心、御存命さへあやうく覚召御心、哀ふかき御哥也　此御門ハ御目をわつらハせ給し也、大鏡云、

三条院とや是是ハ冷泉院第二皇子也、御母贈皇后宮超子と申き、太政大臣兼家のおとゝの第一御女也、此御門ハ貞元ゝ年丙子正月三日生れさせ給、寛和二年七月廿(ママ)六日東宮にたゝせ給、十二月一日御元服御年十一、寛弘八年六月十三日位につかせ給、御年卅六、世をたもたせ給事五年、院にならせ」62オ給て、御目を御らんせされしこそ、いといみしかりしか、こと人のみたてまつるにハ、いさゝかかはらせ給ことおハしまさゝりけれは、そらことのやうにそおはしましける

能因法師　俗名永愷《ナカヤス》　長門守云々　号古曽部入道　――ハ摂津国也

左大臣橘諸兄―奈良丸―嶋田丸―常主―安吉雄―良植
純行―忠望―元愷―能因

此能因ハ殊ニ道ニ名誉ありし者也、〽天河苗代水に　〽白河関之哥ノ事　長柄橋柱の事、其外種〻古抄物ニ記レたる事多し

八雲にも能因法師か伊勢のこか家の松をみて、車よりおり」62ウ けんまてこそなくとも、近年ハ故人をハや〻もすれはきやうまんせんとす云〻

69 後拾 秋下 あらし吹三室の山の

永承四年内裏哥合によめる

祇注 此哥ハかくれたる所なし、只時節の景気ト所のさまを思ひ合せて、ミ侍るへき也、ありくとよみ出る事、其身の粉骨也、是ハ誠ニ上古の正風躰なるへし、か様の哥をは、末代の人やすく思ふへし、其ま〻なる所真実の道と可心得也、古今に人丸哥、〽立田川紅葉〻なかる神なひの三室の山に時雨ふるらし　又、〽神なひの三室のきしや」63オ くつるらんたつたの川の水のにこれる

良暹法師　父祖不詳　祇園別当　大原ニモ住ス／一説母ハ実方朝臣家女房白菊ト云者也云〻　或童女云〻

70 後拾 さひしさにやとをたちいて〻

題しらす、祇注 いつくもおなしと云所心ある事也、我宿の堪かたきまてさひしきに、思ひわひて、いつくにもゆかはやと立出てうちなかむれハ、いつくもおなし一天の秋也、されハ此さひしさハ■■■(只一心)の我心からのさひしさなれハ、只一心のなす事と也、惣して世上ハ何《か》よき何か悪きと云事ハなき物也、初心の外ハなき事也」63ウ

祇注 かやうの事ハかく詞ニハいはすして、心にこめたる《て》ミれは、猶感ふかく余情かきりなし

〽秋よた〻なかめすて〻も出なまし此里のミの夕と思は〻

定家

此哥をとれり、心も又同し、本哥の心ハ猶感ふかゝるへし

大納言経信　才人・能書・哥人・作文・郢曲・笛・枇杷　母源国盛女／永長二壬正十二於宰府薨八十二才

寛平法皇―敦実親王（第九御子　式部卿一品）┬雅信（一条左大臣）
　　　　　　　　　　　　　　　　　　　　└重信（六条左大臣）―道方（中納言）―経信（権帥　民部卿　正二　権大　号権大納言）―俊頼（従四上　右少将　木工頭　右京大　篳篥）―俊恵（号大夫公　歌林苑執行）

八雲御抄　経信卿はかりこそ楚国に屈原かありけるやうに、ひとり古躰を存して、ならひなかりしかと、天下にこれをよしとさたむる人もなし、白河院」64オ後拾遺を撰せられしおり、経信卿をきなから、通俊是をうけ給はる、是末代の不審也、しかれとも此事ゆへある事也、かの集ハ天気よりをこらす、通俊是を申をこなへり

71金
夕されハ門田のいなは

師賢朝臣の梅津の家に人〻まかりて、田家秋風といへる事をよめる、祇注云芦の丸やハさなから芦はかりにて作れるを云也、其門田の稲葉に、夕くれの秋風そよ〻と音するときゝもあへす、やかて芦の丸屋に吹たる」64ウさま也、夕されハ夕くれにおなし、但少風情をもつ心あるにや、此五文字五句にわ《よく》たりて、おかしく侍るなるへし云〻、（又ノ説ソヨ〻ト稲葉―在奥）夕されをふかくいはゝ、夕ニあれハト云心也、夕されハと云時ハ必ハと云へし、春されの・夕されのとハいはす云〻、但慈鎮聖廟法楽百首、

夕されの哀をたれかとはさらん柴のあミとの庭の松風

自筆を見給よし称名院説也

（円融ノ法皇寛和二大井河御幸之時ハ公任卿也）大井川行幸に経信卿遅参して、管絃の舟に乗て、詩哥を献せられたると也、公任卿なとにもをとらぬ程の人也、

大井河行幸にハ、詩哥管絃の舟必存とみえたり」65オ

丸やハまろき家に非ス、芦はかりにて作たるちいさき家也
又ノ説ニハそよ〳〵と稲葉を渡る秋風の、やかて蘆の丸やニ吹と心うる勿論也、但そのまゝあしの丸やに秋風そ
吹と心得たるも可然にや、稲葉に音する風の、程もなく蘆の丸やに吹ぬといふハ、やうかましき様也

祐子内親王家紀伊《スム朶ケノキイ》《ゲノキニコル用》。伝ケノキ　散位平経方女　母小弁云々／イ源頼国女

祐子内親王ハ後朱雀院第三皇女　母中宮嫄子　敦康親王女也

桓武天皇―葛原親王―高棟―惟範―時望―真材―親信」65ウ
―行義《イ親義》―範国―経方―紀伊　紀伊守重経妻、仍号紀伊トキトハカリ可読也、／金葉ニハ一宮紀伊

堀河院の御時けしやうふミ合につかうまつれる
中納言俊忠
人しれぬ思ひありその浦風に波のよりこそいはまほしけれ

返事
一宮紀伊

72金
音にきくたかしの浜の
あた波とハあた人と云義也、かけしやとハ、さ様の人ニハ契りをかけましきと云也、袖のぬれもこそすれとハ、
必物思ひと成へきと云也、あた人に契りをかくる事ハ、せましきと云心也、女の哥ニて一段面白キ哥ト云ヘリ」66オ

波の縁にかけしやとも袖のぬるゝともいへり
高師浜八雲ニハ摂津通和泉云〻古今ニ貫之和泉国ニ詠之
権中納言匡房　母橘孝親女　正二　権中　大蔵卿　太宰権帥　和漢才人／号江帥　江次第ノ作者　江談同之

大江音人（江相公）―千古―惟時（中納　従二）―重光（式大　従四上　儒）―匡衡（式大　正四下　儒）―挙周（大学頭　正四下　儒）―成衡（信乃守　従四上　儒）―匡房
匡衡―女（江侍従）―匡房

内大臣ハ師通後二条関白又京極
内のおほいまうちきミの家にて、人〱さけらたうへて哥よミ侍けるに、はるかに山桜を望といふ心をよめる
73後拾
高砂のおのへのさくら咲にけり」66ウ
此高砂ハ非名所、山ノ惣名也、哥ノ心ハ明也、正風躰哥也《長ある哥也》、只詞つかひさはやかに長ある哥也、但能因か嵐ふく三室の哥よりハ、少色へたる所あり、詞つかひさハやかに長ある哥也、桜咲てけふよりハ、霞のたゝすもと云也
尾上とは尾ノ上ノ高キ峯を云、外山ハ端《ハシノ》山ヲ云、花のあたりには、必霞のにほふ物也
源俊頼朝臣　経信卿男　母貞高女　金葉集撰者／木工頭　左京大夫右少将　従四上　篳篥
権中納言俊忠家に恋十首哥よミ侍ける時、祈《トモ》不逢恋といへる心をよめる」67オ
74千永
うかりける人をはつせの
初瀬に恋を祈る事ハ、住吉ノ物語にみえたり、石山ニ祈る事ハ鬚黒大将也、貴船社。《にも祈る也》或女男に捨られて、稲荷へ七日起請したるにて、滝の水かへりてすまハいなり山七日のほりしるしと思はん　後にかへり逢たると也
初瀬ハ山中にて嵐はけしき所也、初瀬の山おろしハ、はけしきの枕詞ニいひたる也、祈れとも〱人の心ハはけしければ、只はけしかれと祈りたる様なれは、それをはけしかれとは祈らぬ物をといへり、逢へきやうにとこそ

祈るに、結句人の心のはけしきと也、此哥ハ」67ウ 定家卿別して褒美せられたる也、心ふかく詞心にまかせてまねふとも、いひつゝけかたく、誠に及ましき姿也云々

藤原基俊　母陸奥源為弘女　俊成卿和哥師匠　二条家和哥ノ祖也、和漢秀才／新撰朗詠撰者

頼宗—俊家（大宮右大臣）—基俊（右衛門佐 興 従五上）—光覚（権少僧都）
　　　　　　　　　　　　　　　　　　　　　出家法名覚舜
　　　　　　　　　　—宗通—成通

千雑上 僧都光覚維摩会の講師の請を申ける時、たひ〳〵もれにけれは、法性寺入道前太政大臣にうらミ申けるを、しめちか原のと侍けれとも、又そのとしももれにけれは、よミてつかはしける」68オ

75 契りをきしさせもか露を

此哥ノ前ニ堀川院御時百首の哥奉りける時、述懐の心をよめる　藤原基俊

唐国にしつミし人も我ことく三世まてあはぬ歎をやせし

此次に入たる也、仍此哥作者なし

維摩会興福寺にて毎年十月十日ヨリ十六日に至て行はる、彼会の講師ハ藤氏長者ノ宣也、是ニ依テ法性寺関白へ申されたるなるへし、此講師ノ事誰か番〳〵ト金札ニ書付テ有事トソ、関白氏長者タル人ノ吹挙ニテ、秋の末つかたより誰〳〵と被指事也云々

新古 法性寺関白御返事ハ、」68ウ

たゝたのめしめちか原のさしも草我世中にあらん限ハ

祇注猶たのめといへる心をとりて、契をきしさせもか露を命にてといへり、下ノ句ハ今年も又洩ぬる心の愁ヲ云

ヘル也、三基俊ハ和漢才人、本朝和哥ノ祖、新撰朗詠撰者公任卿にも不劣人也、御堂関白ノ彦大宮右大臣息なるか不運ノ人歟、時ニ不遇シテ、昇進せさる人也、堀川院百首述懐哥、唐国にしつミし――　顔駟カ故事也

六条家文書如山なりといへとも、貫之か血脈を受テ、俊成・定家・為家とツヽキたる事也

維摩会十月十日始ルことなれハ、九月ニさゝれぬハならぬ」69オ　故かく云也云々、又十月にても秋もいぬめりとハ可云事歟

法性寺入道前関白太政大臣　忠通公

御堂 道長―宇治 頼通―京極 師実―後二条 師通―知足院 忠実（冨家 母右大臣俊家女 基経妹歟）―法性寺 忠通（母右大臣顕房女）―月輪 後法性寺 九条 兼実―後京極 良経
　　└慈円　謚日慈鎮和尚

76わたの原漕出てミれは久かたの

詞 崇徳 新院位におハしましゝ時、海ノ上ノ遠望といふ心をよませ給ひけるによミ侍ける　関白太政大臣

是ハ陸地ノ眺望ニ非ス、我舟ニ乗テ漕出たる也、大方眺望ノ題ハ、詠やりたる様ニよむヲ、舟ニテよめる猶おかしくや、」69ウ　哥さまたけありて、余情無限、杜子美か春水ノ船ハ如坐天上、又古文真宝滕王閣序秋水共長天一色ト云、雲井ニマカフ所相似タリ、惣別眺望なとの哥ニかくれたる所ハ有ましき也、只風情を思へしとて、此哥船と云字なけれとも、至極舟の心あれハ、尤作者の手からなるへし

此哥たけありてふくよかなる哥也

和田原ハ海ヲ云、わたつうミハ海神也根源也、原トハ野ニ不限也、渺々ト広キ心也、久堅只空之事也、しなてる・をしてるなと云も皆此類枕詞也、久堅ト《斗》云テハ、空ニハなるましき也

崇徳院　諱顕仁　鳥羽第一皇子　御母待賢門院公実女白川院御嫡子

詞花之時　新院御製ト入」70オ

七十四 鳥羽院 ─ 七十五 崇徳院　母待賢門院
　　　　　　├ 七十七 後白川院　母同上
　　　　　　└ 七十六 近衛院　母美福門院　贈左大臣長実女

在位十八年讃岐国奉遷以前仁和寺ニテ御出家、長寛二八廿六於配所崩御　四十六才

77 詞 永 瀬をはやミ岩にせかるゝ

題しらす、抄 岩にせかるゝ水ハ、われても末にあふ物也、つらき人に別て後ハ逢かたきを、わりなくても末にあはんと思ふハ、はかなきそと打歎キ思ひかへしいへる也、」70ウ われてもとハわりなきと別トを兼たる詞也

金 三日月のおほろけならぬ恋しさにわれてそ出る雲の上より

詞書内をわりなく出てトアリ、伊勢物語ニ日といふに、われてあはんといふ、是ハ別ルヽ心ハナシ、わりなくハ同し心也

後水尾院御説、瀬をはやみ岩にせかるゝ滝川ハ、何とやらん、人に妨られて、是非なくわかれたるやうにきこゆると也、只今こそ岩にせかるゝ水のことくに、わかれたりとも、わりなく行するゑにハあはん程に、人もさおもへといふ心もあるへし、われてもわりなくても也」71オ

源兼昌　皇后宮大進　従五下

宇多天皇 ─ 敦実親王 ─ 雅信（一条左大臣）─ 時中（大納言）─ 朝任（三木　ま木）
　　　　　　　　　　　　　　　　　　　　　　　　└ 師良（三乃守右少将）─ 俊輔（美乃守　木工頭　四位　イ摂津守）─ 兼昌

78 金 淡路島かよふ千鳥の

関路千鳥といへることをよめる

祇注是ハ須磨の浦に旅ねをして、彼島より千鳥のうちわひてかよひくるおりから、所ハすまの浦なれハ、一入旅ねのかなしさの堪かたき心より、関守のよる〳〵のね覚をあはれふ心也、玄抄源氏物語にも、あまの家たに稀になんとかけり、我一夜の旅寝さへあるに、関守の心ハさこそと」71ウ也、此ぬハ畢にてもなし、又不ノぬにてもなし、ねさめぬらんと覧の字をそへてみるへしと也。それによりて四句さ文字清てよめり　私旅ねノ義尤可仰、但関守になりてよめるにてもあるへき歟　此兼昌ハ堀川院の後の百首の作者也、されとも此百首ニ入へき人とハ難測云〻

右京大夫顕輔　顕季三男　〽六条家　〽和哥一流　〽刑部卿　〽左京大夫　〽正三／母大弐従三経平女

房前―魚名―（九世孫）顕季（宿所六条烏丸　正二　六条修理大夫　善勝寺創建　詞花集撰者）
　├家経（四条流）
　└顕輔
　　├清輔（正四下　太皇太后宮大進）―季保
　　├重家（太宰大弐　六条）
　　│　├経家（正三　宮内卿）―家衡（正三）
　　│　├顕家（九条　左京大夫正三）―知家（正三）―行家（従二　右京大夫）
　　│　└有家（大蔵卿）
　　├顕昭（法橋）
　　└季経（従三宮内卿）―保季（従三　左馬権守）

崇徳院に百首哥たてまつりけるに

79 新古 秋風にたなひく雲の」72オ

心ハ明也、但さやけさと云所、晴天の月のさやかなるより（と）ハ、少心かはれり、月も雲間より出たる影こそ一入面白けれと云心也、ざ《(ママ)》として奥アル哥也、此風躰ハ今ハ不読也此事不審、春ハ空もくもりかちなる物也、夏ハ空も近くみゆる也、冬ハ時雨ヲ催し、天もくろミ各別ノ空のやうにみゆる物也、秋ハ天たかくすミのほりてみゆる時節なれとも、雲の水尾とてうき立て村こと有物也

待賢門院堀河　河ノ字ヨキ也、川ハ悪キ也　神祇伯顕仲女

待賢門院ハ鳥羽后、崇徳・後白河国母、大納言公実女」72ウ 白河院御猶子、敷又顕仲卿子男女七人入撰集云々、仲房

有房　忠房　此堀河　同院安芸以下也、猶可考、其内堀河別シテノ作者也

具平親王—師（土御門右大臣）—顕（六条左大臣）—雅（久我太政大臣）
　　　　　　　　　　　　　　　—顕仲（神祇伯従三）—堀河

百首哥たてまつりける時、恋の。こゝろ哥ノをよめる

80 千十三 なかゝらん心もしらす

御抄有也 なかゝらんハ人の心をさしていへり、契りをく人の心の末とをくかはらさらんをもしらす、心をみえつる事を思みたるゝ也、女の身にしてハ心ある哥也、可付心とそ　私三句我上ノコトニハ非サル歟、我命のも人心になかゝらん心も思みたるゝにてもあるへき歟」73オ

後徳大寺左大臣　実定公　母中納言俊忠女

仁義公四世 実季子 公実—実行（八条相国　三条流）　臣下ヲハ後ノ字ノチトヨム、後京極此人斗
　　　　—通季（中納言正三　西園寺流）　ゴト■■《(ヨム)》也、云ツケタル也
　　　　—実能（徳大寺左大臣）—公能（大炊御門右大臣）—実定
　　　　—待賢門院

暁聞郭公といへる心をよミ侍ける

右大臣《ノおほいまうちきミ》

81 千 郭公鳴つるかたを

心ハ待〳〵つる郭公。鳴《一声》テ、行ゑなき空をしたひて、打なかむれハ、有明の月の。《ミ》ほのかになる《に残りて》さま、郭公ハ跡」73ウもなきさま、面影にしむやうにや、昔より郭公よめるたくひあまたあれとも、これハ巨細にいはすして、然も心をつくしたる趣かきりもなき風情也、郭公の哥の第一ともいふへき歟云〻、唯ノ字可付心、唯といふにて郭公ハ行ゑもなき心をのつからみえ侍り

道因法師　俗名敦頼　敦輔孫　清澄《未勘》男云〻

為輔（高藤公四世孫 権中）―惟孝（従五上駿河守）―惟憲（正三 太宰大弐 数ケ国吏）―憲輔（正四下 丹波尾張 阿波讃岐守）┬敦輔（春宮大進 対馬守 従五下）
└。清孝（治部丞）―道因（従五上 左馬助）

題しらす

82 思ひわひさても命ハ

此五文字ノ思ひわひとハ、思の極《キハマ》り〳〵ていへる也、さりともと思ふ人ハつれなく成ハて〻、の思ひの心也、かくてハ」74オ命も消うせぬへきを、さても猶命ハある物を、うき事に堪忍せぬ物ハ涙なりけりと也、涙の堪忍せぬとハ、忍へともそ〻ろにこほる〻事也、我心をことハりて歎たる哥也、消えやすき命さへ《思ひわひて八消も残らし思命ハたへてと》ある物を、涙ハうきにたへぬよし也、。ハノ字心をつく〳〵しよく味へし［墨滅］

皇太后宮大夫俊成　母伊亘《与》守敦家女不審注奥／顕頼卿為子後改俊成、葉室祖顕隆子 ＼仁安二正廿八正三、＼安元二九十八出家《六十三》、法名釈阿、＼建仁三於和哥所給九十賀　＼元久元薨九十

道長（御子左号 二条）―長家―忠家（小野宮）―俊忠（号二条）―俊成（五条三位 撰千載集）―定家

述懐百首哥よミ侍ける時、鹿の哥
とてよめる
千 世中よ道こそなけれ

定長（実俊成弟俊海子也　寂連）
女（侍従具定母　通具卿室）」74ウ

道綱―兼経―敦家―敦兼―季行
　　　　　　顕綱　　　（母讃岐守顕綱女　典侍従三位兼子）
　　　　　　　　　　　　女子（此説非歟　俊成母）

文治三年九月廿日依後白河院ゝ宣撰進千載集、于時出家已後也、遁世者撰進准喜撰和哥式云ゝ
後鳥羽院御消息釈阿ハやさしく艶也、心もふかく哀なる所もありき、ことに愚意に庶幾するかたなりき

83世中よ
心ハ色〳〵に世のうきことを思ひとりて、今ハと思ひ入山ノ奥ニ鹿の物悲しけに打鳴くをきゝて、山のおくにも世のうき事ハ有けりと思ひわひて、世中よ遁行へき」75オ道こそなけれと打歎く心也、世ニ道たにあらハかゝらんやハと、世上に道なき事を思侘ぬる義とそ
玄鈔惣別千載集撰はれける時ニ、入度思給しかとも、道こそなけれとある所ニ、俗難有てはと斟酌ありしを、別勅にて入タリ、始ハ十一首入テ奏覧ありしを、哥数すくなしとて更に二三十首加へきよし後白河院宣なりし故ニ、又廿五首ヲ加らる、此時の哥也
藤原清輔朝臣
俊成母　伊予守敦家女云ゝ、不審顕綱女サウ也、伊予三位祖母之由定家卿／かける物ニミエタリ、伊予三位ハ敦家朝臣弟ノ顕綱朝臣女也、伊予」75ウ三位（堀川院御乳母　亡父之祖母）　公卿補任ニハ伊予守　敦家女云ゝ、私顕綱朝臣母為敦家朝臣猶子歟
藤原清輔朝臣　顕輔男　系図前ニアリ／＼太皇太后宮前大進　＼正四下　＼号六条　和歌初学抄作者／奥義抄又作之
84新古 なからへハ又この比や

題しらす、心ハ明也、次第〱に昔を忍ふ事なれハ、今うきと思ふ時代をも、又是より後ニハ忍はんするかとの心也、万人ノ心に観せん哥そと也、世上人〻これそと手にとる事ハなけれとも、いか様ニ行末をはたのむ物也、此哥人の教誡のたよりなるへし、哥ニハ理をつめすして、心にもたせて」76オいへる、常の事也、又かやうに理をせめて面白も一躰の事なるへし、上句を下句にて答たる也、いひつめたる哥なれとも、余情ある也

此清輔宇治にて河水久澄と云題にて、皆人〻哥読出しに、一人をそくて迷惑せしに、

としへたる宇治の橋守ことゝはむいく世もなりぬ水の水上

と云秀哥をよみたり

老ヲ色ハ日ニ上ルレ面ニ歓ヒノ情ハ日ニ忘ルレ心ヲ今ハ既ニ不シレ如レ昔ノ後当ニ不レ如クナラレ今ノ――白文六

俊恵法師　俊頼二男　哥林苑執行　大夫公／母木工助敦隆女

85千夜もすから物思ふころハ」76ウ

恋哥とてよめる

心ハ物思ふ比の明かたき夜のさま也、人ハつれなき程に、待夜《へき事にも》もあらハ《す》、さらハうちとけてもねられねハ、夜の明るを待に、閨の隙もつれなき也、。うらむ《思の切なるから》ましき物をうらミなつかしかるましき物《こと》をしたふ、恋ちのならひ也、終夜ト比ト云字此哥眼也、宵より暁に至りて、物を思也、比ハ連夜徒にあかす躰也、人の心ハ《の》つれなきハ《のミならす》是非もなきか、我には閨の隙さへつれなくて、明やらぬよと云也

後鳥羽院御消息　俊恵法師おたしきやうによミき、五尺のあやめ草に水をかけたるやうに、哥ハよむへしと申けり」77オ

無名抄

（三行分空白）

西行法師　俗名義清《ノリ》　或則清又憲清　ノリノ字色〳〵アレトモ義ノ字ヨシ／母監物源清経女

藤成（魚名五世　従四下伊勢守）―豊沢―村雄―秀郷（武蔵守従四下）―千常―文脩―文行（左藤・後藤・近藤・武蔵祖）―公光

公清（佐藤）―季清―康清―義清（鳥羽院下北面　左兵衛尉　法名円位改西行　依道心俄発心出家所〻修行）

八雲御抄云定家無常の道ハ跡なきことくなりしを、西行と申」77ウ ものかよくよミなして、今にその風あるなりといへり、西行ハまことに此道の権者也云〻

（四行分空白）

86千 なけゝとて月やハ物を

月前恋といへる心をよめる、円位法師終夜月ニむかひてうちなかむるに、物かなしくて、只月の我心を傷ましむるやうなるを、おもひかへしてかくいへり、少平懐ノ躰也、」78オ 是西行か風骨也、つくろふ事なく《き》いふハ上手のしわさ也、〈月をみてハ物か思はるゝを所詮月ハ我に物を思わするにハあらさるを、涙ハかこちかほに／月をみてハうらめしけに《よひく》。おちそふを思かへして月やハ物を思はするといへり／かこちかほなる我涙かなといへり、哉ノ字よく味へし〉月をみて慰めんとすれハ、猶ものか思はるゝ也、所詮月ハ我に物を思へとハ不可思、我心から月をミれハ、結句物か思はるゝと思知たる程に、月やハ物を思はすなといへり

具平親王

〵世にふれハ物思ふとしもなけれとも月もいく度なかめしつらん
〵やとり木、〵ひとり月な見給ひそよ、心そらなれハ、くるしときこえをき給て出給ふ
白楽天贈内詩　莫対月明思往事、損君顔色減君年　月ハ陰気精なれハ、なかむれハ物かなしく」78ウ なる物也
寂連法師　俊成卿猶子　実父阿闍梨俊海／俗名定長　従五上　中務少甫
〵明月記 建仁二年七月廿日午時許参上、左中弁云少輔入道逝去ノ旨、天王《寺》院主申内府云〻、未聞及歟、聞之即退出已為軽服身也、浮生無常雖不可驚、今聞之哀慟之思難禁、自幼少之昔久相馴已及数十廻、況於和哥道者傍輩誰人乎、已以奇異之逸物也、今已帰泉為道可恨於身可悲云〻　又定家卿哥ニ、」79オ
〵玉きは《ワ》る世のことハりもたとられす思へハつらし住よしの神
後鳥羽院御消息　寂蓮ハなをさりならす哥よミし者也、余に案しくたきし程に、たけなとそかへりていたく高くハなかりしかとも、いさ長ある哥よまんとて
むら雨の露もまたひぬ
〵龍田のおくにかゝる白雲と、三躰の哥によみたりしも、おそろしかりき、おりにつけて、きと哥よミ真実の堪能
とみえき

87 新古 むら雨の露もまたひぬ
五十首哥たてまつりし時、此哥或人槙の葉ニ降村雨の面白かりしに、又露の置渡してたくひなきを、又其興も不終に、霧の立のほりて種〻の風情を」79ウ 尽したるさまを《そと》いへり、当流の心ハ雨ニ露ハなき物也、皆木の滴也、殊槙杉ハしつくの深物也、以下可除也 又露もまたひぬ程に、むら雨のそゝ《ソ》かは《カハ》露も有へし、露をよむ上ハそとそゝきたる村雨なるへし、必雨の降時ハ霧の立のほる物也、晴ル時ハ降物也、下ヨリアカルハ陰気、上ヨリ下ルハ陽也、槙ハ一段

深山にある物也、景気面白哥也

祇注深山の秋の夕のさまして、此哥をは見侍へしとそ、たゝ見様の躰也、かゝる哥をは、心にふかくそめて」80オ け

にさる事そと心をつけて見侍へしとそ

朶雨後ニ露をよむハ、本意ならす、これハ露はかりもひぬとミるへし

皇嘉門院別当　別当ハ物ヲツカサトル職也

皇嘉門院聖子法性寺関白女、母大納言通宗通女　崇徳后近衛准母

具平親王―師房大納言 正二―師忠大蔵卿 正四下 母右大臣頼宗女―師隆太皇太后宮亮 正五下―俊澄―皇嘉門院別当

摂政左大臣の時、家の哥合に旅宿逢恋といへる心」80ウ をよめる

88千難波江の蘆のかりねの

心ハ難波わたりの旅寝ハ、さらても哀ふかゝるへきを、思はすの契りになこりの悲しさを思わひて、所の縁に芦のかりねの一夜故とをきて、身をつくしてやといへるさま、とりくに思よせて優なるへし、只哥のハ所のさま・人の名残なとをよくく思入て見侍へき者也、返こ何事もかりそめの事よりおこりて、世上ハふかき思となる物也、そ此義如何との契りにさへ身をつくさん、まして馴もて」81オ 行て、はてくハいかゝあるへきとの心なり

為君一日恩誤妾百年見　白　身をつくしハ自然の縁也

式子内親王　後白河第三皇女　母従三位成子大納言季成女／大炊御門斎院卜号、又号萱《カヤノ》斎院　准后　出家法名承如法／後十御抄嘉応元

七廿四戊寅天晴賀茂斉内親王式子廿一退出依御悩　定家卿筆ニアリ／非明月記反古歟　私不審嘉応元定家十才斗歟

百首哥の中に忍恋

（新古）玉のをよ絶なはたえね

後白河院
- 二条院　在位十七年
- 高倉院　在位十二年
  - 安徳院　第一宮　在位三年
  - 後鳥羽院　第四宮　在位十五年　母贈左大臣信隆女
    - 土御門院　在位十二年　母内大臣通—公女
    - 順徳院　在位十一年　母贈左大臣範季女
- 殷富門院　第一皇女　母従三位成子
- 式子内親王　母同上　第三皇女

」81ウ

百首哥の中に忍恋を

89（新古　恋一）玉の緒よ絶なはたえね

祇注云哥の心ハ忍ひあまる思ひを、をしかへしく月日を経ルに、かくてもなからへハ、必忍ふる事のよはりもこそせめと思ひわひて、玉のをよ絶なハたえねといへり、堪忍性のある時、命もたえよと也、其故ハ忍ひよはりて、思ひのあらはれハ、いかなる名にかもれんなとゝふかく忍ふ心也、猶よはりもそするの詞、おかしくや侍らん、大方ならハ」82オよはりもやせんとよむへきを、もそすると治定したる所眼を付へし、心ハなからへハ、必名にたゝむ事を、落着したる詞なるへし云々、惣して未逢さきにハ、一度逢ならは、其夜に命をすつるともと思物也、又契りそめて後にハ、人の（心の）かはる時ハ、ありてもかひなきと思から、命をすてんと思物也、忍恋に一命をすてんと思ふハ、深切なる心也、人めをつゝむ事の退屈してハ、終に人に知られん程に、さあらんよりハ、玉のをよ絶よと也、（以下可除之）命なくハ。（人の）名も立まし、我名をもくたすましきと也、忍恋ハ逢て後に忍ふ事もあり、互に忍ふ事もあれ」82ウとも、（スヘテ）。不被知人恋本意也、堪忍の義也

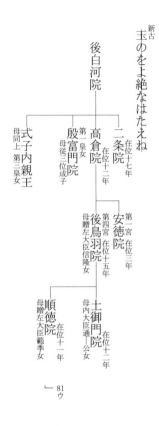

玉のを色〳〵アリ、緒ノコトヲモ云、琴をもいへり、これハ命也、よはりもそするハよはる事もそあると也

殷富門院大輔　殷富門院亮子後白川第一皇女、安徳天皇准母、／号千首大輔　道尊僧正母　以仁王子　哥人

高藤公四代孫 為輔 権中 ― 左大弁 正四下 説孝 ― 左大弁 従四下 頼明 ― 備前守宮内卿 正四下 憲輔 ― 陸奥守 従五上 朝憲 ― 蔵 白川院判官 行憲 ― 従五下 散位 信成

信成 ― 女子 殷富門院播磨

信成 ― 女子 同院大輔

一説菅丞相八世孫菅原在良女云〻

歌合しける時恋の哥とてよめる

90 みせはやなをしまのあまの（千十四）（清もアリ）

哥の心ハ海女の袖ハ、和布刈塩汲いつもぬれてあれとも、色ハかはらぬか、我袖ハ紅涙に色もかはりたる程ニ、如此しと人にみせたきと也、人とハ我思ふ人也、又ぬれ」83オ にそぬれしといへる詞、珍しき物也、つよくぬれたる《ぬるゝかうへに、猶ぬら》との義也《しそへたる也》、四句にて切たる哥也　又たにと《はの事歟》云詞にて恋の哥になる事おほし、涙の色のかはる事ハ、舜ノ后娥皇女英班竹の故事ヨリ起レリ、又長恨哥ニモ回首血涙相和流トアリ、海士ノ袖浦〻ニにぬれぬハ有ましけれとも、一入世にゆるして、袖のぬるゝ所ハ、雄嶋の蜑を云程に、我袖をたくふる也

私 松島やをしまか磯にあさりせし海士の袖こそかくハぬれしか

これよりいへる歟

ぬれにそぬれしとハ、ぬるゝかうへに猶ぬらしそへたる心也」83ウ

松嶋・雄嶋　奥州宮城郡ノ名所也、小嶋とはかり云時ハ濁、松嶋や小嶋と二にわたる時ハ、二なから清てよむ也、みせはやなをしま、是ハ勿論清也、家隆卿、秋のよの月やをしまのあまの原、是もをしまを清也、くらふ山・く

らぶ山、哥によりて清濁有へし

後京極摂政前太政大臣　後法性寺入道関白号月輪殿兼実公二男　母従三位藤季行女／後京極摂政／建永元（ママ）三七薨頓死卅八

百首哥たてまつりし時」84オ

91きり〴〵す鳴や霜よの

玄 抄心ハ霜夜の狭莚に衣片敷独ねんかと也、蛬ノ鳴ク霜夜の折からを侘たる也、天然の宝玉也、古語ニシテ、然も新しき物也、又毛詩十月蟋蟀入我床下トアリ、人丸ノ山鳥ノ尾のしたりおのト云哥ニ劣ましきと也

祇注云理にをきてハ明也、只蛬と云より独かもねんといへるまて、悉金玉のミ也、此五句卅一字ハ何の詞も珍敷ク詮としたる事もなく、耳馴たる物なれ」84ウとも、つゝけやうのめてたきによりて、詞の字ならぬ蛬、狭莚まて妙ニきこえ侍也、彼人丸の足引の山鳥のおの哥をとり給へるにや云ゝ

宗長聞書足引の山鳥の哥を取給事、情以新為先、詞以旧可用といふによくかなへるにや

二条院讃岐　二条院ハ後白川第一宮也、定家卿褒美の哥人也、／沖石―ト号

清和天皇―貞純親王―経基王号六孫王―満仲多田新発意―頼光内蔵殿正四下摂津守―頼国正四下蔵人多田三川守―頼綱多田三川守―仲正兵庫頭―頼政従三昇殿大内守護―仲綱伊豆守
　　―女子讃岐
　　　　　　　　　　　　　　　　　　　　　　　　　　　　　―頼行従五下―宣秋門院丹後」85オ

寄石恋といへる心をよみ侍ける

92千十二我袖ハしほひにみえぬ

祇注心ハ我袖のよるひるとなくかはく時なしと、思ひふかき我身の程を、さらに思ふ人にしられぬ事を、塩干にみえぬ沖の石と能たとへ出たる処奇妙也、しかも哥のさまつよくして、物にうてぬ所あり沖ノ石ノ文字ニ石ノ如クト云心アリ

新古＼みるめこそ入ぬる磯の草ならめ袖さへ浪の下にくちぬる

此名哥をゝきて、是を入られたるハ、能〻の事とそ、此作者ハ当時女房の中に定家卿執し給へる」85ウ哥よみ也といへり

鎌倉右大臣　実朝公　母平時政女二位局政子　＼正二位　＼征夷大将軍／承久元年正月廿七日為公暁被討

義家八幡太郎
　義国
　為義六条判官
　義朝左馬頭
　頼朝住鎌倉 征夷大将軍 大納言右大将
　　頼家左衛門督 征夷大将軍
　　実朝号鎌倉右大臣

此右大臣・常盤井相国・衣笠内府三人ハ定家卿門弟之内殊上足云〻　此時代三内府と云たるハ鎌倉・衣笠・鶴殿也」86オ

93 勅八 世中ハつねにもかもな

題しらす

＼世中を何にたとへん朝ほらけこき行舟の跡のしら浪　満誓

＼みちのくハいつくハあれと塩竈の浦こく舟のつなてかなしも

此両首にてよめり、心ハ跡の白波をとり、詞ハ浦こく舟のをとれり、旅部注在奥ニ入、無常にてハなし、常なきを観する時の哥なれは、無常にも入へき歟、常にもかもなハ常にもかなと也、世中の躰ハ只渚を漕行舟の跡なき様ニ世中ノ躰も常なきとたとへたり、又しかも景気をおしむ心アリ」86ウ

祇注云惣の心ハ世中ハ何事も、跡の白波の理といへり、常なき世を観しうちなかむる折節、海士の小船の面白く綱手引行をあかす打みるに、やかて引過て、いつちもしらすなり行を。な《うち》かめて、只今目前にみゆる物も、跡なき事を思ひて、世中ハ常にもかなとよめるにや、誠に常住にあらまほしき事也、綱手かなしもとは、面白心をかなしもといへり、愛したる義也

三二首の哥を取例也、宗祇説ニハ世間ノ無常ヲ読る由いへり、是ハ羇旅哥也、海上眺望ヲいへり、小舟のやすらひもせす、東西南北へ行故景を見うしなふ也、残多事ト也、」87オ 沖を行舟もあり、又湊を出るもあり、帰るもあり、一所に不留也、されハ我身も羇中なれは、一所に留る事もなけれは、浪の上の舟の往来のことくよと観したる哥也、さて世間を常住にして有たきと願ふか、常にもかもな也、三界ハ如客舎、一心是本居ナリト心経秘鍵ニ弘法大師書給也、無常の方へ観したるも不除事也

（無問歟）（ノカ）

参議雅経　母大納言顕雅女　新古今撰者之内

師実（京極摂政）―忠教（権大正二）―頼輔（刑部卿従三）―頼経（刑部卿従四下）―宗長（刑部卿従三　蹴鞠　難波流）」87ウ
　　　　　　　　　　　　　　　　　　　　　　　　　　　　　―雅経（三木従三　左兵衛督　歌鞠　飛鳥井流　号二条）

擣衣の心を

94（新 秋下）みよしのゝ山の秋風

（古今）祇注三吉野の山の白雪つもるらし故郷さむく成まさる也　と云哥をとれり、心ハかくれたる所もなく、詞つかひ妙にして、句ゝに其感侍るにや、かやうの哥をいかにも仰き、信すへき事とそいへり、（摂政殿の）蕣なくや霜夜の御哥ノ詞つかひに、おなしかるへきにこそ

前大僧正慈円　法性寺関白忠通公男　母家女房加賀局従五上仲光女／覚快法親王資　天台座主　牛車　天王寺別当」88オ

本ノ諱通快第六十二代座主、＼養和元十一六改名慈円　＼久寿二巳亥四十五誕生、＼嘉禄元九廿五入滅七十一才　＼嘉禎三三八諡号
慈鎮滅後十三年　＼号吉水和尚　系図在前

題不知

95 千十七 おほけなくうき世の民に

此初の五文字ハ卑下の心也、天下の護持なれハ、天下の人に法衣をおほふへきの心也、延喜の帝寒夜に御衣を脱給て、民をあはれまれし事あり、その心を思ひよそへて。一切衆生の為に、法衣をおほはんすると也、事をうき上一人ノ宝祚長久ヨリ、下万民ノ安穏快楽ならん事を、二六時中心ニカケテ、たゝ護持スルコトハ、身ニモ応せぬ事なるへし世の民とおほふかなとよまれし也」88ウ
我立杣ハ叡山也、彼伝教の哥よりいひつけたる事也、すみそめの袖ハ、住の字の心にあなかちにみるハわろし、とあり、自然にうけたる也
八雲御抄秀句ハ哥の源なれとも、むねとする事ハ不可然よし被載之　可考
祇抄ニハ天台座主之事注せり、＼建久三十一廿九任権僧正、＼同日補天台座主廿八才、此哥日吉社法楽百首之内詠也
廿二才詠歟座主已前事也」89オ

入道前太政大臣　＼公経公　母権中納言実宗公基家女一男、／＼号一条入道大相国又号西園寺　＼嘉禄年中建立西園寺
通季―公通―実宗―公経寛喜三出家法名覚空寛元二八廿九薨七十四

落花をよみ侍ける

96 新勅 花さそふあらしの庭の

祇注云心ハ散ハてたる花の雪はいたつらなる物也、はや時過て人のいかにとミし花なれと、雪と成はてゝハ、あはれふ人もなく成を見給ひて、我身もたのミありつる御世なれとも、ふりぬれハかひなき事を、庭上の花の雪をゝ

きて、ふり行物ハ我身也けりとよミ給へるにや、尤肝心ふかき」89ウ　とそ
玄旨抄祇注ノ外又ノ義。只此心ハ花の盛をは賞翫する物也、我ハさ様にもなくて、ふり行たる身也と云心也、如此
ミれは、雪ならてと云詞よくたつ也
又或抄花と云物かやうの事もある物かと思に、やかて嵐の吹散して、雪の如くになる也、花ハ枝にこそ二度かへらね、
春になれハ又咲也、人ハ老て若くなる事なし、羨敷ハ只花そと云心也
＼年ゝ歳ゝ花相似、歳ゝ年ゝ人不同の心也、ふり行物とハ、雪の降かたへも詞をとりて、面ハ旧ノ字の心也」90オ

権中納言定家《サタイヘ》《テイカ》同＼朶　俊成男　母若狭守親忠女　美福門院女房伯耆云ゝ　初嫁藤原／為経生隆信朝臣、後嫁俊成卿生定家卿
＼正二位　民部卿　＼侍従　本名光季　改季光又改定家
＼貞永二十一十一天福元出家法名　明　静《ミヤウジヤウ》于時前中納言七十二才＼仁治二八廿薨八十才
＼号京極中納言入道
度ゝ依為侍従初官三位、三木之間　家集号拾遺愚草記号明月

（四行分空白）」90ウ

97 勅十三
こぬ人をまつほの浦の
＼建保六年内裏の哥合にとあり恋哥
＼万葉第六名寸隅乃《ナキスミノ》　船瀬従所見《フナセニミユル》　淡路嶋　松帆乃浦尓　朝名芸尓　玉藻刈管　暮菜寸二藻塩焼乍
こぬ人を松ほの浦とは、必一日の事にハ侍らさるへし、夕なきとハ、波風もなき。わたりて夕なとは、塩焼烟も立そへる
を、我思のもゆるさまの切なるによそへていへる也、哥の心ハこぬ人を松ほの浦の夕なきにといひて、やくやも

しほのとつゝけ、身もこかれつゝとよそへたるさま、凡俗をはなれたる詞つかひ也、もしほのの文字に、そのやうにと云心をゝく所おほし、こゝもその様に」[91オ]と也、夕なきにといへる、煙のふかき心をとれり

祇注黄門の心にいくはくの哥有へきに、其中にわきて此百首ニ載らるゝ事、思ひはかるへき事に侍らす、しきりに眼をつけて、其心をさくり知へき事云々、又つゝといへるハ一日の事ニあらす、連々思ひの切なる事ヲ云也、在口伝

松帆浦　淡路也　まつほ穂ト可読と云説あれとも、只まつをと読を為善

両聞此哥ハ建保ノ哥ノヤウニハ替リテハ、古躰ナル哥也トソ」[91ウ]

従二位家隆　前中納言 太宰権帥光隆二男　母太皇太后宮亮実兼朝臣女／従二　宮内卿　号壬生二位

兼輔（良門孫）―惟正（従五下刑部大輔　ﾀ、）―為頼（従四下　太皇太后宮亮）―伊祐（従四下　讃岐守）―頼成（従四下　因幡守）―清綱（正五下　左衛門佐）―隆時（正四下因幡守　哥人）―清隆（中納言　号壬生《ブ》）―光隆（中納言　号壬生《ブ》）

家隆―隆祐（従四下　侍従）
　　―女子

寛喜元年女御入内屏風に

98勅　風そよくならの小川の

玄抄此川にみそきをよめる事、万葉よりの事なるへし

みそきするならの小川の河風にいのりそわたるしたに絶しと

心ハならの小川を楢の葉にとりなして、河辺の夕暮の納」[92オ]涼ハ更ニ只秋ノ心に成はてたるさまをいはんとて、御

祓そ夏のといへる也、風のそよくならの葉を秋そと思へハ、御祓《ヲ》するにて夏と知たる也、誠にいつもある詞をもちて、めつらしくしたてられて、打吟するにも涼しくなる心のし侍るにや、此百首にも新勅撰にも入られ侍り、心及はすとも、さる故あらんとは思ふへし、猶詞姿たくひなくこそ云〻、

井蛙抄云家隆ハ寂連か聟也、寂連相具して大夫入道和哥門弟になりき、禅門被申云此仁未来の哥仙たるへし、見参の度ことに難義なと云事をはとはす、いつも哥よむへきまさしき心ハいかにと侍へきそといふ事をとふとて被感云〻」92ウ

後鳥羽院　諱尊成　高倉第四皇子／母七条院植子　贈左大臣信隆女

治承四七十四《五イ》降誕　寿永二八廿践祚四才　同三七即位　文治五正三元服十一才　建久九正十一譲位十九才　在位十五年　承久三七八於鳥羽殿御出家法諱良然　同十三日奉移隠岐国　延応元年二廿二崩六十才　同五月廿九可奉号顕徳院之由宣下　仁治三七八以顕徳院可奉号後鳥羽院之由重被成宣旨

題不知

99続後人もおし人もうらめし」93オ

祇注云此御哥ハ王道をかろしむる横さまの世に成行事を覚召て、御述懐の御哥也、人もおし人もうらめしとハ、世中ノ人とりくにて治りかたきをよませ給へるにや、又人一人の上にても、是ハ宜と思ふ人の、又悪き事ある心也、よき事ハおしく、あしき事ところハうらめしきをとり合て、あちきなくとハよミ給へる也、誠に世の治りかたきハ、君の御物思なるへき事にそ侍らん、

諸抄大略此通也猶可有義歟」93ウ

（五行分空白）

順徳院　諱守成　後鳥羽院第三皇子／母脩明門院　贈左大臣範季女
＼正治二四十五立太子四才　＼承元四十一廿五受禅十四才　＼承久三四廿譲位在位十一年　＼同七月奉移佐渡国　＼仁治三九
十二崩四十六才
ます鏡 御さえ《おとろのした》もやまともろこしかねていとやむことなくものし給」94オ 朝夕の御いとなみハ、和哥の道にて侍ける、すゑの
世に八雲なといふ物つくらせ給へるも、此御門の御事なり

題不知

100続後 百敷やふるき軒はの

祇注云百敷やとうち出たる五文字ハ、大方三吉野や・小初瀬やなと云ニハかはれり、よろつの心こもれる也、或抄百敷よと云心也、両聞テニヲハ也、心ハ王道の廃れゆくを歎思召の義也、末の世になれハ、昔を忍ふハ習なるに、王道衰ては一身の御上ならす、天下万民の為なれは、忍といふに」94ウ 猶あまりある心を述給へる也
巻頭ノ御製ハ王道ノ心をよみ給へり、又此御製同前也、上古ノ風と当世の風との姿かはれる也
末の世になれハ、昔を忍ふハならひ也、彼仁流秋津洲之外恵茂筑波山之陰と云如クなる世を思はるゝハ、何故そなれハ万民を思召心也、殊勝の御製と也」95オ
此抄先年以後水尾院御抄・後十輪院殿御抄等所抄出也、其後此事忘却、又更令抄出於一本小本、其義大概可相同歟、暇日考両抄加吟味可令清書者也
元禄第十三季春下浣特進水（花押）」95ウ

VI　京都大学文学研究科図書館蔵『百人一首伊範抄』

二条家□□伝［　］
百人一首伊□□（範抄）
中院通茂［　］（外題・題簽）

小倉山荘色紙和哥百人一首と云、此百人一首の一の字を慥ニ聞えぬ様ニとなゆるかよし、はつきりと云つむるハ悪し、題号の読くせ也、此百首の哥ハ京極中納言定家卿、小倉の山荘の障子の色紙形に書置れし哥也、依之小倉山荘色紙和哥共云、扨定家卿の一系図ハ御堂関白道長より六代のするゑ也、」1オ
道長〈法興院摂政／兼家息／御堂関白〉・長家〈道長六男大納言／正二位号御子／左又ハ二条ト云〉・忠家〈大納言／正二位／号ニ小野宮ニ〉・俊忠〈権中納言／従三位〉・俊成〈号五条／三位法／名釈／阿と云〉・定家権中納言・為家定家卿母倉ハ美福門院の伯耆・若狭守親忠女也、贈左大臣長実ノ娘曰得子、号美福門院鳥羽院の后、近衛院の御母」1ウ
人王七十六代二条院応保二年壬午の歳誕生にて、始の名ハ光孝（ママ）、中比季光と改メ後に定家卿と申たる也、彼嵯峨の小倉におはしましたる故に、小倉の黄門と申たる也、位ハ二位に至り給へ、民部卿ニも成給へれハ、古今集・伊勢物語等の奥書ニハ戸部尚書と有、戸部尚書は民部卿の唐名故也、後堀川院の御宇貞永元年十一月出家被成て、法名を明静と」2オ言リ、天台の文の止観明静前代未聞の義をもつてつかれたるなと記録に有也
彼父君俊成卿、金吾基俊朝臣より和哥の道相承し給ひて、後鳥羽院の御哥の御師範たり、然るに此中納言亡父の家風を請つかれて、古今和哥集の証本を定メ、後撰集を勘考し、古今集の密勘をしるし、すへて三代集の僻案抄を書顕し、

伊勢物語を両本を合《セ》て」2ウ用捨し、源氏物語に青表紙を残し、紀貫之か土佐日記、花山法皇の述作の大和物語を写留《トメ》て、証本として、誠に式嶋の道ハ、此定家卿より中興して、末代迄に明らか成も此君《卿》の力《チカラ》也、若定家卿のおわさらましかハ、古今・後撰等も異説まち〳〵にて、証本哥ニまとひ、伊勢物語の源氏物語抔も異本様〻にて、疑たるへき哥書ハ、すへてくらき道に入へき也」3オ此卿の哥の我集を拾遺愚草と言、此集は定家卿のミつから撰之置れたる也、扨其集ニもれたる哥有、是は拾遺愚草をえらまれたる跡にて、読れたる哥なり、然るを子息為家卿又撰れて、是を拾遺員外と言、則愚草に附録して用る也、扨詠哥大概・此百人一首・未来記雨中吟・八代秀逸・秀哥大躰・近代秀哥、是を定家卿の」3ウ七部抄となつけ、皆和哥の読方の書也、各〻述作の外、かなつかひを正しく、定家卿のかなつかひとて今に重宝しぬ、又家の記録を名《(ママ)》月記と言、今に冷泉家に有と言、此名《(ママ)》月記と云題号に釈有、後鳥羽院専ら花やかなる哥を御好被成事、定家卿甚心に不叶、又後鳥羽院にも定家卿を、新義達磨風とて内〻ニハ看破せられたり、然れ」4オとも極めての哥の勘能成様御賞翫有たる也、され共官位の昇進なともおそく、兎角心にかなわさる事己おふくて、述懐の百首なとを読被申し也、ある時父君の俊成卿へ定家卿被参て被申ハ、自分の哥壮年の時分ハ、心詞さら〳〵として人の耳にも入安く侍りき、頃日に至りてハ、かりそめにも義理深く成し故、時の天子の御哥」4ウの風躰にも読様違侍る也、依之本意ならねと、哥の風躰を読直し、且は天子の御心ニも叶ひ、又は家をも起す処可然やあらんと被申けれハ、俊成卿しハらく涙をおさへて被申けるハ、扨こうたて敷事を聞物哉、我等も何卒其殿の頃日、哥の風躰を至極羨敷思へ、読にせなんと百度存すれ共、老年に至り哥風体を読直したる逸間〻」5オ及へからす、依之浦山《(ママ)》敷己思へ侍る也、あなかしこ、ゆめ〳〵読直されん事しかるへからす、と涙をおさひて庭訓度されたり、依之定家卿も父の教訓を請、一決して侍られけれ共、猶又一決し難き処や侍りけん、住吉へ参詣有て、一心に和哥の道を祈誓し通夜有ける夢に、住吉大明神之御告と思しくて、汝月明也と霊夢を感得致」5ウされたり、依而夫より疑をはらし、猶〻自ラの風躰をはけまされたり、此趣定家卿ノ弟衣笠内侍江被進し消息、毎月抄と言ニ有、よつて家の記録の名をも名月記（ママ）と付られたり、哥道の尊神住吉大明神より汝月明也と言霊夢を蒙り給ふ事、能〻此道の正道に叶ひ給へたる処、顕然と明らか成事也、亦梶井宮尊快親王の御所望ニ依て、詠哥大概を」6オ書しるして今の代迄哥読者の明鏡にそなへられたり、四条院の天福二年ニ別勅をも蒙て、定家卿の一人にて新勅撰集をゑらへる也、すへて此卿の哥道ニ於て、述作又はおきなひの書、あけてかそふへからさる也、仁治二年八月廿日ニ行齢八十才ニしてかゝらせられ（アキママ）　扨其前土御門院の元文（ママ）二年三月廿六日後鳥羽院通具」6ウ・有家・定家・家隆・雅経此五人におほせて、新古今集をえらはせられしに、此卿達ハ尤撰者の内なれ共、新古今集定家卿の心ニ不叶、其子細ハ哥道ハ神代のならわしにて、紀貫之か古今の序に書置る如く、力をも入すして、天地を動し、めに見へぬ鬼神をも哀れと思わせ、男女の中をもやわらけ、たけきものゝふの心もなくさむるハ哥也」7オ依之世を治め、民を辱く教誡の端たる道也、然らは実を専らとして、花を枝葉にすへき事也、然るに此新古今集ハ五人の撰者ありとはいへと、心に任せす、後鳥羽院の叡慮にのミまかさせ給ひて、御清書有し故、偏に彼の集は花を根本《本ニ》したる一集の建立《立》也、依之定家卿の本意ニ非す、逆恨に思て古今此百人の哥をゑらミて、山荘におされし也、」7ウ其後後堀川院の貞永元年壬辰六月十三日、定家卿壹人にて別勅を被蒙、新勅撰集を撰ハる、新勅撰集ハ以前の新古今集を出すへき為に、力を入て実を根元《本》として、花を処〻ニ入たる也、然れハ新勅撰集と此百首と先ハ相同しき也、新勅撰集の実を本とせられし事ハ、彼集を撰し時、春の部の梅の哥、くすみ過て花《くすミ過たれハラ》」8オやかなる哥入られんとて、家隆卿の家集壬生二品内にこそ有へけれとて、彼集を見て　幾里の月の光りも匂ふされ《らん。》ハこそとて撰し入られ《。梅咲山の峯の春風此哥を見出して》たる也、扨新勅撰集と此百人一首と心か同しかるへきと、先哲も何も沙汰し置れしかとも、新勅撰ハ公界の物なれハ、天子の勅定にて撰せられし書也、尤新古今集の跡にてハ有、随分定家卿の」8ウ心のまゝに撰まるゝといへ共、少しハ世上をはゞ（ママ）かられたる処も有へき也、此百首ハ一向内〻の物成故に、定家卿の《誠の》骨髄も《ハ此百首に》籠る也、寔ニ二条家の骨肉にて、俊成・定家《卿の》心をさぐり《（ママ）》しる事、此百首ニ有事也、扨古来よりの撰集に於ても、古今集ハ花実相対の集也、後撰集ハ実過たる也、拾遺ハ又花実相対の集也、其外末の集ゝ廿一代集迄、一集〳〵の」[9オ]述作をミて時代の風を悟るへき事也

詩云治世《レハ》之書《音ハ》ハ安《シテ》以《テ》楽《ム》、乱世《ノ》も音悪《ハ》■■《ニソ以テ》恣ナリ、新古今集定家卿《の》心に不叶、はたして承久の乱出来て、後鳥羽院隠岐国土御門院土佐国順徳院佐渡国三院共に鎌倉執権北条義時かはからひとして、遠嶋へ移され給へし也、哥道ハ鬼神感応の道成故、正道ならすしてハ、神の冥慮に背事本然たり、後鳥羽院も《彼》新古今の義隠岐国ニて、」[9ウ]御後悔被成改メ直させ給へし也と世に伝われる、新古今ハ直させ給ひし集也、新古今奏覧の時ハ、定家卿喪の内の由諸抄にミゆれ共僻説也、新古今奏覧ハ元久元年二月廿六日也、又定家卿母《母》公達ハ建久の年の逝去、俊成卿は元久元年十一月晦日に薨せられしなり、依而父母共に撰集の時節ニあたらす、扨此百首は前にも講する如く、」[10オ]二条家の骨肉なれハ、伝受の家の口伝にして、講読する事抔はなかりしに、東下野守常縁始て宗祇に読てきかせられける其時、宗祇法師古今伝受以前なれハ、先裏の説斗を講せられし也、依之宗祇の抄には異説多き也、古今伝受以後に正説をよミ聞す事なれ共、近代初学の者邪路に趣んことを恐れて、未伝受の人にも正説を読」[10ウ]聞す恨事也、扨此百首は定家卿《の》在世には一向世間に流布せさる也、其故はわつかに古人五十人・近代五十人《の》作者なれハ、此百首の外ニ《世に》いかめ敷思ふも除かれ、又させる作者にもミへぬも入たり、古今の哥よミ数多き事なれハ、世に聞えたる作者の此百首に漏たるハ、世の人の心にゆつりてもらされぬ、然りといへ共、思わぬ人を入らるゝは、其作者の名誉顕わるゝ間、尤」[11オ]仁の道として難有心はへ也、依之彼を捨、是を取事とかく漏脱の者の恨のかれかたし、又此百首の《に》内に入たる作者の哥も《の内》、其人の秀哥と思われたる哥をも入すして、さもなきと思ふを入られたりしも有《へし》、兎角褒貶のかれ難しとて、定家卿存《存》命の間ハ、人の見ぬ処におして蜜せられしなり、御子息為家卿の世ニ成て、世上に流布せし也、彼色紙共世に少ゝ」[11ウ]残りとゝまれり、然に其色紙に大小あり、夫ハ其障子の広さ狭さに随ておし給へる故、色紙《に》大小有成へし、又色紙には哥の作者の名なし、後に為家

卿書集給へる時、作者の名を書しるされたり、其証拠ハ天子の院号は、御在世にはなき事也、定家卿は仁治二年八月に薨せられし也、又順徳院ハ仁治三年九月ニ佐渡国にて崩去なり、」12オ 定家卿より後に崩去なりし順徳院の院号有れハ、後に定《為》家卿の名をしるされたり《たる所明らかなり》　扨小倉山荘ハ尤嵯峨に有て、今の往生院・二尊院なとのほとりの山の惣名を小倉山と云る也、東南ノ方天龍寺のほとりハ、亀山とも亀の尾山とも云也、山荘の二字ハ三躰詩註云、荘猶レヲ村唐人呼ンハ別業ヲ為レ荘と有りて、山里に別業する事也、此中納言」12ウ の山荘の跡と云処、今に小倉の常寂寺と云寺の内にあり、扨此の小倉の荘《山》の事定家卿の度〻哥に詠せられし也、大納言家廿《三十》一首の内、山家之松と云事題にて風雅集に、

　しのはれんものとはなしに小倉山／軒はの松そなれて久しき

又正治年中の百首の哥《内》ニて、山家の題にて続古今集に、」13オ

　小倉山松にかくるゝ草のいほの／夕くれいそく夏そすゝしき

是皆山荘の事也、正治の年号ハ定家卿三十九斗の時也、其頃より此山荘を構へ置し也、扨八十歳の齢成し故、四十年余り住れたると見へたり、相つゝゐて為家卿此山荘に住れしと見えて、為家卿の哥に新後撰集ニ入て、

　すみ初し跡なかりせハ小倉山／いつくに老の身をかくさまし

　小倉山松をむかしの友と見て／幾とせ老の世を送るらん」13ウ

　小倉山かけのいほりハむすへとも／せく谷川のすまれやわする

相つゝゐて為家卿此山荘に住れしとなん、為家卿を中院大納言と号ス、嵯峨に中院と言所有、住処の名故《依之嵯峨の小倉尓住居故》、中院を称号ニせられしと見えたり

中院の仰ニ

　或抄ニ詠哥大概は風躰を詮《セン》とし、此百首は秀逸斗をゑらミて《のせらる》二条家の眼目とあり」14オ

天智天皇人王三十九《五》代　天命開別《日本紀アメツミコトヒラヤワケ》紹運録田原天皇、諱ハ葛城亦号二ス中兄之皇子一、又云二近江帝一ト在位十年大津ノ朝志賀郡人王三十九代、舒明天皇第一ノ皇子、母ハ茅渟《チスノ》王女《ヲホキミ》皇極天皇亦斉明天皇号宝王皇女人皇卅四代推古天皇廿二年降誕、人王卅七代孝徳天皇大化元年立二皇太子一ニ孝徳二代斉明太子日本紀ニ云斉明天皇崩ス皇太子素服称《アサモノタテマツゝテマツリコトヲキコシメス》レ制国母諒闇初例ノ六年三月ニ遷二都于近江一大津ノ宮志賀郡七年」14ウ正月ニ皇太子即二天皇ノ位一十年天皇疾病弥《ヤマイ》ヲ留《ホシ》勅シテ喚ンテ二東宮《マウケノキミ》ヲ天武天皇一引二入レテ臥内《ヲヽトノヽウチ》一ニ詔《ミコトノリヲ》之朕病甚シ以二後事一ヲ属《ツク》レ汝云云十二月朔天皇近江ノ宮ニ崩ス云云、又紹運録ニ云天皇駕シテレ馬ニ幸ス二山科《シナノ》郷一ニ更ニ無シ二還御一永ク交ツテ二山林一ニ不レ知ラレ崩スル事ヲ、只以テ二履沓《クツ》落ル処一ヲ為二山稜《ミサヽキト》一ト云云、又水鏡に大化十年十二月三日御門御馬に奉りて、山科へおはして林の中へ入てうせ給へぬ、いつくにおはすと」15オ云事を知らす、たゝ御沓の落たりしを、みさゝきニハこめ奉りし成り、と有、此紹運録の説と水鏡の説と同し事ニて△日本紀と説と違り上世の事いつれも一決しかたし、孝徳天皇元年△日本に於て年号始り大化と云、五年迄つゝきけり、大化の後の年号を白雉と云、白雉五年つゝきて年号をしハらく絶したり、斉明天皇・天智天皇二代天子在位以上十七年の内年号なし、十八年天武天皇元年ニ」15ウ白鳳と年号有て夫よりさしつゝけり、扨天智天皇の国母皇極天皇ハ、女帝なれ共再《フタヽヒ》ひ位につき給へり、人皇三十五代舒明天皇・卅六代皇極天皇・卅七代孝徳天皇・卅八代斉明天皇・卅九代天智天皇右の通の皇胤也、斉明天皇ハ皇極天皇の重祚《リ》の御名也、ふたゝひ位につき給ふを、重祚とは云也、扨皇極天皇は土佐国朝倉の宮にて崩去」16オし給ふ、然るに太子の天智天皇孝行深故に、天子の位にもつき給わす、六年之内土佐の国ニおわして、太子の礼にて祭事を聞給ひ、皇極天皇崩去の後七年に都を淡海《アウミ》の志賀郡に移し、始て位に付給ふ

　1秋の田のかりほの庵の苫をあらミ／我衣手は露にぬれつゝ

此御製を万葉集《は》ニ入、又後撰集秋の中ニ入、詠哥の大概にも入たり、宗祇法師の」16ウ注に、かりほの庵とは、文字ノ説一説《セツ》ハ苅穂の庵、一説はかり庵の庵なり、苅穂の時もかりほ《を》と読へきとそ、但し猶かり庵のいほ宜しかるへきにや、古の哥ハ同し事を重て読事常の義也、扨哥の心は秋の田の庵の其時過て、秋もするゑになり行て、苫抔もくちはてゝ、露を防く事も

なきまゝに、露のたふ〳〵と置余りたる如く、我が袖のぬるゝよし也、」[17オ]是ハ述懐の御哥也、時すきたるかりほの庵にて、覚悟すへきとそ、猶可尋、此哥は上代の風也、上古ハ心たにも能思へ入レ《ル》ハ、詞ハ巨細になきも多かるへき《し》、能〳〵余情を思ふへき事とそ、是迄宗祇の注也、苅穂の庵・かりいほの庵尤両説なれ共、かり庵《いほの庵の》のいほりの重詞とみたる説宜しき也、万葉秋の雑哥に、秋田かりほの《を》」[17ウ]つくり我をれハ衣手寒し露をきにけり、かりほは仮《かり成》の庵也、万葉には借庵と有《書リ》、是は述懐の哥也と有て、賤の男か初秋の比より田面へ田家をむすひて田を守るに、秋も末ニ成て田家《も》晩秋風に吹荒され、又は苫抔《にて》もおほひたる屋根杯くちて、露を防く便りもなき故に、賤の男か袖かたふ〳〵と落《か置》を、ふせく事無落《なり、その賤の男の如く》たまりおけり、その賤の男か如く天子の《に》」[18オ]御袖も御述懐有故に、涙の露にぬれ給ふとや、然し此通りにては殊外事少くして、道理に《も》聞え兼る也、宗祇の注に、此哥ハ上代の風也、上古ハ心たにも能思へ入れハ、詞は巨細になきもおふかるへし、能ゝ余情を思ふへき事と有り、是又肝要之事也、惣して詞ハ末世程巨細に成なり、夫故にかゝわりて、詞は根本の」[18ウ]義理かもとる也、依之哥にあつミすくなく、味少しくして言外に余情を含哥すくなし《きなり》、道を学ふ者ハ、此処を能ゝ考すしてハかなわさる也《事》

宗祇注に是は述懐の御哥也と有、御述懐と言に釈の有事也、其故ハ日本紀ニ斉明天皇六年ニ新羅 師《ヒキヽテ》二麾ノ兵一ヲ百済をせむ、依之百済国ノ軍難成ニ及て、我」[19オ]朝へすくへの器を求しに、斉明天皇七年春正月ニ女帝なれ共、百済之国すくひの為に筑紫より趣き給ふに、先伊与国熱《(ママ)》田津の石陽《ヨウ》の借宮《行宮カリミヤ》ニ留リ給へしなり、其時天智天皇ハまた太子ニて供奉も成しなり、其後五月朝倉済《(ママ)》明天皇諸共に土佐国の橘の広庭《ヒロンハ》《の宮》に移り給へしなり、扨此朝倉の社ハ、延喜式神」[19ウ]名帳に土佐国朝倉郡に朝倉の社有とそ、又風土《ミへたり》記にも土佐国ニ入たり、四国の内なれハ、伊与国より土佐《国》へ移り給へしと見えたり、藤原清輔朝臣述懐の奥義抄ニ来《(ママ)》は順徳院御述作の八雲御抄等にも、朝倉の宮ハ天智天皇の行《かり》宮にて、築紫ニ有由みえたり、是誤也、築紫ハ九州なれハ、本より天智天王九州に御座被成し事」[20オ]日本紀其外皇代記に《等》そミへさる事也、たゝ始に釈したる通りに、百済国の軍をすくわんか為に、築紫へ趣被成に、先伊予国熟田津の石陽の行宮に留り、夫より土佐国橘の広庭の宮に留り被成し事有て、築紫への事一向見えさる事也、土佐の国の風土記・延喜式等にも、朝倉の宮ハ土佐之国の由有之、　又細川幽斎」20ウ抄に此君九州におはします時、世を恐れ給へて苅萱の関をすへて、往来の人を名のらせて通し給ふ事有、天子の御身ニて御用心《抔》有事ハ、王道もはや時過ルにや、と思召御心也、時過るかりほの庵にて、覚悟すへしとそ、猶尋ぬへしと有、是も又九抄《（ママ）》築紫《前》に被成御坐しと見えたり、扨此外萱の関と言は土佐国に有也」21オ中むかしのうくす《うくるす》の弾正と云者居住したる故、今はうくるす山と云也、是《則》苅萱関ノ旧跡也、　扨此苅萱関にて行来の者に其名を名のらせとおらせたるを《て通せしなり、其名乗りて通るを》、御聞《被成て》有て、天智天皇《の》御製に、

朝くらや木の丸とのにわれおれは／名のりをしつゝ行ハ誰か子ぞ《（ママ）》

被遊たる也、此木の丸殿と云ハ、丸木の黒木云〻、作りたるを言也、上代の事といへ、殊に」21ウ行宮にてかりそめ成御座処なれハ、丸木の黒木にて作りたる成へし、美麗を不好して当時と違ひて、尤殊勝成事也、扨各の苅萱の関に於て、往来の人に名のらせて通す事定めて、其時軍中の執権たる人、陣中の事なれハ、用心の為に名《往来の者を》のらせて通したる成へし、是を天子木丸殿《にて》御聞被成て、太平ニ」22オ治りたる御代には、民にも乱り成事なく、道に捨たる物をもひろわすなんと言て、何も用心抔と言事あらんや、天子の御身なれは、少しも御用心抔と云事ハ不入事也、然るを往来の人に名のらせ通す事ハ、王道もおとろへする《てはや》ゐに成たると御述懐被成事、時過たる田家を守る民の袂の如くに、天子の御衣の袖もぬるゝと云」22ウ心にて我衣手は露にぬれつゝと被遊《たるなり》となん、是にて宗祇の抄の述懐の御哥なりと云処聞ゆる也此通りは先一通りの表の説也、東左近大夫常縁宗祇法師に始に先表の説斗を読て、聞せられし也《扨》、後に其執心の深きを見て、又裏の説を読てきかされし也、昔ハ道を重んするか故に、さしもの」23オ宗祇にさへ常縁表と裏との両説を、両度に読て聞されし也、是深き《く》道を存し思ふか故也、依之細川幽斎抔も被申たる如く、宗祇の注ハ常縁より一通りの始《の》

相伝の時の聞書の通りを抄に被致たる故、殊の外事少し《な》にて大あらめ成物なり
此御製ハ《の》裏の説の奥成と云ハ、天子諒」23ウ闇の時の御哥也、此諒闇と云ハ国女《母》の諒闇也、国女《母》の諒闇と云ハ《事》、以前には
日本ニなかりし也、是《この》天智天皇の国母斉明天皇より始りたる也、斉明天皇ハ女帝なれ共、重祚被成て、両度迄帝位ニつ
き給へし故也

日本紀ニ斉明天皇七年五月乙未朔癸卯、天皇遷テ居《玉フコト》二于朝倉橘広庭宮一ニ是時斬《キリ》二」24オ除《ハラヒ》二テ朝倉社ノ木ヲ而作二ルカ此宮一ヲ之故ニ
神忿テ壊《コホキラ》レ殿《ヲヽトノ》ヲ又見《ス》レ中《ヤフラレ》由レ是大倉人及ヒ諸ノ近侍《ヘルヒト》病死スル者衆《ヲヽ》シ　秋七月申午朔下巳天皇崩二ス于朝倉ノ宮一ニ、八月申
子朔皇太子奉二従シテ天皇ニ喪《ミ玉モノヲ》一還テ至二ル磐瀬ノ宮一ニ、是夕於二テ朝倉ノ山ノ上一ニ有レ鬼著二テ大笠一ヲ臨二視ル喪儀《ヨクヲホヲ》一還衆皆嗟怪ス
右日本紀の説なり、此説の通りに、国女《母》斉明天皇ハ朝倉の社の神木を切たる祟りにて」24ウ土佐国朝倉の宮にて、終に崩
御し給へぬ、依之天智天皇喪の服のさまにて天下の政事を御聞有《被成》も直に天子の位御つき《にも》不被成して、六年か内万択の
政を御聞被成し也、其時に喪中に遊たる御哥也、扨諒闇とは鄭《テウ》玄曰、諒は作《ツクル》レ梁《ウツワリ》闇ハ謂る盧也、則倚廬《イロ》之廬也云云、
諒闇と云ハ天子倚廬の御殿に御坐被成事を云、《なり》又倚廬トハ」25オ礼記雑記註ニ云、廬ハ在二リ中門之外ノ東壁一ニ倚テレ木ヲ為《ツクルカ》故ニ云フ二
倚廬一ト有リ

扨天子国母の諒闇につきてかり庵作り、かたはい《かたや手事也》にして板敷をさけ、芦の簾を纖苫にふして、壌《ツチクレ》を枕とすと言て、
かたの如く麁相成倚廬に十二日御坐被成也、以日ヲ易レフ月、《と云也》此倚廬委《クハシ》くノ事礼記ニみへたり
扨此倚廬に十二日御坐被成折しも、秋の」25ウ田の庵の如くやつれ給ふ御悲しミ有ニより、田家を思召やりて、よミ被遊
し也、倚廬の御殿を田家にくら《た》へて、民の時過たる田面に有て、晩秋の風のはた寒きを防きゑす、露にしほるゝ民の
袖よりも、万民を思召やらるゝ天子の御衣の袂は、猶濡増るとの哥の御心にて、我衣手ハ露ニぬれつゝと遊したる也、
一段民の上を深く」26オ思召て、読なされし也、尤後世のいましめニも成事ニ而難有、天子の御心也、此《はい》哥を有心躰ニ《と》て、

四条大納言公任卿の和哥の十躰ニものせられたり、又ハ理世躰或ハ撫民躰なとゝ此風体を古人替る〳〵称讃したるなり、毎ニ用二ル一衣一ヲ思二紡績《ヨリツムリ》煩一ヲ、毎用二ル一食一ヲ案二ス稼穡ノ功一ヲ、仰られしもか様の事《たくひ》にて、唐と言大和と言明天子の心ハ、互にかよひて同し事なり」[26ウ]

又天下の民ハ国家の元也、依之百姓の字を日本紀ニはミたからと訓したり、又万葉十六巻詞書に、神亀年中太宰府差《サシ》二テ筑前ノ国を宗像《ムネカタ》郡之百姓《ソンタカラ》宗像郡津摩一ヲ、是も百姓と書て、御たから共みたから共訓《したり》、御民と書て同し万葉集に、みたからと訓したり、夫民ハ春ハ耕し、夏ハ草切《クサキリ》、秋ハ苅、冬ハ納ムと言て、一年中五穀の為に」[27オ]粒ゝの民の辛苦と云ハ《申は不》さら《可勝斗義》也、彼古久前集に、誰知盤中飧粒ゝ皆辛苦皆人事をと李紳《ケイ》か憫《アワレム》レ農ヲと云題にて作りたるも実ニ尤なり、扨天子ハ民の父母たるに依て、其民の苦労《辛苦は》と上天子の一人《の》苦思召処也、又万人の悦は王者の楽《上壱人》と思召所也、王者の道ハ民と友《共》にたのしミ、民と共に苦しむと聖人も仰置レて、天子たる人万《は》民のれんミんなくて不《は》叶《カナハ》事なり、」[27ウ]依之定家卿天子の至る孝御心《行の》深く喪中倚廬に御坐《な》されて、天子の御身ニたくらへて、民を哀ミ給ふ事孝心と云、又ハ仁心と云誠に明王の心なり、人道ハ先孝行か本也、孝は百行の本仁義の源也と古人も云て、諸辺の根本也、孝子の家ニ忠臣を求むと云て、親孝行成者ハ又主君へも忠情《のこゝろ》を尽す《誅に》といへり《もの也云り》、依之定」[28オ]家卿此御製を、此百首の巻頭に入られたる也、能ゝ心を付て、《すしては》其深意《に》をだに至らさる也、表裏の説を取し、尤深く考すしてハ、疾と意味の深長成処に至り兼るといへり

持統天皇　人皇四十一代―帝尤女帝也、日本紀ニ高《タカ》間《天アマ》ヶ原広野姫尊《ハラヒロノヒメノミコト》又鸕野《ウノ》ゝ讃良《サヽラノ》皇子女トモ有

天智天皇第二の皇子、御母を箋曰二フ越智《ヲチ》姫一ト」[28ウ]此越智姫ハ大臣蘇我山田石川丸の母《女》と紹運録にミへたり、この持統天皇ハ孝徳天皇元年に降誕、天武天王《皇》の后にて草壁皇子の母也、天武天皇崩去ノ後、《帝》位につき給へて在位十一年、都ハ大和国高市郡藤原宮也、大宝二年十二月十日ニ崩去也、《此》御代より太上天皇の年号始る《れる也》

2春過て夏来にけらししろたへの／衣ほすてふあまの香具山」[29オ]

此御製は新古今集夏の部巻頭に入て、更衣の哥也、更衣とは四月朔日に白重の衣をかゆるを云、尤万葉和哥集にも入たる、万葉第一藤原宮御宇天皇の代天皇御製の哥云云、さて万葉集には衣乾有とあり、余り詞古躰成故、新古今に改メ《て》入られたり、尤此類撰集等に旧例有事也、扱此哥を新古」[29ウ]今ニ更衣の哥と見立て入られたる事、尤感有事也、実に人の上の衣かへにてもなけれ共、一送の躰衣かへの心故に、更衣の哥に見立られたる也、伊勢物語の哥ニ、

　白玉か何そと人の問し時露と答て消なましものを、

此哥《を》新古今に哀傷の部ニ入たり、露と答て消なまし物をといへるにつけて、哀傷とみたてたる事、能見立也、新古今」[30オ]集を惣して部立の能集と云るハ、是等の事也、《を言成へし》哥の心ハ天のかく山は大和国第一の高山故、春の内ハ霞《カスミ》の衣に深くおほはれてさたかならす、然るに春過て夏来て、山の明白にさら〳〵と成たるを、白妙の衣ほすとはいへり、白妙とは至て明白成を云也、ほすハ衣の縁語なり

此かく山ハ高市郡藤原宮の西に当りて、」[30ウ]眺望第一の山也、昔ハ高山なれと、今ハわすかに残れり、風土記ニ曰天上有テレ山ニ分而墜《ヲツ》地、一片ハ為ニ伊予国之天山一、一片ハ為ニ大和国ノ香久山一ト、八雲御抄に云、天のかく《香来》山ハ余りに高て、天空の匂ひの来ルによつ《り》て、云か日本紀に見へたり、又天のかく山ハ天照太神天の岩戸に籠り給ひし時も、天児屋根命を始として、八百万の神達神楽を」[31オ]被成し時、此山の榊を切てさゝれし事有、昔より《神代よりの》霊山成事明らけし、又四月朔日ハ上一人より始て、下百官迄更衣迚也、白重をきる故ニ、衣の縁に白露《妙》と置、明白に山のミゆるを衣ほすといへり、春は霞の衣ニおふわれて、《たるか》その霞の衣をぬきて、天のかく山も、今朝ハ白妙の衣に衣かへをしたると言《の》心なり、春過て夏来にけらしと次第〳〵に云のべ」[31ウ]たる言葉ニて《つゝき》、尤古躰なれ共面白也

杜子美カ詩ニ二月既破《ツキテ》三月已ニ来ル、漸ク老タリ逢ラレ春ニ能ク幾回《クリ》ル莫レレ思コト身外無窮ノ事且ク尽セニ生前有限杯ヲ一、此時の起句の句法に能似たる也、万葉《集に》赤人《の》哥に、

　冬過て春そ来ぬらしあささ《ひ》す／しかの山辺に霞たなひく

此類のうたにて、一二《の》句の移り能わたる也、扨此持統天皇の御製より、天のかく山に衣干と」32オ云事、後世おふく読習ハしたる也、後京極摂政良経の哥に、

　春霞しのふ衣をおりかけて／幾日ほすらん天のかく山

又宗尊親王の哥に、

　佐保川の衣ほすらし春の日の／光りにかすむ天のかく山

又定家卿うたに、

　大井川かわらぬ井せきおのれさへ／夏来にけりと衣ほすなり

是ハいせきにかゝる波の白きを、衣にみたて」32ウたる也、替らぬ井関も夏来にけりと白妙の衣ほすと云心也、又同卿のうたに

　しろたへに衣ほすてふ夏の来て／垣ねもたはに咲る卯の花

是ハ垣根の卯の花を、白妙の花にミたてたるなり、各ゝ哥共皆持統天皇の御製より出たり、扨此衣ほすてふの御製のてふには心なき也、衣ほすと言斗也、然れ共今ハ心なし、心なしにはけわれぬ《間敷》也」33オみつゝ《の》定家卿の哥、《の》白妙の衣ほすてふ夏の来てとあるハ、と言といふ心也、此持統天皇の衣ほすてふ天のかく山と言を証拠にして、以来の哥ハ衣ほすと云心に用ゆる也、持統天皇の御製ハ、本哥ニて始成故、といふと云てふにてはなくして、たゝ衣ほすとはかりの心にて詠せられたりと知へし、衣ほすてふをといふと云」33ウ心に用るハ、持統の御製をさして後人の云事としるへし

柿本人麿　柿本ノ姓《姓》氏録ニ云、天足彦押人《アメタルヒコヲシ》ノ命《ミコト》ノ之後也、家門依レテ有ニルニ柿樹一為ニ柿本ノ氏一云云、天智天皇ノ時ノ人ト拾芥抄同之

大学頭藤原敦光人麿ノ讃ニ云、太夫姓ハ柿本名ハ人麿蓋シ上世ノ《之》歌人也、仕テ持統天皇ニ文武ノ《之》聖朝ニ、遇フ新田高市皇子《タケチノ》ニ云云、此讃の事古今著聞」[34オ]集に有、元永六年六年《(ママ)》十六日修理大夫顕季朝臣六条の洞院の亭にて、柿本の人丸の絵図をあたら敷書て、影供の会有し也、其上ニ各こ敦光の讃有事也、古今真名序ニ云、有光師柿本太夫者《モウチキミト云人》高ク振ヒ神妙之思ヲ独歩ス古今ノ間ニ、古今仮名序に昔《古》よりかく伝る内にも、ならの御時よりそ広まりニける、彼御代や哥の心をしろし召たり」[34ウ]けん、彼御時におほきみつの位、柿本人丸《の》なん哥のひちりなりける、此奈良の御時と云に説こあれと、定家卿の立田川紅葉乱れて流るめりの哥を、文武の哥と注し給ひしより、奈良の御時と言ハ文武天皇と定て、古人注したり、宗祇の注に、おほきみつの位ハ正三位を云也、《とあり》万葉第二巻ニ柿本朝臣石見国ニ有て、臨レミ死」[35オ]時自傷ムニ作哥一首、

鴨山の岩根にをける我もかも／しらすていもか待つゝあらん

拾遺和哥集にもいれり、万葉を考、《ルニ》此集大略時代年号の次第を立歟、而ルヲ此哥等ニ藤原ノ宮御宇天皇《皇》代之次寧楽《キラク》宮和銅四年并霊亀元年秋九月歌等之前ニ有りと云云、此説を考に、人丸文武天皇より《に》逝去せられし事明らかなり、」[35ウ]則又文武天王《皇》哥之《の》師範たりし事、古今の諸抄ニあり、又徹書記物語に、三月十八日ハ人丸の忌日ニて、昔ハ和歌処にて毎月十八日に哥の会ありしとなん《なり》

又長明か無明抄《(ママ)》に、人丸の塚は大和にあり、初瀬へ参《マイル》道也、人麿塚と言ては知人なし、彼所には哥塚と言也と云云

3足引の山鳥の尾のしたりをの／長こし夜をひとりかもねん」[36オ]

此哥拾遺集恋の部に《の三》入て、題しらすとあり、又人丸家集下にいれり

宗祇注に、此哥ハ別成も義抔更になし、たゝ足引のとうち出たるより、山鳥の尾のしたりをのと言て、永こし夜をといへるさま、如何程も限りなき夜の長さ也、詞のつゝき妙ニして、風情尤たけ高し、かゝる哥をハ目を付て数返吟して、其味を心ミ侍るへし」[36ウ]

無上至極の哥にや侍らん、人丸の哥ハ情を本としたる哥にて、景おのつからそなわれり、天然の哥仙の徳なり、古今の間に独歩すといへる此理にやとあり、古今に独歩すとハ、爰に有も、古今集の真名序を用ひてかゝれたり、独歩とは人丸ハ壱人の哥人にて、同道すへき哥人のなきと言心也、又古注に、此哥ハ何共手の付かたく、手をつくれは、」[37オ]第二等に成故、数返吟して、心に我と知へし、その位に入らされは合点ゆかさる事なり、此第二等に成とハ、義理をつくれハはや二番也と言心也、《扨》此哥ハ序哥也、足引と言ハ山といわん為の枕詞也、よつて山といわんために足引と言、なか〳〵しといわん為にしたり尾と言、したり尾といわん為に山鳥と言り、かゝるたくい序哥と言也、此序哥の躰」[37ウ]か様の事を下の句にてミしかくいわん為に、上の句に珍敷詞を求て、言入つゝけたる也、ひとりかもねんの哥の詞肝《此人丸の哥もひとりかもねんといはんかため》要《に、上の句を能〻書つゝけたるなり》也と見へし、扨哥に親句・疎句と言有、惣して哥ハ親句過たるも悪し、又疎句過たるも悪し、親句ハ秀句又ハしたとつゝく句にて疎句と言ハ《つゝきを言なり》、一首の心ハ離れされ共、詞つゝかすしてつゝくを疎句と言なり、此人丸」[38オ]の哥もおふくは親句をもつてつゝきたり、足引の山とつゝき、山鳥の尾とつゝきて、尾のしたり《尾》をとつゝき、尾の長〳〵しをとつゝきて、皆親句を以てくさりたる物也、たゝひとりかもねんと言詞斗疎句なり、依之親句・疎句と言るを知へし、此人丸の《哥は》無上至極の名哥なれハ、中〳〵論するに及はす、後生末学の者の哥を読には、」[38ウ]詞にかゝわりて親句過れは、返《却て》つて心を取て《もとりて》哥うすくなる也《もの》、かゝる所の境を能〻考へき事也、したり尾万葉には乱尾と書て、したり尾と読り、勝れて長尾を言也、扨此哥の心ハ先山鳥と言鳥わ雌雄山の尾をへたてゝぬるものなり、依之山鳥のめとりをとり、山を境へてぬる如くに我身をたくへて、山鳥の尾の如くに、」[39オ]さはかり長き夜比を、我思ふ人にもあわてひとりかもねん、中〳〵ねられましきと侘敷心を深く言籠たる哥也、此哥の上の句足引の山鳥の尾のしたりをのとや、すゝろに云出たる詞つゝき《先》珍敷面白に、下の句にひとり長き夜をぬる、無量の物思へをふくめて、長し《く》夜をひとりかもねんといへる詞遣ひ、千歳の上に」[39ウ]珍敷詞を得て、末代の今に至りて猶無上至極の躰也、

ほの〳〵と明石のうらの朝きりに嶋かくれ行船をしそ思ふ

の哥ハ四条の大納言公任卿和哥の九品を立られしに、上品上生の躰に出し置れたり、然るに定家卿此百首に取分て此哥を入給へる事、定家卿の心はい言語の及はさる処なり、惣して人丸の哥ハ、情」40オ を本として景気をのつから侍りたる物なり、天性哥仙の徳なり、扨此足引の山鳥の尾の哥を取て、俊成卿に九十の賀を後鳥羽院より被下し時、十二月新調の屏風の哥に、

桜咲遠山鳥のしたり尾の長〳〵し日もあかぬ色かな

又新古今集秋の下に、定家卿の哥に此足引《の》足哥を取て、

ひとりぬる山鳥の」40ウ 尾のしたりをに霜置まよふ床の月《月》影

是も我身を山鳥に比《ヒ》して読れたると見へたり

山ノ辺《ヘ》ノ赤人　作者部類云万葉ノ目録藤原敦証《アツスミ》引二テ姓氏録一ヲ山辺宿祢赤人垂仁天皇ノ後也、裔孫《エイソン》正六位《上》山辺ヲ大老人《ヲキナ》之子云云、山辺ハ氏宿祢ハ尸也、古今の序に又山辺の赤人と言《有》人ける、哥に」41オ あや敷妙也けり、人丸ハ赤人の上に立ん事かたく、赤人は人丸の下に立ん事かたくなん有《あり》けると也、是にて哥仙の程をしるへし、人丸と勝劣わかたぬ程の哥人なり、宗祇注に言、人丸・赤人同時也、赤人ハ少し末の人にや、万葉の末には人丸の哥見へす、赤人ハ末迄あり《とあり》、此宗祇の注によりて万葉集を考るに、赤人の」41ウ 哥ハ万葉第三雑哥の中に、山辺宿祢赤人望二ム不尽山一歌一首、又同集第六神亀元年十月幸二シテ紀伊国一ニ時歌、又神亀二年播州印南野《イナミノ》ニ行幸之時供奉リ而読歌、又天平六年三月幸二于難波宮一ニ時ノ歌等あり、始の雑の哥の中には、人丸抔の哥相交りて、人丸と時代ひと敷ミへ侍れ共、其中にわ時代不同の人もあれハ、時代の拠」42オ 取難し、然し神亀元年の年号ハ、聖武《天皇の時の年号なれれは聖武の》の時の人たる事顕然たり

又飛鳥井家古今抄に、上総国山辺郡人也、彼所ニ廟今ニありと作者部類ニも有也

4田子の浦にうち出て見れハ白妙の／冨士の高根に雪ハふりつゝ

此哥新古今寒《冬》部ニ入て、題しらすと有、万葉第三雑哥の中に、山辺宿祢」42ウ 赤人望不尽山歌一首并短哥

あめつちの　わかれし時ニ　神さひて　高くとふとき《山ノ高ク天ヲ立也》　駿河成　冨士の高根を　あまのはら　ふりさけ見れハ
渡る日の　影もかくろひ　出《て》る月の　光りも見へす　白雲も　いゆきはゝかり　時しくぞ（ママ）　雪はふる《り》ける　語り
つき　いひゆ《つき》かん　ふしのたかねは

反哥

田子の浦にうち出てミれは真白にそ／ふしの高根に雪ハふりける」43オ

と有、此哥を新古今にいるゝ時、第三の句と結句とを少しつゝ直して入られたり、前の長哥を以てすれは、此哥味よくしるゝ也、田子《児》浦駿河国名所也、高根とハ峯をさして言也、扨哥の心は眺望の哥にて、陸地に置て山海の景を兼たり、他境ニてさへ山海を一ッに見れ《ん》ハ、面白かるへきに、況や山ハ冨士、海ハ田子也、満景いわん」43ウ 様もなし先《きなり》田子の浦のたくひなき《く》、面白みを立出て見れハ、眺望限りなくして心詞ニ及はさるに、冨士の高根の雪を見たる心、言語道断の風景也、扨此哥ハ海辺の面白をも、ふしの高根の妙成おも一向ニ詞の表に顕さす、境地斗を云立て、其理はわたらぬ也、たゝ処のさま斗にて、一首の義理ハなし、扨一首の表に義理不顕」44オ して言外に大きに味を含《意》みて、余情限りなし、扨打出てと云所にて、限りもなき風景を思へとなり、うちの字に心をハなき字成共、たゝ出て見れハと言にてハ非す、少し味可有なり、古歌ハか様の所を能味すしてハ、稽古にもならす、古人の妙をも不知也、又ふりつゝといへる、此山の雪ハ常に降りつミて見事成に、今も」44ウ 猶又降つゝ見事成事《心》を言含《メ》たる心也、此つゝには極秘伝有事なり、扨此白妙の冨士の高根に《と云句つゝき錯綜の句法なり、冨士の高根に》白妙の雪ハ降りつゝの心を、錯綜の句法にて、白妙の冨士の高根に又雪はふりつゝとよみて、首尾をすへくゝりたる所、名誉の句法なり、当意即妙の哥也、錯綜の句法詩《シ》にも有て、杜甫七言下、」45オ

香稲《トウタクヨス》啄余鸚鵡粒碧棲《梧スミアラス》老 鳳凰枝、是錯綜の句なり、鸚鵡啄余香稲粒鳳凰棲老碧梧枝と可有事成を、引返してすへくゝり、処からと言大和と言、何れも奇妙の作也、能〻味へし、亦三躰詩に江南春ト云題にて、杜牧之か詩に、千里鶯啼緑映レ紅ニ水村郭《山》酒旗風南朝四百八十寺楼台《多少》」45ウ煙雨中、此詩の心無尽の風景を云《言》外《云》に言残したり、能此哥の趣に叶りとそ

猿丸大夫　幽斎抄に古伝云用明天皇聖徳太子背大兄王子《山シロヲ、エヲ、キミ》弓削王《ケヲ、キミ》此弓削王を号ニト猿丸大夫一ト云、　宗祇の注に弓削道鏡を云とあり、大に誤リレ、弓削王といへる故ニ誤りたる成へし、三光院実澄」公46オの説に、元明天皇の比の人也と有り、道鏡は四十六代孝徳《謙》天皇の時の人也、然れハ弓削王とは、時代大キに替れり、かたく宗祇の説《セツ》誤りたる也、鴨長明か無明抄《(ママ)》・方丈記等ニも近江国田上の下に曾束《ソツカ》と云処に猿丸大夫か墓有となん《あり》

5奥山に紅葉ふミわけなく鹿の／声聞ときそ《そ》秋ハかなしき

此哥古今集秋上読人しらすとありて、」46ウ是貞のミこの家の哥合の哥と有りて、忠峯の哥の、

山里は秋こそ殊にわひしけれ／鹿のなく音にめをさましけれ《つゝ》

此哥とならひて入たり、然れ共、定家卿この百首に猿丸大夫とあれハ、其分成へし、又猿丸家集には鹿の鳴音を聞とあり、又本に依てなきも有、幽斎抄ニ此哥ハ奥山にといへる五文字肝心なり、」47オ扨宗祇の注に、秋深く成行てハ、端山なとハあらわ成比、深山の陰を頼ミて、鹿ハ有物也とあり

此説誤り也、先紅葉は奥山より早く染る故、散るも早し、端山ハ遅く染る故、散《チル》も遅し、又庭抔ニ有ハ、端山よりも猶後ニ色付、散る事《なとも》もする也、花ハ又紅葉に替りて、端山程段〻早く咲て、深山」47ウ程遅《ヲソ》く咲散もの也、源氏物語若紫巻にも、弥生のつこもり成レハ、京の花盛は替過にけり、山のさくらハ、また盛にて、入もておはするまゝに、霞のたゝすまひもおかしう見ゆれと《ハ》、かゝる有様もならひ給わす、処せき御身にてめつらしうおほされけり、是ハ源氏の

わらハやみにはつら（ママ）へ給ひて、北山のくらま寺へ聖に持《加》のため分入」48オ給へし文段なり、依之花も紅葉も遅速の違ひ有事也、依之宗祇の端山抔ハあらハ成比、深山の陰を頼ミてと云るは、端山より早く散て、深山は紅葉の散を《も》遅き様ニ聞ゆる故、かた〳〵あやまれり、扨一首の哥の心ハ、深山より早く紅葉もそめ、散も早き故、秋ハ何レの時分か物悲しきといへハ、紅葉のうち散比、鹿の」48ウうち侘て鳴時節の秋か、いたりて悲しく《き》と言心なり。（ママ）声聞時其その字と秋の《は》ハの字に当りて、能心を付てミへし

幽斎抄に声聞時わ《そ》秋わ悲敷の秋ハ、世間の秋也、声聞人に限り《る》へからす、とあり、然し声聞人に限らすと言ては又声聞時その聞の字又捨かたき也、依之奥山にて鹿の声聞人の哀ふかく、堪かたく悲敷につけ《き》て、世間の秋を思へつゝけて」49オミれハ、此時《節》奥山にはあらさる世間の秋も、おしなへて悲しかるへきと思ひやりて読ると迄心か余りて聞ゆる也、是等をや余情深きの、又ハ言外の意味深し抔云成へし、宗祇注に先達の注に、此哥ハ意味の深長成事、業平の月やあらぬ春やむかし程の哥也、と有、俊恵法師の哥に、」49ウ

　龍田川梢まはらに成まゝに／ふかくも鹿のそよく鳴《なる》かな

此哥ハ一《又》向季秋ニ成て、奥山ハとく散り、端山も又散はてゝ後、梢まはらに成てあらハ故に、山深く入て鹿の鳴比の景色を読たる成り、白詩（ママ）文集十四に、大底《ムネ》四時心惣《スヘテ》苦《クルシム》、就《ナカンツク》レ中断腸ハ是秋天とありて、都て春ハ面白く、秋は感情ふかくもの悲しき時也」50オ

中納言家持　万葉勘物ニ曰仙覚法師説、大伴。宿祢家持ハ者大納言贈従二一。位安麿ノ孫大納言旅人ノ子也ト云云、拾芥抄・作者部類等説同之、大伴ノ姓者天智天皇ノ孫大友皇ノ子与多王《ヨタノヲ、キミ》賜フ二大伴之姓一ヲ、見タリ二于紹運録一ニ安麿与多王孫也、家持ハ延暦二年七月十九日任二従三位中納言一、又右衛門督参議右大将・右大弁ナトヲ経テ陸奥・出羽按察使、又任二鎮守府将軍一ニ延」50ウ暦四年八月薨ストニ云云、拾芥抄ニ云万葉集廿巻京極中納言定家卿抄ニ云、撰者無シ二慥説一、世継物語ニ云万葉集ハ高野孝謙御時諸兄大臣奉レ之ニ云云、

但件集ハ橘ノ大臣薨之後哥多ク書レク之、似二タリ家持卿之所レニ注スル不審也ト云云、諸兄之死後家持撰継給ふよし仙覚抄ニ有

6かささきの渡せる橋におく霜の／しろきを見れハ夜そ更にけり」51オ

此哥新古今集冬部に入て、題しらすと有、かさゝきの橋の事淮南子鳥鵲塡《ミチテ》レ河ニ成レ橋以渡《ワタス》二織女一ヲと有、是より七夕の哥に多く《多ク》鵲の橋来ハ、かさゝきのはをならぶる（ママ）、又ハ鵲のよりはの橋抔読習せり、然し此哥の鵲の橋ハ、七夕抔に読鵲の橋にハ非らすとなん、只天の事を云たる物也、然し元来天の鵲の橋の事読習したる故に、あなかち鵲なら」51ウ ねと、たゝ天の事にも、鵲の橋と云たるもの事也、順徳院の御製《作の》に八雲の御抄ニ鵲の渡せる橋ハ只雲のかけ橋也、誠に有ニあらす、宗祇の注に深《冬》く成て月もなく、雲も晴たる夜、霜は天にミちて更ニ冴たる深夜抔に起出て、此哥を思ハゝ、感情限は有へからすと有、釈名に霜露は陰陽の気勝テ則凝テ為レル霜ト有《と》、さ《あ》れハ一夜」52オ の内にも、明方陰気せまる故殊ニ寒し、依之暁に至らされハ、霜は置ぬものなり、鵲の渡せる橋に置霜と云るハ、夜も明方ニ成て一天に霜の満ゝたるをさして云り、霜の天にミちたるとて、眼前に降たる霜にあらす、月はなけれ共、晴たる夜の寒天白く冴て、さなから霜の一天に満たるとミゆる様《成躰を》に、鵲の渡せる橋に置霜と云り、」52ウ 依之霜ハ明方に置故、其白きをミれは早夜も明方に成たると言心也、寒天の別て風景もなき処より、景風《気》を作り出したる、哥人の妙処爰に有と知へし、三躰詩ニ楓橋夜泊の題にて張継の句に、月落鳥啼テ霜満レ天ニと言る処、能此鵲の橋に置霜と云に似たり、此詩も明方の景気也、大和物語に泉大将定国」53オ の随身忠峯の哥に、

鵲のわたせる橋の霜のうへを／よわにふミわけ殊さらに《に》こそ

此哥も家持か哥をとれり

安部仲麿　孝元天皇皇子大彦命《安部氏祖》後也、伝《古》ニ云中務大輔船守ノ子ト云云、文武天皇大宝元年誕生、宗祇云仲麿ハ元明・元正両代之人云云、最モ人王四十三代元明天皇和銅元年ニ誕生、飛鳥井栄雅古今説ニ」53ウ 云仲麿元《ゲン》正天皇御宇霊亀二年八月遣唐

使大伴山守ニ同船而入レル唐ニ云云、又或説ニ聖武天皇神亀四年多治比縣主《タチヒノアカタヌシ》広検(ママ)唐使ニテ入唐ノ時仲麿学生となりて随ひ行しとなり、年十六歳なりと云云、亦唐書列伝二百二十に、朝臣仲麿は易《カヘテ》二姓名ヲ一去(ママ)フ二朝衡ト一亦号ス二晁衡《テイカウ》ト一、唐帝ニつかへて秘書監に至り、検校に至り左補闕をへたりと、扨仲」(54オ)麿か事ハ古来より説ゝ有て一決しかたし、若年にて唐に渡り、帰朝して再又遣唐使に至る共あり、又唐に渡りて終に帰朝せす共言なり《説も》、又唐より帰朝の海路にて大風に逢て、安南と云所にたゝよひ、終に又唐ニ入て《にては唐より》、唐の蕭宗に仕へて、官ニすゝめり共有、様ゝなれ共古今集の左注、又は土佐日記等ニ帰朝せしと存故、当流」(54ウ)帰朝とする也《こゝろ得る》

7天の原ふりさけ見れハ春日なる／三笠の山に出し月かも

古今集に羇旅部の巻頭、唐にて月を見て読る云云、此哥の左注に、昔仲丸を唐に物習わしに遣したりけるに、あまた年をへて帰らんと思へたゝれる時《りまふてさりけるを》、此国より又使至り《羅》けるに、たくひてまふて来なんとて出立けるに、明州より海辺《と云処の》ニて彼国の人」(55オ)馬のはなむけしける夜に成て、月のいと面白くさし出けるをみて読るとなん伝ふ《ると》云云、仲丸を唐に物習しに《とは》遣《遣》し唐使随て日本より唐へ学問の為につかわせし也、遣唐使とハ大使・副使・判官・主典とて四人器量を撰ひて、船四艘にて遣す也、是を八雲御抄に四の船と云由也、仲丸ハ此の人の外ニて、学生と成て入唐せし也、」(55ウ)余多の年を経てとハ、唐帝に仕へて、唐に数ヶ年をへたる人也

此国より又使者至り《罷り》けるとは、後に行し遣唐使には船にて帰朝せしめ、明抄(ママ)とは明抄(ママ)のつとて、帰朝の舟に乗て出処也、彼国の人馬の餞しけりとハ、仲丸帰朝の時、王摩詰《号ス二王維一ト》包詰抔詩を作りて、名をしミ《残》侍りし也、尤帰朝の花《むまのはな》」(56オ)むけとハ旅人を送るとて、饗をなすと言也、餞別の詩外にミへたり略之、扨天の原とハ天の眇ゝたるを云也、土佐日記には此五文字蒼海原とあり、撰集に入時例の通直して入たると見へたり、宗祇注にふりさけみれハふりあふきてミる心也、但し当流に提《ヒツサクル》と言様に意得るなり、ふりおふく《あふく義》ハ勿論也、され共此意ハ唐し人の名残を惜む比、月ハ」(56ウ)

明らかにすミ渡りて、天つ空も曇《クモル》る処なき比、我朝の三笠山を詠つけたる心を、手裏に入たる様なれハ、かく云り、くれ〳〵此哥ハ唐人の名残をも本より、天の原をも我朝の事をも能思ひ入て見侍るへき事とそ、長高く余情をさめし《かきりなし》哥也、

ふりさけ万葉に振仰而《フリサケテ》・振放見《フリサケミレハ》杯書り、本より宗祇注の如くふりあふき」57オ ミ侍は勿論の事なから、当流にはひつさくるの字の心也《にミる也》、手の内に入て見る心也、哥の心ハ春日成三笠山奈良の東の方也《に当りて》、仲丸入唐せらる前に見馴《常》し処也、依て彼明州のつにて、唐我朝をかけて、万里の外迄すミ渡り、面白月をミれハ、末こ唐の地といへ共、奈良の京にて見馴し古郷の月心に浮て、」57ウ 手の内に入たる様に覚ゆれハ、是こそ我朝の三笠山に《の》出し月なれと、ほしいまゝに我物にしてミる心也、ミれハのハの字と月かものかもとしつくりとせぬ様に聞ゆる也、ミれハのハの字心残りたる様に聞ゆ、さへにさへたる空にては有り、万里の外迄さわりなきに、我朝の奈良の都にて見馴し月を、眼前にミる心地なれ《す》ハ、」58オ 是や三笠の山に出し月といへる心、ミれハのハの字に有也、此ミれハのてにはにてハと云からハ、なりと云へき処也、然るをかもと云る事面白き也、　仲丸わかき程に入唐して、久敷長安の都に住と云共、古郷忘し難くして、人の国にて我国の三笠山の月影をミる心地する当意尤余情限りなく、おふき成哥也」58ウ

新勅撰和哥集ニ家長か哥に、

いつくともふりさけ今ハ三笠山／もろこしかけて出る月影

是も仲丸か哥を本哥にして読る、又面白きうた也

喜撰法師　或ハ基泉、系図等無レ所見レ佐々木高秀古今抄ニ喜撰ハ橘諸兄孫奈良麿子醍醐ノ法師ト云云、千載集の序俊成卿宇治」59オ 山か増《(ママ)》喜撰と云けるなん、すへらきのミことのりを更給《たまハり》ひて、大和哥の式をつくれりけりと云云、八雲御抄に光孝天皇の時勅を承りて、和歌式を作ると云云、花鳥余情橘姫巻云喜撰隠二居ス宇治山一ニ持二シ蜜児一ヲ食二ヒ松葉一ヲ得二ル仙道一ヲ云云、元亨釈書に窺仙とありて此趣有、同人歟、鴨長明か無妙《名》抄に云、喜撰」59ウ か跡御室《戸の》の奥に廿《余》の町斗り山中に入て、宇治山の喜

撰か住ける跡あり、家はなけれと室の石をすへ抔さたかに有、是等尋て可見事也、今喜撰嵩《タケ》と号《ス》

8我庵はみやこのたつミ鹿そすむ／世をうち山と人は言なり

此哥古今集雑下題しらすと云云、都の巽《タツミ》とハ宇治山の方角をさしていへり、此哥ハ喜撰世を遁れて宇治山の」60オ奥に身を納め、心を安くして読し《る》哥也、しかそ住とハ我爰に住得たると云心也、しかそハ如此と言心也、世をうち山ハ世をうゐと読たる物にて、迷ひる世上の輩は爰をうしと言也、誰ゝも我身をおさめ、心をやすくせは、人ゝ皆喜撰たるへし、世をうき山と人ハいへ共、喜撰ハしかも住得たるとの義也、紀貫之」60ウ古今序に、うち山の僧喜撰は、言葉かすかにして始終り慥ならすとあり、此始終り慥ならすと評判したるハ、世をうち山と人はいへ共と云へきを、人は云也と云る処をさして云る物也、又秋の月を見るに、暁の雲に逢るか如し、云るハよもすから晴たる月の俄に雲の懸りたるを、始終慥ならすと《さるに》たとへて云り、然し此雲の」61オ懸りたる様幽にして面白き処あり、尤此喜撰か哥幽成哥也、世をうち山と人は云也といへ《いふ》しに、始終り慥成さる故、却而幽玄成処ある事也、　古今の序に読る哥おほく聞ぬは、彼是をかよわして、よくしらすと有、喜撰哥に、

木の間よりみゆるハ谷のほたるかも／いさりへ《に》あまのうみへ行かも

此哥を古今《続》を撰せらるゝ時、撰者各」61ウ続只《古今》今に入へき由を被申けるに、為家貫之か筆むなしく成とつふやかれけれハ、いつれも尤と入さる《成よしにて》也、然るを後に冷泉院為家《兼》卿玉葉集に彼の哥を入られたる事大成誤り也と云り、宗祇注に王舎城事有り、後水尾院も王舎城の古事尤成事也《由》由、此哥の下心ハ我庵は王舎城観心の意也、」62オ玉舎城とハ法華経序品《ホケキヨウシヨ》に有て、国王おふの都也、其国度ゝ出火せしか共、此王舎城ハ焼さりしか、何方をも王舎城と名付て、其名を借よそふて火難を遁しと也、此王舎城を以観心に物する時は、此身即王舎城にて中に心王舎城借る也、是を天台の智恵大師の釈に、王即心王舎即五蘊と釈し給へり」62ウ

王舎城とハ王の住処を云、心王とハ一念ニて起らぬ処を云也、又善共悪共起るを、心処と云也、五蘊とは色受想行識の五ッなり、此五ッか集りて衆生の願と成て、心王を住せしむる也、更想行ハ用也《此五蘊の内に色と云は衆生躰なり》、識ハ如法也、亦文句ニ過去心王造ニル現在五蘊舎ヲと云云、是は過去ニて清浄成心なる者ハ、其因縁によりて此世ニても」63オ能身にむまれて清浄也、過去の心つたなけれハ、此世にても其業因ニよりて、其身賤ものに生るゝ也、其故ニ浄名経にも、若其心浄なれハ、即仏者も浄シとなり《説り》、此哥の心も喜撰か過去の清浄より作りたる五蘊舎成れハ、都の辰巳の庵も、喜撰か心にハ其便清《まゝ》キ王舎城と思ひて、住居たる也、又過去」63ウ不浄の心よりミるものハ、此山を世をうち山と云成へし、なれ共我庵は王舎城思ひて、しか住得たると云心也、後京極良経公の哥を取て、喜撰か哥、

春日山ミやこのたつみしかそ思ふ／北のふし波春にあへとは

小野小町　古今目録并拾介抄ニ云、出羽郡司ノ女五十四代《人王》仁明天皇御宇承和ノ頃之人也云云、作者部類親房」64オ古今抄等同之、或説ニ云羽州郡司小野良実《ヨシサネ》女又当証《マサスミ》女、三光院ノ説当澄女ト云、郡司とは国司に守介掾目《カミスケショウサクワン》有ことく、大国ニは大《郡に》領・小領・主張・主典とて有を、郡主とは云也、六条顕昭法師か袖中抄ニ云数十年在京して好立《色》也、然れ共本国に移り死去故屍在ニリ八十嶋ニ歟、飛鳥井栄雅説同之、江記亦無名抄等にハ、」64ウ業平ミちのくへ下り給へし時、小町か髑髏《トクロ》

秋風の吹につけてもあなめく

と云るに　おのとわいわすゝ《し》き生けり

業平下の句を付給へる由なれ共、範兼の蒙《童》抄、清輔か袋紙《子》草にハ只人と斗有て、業平とハいわす、又親房卿ハ実方と印し給へり、然れハ一決しかたし《たき事也》、然れ共小町ハ業平と同時代の人にて、業平の陸奥へ下り給へし時ハ、小町は死へからす、其証」65オ古今・後撰・伊勢物語に明らか也、童蒙抄・袋草紙《等》にたゝ人と斗の説可然也、徒然草云小野小町か事究てさたかならす、おとろへたる様ハ玉造と云文に見へたれと、此文清行か書りと云説あれと、髙野大師の御作の目

録に入リ、大師は承和の始に隠れ給へ、《り》小町か盛り成事、其後の事にや、猶おほつかなし、」[65ウ]作者部類云或人玉造《云》小町ハ非二ス此人一ニ云、玉造と云文三吉清輔《行》か作ならハ、清行ハ寛平・延喜の比の人、小町の盛りハ仁明・文徳の比、遍昭・業平・安部清行等陽成院の時、康秀抔哥を読かはせし事、古今・後撰・伊勢物語・大和物語等ニあり、時代大かた相当す、大師の作にては大師入定仁明年号、承和二年三月」[66オ]廿一日なれハ、時代不相叶、然れハ小町《小野》ハ玉造小町と別人成へし

古今序に云小野小町ハ衣通姫の流也、哀成様にて強からす、いわゝ能をうなのなやめる処有に似たり、強からす《ぬは》おふなの哥也、《なれはなるへし》僧正遍昭・在原業平・文屋康秀・宇治山喜撰・大伴黒主・小野小町此六人の内にて、小町ハ難なき哥也、強からぬ」[66ウ]はをうなの哥なれハと、ゆるし給へぬ《たり》、尤上代の哥口勝れたる哥《人》也

9花の色ハうつりにけりないたつらに／我身世にふるなかめせしまに

古今集春下題しらすと有、宗祇注に小町か哥古今おふく入たる内第一の哥也、又家集《とあり》ニハ花を詠てと有、花の色は移にけりなハ、花の散かたに成たるを云なり、いたつらにとはむなしくなとゝ云詞と同し事也、」[67オ]詠めせしまにとハ、詠つゝいたる間にと云心也、此詠ハ花をミる事にてハなし、惣して哥ハ《に》花を見月を見る事をかよわして、なかむると読事も古哥に侍《見へ》れ共、先ハなかむると云事ハ何となく物思へ抔の心中に有時分抔に、只然と大空抔にうち向ひたるを、詠むるとい《ハ》へり、先達加難詞に哀レ成事なかむる事に」[67ウ]読へし《と》哀と言物は別に有様にハ読へからす、◦ケ様に俊成卿抔《代にも人にもゆるされた》《る哥読抔はかよふの事をおかす事あり例とすへからす。なる詞なるゆへ思惟して用へき詞なり》評判して置れ有り、扨此哥に表と裏との説あり、先表の説は三春の中の一の賞翫成物故、先咲出るを待《折角》もの也、扨咲たる《ら》ハ一向万事を捨置て、花に斗身をうちまかせて、花を賞翫せむと平生あらまし事に、かねて思へもふけしに、世に」[68オ]住習にて、あるひハ世を恨ミ、又ハ人を恨かちにて、兎や角物思ひにうちなかめて明暮る間に、いつしか花の色ハ移りにけりな散方ニ成たると打驚きなけく心也、尤花を見ぬ事なれハ、移《に》りけりなと推して云也、　二条羽林為

氏卿はなかめを長雨と字《雨の》を添て、古人風《ふる》にふかく読て被申し也、尤花時風雨多シ抔と古人も」68ウ詩に作て、花の咲たる時分長雨のふる物也、又我身世にふると云も雨の縁語也、然れハ兎や角世に住習もうちまきれて《打》詠る内に、長雨さへ降出て花の色ハ移りにけりなと云心也、尤雨には花も一入早くうつろふ物成レハ、尤面白し、伊勢物語に時は弥生のついたち、雨そをふるにやりける

起もせすねもせて」69オよるを明してハ春の物とて詠め暮しつ

是も詞書に雨そをふるとあれハ、詠めニ雨を添たる也、又後撰集春の上に詞書に、人に忘られて侍ける比、雨のやますふりけれハ、と有て読人しらすの哥に、

春立て我身ふりぬる詠めにハ／人の心も《の》花そちりける

是等も同し事也、扨裏の説と」69ウ云は我身のおとろへ。《をうちなけきて読る哥なり扨我身おとろへ。》行を我身なから我とハしれ《ら》ぬ物也、依之花の衰へ行を見て、小町か花成し我身の盛りも、かくこそ哀へぬらんと思ひやりて読る也、我身世にふる詠めせしまに、世に随て世をかこち、又は色好ミにて人を恨ミ抔するよりも、移りにけりな《歎敷光陰をおくる内に、我身の花なりし形も》定ておとろへたるにてあらんと、我身のおとろへを、」70オうち歎きて読る也、此事斗ハ誰もくも思ふへき事也、我身のおと《ろ》ふるも知らすして、身の上を忘れて居人《間の》は有習也、尤無常の習迄もわすれて、徒に光陰を送る事也、白楽天詩にも年こ歳こ花相似、歳こ年こ人不同と言り、花は毎年こ同しく咲とも、人間ハ年こ《歳々》に随て衰ぬる故、昔の春に同しからぬ也、」70ウ後撰集に読人しらす、

春立て我身ふりぬる詠めにハ／人《の》の心の花そちりける

同し心の哥也、又小町か哥を取て、後拾遺ニ静仁親王の哥に、

花ハみな詠せしまにちりはてゝ／わか身世にふるなくさミもなし

扨此小町か哥のなかめせしまにと云詞を後水尾院の仰に、常に用る詠めよりハ殊外重く聞ゆる也、兎や角と詠せし」71オ

まにと云様に聞ゆる也、爰か詞の用捨一首の心の仕立にて、言外に意味も有、又同し詞なから、おもき軽きも出来ル也、家隆卿の哥に、

なかめつゝ思ふもさひしひさ／かたの月の都のあけかたのそら

此詠つゝの哥は軽く聞ゆるなり、又西行の哥に、

なかむとて花にもいたくなれぬれハ／散わかれこそ悲しかりけれ」71ウ

此なかむとては重きよし、中院也足軒素然通勝卿仰られしなり、然共なかめせしまにの詠ハ、なかむとてと云るよりハ、一《猶》か《さ》さおもきよし後水《尾》院仰られし、同し詞にても一首の仕立ニて軽重意味の浅深ハ有事也、能こ味わへ見へし《すしては》、かゝる処の境ハ知れさる也、又小町か哥に、にの文字一首の内に四ッ」72オ あれ共、一向耳にもたゝす、惣して二の字ハ別して、舌《吟するに》に当りて耳に立物なり、然るに四ッの二の字さ《耳に》わらぬ事尤上手の仕業なり、鎌倉将軍宗尊親王三百首の和哥に、

しら雲のあとなき峯に出にけり／月の夜舟も風をたよりに

右之哥尤師匠成故、為家卿へ点をこわれしに、為家卿評判の詞に《書》」72ウ にの字余多指良し返《るか》されける也、小町か花の色は移りにけりな、是は秀一ニ候得は何事かと云云、此判の詞の通りに、殊の外に文字やかましく聞ゆる也、峯に出にけりとせハ〱しなくつゝきたる故、やか間敷耳にさわる也、小町か哥ハ移りにけりなと云るニ尤軽し、徒にの二の字又軽くして、我身世にふるの二うつくしく聞へて、に」73オ 文字二ッ有様にも聞へさる也

唐の韓退之か送ニル孟東野一ニ序に一篇僅ニも三百三十余字有、其内に鳴の字三十九有、然とも読者其多きをしらす、唐と云大和と云上手のしわさハ格別の事也

蟬丸　人《(ママ)》明天皇之時ノ道人也、常ニ不剃髪ヲ、世人号翁ト或ハ謂ニフ仙人一トモ一条禅閣《(ママ)》之作ノ東斎随筆ニ云寛平法皇ノ子」73ウ 敦実親

王ノ雑色也ト云云、同しく東斎随筆に敦実親王管絃の道に達し給へり、蟬丸か琵琶は是を聞取て弾じ《(ママ)》ける也、夫よりして盲人の琵琶ひく事始れり、三光院御説に猿丸を盲人と云は誤れり、後撰集に此是や此の哥入て詞書に、相坂の関にて行末の人をミてとあり、盲人ならハ見る事有」74オへからすと云云、此説の通りにて尤盲人と云ハ誤りなり又博雅の三位蟬丸に琵琶を習へりと云事有、是又誤りなり、宇治拾遺物語に博雅三位と云ける人ハ、木幡《幡》とかやに目つふれたる法師の世にあやしけ成ニ、琵琶ハ習ひ給へけると有、此説を蟬丸と覚違ひたる物也」74ウ

又或記ニ云木幡山盲僧ハ不レ測ハ所レ来《ウラ》棲《サイ》ニ遅シテ於木幡山ニ自凶スニ其名形ヲ一、似リニ桑門ニ一甚窶人呼ンテ為レ僧能鼓スニ琵琶ヲ一、有ニ二三ノ秘調ヲ一三位源博雅甚少也、常来ニ木幡ニ一覚ニ琵琶ヲ一芸《(ママ)》己精矣於テレ是ニ乎欲スレ得ントニ秘調ヲ一、盲僧カ云吾不レ知也、博雅自此夜潜《ヒソマリ》如ニ木幡ニ一伏于庭叢之中ニ一矣而レトモ盲僧曽テ無レ弄スルニ秘曲ヲ一己将ニ百夜ニ一時方九月夜静カニ月清シ四顧寂寥タリ盲僧偶把ニ琵琶ヲ一弄ニ彼三曲《曲》一終テ」75オ博雅徐従リニ叢中一出来盲僧偶把ニ琵琶ヲ一有レ悔色、博雅自ラ説テ三夜々来往ヲ而幸遇ルコトヲニ此時ニ一矣、亡僧感シテニ至誠ニ一也、尽ク授ニ秘曲ヲ一後不レ知所也、亦鴨長明か無抄《(ママ)》に云、逢坂に関明神と申は昔の蟬丸の彼わら屋の跡を失すして、《そこに》神と成て住給ふへし、今も打過ん便りに見れハ、昔深草帝の御使として、和琴ならひに良峰の宗貞とて、通ひ」75ウけん程の事迄俤にうかひて、いみしく社侍れと有、此良峯の宗貞の蟬丸に和琴をならひたるを、木幡の盲僧ニ博雅三位の琵《琶》筆を習ひたるとを一ツにして、蟬丸をも盲人と後人云り、かたく誤り也、鴨の長明か海辺を見て作りし海辺《道》記ニ云蟬丸は延喜第四の宮なり、故に関のほとりを四宮川原と」76オ号と云云、此延喜第四の皇子と云事又誤り也、其釈ハ古今集に蟬丸の哥いれり

世の中はいつくかさしてわかならぬ／行とまるおそ《(ママ)》やと〻《(ママ)》定めん

風の上にありか定むるちりの身ハ／行衛もしらす成ぬへき哉

あふさかの嵐のかせハ寒けれと／行衛しらねハわひつ〻そぬる

此哥共蟬丸のうた也、然れ共古今には、蟬丸と名をあらわさす、題しらす。《読人しらす。》と雑の哥下に入れり、後撰集には作者を」76ウあらわす由僻案抄にミへたり、又延喜帝は十三歳ニて御即位有し也、古今集をゑらまれたるハ、延喜五年四月十八日の事也、然れハ延喜帝廿二才の時也、然るに古今集に蟬丸の哥入て有にて、延喜帝第四の皇子にてなきを知へし、延喜よりの尤先の人なるへし、又逢坂に四の宮有し事、是又延喜帝以前の事、小町」77オ家集を《に》見るに、四のみこうせ給へるつとめて風吹にと詞書ありて、

　今朝よりは悲しの宮の山風や／またあふさかもあらしと思へハ

是則逢坂に四宮をよミ合セたれハ、今の四の宮川原と云る此宮の事成へし、然れハ仁明天皇の比の事とみへたり、かたく〱似る事故誤り来れる者也

　10是やこの行も帰るもわかれてハ／しるもしらぬもおふ坂の関」77ウ

後撰集雑一あふ坂の関に庵室を作りて住ける、行かふ人をミてとあり

あふ坂の関は近江国なり、哥の心は先表は旅人客往来のさまにて、朝暮のありさまをよめる也、此これや此と云五文字殊外強き五文字にて、相坂ニ指当て落付て云る五もし也、此五字ハ今も何もひとつ物にひする事なけ」78オハ置ぬ五もし也、扨これや此とは今相坂と言、是や此目前に東へ行人あれハ、都へ帰物有、逢人あれハ、わかるゝ人有、しる人有ハ、知らぬ人有、然れ共爰にては行あひ、爰にてはわかれ去て、又来りて逢処関よと旅宿の朝暮の往来の有様を思ひつゝけて読る哥也、扨裏の説の心は会者」78ウ定離三界流転の有様を云り、行も帰るもと云るは流転の事なり、此界の衆生は都て過去の業因にて、前生にて善事をなせハ、善因むくひて此世にて能果を請、又此世にて悪業をなせハ、未来ハ悪趣趣(ママ)なり、又前生にて悪事をなせハ、悪因報く也、此世にて当来あしき也、依之すへて」79オ過去の因業にて其果を得て此よに生れ、又此世の因にひかれて、又未来に生を更て生れ替り、死替り有るをしやうし、流転を云也、生死

出離して菩薩にならさる内ハ、地獄・餓鬼・畜生・修羅・人間・天上等の六道を、車の輪の廻る如く流転する也、依之此逢坂の往還の有様、是や此六道」[79ウ]に輪廻して、死別れ生《れ》別れ来る理りの因果の関は、のかれぬと観念したる哥也、目前の還レ往にて六道輪廻の有様を語りたる也、扨後撰集には知もしらぬもわかれつゝと有、此百首に入時、改メて別レてハと入られたる也、別てハの時は知るもしらぬもと下へつゝく也、扨会者定離と云て、逢てわかるゝと云か明也、然るに別てハしるも」[80オ]しらぬもとあふと読たるハ、わかれては又あひあふてはわかるゝの心を含みて、別れてハ知るもしらぬも逢坂と逆に言るものと聞る也、別れてハしるもしらぬもとあふと云処に別てハ、又あいあふては別るゝ心をふくみて、残したる物也、此説尤称すへし

参議篁　姓ハ小野、朗詠ニ号ニス野相公一ト、古今真名序ニ曰風流ハ如ニ野」[80ウ]宰相一ト有、是モ篁ノ事ニテ称美の詞也

小野ノ姓紹運録ニ云敏達天皇四代ノ孫毛人《ケコヒト》ノ臣ト云云、是小野ノ姓ノ也《始》、敏達天皇六代孫陸奥介従五位下永見ノ孫参議従四位下岑守ノ子也ト云云、一条禅閤兼良御説ニ云承和十四年正月十二日任ニス参議一ニ、文徳帝ノ仁寿二年十二月廿二日ニ卒スト云云、行齢五十四歳、河海抄ニ云雲林院白毫院南有ニ小野篁ノ墓一ト云云、」[81オ]一説ニ篁ハ破軍星ノ之化身也ト云云、系譜ニ云岑守行ニテ求聞持一ヲ販ル敬白星化ニシテ櫝土ニ成ニリ童子一ト走去ル、岑守追ニテ于竹林ニ而抱レク之ヲ、乃号レス篁ト云云、又元亨釈書ニ云釈ノ満米ハ居ニス和州金剛山一ニ俗号ニ矢田寺一名臣野諫議篁展《ノブ》ニ弟子ノ礼一ヲ、篁又不不レ測《ハカラ》人之身列ニテ朝班《テイ》ニ而遊ニト琰宮一ニ云云、東山六道篁か冥途に通し旧道也とかや、又右大臣藤原三守《ミツモリ》に書翰を奉りて、聟にならん事」[81ウ]願る文本朝文粋ニ有り、関東の足利の学校は篁か被立ニて、学生を教し処也、又遊仙窟《クツ》は篁の訓点也と有、和漢の才に達し名誉の人なり

11和田の原八十嶋かけてこきいてぬと／人にはつけよ海士のつり舟

古今集の羇旅の部に入て、詞書に隠岐国になかされける時に、舟に乗て出立とて京成人の元に遣しけるとあり、水」[82オ]鏡に承和五年十二月に篁を隠岐国へ流し遣しけると有て、承和五年正月に遣唐使を承りて、四船次第に海にうかひし

に、篁病に依て進発する事あたわす、十二月に勅してのたまわく、篁内〻論旨を含みて、外境に使す、然れ共病と称して国命を不レ遂間、律の法に依て死罪一とふを降して、」82ウ 遠流に処せらるへしとて、隠岐国へ配流せらる、此趣ハ第一・第二の船の争也、第二の舟を第一にして、大使是に乗、第一の舟を第二にして副使篁可乗にて有しを、恨ミて病と称してとゝまる、終に幽境をいたきて、世道謡と云物を作りて遣唐使をそしる、其詞おほく忌諱を犯す、嵯峨の天皇御覧して大きに」83オ いかり給へて此罪に当る、承和七年四月召返されて、六月に京に入、同八年壬九月十九日本の位に成、十四年正月参議ニ成、同四月廿三日弾正大弼に成、仁寿二年十二月十九日従三位に成、同しく廿二日卒去す、此遣唐使の事ニ付て又一説有、此時の大使藤原常嗣《ツク》、副使篁に才智及難し、然れ共勅命によりて」83ウ 出立けるに、常嗣《ツク》か船損して篁か船を常嗣乗しに、篁いかりうらみて帰りしと也、又文を作りて是をそしりしとも有、又無悪善と書たる落書有、誰も読人なかりしに、篁か読ニ悪の字にさかと訓有、よつてさかなくハよからんと読、当時嵯峨天皇にましますニ、さかなくハよからんと読は、扨は篁か所為成へしといかり給ふて、罪に当ると有、」84オ 此事宇治《拾》遺物語に侍れと、流罪の沙汰ハ侍らす、《何くにて》流されたる事も定かならす、其後又子と云字十二書たる落書有、篁ならて読人有間敷と読せられしに、篁子子子子子子子子子子子子《シヽノコノコジヽネコノコノコネコ》と読たる故、遠嶋より召返さるゝと有、扨古今の詞書に京成人とハ、おもひ人成へし、和田の原とハ海原なり、海の惣名を云也、」84ウ 八十嶋とハ飛鳥井栄雅の詞に、たゝ仲《(ママ)》の嶋〻を云也、八十ハおふき数也、八十のちまた・八十の湊・八十氏人・八重霞・八重葎なと云て、八ッハ数〻の成にて多《多》き心に用る詞也、哥の心ハ先和田の原と云出たる哀深し、大方の人たにも海路の旅に趣《キ》なハ、悲《ク》心細かるへきに、まして是は流人と成て、しらぬ海原《路》に漕はなるゝた」85オ とへん方なき堪難き心也、所ハ隠岐国とさして行事なれ共、知らぬ浪路に趣きて、多の嶋〻を、漕過《コキ》て、しらぬ世界の外千万里の彼程へ行、此心細きを知人も伝へほしき《ま》を、さなから罪有身なれハ其人と指ては言難し、たゝ我に対する物は、沖の海士の釣舟也、依之人にハつけよ蜑のつり舟と大よふに云り、」85ウ心なき釣舟に対して人には告よと云し心、尤感深し、勅勘の身なれハ、誰有つて京に伝《云》ふへき者も覚へすねハ、釣舟ニかたろふさま也、言外に哀ふかし

和田の原八十嶋懸て漕出ぬと言斗にて、流人の悲ミ言外に顕われてよき《る、処間なり》処也、惣して一首の躰物悲く、流人の哥也と聞ゆる也、扨人にはつけよと云る尤右の通」86オ にても有へけれと、古今の詞書を以ミるに、讃岐国に流れける時に、船に乗りて出立とて京成人の許ニつかわしけると有ハ、只今対したる船《釣》をさしてハ云なから、あな勝舟に対しての事斗にも非す、京成人を釣舟に比して、かく《勅の》勘身なれハ、誰とふ人も有間敷か、若外ニ尋る人も有ハ、其人に八十嶋かけてこき出ると悲ミ」86ウ をつけよと

（以下「　」内四角デ囲ミ抹消）「言外に顕るゝ処有也、惣して一首の躰物悲く、流人の哥也と聞ゆる也、扨人にはつけよと云る尤右の通ニも有へけれと、古今の詞書を以見るに、讃岐国ニ流れける時に、船に乗りて出立とて京成人の許へ遣しけると有レハ、只今対したる釣船を指ては云なから、穴勝にそれ已に悲《アラ》らす、八十嶋見てと悲しみを」87オ 告よと読たる物成へし

僧正遍昭　桓武帝ノ孫正三位大納言良岑安世之子也ト云云、俗名良岑宗貞号ニ花山僧正又視中院僧正一トモ、良岑姓ハ延暦廿三年賜ニ良岑朝臣姓一ヲ云云、栄雅の説に安世は桓武天皇の子也、然るに閑院左大臣冬嗣に給ふて子とす、宗貞ハ仁明の御」87ウ 時左右なき近臣にて五位少将蔵人の頭也云云、大和物語に良少将と有、出家の事、大和物語云、仁明帝限りなくおほされて有程に、此帝うせ給ふ御葬りの夜、御供に皆人仕る中に、其夜より此少将失にけり

又古今集詞書に、深草の御門の御時に蔵人頭にてよるひるつかふまつりけるニ、」88オ 諒闇になりてけれハ、更に世にもましらすして、ひ江の山に登りてかさりおろしてけり、其又の年皆人おほんふくぬきてあるハ、かうふりにたまわり抔悦ヒけるを聞て、

皆人は花の衣に成ぬなりこけの袂よかわきたにせよ

抔読しなり、深草の御門ハ仁明天皇なり、尤寵臣にて」[88ウ]有し故也、元亨釈書ニ云喜祥(ママ)三年三月上崩ス、不堪ニ哀慕一スルニ登ニテ叡山一ニ薙髪ス、於ニテ慈恵之室一ヲ学ニ亘台密一ニ、元慶三年為ニル僧正一ト、仁和帝重ニシテ昭カ徳望一ヲ二年賜ニ封白戸一ヲ、又為ニ元慶寺ノ座主一ヲ、寛平二年正月十九日化ス云云、七十六歳大和物語ノ勘物ニ云、元慶三年権僧正仁和元年僧正二年、輦《テクルマ》十二月八日於ニテ仁寿殿ニ一」[89オ]賜ニフ七十二之賀ヲ又叡山任一スル僧正一ト例遍昭始メシ也、元慶寺ハ有ニリ花山一ニ

12天津風雲のかよひち吹とちよ／乙女のすかたしバ(ママ)しとゝめん

古今集雑上に入て、五節の舞《マイ》姫を見て読るとあり、　五節の舞姫の起りハ、公事根源抄ニむかし清見原天皇吉野ゝ滝の宮にましくける時、日の暮方に琴を弾して、御心をすまさし給へけるに、日の暮方に琴」[89ウ]を弾して、御心をすまさし給ひけるに、向の山の峰よりあや敷雲立登りけるを御覧しけれハ、其雲のうちに神めの姿あらわれて、御琴の調《シラヘ》に合せてかなてけるを、御門は見給ひしかと《も》御前に候人ハ皆終にしらさりけり、其神女袖を翻しける事五度に及けり、扨五節とハ名付侍也、夫より此山を袖振山と云、其時」[90オ]御門の御哥に、

乙女子かおとめさひすもから玉を／袂にふきて乙女さび(ママ)すも

然るを聖武天皇の御宇天平《十》五年五月にまさ敷五節の舞ハ有ける也、五節ハ十一月中の丑の日以下四日の間内裏にて儀式有事也、善相公三善清行異見ニ曰択ニンテ良家女一ヲ未レル嫁者一ヲ置テ為ニ五常《節》ノ妓一ト云云、雲図抄云五節丑日ノ帳台試《コヽロニ》於ニ」[90ウ]常寧殿一有ニ義式一、寅日渕酔并御前試、於殿上有儀式、卯日童女御覧於殿上有儀式、辰日節会同上、此辰の日の舞妓の正日也、是を豊明節と云と云也、昔ハ年こに行れしか、今は大嘗会の時斗《り》おこなわる也、扨五節会舞姫は五人也、五人の内壱人参るの義也、《式あり》行列にて参る也、残りハ内こひそかに参る、是を」[91オ]暁《オキヤウ》坐と云也、皆参り調《テ》帳台に出御也、殿上人共脂燭手さふらふ、主上御直衣・御指貫にて御沓をめさる、主上の御指貫をめさるゝ事は此時の外はなし、但御蹴鞠の時は張台の試に准

してめさるゝ也、張台におわします程、乱舞あり、早《ハヤ》頓賓《ヒンタ》多々良《タラ》抔うたふ、大哥・小哥抔云事あり、」[91ウ]或抄に此哥の五節ハ、文徳天皇の斉衡三年の五節句をミて読ると有、是は遍昭出家の後の事成ハ信用し難し、出家其舞を見へき様なし、古今集には良峰宗貞と俗名あり、宗貞・遍昭同《シ》事成レハ、俗の時見たる五節と心得へし、扨哥の心は天津風とは、つハやすめ字ニ而空吹」[92オ]風と云同《ル》し事成レハ、雲の通ひ路とは乙女ハ雲路を行かふ物成レハ、只今の舞姫を昔の乙女に比して読たる也、此舞の余波を惜ミて、此舞姫か天江帰るへき雲の通ひ路を、天津風吹とちて留よと云心也、吹とちよは雲の通ひしをとちふさけよと云心《の》なり、万葉に未通女《ヲトメ》と書り、是は少」[92ウ]女の事也、《と見るへし》万葉席分《(ママ)》ニ有り、然れ共其儘《爰は》に天乙女とみる《の事》へし、扨此哥の乙女の姿のすかたと云字に心を付て見へし、只乙女しバ《(ママ)》しとゝめんと言て聞へたる也、然るをすかたと云るに依て、舞姫のかなつる風情此詞に籠りて聞ゆる也、雲の通路を天津風と《吹とちて》あの乙女の姿の思《ヲモ》しろく忘れ」[93オ]難けれハ、しバ《(ママ)》し成共とゝむへき也、舞終ル事の余り残多きに依て、おしミて云る此姿と《心》云字にこもりて聞ゆ《る》也、ケ様になまミなくさへたる哥ハ、遍昭の哥にすくなしと古人も云り、なまミなきとは《云》、なまりなく《たる気味》刀《なく》なとの《金の》さへたる心也、古今序ニ云僧正遍昭は哥の様ハえたれ共、誠すくなしとあり、」[93ウ]宗祇の云少ゝ実なしといへ共、詞心調りたる哥成へしと也、後鳥羽院定家卿に此六人の事を御尋有しに、遍昭是をほめ申されき、其時誠すくなからんにはと仰られしに、定家卿夫を哥とハ申侍ると奏せられけると云云

陽成院　人王五十七代、御諱ハ貞明ラ在位八年清和天皇第一皇子」[94オ]皇子母ハ皇太后高子号二条后中納言長衡卿ノ女也、貞観十年十二月十六日降誕、同十一年二月皇太子二歳、同十八年十一月九日受禅九歳、元慶六《(ママ)》月正月二日元服十五歳、同八歳二月四日譲位十七歳、天暦三年九《九月廿》日崩八十一歳、大鏡に云世事を持《たもた》せ給ふ事久し。《八年位をおりさせ給ふて。》二条院におわしまして、《ける故》六十六年に成レハ、八十一才」[94ウ]にてかくれ給ふ、御法事の願文は《に》釈迦如来の一年の兄作《とは》られたる也、智恵深く思寄けん程、いと興あれと、仏の御年よりハ御年高しと云心也の、後の世のせめとなれ《ん》なれるとこそ人の夢にみへけれとあり、

後の江相公の願文ニ、言ハ二其尊儀一ヲ、娑婆世界十善之主　計《カソウレハ》二其宝算一ヲ、釈如来一年ノ兄対句に」[95オ]かゝりてかく云る物也

13つくはねの峯より落るミなの川／恋そつもりて渕と成ぬる

後撰集恋三に入て、詞書につりとの御子に遣しけるとあり、釣殿のミこは、紹運録に云、光孝天皇第一皇女綏《スイ》子内親王、母ハ女御班子仲野親王ノ女、号二釣殿宮一ト、配二ス陽成院一ニ云云つくはねハ惣して峯を云といふ説有、」[95ウ]ミなの川ハ名所の部ニ入て。《国なし、つくはねミなの川皆名所の部の説に入たる間。》常陸の国也、名寄にも常陸と有、ミなの川のする桜川へ落ると云り、哥の心はたゝかりそめに思ひそめし心のせん〳〵ふかき思ひと成事を、つくは根より雫の一滴つゝ高砂の下を流れて、末は渕と成に譬て読る也、峯より落る皆の川と言て、恋そ積りて渕と成りけると云る、詞遣へ」[96オ]尤奇妙の処也、黄山善詩《(ママ)》ニ岷江初ハ温《ウカフ》レ觴《サカツキヲ》　入レ楚ニ無レ底、《万人に渡る事なり》此詩の心に能叶へり、扨此哥は恋慕と執の哥成共、何の道にも叶御製なり、天子の御製にして別て面白し、一善　貯《ツモリテ》之て為レ善ト、一悪貯《ツモリ》て為レ悪、古今云て一ツの善事をたくおふれハ、をのつから天下の善と成、一悪を起せハ是又天下の然と《(ママ)》」[96ウ]成事明けし、小事積りて本大事と成り、一家仁あれハ一国興レ仁ヲともいへり、又蜀劉玄徳後至劉禅に道詔して云く、悪をは少也と云て是をする事なかれ、《善をは少也とい》とのたまひり、《ふてせさる事なかれ》是こを思ふに、恋の哥なれ共、王家を治る政道にも叶へる哥也

河原左大臣　源融公嵯峨天皇」[97オ]第十二ノ源氏、母ハ正四位下大原金子ト云云、源ノ姓ハ嵯峨天皇弘仁五年皇子源信公以上卅《下》、余人ニ源姓ヲ給也、嵯峨天皇御子多き故に、源氏に被成て臣下ニ被成し也、此融公は淳和天皇の猶子也、嵯峨源氏は一字名乗り、訓は三字仮名也、　弘仁三年ニ生ル歴ヘテ二東宮傅一ヲ任二ス大納言一ニ、貞観十四年任二ス左大臣一ニ、」[97ウ]蒙ル二輦ノ車之宣旨一ヲ、寛平《八年》七月廿五日薨七十三歳、於テ二六条河原院一ニ摸二塩竈浦一、《亦》栖霞観大臣之山荘也云云、　栖霞観在二嵯峨一ニ号二ス栖霞寺一ト、

花鳥余情に云、融公の別業、に宇治に有、陽成院是にかわらまして、宇治院と云り、其後宇治関白頼通永承七年に平等院となす

14陸奥の忍ふもちつり誰故に／ミたれそめにし我ならなくに」98オ

古今集恋四題しらすと有、陸奥の忍ふもちつりハ、ミたるゝといはん為の序哥也、乱そめにしとは、思へそめてより心の兎や角思へミたるゝを云也、我にはあらぬ其方故にこそ、乱れし我心と云哥也

四の句伊勢物語にハミたれそめにしと有、古今に乱《ミた》れんと思ふとあり、融公いつれニ詠せられたるや知難し、乱れんと思ふよりハ、」98ウ乱れそめにし増《抜群》りて、意味有よし也、陸奥の忍ふもちつり衣に忍草をすりつけたる、文の乱るゝも、故に乱れ初にしといわん為に、上をもふけたり

みちのくの忍ふの郡に大キ成石有、石の面にたいらかにして忍ふ草の紋有、然るを山藍《アイ》にて、絹布なんとへ其紋をすり付て、天智天皇の時分年具抔に奉りける」99オとなん、昔は其名山の半腹に有、然るに名高き名物成故、往還の旅人土産又は風雅の友達ニミせん為に、其辺《ホト》りの田畑等に有植物の葉を取て、紙抔へ摺付しに、耕作の為に悪しとて、其処の土民共山より抻たおしたる故、下の田の中より落て、忍ふ草の紋有方下ニ成て、今ハ見得すと有、聖護院門跡峯入の時のすゝ掛、古来より」99ウ伝来して忍摺也、又遍昭寺に古来の御簾有、是又忍摺也、何れを忍ふ草のみたれたる紋有よし也

光孝天皇　御諱ハ時康、又号ニス小松帝一ト、仁明天皇第三皇子、母贈皇太后藤原次子贈太政大臣総継女、天長七年降誕、承和三年元服十六歳、同十五歳正月常陸大守、嘉祥三年五月中務卿、」100オ仁寿元年十一月廿一日三品廿二歳、貞観六年正月十六日兼ニ上野太守一ヲ、同十四年七月二日二品四十一歳、同十八年十月式部卿、元慶六年正月七日一品五十四歳、仁和三年八月廿六日譲位即崩五十八歳、　北畠准后親房の作の神皇正統記に云、陽成しりそけられし時、昭宣公儲皇子を相し申されけり、此天皇一品式部卿兼常陸」100ウ太守と聞えしか、御歳たけなハにて小松帝にまし〱けるニ、人主の器量すくれまし〱けるニ、依之別儀衛調之迎被申けり

15君か為春のに(ママ)いて〻若菜つむ／我衣手に雪はふりつゝ

古今春上に入て、詞書に仁和帝みこにおわしましける時、人に若菜給ひける御哥と有、仁和の帝は則光孝の事、光孝」101オ天皇の年号也、人に若菜給ひけるとハ、賀を人に給ふ事を云也、給へる人ハ誰共なし、人日菜羹を服すれハ、其人万病邪気を除と有て、《言によって》七種の菜羹を供する也、若菜ハ寛平・延喜の比より、うるわしく禁中の公事にそ成し也、君か為とは賀を給ふ人をさして賞翫して宣る也、春のゆふ〳〵と長閑成行に、」101ウにもあらす、未余寒はけしき時分、雪を打払ひ〳〵若菜をつまん為ニ率《辛》労あるも、人を御憐愍有故也、惣て雪は多くハ艱難のかたに取也、伊勢物語の哥に、

わかかとに千尋あるかけをうへつれハ／夏寒(ママ)たれかかくれさるへき

此夏冬も艱難のかたに取たる物也、夏ハあつく寒(ママ)はさむし、依之千尋の」102オ陰に隠れて、艱難を凌く心也

此御製有心躰の哥也、有心躰ハかさりなく実を延て、扨詞の外に意残りたるを云、業平の心余りて詞たらすと云る、今はかはれる事なり、此御門御衣の袂の雪を打払ひ、艱難被成ても、人を憐み思召御仁、心ふかく有し故、亦天下を思召事もおのつから顕れたり、」102ウ是に依て天道に叶ひ給へ、五拾五歳にして御位に即し給へり、文徳のミこ歴〻御坐有しに、清和の御治世も少く、陽成院の御末も継給わすして、御末子なから御位に付給ふハ、徳義の深き故成へし、定家卿もかゝる処を思召て、此御製を撰ミ入られし也、又かり初にも花麗の哥を好ます、如此心躰を好まれし」103オ故かたく〳〵撰入られしと見へたり

中納言行平　姓ハ在原仍テ号二ス在納言一ト、平城帝ノ孫阿保親王ノ子母ハ伊登内親王桓武帝ノ女也、在原姓三代実録ニ云天長三年親王上表ス、於レ是ニ詔賜フ二在原朝臣姓一ヲ、定家卿天福本勘物ニ云元慶六年正月任二ス中納言一ニ、寛平五年薨云云、文徳帝の時に、」103ウ罪に当りて、つの国須磨に左遷の由、古今雑の下、又源氏物語須磨の巻にあり

16立別れいなば(ママ)の山の峯におふる／松とし聞ハ今返りこん

古今集離別巻頭に入て、題しらすとあり、幽斎抄に但彼卿因幡守成しか、任果て都へ登るとて、思ふ人に読て遣し給へる、又誰《ともあり》にても国の人に遣候へ」104オとも云り、今帰りこんとハ、頓て帰らん《りこん》と云心也、待人たにあらハ、頓て帰《り》こん、然し待人も我にはあらしと落着して読る也、飛鳥井栄雅云、立別れいなはとそへ、峯に生る松を待に添たり、俊成卿の云、四の句迄余りくさり過たるを、結句に今帰りこんと云流したる、尤めてたしと云れけるとそ、惣別詞のつゝきくさり過たるハ、」104ウ悪敷也、縁の詞なとも自然と出たるハよし、態《ハサ》と求めたるハ悪し、詠哥大概に人丸のうたに、

梅の花それ共見へす久かたの／あまきる雪のなへてふれゝは

疎句の哥にてよしと成り、此行平の哥の様に、四句迄した敷連続したるをきろふ也、依之人丸の哥をよしとす、又余《しかし》り切過たるハ悪し、扨此因幡山」105オハ美濃国・因幡山(ママ)両国にあり、然し爰のいなは山ハ、因幡の国いなは山也、定家卿勘物ニ云斉衡二年正月四位因幡守と成りて、行平受領にて因幡より上洛の時、此哥を読る物也、凡受領は一位四か年と云て、以前ハ四か年ツヽにて国守替る也、扨四か年の内其国の治め様よき人ハ、一国民国守の帰るをしとふ事也、又国を悪しく」105ウ治る人ハ国主の替るを民悦ふ、今行平も国民慕ひて待とたにあらハ、満足成へけれとも、さも有間敷と、ひげ(ママ)の心にて読し成るへし

在原業平朝臣　在原氏五男仍テ号ニス在五中将一ト、亦号ニス閑麗翁一ト、行平ト同母弟ノ五男也、天長二年ノ生レ定家卿伊勢物語勘物ニ云、元慶元年」106オ正月十五日左近権中将、同四年五月廿八日卒五十六才賀茂の岩本の社に祝ひて侍るよし徒然草にミへたり、又和州在原寺ハ業平の菩提所とて、像なと残れりといへり、三代実録ニ云業平体貎《テイホウ》閑麗放縦《ホウシウニシテ》　不レ拘《カヽワラ》略無ニ才学一善作ニ和哥一ヲ、　古今序に云在原の業平ハ其心余りて詞たらす、しほめる花の色なく」106ウして匂ひ残るか如し

17千早振神世も聞す龍田川／からくれなひに水くゝるとは

古今集秋の下に入て、詞書に二条の后春宮の宮(ママ)あらん処と申ける時に、御屏風に龍《タツ》田川《に》紅葉流れたるかたを書りける

を、題にて読るとあり、伊勢物語にハ昔男ミこ達のしやうよふし給ふ処へ詣て、龍田川の辺りニて読る云《と》り、是は作り」[107オ]物語故左様成へし、業平家集には都而詞書なし、千早振とは神といわん為の枕詞也、龍田川ハ大和にて紅葉の名所也、唐紅葉とハ色を称美して云る物也、哥の心ハ秋の末に成て、龍田川の流もミへぬ程散したる紅葉に、水ハたゝ紅葉《を》くゝる様成を興して、神代もきかすと云り、千早」[107ウ]ふる神代の昔ハ神変奇妙成事程ゝ有しか共、[又]かゝる面白き事《見成》興は、いまた神世ニも聞かすと也、業平の哥ハ多クハ心余りて詞たらぬを、是ハ心詞懸たる処なければ（ママ）、大切也と幽斎抄にも有、依之定家卿此山荘の色紙にも入られ、又詠哥大概の透（ママ）哥の内ニもいれられたり、扨古今の詞書に有通りに」[108オ]龍田川に紅葉流れたるかたを書りとあれハ、全ク紅葉の哥成候共、一首の面に紅葉とうたすして、唐紅に水くゝると斗云て、扨紅葉の哥と聞ゆ、是を題詠と云読方也、もろこしの詩にも題詠の作り様有り、《哥と》云詩と云唐・大和同事也、新古今集に落葉浮水と云題にて藤原資宗朝臣のうたに、」[108ウ]

いかたしよまて事とわんミなかみハ／いかば（ママ）かりふく峯の嵐ぞ（ママ）

是も落葉を表にいわすして、至極落葉と聞内、是等題詠の哥なり、此外古哥の内いくらも《有》へし

又古今顕注密勘に、寛平の宮滝の御幸に在原友于《トモユキ》の哥に、

時雨には龍田の川も染にけり／からくれなひに木葉くゝれハ

哥は時雨に龍田川を染させつ」[109オ]れハ、唐紅に木葉をなして、川をくゝらせたり、たゝ業平の哥ハいくば（ママ）くの替りもなき也、此友于ハ在原。《行平の子息なれは。》業平には甥也、業平逝去の後いくはくもなきに、伯父の哥をかすめ読事、無念の仕業也、《尤》後世迄はぢ（ママ）有事也、かゝる処よく〳〵此道を学ふ物思ふへき也、亦定家卿此哥をとりて、」[109ウ]

三吉野ゝ滝津河内の春風に／神代も聞す花そ散ける《みなきる》

立田姫手染の露の紅に神世も／きかぬミねのいろかな

又紫式部の哥に、

　神代にもありもやしけん桜花／けふのかさしにおれるためしハ

是は賀茂のまつりに四月の桜花を興して読る哥也、川水似氷と云る題にて、後京極摂政良経卿の哥に、

　是もまた神世もしらすたつた川／月のこほりに水くゝるとわ」110オ

なんと此業平の哥を本哥として古人も読る也

藤原敏行朝臣　南家ノ祖武智麿六代孫也、従五位上村田孫按察使陸奥守冨士麿子也、母ハ紀ノ名虎ノ女ト云云、左中将右衛門ノ督大内記ニ任ス従五位上云云、藤原ノ姓氏録ニ云天智天皇ノ八年始テ賜二フ藤原氏一ヲ、大織冠鎌足公更ニ」110ウ改二テ中臣氏一ヲ賜二フ藤原氏一ヲ、至二テ不比等之子一ニ武智丸南家房前北家宇合《イキアイ》式家麿京家四家相分レタリ、此敏行後《撰》集巻頭の作者也、伊勢物語に業平の妹の夫成由みへたり、宇治拾遺物語に云今ハ昔敏行と言哥読ハ手を能書たれハ、是ハかれかいふに随ひて、法花経二百部斗書たり云云、或記ニ言蘇生之後書二一切経一ヲ云云」111オ

18住の江の岸による浪よるさへや／夢の通ひ路人めよくらん

古今集恋の二に入て、寛平の御時きさいの宮の哥合の哥と云云、

　蓮心院聞書ニ云寛平哥合ハ両度也、始ハ六年後ハ九年也、寛平ハ宇多の年号也、此帝の后は七条の后温子也と云宗祇注に上の二句ハ序哥也、波ハよると云縁語也、よるさへやといはんとて、岸による波と云、岸といはんとて住の江と云り、」111ウ玄旨抄に荒海・荒磯抔の浪の荒き処こそ夢はミさらぬ、住吉は海にて浪もをたやか成処にて、さまてのさわきにはあらぬ物から、人めをよくる心の内から心をかるゝ余りに、昼の人めこそあれ、夜さへ目も合て、夢の通路さへうとければ(ママ)、夜さへ人目をよくる事になれるよと、我ねられすして夢の疎を、岸による浪」112オにかこちたる心殊勝の哥也と有、是は夢をミぬ事に云り、夢をミぬと云ハさも有へけれと、人めよくらんと云処にハ、聞得にくし、又

宗祇注にうつゝにこそ忍ふる中ハ、人目をもよきて逢かたからめ、夢にやすくあわんと思へハ、兎角昼人目を忍ふ心の習わしニて、夢の通の内め《に》も人めをよくる様に、思ひハうちになけきて如此」112ウ読り、うるわしき哥と有、此注の通りは人めよくらんの詞に能見合て、心も面白し、とかく人目を忍ふ習わしにて、夢の中にも人めをはゞ《(ママ)》かる心也

昼は人めをはゞ《(ママ)》かりて逢ニとかたけれハ、せめてハ夢の通路にハはゞ《(ママ)》かる人めもなく、安くあわんと思ふに、住の江の岸による浪のさわきにて、夢も見かたけれハ、夜の夢の通ひ路にも、人めをよくる様成とくる恋路のはかなさを云たる哥なり、心ハ感動する物《ものによって》成レハ、心を正しうすれハ正し、邪なれハ又邪に成也」113オ

伊勢　後撰ニ有ニ伊勢ノ御息所一、又大和物語ニ伊勢ノ御《トモ》アリ、七条后女房也日野家祖真夏四代孫大和守継蔭《ツクカケ》ノ女也、継蔭伊勢守に任したる故、父の名をもつて女の名をも伊勢と云る也、伊勢の守の時の出生の娘故かく云也、宇多の御門の御息所也、御子を産たる人を御息ノ所と云也」113ウ

伊勢家集に忘れ是かくとやかれといへと、たゝ宮仕を巳《のミ》しける程に、時の御門召仕給へけるか、よくそまめやかなれと思ふ、男宮生れ給へぬ、おやなんともいと《み》しく悦ひけり、つかふまつる御息所も后に居給へぬ、若宮かつらと云所に置奉りて、ミつからハきさいの宮にさむらう、雨の降る日打詠て思へたるを、宮御覧して仰らる、」114オ

　月のうちの桂の人をおもふとて／そてに涙のそへて吹らん

返事　久堅の中に生たる里なれハ／光りをのミそ頼むやうなれ

中略産奉りし御子ハ五ッと言し年うせ奉りし、悲しと云しハ世の常也と有、帝王系図に亭子内親王母伊勢と有、伊勢家集には若宮と有、集の通りニて有へし、然も五歳にて薨せられしかハ、親王宣下尤有間敷也、清輔か袋草紙云、能」114ウ因法師兼房か車のしりに乗て行のあへた、二条東洞院ニて俄にをりて、数町歩行、兼房驚て是を問、能因答て云伊勢御の家の政なりと云り、尤能因もさしもの哥口也、尊み車より落たる也、伊勢の墓は摂津国古曾郡能因旧跡と云所のうへ

に、伊勢守とて有、近比永井日向守再興し給ひて、林道」[115オ]春法印に碑をかゝせて立たり

19難わかたミしかきあしのふしの間も／あわて此世を過してよとや

新古今集に恋の一ニ入て、題しらすと有、宗祇注に此難波かたをハ大様ニ云出したる五文字としり《なり》の五文字君臣の五文字有、是ハ君の姿の五文字也、ひしとつめて詮と成も有、能ヽ分別すへしと有、うかりける・思ひきや・我恋は抔ケ様の五文字」[115ウ]ハひしと云つめたる五文字にて云つめて詮とする也、臣の姿の五もし也、古き事《書》ニ哥の五文字と童の頭ハ、なたらか成か由と云置て、一首の罰とする故、大事にする事也、扨宗祇の注に哥の心ハ思ひ染しより此かた、人にも縁をもとめ、詞をつくし、心をもくたき、或ハ頼めて過し、あるひハ影も離れすして、年月を重」[116オ]ぬれハ、扨もいかゝせんと思ひ余りたる上に、打歎きて云出したる哥也、短きあしのふしの間とハ、いさゝか斗もと云心也、大凡にか様に見《哥を》侍るへからすと有、扨難波ハあしの名所也、短きあしのふしの間も、あしのふし程短物ハなし、そのミしかきあしの節のまゝ程の契りをもと願ふたれ共、それも叶さる程に恨はてたる也」[116ウ]過してよとやとハ、短き声の節のまゝ程も、あわて終に過せと云人の心かと恨たる哥也、過してよとやと云にて、元来久敷恋侘たる心也、短き声のふしの間程も少の間もありて、此世の一生を過せと云人の心かと恨はてたる心にて、又あわて此世を過してよとや、あはては置まいと云心も余りて聞ゆる也、か様の哥は」[117オ]数遍吟すれハ、詞の外に意味顕わるゝ也、古哥の心を常に握翫する事、事稽古の第一の肝要也

元良親王　陽成院第一皇子、母ハ主殿頭遠長女也

大和物語には兵部卿の御子と有、大系図に天慶六年七月廿三日五十四歳にて薨ス、奏賀の声鳥羽の作り」[117ウ迄]道聞ゆるよし李部王記に有と徒然草にあり、頓阿法師の井蛙抄に或人の云時代不同哥合に定家卿を被レ合ニ元良親王ニける時に、元良親王と云哥よミのをはしける事始て知りけると、利口被申ける、但後鳥羽院常に仰有ハ、元良親王ハ殊勝の哥読

也、と仰有けれハ、御心にはわろき相手とも」118オ 思召さりけるにこそとあり

20侘ぬれハ今はな同し難波なる／ミをつくしてもあわんとそ思ふ

後撰恋に五に入て、詞書にこといてきて後に京極の御息所に遣しけると也

京極の御息所ハ時平公の女褒子也、宇多帝に寵せられて、雅明親王・載明親王をうむ、是ハ宇多帝の御時かの御息所に忍ひて通ひけるか顕《アラ》われて、」118ウ 後遣わせる也、事出来てと《ハ》口舌禍の出来て也、五文字の侘ぬれハ、たやすく置難き五文字也、至極深切の五文字也、思へ極りて如何共せんかた無時の心の内を、侘ぬれハと云也、今はた同しのはたハ、将《ハタ》の字にて今まさにと云也、難波成《ル》ハ今まさに同し名と云かけたる物也、哥の心はかく顕われて、人にも兎や」119オ 角もてさわかるれハ、我も随分忍ひて思へ、絶んとも思へとも、兎角堪忍し侘ぬれハ、よしや今更改《メ》て合す共、又二度あふ共一度立し名ハ、同し名なれハ、此上は身を惜むへき事にもあらぬ故、身を尽しても今一度あわんとや、身を尽し命《ても》を失ふ共今一度あわんと云心也、澪標八雲御抄に、」119ウ しらつくしも身を尽しと同し事也、水の浅深をしらんか為に、立置木をミを尽しと云、今俗にミを木と云もの也、大概江に有物なれと、又川にも有と清輔抄に見へたり、国史に難波津に始て澪標を立るよし、顕昭か袖中抄にミゆ、延喜式雑式ニ云凡難波津ノ頭《ホトリ》海中ニ立澪標若有二テ」120オ 旧標一朽 朽《クチクチタル》者ハ捜《サクリ》求之抜去《ヌキサル》云云、幽斎抄に此哥ハ幽玄躰の哥也、哥は只心《は》云に及はす、打嘆し抔して、善悪きのしらるへき様を、能吟味すへしとそ、吟する上ハ《にて》善悪しらるゝ物也

素性法師　俗名玄利、良岑宗貞カ子也、紹運録ニ云左」120ウ 近衛将監清和天皇時殿上人後出家住良因院云云、大和物語に僧正遍昭か子供の事を云とて、太郎ハ左近監《将》とて殿上して有ける、かく世にいますからと聞と、きたにとて母もやりけれハ、いきたりけれハ、法師の子は法師成そよきとて、是も法師になしてけり

21今こんと云し斗に長月の／有明の月を待出つる哉」121オ

古今集に恋の四に入て、題しらすと有、此哥他流・当流のちかひ有也、先今こんと〻云るハ頓而来らんとの心也、六条顕昭は有明の月を待出つるかなと云を、一夜の事にミたり、定家卿の顕昭は哥を浅く見る物哉と被仰つる、ケ様の処成へし、定家卿の説に、今こんと云し人を月の比待程に、秋も」[121ウ] よふ〳〵くれ月も有明に成ぬると読けん、こよい斗ハ猶心尽しならすと云れたり、待出つる哉と云詞に、月日をへたる心こもれる也、今こんと云し《たる》詞を此身ハ信実に頼ミて、今宵くるや〳〵と待ても待人ハ一向音信もせて、月日を過たる内に、有明の月を待出たると云心也、幽斎抄に今こんと」[122オ] 云し人を頼め《て》ハ月日を送り行ニ、いつしか初秋の時分より秋も有明の月に成たる也、八九月の長き夜をこよひや〳〵と待明かす程に、つれなき有明の月さへ待出たるよと有、此の初秋の比よりとミるは、余り遠過たる也、何しのころよりともさ〻す、月の比待と云る、定家卿の説の通り面白き也」[122ウ]

後撰集

　今こんと云し斗を命にて／まつにけぬへしさくさめのとし

此哥ハむこの頼めて来さりけれハ、しうとめのよミたる哥也、さくさめと云ハしうとめの事也、年とハ女の惣名也、刀自《トシ》と書り

文屋康秀　宇ハ文林、先祖不レ慥、作者部類ニ云元慶元年任ス縫殿ニ古今集ニ参河椽ト云云、古伝ニ云陽成院ノ時ノ人古今《真》名序ニ文琳ニ詠レス物ヲ

　22吹からに秋の草木のしほるれハ／むへ山風を嵐といふらん」[123オ]

古今集秋下巻頭に入て、詞書に、是貞のミこの《家の》哥合の哥とあり、是貞ハ光孝第二皇子母ハ女御班子仲野親ノ女ト云云吹からにと云るは、吹ハ則の心也、兼載か曰吹からには吹ま〻にの心と有、此気味悪し、吹ま〻と吹からとハ能〻吟味して知へし、か様の差別能わかたされハ、詞味知れ難し、なきと云字とあらぬと各別也、なきは無、あらぬハ非也、是」[123ウ] を連哥にはひとつに遣

ふ也、非と無とは相違《格別》也、ケ様の事吟味す《能》へき事也哥の心ハ一句冬の槙《枯》野《ニ》なれハ、風のちからハ・強く聞ゆる物也《なきものなり、秋はちから万木に当りて風のちから・》、秋の風のふく所千草万木も色つき、ミとりも衰ふ也、元来秋は金の番にて殺気の故也、嵐と云ハあらましきと云訓也、されハけにも山かせを嵐と云ハ尤哉、吹は則秋の」124オ草木のしほるゝ程ニと云り、むへハ実にもの心也、むへと句を切て、山風とミるか能也、宣《ムベ》・応《々》・諾《々》此字也、紀友則の哥ニ古今集冬の部

　　雪ふれハ木《こ》とに花の咲ニける／いつれを梅とわきておらまし

此木毎にと云る、梅と云字木篇に毎の字を書故に、梅の字と云心也、又此哥之《と言説あり》嵐と云字山冠に風と書」124ウ文字故ニ実山《にも》風を嵐と云と分字ニミる説あれと、一向に当流にハか様のまか成説をハ不用事也、康秀家集ニハ野辺の草木と有、古今集ニ入時秋の草木と有、是ハ貫之直し入たる也、昔ハ嵐を極メて秋に用《見へたり》たり、古今秋下の巻頭ニ入故、猶慥ニと思ひて、野辺の草木を秋の草木と改められ」125オたり、野辺と云より秋と云る方各別まさりたる也、秋と云ハ天下の礼にかゝりて心広く聞ゆる也、昔ハ嵐を秋《極めて》の題に用ひるに付て、後京極摂政殿の家の会に、羇中嵐と云題を一座の題と心得て、雑の哥を詠せり、摂政殿始は秋の哥を詠し給ひて《しを》、一座雑の哥を詠せし故、雑に読あらため給ふ也、天下の」125ウ好子ニ恥をかゝせし也《とて》、定家卿・慈鎮両人ハ如何と尋被申時、摂政殿会衆にまかせよと宣ふ故、雑の哥を両人共ニ詠せし也、正治年中仙洞十人の哥合に、山嵐と云題に秋に出たり、尤秋ニ読習したる也

大江千里　阿保親王ノ子大江ノ音人五男、大江千里音人ハ在原行平」126オ兄弟也、千里ハ伊豫守正五位下内蔵人少允、作者部類曰延喜三年兵部ノ大丞云云、大江氏桓武天皇延暦九年冬十月勅二菅原直仲士師《ハジ》ノ菅麿ニ改二其姓一ヲ、為二大枝朝臣一ト、是大江ノ始ト云云、依之音人にも大江の姓を給ひたる也

23 月見れハ千ゝに物こそ悲しけれ／わか身ひとつとの秋にハあらねと

古今集秋の上に入て、詞書ニ是貞のミこ」[126ウ]の哥合の時の哥とあり、宗祇或は幽斎抄に、日は陽の精成故に、むかふニ心もわする也、月は陰の情成故ニ、うち詠る二心もすミ、哀もすゝむ也《物成とあり》、殊に秋は五行金《の内》の番ニて殺《サツ》気成故、一入心もしつミつる感慨深き時成に、いわんや陰の精自ニ向へてハ、様〻感情深し、依之月みれハ千〻に物こそ悲しけれと云り」[127オ]下の句の我身ひとつの秋にはあらねとハ、秋ハ天下民の秋にて、千〻に物思ふ事我《身》はかりニ限らす《ねとも》、冬の物思ふハ《かなしさは》、我斗《身》の様ニ思わるゝと也、我身一ツの秋にハあらねとゝ云との字ニて、我身ひとつの秋にはあらねとも、我身一ツの様ニ斗思わるゝと云事聞ゆる也、世上にて死別なとに逢たる人の、悲しさに堪」[127ウ]すして、我程物憂ものは又あ《世の》らし《中には》と思ふ也、死別れのおくれ先立ならひハ、人世の定業ニて誰〻のうへニも、其悲しさは有事なれ共、其時は指当りては、世間ニ比類もなき我壱人の物悲しさと思ふ、其心と同し事也、扨態としたるにてハなけれ共、上に千〻と云て、下ニ我身壱ツと云る、自然と詩の対句の様」[128オ]に有て、上下へたゝかへに面白し、千〻ハ文選かたち読に、且千《サセン》と訓して数限りなき心也、此千里の哥を本哥ニ取て、新古今秋の上に鴨長明か哥に

　なかむれハ千〻に物思ふつきにまた／我身壱ツの峯の松風

此長明か哥の心は月の前ニ松風を聞て詠むれハ、千〻に物思ふ月さへ有ニ、我ハ又峯の松風を聞そへたる故に、」[128ウ]弥〻物悲しさそふと読る也、月天下《ハ》の自《(ママ)》にて哀は同し事成に、其月に峯の松風の物悲しさを添て聞ハ、此物悲しさハ外の人にはあらかし、我身ひとつと読る也、本哥の一重上を云たる物也、本哥の取様ケ様成か能也、拾遺愚草上ニ定家卿、

　幾秋かちゝにくたけて過ぬらん／我身一ツの月にうれへて」[129オ]

是は述懐なとにて、幾年も〳〵月にうれへて、千〻にくたけて我身一ツの物思へをしたる也、朗詠集の秋夜の題にて白楽天王《(ママ)》か詩に、燕子楼中霜月ノ夜、秋来ハ只為メニ一人ノ長シ、又秋興の題にて是も白楽天か句に、大底四時心惣苦、就中腸断スレハ是秋天、古来より秋は唐・大和同し」[129ウ]事に物思心をする事也

菅家　御名ハ道実字ハ三、仍テ号ス二菅三ト一、北野天満宮也、天照第二ノ御子天穂日命《アマノヲ、ヒノ》廿六代ノ孫菅原清公《トモ》ノ孫参議従三位是善ノ子也、母ハ伴氏承和十二年己丑誕生ニテ貞観十二年対策及第宇多ノ帝ノ侍読、昌恭（ママ）二年二月十四日任ス二右大臣ニ一、元亨釈書ニ云昌恭《泰》四年」130オ 正月廿日因テ二左僕射藤原時平之讒ニ一左ニ遷ス二太宰府都督ニ一、延喜三年二月廿五日於テ二配所ニ一薨五十九歳、葬ス二宰府ノ安楽寺ニ一、公事根源ニ曰天暦元年七月ニ託宣有テ右近ノ馬場ニ垂レ玉コト跡ヲ、一条院ノ正暦四年贈ル二正一位ス二太政大臣ニ一、御述作のもの和哥には菅家御集、詩文は菅家文草・菅家後集（於宰府御詩文）菅家万葉（詩歟）文徳」130ウ 実録・国史類聚（二百巻）文選文集等の点は菅家の付給ふる也、菅家文集第一に斉衡三年乙亥年歳十一歳ニて月夜梅花を見ると云る題にて、身ノ輝如二晴雪ノ一梅花ハ似二照星ノ一可憐金鏡転シテ庭上王房馨《シキコトヲ》又天安二年于時十四歳朧月独興と云詩に、氷封シテ二水面ニ一聞無レ浪、雪点シテ二林頭ニ一見レ有花の句あり、」131オ 朗詠にも入り名句也、元慶六年渤海国の使者来朝の時、菅家の詩をミて白楽天か風有と云しと也、菅家と申事ハ、菅原氏の中に大臣に任し名誉勝れ給へけれハ、其徳を称美して管家《極出し》とす、菅丞相共申也、疑もなく道実の御事也、　菅原姓ハ天穂日命十四世孫野見ノ宿祢垂仁天皇ノ御宇賜フ二土ノ師ノ」131ウ 姓ヲ十一《野見宿祢》世古人、天平元年六月廿五日改賜フ二菅原姓ヲ一、古人ハ清公《トモ》の親也、菅原は大和の名所也、居所の名を以て姓となせり、古今には藤原朝臣と入て、姓斗りあけたり、続後撰集ニハ菅贈太政大臣と有、続古今より北野の御哥と神同し様にあけたり

24此度はぬさも取あへす手向山／紅葉の錦神のまに〳〵」132オ

古今集羇旅の部に入て、詞書に朱雀院奈良におはしましける時、手向山ニテ読れし也、菅原朝臣と有、此朱雀院は宇多天皇の御事也、此手向山ハ大和也、東大寺の内ニ有、此度はと云五文字ニ旅と云字を用ると云説あれ共不宜、度の字能也、ぬさとハ麻《ヌサ》共幣《ヌサ》共書、或ひハ錦又は帛を切て幣帛」132ウ として、旅行の災ひを祈らん為に手向る事也、然れ共此度ハ御幸供奉の折成レハ、私の幣も取あへす、此手向山に参りし也、然れ共神に一札の幣帛を捧けぬと云事も有へきならねハ、折しも手向山に充満したる紅葉のさなから錦の如く成を、是をぬさとたむくると云心也、手向山ニ充満したる紅葉成

レ共、献する」[133オ]人なけれハ、神も更賜わす其儘《ぬものなれは》に手向る也、山の名も手向山成に、我手向の事ニ自然ニ叶ひたる也、神の間ニくハ(ママ)極意と書て、神の御心ニまかする儀也、神ノ御心次第ニ奉ると云心也、此哥供奉を慎ミて、私を返り見たる所成也、又満山の紅葉を神のまにく幣と手向は礼也、禮と云義と云二ッなから借りて、尤菅家の御詠ニして別而感有事也、新勅」[133ウ]撰に家隆卿の哥に、

手向け山紅葉のにしきぬさあれと／なを月かけのかくるしらゆふ

是又菅家の御詠を本哥ニしたる也

三条右大臣　号二ト定方一ト歓修寺元祖良門孫内大臣高藤公ノ二男也、母ハ宮内大輔弥《イヤ》公益《マスノ》女也云云、公卿補任ニ云延長二年正二位ス任二右大臣一ニ、承平二年八月四日薨ス行齢五十九歳」[134オ]

25 名にしおわゝあふ坂山のさねかつら／人にしられて来るよしも哉

後撰集恋(三)に入て、詞書ニ女の許へ遣わしけると有　名にしおはゞ(ママ)と云五文字ハ、相坂の逢と云名とさねかつらの小寝《サネ》と云二句の名に云懸たる詞也、さねかつらハ五味子と云草也、人のねる事をさねそめて抔と万葉集ニ読る故、逢坂のあふていねると云事を、(の)名に落るならハと云る言葉也、扨さねか」[134ウ]つらハつるも葉も細き物にて、是を取に草木のしけミに有物成レハ、いつくより来る共知れす、其如くに我思ふ人も世にしれすして、来るよしもかなと云る也、来るよしもかなハ、来る様もあれかなと願る哉也、扨人にしられてのての字、清濁両説也、人にしられてと清時ハ、人しれぬ恋は、くる敷程に、人にしられて、心やすく来るよしも」[135オ]哉と云心也、然し清説宜しからす、濁説宜し、濁《きなり》る時ハ人にしられすして、くるよしも哉と云心也、濁るかた尤一首面白き也、此哥別て詞強く、更になまミなくして、一躰の哥とミゆ、新勅撰抔の風躰此躰の哥多入り、能ゝ工夫すへき事也

貞信公　忠信公良房ノ孫照宣公基経ノ四男也、号二ス忠平一ト、拾遺集ニ有二小一条太政大臣一ト、又号五条殿、母弾正ノ尹人康」[135ウ]

親王ノ女也、九条右ノ丞相師輔ノ父也ト云、元慶四年誕生延長八年十一月廿一日天皇朱雀院即位詔リ令二摂政一、承平六年八月十九日大政大臣摂政如元、天慶三年十一月ニ為二ル関白一ト、天暦三年八月八日ニ七十歳ニシテ薨ス、贈正一位ニ諡《ヲクリナシテ》云二フ貞信公一ト、封二ス信濃国ヲ一有二十公一ト云、　文忠公　忠仁公《良房》　照宣公《基経》　貞信公《忠平》　清慎公《小野宮実頼》　廉義公《頼忠》　謙徳公《伊尹》　忠義公《兼道》　仁義公《公季》　是を十公と云也、太政大臣当」136オ官ニて薨ス、人には国を一国ツヽ、封せられし也、後世つたへたるに、依之やめらるゝ、然れ共太政大臣にて薨せられしには、一国を封する古例成故、太政大臣たる人死後ニ及んて本《大政》大臣を辞退し、前官ニ成て薨せらるゝ也、右の十人迄は一国封せられし也、十人の後やめられし也、此貞信公ノ御子九条師輔公遺誡云貞信公ノ語ニ云延長八年六月廿五日霹《ヘキ》二靂《レキ》ノ清」136ウ涼殿一ニ之時侍大臣失レ色ヲ吾心中ニ帰二三宝一ニ、殊ニ無レ所レ懼《ヲソル》、　尤貞信公は本院太政大臣時平の事成レハ、別て管丞相の祟り故恐レ給ふ筈成レ共、其身罪なく殊ニ仏神に帰依被成し故、一向恐レ給わぬ也

　26小倉山ミねの紅葉は心あらハ／今ひとたひの御幸またなん

拾遺集雑秋に入て、詞書に亭子院大井川に御幸有て、行幸も有ぬへき」137オ所也と仰給ふに、事の由奏せんと申てと有、〈亭子院は人王五十九代宇多帝の事也、／寛平法皇とも申せし也、昌泰元年／九月十一日大井川ニ／御幸有しとなん、〉此昌泰元年御幸の時、和哥の序紀貫之書レ之、在二古今著聞集一ニ、大和物語に云亭子院の帝の御供に、おほきおとゝ大井川につかふまつり給へるニ、紅葉小倉山ニいと面白かりけるを、限りなくめて給ふて、行幸もあらんニいと興ある処ニなん」137ウ有ける必奏してせさせ奉らんと申給ふつゐにてニ、小倉山峰の紅葉は心あらハ今一度の御幸またなんと有《なん》ける、かくて返り給ふて、奏し給へけれハ、いと興ある事也とて、大井川の待《（ママ）》幸と云事始め給へけると有、此事大鏡にも有事也、貞信公帰り給へて奏聞シける故、扨醍醐帝延長の年八月ニ行幸有し也、天子ハ幸レ行と云、院は御幸と云、」138オ友《（ママ）》ニミゆきと訓す、声にてハ違ふ也、哥の心は亭子院の御幸はすてニあり、依之とてもの事散すして、醍醐帝の行幸をも待つけよと紅葉ニ対して云る也、今一度の御幸と云所ニて、最早亭子院の御幸有て、終て天子の行幸迄と云心聞へたり、小倉山

ハ大井川の上に有り、又《また》なんとハ待てかしと云心ニて、是を」[138ウ]下知のなんと云也、心有らハと云る五文字面白き也、惣して心なき草木とハ云共、紅葉すへき時をたかへす、又散へき時をしりちるなれハ、心なき共云難き程に、いよ〳〵心有ハ、今少し散すして、今一度の行幸待つけよと、紅葉ニ対して云也、散と云事一首の裏になくして、ミゆきまたなんと云事ニて聞へたり、小倉山峯の紅葉は」[139オ]ちらすしてなんとゝあらハ、一首の詮なかるへし、心なき草木に心有ハと云る所面白き也、ケ様の処能〻・見へし《気をつけて・》、古哥をみれハ、其功むなしからすして、終に自哥の上にも其妙顕われ、尤好士の者の思ふへき事也

中納言兼輔　良門孫右中将利基ノ子也、号二ス堤中納言一ト、母ハ伴」[139ウ]氏、作者部類ニ云延長五年中納言、承平三年二月十八日ハ五十八歳ニテ薨

27瓶原わきてなかるゝ泉川／いつミきとてか恋しかるらん

新古今恋の一ニ入て題しらすとあり、瓶原・泉川ともに山城の名所也、ミかの原ハミかまの原也、昔かな甕を埋ミて有たるか、夫に水の入てわき帰る様に至りて、ミかの原と云、又泉川は根本ハ挑《イトミ》川也、昔」[140オ]崇神天皇の時、川をさし挟ミ戦をいとミし事有、依之時の人いとミ川と云り、今誤りて泉川といふ也、泉川とハいつミきて《と》かといはん為に泉河と云り、いつミきとてかとハ、いつミたると云事になと云心也、扨泉川といわん為ニ、ミかのはらわきて流るゝと云り、わきて流るゝハ泉の縁也、是も陸奥の忍ふもち摺、又は住の江の岸ニ」[140ウ]よる浪抔の類にて序哥也、哥の心ハ宗祇の注に逢不逢恋の心ニミへたり、又細川幽斎の詞《セツ》には、逢不逢恋、亦不逢恋の両儀ニ見へたり、逢不逢恋の心ニミれハ、いにしへ相見し人の今ハ絶はてゝ覚へぬ斗成を、思へやますも、恋侘る我心《を》せめていつミしそ、見もせぬ人を恋ると読る哥也、又不逢恋の心にミれハ、一向に噂に己《のミ》聞て、」[141オ]逢見し事もなき人を年月をへて、恋侘るまゝに、我心にて思へ返して見れハ、いつ逢ミし習ひにて、かくハこふる事ニてハ有そ、逢ミし事もなけれハ、かく迄恋るハ我

なからあや敷と思ふ迄の心余りて聞ゆる也、此両説の内尤不逢恋の説よき也、新古今集ニも恋の一に入て、此哥の前ハ、延喜の御哥ニて、」141ウ

紫の色ニ心ハあらね共／深くも人を思へ染つる

此哥の次に入れり、然者不逢恋の説かた〱面白し、後陽成院の御説にハ、聞恋の心也と有、聞恋も不逢恋のたくひにて、同し心成へし、古今集人丸の哥ニ、

都出てけふ《けふ》ミかのはら泉川／川かせ寒し衣かせ山

此哥を本哥にて読るならんと古人も評判也、尤さも有へし、余情かきりなく」142オ 序哥の一躰にて古の上手の仕業也

源宗于朝臣　光孝天皇ノ孫一品式部卿是忠新王（ママ）ノ子也、右京太夫正四位下、此義帝王系図ニ不載不審也

然し大和物語に宇多院の花面白かりし時《けるころ》、南院の五のミこあつま《是かれ》りて、哥読抔しける、右京の頭宗于

来て見れと心もゆかすふる里ハ／むかしなからの花ハちれとも」142ウ

と有、此南院拾芥抄に是忠親王の家と有、是帝王系図ニなしと云共、是忠親王の子成事明らけし、作者部類ニ天慶三年六月十日ニ卒すと有り

28山里ハ冬そさひしさまさりける／人めも草もかれぬとおもへは

古今集冬部のうたとて読ると有り、三光院の御説に、山里はのハの文字、冬そのその字ニ当りて心を付て見よと也、」143オ山里ハと云はの字の時は山里に限る也、やまさともと云へハ、今一ツ物をかぬる所有、山里ハといへハ都ハさも有間敷か、山里ハ冬そ淋しきと治《物を》定したるてにをは也、ケ様のてにをはに能〻心をつけて古哥をみれハ、自哥のてにをはも宜しく成也、風躰は堪能先達の秀哥常ニ観念し、古哥ニ心を染へし」143ウ

此哥ハ草のかるゝに、人目のかるゝを云懸たる物也、哥の心は山里の淋しさは四季共にまつハ淋き也、され共春ハ花

の行来《キ》の便り、夏は時鳥《の》よすか、秋は草紅葉のつゐて抔にも、おのつから人めをミ侍る事も有しニ、冬に成てハ木の葉も散果て、人目《草葉も枯はてゝ》もおのつから共《草木と》にかれはてぬれハ、山里ハいつも淋しきうちにも、別して」[144オ] 冬ハ《そ》淋しさハ増ると読る也、安〱と読つゝけて心深き哥也

凡河内躬恒　古今之撰者ノ一人也、凡河内姓ハ日本記ニ云天津彦根命凡河内ハ直山・古伝云先祖《代直等ノ祖ト云・》ハ不レ詳、宗祇ノ注行氏ノ孫湛利ノ子ト云、古今序ニ前ノ甲斐小月《サククワン》ト云、後撰集詞書ニハ御厨子所ノ預リ、作者部類ニ延喜廿一年正」[144ウ] 月晦日ニ任ニ淡路権椽一ニ

あわちにてあわとかすか《はる》に見し月の／ちかきこよひハところからかも

此哥ハ淡路の任はてゝ登りて後、都にて読哥也、無明抄《(ママ)》に《ニ》云三条右大臣検非違使の別当と聞えける時、二条の帥《ソツ》と二人躬恒・貫之か哥を講せられけり、形見に詞を尽してあらそわれけれ共、こときるへくもあらさりけれハ、帥いふかしく思ひて、」[145オ] 俊頼に語られけれハ、俊頼聞て度〻打うなつきて、躬恒をなあつらせ給へそと申けり《るとあり》、貫之ニおとらさる哥人也

29心あてにおらはやおらん初霜の／置まとわせる白菊の花

古今集秋下詞書に白菊の花を読ると有、五文字の心あてにとハ押当にて推量の詞也、おらはやおらんハ重ね言葉ニて、おらハおりこそせめと」[145ウ] 心あらまし事に云る也、置まとわせるとハ、菊の色に霜の置て、人をまよわせる心也、初霜の初の字面白し、霜も初霜にて、いまた見習わぬ程成レハ、置まとわせると云るに懸合て面白し、白菊の末うつろわぬ程、霜の降そめたるあした打ミれハ、いつれを花ともいつれをミても白き故に、見はかぬ風情一入面白きをミて、」[146オ] 霜かおきまとはしたりとも、我心当に菊をおらハをらんする物をと読る也、霜の深く置たるをミて、いつれを花とまきるゝ様に、霜は置まとわす共、我ハおらハ折こそせめと云る心也、穴勝に雪抔の様に埋くはてたる霜にはあらねと、

景気をいわんとて、如此のおほろ〳〵と仕立たる物也、実ニ菊を折ニハあらす、」[146ウ]あらまし事にいひて、霜をも菊をも友に愛してよめる哥也、置まとわせる白菊と云る、かくもありて面白く、下手の思へ寄ましき一首の趣向也とそ

壬生忠岑　古今撰者之一人也、府生杢允忠衛ノ子、作者部類ニハ従五位下安綱ノ子ト云、和泉大将定国随身ト云、古今序ニ右衛門府生ト云、古今の短哥ニ」[147オ]近きまもりの身成しをとあり、近衛番長成よし明らか也、忠岑和哥の十躰を顕すに云、先師十一州ノ刺史叙ニシテ古今哥一以自帰スと有、古抄刺史は貫之を和哥の師としたると見えたり

30有明のつれなく見へし別れより／あか月斗うき物ハなし

古今集恋の三に入て、題しらすと有、此哥題に他流・当流の差別有、他流」[147ウ]には逢別恋とみたり、当流は不逢帰恋にてミたり、扶桒瑶林集ニとて、嵯峨天皇以来の哥を集て、百帖斗有物也、其書の内にも不逢帰恋とあり、然し中院家の説には、逢無実恋の心也、顕注密勘ニ云此哥の心尤是は女の本より帰るに、我はあけぬとて出るに、有明の月は明るも知らす、つれなくミへし也」[148オ]此時よりあか月を覚ゆると有《よめるとあり》、有明の月は久しく残る物なれハ、つれなくとハいひ侍れ共、此つれなくミへしハ只今のつれなき人にして読る也、尤有明の月もつれなく残り、又人もつれなくミゆれハ、両様へ懸て云る物成レ共、本躰は人のつれなき心也、哥の心は逢難き人の本へ参りて、よもすから」[148ウ]心を尽してあわんと思ふに、人ハ限りなくつれなきに、夜はまた限りあれハ、詮なく立帰る比、有明の月もつれなく残れる空を、打詠めつゝ帰りし空より、以来なへての暁かうき物に成たると云心也、たとへ逢よの帰るさ成とも、有明の空ハ見る人の心から悲しかるへきに、増て人ハつれなく不逢して、帰る心を思ひ侘」[149オ]て、此暁斗世の中に憂物ハ悲《あら(ママ)》じと、物にこり始たる心也、暁斗ハたゝ暁と云心に見たるかよし、去れ共初心のもの抔ハ心得兼る故、程と云字の心に見よとゆるす也、　忠峯公一生の間の第一秀《シウ》逸也、定家卿密勘につれなくミへしは、此心にこそ侍らめ、此詞のつゝきハ不及、縁《(ママ)》におかしく読て侍る哉、是程」[149ウ]の哥壱ツ読出たらんは、此世の思ひ出に侍るへしとかゝれたり、定家卿尤

大キニ褒美の哥也、定家卿是程の哥よミて、此世のをもひ出にせはやと仰られし、如斯定家卿の羨む所、何レの所に有そや、尤工夫可有事也、後鳥羽院の御時俊成卿・定家卿・家隆卿より古今集第一の哥は何レそと御尋有けるに、」150オ定家・家隆ハ此哥書て進せらる、俊成卿ハ此哥に、貫之のむすふ手の雫ににこる山の井の哥を書くはへて、参らせられしと也、尤名人の心の府(ママ)節と合せたる様也、古今迄の秀逸言語の及はさる哥也、此哥は平生心にはなさす工夫せすしてハ、妙処に至り難き也」150ウ

坂上是則　坂上田村丸四代孫好陰《ヨシカケ》ノ子也、後撰集撰者ノ坂上望城《モチキ》カ父也、大内記従五位下作者部類ニ加賀守于時御書所ノ衆仕ニフ延喜朱雀二代一ニ云云

31朝ほらけ有明の月と見る迄に／吉野ゝ里にふれるしら雪

古今集冬の部に入て、詞書に大和国にまかれる時に、雪のふりけるを見て読ると有、朝ほらけハ夜の明行時分なり、」151オ朝旦朔《朗》・朝開・明旦と文字に書て、何レも朝ほらけと訓す也、夜の次第ハ暁は夜の八ツ時よりを云、八ツより鶏も鳴物故、鶏鳴より暁と云也、依之八声の鳥とも云也、尤夜深き故に、深き夜と云て暁に成也、暁の後を明暮と云、夜の明る前に成て、一きハくらく成を明暮と云、其後しのゝめと云、しのゝめはしの垣抔の」151ウひまよふ〳〵ミゆる程を云也、扨曙也、古今集に、

しのゝめのほから〳〵と明行ハ／おのかきぬ〳〵なるぞ(ママ)悲しき

ほから〳〵とは朗ことと書、是尤明ほの也、扨朝といふ也、扨此哥の朝ほらけハ、大躰の曙と云よりは今少し早し、夜の少ししらミたる間、しのゝめと云時節成へし、様〳〵と明る時分ならてハ、有明の月と見る迄にとはいはれましき也」152オ

哥の心は此吉野ゝ里と云字肝要也、山にふれる雪ならハ、有明の月とハまかへられまし、有明の月今空になくて、爰

には影の有あへたち（ママ）か〳〵と見て、有明の月の影かとうすくふりたる雪を、月の影かとミまかへたる也、此吉野ゝ里には山《有》川有、草木迄面白き境地成に、有明の月の影か残れるかと思ふ様に、うす」152ウ〳〵と降たる雪成共、山は山川は川と見へ、草木も皆ゝ姿わかれて、白〳〵とミへたるを、有明の月と見まかへたる也、此有明の月と見る迄にといへる迄の字面白し、一首の字眼也、尤雪にてハあれ共、月と見る迄ニと云て、然とうち付つして、うす〳〵とふりたる雪を、月の影にまかへたる心、尤風情面白き哥也、源氏物語」153オはゝきゝの巻に、月は有明にて光り細る物から、影さやかにミへて、中〳〵をかしき明ほの也と云《有》て、四季共に朝ほらけの景気は面白き物成に、例や境地も吉野なれハ、一入絶景成へし、ケ様の哥を常に能〳〵観念してあちわへハ、おのつから其境地に至りて、其風景をみる様に面白く思わるゝ也、然れハ天然と」153ウ自哥のうへの作意の便とも成へし、此哥を本哥にて為家卿、

さらてたにそれかとまこふ山のはの／有明の月にふれるしら雪

又逍遙院の哥に

おきいつる袖にたまらぬ雪ならハ／有明の月とみてや過まし

是は一向に月の影とミちかへたる也、おき出る袖にたまりたるにて、雪としりたる也」154オ

春道列樹　新名宿祢ノ一男従五位下雅楽頭、作者部類延喜廿年任ニス壱岐守一ニ子時ニ文章博士

32山川に風のかけたるしからみは／流もあへぬもミち成けり

古今集秋の下に入て、詞書に志賀の山越にて読ると有、志賀の山越とハ顕昭か袖中抄に、北白川の滝のかた斗《わら》より越《のほり》て、如意か嵩《タケ》越に志賀へ出る」154ウ道を云也と有、今の往来《還》の白川越の南にあり、昔ハ志賀の花園院なとゝ云て、志賀の都よりして、其後も境地面白き所にて有し也、尤湖水辺なれハ、絶景成へし、堀川百首又は六百番哥合抔にも、志賀山越と云題を出せる也

しからミとは岸根を竹にてしからミて、水をふせく便りにしたる也、然し此風のかけ」155オたるしからミと云ハ、木の葉流ㇾてせかれたるしからミと云にハ非す、紅葉を間断もなく川の面に風の吹かけ〳〵するを云也、哥の心は山川に落葉の隙なくふり乱れて、流れもよとむ様成るを、興して風の懸たるしからミとは先云なして、扨下の句にてかく見ゆるしからミハ、流れもあへぬ紅葉成けるそとことわりたる物也、」155ウ上下にて自問自答したる哥也、伊勢物語に、

　秋や来ん露やまかふと思ふれハあるは涙のふるにそ有ける

是は秋は物悲しく、人の愁を催す時也、然れハ秋の来りて、袖をしほるか又露の置て、袖を濡すかと思へハ、只今我悦にたへすして、落る感涙也と、上句・下句にて自問自答《(ママ)》たる也、」156オ流もあへぬは、風の吹かけ〳〵して、更に隙なく川の上に紅葉の絶ぬを云也、扨此流もあへぬと云詞、幽斎・宗祇・三光院等の抄の説にて、尤後人の見定にて、作者の本意にてはあるましきと先師中院通茂公の御説なり、流れ《も》あへぬと云は、風の強く吹《て》と、ふき止メたる紅葉成へし、依之風の懸たるしからミと」156ウ云調へよりかゝりて聞ゆる也、扨此あへすとゆふ詞に心色ゝに説有事也、

　ちはやふる神のいかきにはふくくすも／秋にはあへすうつろへにけり

　秋風にあへすちりぬる紅葉はの／行衛定メぬわれそ悲しき

此あへすの心は、秋に不堪の心にて、秋か来ると其儘に取あへすうつろへ散もするの心也

　からにしき秋のかたミや立田山／ちりあへぬ枝にあらしふく也」157オ

是ハひたつゝきに、紅葉の散る様の心也、

又、

　秋とたに吹あへぬかせに色かわる／いくたの森の露のしたくさ

是ハ秋共また風ハ吹定めぬ心にて、其物にまたならぬ心にて、早くも色の替ル心也、右の通りにて、少しつゝ詞の用ひ様にて違ひあれ共、畢竟あへぬと云詞を能古哥にて合点するかよし

伊範抄上之巻　終」157ウ

（以上、上冊）

二条家□□伝［　］
百人一首伊範□
中院通茂公［　］書（外題・題簽）

紀友則　孝亢《コウ》天皇王子彦太忍信命ヨリ十九代苗裔也、紀本道ノ孫宮内ノ権少輔有友ノ子也、貫之ノ従弟也ト云云、古今序ニ大内記云云

古今集撰ある半に失たるとみへたり、古今集哀傷の歌詞書ニ紀友則か身まかりける時読るとて貫之か哥に、

　あすしらぬ我身と思へと暮ぬ間の／けふハ人こそ悲しかりけれ」1オ

と有、尤古今撰者の中たりといへ共、半はに死せるとミへたり

　33久堅の光りのとけき春の日に／しつ心なく花の散るらん

古今集春の部に入て、詞書に桜の花の散を見て読ると有、先久かたとハ、日とか空とかいわん為の枕詞也、久堅の光りとハ、定家卿の説に空の光り成へしとあり、　しつ心なくとハしつか成」1ウ心もなくと云心也、哥の心は雨に散、風の吹さそふ花成共、散は恨むへきにいわんや、春の日のゆふ〳〵と空に霞渡りて、鳥の声・草木の色迄も長閑成時節に、咲花に《の》しつか成心もなく、闇ヶしけに散ハ、何としたる事そと花を深く賞翫する心かし、散恨を深く云懸たる心也、後撰集春の下ニ清原深養父」2オ哥に、

　打はへて春ハさなから長閑きを／花の心や何いそくらん

是等も同心哥也、扨為家卿ニしつ心なくの心ハ、人の心か花の心かと或人尋ねしに、いつれにても然るへしと答られしに《となり》、然れ共花の心と見るか、一首も面白く増るよし後人の発明也、惣而古今集の哥にはおほくハ、表裏の説有、此哥も長閑成春の日ニ、花の散へき道理は」2ウなけれと、時節到来すれハ、何程長閑にても散物也、万事世間の盛衰・人

間の栄辱も時節到来ハ詮方もなきと、教誡の心を裏にこめて読るもの也、此哥は上に疑の字なく、下に散らんとはねたる也、惣而の哥ハ上ニ、やとかいつとかなにとかたれとか抔疑フ字なくてハ、はねられぬ物也、依之此哥」3オも上の句・下の句間に何とてと云詞を入て見れハ、たやすく聞ゆると古人の伝也、久堅の光り長閑き春の日にと云、然し此《何とてしつ心なく花の》説《ちるらんと見るなり》は古伝にて中院家ニ而ハ用さる也、後水尾院の御発明に、此久堅の歌抔のてにをわゝ、詞の拍子ニ而はねたる也、其拍子と云は、三の句の春の日にと云にの字強きによりて、下のて《に》やすらかに」3ウはねたる物也、此伝を用て尤秘説とす、能ゝ此御習を工風（ママ）せすしては、不叶事にて、おろそかニてハ中〳〵うち付難《不叶》き難き事也、頓阿法師の違約恋と云題にて

秋の霜かけるゝ《ける》松も有物を／むすふちきりも《の》色かわるらん

此秋の霜と云ハ、劔を指て読る也、朗詠集ニ雄劔在レ腰ニ抜則秋霜三尺」4オ雌黄自レリス口吟亦寒玉一声と有りて、劔の事を秋の霜と云也、扨此頓阿の哥の心ハ、呉ノ季札か劔の古事ニて読れたる也、史記ニ曰季札の初使タル共北の方遇二ル叙君好二ム季札劔ヲ一口ニ弗二敢テ言一、季札心ニ知レ之ヲ為レニ使二タルカ上国一ニ未レ献セ還リ至徐君已ニ死セリ、於レ是乃解二其実劔《宝》ヲ一聚二之ヲ徐君カ家ノ樹一ニ而去、従者ノ曰徐君已ニ死ス誰ニカアトウルヤ予乎呼季札曰不レ然」4ウ始吾心已ニ許レシキ之ヲ、豈ニ以死倍吾心乎、此古事の心にて、徐君約束せせる劔なれ共、其心を季札のしられたる斗にてさへ宝劔を塚の木に懸られけるに、いはんや我は難く約束して、結たる契りの色の覧ハ扨〻季札と違て、約束を違ひたる人よと恨侘て読る哥也、松は不替の物成に、又色の替んと取合たる詞の働き言語道断也、扨」5オ此哥の色替るらんとはねたるも、懸ける松も有物をとつよくおさへて、はねたる物也、

玉葉集法皇御製

。なへてよの春の心も《は》のとけきにうつろひやすく花のちるらん
思ひ出の有とはなしにかく斗過にし方の恋しかるらん

此等のはね様同し様成事なから、おさへ様・はね様格別のもの也、能味はへて知へき事也、此友」5ウ則の哥ハ春の日にと云て、花の散らんと云る、何となくやすやかにして、ことに強く、下ハ大に軽くし、てにをハの軽重釣合言語の不及処也、又古今集春の部に読人不知の哥に、

春の色の至りいたらぬ里ハあらし咲る咲さる花のミゆらん

此哥抔ハ、友則のしつ心なくの哥にもまけさるの《程》てにをハのつかひ様也、能〻古哥を味へ知へき」6オ事也

藤原興風　和哥式ノ作者浜成曾孫、相模の守南家麿ノ末道成子也、正六位下治部少丞、作者部類ハ河川大掾治部少輔と有、藤原系譜ニ云下野守号二ス院ノ藤太一ト

34たれをかも知人にせん高砂の／松もむかしの友ならなくに

古今集雑上詞書に題しらすと有、高砂ハ」6ウ播磨国の名所也、又哥によりて、只山の事をも高砂と云たるも有也、哥の心ハ老年に及て、昔し馴にし友とちを思へハ、多くハ九泉に帰し、亦は参商《サンシヨウ》と遠国抔へ隔り、色〻に成りて只独り残りて、朋友の心しりたるもなき時、高砂の松こそ古へより年高き物と思ふに、是も非情の物を実《にて》に昔の友に非す、然ハ誰をか」7オも知人にせん《して》、昔の事を述んと云心也、友ならなくにと云詞ハ、友にはあらすと《なくにと》云心也、河原左大臣の、

陸奥の忍ふもちすり誰故に乱初にし我ならなくに

抔同してにをは也、彼白楽天か感二スル旧詩巻一ヲと云題にて、夜深吟罷一ヒ長叶ス、老涙灯前湿二ス白鬚一ヲ、二十年前旧詩巻、十人酬和九人ハ無　是等も壮年の時の詩友の失」7ウしを歎きて也、又拾遺集哀傷の歌ニ藤原為頼、

世の中に有ましかハと思ふ人なきか多くも成にける哉

是等も古友のうせたるを悲しミたる也、惣て老後の哥ハ、聞人も老後ならて、誠に其味を知るへからす、物の奥も若キ時の身にしみて覚へし様にハ、老後には面白からぬ故、せめてハ若き時の友あれハ、有し昔の事を語り出ても、」8オな

くさむへき事也、又老後に求し友には、流石ニ若き時の事も、つゝましく語られさる事も有、又其友も老たる者ハむつましく語られさる事も有、又其友も老たる者ハ、むつましく思ひ抔する間、兎角友にも不レ成然れハ、老後に至りて△（若かりし時の友の存命したるハ大切成へし老後に至りて△カキリ）此哥を観念すれハ、猶〻余情限りなく、感慨深しと也

紀貫之　古今集第一撰者、童名阿古久曽、孝元天皇ノ末武内ノ宿祢ヨリ十一代苗」8ウ裔紀本道ノ孫望行ノ子ト云云、古今序ニ云御書所ノ預ト云云、延長八年土佐守ニ任ス、紀氏新撰云玄蕃頭従五位下云云、作者部類ニ云天慶八《廿》年三月八日任二杢ノ頭一、同九年ニ卒スト云云、古今真名序云先師柿本大夫云云、貫之ハ人丸ト時代異也ト矣、其道をつき其風をしたふ故に、師道とする事、譬ハ程子の孟子の伝をつくか如し、定家卿作近代秀歌に云昔貫之哥《か》は心たくみにたけ」9オ及難し、詞強く姿面白様を好ミて、余情妖艶の躰を読す、夫より此哥其流を受る輩、偏に此姿に趣く

35人はいさ心もしらす古郷は／花そむかしの香に匂ひける

古今集春の上に入て、詞書に初瀬にまふつることに宿りける人の家に久敷やとらて、程へて後に至れりけれハ、彼家の主しかくさたかになんやとりハあると云出して」9ウ侍りけれハ、そこにたてりける梅の花を折てよめると云、貫之先祖ノ紀長谷雄、初瀬の観音を信仰する事有、其末なれは、貫之を初瀬を信して度〻参詣したる事也、扨詞書にかくさたかになんやとりハ有と云るハ、貫之の宿坊に中絶して来りたるを、主恨て、如此やとりは替らぬと云り、やとりハと云ハの字ニ強く当」10オる心有て、さたかになんやとりハあるか、貫之には何として御出もなかりしととかめたる心、ハの字ニ籠れり、人はいさ、いさと云時ハしらすと本更る心也、不知の字也、いさと斗を近代連哥にハ不知と云事ニ用ゆ、然し連歌にも中にハ有へし、下に置事ハ如何と宗長抔も申されしと細川幽斎《抄ニ》みへたり、哥の心は、貫之」10ウは中絶しても、我は替らし、かくさたかになん宿りは有と主の云るを、出し返して主のさ程迄に云へき事にもあらぬを、ケ様に云出す事《は》返つて其許の心か替りたるかと、久敷音信されハ、主の心はいさしらすとそたかひなから、梅は昔の匂ひ成

程に、梅を主と頼むと云心也、宿坊の主の中絶の間に、替りたるもいさしらす、梅ハ昔の匂ひ」11オ成程に、梅を替らぬ主と頼んと当意に読出る事、尤も返哥の仕様の一躰にて、尤妙成趣向也、貫之の哥の内にも、別而余情限りなき哥也

清原深養父　清原ノ姓天武天皇ノ皇子、舎人親王子御原ノ王ノ孫、夏野ニ賜二フ清原真人姓一ヲ、又式部ノ王ノ曾孫峯成賜二フ清原姓一ヲ云、大系図ニ云舎人親王ノ貞代王」11ウ有雄　通雄　海雄（筑前介）　房前　深養父　従五位下内近ノ允于時蔵人所雑色作者部類同之

36夏の夜ハまた宵なから明ぬるを／雲のいつこに月やとるらん

古今集夏部詞書に、月面白かりける夜、暁かたに読るとあり、哥の心ハ先上の句の夏のよハまた宵なから明ぬるをと治定したる所面白なり、此上の句の心、常に云夏の」12オ夜の短きと云たくひにあらす、一向また宵にて、すくに夜の明たる心也、たゝもさへ短夜《成》を月に向ひてハ、弥ゝ短く覚ゆる程に、また宵なから明ぬるをと我心に決して、扨月ハよもや入ぬるにハあらす、いまた半天にもあらんと思ふに、月影のミへされハ、雲ニ宿りて影消しにやと思ふより、雲のいつこに月やとるらんと読り、尤見立面白く、一首」12ウの様上は強く下ハやすらかに強弱をかねて、目出度さま也、

為家卿此哥を取りて、

卯の花の垣根に《は》雲のいつこにて明ぬる月の影宿すらん

本哥の風情をかへし、尤あたらしき取様也

文屋朝康　先祖不レ詳、延喜頃人ト或説ニ延喜二年任二ス大舎人允一ニ云、作者部類ニ云文屋康秀ノ子也、大膳」13オ少進仁和ノ頃ノ人也ト云

37しら露を風の吹きしく秋の野ハ／つらぬきとめぬ玉そ散ける

後撰集秋中詞書に、延喜の御時哥めしけれハと有、風の吹敷ハしきりに吹義にてあらき風也、つらぬき留ぬ玉とハ、

玉を糸にてつらぬく物成レハ、其玉をぬきミたしたるかと見立たる心也、扨其内に露の面白きけしきを、風吹散したる程に惜心、詞の」[13ウ]外に余りて聞ゆる也、都ての心は秋の野の所せき迄置ミちたる露の面白を、俄ニ風吹来て草木の露はらく〱と散乱たる躰をかく云り、風の吹敷ハ勿論吹事なれ共、散の字に心を付て見へし、野抔様成広き処ならてハ、しくとハいわれす、はつと草木一ツに吹気《味》也、ケ様の詞遣へ愚にミてハ、古人の名誉も顕われす、又自《述作の》」[14オ]哥の便りにも不成故、能〻心をつけて思惟すへき事也

右近　武智麿ノ末右近少将藤原季縄女也、此季縄号ニス交野少将一ト鷹道名人、右近少将たる人の娘成故右近と云、女は父又は夫の名字、あるへハ官の名・受領等の名を付る事也、大和物語に云季縄の少将の娘右近故きさひの宮にさふ」[14ウ]らいける比云云、此宮ハ七条后穏子也、七条の后に宮仕せしとミへたり

38忘らるゝ身をハ思わてちかひてし／人の命のおしくも有哉

拾遺集恋の四に入、題しらすとあり、大和物語に云男の忘れしと万の事を懸て誓ひけれと、忘れにける後に云やりけると有、哥の心は我を恋し人の千〻の社を引懸て、若心替らハ命も絶えなん」[15オ]と誓ひたるに、頓て心替りたれハ、さしも神懸て誓たれハ、神は正敷《シキ》を守り給へは、其人の罰を蒙りて、命も有間敷と我か忘られたるを恨ミすして、人の命を惜ミ思ふ事、尤哀ふかき哥也、貞女の両夫をかへしと思ふ身抔の忘らるゝは、いか斗悲しかるへきニ、忘らるゝ身をハ思わすして、人の命の失なん事を惜む」[15ウ]事、女の哥にて殊に感情深く、是そ恋の哥の本意にてあらんと、三光院度〻感嘆なさし《（マヽ）》と也、定家卿此哥を取て、

身を捨て人の命を惜む共／有し誓のをほへやわせん

是は右近か哥の一重上を読り、我忘らるゝ身をハ捨て、人の誓たる命を惜とも、忘らるゝ程の人成レハ、昔の誓をこそ覚へやわせん、やわゝ帰るてにをハなれハ、」[16オ]覚へ有ましきと云る心也、尤本哥の取様奇妙にして面白し、又中納

言光俊卿の女の哥に続古今に、
　誓てし命にかへて忘るゝハ／うき我からに身をハすつらん
是は又取様大キに替りたる也、さしも一命を懸て誓し成レハ忘れハせまいか、命を捨て我を忘るゝハ、浮別《我》れからに其許の身をも捨て忘るゝかと也」16ウ
参議等　嵯峨天皇　弘《ヒロミ》広橋大納言正三位　布《マレヲ》中納言正三位　等《ヒトシ》　済《ワタル》　美濃守　左中弁勘解《カケユ》由長官賜二源氏姓一ヲ、天暦（ママ）五年三月十日七十二歳ニテ薨ス、嵯峨天皇源氏ハ大方一字名乗三字仮名也、其内ニ縄ナトヽ云二字仮名モ有共先ハ三字仮名也
39浅茅生の小野ゝ篠原忍ふれと／あまりてなとか人の恋しき
後撰集恋部一に入て、詞書に人ニ遣しける」17オと有、浅茅生の小野此哥にてハ名処ニあらす、名所の時ハ山城国愛宕郡の浅茅とは、浅茅のはへたる所を云、蓮生のるい也、篠原とハ忍れとゝいわんとての序哥也、此哥古今集に、
　浅茅生のをのゝ篠原忍ふとも／人しるらめやしる人なしに
此哥を本哥にて読るとミへたり、哥の心は人を恋もつゝミしのふも、皆我心」17ウ一ツより出るなれハ、忍ふからハ忍ひて有へき事成に、なと忍ふ心の余りてハ、人の恋敷そと我とわか心をとかめて読り、抔かの字に心を付てつよく見へき哥也、定家卿此哥を取て、
　等閑の小野ゝ浅茅に置露も／草葉に余る秋の夕暮
只詞遣ひをとられたる斗ニて、心は本歌ニかゝわらさる也、詠哥大概に恋《雑》の哥をもつて」18オ四季の哥を読せよとハ、ケ様の事成へし
平兼盛　光孝天皇御末是忠親王曾孫興雅王ノ孫平ノ篤行子也、従五位下（上）駿河守赤染衛門ノ父也、後撰集には兼盛王ヲハキミト云々、　袋草紙ニ云兼盛は本以テ二王氏一ナルヲ為二大君一ト天暦曰《マウ》シテ之帰ルト二本性一（ママ）

40忍れと色に出にけり我恋は／ものや思ふと人のとふまて」[18ウ]
拾遺集恋一に入て、天暦の哥合と有、袋草紙にハ天徳の哥合と有、此次の忠見か、恋すてふの哥とつかひて勝たる哥也、哥の心忍恋の心にて、未言出恋の心也、尤忍ふ中にも折節の花・紅葉を贈るか、或は便り求て言外に出さは、人も知へき事成レ共、一行の弁《ワミ》も取替さぬ内に、人に物思ふやとふしん」[19オ]せられて、扨は我は随分忍ふと思へ共、いつしか思へよわりて、人にとかめらるゝ程に成たるよと、驚きて歎《うち》く心也、忍ふれと色に出にけりと、決定して云る処面白キなり、前に袋か《艸》子に云、天徳の哥合の時、兼盛正二シテ衣冠一ヲ参テ陣而終日伺候ス、忍れとゝ云哥勝畢ぬと聞て、拝舞して退出す、自余の哥の負《勝》をは不レ執」[19ウ]
壬生忠見　本ノ名ハ忠実忠岑男、天徳三年任二ス摂津国大目《サクハワン》一ニ
41恋すてふ我名ハまたき立にけり／人知れすこそ思ひ染（ママ）しか
拾遺集恋一巻頭に入、天暦の御時の哥合と有、恋すてふとは、恋すると云といふ詞也、又きは速《マタキ》の字にて、早くも名の立たると也、思へ染（ママ）めしかのかハ、哉にはあらす、又疑のかにもあらす、人しれす」[20オ]すこそ（ママ）思ひゐたりしか也、かの字心は濁る心成レ共、清く読かよし、哥の心は人す《しれ》心の内に思ひ染（ママ）し物を、早恋すると云名の立たると打歎きた《りと早くも名の立》る《たるをを》心也
宗祇の注には此忠見か哥、兼盛の哥より少し増りたるよし也、誠に詞遣ひ比類も無哥也、又詠哥一躰には、前兼盛か哥をほめたり、三光院御説ニ」[20ウ]此哥ハ甚宜し、《きとしたる処ハあれと》然に少しつまりたる処あり、兼盛か歌猶増りたると也
此哥合ニ付て哀成物語有、扨天徳年中に哥合有しに、哥召ハ本左の方より哥を講する作法なれハ、此壬生忠見か哥を講せられたり、然れハ上天子を始メ、一座の面ゝ寔に今日の秀逸是に過へからすと、各感しられたり、忠見も中ゝかく」[21オ]迄の哥ハ兼盛ハ読しと自称の躰に見へたり、扨右方の兼盛か哥を、忍ふれと色に出にけりと講し出せると、忠見

あはやと云て、驚きたる躰也、一座の面〻感心猶《弥》増りて、驚嘆の躰暫《ク》しつかならす、其時の判者ハ小野宮右大臣実頼公にて有しか、此両人か哥、勝劣何レ共わかち難し、依之御簾の内の天子の御気色を」[21ウ]うかゝわれしに、頻りに平兼盛か哥を感嘆ましますを聞て、扨は兼盛か哥ハ忠見に増りて秀逸也と、終に兼盛勝に定りぬ、扨忠見ハ夫より病気ニて、引籠り居たりしか、存命難叶《キ》様子を聞て、平兼盛忠見か身へ見舞に参られたり、然れハ忠見重病也といへ共、兼盛に対面して被申けるハ、私病気ハ先」[22オ]達の哥合より事起りて、最早万死一生も有難し、何とそ其許へ生前に一度対面し、後世此道の好事の志の為ニ此趣を語り、伝度存する訳有、其旨趣ハ哥合の時先秋等の哥を講せられしニ、貴殿にも御存の通一座感嘆有し故、自分にもよもや貴殿此程の哥ハ読れましと自称致し、此度の哥合ハ究る勝ニ」[22ウ]成ぬと存居候処、忍れと色に出にけりと貴殿の哥を講し出さるゝと、あわやと存候より此かた、飲食共にすたれて、心神やすからす、最早露命旦夕にちゝまれり、貴殿も此義を談する事、此道の神懸て、毛頭遺恨有ての事にあらす、かく迄深く道を思わすしてハ、秀哥も出来へからす、此事を語り伝へられ給わる」[23オ]へしと物語に被致けれハ、兼盛とかふの返答にも及はす、感涙をおさへ兼て立れたり、扨明る日終に死去被致たり、尤かく迄道を重んし、一首の哥に魂を入すして、貫之か古今序に書る通りの、鬼神の感応ハなき筈也

清原元輔　後撰集撰者梨壺ノ五人之一人也、深養父ノ孫泰光ノ」[23ウ]子也、母ハ筑前守高カ向フ利生《トシタカ》子也、肥後守下総守従五位上、拾芥抄ニ云永祚二年六月七十一歳ニテ卒ス、　八雲御抄ニ云梨壺五人めてたしといへ共、彼古今の四人に及へからす、能宣・元輔ハ重代のうへ、然へき哥人也と云云

42契りきな形見に袖をしほりつゝ／すゑの松山波こさしとわ

後撰集恋の四に入て、詞書に心替り」[24オ]て侍りける女に人に替りてと有、〈心替りしたる／女の元へ〉〈其男に／かわりて遣したる也〉、末の松山ハ奥州の名所也、能因歌枕に本の松・中の松・末の松とて三重に有、さ有ニ依て山といわ

すニ、松《末の》と斗読る也、此哥ハ古今集に、

君をきてあたし心に我もたは（ママ）／末の松山波もこへけん

此哥より出たる也、此哥に本縁有、昔し人有て此山を波のこゑん時、我契りハ」24ウ 替らんと云て、波の越ましき事故、契りハ替るましきと云心にて、なき事を誓しに、或時波の越様に雲のミゆるをミて、夫より別レしと云る事、奥儀抄・袖中抄等に委し、是より男女の契りの替る事を、末の松山波越ると云也、哥の心はケ様にあたニ替る心をもしらて、互に替らし替るなと袖をしほりて、末の松山」25オ 波こさしと契りし事よと、替りたる人を少し恥しむる心有也、人の心の替りたる事をハ一向恨《ウラミス》すして、侘《唯》なる人共しらて契る事を後悔したる心也、形見に袖をの形見ハ互にと云事也、末の松山波こさしとハ、契しなとなの字に力有故、強く当りて見れば（ママ）、おのつから言外ニ意味の有処心にうかミ出る也、源氏物語ニ」25ウ

波こゆる頃ともしらす末の松まつらんとのミ思へける哉

是は浮舟の君の匂ふ香江の宮也、心の替りたる荒《時》大将の読て贈られたる哥也

権中納言敦忠　昭宣公基経公孫本院左大臣時平公ノ三男、母ハ筑前守藤《在》原棟梁女也、敦忠ノ母ハ始為大納言国経卿ノ妻、後嫁ニ時平公ニ」26オ 生ニ敦忠ヲ一仍テ実ハ国経ノ子也、公卿補任ニ云天慶五年三月廿九日三十七歳叙ニ従三位権中納言一、同六年三月卅八歳ニテ薨ス、敦忠の山荘西坂下に有し由、拾遺集にミ《ハ》へたり

43逢ミての後の心にくらむれは／昔ハ物を思わさりけり

拾遺集恋二に入て、題しらすと有、哥の心は逢て後切成恋の心ゝ、人にいまた逢ミぬ先には、如何ニしてか一度の契りも」26ウ と思ふ心の一ツにて色《すき》ぬるを、逢ミてハ後ハ其人を哀と思ふ心もくわゝり、亦は世の人めをはゝかり、或ハ思ふ人の心替りもやせんと、兎や角思ふ故に、逢ミての後は弥悲《恋》しさの増る程に、昔一筋に一度の逢事もやと思ひつる

に、今の物思ひをくらふれハ、昔ハ物を思ふと云ニてはなかりしと云心也、都て恋に限らす、世間の万事」27オ得レ一ヲ思レ十ヲ得レ百ヲ思レフ千ヲ漸ゝ次第〳〵に望有て、思へは限りなきと同し心也、拾遺集恋二読人しらす

逢ミても有にし物をいつのまに／習ひて人の恋しかるらん

我恋ハ猶逢ミての《とても》なくさます／いやまさり成心地のミして

拾遺集此二首に習て入たり、定家卿も此哥を取て、

逢ミての後の心を先しれハ／つれなきとてもえこそ恨みね」27ウ

中納言朝忠　号二土御門中納言一ト、三条左大臣定方ノ二男、母ハ中納言山蔭・三《女院・》位右衛門《督》参議督、大和物語ニハ朝忠ノ中将ト云云、作者部類云天慶六年・中《参議康和三年・》納言康保三年十二月五十七歳ニテ薨

44逢事の絶てしなくハテ中〳〵に／ひとをも身をも恨ミさらまし

拾遺集恋一に入て、詞書に天暦の御時哥合ニと有、東常縁云一旦の事に心得る」28オハ曲なき事也

世の中に絶て桜のなかりせは春の心はのとけからまし

此哥と同意也、中こと云詞は大方ニてハいわぬ詞也、初の五文字ニハ殊ニ斟酌すへしと云云、宗祇集に此哥もありまゝに見ては、味更になし、此心は人を思ひ初て、哀いかにと思へとも、《人は》つれなくして年月を過ルに、かろふしてたまさかに逢る人の、」28ウ又と絶はてゝ、いとゝやらん方なき思への余りに打返し、絶てしなくハ中こにと云る也、古人の哥を余に安〳〵と見るハ口惜侍る也、亦やうそあらんとくせ〳〵敷万の事を取そへ云るハ、殊にうたて敷侍る也、呉こ数寄を先として、去るへき人に問尋ぬへきにこそとあり、絶てしなくハのしの字助字也、絶てなくハの心にて、」29オしに心なし、是は逢て不逢恋の心にて読り、中こと云詞は、返りてと云心也、けつ〳〵と云心にも叶へる也、尋常の恋路ハ逢事なきを恨る習也、然るに此哥ハ一度逢て後、中絶してあわぬ故、人をも恨ミ我身を悲しミ、是も逢事の有しよ

りかく成ぬれハ、始より逢事なくハ、却而人を恨事も我身を悲しむ事も」29ウ有間敷物をと切に云也、恋に逢と云事のいや也と云事ハなき事成レ共、中絶する事のあれハ思ひもそへ、恨ミも出来る故、世の中に一向逢事と云事のなくハ、却て人を身をも恨むましきといふ心也、逢と云事のなくハ返りてよからんと、心余りて聞ゆる也」30オ

謙徳公　号二ス伊尹公一ト、拾遺ニ有一条摂政ト、貞信公忠平ノ孫九条右丞相師相公一男也、母ハ武蔵守藤原経邦ノ女、系譜云天禄元年正月廿七日任二ス右大臣一ニ、同年十月廿日・摂政同二年十一月二日大政大臣同日正二位同月聴牛車同三年八月・以後煩悪瘡寝膳不レ安十月廿一日依レテ病ニ上レテ表ヲ辞二テ摂政并官一ヲ復同廿三日停二ム摂政一ヲ、余官如シ元十一月一日四十九歳ニテ薨、贈二リ正一位一ヲ封二シテ参河国一ヲ為二ル参河公一ト、謚シテ曰二謙徳一」30ウ公ト、此公後撰集撰られし時、蔵人少将にて和哥処の奉行也、謙徳公ハ謚号也、太政大臣当度ニて《まて》薨たる人ニハ国を一か国つゝ封せられたり、中古以来此例断絶す、必薨する時官を辞退する事也

45哀れともいふへき人ハおもほへて／身のいたつらに成ぬへきかな

拾遺集恋五詞書に、物言ける女の後につれなく侍りて、更に逢す侍りけれハ、」31オと有、哀共云へき人ハおもほへてとは、おもほへすしてと云心也、云へき人ハのハの字に、強く当りて見るへき也、思ふ人故に、恋しなはむかふ人ハ哀れと云ヒ、思ふへき事成を、其人ハ今ハ何共思わてとの心也、扨一首の心ハ我思ひニ恋死たらハ、公界の人ハ哀共云へき事也、中にも我思ふ人の哀と思ふ事ならハ、我本意成故徒に死たるニも有まし」31ウけれ共、其哀と思ふへき人ハ、今ハ心替りて哀共何共不思《ハぬなれハ》、忠我身のミ徒に何の詮かもなく、恋死へき事よと、人を恨ミて身を歎き読る也、身の徒は身のいたつら死に成へきと云心也、尤感情深き哥也

曽祢好忠　号二曽丹一ト、先祖不レ詳、寛和頃ノ人也、任二ス丹後掾一ニ、袋艸子曰」32オ曽丹ハ丹後掾也、始ハ号二ス曽丹後掾一ト、其後号二曽丹後一ト、末に事ふりて号二ス曽丹と一ト、此時好忠歎シテ云いつそたといわれんすらんと云云、段ゝに我名を略し唱し故也

46由良のとを渡る舟人かちをたへ／ゆくゑもしらぬ恋の道かな
古今（ママ）恋哥一題しらすと云云、由良渡紀伊国名所也、極めて波の荒き所也、大海を渡る舟は、梶か干要也、梶を失へるハ」32ウ渡へき便リを失へ頼かたなき也、我恋ハ波のあらき渡りに、梶もなき舟の如く、頼もの便リもなくたゝよひ浮て、行えも知ぬ由を云る也、由良の渡と打出しより、長高くいかめしき哥也

　我恋は行えもしらすはてもなし逢を限りと思ふ斗は《そ》

此哥の心はいより出たる物とミゆる也、又尚書悦命篇ニ殷ノ高宗伝説ニ曰詞ニ若」33オ済ニハ二巨川一ヲ用レテ汝ヲ作二舟楫一ト、か様の古語より梶をたへの詞ハ出たるへし
恵慶法師　先祖不レ見、寛和ノ頃人、幡磨ノ国講師ト作者部類ニアリ、国〻に国分寺を置れ、法花経の講師・読師をおかるゝ事延喜式にみへたり、其講師成へし

47八重むくらしけれるやとの淋しきに／人こそミへね秋は来にけり」33ウ
拾遺集秋の部に入て、詞書ニ河原院ニて荒たる宿有《に》秋来ると云心を人〻読侍ニ、河原院拾芥抄ニ云六条坊門ノ南万里小路東八町ト云云、融ノ大臣家東六条院ト号、一条禅閣御説ニ河原左大臣六条河原ニいミしき家作りて池を掘、水をたゝへ毎月ニ湖を卅石斗はこひ入レて、海底ニ魚貝をすましめたり、陸奥国塩竈の浦をうつ」34オして、海士の塩屋に煙リを立て、翫れけるとなん、源順河原院賦ニ云池放ニ鯨鯢《ジ》ニ山住ニ虎狼一ヲ葉錦映レシ水ニ鴛鴦副色ニ本朝文粋ニアリ、歌の心は拾遺集の詞書にて、あきらかに聞へたり、昔融・（大臣の在世には馬車立並ひし栄も大臣・）世を去給て後は、都て一場の春の夢と成つて、見へしにもあらす荒はてゝ、只昔忘ぬ秋のミ来る心を思ひ続けて読る成へし、」34ウ八重葎のとちたる宿ハ、人のミへたるとも寂しかるへきに、人影は立すして結句淋敷秋さへ来るよと、三重にミゆる哥也、人こそミえねといへるこそ、てにをハに強くあたりてミるかよきなり

貫之の哥に
とふ人もなきやとなれと来る春は八重葎にもさわらさりけり

この貫之の哥よりも、此八重葎茂れる宿の哥ハ、猶哀ふかく面白きよし、先達も評判有事なり、家」[35オ]隆卿の哥に、

深草や竹の葉山の夕きりに人こそミへねうつら鳴なり

是も此八重葎の哥のきほい也、人こそミへねのこそのてにをはに心付へし、人こそミへね然も淋敷うつらさへ鳴と言心也、尤是も物哀に淋敷風景なり

源重之　清和天皇ノ御子貞元親王号閑院孫従五位下兼信ノ子也、兼信」[35ウ]兄参議兼忠ノ子ト成ル、従五位下相模守左馬助冷泉院坊ニをわしましける時の帯刀也、長保二年に奥州にて卒するよし作者部類・拾芥抄・系譜等にミへたり

48風をいたミ岩うつなミのをのれのミ／くたけてものを思ふ比かな

詞花集恋の一に入て、詞書に冷泉院の春宮と申ける時百首哥召けるにとあり、」[36オ]五文字の風をいたみとは、風の強キをいふ物を、つよく歎くなとをいたくなわひそいたく思ふなんと言かことし、風のあらきを風をあらミといふ様の心也、三光院の御説に波はわれと動く物にてはなし、風に依て動き来りて、我とくたくる也、依之風をいたミとは言也、哥の心はわれから物を思ひて、然も思ひをとけぬよしを云る也、うこきなき」[36ウ]岩を人の心にたとへ、くたけ安き浪を我身になすらへて云り、序哥なから心こまやかにて面白きうた也、元来恋をせぬ先の我心の内ハ、静《カ》なれ共、あらぬ心の付初て物思ふハ、風の吹出て浪を動すかことくなり、されハ風をいたミとは云也、己と云詞皆なんちといふ心《に》斗つかふ、さにハあらす、自己と言心にせ《も》つかふ、我と我で(ママ)にのよし後水尾院も仰す也、我と我から心をくたきてせんなき」[37オ]物を思ふよと言る心也、源氏物語の葵の巻に六条御息所の歌に、

袖ぬるゝ恋路とかつは知なからをりたつたこのミつからそうき

新古今恋五読人しらす

大淀の松はつらくもあらなくにうち《ら》ミてのミも帰る波かな

此哥共皆同し心也

大中臣能宣朝臣　伊勢祭主、後撰撰者梨壺ノ五人ノ一人也、天児」37ウ屋根命ヨリ廿八代正六位上輔道ノ孫、神祇副祭主頼基ノ子也、大中臣ノ姓ハト部説ニ云天児屋根命十八世孫常盤大連公ト云人中臣ノ祓ヲ欽明天皇ニ授ケ申ニヨリ始テ中臣ノ姓ヲ給フ、大職冠の時藤原の姓と成、大職冠鎌足の三男、国子大連の子、意美麿又中臣となりて、神護景雲二年に意美丸の子清麿中納言に任して、始て大中臣と成云々、後撰」38オ集奥書に讃岐大掾云々、系譜にハ神祇大副云々、拾芥抄云四位正暦三年八月九日卒ス七十三云々、八雲御抄にも元輔・能宣等梨壺の中には可然哥人なりとあり

49御垣もり衛士のたく火は夜るハもえて／ひるはきえつゝものをこそおもへ

詞花集恋上題しらすと有、ミかもり（ママ）とハ内裏の御垣を守る者也、禁中の御門を守る衛門なと」38ウを、外衛もる共御垣もり共云リ、壬生忠峯始近衛の番長なりしを、後に衛門の府生になりし事を、古今の長哥に、近き守りの身なりしを誰かは秋の来るとたにあさむき出てミかきもりとのへ守身のミかきもりと読り、衛士ハ此衛門府の下に、夜の番に篝をたく役人也、今も公事等の有時、衛士篝を焼なり、衛士の焼火のことくに、夜ハとやかく逢ミた」39オき思ひにむねをくるしむるをもゆると云也、昼は消つゝといへるハ、昼ハさすかに人めをつゝミて思ひけちたる様なれ共、又も《夜は》ゆると云心也、古注に昼は消つゝは、思ひをやすましたるさまなりとあれ共、只心のきえ帰る心にて、夜はもえ増るといふ心成へし

中務集
御垣守衛士のたく火にあらね共我も心の内にこそたけ

是等も此哥より出たるとミへたり」39ウ

藤原義孝　謙徳公ノ三男、母ハ中務卿代明親王ノ女、右少将春宮亮号後少将ト、兄挙賢号前少将故也、天長延（ママ）二年九月十

六日廿一歳ニテ疱瘡ニテ卒、挙賢・義孝兄弟共ニ同日死スル故ニ前後ノ名アルト見ェタリ、栄花物語花山の巻に云、後の少将はおさなくよりいミしく道心おはして、法華経をいミしく読奉りて、法師になり」40オなましとのミおほさるゝと云々、

袋草紙亡者の歌云義孝少将

しか斗り契りしものを渡り川帰る程にはわするへしやハ

是は死去すともしハらくとかくなせそと云けるを、忘れけれは妹女の夢にミへけるとなん

時雨とは千種の花そちりまかふなに故郷の袖ぬらすらん

春契ニ蓬萊宮裏ノ月ニ、今遊ニ極楽界中風ニ、此詩歌賀縁阿闍梨」40ウといへる人の夢にミへけるとなり、尤義孝の作也

50君かためおしからさりしいのちさへ／なかくもかなとおもひけるかな

後拾遺恋二詞書に、女の本より帰りて遣しけるとあり、後朝の哥とミへたり、哥の心はかねて一度逢事もあらハ、命をすつる共おしからす思ひしを、逢初て後は、いつしか心引かへて、猶逢ミまほしくミし」41オかく取たる命さへ、長久にしていつまてもあはまほしく思ひ侍る事よと云心也、思ひける哉といふ詞に見所有、人を思ふ心の切成まゝに、兼ての心引替り、命もなかくもやと思ひ侍る事よと云心也、思ひける哉と云つめたる所面白し、思ひたる哉の心也

新古今集廉義
昨日まてあふにしかへはと思ひしかけふは命のおしくも有かな

此哥のこゝろも相にたり」41ウ

藤原実方　鴨橋本ノ社此人ヲ祝ヒタル也、徒然艸ニミヘタリ、小一条左大臣師尹公ノ孫、侍従定時ノ子、母ハ左大臣雅実女、右中将正四位下陸奥守、長徳四年十二月於任国卒ス　東斎随筆ニ大納言行成卿いまた殿上人にておはしましける時、実方中将如何成憤りありけん、殿上に参りあひて云事なくて、行成卿の冠をうち落して小庭に」42オなけすてゝけり、行成さハかすして、主殿司を召て其冠をとり、あけさせて、何程の過怠に依りて是程の乱罰に預るにや、其故を承らんと

言けれハ、実方一言を述すして立にけり、折しも主上小蔀より御覧して、実方は嗚呼のもの也とて中将を召て、哥枕みて参れとて、陸奥守になして流しつかはれけれは、終にかしこにて失に」42ウけり、或説に云実方笠嶋の道祖神の前を、下馬なくしてとをり給へりけれは、神前にて馬たふれて、実方卒すと云、今に実方の廟その社のかたはらに有と云々、新古今哀傷部に、ミちのくにて広き野中に実方の塚とて有けるに、すゝき抔生たるを見て西行法師か読る哥に、

　朽もうせぬその名斗をとゝめ置て枯野の」43オすゝきかたミとそミる

無名抄に或人の云、橘為仲陸奥国の守りにて下りける時に、五月五日家毎に菰をふきけれハ、あやしくて是をとふ、其時庄の官か云、此国には昔よりけふさうふをふくと云事をしらす、然るを故中将の御館の御時、けふはあやめふく物を尋てふけと侍りけれは、此国にはあやめなき由を申侍りけり、其時さらハ」43ウ浅香の沼の花かつミと云物あらハ、それをふけと侍りしより、かくふき初て侍る也とそ云ける、中将の御館とは実方なり

51かくとたにえやはいぶ(ママ)きのさしもくさ／さしもしらしなもゆるおもひを

後拾遺集恋の一詞書に、女に始てつかはしけるとあり、いふき山ハ八雲御抄等近江・美濃に通す、さしも草読りとあり、」44オ近江・美濃両国の名所也、近江国にては北郡、美濃の国にては不破郡也、袖中抄には顕昭か云此伊吹山ハ美濃・近江の境ひ成、山にハ非す、下野国の伊吹山也、能因坤元記に出たる也、考二ルニ六帖一云味気なやいふきの山のさしも草、と云哥につけて読る歟、清少納言枕双紙に云まことや下野に下ると云ける人に

　思ひたに」44ウかゝらぬ山のさせも草たれか伊吹のさとハつけしそ

是等一説拠有といへ共、八雲・玄旨等の御説近江と侍るうへは、当流近江・美濃の境用ゆ、

　冬ふかく野はなりにけり近江成いふきの外山雪降ぬらし

是は近江にてよミたる也、亦後鳥羽院御時百首秀能哥に、

　雪をわけおろすいふきの山風に駒打なつむ関の藤川」45オ

是はミのゝ国にして、関の藤川をとりあわせたる也、差蒿《サシモクサ》《シヤカウ》袖中抄ニかハりよもきと読り、よもき也、かくとたにえやはいふきとは、人にあふ事は扨置て、かく思ふとたにもえやはいふきとハいわねはと、ふかくあたる也、三光院御説に、えやはと句を切てミるへし、えもいひかたきの心と也、おもてにて言ハ、えやはいふきと秀句に成也、惣して秀」45ウ句は先はきらふ也、たゝ自然に聞ゆる様に、哥を読といわれし也、さしも草はさしもしられと言ん為に、さしも草と置るなり、もくさは灸治に用ゆる物なれは、もゆる思ひと火に添て読る也、胸中に余る思ひを、えやはいふえも言やらねは、我もゆる思ひ共、さしも人はしらしなと我思ひの切成心のやる方もなきを云述」46オたる哥也、六帖の哥に、

　あちきなやいふきの山のさしも草おのか思ひに身をこかしつゝ

是はこの下句の心にて読たるうたなり

藤原道信朝臣　九条右相丞師輔公孫、恒徳公為光四男也、謙徳公ノ女左中将従四位上、正暦五年廿三歳ニテ卒ス、初粟田口関白道」46ウ兼の養子と成よし栄花物語ミはてぬ夢の巻に有、又大鏡に言権中将道信君いミ敷和哥の上手にて、心にくき人にいはれ給ひし程に承き云々、

　52明ぬれは暮るものとはしりなから／なをうらめしきあさほらけ哉

後拾遺集恋二、女の本より雪のふり侍りける日、帰りてつかわしける、

　帰るさの道や」47オはかわるかはらねととくるにまかふ今朝の淡雪

此哥と二首つゝき入たり、哥の心は、夜明ぬれハ立わかれても又暮る物なれは、後の夕に逢ミんと知なからも、只今の別の切なるまゝに、明ぬれハ暮るならひを忘却したる心なり、明ぬれハ暮、別るれは逢のとをりをしれとも、何事も当座をかなしむ世間の習ひなり、源氏夕顔の」47ウ巻に、あやしらけきの程、ひるまのへたてもをほつかなくといへる、

同じ心なるへし

右近大将道綱母　中納言長良卿三代孫、従五位下惟岳孫、右衛門佐倫寧女也、母ハ山城守恒基女也、東三条入道兼家公之室、本朝古今美人三人之内也、大鏡言二郎君陸奥守倫寧《トモヤス》のぬしのむすめの腹にておわし」48オ なり、大納言迄なりて、右大将かけ給へりき、御母ハきハめたる哥の上手にをはしけれは、此殿兼家公のかよひゐひける程の事哥なと書あつめて、蜻蛉日記《ト》名付て、世に弘め給へり

53なけきつゝひとりぬる夜の明るまは／如何にひさしきものとかはしる

拾遺集恋の四に入て、入道摂政兼家公」48ウ まかりたりけるに、かとをおそくあけけれは、立わつらへぬと言入て侍りけれは、読て出しけるとあり、哥の心は詞書にて能聞へたり、摂政兼家公の御出有て、立煩ひぬと云入られしに、門を明る間さへ待かね給ふよし承るに、いはんや御出なきよの我なけきつゝひとりぬるよのあくる間は、何程久敷物成に、今立わつらへぬとおふせらるゝにて、思ひしられよと」49オ 読る也、物とかハしるしられましきか立わつらふにてしられよと也、なけきつゝといへる五文字甚深にして、奇特成詞也、能々味ふへし、其上当座の頓作の作意に、かゝる哥出来る事、天然の作者のきハ顕ハるゝ事也、大鏡に此哥の返し有て云、いと興有日と思しめして、

けにや今冬のよなから槙の戸もをそくあくるはくるしかりけり」49ウ

儀同三司母　前ノ掌侍《ナイシヤウ》貴《キ》子作者部類、高内侍後拾遺高階業忠《シナナリ》後号二高二位一女也、中関白道隆公ノ室、儀同三司伊周《コレチカ》公・中宮定子等ノ母也云々、儀同三司とは准三公の義にて三公と儀同しと云心也、伊周公より此号始りてこのかた、近代もこの号侍る也、准大臣の事なり、従一位の唐名儀同三司と云ハ、各」50オ 別の事也

54忘れしの行末まてはかたけれは／けふをかきりの命ともかな

新古今恋三詞書に、中関白のかよひ初侍りける比読ると有、哥の心は初てあふて互に行すゑ替らしと契りても、人の

心の頼ミかたきハ、明るをも期しかたけれハ、今夜一よかくあふ事を思ひ出にして、人の心の」50ウ替らぬさきに、今日命の限りともなれよかしと読るなり、行するまてはかたけれハと、行末迄の契りの変せぬ事ハ、難き事なれはと云事也、忘れしのと言のゝ字か様の所に置事ハ嫌ふ事なり、但シ此哥のはつゝきうつく敷宜き也、ケ様の所にのゝ字を置事、能ゝ吟味すへき事なり、くれ〴〵やさしき哥の風情にて、心切に」51オ哀成哥なり、赤染衛門哥に後拾遺集に入て、

　あすならは忘らるゝ身と成ぬへしけふをすくさぬ命ともかな

是も此わすれしの哥と同し心也、又為家卿の哥にも、

　よしさらはちる迄はミし山桜花の盛りを面影にして

とふしても花はちる物なれは、ちる別れは如此はかり悲し」51ウかるへけれハ、今の盛りを面影にして、ちりなん後もその面影を忘れすしてあらん、よつて一向にちる迄ハミし、ミたき物なれ共、ちる別れの悲しからん程にミまひと、一段花を強く賞翫するまゝに、今の盛りを後のをもかけにせんとなり

大納言公任　小野宮大政大臣実頼公号清慎公孫、大政大臣」52オ頼忠廉義公公子也、母代明親王女也、権大納言正二位又号四条大納言、袋艸紙云御堂道長公大井川遊覧ノ時分ニツテ詩哥之船ニヲ而各被レ乗、堪能之人ニ而御堂被レ仰曰四条大納言被レ乗ニ何船ニ哉、大納言曰可レ乗ニ被和哥ノ船ニ其時の哥、

　朝またき嵐の風の寒けれハちる紅葉ゝを着ぬ人そなき

とは読る也、」52ウ後日に大納言はいつれに乗へきそと仰られしこそ、心驕せしか云ゝ、能書にて行成卿同時の人なり、然共行成卿には不及故に能書の名なし、子息定頼は父卿に筆認は不及、然共行成より後成故、能書にて世に其名聞ゆ、殿舎の額をも書れたる也、公任本より和漢の才人にて、和漢朗詠集・拾遺抄・金玉抄・北山抄・三十六人哥仙等の撰者なり」53オ

55滝の音は絶て久しく成ぬれハ（ママ）／なこそなかれて猶きこへけれ

拾遺集雑上詞書に、大学寺に人〻あまたまかりけるに、ふるき滝をみて読侍りけるとあり、大学寺拾芥抄云遍照寺の西にあり、嵯峨天皇の御在処云〻、此滝は嵯峨の大学寺の大沢の池の西に、ふるき滝の跡今に有、むかし嵯峨の天皇の御座」53ウ所の時分は滝殿ありと也、今の名こそと言滝也、此公任の哥より、名こそと云成へし、大学《覚》寺もむかしは大学寺とて、学校にて有し也、後に覚の字は改らるゝ也、此哥読れたる時もはや滝は落さるとミへたり、此処の滝殿、さしもいかめしふ昔は作られたる所なれとも、今はふりはてし物淋敷躰をうちなかめて読る也、名こそ流れ」54オて猶きこへけれは、滝の音は久敷なれ共、滝殿の名は末の世に流れて猶聞るといへる、懸合て面白し、扨一首の表ハさら〳〵として、心に感情をふかくもちたり、後拾遺集に赤染衛門大覚寺の滝殿をミて読侍りける

　あせにける今たにかゝり滝つ世のはやくそ人ハミるへかりける

このうたハあせにける今さへかく形の残りて、風影面白し、」54ウあせぬさきにミる人ハ徳也、依之景地ははやくミへき事なり、滝を賞翫して、今あせたるをおしむ心も籠る也、滝つせの流のはやき物成故、両方へ縁語に言懸たる也、亦西行家集に大学寺の滝殿の石、閑院にうつされて、跡なく成ぬと聞てミにまかりて、赤染衛門か今たにかゝりと読けん折思ひ出られて、

　今たにもかゝりと言し滝つ」55オせのそのをり迄は昔しなりけん

此哥ハ赤染衛門か、あせにける今たにかゝりといへる、其をり迄は昔と言程に形もありしか、今はさ程に忍ふへき跡もなしとよめるなり

和泉式部　上東門院ノ女房、号弁ノ内侍、大江雅致女、母越中守保衡女昌子内親王ノ乳母一説式部父ハ小」55ウ（ママ）父小野宮孫高遠子資高女也トアリ拾遺第二十に性空上人の許へ読てつかはしける雅致女

暗よりくらき道にそ入にけるはるかにてらせ山のはの月

是も雅致の女と有、後陽成院の御抄に、大江雅致は大江系図にミへす、旁資高の女正説といつつへしとあり、式部和泉守道貞の妻となり、依之和泉式部となつく、小式部内侍」56オ を生り、究て哥人にて殊ニ仏道にふかく入にし人なり、式部か辞世に、

水は水火はもとの火に返しけり思ひし事にすハされハこそ

56あらさらん此世の外の思ひ出に／今ひとたひのあふよしもかな

後拾遺恋三詞書に、心地例ならす侍りける比、人のもとにつかはしけるとあり、哥の心はあらさらんの五文字ことにたくひなし、心地」56ウ 例ならさる比故、我身世にあらさ《ら》んの心なり、あらさ《ら》んは我身なくならんと言に同し詞也、此世の外とは来世の事を云也、かくては死なんする間、そのなくならん来世迄の思ひ出に、此世にて今一度あはまほしきと云心也、扨亦冥途の思ひ出に、今一度あはまほしく思へとも、あはてやなくならんといへる心も、詞の外に余りて聞ゆるなり、」57オ 今一度といへる詞も、爰にてはことの外深切に哀深し、ひたすらに思ふ人を置て、我先立たらハと乱り心にて、おもへのせつなるところを能くいゝのへたり、あはれふかき哥なり

紫式部　上東門院女房勧修寺元祖良門之末、中納言兼輔卿ノ曽孫越前守為時女、母ハ摂津守為信女」57ウ 也、右衛門佐宣孝ニ嫁シテ大弐三位ヲ生リ、河海抄曰鷹司殿御堂殿ノ北ノ方従一位倫子左大臣雅信ノ女の官女なりしを、相続之、上東門院につかふと云々、紫式部と号する故ハ、袋草紙云二説あり、源氏物語の内に若紫の巻を甚能作り、此故にその名を得たり、亦は一条院の御乳母子也、上東門院に奉らしむるとて、我ゆかりのものなり、哀と」58オ おほしめせと、申さしめ給ふのゆへに、此名ありと云、又は始ハ藤式部と云、その名幽玄ならすとて、藤の花のゆかりに紫の字に改らるゝと云々、猶源氏物語に委し

57めくりあひてミしやそれともわかぬ間に／雲かくれにしよはの月かけ

新古今雑上詞書に、はやくよりわらは友達に侍りける人の年比へて、行」[58ウ]逢たるかほのかにて、七月十日比のきほひ《月に》て帰り侍りけれハと有、はやくよりハ昔時よりとの心也、月にきほへてハ争心也、競も同し、此哥

　わするなよ程は雲ゐに成ぬ共空行月のめくりあふ迄

此哥より出たる成へし、幼少よりした敷友に、久敷程へてめくりあへて、先年ミしもそれかあらぬか思ひわかぬ間に、はやくも」[59オ]立帰りたるを、月の雲かくれたるになそらへ詠る也、月のはやく雲かくれたらんハ、名残おしかるへし、又わらハ友達の年へて逢て、はやくわかれたらんハ、尤名残惜き故、其友とちを雲かくれの月になすらへていへる也、雲かくれと云詞、今ハ斟酌する事也、今の世によまさる事ハ、源氏物語雲かくれの出《巻より》たる事なれハ、此時分」[59ウ]はゝかる事も有ましき也

大弐三位　号ニ弁局一内大臣藤《高》原ノ苗裔、甘露寺中納言為輔ノ孫、右衛門ノ佐宣孝女、母ハ紫式部大弐成平カ妻ト成、仍而号ニ大弐三位一、作者部類ニ後冷泉院ノ乳母トアリ　御乳女たるにより三位ニ叙せしとミへたり、狭衣の作者也

58有馬山いなのさゝわら風吹けハ／いてそよ人をわすれやわする」[60オ]

後拾《遺》集恋三、かれ〳〵なるおとこのをほつかなくなと云ける時読ると詞書に有、此をほつかなくなと云るハ、男の方よりかれ〳〵に成て、却而三位を疑て、我をや忘れつらんをほつかなきと云る也、有馬山・猪名野皆摂津国の名所也、是ハ序哥なり、同し序哥にも、人丸の足引の哥のことく、上の序の如く上の序の心其哥」[60ウ]の用に立も有也、此哥ハたゝそよといはん為の序也、古き哥のたけ有て聞ゆるハ、序哥の故也、其境に入すしてハ、ケ様の心わきまへ難き也、扨此哥のいてと云詞ハ、心を起してつかふ詞也

　いて人はことのミそよき月草の移し心ハ色ことにして

いて我を人なとかめを大ふねのゆたのたゆたふ物をもふ比は

いてと句をきつ」61オて人と云（ママ）たるかよし、出そよ人を忘れやハするとハ、かれ〳〵なる男の帰りて、此方ををほつかなしと云を恨ミて、我心をのへ出したる也、わすれやハする、我は忘れぬか、いてさうよ我をおほつかなしと云る人は、忘るゝ物かと先の人にかたりてよめる心詞の外に余りて聞ゆる也、ケ様の所に能〻心をつくれハ、古哥の義理深き所も顕れ、」61ウ自己の述作の為にも成事也

赤染衛門　上東門院女房、光孝天皇孫兼従五位上平篤。（篤行孫兼盛ノ／子也袋艸紙ニ日赤染ノ右衛門赤染時。）用《モチ》カ女也、袋草子ニ云赤染衛門ハ依レ歴ニ右衛門尉志等ヲ一号ニ赤染衛門一ト、実ハ兼盛ノ子也、離ニ別シテ彼母ヲ一之後称レス有ニト女子一欲レ尋ニ取ント之ヲ一所母惜シテ而称レス不レト然、江記云良暹カ曰和泉式部・赤染共以歌仙也、但赤染鷹司殿御屛風十二首之内十首秀」62オ歌又高陽院歌合之時秀歌多シ如ニ屛風之一式部不レト可レ及ニ彼人ニ一云云

栄花物語作者、大江匡衡妻となれり

59やすらわてねなまし物をさよ深けて／かたふくまての月をミしかな

後拾遺集恋二詞書に関（中）白少将に侍ける時、はらから成人に物云渡り侍りけり、たのめてこさりけるつとめて。とハ契（女に替りて）り約して（読るとあり、たのめてこさりけるつとめて。）不来の翌朝也、やすらわてとは猶予せす」62ウしていねん物をと也、あた人を待更て、若や更ても来るやと待やすらへし程に、かたふく迄の月をミし也、始よりこぬとしらハ、やすらわてねなまし物を、若やと猶またるゝ心よはさに、かたふく迄月を詠め深せしを後悔して、扨下にハ来ぬ人を恨ミたる心含ミて聞ゆる也、一首の表に主人の来らさるをハ云出すして、我徒に」63オ待明したる後悔を云述たり、殊にかたふく迄に月をミしと云る処、女の哥にして哀深し、あらはに其人をまつとハいわて、月抔見てやすらい居たる様、哀に聞ゆなり、後京極哥に、

やすらわてねなん物かは山のはにいさよふ月をまつに付つゝ

是は此赤染か哥を証哥にして、引くり返して読る也」63ウ

小式部内侍　上東門院女房橘諸兄十一世ノ孫、橘仲遠ノ孫、和泉守道貞子也、太二条関白教通公ノ有二リシ思者一ニ由袋艸子ニ見タリ、定家卿密勘ニ云小式部内侍和泉式部か一子に云〻、形姿世に勝れて、又幾野ゝ道のと読けん時のさこそ《おほへ》侍りけめ云云

60大江山幾野ゝ道のとをけれと《は》／またふミもみすあまのはし立」[64オ]

金葉集雑上詞書に、和泉式部保昌に具して丹後国に侍りける比、都に哥合有けるに、小式部内侍哥読にとられて侍りけるを、中納言定頼局の方にまうて来て、哥はいかゝせさせ給ふ、丹後よりハ人遣しけんや、つかひハまうてこすや、いかに心もとなくおほすらんなと、たわむれて立けるを、引とめて読ると云云、和泉式部道貞ニ一」[64ウ]忘られて後、藤原保昌丹後守に成りて下るに、具して下れる也、哥読にとられてとは、哥合か人数に入られたる也、いかゝさせ給ふと云るハ、是は小式部か哥のよきハ、母の和泉式部に読せて我哥にすると云事のさた侍りけるを、口惜く思ひける比、定頼卿かく云る時読る哥也、此哥読すハ兼ての疑ひもはれましきを、かゝる秀哥」[65オ]を読る故、世間の人のそしりをもまぬかれ、我名誉をも顕したる処有難き事也、此事古今著聞集ニ有、扨大江山ハ丹後路の入口也、鳥羽のうへにミゆる也、依之新古今集に、

大江山かたふく月の影さして鳥羽田の面に落るかりかね

と読る是也、また幾野と云処ハ丹後の奥也、大江山幾野とつゝくは、丹後路の遠きをいわん」[65ウ]迚也、皆丹後の国橋立へ行道也、またふミも見すと云に、二儀あり、一ッハまたふミもミすとは行ても見すと云心也、又一ツニハ文の心もあり、詞書のつかひはもふてこすやといへるによれり、丹後の国ハ大江山幾野を越て、はる〳〵遠き処なれハ、また使もこす、文を見る事もあらすと云る也、あまの橋立と云るに、橋にふミ・ふむ皆縁有詞也」[66オ]

ミちのくのおたへの橋や是ならんふミミふミミす心まとわす

又

おもしろや木曽のかけちの丸木橋ふミ見る度におちぬへき哉

此古哥とも皆橋の縁につひて、文の事を読る哥也、尤又ふミも見す天の橋立と云詞つゝき、優美にして当意即妙の哥也」66ウ

伊勢大輔　上東門院女房、大中臣能宣孫、祭主輔親女、仍号二伊勢大輔一ト

61古への奈良の都の八重さくら／けふ九重ににほひぬる哉

詞花集第一に入、詞書に一条院の御時奈良の都の八重桜を奉りし人有ける其折、御前に侍りけれハ、其花を題にしてよめと仰られし時読しと有、袋草子に云伊勢大輔上東門院中宮と申時初て参る、」67オ 輔親かむすめ也、哥よむらんと心にくゝ思召の間、八重桜或人奉る《これを・》、御堂殿御前ニ御座の時、件の花の枝を大輔元へさしつかわして、御覧の上に檀紙を置、同しくさし遣したるに、人ミ目を付ていかゝ申すとミあへるに、とはかり有て硯引寄て墨をとりて、しつかに押すりて哥を書て奉る、御堂殿御覧《いてゝ》するに、古の奈良の都の八」67ウ 重桜、殿を始奉り、万人感嘆し宮中鼓動すと云、又云彼人第一の哥と聞ゆ、卒爾にもよらさる事か、是ハ・御殿《御堂殿・前》と聞ゆ、詞花集の詞書ハ一条院の御前とあり、両説成へし、奈良の都は元明天皇より光仁帝迄七代の都也、古き都なれハ、古のことい《奈良の都・》へり、ふりはてたる古郷の桜の都の春にもあへ難きを、けふ君の御覧に入て、」68オ 一度時にあへる事、たくひなき事を云り、上に八重桜と置て、下にけふ九重と云る、当座のことわさ尤妙也《奇の粉骨・》、ケ様の事ハ天性の達者と平生《の》たしなミと所《至す》にて、道を嗜《タシナマ》ん又伊勢大輔《人尤思ふへき所也》か一分《仰》のミにとりても、其時分ハ名高き紫式部の赤染衛門のなんとゝて、古今の哥人《も》有に、八重桜を題にて哥よめなんと仰事あらハ、身に取ての面目成レハ、」68ウ 奈良の都の桜の如く都は春にあへ難キに、けふ時にあへる如く、我身も時にあへる事を、下にふくミて読る心も有へし

清少納言　用テ二其姓字ヲ一号ニ清少納言一ト、枕草紙の作者、清原深養父ノ曽孫、元輔カ子也、一条院ノ皇后宮定子ノ中関白道隆女女房也、栄花物語ニハ三条院ノ女御淑景舎ニ定子ノ妹宮仕セシ由也是は定子長保四年八月に隠れさせ」[69オ]給ふ後の事成へし、老の後には四国のほとりに落ふれて有し由也、誓願寺縁起にハ彼寺ニて清少納言出家して、帝の御返りミを蒙り、いミしき往生を遂て、彼寺ニ墓抔も有とかや

　62夜をこめて鳥のそらねハはかるとも／よにあふ坂の関はゆるさし

後拾遺集雑の二詞書に、大納言行成卿物語抔しけるに、内の御物忌にこもれる迚」[69ウ]いそき帰りて、つとめて鳥の声にもよほされてといひをこせて侍りけれハ、夜深かりけれ、鳥の声函谷の関の事にやと云遣しけるを、立帰り是は相坂の関に侍るとあれは読る、此詞書の鳥の声に催されてとハ、行成卿よへよ深きニ帰りしを、諫したる詞也、函谷の関の事にやとは、孟嘗君と云し人秦始皇にとらわれしか、夜に」[70オ]まきれてのかれしに、此函谷の関鶏の鳴ぬ限りハ人を通《さ》す、孟嘗君か三千の客の内に、鶏鳴とて鶏の鳴まねを能する人有、是か鶏の真似をしけれハ、誠の鳥も鳴けり、依之夜深き関ニをあけて通したり、史記列伝十五ニ委シ、夜深きに鳥の声ニ催されて帰り給へしハ、偽りの鳥声成へし、我身に心のとゝまらぬ故との、清少納言の」[70ウ]返事也、是ハ相坂の関と有、行成再ひ返答也、清少納言函谷の関の事を言て、偽りも有と云し故に、さにはあらす、相坂の関にて又逢へき中そと、行成卿の返答也、此事清少納言か述作の枕草紙に有、詞書ニ内の御物忌にこもれるとハ、阿海棕要儀軌曰迦毗羅衛国中ニ有二桃林一、其中ニ有二天鬼王一号二物忌一ト、其鬼王ノ辺ニ他ノ鬼神不レ寄爰ニ大鬼」[71オ]神王誓願利二益ス六趣ノ有情一ニ、実二シテ吾名号一ヲ者ノ若シ人宅物恠屢現悪夢頻リニ示シテ可レ蒙二諸凶害一ヲ之時、臨二其日一ニ書二テ吾名一ヲ立レヨ門ニ、其故ニ他ノ神不レ令二来入一但書時読レ呪ヲ書レ之ヲ時、尋二ヨ得於陰陽霊験之師一ヲ、書二テ吾名一ヲ令レ持レ人如レ影可ヒシ守護一とあり、物忌と云事此字より始れり、陰陽師より来年の御物忌日考へ上る事也、或ハ夢見抔の悪敷時、物忌する事也、」[71ウ]夫故外宿の者ハ内宿せす、内宿の者ハ外宿せさる也、依之夜の深ぬ先に参る事也、内の者忌

ミにこもるといへるは此事也、扨此哥の鳥の空音ハ、はかる共といへるは、はかるはたはかる心也、後撰秋の中よミ人しらすの哥に、

　白玉の秋の木葉に宿れるとミゆるハ露のはかる成けり

是もたはかる心也、函谷の関の如く、」72オ鳥の空ねはたはかる共、よにあふ坂の・よの字ハ助字也、（逢ふ△△事ハゆるさしと也、よにあふ坂の・）然しよもの心も有也、よもや相坂の関ハゆるさし共聞ゆる也、夜深きニ鳥の空ねはたはかりてなかせ給ふ共、我あふ坂は函谷の如くに、ゆるしハせしとの心也、彼成レ行卿の夜深く帰りて、心浅き様成を、まきらわさんとて、鳥の声に催されてと偽り給へるを、左様の偽りに」72ウたばか(ママ)られてハ、逢奉らしとの心也、此返哥枕草子に行成卿、

　あふ坂は人越安き関なれは／鳥もなかねとあけて待とか

とあり、上の句には函谷の事をミ(ママ)て、下の句に相坂の関の事を読る、一首の内に両処をやすく〳〵と読出たる尤上手の仕業也

左京大夫道雅　帥内大臣伊周公ノ子、母ハ大納言源重光ノ女天喜」73オ二年七月卒ス童名松君三位中将ニ任セリ

　63今はたゝ思へ絶なんとはかりを／ひとつてならていふよしも哉

後拾遺恋の三に入て、詞書に伊勢の斎宮わたりより登りて侍りける人に、忍ひて通ひける事を、おほやけに聞し召て、まもりめなと付させ給へて、忍ひにも通わす成ニけれハ読侍りけると有、此蜜通の事栄花物語に、玉の村菊・木綿四手等の巻に委し、」73ウ此斎宮ハ三条院の第一の皇女常子内親王と申也、五もしハあふ事の難く成し事を思ひ侘たる詞哀ふかし、詞《書》にて大かた心あきらか也、大やけに守りめなと付られけれハ、又逢奉る事ハ叶わされハ、今ハたゝ思ひ絶なんと云一言をたに、人つてならて直にもふしことわり度との心也

袋艸子に云大やう心に染ぬる事には宜」74オ敷哥出来る物也、然るに道雅の三位ハいと哥仙共聞へさるに、斎宮蜜通の間

の哥ハ秀逸おゝしと有て、

　相坂はあふ道とこそ聞へしかと心つくしの関にそ有ける

　今ハたゝ思へ絶なんとはかりを（ママ）

　陸奥の緒絶の橋や是ならんふミみふますミ心まとわす

　榊葉やゆふしてかけしそのかミにおし返しても渡る比哉」74ウ

　涙こそ人に会へきつまならん／なくより外のなくさめそなき

此外はきかさる物也、是志在中詞顕レ外に之謂歟とあり

権中納言定頼　大納言公任卿ノ一男、母昭平親王女也、正二位兵部卿右大弁抔に任せり、父に孝有し人也、栄花物語に委し、遁世して山居のよし千載集に見へたり、寛徳二年正月十八日」75オ卒す

　64朝ほらけ宇治の川きりたへ〳〵に／あらわれ渡る瀬ゝのあしろ木

千載集冬に入て、詞書にうちにまかりて侍りける時読るとあり、眺望の哥也、人丸哥ニ

　武士の八十氏川のあしろ木に／いさよふ浪に行ゑしらすも

幽斎抄に此哥を取て読ると有、穴勝ニ此哥をとりたるともミへさる也、哥の心は山ふかきあたりにて、河上の霧も晴難キ」75ウ処也、朝ほらけのおかしき折しも、夜の明るにしたかひて、網代木のほの〳〵と顕れたり、又かくれつなとして有ハなく、なきハ顕われつなとする眼前の眺望をよめり、網代ハ氷魚を取物也、梁の類也、近江国の田上川にてもれたる氷魚を宇治にて取也、宇治ハ都て景色すくれたる所成に、網代の興も処から」76オ一入面白かるへし、田上より宇治ハ網代の景尤増りたる由也、たへ〳〵と云処此哥の眼目也、たへんとして絶さる霧の、変化の躰をのへたる哥也

相模　号ニス乙《ヲト》侍従一ト、

後拾遺集以来之作者部類ニ云源ノ頼光ノ女、入道一ノ宮ノ女房、袋草子ニ云、大江ノ公資為レ妻、公資為相模守依之」[76ウ]号二相模一ト、本名乙侍従、袋草紙云公資は薩摩守清言カ子也、兵部権大輔に任し、位四《品》位に至る、拾遺・金葉・千載等の作者也、相模を懐抱して、秀哥を案する由、小野宮右大臣の給へしとかや、袋艸子ニ云三十講の哥合の時相模詠する処云、

五月雨はミつの御牧のまこも草／かりほす隙もあらしとそ思ふ」[77オ]

此哥読出すの時殿中鼓動及二フ廟外一ニ云云、八雲の御抄ニ云女の哥ニハ赤染衛門・紫式部・相模上古ニ恥ぬ哥人也、又長久二年弘徽殿女御哥合に左の頭を相模読し也

65うらミわひほさぬ袖たに有物を／恋にくちなん名こそおしけれ

後遺集《（ママ）》恋四に入て、詞書に永承六年内裏の哥合にと有、栄花物語卅六根」[77ウ合]巻云、永承六年五月五日殿上の哥合五番恋左勝相模、うらみ侘ほさぬ云云、右右近少将源経俊朝臣、

下もゆる歎きをたにもしらせはやたくひのかけのしるし斗に

八雲御抄に、内大臣頼家卿・長家卿・顕房等衆儀判の由、此哥合の処に有、此右近少将経俊とつかひて相模勝たる也、宗祇の注に、」[78オ]恋に朽なん名こそをしけれとハ、諸共ニ相思ふ恋路ならハ、名にたゝんもせめて成へきを、頼ミ難き人抔をはかなく契り初て、浮名の朽なん事を思ふ余りに、ほさぬ袖たに有物をと読り、袖は朽安き物成に、それさへ有をと云る・両説有、哀れ深きハ△にやとなり、ほさぬ袖たにと云・△たに有ものをとハ朽安き袖口ほさぬ袖△口さへ末朽すして有物を、名の朽なん事よと云る一説也、亦ハ袖ハ」[78ウ]朽安き物成レハ、尤成か名の朽なん事よと云也、世間に悪敷名の立を、名を流しなをくたす《な》と云たくひ也、三光院御説にうらみ侘と云る五文字詮也、袖さへケ様しほり果ぬるに、あまつさへ名迄くたさん事よと云る哀ふかしと有、後陽成院御説に宗祇注の相思わぬと云事ハ、哥の面には見へす、され共うらミ侘と」[79オ]云にて聞ゆる也ト有、扨惣注を合せて考るに、互に相思ふ中ならハ、世上に名の立んも是悲《（ママ）》なき事なれ共、つれなき人を恨ミわひて、絶す落る涙にほす隙もなき袖

の朽るハ、尤朽るはつなれ共、それさへあるにかひなき恋故、名をくたして悪名を取らん事ハおしき事也と読り、名こそおしけれと云るニ付て、」〔79ウ〕相思ふ中の恋路にて、名にたゝんハ、是非なき事共思ふへきに、つれなき人を恨ミ侘る中成レハ、かひなき名をくたさん事は、おしきと云る心迄余りて聞ゆる也、又袖は朽安き物成レハ、朽るは尤也、名をくたさん事ハおしきと自然に聞ゆる様成か秀哥の妙成処也

大僧正行尊　三井寺円満院祖師ニテ天台座」〔80オ〕主ニ成リシ也、三条院ノ曽孫小一条院ノ孫参議基平ノ子也、住ス二三井寺ノ平等院ニ一、保安四年ニ任二延暦寺ノ座主一修験名徳人也、続世継物語に云平等院の正《僧》行尊とて三井寺におわせしそ、名高き験者にておわせしか、少阿闍梨抔申けるをりから、大峯・葛城ハさる事にて、遠き国ゝ・山ゝ抔久敷行ひ給へて、」〔80ウ〕白川院・鳥羽院折つゝき護持僧にておはしき、元亨釈書ニ性好ヲ二頭陀一十七ニテ潜二出シテ園城ヲ一渉二跋ス名山霊区ヲ一

　66諸ともに哀と思へ山さくら／花より外に知る人もなし

金葉集雑上に入て、詞書に大峯にて思ひかけす桜の咲たりけるをみて読ると有、大峯へ行者の入事順逆あり、春入を順の峯と云、秋入るを逆の峯と」〔81オ〕云也、当時は逆の峯入也、此哥ハ順の峯入の哥也、詞かきに思ひ懸ぬ桜とハ、卯月斗の桜か、哥の心は深山には名のしれぬみ山木の中に、思ひかけぬ桜をミつけし程に、都の知人に逢たる心地すれハ、哀と思へト読る也、我をハ花より外に知人もなしと云て、心に花も又我より外に知人非しと云心《こもる》也、依之」〔81ウ〕共《もろ》に哀とをもひとハ云る也、余りの奥山にハ松杉もなきもの也、定家卿の哥に、

　頼むかなその名もしらぬ深山木に／知人ゐたる松と杉とを

此哥行尊の哥より出たる物にて、花より外に知人もなしを、引返して読れたる成へし、行尊の哥非情の桜に対して、諸共に哀と思へと云る抔面白し、子《（ママ）》一条院の御孫にて、三井寺円満院の」〔82オ〕門主也、いとやん事なき御身をやつして、此峯に入給ひて行ひ給ふ折しも、かゝる桜をミ給へる時のさまを、能ゝ思ひ入て見たるかよし、惣して哥ハ其の時の

様・処の様・人の程にて其心ふかく成事也、依之道を好ん人ハ、能ゝ左様の所に心付へし
周防内侍　一品式部卿葛原親王七代ノ孫安芸守重義《キ》孫、周防」82ウ守従四位上継仲カ女ト云、大系図同レ之
袋草紙ニ云堀川院の中宮の御方ニわたらせ給ふに、蔵人永実を以御処ニ有荒物(ママ)の火桶を申して参れと仰有に、参りて申
出すに、周防内侍絵書たる小火桶をさし出ける、是に依て考れハ、後冷泉院の女房、又ハ白河院の女房抔と云説あれ
共、堀川院の女房成事明けし、無名抄ニ云」83オ周防内侍の我さへ軒に忍ふ草と読る家は、冷泉院《の》堀川北と西の角と云、
続世継物語に委し

67春の夜のゆめはかり成手枕に／かひなくたゝん名こそおしけれ

千載集雑上に入て、詞書に如月斗月の赤き夜、二条院にて人ゝあまたゐあかして物語抔し侍けるに、周防内侍よりふ
して、枕をやと忍ひやかに云を聞て、」83ウ大納言忠家是を枕とて腕をミすの下よりさし入れて侍けれハ読ると有
二条院拾芥抄ニ云二条南東洞院ノ東長《道》公造之二条関白伝領云々忠家ハ中納言俊忠之父俊成卿ノ祖父也 春の夜の夢はかり成手枕に、と云出して侍りけれハ、忠家卿、

契りありて春の夜深き手枕を如何にかひなき夢となすへき

忠家卿の返しもさる事成レは、周防内侍か哥とハ格別也、ケ様の所に能心を付て、作者の」84オ士□(証カ)をも斗り知へし、哥
の心ハ春の夜のミちかき間の夢斗の枕に、曲なき名を流さんハおしきと云る也、夢斗とハ夢程と云心にて、そとの間
の事也、かひなくをかひなを立入て見るハ、哥様悪く成なり、中古の哥にケ様の詞を立入て読る事多し、然共作者の
意くた〱敷聞ゆる故、後世末学の哥読人のいましめニ」84ウ立入てミるへからすと云置る成へし、然共哥ニハかひなを読
入たる物也、能縁語也、哥の様如何にもねんころニやさしき姿にて、時に望む(ママ)て当意即妙の哥也、僧正遍照か嵯峨の
にて馬より落て、名にめてゝをれるはかりそと読、此百首の内に道綱の女の如何に久敷物とかわ知ると詠し、小式部
内侍かまたふミも」85オ見すと打嘆し、伊勢太輔かけふ九重にとよミ、此内侍か此哥抔読る事ハ、難有事にて深く思へ、

惟然案する間もなく、只其時に望て当座ニ読る物也、道路に給て黄金をひろいたる事と古人も評判して置る也、ケ様の事ハ器用と達者とを兼て、其上平生心懸を大切にせすしてハ、中〻読れ難き事也、」85ウ 凡哥を可読人は、行住座臥心に懸へき事干要なり、依之定家卿も此処を感して、此集に入られたるへし

三条院（六十五年在位五年）　村上天皇冷泉院（花山院三条院）冷泉院第二御子、御諱居《スヘ》貞母ノ后ハ贈皇太后起子東三条入道摂政兼家公女、天延四年正月三日降誕、寛和二年七月十六日東宮職（元服十一歳）、寛弘八年六月十三日受禅（卅六歳）、同年十月十六日即位、」86オ 長和五年正月廿九日譲位（四十一歳）、寛仁元年二月《廿九日》出家、法名金剛浄、同五月九日崩（四十二歳）

68心にもあらて浮世になからへは／恋しかるへき夜半の月哉

後拾遺集雑上に入て、詞書に、例ならすおわしまして、位抔さらんと思召ける比、月のあかゝりけるを御覧してとあり、大鏡に云院にならせ給ひて、御目を御覧しせさりしこそいといみしかりしか、こと人のミ奉る」86ウ にハ、いさゝか替らせ給ふ事おわしまさゝりけれハ、そら事の様にそおわしましける、御眼抔もいときよふそおはします、如何成おりにか時ゝハ御覧する時も有けり、ミすのあミをミゆる抔も仰られて、一品の宮ののほらせ給ふに《給へりけるに》、弁のめのとの御供に候か、指櫛を左りにさゝれたりけれハ、あゆきなと櫛は悪くさしたるそとこそ仰られけれハ、時ゝ」87オ ハ御覧したる事も有たるとミへたり、又言御病により金掖丹と云薬を召たりけるを、其薬くひたる人ハ、かく目を悩ムなと申せしかと、誠ハ恒筭内供奉か御物のけに顕レて申けるハ、御首にのりて、左右の羽をうちおほひ申たるに、うち羽吹動す折に少し御覧する也とこそ申侍りけれと云云、扨心にもあらてとハ、」87ウ 心の外にと《の》いふ心也、此帝ハ御位もわつか五か年ニて、行末遠くもと思召へきを、此御違列故に御位をさらんと思召か、若不意ニ御命もなからへさせ給ハヽ、此禁中の月いか斗たゝ今の月を立帰りて恋しく思召れんと遊したる也、哀成御哥哉

能因法師　橘ノ諸兄公ノ末孫橘ノ忠望ノ孫肥後守元愷ノ子任ニ長門守ニ」88オ 俗名永愷号ニ古曽部入道ト、金葉集詞に範国朝臣ト具

して伊予国へ罷りたりけるに、正月より三四月迄如何ニも雨のふらさりけれハ、苗代もせて万に祈りさはきけれと、
叶わされ《りけれ》ハ、守《カミ》能因に哥読て一ノ宮にまいらせて、雨祈レと申けれは、参りて祈り読し《申ける》哥
天の川苗代水にせきくたせ／あま下ります神ならハ神
と読て」88ウ雨をふらせたり△　△家集是に同し、。
（以下「　」内墨罫デ囲ム）「近代烏丸光広卿東行のおり水せきとめよと哥ニて大雨ふりつゝきたるを留し哥
天の川水せきとめよ祈るよりそれと／みしまの神ならハかミ
と読てさゝけしに、雨晴しと也、尤三島明神ハするかの一ノ宮なりとそ、」
。袋草子ニ云和哥ハ昔より無師にして、能因始て長能を師として当初肥後進中《士》と云ける時物へ行間、於二長能カ宅前一ニ
車ノ輪の損シヌ畢、仍而車取に遣スの間、入二彼家一ニ始て面会ス、雖レ有二」89オ参者《仕ノ》一自然に過レ是ニ間、幸有如此載、其由を談
して相互に契約す、能因か曰何様ニ可読候哉、長能云
山ふかミ落て積れる紅葉ゝのかわけるうへに時雨ふる也
如此可詠と云云、又云能因古曽部より毎年花盛に上洛して、宿二ス大江ノ公資五条東洞院ノ家一ニ、件ノ家ノ南庭ニ桜樹有、為レ二
翫《ハンカ》二其花一ヲ云云、公資か孫公仲にハ常ニ云数寄給へ」89ウすきぬれハ哥ハ読ルそと云云、又云武田太夫国行と云物陸奥へ下向
の時、白川の関過ん日ハ殊に装束をつくろひて、むかふ人問て云、何之故そや、答て曰古曽部入道の秋風そ吹くしら
川の関と読れたる処をハ如何て褻形《けなり》にては過んと云云、殊勝の事歟、能因実ニハ不レ下向二奥州一ニ、為レ詠二此哥一ヲ竊ニ籠居シテ
下コ向奥州一ニ之由を風聞ストテ云云」90オ
二度下向有、於二一度一者実歟、書二八十嶋ノ記一ヲ、又云加久夜長帯刀節信ハ数寄の者也、始て能因に逢ふて、互に有二感
緒一、能因か云見参の引出物にミすへき物侍りとて、自二懐中一錦の小袋を取出す、其中に鉋屑《カンナクツ》一篇あり、しめして云、

是は我重宝也、長柄の橋つくる時の鉋屑也と云、時に節信喜悦甚敷て、又懐中より紙に包物を取」90ウ出す、是を開き見るに、枯たる蛙なり、是は井手のかわつに侍る、共に感歎して則是《各》を懐にして退散すと云云

69嵐吹ミむろの山の紅葉はは／たつたの川の錦成けり

後拾遺集秋下永承四年内裏の哥合にと有、哥の心ハ嵐吹三室の山の紅葉はハと云て、彼山の紅葉の散て流れ来りて、立田川の錦とミゆる也、哥の面に」91オちるといわて、流れ来りたる風情をもたせたる事、能因か上手の仕業也、此哥ハ古今

人丸　龍田川紅葉ゝ流る神南備の三室の山に時雨れふ《る》くらし

此たくひ也、只時節と所のさまとを思ひ合せてミ侍るへき也、其時節・所のさまありくと読出る事、其身の粉骨也、是は誠に正風躰の哥也、扨古人の説にケ様の哥をハ末代の人やすく」91ウ思ふへし、唯其訳成処か真実の道と心得へし、定家卿の毎月抄に常ニ人の秀逸躰と心得侍るは、無文成哥のさはくと読て、心後れたけ有をのミ申ならひて侍る、それハ不覚の事にて候、かゝらん哥を秀逸と申へくハ、哥毎にも読ぬへくそ侍る、沈吟事究り、案情すミ渡れん中より、今兎角もてあつかふ風」92オ情にてはなくて、俄《に》より安くと読出したる中に、如何にも秀逸ハ侍るへし、其哥ハ先(ママ)心高くたくみに、詞外迄余れる様にて、姿け高く詞なへて続け難きか、然もやすらかに聞ゆる様にて面白く幽なる景趣立添て、面影たゝならす気色はミて、さなから心も詞もそゝろかぬ哥にて侍るとあり、中院通茂公曰　秀逸の読様・秀逸」92ウの躰をよくかゝれたり、秀逸と云ハ《もの》別に躰か有也、沈吟の事究り案情すミ渡りたる中より出たるにてなけれハ、秀逸とハいわさる也

良暹法師　作者部類云父祖未レ詳、母ハ実方家之童女白菊ト云、祇薗ノ別当、後拾遺ニ大原に籠り居たる由有、袋草紙云人ゝ大原成処に」93オ遊行に各々騎馬、然るに俊頼朝臣か俄に下馬す、人ゝ驚きて問之、此処ハ良暹か旧房也、いかて

ハ下馬せさらん、人〻感歎して皆以下馬す云云、件の良暹か房の障子に書付の哥、

　山里のかひも有哉時鳥ことしもまたて初音聞つる

此哥後拾遺あり、亦云住吉神主国基良暹か哥を難して云」93ウ まくり手と云詞や有、良暹か云八入《ヤシホ》の衣まくり手にして如何、国基云辟事也、紅にハまふり手と言事有、夫を書誤る也、良暹暫ク案して又云、

　風越のミねよりをる〻賤か男か木曽の麻衣まくり手ニして

と侍るハ、是もまくり手を誤るかと云、国基閉口と云云

70淋敷さに宿を立出てなかむれハ／いつくもおなし秋の夕くれ」94オ

後拾遺集秋の上に入て、題しらすと有、此哥いつくも同しと云処に心有、我心の堪難き淋しき時、思ひわひていつくへも行はやと立出て詠れハ、いつくも同し秋の淋しさ成間、如何様共すへき様なき也、都而世上ハ何悪敷《か》、何か能と云事ハなき也、た〻一心のなす事成レハ、我心からの淋しさそといふ心也、定家卿の哥に、」94ウ

　秋にた〻詠め捨ても出なまし／此里のミの夕とおもわゞ（ママ）

此良暹か哥を取てよまれし也

大納言経信　敦実親王曽孫、中納言源道方ノ子、俊頼父也、母ハ源国盛女、袋草紙云、経信は四条大納言ニおとらぬ人也、八雲御抄に云、経信斗こそ、楚国ニ屈原か有けん様に、独り古躰をそんして習ひなかりしかと、天下に是を」95オ よしと定る人もなし、白川院の後拾遺撰れし折、経信卿を置なから、通俊是を承る、是末代の不審也、又古今著聞集に云、円融院大井川逍遙の時、三の舟に乗物有ける、師ノ民部卿経信卿又公任卿に劣らさりけり、白川院西河に行幸の時、詩歌管絃の三の船をうかへて、其道の人〻をわかち乗らせ《せられ》ける二、」95ウ 経信卿遅参の間殊の外御気色悪かりけるに、とはかりまたれて参りたりけるか、三事兼たる人にて、汀にひさまつきて、や〻いつれの船成共寄せ候へと言れたりけ

る、時に取ていミしかりける、かくいわんれうに遅参せられけるとそ、扨管絃の舟に乗て、詩哥を献せられたり《けり》、三舟に乗とハ是也と云云」96オ

71夕されハかとたの稲葉音信れて／あしのまろやに秋風そふく

金葉集秋に入て、詞書に師賢朝臣の梅津の山里に人〻罷りて、田家秋風といふ事を読と云云、夕されハとは夕暮と言に同し、少しハ風情を持心有也、深くいわゝ夕にあれハの心也、春されハ・冬されハ抔同し心也、夕されハと云時《ハ》ハと置事也、夕ハと云事なれハ、夕されのとハ不置」96ウ事也《たゝ(ママ)》、鎮の聖廟法楽の百首ニ、

夕されの哀を誰かとわさらん柴のあミ戸の庭の松風

と読れたる事によりて、時に随ふへき事也、芦の丸屋ハあし斗にてふきたる家也、丸と云は一色成事を云也、宗祇注に門田の稲葉ニ夕暮の秋風そよ〳〵と音すると聞もあへす、頓て芦の丸屋ニ吹たる様也、又一説そよ〳〵と稲葉をわたる」97オ秋風の頓て芦の丸屋に吹と心得るハ勿論、たゝ其儘に芦の丸屋ニ秋風そ吹と心得たる、可然にやと有、此宗祇の注に稲葉夕暮《に》の風のそよ〳〵と音すると聞もあへす、頓て芦の丸屋に吹と心得るといへるは、風と芦の丸屋とに間ある様にて、二段に成をいやかりて、斯云る成へし、但今風の吹躰をみれハ、吹くる風か稲葉」97ウにミへてこなたへ吹なり、向より吹くる風を見たる景色也

祐子内親王　祐子内親王ハ後朱雀院ノ第四皇女、母ハ中宮嫄《ゲン》子敦康親王ノ女也、第四の宮成レ共后後の女一の宮成レハ、一ノ宮と申奉る也、依之金葉集・堀河院艶書合等にハ、一ノ宮ノ紀伊と有、紀伊ハ葛原親王より八代の孫」98オ範国孫、従五位下経方の女也

72音に聞高師のはまのあた浪ハ／かけしや袖のぬれもこそすれ

金葉集恋下詞書ニ、堀川院艶書《ケソウカキ》合に読る、中納言俊忠、

　人しれぬ思へありその浦風に／浪のよるこそいとまほしけれ

返し此哥也、俊忠は俊成卿の父なり、高師浜は和泉国ノ名所也、あた浪《なミ》はあた人の心をさして云り、惣して男の」98ウ心はあたく敷物也、殊に音に聞へしあた人なれハ、左様の人には契りハ懸ましきと也、袖の濡もこそすれとハ、若も左様のあた人に馴なは、中空に物思へと成りて、袖をぬらすへけれハ、あた人に契る事ハせましきと云心也、あた波も《と》云より、懸しや袖の濡もこそすれと云也、心詞かけたる処なく、云おふせたる哥也、」99オ少しも弱き所なく、女の哥にて一段おもしろき也

権中納言匡房　大江音人六代之末大学頭挙周《タカマサ》ノ孫、信濃守成衡子也、母ハ橘ノ孝親ノ女、正二位大蔵卿太宰権ノ帥和漢才人也、号ニ江師一ト、八雲御抄ニ通俊・匡房ハ堅臣こそ双ひて侍りけれと、哥の論ハ（道）、同日の論に非す、匡房ハ増れり」99ウ

　73高砂の尾上の桜咲にけり／外山のかすミたゝすもあらなん

後拾（遺）集春上うちの大今氏の家にて人〻酒たうへて哥読侍りけるに、はるかに山の桜を望と云事を読る、高砂の尾上是は播磨の高砂ニハあらす、童蒙抄に曰、高砂とハ山の惣名也、本文に石砂長シテ成レル山ト云り、尾上とハ高き峯をさして云也、すそハ山の尾成レハ、尾上と共り（峯を言ふ也、外山は△）●△、依之」100オ高砂と高山をさして云し也（云出たる事）、花の咲たるをさたかに見ん為に、外山の霞たゝすもあれかしと読る也（△は山なり、本より万葉にも尾上と書リ。）、是山を望と云ニ叶へり、只詞遣へさわやかにたけありて、正風躰の哥也、能因の嵐吹三室の山の哥よりハ、少し色取得たる哥（所有）也

源俊頼朝臣　大納言経信卿ノ男、母ハ貞高ノ女ト云云、杢頭左京大夫」100ウ従四位上箪策ノ堪能也、白河院ノ勅ヲ蒙リテ天治元年金葉集撰ス、山木・髄脳・無名抄・俊頼ノ口伝等ノ述作ノ物也、定家卿密勘ニ云其身堪能至リテイヒトモ皆秀逸也、師ノ大納言ニ似テ殊勝ノ哥読、父子二代并人無《ナキ》ニ似リ

　74うかりける人を初瀬の山おろし／はけしかれとハいのらぬ物を

千載恋哥二に入て、詞書に権中納言俊忠の家恋の十首の哥読ミ侍りける時、」101オ「祈る恋逢と云る心をと有、初瀬に恋をいのる事ハ、住吉物語にミへたり、石山ニ恋を祈る事ハ、源氏物語ひけ黒の大将から也、貴船へも祈事有、扨初瀬ハ山中にて、嵐はけ敷処也、初瀬山をろしとは、はけ敷といわん枕詞也、浮人のなひきもやすると祈れ共〱人の心ハはけしけれハ、逢へきよしをこそ祈けるに、結句人の心のはけしけれハ只」101ウ「はけ敷かれと祈りたる様也、夫をはけしかれとハ祈らぬ物をと云り、近代秀哥にも此哥を入られて、定家卿褒美の詞に、心深く詞心に任せて学ふとも、いひつゝけ難く、誠に及間敷姿也、凡定家卿のほむる処故《事の外》有事也、褒られたる詞に心を付て、其味を知へき也

基俊《藤原》　堀川右大臣頼宗ノ孫、正二位右大臣俊」102オ「家ノ子、母ハ陸奥守源為広女也、母ハ下総守高階順業ノ女也、従五位下左衛門ノ佐なりし故也、俊成卿の師匠金吾と常にの給へし也、保安四年出家法名覚舜、定家卿近代秀哥曰、近クハ亡父卿則此道を習ひ侍りける基俊と申人、此輩末の世の賤き姿を離れて、常に古き哥を乞願り、此人〻の思ひ入て、姿の勝れたる哥ハ、高き世にも思ひ及てや侍らん、」102ウ「六条家さしも繁昌の時、二条家紀貫之よりの血縁を更に俊成・家《定》・為家とつゝきて、是道を伝られし事也、尤和漢の才人にて、撰(ママ)朗詠集の作者也

75契り置しさせもか露を命にて／あわれことしの秋もいぬめり

千載集雑上に入て、詞書に僧都光覚基俊息維摩会の講師の請を度〱もれニけれハ、前太政大臣ニ恨申けるを、しめちか」103オ「原のと侍りける、又の年も漏にけれハ、読て遣しけると也、光覚は基俊の男興福寺の僧権僧都也、維摩会とハ公事根元云、是は八月十日より十六日迄七か日の間、興福寺にて維摩経を講せらるゝ、十六日ハ大職冠の御忌日成故也、大職冠病悩ニおかされ給へて、今ハと見得させ給ひける時、百済国の尼に法明と云者、大臣に申さく、」103ウ「我大乗を持す、維摩経と云其経の中に、問疾品と云処あり、是を読誦し給ハヽ、御病直らせ給ひてんと申に、依之則此首品を誦するに、末誦し給らさるに、大臣。御病直らせ給ふ大臣。稽首合掌して、生〻世〻大乗に帰依せんと誓ひ給ふ、然るに維摩会ハ和銅七年淡海公

興行せられて、今ニ絶る事なし、維摩経註維摩ハ梵経也、」104オ此云二浄名一ト此経者浄名居士ノ所説《所》故云二維摩詰説経一ト、詞書の維摩会の講師のうけとハ、維摩会の講師は藤原氏の長者の撰宣成に、依之是も法性寺忠通殿へ講師のうけ給わりを望ミ被申ける成へし、しめちかはらのと侍りけるとハ、新古今の哥に観世音の御哥にて、

　猶頼めしめしか原のさしも草我」104ウ世の中にあらん限りハ

此哥の詞にて、忠通公世におわします内《間》は、猶頼めとの心也、標茅原ハ下野国也、させもとハ蓬の事也、さしもさせも両儀也、哥の心ハ彼忠通公の猶頼めと契り給ひしさせもか露のはかなき頼ミを命にして待しに、其甲斐なく今年もまたもれけれハ、哀今年の秋もいぬめりと恨ミ」105オたる也、維摩会ハ十月十四日ニ始る故、講師を九月被レ定ル故、秋もいぬめりと読る也、詞金石の如くすくよか成哥也、基俊ハ和漢の秀才にて、御堂関白曽孫太宮右大臣の子成レ共、時に合す、昇進もせす、不運の人也、堀川院百首ニ述懐の哥に、

　から国のしつミし人やわかことく／三代迄あわぬ歎きおやせし

是は顔駟《シ》と云る者の古事にて読れたり、」105ウ漢武故事曰上至《至》ツテ二所略ニ一舎署ル二一リノ老郎尨眉皓白《唯》ナルヲ一問フ何ノ時カ為レ之、対テ云臣カ性ハ顔名ハ駟、文帝ノ時為レ郎文帝ハ陛下好トモレ文ヲ臣ハ好ムレ武ヲ景帝ハ好トモレ老ヲ而臣ハ当シ少・、臣巳《陛下好少・》ニ老タリ、是以三乗不レ遇セラレ也、上感シテ二其言ヲ一擢為ス二会稽ノ都尉ル一帝《一本作景》好美臣顔醜

法性寺入道前関白大政大臣　忠通公、御堂関白道長五代孫、知是」106オ院関白忠実公ノ子也、母ハ従一位師子六条右大臣顕房公女也、保安二年三月五日関白詔聴《ユルサル》二牛車ヲ一、同日氏ノ長者、同三年十二月十七日ニ任ス二大政大臣ニ一、同四年七月朔改メテ二摂政ヲ一為二関白ト一、永治元元年《（ママ）》十二月七日ニ又為二摂政ト一、近衛天皇受禅日久安六年二月九日又改メテ二摂政ヲ一為二関白ト一康治三年八月十一日上表シテ辞ス二関白ヲ一、応保二年六月八日ニ於二法性寺一出家《別業ニ》ス法名円観、月輪禅閣兼実公ノ父《（ママ）》ニテ後京極殿ノ祖父也、続世継物語第五」106ウ藤波中三笠ノ松巻ニ云此をとゝ保安二年関白《のとし》ニならせ給ふ、御年廿五にておわしましき、同四

年正月ニ讃岐の帝位につかせ給へしかハ、摂政と申き、御門おとなにならせ給ふて、此院位につかせ給へし時も《関白と申せし程に近衛御門隠れさせたまふて》又関白ニならせ給ひしかハ、四代の帝の関白ニテ二度摂政と申き、昔より《いと》たくひなき事ニ侍りき、おほきおとゝにも二度なり給へし、難有事也《はへりき》」[107オ]

76和田の原こき出てミれハ久堅の／雲ゐにまかふをきつしら波

詞花集雑下ニ入て、詞書ニ新院位ニおわします《しし》時、海上眺望と云事を読せ給へけるに読ると也、宗祇注に是ハ我舟ニ乗て見たる遠望を云る也、大方の眺望の題ハ陸地より詠やりたる景を読也、是ハ舟ニ乗て見る心、殊ニ珍敷面白也、哥のさまたけ有て、余情限りなし、杜子美か詩に、春水」[107ウ]船如レ坐二天上一ニとあり、又古文真宝に滕王閣序王勃か句ニ秋水共二天長一一色と有相似り、此両句雲ゐにまかふと云処によく叶へり、陸地からミてこそ空も一ツ様ニみゆれ、こき出てミたらハ、限りもあらんと思ふに、船にて海上へ出て見れハ、猶水広く限りもなく天と一色ニ成て見ゆる白波也、凡眺望の哥隠れ《ハ》」[108オ]たる処ハなき物也《只》、風景を見て《能》よく是を味ふへし、此哥こき出《見れハ》と有て、船の字なし、然れ共至極舟の事ニ聞ゆる也《尤》、作者の手柄也、和田ノ原ハ海の事也、惣別原と云ハ渺ゝとして広き所をさして云、武蔵野ゝ原・春日野ゝ原と云も皆広き事を云り、久堅ハ尤雲の枕詞也、枕詞と云物子細有も有、又子細なき」[108ウ]も有也、久堅と斗置てハ雲の事ニ成間敷也、こくと斗云て、船をいわぬ哥《万葉赤人》、

嶋つたへとしまか崎をこき行ハやまと恋敷鶴沢になく

磯崎をこきてめくれハあふミちや八十のミなとにたつ沢に鳴

是等証哥にて侍るへし

崇徳院　鳥羽院第一皇子、母ハ待賢門院ノ璋子大納言実《公》ノ女也、元永」[109オ]二歳五月廿日降誕、保安四年正月廿八日為二太子一ト即受禅五才、同二月十九日即位、大治四年元服十一才、永治元年十二月七日譲位廿三才、保元元年七月十二日於二仁和

寺ニ出家、同廿二日移リ坐讃岐国ニ、長寛二年八月廿六日於ニ配所ニ崩、追号ニ崇徳院ト、諱顕仁在位十八年

77瀬をはやミいわにせかるゝ滝川の／われてもすゑにあわんとそ思ふ

詞花集恋上題しらすと有て、新院」109ウ 御製とあり、幽斎抄にせかるゝ水ハわれても末に逢物也、つらき人に別れて後ハ逢難きを、わりなくてもするにハあわんと思ふハ、はかなき事そと打なけき思ひ返して云る也、如何ニも深切成心也、われてもと云ハ、わかるゝとわりなきと兼たる詞也、伊勢物語に二日といふよわれてあわんと云も、わりなき心也、又金葉集恋の下詞」110オ(ママ) 詞書に蔵人にて侍りける比、内をわりなく出て、女のもとにまかりて読る、藤原永実、

三日月のをほろけならぬ恋しさにわれてそ出る雲の上より

此哥もわれてハ、はかなくて也、扨哥の心は瀬を早ミ岩にせかるゝ滝川のわれても末にあわんとそ思ふとあれハ、先ハ別れても、行末にハ又あわんと云心也、又わりなきと云心を兼たる物也、後水尾院御説ニ」110ウ 此哥の心は人にさまたけられたるを読ると聞ゆる也、詞に せかるゝと云詞ハ、人にさまたけられて別るゝ共、終に末ハあわんの心也、例の序哥也

源兼昌　宇多天皇ノ苗裔敦実親王六代孫、美濃守俊輔子也、従五位下皇后宮ノ大進　堀川院ノ後ノ百首之作也

78淡嶌《ち》かよふちとりのなく声に／いくよねさめの(ママ)須磨のせきもり

金葉冬部関路千鳥といへる事を」111オ 読る有、哥の心は須磨の浦に旅寝をして、彼嶋より千鳥の打佗て通ふ折から、所は須磨の浦にて、彼源氏物語にも、海人の家たにまれになんと書て、物淋敷所なれハ、我一夜の旅ねの悲しささへ堪難きニより、関守のよな〳〵のねさめする心を思ひやりて、哀む心也、哀深き哥也、ねさめぬのぬの字畢ぬのぬの字にもなく、又ふの字のぬにもなし、」111ウ 幾夜ねさめぬらんと覧の字を添てミよと也、此兼昌ハ此百首に入へき人とハ斗り難き事也、然るに此百首ニ入られし黄門の心を、能〻あふくへき事也

左京大夫顕輔　藤原魚名ノ苗裔摂津守澄経ノ孫、六条修理大夫顕輔《季》三男、清輔・季経・重家・顕昭法師等之父、有家・知家等の祖父也、」112オ 俊成卿も始は顕輔の養子にて、顕広と申せしを、風躰を後にあらため基俊の門弟と也給へり、袋草紙ニ云詞花集新院御譲位之後故左京顕輔一人撰レ之、天養元年六月三日奉レ之と云云

79秋風の《に》たなひく雲のたへまより／もれ出る月のかけのさやけさ

新古今秋の上に入て、詞書に崇徳院に百首の哥奉りける時と有、さやけさと」112ウ 云所に、一点の曇りなき晴天の月よりも、雲間よりもれ出る月か一入明らかにて、哀にミゆる物也、如何にも気高き哥也と有、さも有へし、扨春の空ハ月も霞にくもる物也、又夏の空ハ天も近き様にミへて、月も星も近くミゆる也、冬ハ空も一入くろミて、月も格別にすこくミゆる也、只秋の空ハ高く月も澄渡《登》り《て》ミゆる節《時》成レ共、」113オ 雲か晴曇りする物也、一天に雲なく晴たる空より《も》、雲間にもれ出る月ハ一段と面白く、絶間よりもれ出る月と云にて、常の月よりも別してさわやか成と聞ゆる也、三光院ハ此風躰ハ今は不読と被申し也、此風躰悪きにてハ有ましき也、読ぬと被申し、子細ハ何事にや、此段心得難し、但月に雲を懸たかる様成事を、このまぬと有事也《にや》」113ウ

待賢門院堀川（大納言公実卿ノ女鳥羽院后、崇徳 後白川二代后母）　村上皇子具平親王末葉六条右府顕房孫、神祇伯顕仲女也、兄弟男女七人撰集ニ入、仲房・忠房《有房》・待賢門院安芸・此堀川五人之外猶可勘、此内此堀川別而歌人也

80なかゝら《ら》へん心もしらす黒髪の／ミたれてけさハものをこそ思へ

千載集恋三詞書ニ百首の哥奉りける時、恋の心を読ると有、此哥貫之の、

朝な〳〵けつれハ落る」114オ 黒髪のミたれて物を思ふ比哉

是を本哥にして読り、心後朝恋也、幽斎抄に、契り置人の心末遠く契らさらんもしらす、夢斗成逢事故に、思ひ乱るゝ心をはかなやと思ひ侘たる心也と有、なかゝらんハ人ノ心ヲさしていへ、乱れてハ我心を云也、長からん人の行末を

もしらす、我は思へ乱れて物思ふと也、なかゝらんハ黒髪の縁ハ自然也、たゝ行末の事を云る也、抄に右の通りニなかゝらん心」114ウを《も》知らすと云るを、人の心にしてミたる也、さも有へけれとも、又我命の事にも聞ゆる也、我行末の永く契りを頼むへき命共しらす、今朝を限りの様に思へ乱るゝ共聞ゆる也、女の哥にして殊に哀深く、詞のくさりたくひなし

後徳大寺左大臣　実定、東宮大夫公実曽孫、徳大寺左大臣実能公ノ孫、大炊御門右大臣公能公ノ子也、母ハ中納言俊忠ノ女也、正二位」115オ左大臣検非違使ノ別当、建久二年六月廿日出家、十二月十六日五十二歳ニテ薨、此実定公ノ記録ヲ槐林ト云、庭槐トモ云、後ノ字天子ハ後ト云臣下後ト、されとも後徳大寺と後京極とハ云来れる也

81杜宇なきつるかたをなかむれハ／たゝ有明のつきそ残れる

千載集夏部に入て、詞書ニ暁聞郭公と云る心を読る也《はへりけり》、左大臣と有、幽斎抄ニ心ハ待候つる郭公の幾夜もつれなくて、過つる杜宇の只声」115ウ鳴て、夢共思へわかぬ斗り、行衛なき空をしたへて詠《うち》むれハ、有明の月のミ残《ほのかに》りて、杜宇ハ跡《アト》もなき様、面影身にしむ様成にやと有、此通りにて能く聞へたり、乍去待候つると云事さもあるへきな《か》れ共、時鳥鳴つる方をと云る、それと聞たる様にも有か、只今云詞ハ、何も残らす、月斗をミたる唯也、唯・但の二字不《ハ》レ借二余縁一ヲと云て、只其儘一ツをさす事也、時鳥の哥の第一ともいふへきにや、杜子美夢《か》二」116オ李白一ヲ詩に落月満二屋梁一ニ猶疑見二都色一ヲ、是も夢覚て月に名残を惜ム心、此哥と相同し《応したるなり》

道因法師　内大臣高藤公八代孫、対馬守敦輔孫、治部丞清孝子也、母ハ長門守藤原孝範女也、従五位下右馬助、俗名敦頼、現存和哥集撰之、無明《（ママ）》抄云、此道に執心深かりし事ハ、道因并なき者也、七八十ニ成迄秀哥読せ給へと祈」116ウらん為に寿《（ママ）》行よりして住吉へ月参したる、いと難有事也、ある哥合に清輔判者にて道因か哥をまかしたりけれハ、態ト判者の許へまふてゝ、まめやかに涙をなかしつゝ恨《なき》ミけれハ、亭主いわん方なくかはかりの大事ニこそあはさりつれ、

とて語《ぞ》りける、九十斗に成て耳抔も朧なりけるにや、会の時は殊更講師の座の際に分よりて、脇本につと添居てミつわせる姿に耳かたむけつゝ」117オ他事なく聞ける気色抔、なをさりの事とわミへさりき、千載集撰はれ侍し事ハ、彼入道失て後の事也、されともなき跡にも、さしも心さし深かりし者也とて、優して十八首入られたりけるか《に》、夢の中に来りて、涙を流しつゝ悦を云とミへたりけれハ、哀かりて今二首をくわへて、廿壱《（ママ）》首ニなされたりけるとそしるし侍るにこそ

82思へ侘さても命は有ものを／うきにたへぬハなミた成りけり」117ウ

千載集恋上題しらす、此五文字思へ侘とハ、思へのきわまり〳〵てと云詞也、さりともと思ふ人ハつれなく成果て、思への限りもなく成行を云也、扨もハそふ有ても也、ケ様の思へにてハ、命も消ぬへきを、是程思へ侘ても、命は有物と也、命ハ有てもうき事ニえ堪忍せさる物は涙也と云り、我心をことわりて、歎きたる哥也、此哥浅くミるへからす、恋ニ取て《ハ》、折角の心成へし、一首の内にたとへを取たる、」118オ妙也、扨もと云処を心に懸へし、消やすき命さへかゝるに、扨も涙ハもろき物哉と読る也

皇太后宮大夫俊成　御堂関白道長公四代孫、大納言忠家孫、権中納言俊忠卿子也、母ハ伊予守敦家女或ハ顕隆ノ女、仁安二年正月廿八日正三位、喜応《（ママ）》二年七月廿六日皇《太》后宮大夫、承安二年二月廿日皇太后宮大夫、安元二年九月廿八日出家法名釈阿六十二才、元久元年十一月晦日九十」118ウ一歳ニテ薨、徹書記物語ニ曰、俊成の家は五条室町ニ有、今の新玉津嶋此君《卿》の旧跡也、依之五条の三位と云り、無明抄《（ママ）》ニ云、五条三位入道ノ云《語て》、そのかミ年廿五成し時夏《基》俊の弟子にならんと和泉前司通経を媒にて彼人と同車ニ相乗て、基俊の家に行向へたる事有き、彼人其時八十五歳也と有、六条家の哥の風躰を見限りて、基俊の弟子と成て、古今伝受し」119オ給へて《和哥の》一流を立給へり、是より今の世迄二条家の祖とあふき申也、文治三年八月廿日ニ後白川院の院宣により千載集を奏覧し給ふ、遁世の者撰集の者《事》ハ、喜撰か和哥式に准す有ニ千載集序一、

後鳥羽院の御師範ニ而建仁三年二月十二日於二和哥所一ニ九十賀を給へり、家長の日記委し、心敬僧都私語ニ云俊成卿老後ニ思へ給へりけれ《り》となん、人には必す一大事有、此道ニのミふけりて、只今」[119ウ]の至来を忘れ侍る事忘相成《(ママ)》へし迚、此道ニなつむ心出来給ひしに、住吉明神のあらたニ現し給へて、うちゑミしめし給へけるハ、哥道を愚ニ思ふ事なかれ、此道ニ而往生を遂成仏有へし、哥道ハ則身の直路也とあらたにのへ給ひしと也

83世の中よ道こそなけれ思ひいる／山のをくにも鹿そなくなる

千載集雑哥中に入て、詞書ニ述懐の百首の哥読侍りける時、鹿の哥とて読る、哥の」[120オ]心は色こに世のうき事を思ひ取て、今はと思へ入山の奥にも、鹿の物悲しけに打鳴を聞て、山の奥にも世のうき事ハ有けりと思へ侘て、世の中に遁れ行へき道こそなけれと打歎く心也、思へ入と云に二ツの義有、世は悲しき物と思へ入と、又身ははかなき物と思へ入との二成也とそ、述懐の心哥の表にハ顕われす、下に含ミて読る也、但道こそなけれと云にて、」[120ウ]表に顕れす共言難し、世の中のうき事にうんして奥山江入てミれは、又奥山ニも鹿と云物有て鳴を聞は、爰も又物悲しき故、世の中と云物ハ兎角うき事の遁るゝ道ハなき物也《と》、扨よの中に道こそなけれと斗り云てハ、遁るへき道とは聞へ悪し、然れ共思ひ入山の奥と云て、ニ其心聞ゆる也、此哥ニ道こそなけれと云たる迚、今読出す哥にハつかわれ間敷也、詞は前後を能考へ」[121オ]見すしてハ遣れ《ハ》ぬ《ぬ》也、此俊成卿は、祖父忠家ハ大納言、俊忠ハ中納言にて有しニ、其身ハ正三位皇太后宮にて果られたり、依之述懐の百首有、俊頼抔も運のはつる百首読れし也、此哥ハ俊成自讃の哥にて、千載集撰はれける時に入度思へ給へしか共、道こそなけれと有処に俗難有てと斟酌有しを、後白川院別勅ニよりて、又入られたる也、千載始ハ撰者の」[121ウ]の《哥》十一首入て奏覧有しに、哥数少なし迚、更に二三十首も加ふへきよし後白川院の院宣成し故、又廿《五》首を加へて、三十六首にして入れられしたり《なり》

藤原清輔朝臣　左京大夫顕輔ノ子、母ハ能登守能遠ノ女、太皇太后宮大進正四位下長門守、奥儀抄・和哥初学抄・袋草

子等述作物也、続詞花集此人の撰集也、奏覧に不及して、先朝崩去の由奥書ニミへたり、」122オ 無明抄《(ママ)》ニ云清輔朝臣哥の弘才《ハ》かたをならふる人なし、未読も及はしと覚ゆる事を、能かまへて求め出て尋れハ、皆〻本より沙汰し、ふるされたる事共にてなん侍りし、花の哥読んとては大事は、如何にも古集をミてこそハと云て、万葉集を返す〱見られ侍りし

　84なからへハまた此比やしのばれん《(ママ)》／うしと見し世そ今ハ恋しき

新古今雑下に入て、題しらすと有、哥の心ハ」122ウ 次第〱に古《昔》を忍ふ程に、今のうしとうむしたる時節をも、又後には忍はんするとの心也、只世の中の人ハ、平生あきたる事をしらて、当前を物よく思ひて、行すゑを頼む者也、依之行末ハ頼なき物なる間、当前を大切にすへしと人の教誡に成哥也、我命なからへハ、只今うしとうむしたる世も忍はれん、最前うしと思へし世も今ハ恋しき程にと、上句にて起《起》し、下句にて答へ」123オ たる也、過去・現在・未来に渡れる哥也、うしと云し世は過去、今は恋敷か現在、なからへハ又此比や忍はれんと云る是未来也、惣而哥ハ理をひしと云つめつして、心にもたせて読か面白き也、然し此様に理をせめたるも一躰也、か様に理をせめたる哥に、新面白きハ稀也、一首に是程言つめたれと《も》余情有也、尤感情の深き哥ハ、多くハ恋・哀傷・旅・離別・述懐」123ウ 抔に有物也、是らの題の哥を肝要に稽古に読事也、宇治にて河水久澄と云題にて、一座の哥出来たりしに、清輔さしもの功者にて哥出来すして、当座の興をも醒したるに、

　年へたるうちの橋守こととわん／幾夜になりぬ水の水上《(ママ)》

と云秀哥を読て、名誉せられし也、此哥題をとらるゝと否や宇治の橋守殊《(ママ)》とわんの以下出て、五文字を置煩ひたり、依之一座の」124オ 会衆より遅かりし也、扨年へたる五文字を置得て、秀哥に成たる也、依之当座の会抔にハ、初心ハ勿論、功者成人も、先題を取と否や何の珍しけになく共、一首つら〱と読下《出し置》して、扨残の一首をハ趣向を求めて、幾度も

安《案》し返して読事也

俊恵法師　大納言経信卿ノ孫、俊頼朝臣子也、鴨の長明か和歌師也、俊恵」124ウ の詞に俊恵ハ此比も、唯初心の比の如く、哥を案し侍る也、亦我心を次にして、あやしけれと人もほめもそしるもする事を用ひ侍る也、是ハ古き人の教侍りし事也と云り、尤千《干カン》要成詞也

85よもすから物思ふころハ明やらて／ねやのひまさへつれなかりけれ

千載集恋二詞書恋の哥迚読ると有、哥の心ハつれなき人のうき事を幾夜も〳〵よすから思へつゝけて、いねもやられねぬうさに、はや」125オ 夜も明よと思ふて、閨の隙白く成を待ぬれ共、つれなき人こそあらめ、閨の隙さへもつれなく明かたきハ、如何にしたる事そと打佗たる哥也、源氏の須磨の巻に、つらからぬ物なくなんと有、此哥ニかよふ也、比の字ニて幾よも〳〵と云心かしられたり、又さへのてにをは干要也、さへの字に人のつれなき心ミゆる也、宗祇の注に閨の隙さへつれなかりけると云る心詞珍敷思」125ウ ひの切成所もミへ侍るにや、恨むましき物を恨ミ、なつかしかるましき物を其俤にする事、恋の習ひ也、能〻閨の隙さへと打歎きたる所を思ふへし《きなりとあり》、所詮只何事も我心から起る事也

西行法師　藤原秀郷苗裔左兵尉季清ノ孫、左衛門・北面左兵衛尉憲清、（康清子也、母ハ監物源清経ノ女、鳥羽院下・）法名円位号ニ大実坊ト又云ニ西行ト、八雲御抄云、定家云、哥の道は何となき事に成しを、西行」126オ と申者か能読なして、今に其風情有也と云り、西行ハ誠に此道の権者也、其後近比迄の哥人、昔にも及ひ、中比にも越てや侍りけん、又云俊成・清輔・西行抔云者、此道ニ妙成故に今又広まれり、凡中比より此方ハ、此道に堪たる人もすくなし、只経信公近くハ西行か跡を学ひしとなり

86なけゝとて月夜ハ物を思わする／かこち顔なる我涙かな」126ウ

千載集恋の五に入て、詞書ニ月前恋と云る心を読ると有、哥の心は幽斎抄に終夜月に向ひて打詠るに、物悲敷て、月の我心をいたましむる様成を、思へ返してかく云り、少し平懐の躰也、是西行の風骨也、つくろふ処なきハ、上手の

仕業成へし、扨《とあり》平懐と云る処ハ、物を思わすると言処平懐也《にや》、下手のまねならぬ事也、「西行か風骨」127オ故秀逸ニなれり、扨俗に聞へぬ也、他人のつかふならハ、ふつゝかに賎敷成へき也、扨人を恋る故に、心中に物思への有比、月を見て我涙のこほるゝを、月かなけゝ迚物思わするか、さにはあらす、我からと也、月やハのやわハ帰るてにをハ故、月やハ物を思わせハせぬ、我心からと思へ返して言り、去れはかこち顔成ハ、月ニかこつけ顔成我泪哉と云り、白楽天贈」127ウ内詩云莫下レ対シテ二月明ニ一思コト中往事上ヲ、損シ二顔色一ヲ減《ケンセン》二君カ事一ヲ、此詩よく叶《此哥》へり

寂蓮法師　俗名定長、中務少輔、従五位下俊成卿ノ猶子、実ハ俊成ノ弟醍醐ノ俊海阿闍梨ノ子也、明月記ニ云建仁二年七月廿日午ノ時キ許ニ参上、左中弁少輔入道逝去シ了ンヌ者、天王寺ノ院主申ニ二内府ニ一未タ二ス聞及一歟、聞レテ之ヲ即退出、已ニ依レテ為ルニ二軽服一也、浮世ノ無常雖レ不レ可レ驚今聞レ之」128オ哀慟之思ヒ難レ禁、自二幼少ノ昔一シ久ク相馴レ已ニ及二リ数十廻一ニ、況ヤ於テ二和哥之道一ニ傍輩誰人ソヤ乎、已ニ以奇異之逸物也、今帰レ泉ニ為レメニ可レ恨於レテ身ニ可レ悲云云、寂蓮追悼ノ哥定家卿、

　玉きわる世のことわりもたとられす／思へハつらし住吉の神

無明《(ママ)》抄云寂蓮詞われらかよまん様によめといわんに、季経・顕昭法師抔幾日案す共、えこそよまさらめ、われ彼ひと〱の様には、只」128ウ筆さしぬらしていとよく書てん

　87村雨の露もまたひぬ槙の葉に／きり立のほる秋の夕暮

新古今秋下に入て、詞書に五十首の哥奉りける時と有、此哥或抄に槙の葉ニふれる村雨の面白かりしに、亦露の置渡してたくひなきを、又其興も果ぬに、霧のほりて、色〻の風情を尽したるさまそと云る也、当流の心は雨にハ惣して露ハなき物也、雨の後の露ハ木の雫也、槙杉ハ殊ニ」129オ雫の深き物也、又雨のふる時ハ、霧の登《立》る物也、雨の晴る時ハ、霧ハふる物也、扨槙ハ尤深山に有物也、秋の夕に折つ《そ》ゝきて、きら〱と槙のしめりたる折しも、霧《ノ》立登る気色、誠に面白も淋敷も哀《も》深き也、村雨の雫もまたひぬ内に、其槙の葉にきりの立登る躰、尤深山の躰見る様の哥也、此寂蓮

ハ五臓六腑の入替る程案せすハ、秀逸ハ出へからすと云り、名誉の歌人也」129ウ

皇嘉門院別当　具平親王ノ末孫大蔵卿師澄孫、太皇后宮ノ亮俊隆女也、皇嘉門院聖子法性寺関白忠通公ノ女也、母ハ大納言宗道卿ノ女、崇徳院ノ后、大治五年二月廿一日立后、久安六年二月廿七日院号

88難波江のあしのかりねの一夜さへ／身をつくしてや恋わたるへき

千載恋の上に入て、詞書に摂政右大臣の時家の哥合に旅宿に逢恋と云る心を読ると有、」130オ 芦のかりねとハ、芦ハ刈物なれハ、仮寝《カリネ》と云也、為ニ難波江の芦をもふけたる也、哥の心は難波わたりの旅のかりねはかなく、思ひもよらさりし一夜の契り故に、行末長く身をつくしてや此人を恋渡るへき、それハ侘しきわさ哉と、思ひつゝけて云る也、澪標ミを木の事を身を尽すと云るに、自然の縁語に用ゐたる也、何事もかり初より起りて、深き思へと成也、せんする処」130ウ 難波江のあしのかり初なる一夜の契り故に、身をつくさんかと読る也、女房の哥なからよわミなくさわやか成哥也

式子内親王 准三宮後鳥羽院叔母也　後白川院第三皇女、母ハ従三位成子大納言季成卿女云云、賀茂の斎院にて、准后に成給へり、号ニ萱斎院一ト、

89玉の緒よ絶なハ絶ねなからへは／しのふる事のよわりもぞ（ママ）する

新古今恋の一に入て、詞書に百首の哥の内ニ」131オ 忍恋の心をと有、哥の心は忍ひあまる思ひ、おし返しく〵月日をふるに、かくてもなからへハ、必しのふる事の思へよわらん時、露顕せん程ニ堪忍性の有時に命も絶よと云る也、玉の緒よ絶なハたへねとハ、我命絶へくは《ハ》今絶よかしと也、よわりもそするの詞つかひ面白き也、大方ならハよわりもやせんと読へきを、よわりもそすると治定したる処肝要也、なからひハ必」131ウ しのふる事の弱りて名に立ん事を落着したる也、惣しての恋に未逢さる先にハ、一度ハ逢ならハ、其夜に命を捨る共と思ふ也、又契り初て後、人の心の替る時ハ、有てもかひなきと思ふから、命を捨んと思ふ也、此哥の如く忍恋ハ、恋る人にもかく共しらせす、我心一ツにたへ忍ひて居る也、然るに一命を捨んと思ふハ、至て深切成心也、人目を忍ひ、若退屈もしら《た》ハ、」132オ 終に人のしりて浮名に

たゝん程に、今忍ふ事のよわらぬ内に、玉の緒よ絶よと云り、玉の緒ハ琴の緒も玉の緒と云、念珠をも思への玉又玉の緒共云也、命をも玉の《と云》緒と云処、是ニてハ命の事也

殷富門院大輔　内大臣高藤ノ九代苗裔白川院判官代行憲孫、従五位上信成女也、此大輔同院安芸兄弟哥人也、」132ウ殷富門院亮子ハ後白川院第一皇女、母ハ従三位成子、崇徳院ノ准后ト云

90見せはやなおしまの海士の袖たにも／ぬれにぞ《（ママ）》ぬれにし色はかわらし

千載集恋の四に入て、詞書に哥合し侍る時、恋の哥とて読る、雄嶋は奥州松嶋の郡也、雄嶋と斗云時は、嶋の字濁りて読、松嶋や雄嶋と二ツに渡りてつゝけ読時ハ、嶋の字二ツなから清也、但しおしむ」133オ心有時は雄嶋斗にても清也、

秋のよの月やおしまの天の原明かたちかき沖の釣舟

此たくひ也、くらふ山くらふる時ハ濁る也、常はすむ也、哥によりて清濁の替る事也、後拾遺集に源重之の哥に、

松嶋や雄嶋か磯にあさりせし海士の袖／こそかくはぬれしか

此哥より出し《たる》物也、海士の袖浦《ゝ》に濡ぬは有間敷、別して雄嶋を出したるハ、右を本哥ニ」133ウしたる也、亦式子内親王の哥に、

松か根を雄嶋か磯のさよ枕／いたくな濡そあまの袖かは

是も同したくひ也、哥の心はあまの袖はめかり塩くミいつも濡やまぬ物なれ共、色ハ替らぬを、我袖の紅涙に色も替りたる程に、此袖をミせたらハ、如何成つれなき人も哀と思わん程に、是を人にミせたき《と》也、濡にそ濡しの詞珍敷也、ぬるゝか上に又濡し」134オ添たる心也、四句迄つゝけてミて、四の句ニて切てミる哥也、三の句のたにもと云処ニて、海人の袖ハ替らす、濡れても色も替らぬか、我袖ハ色の替りしと云事聞ゆる也、たにと云詞にて恋の哥に成哥おほし、たにと云ハ此方に今一ツ物の有を云也、又涙の色の替る事、舜の后娥皇女英の斑竹の古事より出たり、血涙の事長恨歌

にも回レ首血涙相和シテ流と有、又卞和泣レテ」134ウ玉三日三夜泣尽シテ而継二之ニ血一ヲとも、又大和物語・伊勢物語等ニも出たる也

後京極摂政前太政大臣　良経公也、法性寺関白忠通公ノ孫、後法性寺ノ関白兼実公ノ子也、母ハ従三位藤原ノ季行ノ女也、建仁二年十二月廿五日摂政、元久元年正月従一位、同十一月十六日辞二左大臣一ヲ、同十二月十四日太政大臣、同二年四月廿七日辞二太政大臣一、建久元年二月七日亦卅六歳ニテ薨、」135オ御家集を秋篠月清集迚六家集の中ニ有

91きりぐくす鳴や霜よのさむしろに／衣かたしきひとりかもねん

新古今秋の中に入て、詞書ニ百首の哥奉し時と有、さむしろハ小莚・狭莚と書也、此哥ハ

さむしろに衣かた敷《キ》こよひもや我をまつらんうちの橋姫

又人丸のなかぐくし夜を独りかもねん、此両首の心詞を取て、」135ウきりぐくす鳴霜夜の折から、さむしろに独りかもねんかと侘たる心也、宗祇注に理に置てハ明らか也、只きりぐくすと云より、独りかもねんと云る迄、ことぐく金言のミ也、此五句卅一字ハ何れの詞も珍敷詮としたる事もなく、耳馴たる物成レ共、つゝけよふめてたきによりて、詞の字ならぬ蛬小莚迄妙に聞へ侍る也、彼人丸の足」136オ引の山鳥の尾の哥を、取給へるにやと有、尤人丸の哥にも致し劣らぬ哥也と云り、宗長聞書に情ハ以レ新ヲ為レ先詞ハ以レ旧ヲ可レ用と云るか、能叶へるにやと有、五句ニ悉古語《ク》にして、然も本歌とハ格別風情替り、《心》新しき物也、我ハ先八月九日正長夜とて、一入物悲敷時分ニ、蛬も初は野に鳴庭になく、戸に入なんとして次第ぐくニ閨近ク鳴寄物也、毛詩」136ウに十月蟋蟀入二我床下一とて、後には小筵の下に鳴也、我更てそゝろ寒き時分ハ、時節斗さへ物悲敷、ねさめ勝成に、蛬の閨近ク鳴霜夜の独りね、何としてか明さんと歎きたる也、尤感情深く天然の宝玉也と古人も云り、此蛬は今の俗に云蛬にてハなく、俗に云いとゝもこふろきとも言虫にて有、契《へきなり》によりて声も物悲敷もの也、毛詩の入」137オ床下と云るもこふろき事也とそ

二条院讃岐　多田満中ノ曽孫、兵庫守仲政孫、源三位頼政女也、奥ノ石ノ讃岐ト名ヲ得ン哥人也、宜秋門院丹後と従弟也、式子内親王・此讃岐抔、有家・雅経・家隆等ニもをとらぬ哥也、定家卿の給へり、二条院諱守仁後白川院第一ノ皇子女、経実卿ノ女懿子也」137ウ

92我袖ハしほひに見へぬ沖の石の／人こそしらねかわく間もなし

千載集恋二入て、寄石恋と云る心をと有、塩干ニ見へぬとハ、海の塩の満干ニも浅き方ハひれ共、沖中ハ常に汐満てかわかぬ物也、哥の心は我袖の昼夜となくかわく時もしらす、思ひ深き我身の程を、更に思ふ人にしられぬ事を、沖の石に譬て歎きたる也、自然人もしりたらハ、哀共思ふへけれ」138オとも、沖の石の塩干ニもミへぬ様成袖なれは、誰哀ともいわしと也、沖の石に譬たるき妙にして、然も哥のさま強く、物にうてぬ処有也、

ミるめこそ入ぬる磯の草ならめ袖さへ波の下に朽ぬる

此哥も讃岐の哥也、此名哥を指置きて、此哥を入られしハ、能この事と思ふへし、殊に其比女房の哥人の中にて、定家卿執し給へつる作者といへり」138ウ

鎌倉右大臣　実朝公、童名千幡君、左馬頭義朝ノ孫、右大将頼朝二男、母ハ北条時政女政子ト云、右大臣正二位征夷大将軍、建保七年正月廿七日廿八歳ニテ薨、此君《右》大臣・常磐井相国・衣笠内府、此三人定家卿の門弟の内殊ニ上手と云り

93世の中ハつねにもかもなきさこく／あまの小舟のつなてかなしも

新勅撰羇旅に入、題しらすと有、此うたハ」139オ

世の中を何にたとへん朝ほらけこき行船の跡のしら波

陸奥ハいつくハあれと塩釜の浦こく舟の綱手かなしも

此両首を取て読れし也、一首の心は跡のしら波の哥を取、詞ハ浦こく舟の哥をとれり、旅部に入、無常にてハなし、

常なきよを観する時の哥成レハ、無常にも入へきか、常にもかなハ常ニも哉と云、もハあき字也、抄に世の中の躰は、」139ウたゝなきさをこき行船の諸《跡》なき様ニ、世の中の躰を《も》常なきとたとへ、其中ニ景気を恨む心も有、常なき世を観し、うち詠《める》シ折節、海士の小船の綱手ひき行を打ミるに、頓而ひきすきて、いつち共しらす成行を詠て、たゝ目前に見る処の物も、跡なき事を思ひて、世の中ハつねにもかも《な》なと読るにや、誠に常住にあらまほしき事也、綱手かなしもとハ、」140オ面白き事をかなしもとハ云り、愛したる成也と宗祇の注に有、世の中の無常を読るよしいへり、中院通茂公仰には、羇旅の哥也、海上眺望を云り、小船のやすらいもせす東西南北へ行故、景を見うしのふて、残多き事と也、沖行船も有、亦湊を出るも有、《帰るもあり》一処として止る事もなけれハ、波の上の船の往来の如くよと観したる哥也、三界如」140ウ客舎一心是本居と心経秘鍵ニ弘法大師かき給へり、扨なきさこくも有、沖こく船も有、出る船も帰るも有《あり》と祇注ニ有レ共、あまたの舟とハ聞へさる也、かなしもハ面白き心と有、是ハ悲しき心成へきか、常ならぬ事を悲しむ心にて、其中に景を惜む心有、夫故にあいする心も有成へし」141オ

参議雅経　忠教（京極摂政師実公五男 民部卿 大納言正二位）　頼輔（刑部卿 従三位）　頼経（刑部卿従四位下 難波宗長蹴鞠）　雅経（新古今撰者哥鞠達人飛鳥井祖左少将）

94御吉野ゝ山の秋風小夜ふけて／ふる郷さむく衣うつなり

新古今に入、擣衣の心をと有

御吉野ゝ山のしら行積るらし／ふるさと寒く成り増るなり

此哥をとれりと見ゆ、哥の心はかくれたる」141ウ所なし、只詞遣へ妙にして、句毎に其感有、後京極殿の蛬鳴や霜よの哥と詞遣へ相同し、吉野を故郷によめる事ハ、皇居成し故也、吉野ハ深山成レハ、したいくに秋も寒くして、山嵐も

一入身にしミ、爰もかしこも俄に衣をうつ音を聞ハ、秋風も一入身に寒くおほゆると也

前大僧正慈円　法性寺関白忠通公ノ男」142オ母ハ家女房加賀、天台座主初名道快、養和元年十一月六日改㆓名慈円㆒、嘉禄元年九月廿五日入滅七十一才、嘉禎三歳三月八日諡㆓シテ号慈鎮㆒ト、滅後三年ノ事也、又号㆓吉水和尚㆒ト

95おほけなく浮世の民におほふかな／わかたつそまのすみ染のそて

千載集に入、題しらす、此五文字ハ我身を卑《ヒ》下して云り、身に相応せぬ心也、我法徳も致らす、護《ゴ》持として夜居に」142ウ候《コウ》して、上壱人の宝祚長久より下万民の安穏快楽ならん事を二六時中心に懸て護持するハ、身にも応せぬ事と也、扨うき世の民におほふとハ、抄に伝教大師よりの法衣を一切衆生におほふも、延喜の聖代の、寒夜も《に》御衣をぬき給へし心を思ひ給ふ成へしと有、我立杣ハ比叡山也、伝教大師の御哥よりいへつゝけたり」143オ

あのくたら三藐三菩薩の仏たち我立杣ニみやうかあらせ給へ

此哥云〻、叡山を我立杣と云り、墨染の袖を住の字ニあなかちニミるハ悪し、自然の秀句也、八雲御抄ニ哥《秀句ハ》の源、是を専らとする事なれ共、あまりにくさりつゝきぬれハ、一定にくひけかそふ也、或者の哥に、

惜しからぬ深山嵐の小莚に／なにと命を幾夜ひとりね

と読たり、此五文字くさり返す〳〵おかしく」143ウさまあしく《はへれ》、是程こそなけれ共、ケ様の事少ゝミへ侍る、其中ニも能くつゝきたるハよく侍れと、夫を専らにて見苦敷も多く侍るにや、抄ニ天台座主ニ成りてとあれ共、千載は文治三年の撰集也、于時三十四《三》才法印也、天台座主ハ建久三年三十八才の事也、時を相違なり

入道前太政大臣　実宗《坊城内大臣》公男、公徳公也、」144オ号㆓西園《エン》寺大政大臣㆒、又号一条、後深艸・亀山院外祖父、宗尊親王杯外祖也

96花さそふあらしの庭の雪ならて／ふり行ものは我身成けり

新勅撰詞書に落花を読ると有、宗祇注に心は散はてたる花の雪ハ徒なる物也、人の如何にとミし花なれと、はや時過て雪と也、果てハ哀む人もなく成レるをミ給へて、我身もたのミ有つる御世成レ共、ふりぬれハ」[144ウ]かひなき事を、庭上の花の雪を置て、ふり行物ハ我身也と読《けり》給へる也、《尤》感心深キ哥とそ、又の義に此心は花の盛ハ賞翫する物也、我は左様にもなくて、ふり行たるわか身也と云心也、此注面白様なれ共、公経公ハ公家氏家の外戚にて、崇敬有し人成レハ、賞翫なしと云へからす、只花の程なく嵐の雪とふり行我身を歎く成へし、穴勝述」[145オ]懐ならすも、只老に至る迠《杯をも》、降り行物ハ我也と遊したるへし

権中納言定家　俊成卿男、母ハ若狭守親忠女、号二ス京極黄門一ト、新古今撰者五人随一、新勅撰（ママ）ニハ、家ノ記明月記、家集拾遺愚草

97こぬ人を松帆のうらの夕なきに／やくやもしほの身もこかれつゝ

新勅撰自撰の哥也、建保六年内」[145ウ]裏哥合の哥、前内大臣、

松嶋やわか身の浦にやく塩の／煙の末を問人もかな

此哥のつきに入て、詞書なし、此哥ハ万葉集の長哥に、

各寸《ナキ》隅《スミ》乃　船瀬《フナセン》従所見《ミユル》　淡路嶌《アハチシマ》　松帆浦尓《マツホノウラニ》　名芸余玉《ナキコタニ》　藻刈管《モカリツヽ》　暮菜寸二《ユフナキニ》　藻塩焼乍《モシヲヤキツヽ》　海未通女《アマヲトメ》　有跡者雖聞《アリトハキケト》
見尓将去《ミニユカン》　余四能無者《ヨシノナケレハ》　太夫之《マスラヲノ》　情者梨荷《コヽロハナシニ》　手弱女乃《タヲヤメノ》　念多和美手《ヲモヒタハミテ》　俳徊《タチトマリ》　吾者衣恋《ワレハソコユ》」[146オ]　流舟《ルフネ》　梶雄名三《カチヲナミ》

と有此詞を取て読れし也、来ぬ人を松帆のうらのとハ、来ぬ人を待し《て》躰也、必らす一日の躰ニてハあるましき也、夕なきと置るハ、波風もなき夕ハ、塩やく煙りも一入立そふ物成レハ、我思ひのもゆるさまの切なるによそへて云《たる也》る也、来ぬ人を松帆の浦の夕なきにと安〳〵とつゝけ、やくや藻塩の身も〈こかれつゝとよそえたる様、凡俗をはなれたる言葉」[146ウ]つかへなり、自比百首等撰ミ入らるゝ事ハ能々の事と。／。思ひて沈吟すへし、万葉に藻塩焼つゝと／いへるを、打かへしてやくや

藻塩と言り、藻塩のゝ／字その様にと言心なり、焼や藻塩の如くにとし、尓の字／于けふのなり△〉こかる也△此のゝ文字恋におほし、宗祇注に黄門のいくはくの哥有へきに、其中に此百首にのせらるゝ事、思ひ恥るへき事にも侍らす、しけ《きりに》く眼を付て能〻その心をさくり知へき事とそ、亦つゝと云るハ一日の事にもあらす、連〻思ひの切成事を言也

従三位家隆　中納言兼輔《ヨリ》九代孫」147オ 前中納言太宰相権帥光隆二男、壬生二位号ス宮内卿ト、新古今五人之撰者内俊成卿門弟ノ随一、寂連法師聟也

98風そよく奈良の小川の夕暮は／ミそきそなつの印し成ける

新勅撰に入て、詞書に寛喜元年女御入内の屏風にとあり、夏の袖の哥也、此ならの小川にミそきを読事、万葉の哥に、

御祓するならの小川の川風に／祈そ渡る下に絶しと」147ウ

宗祇の注にならの小川を楢葉に取なして、川辺の夕暮の納涼は、更に只秋の心に成果たる様をいわんとて、ミそきそ夏のとは云る也、悉皆秋の涼にて夏の物は御祓はかりそと也、風のそよくならの葉を秋そと思へは、ミそきするにて夏としりたる也、誠にいつも有詞を以珍ら敷仕立られたり、打吟するにもすゝし」148オ 敷成心地のし侍るにや、此百首にも新勅撰にも入られ侍り、心は及す共去故有へしと思ふへし、猶詞姿のたくひなく《こそ》とあり、三躰詩にも春半如秋意転迷と言も此哥に叶へり

人王八十二代後鳥羽院　御諱尊成、高倉院第四皇子、母ハ后者贈左大臣信隆女槙子七条院、寿永二年践祚四才、建久九年」148ウ 譲位十九歳在位十五年、承久三年於ニ鳥羽院ニ御出家法諱良然同年七月奉移ニ隠岐ノ国一、延応元年崩六十歳顕徳院後ニ鳥羽院ト申奉ル

99人もおし人もうらめしあちきなく／世を思ふゆえに物思ふ身は

続後集（マヽ）に入て題知らす、新勅撰には後鳥羽院・順徳院はいれられす、隠岐国と佐渡国ニおはします故、定家卿の時ハ撰集ニいらす、幽斎此哥ハ王道を軽しむるよこ」149オ さまの世に成行事を歎き思召也、人もおし人もうらめしとは、世の

中の人の心さま〳〵にて、思召様にもなきを読せ給へるにや、独《又人》りの上にても是ハ宜しと思ふ人の、また悪敷事の有心にて有へし、よき処ハをしく、あしき所ハをしくうらめしきを取合て、あちきなくとハ読給へけるとあり、御秀逸多き中に、此御哥を百首に入られたる事ハ、黄門」149ウ心有《はへる》へき也、抄に能き所はおしく、悪敷所ハうらめしきをあちきなくと云ニハ、あちきなくをうちつ《っ》けてミたる也、此句下につゝけてミたる也、あちきなくハせん方なきの心也、せん方なき世を思召故に、物を思召るゝと也、物思ふ身は、此はの字上へ返りたるハの字也、哀深き《く感ある》御哥也、よく〳〵再吟して、其心を知へし」150オ

順徳院《人王八十四代》　後鳥羽院第三皇子、母ハ修明門院贈左大臣範季女、承元三年四月廿日譲位、同年七月奉レ移二佐渡国一江、仁治三年九月廿七日《佐渡ニテ》崩《四十六歳》於二佐渡ノ国一ニ

続後撰題しらす、宗祇の注に此百首の内に秀逸故に入れたり

100百敷やふるきのきはの忍ふにも／猶あまりあるむかし成けり

此百敷やと打出したる五文字、ハ大方三吉」150ウ野や・小初瀬やと云にや替りて万の心是こもれる也、心は王道の捨れ行をなけき思召の儀也、末の世に成レハ、昔を忍ふ習成レとも、王道のおとろへハ、一身の御上ならす、天下の万民の為成レハ、忍ふと云にも猶あまる御心を述給へるにや、此百敷やの字に万の心籠れりと有、普通に百敷《や》と云とハ、心替りて王道のおとろへ行御述懐」151オミゆる也、上古から事を思召つゝけて、様〳〵に思《御》召ての御心から、百敷やと置れたるとみゆる也、古今新《真》名序に仁ハ流レ二秋津洲之外一ニ、恵ハ茂二筑波山ノ陰一ニと云る、世の如く納められ度御心中成レ共、世のおとろへなれハ、忍ふに猶余り有むかし成けりとも遊し也、末の世に古へを忍ふ事ハ、常の忍ふと云にも過て、猶余り有」151ウ昔とも極たる也、巻頭の御製に王道の心をよませ給ふ、又此御製も同し御述懐なり、上古の風と末代の風と其姿《の》替れる所をみるへし

（一行分空白）

此百首は上古・中古・新古と世の次第に作者をのせられたり、其作者につきて時代・風躰を見る事、是和哥の徳ニして」152オ肝要也　六月六日内府公御口談畢

（一行分空白）

此壱冊は中院前亜相通茂公御講談之聞書也、野宮定基朝臣・久世通清朝臣予・三品之以聞書校合之本亜相公御添削有之、猶処〻の不審奉窺以青墨書加、尤秘説一子相伝之外努〻不可有他見者也

維時元禄十四年己二月中旬清書畢」152ウ

　藻蟲菴雲泉判

右全部宇多良月伝受講談之節聞書読合等無相違者也

（一行分空白）

右者以神弁伝受死後外渡有間敷者也

　文化十年六月廿日」153オ

あとがき

私は、『百人一首』について天皇家の古典学や教養圏の観点から従来関心があったが、公家の注釈書にまで手を広げようと考えたきっかけは、昨年二〇一五年度の埼玉大学経済学部基盤科目「日本文学概説A」で、有吉保氏著の講談社学術文庫の『百人一首全訳注』をテキストに学生と一緒に古注釈を読んだことである。当初は古注の読解により古文の力をつけてもらおうという意図から始めた授業であるが、私自身が定家の鑑賞眼や中世からの解釈の差異などの問題に引き込まれていった。また、私はどの授業でもコメントペーパーに授業の進め方や扱った作品の感想・質問を書いてもらうことにしているが、今回は多くの参考に資する意見をいただくとともに教育と研究の意欲を促された。本当にありがとう。学部・修士課程以来の恩師で六年前に逝去された井上宗雄先生の『百人一首』のお仕事について迂闊ながら今まで気づいておらず、今回新たに目を開かれた。長く膨大な『百人一首』の研究史に本書はささやかな一片を添えるだけであるが、広く日本文学・文化の教育研究現場に有効に活用されたならば、著者としてこれにまさる悦びは無い。

本書の企画構想を株式会社新典社に持ち込んだところ刊行していただけるとのご快諾を早速に得た。前拙著『愚問賢注古注釈集成』に引き続き、研究対象への洞察の掘り下げが不十分でかつ地味な資料集成の出版をお引き受けくださりありがたいことである。早稲田大学教授の兼築信行先生・日本女子大学教授の坂本清恵先生・慶應義塾大学教授の小川剛生氏にはお忙しいところくずし字の判読のご教示・ご助力を賜り、深謝する次第である。また、井上先生の歌壇史研究を継承し一層深める研究成果を挙げておられる、前述のお三方に加え、岡山大学名誉教授の稲田利徳氏、国立歴史民俗博物館名誉教授の井原今朝男氏、埼玉大学教授の武井和人氏からは平素私の研究に対して温かい励ましのお言葉を頂戴しており、この機会に謝意を表したい。貴重な蔵書の閲覧・複写に際しご高配を賜り、翻刻掲載のご許諾を下された京都大学附属図書館・京都大学文学研究科図書館にも感謝したい。なお、本書は私にとって『禁裏本と和歌御会』・『愚問賢注古注釈集成』に引き続き新典社からの三冊目の出版である。入稿・校正から刊行までとりわけ複雑な組版にお付き合いいただき編集部の田代幸子氏をはじめ新典社の方々には大変お世話になった。末筆ながら御礼申し上げる。

二〇一七年五月

酒井　茂幸

「あとがき」に添へて　幷挽歌

本書成稿までの經緯は、本書の著者・酒井氏の「あとがき」に盡きてゐる。ここでは、本書が實際に刊行されるまでのことを、いささか書き記しておく。

酒井氏は、二〇一七年七月一八日（この日付は推定）、自宅で急死した。死因は遺憾ながら不明。恐らくは突然死であつたらうと推測するのみである。

酒井氏とは、氏が博士後期課程に進學したばかりの頃からの舊知。ここ一五年ほどは、禁裏本・歌會資料などの研究で、共同研究を續けて來た。わたくし自身の研究にとつても、闕くことの出來ぬ「同行者」であつた。没後、新典社より、校正途中の本書の存在を知らされ、歌會資料研究の共同研究者であつた、石澤一志・日高愛子・山本啓介氏のお力をお借りして、底本紙燒再入手の上、校正を引き繼ぎ、刊行にこぎつけたといふ次第である。

しかし如何せん急ごしらへの仕事故、細かな點で統一がとれてゐない所が殘つてしまつてゐようと思ふ。また、酒井氏の意圖とは異なるミテクレになつてしまつてゐる所も多々あらうかと思ふ。ただただ、寛恕を冀ふのみである。

酒井君、君がこれからしようとしてゐた研究計畫を聞いてゐた者の一人として、それがつひに完成されなかつたことが、何よりも悔しい。しかし君の殘した仕事は、必ずや多くの研究者にとつてしるべとなり、永く活かされて行くであらうと信ずる。どうか、われわれのこれからの仕事を、見守つてゐて欲しい。心からの懇願である。

二〇一八年四月　日

武井和人

窓の外に　――　ある挽歌　――

夜、一面の水田、その横の道をゆく
螢の飛び交ふといふ瀧の近く、小さな丘があつて
その上の毀れた堂舎のあたり
もうこれ以上行けぬ、とどのつまりだといふことを、もし知らないでゐられたら、と思ふ

苦しみはない、はず、と、君はいふが
端山から茂山へ、月はめぐり、この體をどうにかしてくれと、賴むことも、もう出來ず
また、闇路をたどるのかとみづからに問ふばかり

闇が有明となり、ふたたび汚辱まみれのヨノナカに
戻る／戻らないを、蟲の音に問はむとする
「一番汚れてゐるのは、己れぢやないか」と思ふく
もはや、ここに、このやうに、ゐること自體、谷底に落としてやりたい

夜が明けきり、花が咲き、道をたどつてゆけば
街への青いバスが、こちらにやつて來る
君のために、君のためにこそ、だからこそ、なにくはぬ顔をして、乗り込むのだ

酒井　茂幸（さかい　しげゆき）
1973年1月17日　長野県千曲市に生まれる
1995年3月　早稲田大学第一文学部文学科卒業
2003年2月　早稲田大学大学院文学研究科博士後期課程修了
専攻　中世・近世和歌史
学位　博士（文学）
主著　『草庵集　兼好法師集　浄弁集　慶運集』（和歌文学大系65，共著，2004年，明治書院），『禁裏本歌書の蔵書史的研究』（2009年，思文閣出版），『禁裏本と和歌御会』（2014年，新典社），『愚問賢注古注釈集成』（2015年，新典社）

新典社研究叢書303

中《ちゅう》近《きん》世《せい》中院《なかのいん》家《け》における百《ひゃく》人《にん》一《いっ》首《しゅ》注《ちゅう》釈《しゃく》の研《けん》究《きゅう》

平成30年6月20日　初版発行

著　者　酒　井　茂　幸
発行者　岡　元　学　実
印刷所　惠　友　印　刷㈱
製本所　牧製本印刷㈱
検印省略・不許複製

発行所　株式会社　新　典　社
東京都千代田区神田神保町一—四四—一一
営業部＝〇三（三二三三）八〇五一番
編集部＝〇三（三二三三）八〇五二番
FAX＝〇三（三二三三）八〇五三番
振　替　〇〇一七〇—〇—二六九三二番
郵便番号一〇一—〇〇五一番

©Sakai Shigeyuki 2018
ISBN 978-4-7879-4303-3 C3395
http://www.shintensha.co.jp/　E-Mail:info@shintensha.co.jp

新典社研究叢書

（本体価格）